本书是国家哲学社会科学基金重大项目:
国民语文能力研究暨测试系统分类建设(批准号:15ZDB081)
阶段性成果

燕归集

北京大学创意写作优秀作品选

短篇小说卷

金永兵 主编
谌幸 副主编

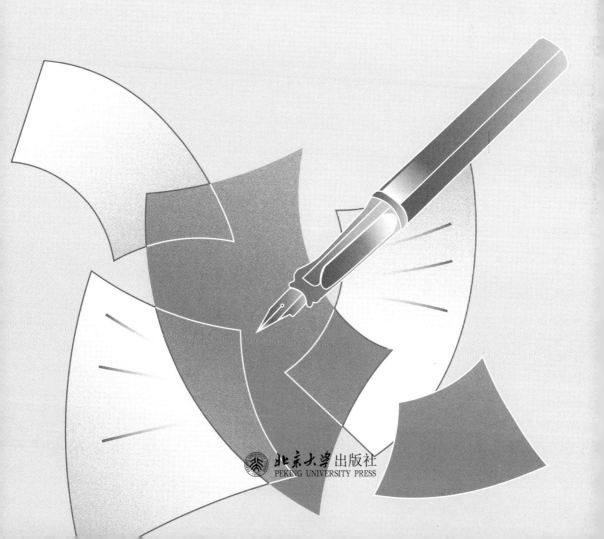

北京大学出版社
PEKING UNIVERSITY PRESS

图书在版编目(CIP)数据

燕归集：北京大学创意写作优秀作品选. 短篇小说卷 / 金永兵主编. —北京：北京大学出版社，2023.5

ISBN 978-7-301-33810-0

Ⅰ.①燕… Ⅱ.①金… Ⅲ.①短篇小说–小说集–中国–当代 Ⅳ.①I217.1

中国国家版本馆CIP数据核字(2023)第035943号

书　　　　名	燕归集：北京大学创意写作优秀作品选（短篇小说卷） YANGUI JI: BEIJING DAXUE CHUANGYI XIEZUO YOUXIU ZUOPIN XUAN (DUANPIAN XIAOSHUO JUAN)
著作责任者	金永兵　主编
责 任 编 辑	朱丽娜
标 准 书 号	ISBN 978-7-301-33810-0
出 版 发 行	北京大学出版社
地　　　　址	北京市海淀区成府路205号　100871
网　　　　址	http://www.pup.cn　新浪微博：@北京大学出版社
电 子 信 箱	zln@pup.cn
电　　　　话	邮购部 010-62752015　发行部 010-62750672 编辑部 010-62759634
印 　刷 　者	三河市博文印刷有限公司
经 　销 　者	新华书店 720毫米×1020毫米　16开本　30.25印张　530千字 2023年5月第1版　2023年5月第1次印刷
定　　　　价	98.00元

未经许可，不得以任何方式复制或抄袭本书之部分或全部内容。
版权所有，侵权必究

举报电话：010-62752024　电子信箱：fd@pup.pku.edu.cn
图书如有印装质量问题，请与出版部联系，电话：010-62756370

未尽之意（代序）

陈跃红

收在这集子里的，都是北大中文系创意写作研究生们的创作成果。永兵教授赴西藏大学任职之前把这集子的稿子掷过来，叮嘱我无论如何要写上几句，我应承了。

但是写点什么呢？这是个问题，于是面对屏幕键盘竟然踌躇良久。自2016年8月卸任离开北京南下深圳已经整整4年。4年来，南方科技大学这所新型学校几乎每周"997"，没有假期的忙碌学术创业生活，让人完全无暇回头，此前北大的许多人事场景都已渐渐模糊。也好，不妨就说一说办学初衷吧。

开办创意写作硕士专业的主张虽非我始作俑，但不可否认，真正推动实施却就是在我们这届班子。

"中文系不培养作家"，历来是本系里口口相传的故事，可同时一个悖反的现象却是，系里师生中总是不断出现作家、诗人、散文名家等，这又是屡见不鲜的事实。20世纪八九十年代，中文系破过一回戒，办了几轮本科学历的

作家班,来就读的多数是各地新生代的作家和诗人,有的还颇有名气,系史里有他们的毕业合影照片。后来不知怎么的就停办了。

本世纪初,系里有老师提出过办文学讲习所的建议,但因为这样那样的原因,终究也没有成为事实。

轮到我们想这件事儿的时候,学校正在教育领导部门的推动下,开始如火如荼掀起开办各种应用型专业硕士教育的热潮。大趋势是,学术型研究生将以博士为主,应用型研究生则以硕士为主,北大许多院系通过办专业硕士教育增加了大批研究生名额,令人眼馋!于是我们也动心了。

我个人虽然坚信,作家,尤其是纯文学、经典类型的作家和诗人等,注定是不能靠学历教育来培养的。创作这东西,多数靠天分、兴趣、历练、持之以恒的努力和那么一点点灵感运气。但是写作作为一种知识结构,一种复杂的技巧,一类职业性自觉写作意识,似乎还是可以通过训练和培养得以提高。

尤其是所谓类型化创作,诸如科幻、侦探、冒险、游历、侠义、奇幻、传记、历史演义等许多所谓类型化文本的创作,应该还是有基本"套路"可寻的。特别是当代流行类大众文学艺术的兴起,影视剧动漫游网络文学各种新文类的市场性巨大需求,推动了类型化创作的规模性发展。作为一种文化产品的生产,创意写作的行为和这类写作的职业认定,作为特定文类产品的学科技术性培养属性,应该还是可以通过学习和训练去完成和获得的。我以为,这正是类型化文学创作教育和文化创意学科在当下高校萌生发展的理由,同时也是我们最后决意要开办创意写作研究生班的主要动机。我想,与其任由低俗和粗制滥造的类型化影视剧和动漫游覆盖市场,败坏大众胃口,倒不如培养些高水准、专业化的制作者出来,努力去改变这种状况。譬如在美国众多的大学文学院里就开设了不少称之为MFA(Master of Fine Arts)的创意写作硕士学位专业。事实上,在庞大的好莱坞编剧和美国类型化文类的作家中,许多人都经过专业训练,拥有MFA类学位。应该说,在一定程度上,好莱坞电影和美国大众文学能够流行和影响世界,多少还是与他们的编剧队伍很"专业"有关。这种办学想法一经提出,很快得到了班子的倾力支持。

未尽之意（代序）

北大中文系历来都不是一个热心追潮流的系科，坚守传统、传承学术是本系第一位，也是最重要的工作，至于创新嘛，一般总是选择看看再说。这样，当我们要启动开办创意写作研究生教育的时候，相关的"专业学位"研究生的办学热潮已经过去，我们只是赶了个"晚集"，当初研究生院把学额大把送上门，求着大家办学招生的机会已经消散，"专硕"因为好招生、好分配、收费高，已经成了各家争夺的香饽饽。当我们去研究生院讨论开办事宜的时候，主管领导的回答竟是，开办可以，但每增加两个专业学位指标，就减少一个学术硕士学位指标，也就是说，减一个，换两个。学校的目的很清楚，就是要借机实现他们压减学术硕士招生员额的目标，这是当时学校研究生办学的既定方针。

中文系的老师们其实都是通情达理的，尽管有疑虑，但是经过研讨、协商，最后还是达成了一致，经学校批准，实现了以 20 名学术硕士员额向学校置换 40 名创意写作硕士招生指标的开办要求。接下来，除了制定培养计划、课程安排，确定各单位导师和名额分配等一般事务之外，还有几件重要问题要解决，尤其是收费标准和学位授予权的取得。今天事后看，当时我们尽管有思想准备，但还是把这些问题看简单了。学位授予问题，由于中国语言文学一级学科下面以前并没有设立"创意写作"的次一级研究生学科学位，一时成了没有办法搞定的死结。我们曾经试图联络国内中文院系向教育部提出申请，但几次都是无功而返。最后，只好先是求助艺术学院学科的相关学位支持，后来又得到新闻传播学院的专业学位设立新方向的支持，好歹总算解决了一时燃眉之急。我们曾经寄希望于两到三年内能够通过努力，获得中文一级学科下的"创意写作"专业硕士学位授予权，彻底改变学位授予依赖兄弟学科的局面，但是，直到本届班子卸任，该难题也没有得到解决，这是一桩我至今深以为憾的事。后来的情况就更复杂了，形势变化，这类专业学位开办的基本条件已经不再具备，不说也罢！

但无论如何，两年制的创意写作专业硕士研究生班在中文系毕竟开办了这么些年，在全系老师，尤其是创意写作硕士导师群体负责和精心的指导下，同学们不断成长毕业。每年招生 40 名，算起来也有好几百名同学经由这一学位

3

的训练走上了写作之路,他们中目前不乏在影视剧和网络文学领域小有所成和前途看好的毕业生同学。该专业毕业的同学深受社会欢迎,就业率高居本系硕士研究生前列,未来依旧可以期待他们当中有人能够在创作领域大有作为,取得理想的成就。

此刻,翻阅着同学们的这些创作学习的实践成果,不时被他们创意的新奇、结构的精巧、人物的个性和文笔的丰沛流畅所感染。

于是我相信,说不定某一天,在他们当中会有人写出真正的时代宏文和惊世大作来。

我始终满怀期待!

2020 年立秋日于深圳南方科技大学教师公寓

目录

1. 香客 / 潘逸飞 -15级专硕 ········· 1
   评论：天赋型选手的自律演出 ········· 16

2. 奔丧 / 张林 -16级专硕 ········· 18
   评论：奔走之路皆是歧途 ········· 36

3. 霾神 / 吴比 -16级专硕 ········· 38
   评论：不正经外壳下的沉潜思索 ········· 49

4. 蒲公英 / 齐肇楠 -14级专硕 ········· 51

5. 关于李英的生活 / 齐肇楠 -14级专硕 ········· 74
   评论：新时代的家庭缩影 ········· 113

6.《冷暖集》之汤姆和克里斯蒂的故事 / 谢大丰 -14级专硕 ········· 115

7.《冷暖集》之梦 / 谢大丰 -14级专硕 ········· 122

8.《冷暖集》之车间事件 / 谢大丰 -14级专硕 ········· 126
   评论：冷暖之间的叙事温度 ········· 133

9. 不许东风再动摇 / 郑晴和 -15级专硕 ········· 135
   评论：爱与身体之维 ········· 205

10. 六六厂杂事 / 蔡婧怡 -15级本科 ……………………………………… **208**
    评论：杂事与生活破碎日常 …………………………………… **225**

11. 嫁出去的女儿灌回来的水 / 姜蕾 -14级本科 ………………… **227**
    评论：冷峻的无奈与力量 ……………………………………… **273**

12. 相约萨马拉 / 粟念跃 -15级专硕 …………………………………… **275**

13. 杀手 / 粟念跃 -15级专硕 ……………………………………………… **299**
    评论：可能性通往另一个世界 ………………………………… **311**

14. 雪盲 / 丁聪 - 信科17届本科 ……………………………………… **313**
    评论：雪茫茫中的寻见与不可见 ……………………………… **323**

15. 异闻录·酒仙 / 沈婧楚 -16级专硕 ……………………………… **325**
    评论：一个以"异闻"写古风的范例 ………………………… **345**

16. 长大 / 乔红 -14级专硕 ……………………………………………… **348**

17. 失语 / 乔红 -14级专硕 ……………………………………………… **362**
    评论：以细节组织回忆 ………………………………………… **373**

18. 二十一站 / 张丹丹 -14级专硕 …………………………………… **375**

19. 只有流水知道的事 / 张丹丹 -14级专硕 ……………………… **384**
    评论：都市中的日常困境与悬疑中的女性们 ……………… **431**

20. 迷宫 / 夏琛斌 -16级专硕 …………………………………………… **433**
    评论：寓言里的大城市与小人物 ……………………………… **445**

21. 二娘 / 张建铭 -14级专硕 …………………………………………… **447**
    评论：如水的慢板 ……………………………………………… **468**

跋 / 金永兵 ……………………………………………………………… **471**

1. 香客

潘逸飞-15级专硕

香客们慢慢挪成三列，左升官，右发财，中间保平安。绯红色胀出了小汀的妆容，悬挂的呼吸和抱怨被一遍遍沉沉地摔在地上："哪里是最后八十一阶？明明长得很啊！"

我盯住脚下莲花石阶，只要前面那人一抬脚，就赶紧伸腿补空。

登完最末一阶，香火更浓，小汀问我："是这里了吗？"

我从包里抽出宣传单页："还没到，要翻过山的。"

"啊？"

"没办法呐，进山只有大光寺这一条路。"

我们去的灵福寺，是个很小的寺。怪得很，这座山以大光寺闻名，却叫灵福山，从唐朝就有记载。大光寺在山顶，古树蔽日，高墙连绵，香火极旺。翻过山，走七八百米，才是灵福寺，脚下小径也仓促句号。

我在佛学协会的杂志上看到灵福寺的广告，聘大学生做暑期佛慧夏令营的辅导员。

"连薪资都没有。"小汀瞪着我。

"诶,这叫积功德。"我按下报名热线的号码,"要不,你别来好啦?"

"哼,别想甩掉我!"

灵福寺确实小,且寂寥破落,只一座灵福塔出挑。青砖青瓦,底层回廊式,二至七层挑廊式,塔顶为八角攒尖,玲珑却雄伟。有些小孩子高喊:"冲啊!变身!"不一会儿就白着眼跑回来:"烦死了!又上锁!"

"去年能上去的!"

"又不是藏金阁!我爸爸比他们有钱!"

"'藏经阁',经是书的意思。"小汀绷住脸面逗他们,"是放暑假作业的,你们还要上去哦?"

而屋前呢,是大片深深浅浅的水塘,屋檐垂雨,水洼摇晃,等候随滴随落的清净。有时,银杏树乓乓乓乓落下白果,让倏忽而过的飞鸟啄去,树上悬着的木牌随之晃动,"心香一瓣"四个红字原地舞蹈。除了几位常住香客,寺院人迹罕至。孩子们都不能投入循规蹈矩的生活,就在那水洼地里来回跑动,阵雨偶袭的微凉天气也能满头大汗。双手合十的僧人们穿廊而过,瞥见天真烂漫的小孩,也忍不住止步片刻,笑容从大殿里俯冲下来。

小小院落,这时候仿佛可爱无他。

明明同是辅导员,小汀却一步不离地跟着我。发学习卡,她贴在我后面,发讲义,她也贴在我后面,盯着手机屏,发短信向所有不看好我们这份工作的朋友抱怨:"山路真难走,蚊子能抬人,和尚一个都不帅。"

其实,帅不帅不重要,脾气差才可怕。"本来是不请女施主的,可今年的营员里有几个是女孩。往年呢,都放在旁边的疏林庵,但是她们这几天要迁址了。所以,只能拜托你们。"监院仁观法师神情肃穆,偶见他微微一笑,比一现的昙花更稀罕,即刻绽放,速而凝固,表情交接不露痕迹。"腾好两间房,你们带女生住。要记得,午觉睡下就不要随意走动了。"

但小孩子哪有那么驯顺?小汀已经把面膜敷在脸上,躺在那边翻美妆杂志。我只好把调皮鬼一个一个拉过来教育,不许这样,也不许那样。没几天,小汀坐收渔翁之利,和她们相熟起来,从背包里翻出几颗牛肉粒,就能收买人

1. 香客

心。我心里隐隐不快,每天给她们拿书拿包拿鞋子的都是谁?哎,这么小就这么见色忘义,分得清美女和"普女"。

"你这叫——"我不清楚什么是更合适的词,搜肠刮肚憋出三个字,"大不敬!"

小汀立即反驳:"谁大不敬?昨晚在回去的路上,你还不是吃了烤翅?"

"那也不能在寺里吃呐。"我把包装纸从女孩们手里一一收回,藏进口袋里,"你们几个,吃好了就去睡觉,不准再跑了,听见没有!"

这些都是附近乡邻的小孩。大光寺香火旺,当然不会分出精力做活动。灵福寺的住持能度法师就看准了这个"市场空白"——送小孩来学禅宗,自然会捐些功德,小孩长大了,对灵福寺有了感情,自然会成为这里的香客,日后还愁香火不旺吗?年届七旬,竟然有这样的睿智和眼光,连潜在客户的商界理论也用得娴熟巧妙。

只是很多孩子都来过三四年,方方面面了然,甚至生厌。无奈家里人要么忙要么懒,没有时间看护,加上暑假无聊,在这里可以见到小伙伴,才被哄骗来。不出一个礼拜,小汀就从她们口中套出了和尚们的八卦。

"那个最凶的,就是吃饭时老是瞪我们的那个,像不像长了老鹰的眼睛?他老婆和别人跑掉了,肯定是被他瞪跑的。"宝妹对小汀说。

花妹正坐在床边抠脚丫,这时也抬起头来插话:"我奶奶说,他跑到大光寺烧香,想让他老婆回来,但是失败了,他就非要出家。大光寺里和尚那么老,那么厉害,才不理他呢,他就到这边了。我奶奶说,那个管烧饭的铁头陀也是老婆不见了,所以他们老待在一起疗伤。"

"疗伤"这个词,从八九岁的小孩口中冒出来,真让人好笑又费解,然而我真的佩服她们的想象力,眼里揉不得沙子的叫"鹰眼",粗脖子大脑袋的叫"铁头陀",还真是很贴切。

只听见小汀继续问:"仁观法师呢?"

"和林舒月大姐姐一样。"花妹漫不经心。

"是林舒月小阿姨!"宝妹纠正。

"是疏林庵的那个姐姐吗?"小汀说着,指指自己,又指指我,"我们都是姐姐,不许叫阿姨。"

"行啦,赶紧睡觉,下午要抄经书。"我给其他几个孩子掖好被子,"你们就不顾吵到别人。"

"明明是你们先问的。"宝妹和花妹异口同声,扭过身子不愿理我们。

"还没问那个最小的和尚。"小汀埋怨我。

"就不告诉阿姨!"花妹转过来补了一句,又生气似地转回去。

等她们睡熟,小汀说:"诶,不是离婚就是失恋,不是跑了老婆就是死了老婆,一点新意都没有。"

我暗想,呵,应该是没有"心意"才对吧?遇到难事,心情不好,烧烧香就突发奇想当和尚?但不过,看破红尘还能因为什么呢?总不能都像新闻故事里写的,某宗灭门案的疑犯窜逃十七年,从香客变住持,还多次出国交流佛法,那样多骇人。

经文抄了半个月,心也没抄安静。没了好奇,斋饭好像也没有那么可口。又到了钟点,把小孩们排成一行领进斋堂,在长条桌长条凳前按固定位置坐好,开始念《供养偈》,报答佛恩,而后向寒林饿鬼施食——就是把几粒米饭撒到外面台阶而已!

桌上三只碗,照例摆成倒"品"字形,里侧是饭,外侧是汤和菜。四样菜,混杂在一只碗中,像忘了洗的调色盘,红烧抚触白灼,目测全是黑不溜秋。

"又盛这么多,哪里吃得完?"小汀才对我怨声,鹰眼的目光就载道飞来,扫射出一片红彤彤的光,好似在提醒——只给十五分钟,不能讲话,也不能发出咀嚼吞咽的声音——纯属强人所难。

刚捧起碗,铁头陀便踱过来,将菜碗和汤碗推至我们面前的桌沿,阻挡我们用斋时将碗放下。我小声对他说:"太多啦!"

"好吃!"他答得莫名,还挤眉一笑。

吃程过半,饱嗝就从嗓子眼儿溢出来,悬空端碗的右手承不住重量,不停

1. 香客

地抖。大家颂《结斋偈》，我却只能把含在嘴里的饭菜慢慢压进肚里去。忽然想起小红帽中的大灰狼，最后被缝了满肚子石头，胀胀的心酸。

一出斋堂，铁头陀被小汀一把揪住："不是都和你讲了，少盛，少盛一点！"

他委屈地叹口气，但还是弯着笑眼："你们两个呆瓜，真会冤枉人。今天菜里有海藻，还有冬菇。那可是仁观法师去日本学习的时候，人家赠他的，就那么两小包，一直收着。觉得大家胃口不太好，才拿出来。我特地给你们多盛一点，换别人，才不会有这样待遇。"

我捧着鼓鼓的肚子苦笑，不知道自己是沾小汀的光，还是倒她的霉。

小汀仍不依不饶："可是饭也多。"

铁头陀更像被咬的吕洞宾："菜多饭少不怕咸吗？"

旁边一直沉默的小和尚这时意味飘忽地接了一句："借花献佛追姑娘……"

铁头陀青黑的面颊恼成红黑，拿"去洗碗了"给自己解围，又气不过，一边走，一边扭过头来骂："才来了两个月就不安生，信不信我现在就叫师父把你请出去！"

小和尚赶紧缝上嘴巴，默伴午后闷热的风。四四方方的庙宇，封住所有声响。又过了几分钟，他挪到小汀旁边。跑不动的风，是一种暗示。

他说："下午别去抄经了。"

小汀说："你说了能算呀？那我该叫你什么法师？"

他说："我还没法号呢。"

小汀说："那你这个光头是？"

他说："天热嘛。"

小汀伸手去摸他的头皮，小和尚愣了一下，并没有躲。

突然，又有风涌过。以让人惊愕的速度挤过这里，将自己麻利抽身——凌厉的想法和我如出一辙，诚实的姿态却歆慕不得。

"明天疏林庵搬迁，要去人帮忙，你们两个去一下吧？"风是仁观法师带

来,他一停下,风就拔腿。

"我们这边怎么办?"小和尚看看小汀,"总要留下一个吧?"

小汀看向我:"那就你去吧?"

我宁可盯住仁观法师的扑克脸:"应该怎么称呼那两位?林姨和舒姨吗?"几天前,她们来给孩子讲课,僧人们这样喊过。

"嗯。"仁观法师点头。

"就这样?"

"就这样。"

后来拼凑了许多版本的叙述,我才大致梳理清楚:疏林庵住了三个人,林姨、舒姨和林舒月。林姨年纪最长,有了她,才有了庵。她一直没嫁人,庵堂是她的祖宅。舒姨是外乡人,原本是大学老师,丈夫和女儿在事故中丧生后,她轻生却被人救下来,不知怎么就到这里来落脚,"疏林庵"三个字就是舒姨取的。

严格说,她们都不是尼姑,只吃斋念佛而已,但日子久了,乡民也把她们当尼姑一样敬重,有米有面有菜有油,都舀一点过去。虽然都已经到了婆婆的年纪,但还是被大家唤作"林姨"和"舒姨",大概这样才更亲切。

最可怜是林舒月,她是弃婴。她们是在一个秋天的清晨发现她的,天空正在分娩日出,奶白的月亮浅浅淡淡,舒姨后来和一些香客提起过,她的女儿叫"宛星",宛若流星,才舍她而去,所以她给这个孩子取名"月儿",就算圆缺阴晴,总会陪着她们。

我赶到的时候,已经来了不少乡民,帮忙搬东西,功德箱、香炉、跪垫,一样样从一扇小门里往外拿。

我跨过门槛,走过三四米长的漆黑过道,进了院子。

里边的格局有点儿像四合院,中间做正殿,有佛像,而左右两边,一面是厨房,一面是储物间。正殿后面隔出一间禅房,林姨喊我进去,拿来海青帮我套上。照照镜子,才半分钟不到就立地成佛,一双沾泥的慢跑鞋却老是被不够长的袍出卖。

1. 香客

时辰已到,和大家一起搬佛像,释迦牟尼佛、药师佛、阿弥陀佛、观音菩萨,都是小小一座,被放倒,扛上肩,两三人分担一座,倒也轻松。

说起迁址,只因为政府要修路,现在的位置恰好在规划路线上。林姨和舒姨倒一点儿都没有挣扎,要是能把山这边的路也修起来,亦算功德一桩,不枉乡邻们多年照顾。于是大家商定,把疏林庵从灵福寺的西边挪到东边去。而我也是那时才得知,灵福寺的那一大片水洼地,本来也是要重修大雄宝殿的,但是疏林庵要搬迁,能度法师和僧人们一商议,钱就花到这边来了。路修好,或许香火能旺一些?先有香客,再有宝殿,这也无妨吧?话说回来,灵福寺和疏林庵是多少年的交情了。

就这样,一座新修的尼姑庵突兀地静立在那里,仿佛一夜之间从天而降。大殿里,新修的佛像高高矗立,底下供奉糕点和水果,宽大竹箧上,刚蒸好的寿桃馒头热气缭绕,与香火缠合,乡民进来庵里磕头,钱币扎入功德箱里磕头,散得叮叮当当。人们进出,泼洒笑声,让这搬迁更像个节日,恐怕连屠夫都已笃信,自己鉴证过这场仪式,不管信不信佛,都可自动获得庇佑,能好好地度过荒时暴月。

我被叫去五观堂外帮忙洗菜,莴苣、土豆、黄瓜像一艘艘无帆的船,以不同的婴儿睡姿航行于一只巨大澡盆。林舒月蹲在一旁淘米,细长的身子一半泡在阳光里一半浮在阴影上。我把那澡盆往边上推一推,在阴凉地上腾出一个水印落款。

"舒月,过来点儿。"我说。

她一撅屁股,靠进来,脸上挤出一排白牙。可比小汀的白多了。

上了年纪的妇女们负责烧制,青椒莴苣炒豆干、土豆白芸豆烧素肉、黄瓜蘑菇炒木耳……一样样盛出来,装进饭盒。我擦干湿漉漉的手,站起来接过,正要派发给大家,却被林姨和舒姨拉到一边。

"那个……你有没有男朋友?"

虽然疑惑,但点点头。

"和你一起的那个女生呢?"

又点点头,心里厌恶,还真是八婆,难不成想给我们做媒?连尼姑到了这把年纪都要参与这么不讨喜的凡俗之事了吗?

"像你们这么大的女孩,是不是要有个男朋友才称心?"

我一下猜准她们的心思,不知道若点头还合不合适。风烛残年,万事不关心,唯放不下一二要紧。话题熄落下去,哑得像雨伞忽地被收拢,却要滚动出泪珠来。

吃饭的时候,她们仍把我夹在中间,也不管"食存五观",却只剩"散心杂话"。林姨说:"月儿也不小了,以前,我就想把她留在身边,可是现在,想法不一样咯。"

"您舍得?"我的视线开动过去,飞驰到另一张桌,林舒月那用来招呼的生涩笑容上。

"我心里真的不愿意,但子女的人生是他们自己的,不然我们就太自私……看你这个样子,认为我会反对的,是不是?其实呢,还是我先提的,我没嫁过人,但不是不晓得感情意味着什么……"林姨很郑重地交代我,"你有没有适合的同学啊?不行的话,没有考上大学的呢?"

舒姨听到这话,显然不悦:"月儿虽然是我自己教,但丝毫不比在学校念书的差……"

"但和我们住在这里,她遇不到什么人……你们同龄人的交际,是不是能更广泛?"林姨有心讨好地看着我,脸上的皱纹好似天罗地网,让我无力招架,渐渐蜷成被吃定的网中鳖,伸头缩头都糊里糊涂又犹豫不决。而那张网越收越紧,"我有时也去大光寺看看,来烧香的要么心里有人,要么心里有事,一看就不合适,怎么看怎么不合适……"

"但我舍不得月儿……"

"不是都商量好,这件事情迟早要办……"

"谁能确保物事长久……我们真的在老……"舒姨的声音颤动得像远处蜻蜓的翅膀,我的眼光躲得茫然,它们飞得这样低,又要下雨了吧?她大概看出了我的惧色,又语重心长:"我也没有别的期望,只要人老实,过日子肯

1. 香客

疼她。"

　　营期过半,小汀借口打坐时伤到腿,告了两天假,其实趁着雨天公园人少,赶去和男友约会,结果发来短信:"没想到草地那么湿,根本没办法露营,只好回家煮火锅。"小汀问我,为什么暑假做义工而不去看男友,她以为我还在热恋中,其实我五年前就和他交往,不声张是因为没什么可声张的,双城记就是这种不温不火的停战模式,记忆里的甜蜜都屈指可数,但诵经、抄经、禅坐、行脚,也会有他的名字在心里,任性暗涌抑或剧烈搅动。"啪"——这时,小孩就在脚边摔倒,仁观法师带着贴身的风冲过来:"你怎么还愣在那儿?"

　　附近有了亡者,僧人们赶去超度,休课一天。寺里仍守了几个孩子,我和还不会念什么经的小和尚留下看家。幸好有雨声,不用再说什么话题去织补闲寂空气,偶有香客兀然造访,氛围才徐徐暖融。

　　小和尚冲我眨眼:"你双盘好厉害,居然一个多小时。小汀三分钟就伤到腿,不知她现在怎么样了?"

　　约会咯,我心说。

　　雨愈大,天愈显现出清亮的白。送走又一位香客,小和尚说:"你好像从来不拜?"

　　我说:"我不喜欢有所求,聚散不由人。"

　　"无所求,'不向外力求,不为己身求',师父常说的嘛。"他说,"但你有没有想过,其实拜佛就是打个招呼,和说'你好'一样。去试试?我给你敲磬。"

　　"以为自己是维那师?"

　　"反正师父不在。"

　　跪在垫上,闭了眼睛,"顺其自然,业因果报,坦诚接受",不像心愿的句子,怔怔念了几遍。人像抽空一般,除了呼吸,什么都无法拥有。

　　"你哭了?"小和尚错愕地看我。

　　眼泪不绝涌出,湿了整张面颊。

"慧根呐！"小和尚晃着脑袋，"你去隔壁疏林庵落发吧，反正她们现在宽敞了，要人手。"

白他一眼，方才的真空心境撤离无存。

"你求什么啦？"这搅局者还在问。

"不求什么。"

升学、升职、恋爱、生死、团聚、离散，都是人生中的必然，为什么要去祈祷？忽然间，我却想起林舒月，收拾完饭桌，她坐在那片阴影里拨念珠，宽松的肩膀支撑一张惶惑苍白的脸，却还是透出一点清奇的好看。我那时真想走过去，"你在求什么？男朋友吗？"

已到夏令营的尾声，下完所有的雨，就燥热起来，山也不可逃脱的泛起红晕，好像被夏色灌醉。

林姨和舒姨送了绿豆汤来解暑。我说起小和尚的谐趣注脚，林姨说："拜一拜也好。歪理是歪理，也许就有了正途。讲歪理的人内心都有缘故，轻易不示人。"舒姨讲得更加玄奥："西方诠释学有'衍义'之说，古人有'诗无达诂'之谈，道理呀，因时因人而生出歧异……"铁头陀在一旁听见，抱紧了脑袋："哎，又来上课了……"

临走，她们送给我们一人一个手工制的平安符，红符黑字，正面写"众缘和谐"，背面写"子德芬芳"，底下系个平安结，小汀喜欢得不忍释手。小和尚见了，便兴冲冲跑过来，对小汀说："我的这个也给你吧。"

经念百遍，孩子们依旧吵，小汀和男友煲电话粥，午觉像绞肉一般，被砧成一粒一粒，迷糊之境，心跳得哀沉，像是深夜雪地里的脚步，一下一下扎进没过膝盖的白。我再不想和小和尚说话，他走来，我就绕开。经过走廊另一头，看到门外的过道上整齐地摆放着几双罗汉鞋，忽然想到自己不久前曾经好奇把脚伸进去。回家路上，又贪恋起烤翅来。

最后一夜是传灯法会，善男信女挤进寺里，像萤火聚圆又散成一线，手捧莲花灯，莲花处处开，亮满整座山，"南无本师释迦摩牟尼佛"，诵了一路。风有些大，摇曳的羸弱烛光去帮那些焦暗的病危灯芯，刚刚碰面，就都熄掉。

1. 香客

小和尚拿着打火机,跑后跑前。

"你们猜能度法师的灯为什么不熄?"他帮小汀把莲花灯点燃。

长长人流的最前面,火光始终通亮。

"佛祖那么偏袒他?"小汀揶揄。

"仁观师兄一直拿着打火机跟着呀,一对一服务!"小和尚大笑,又来点我刚灭掉的烛火。

"小孩子的就不要再点了,反正发了手电筒。"我伸手护住重燃的火苗。

"你终于肯和我讲话了!"小和尚把我拉出队伍,"为什么好几天都不睬我?"

"为什么把平安符给小汀?"酝酿了好几天,鸡翅皮都噼噼啪啪焦黑了十几串,这一口反咬得自然干脆。

"你也喜欢?"他刚一嚷,就被我的阴沉脸孔斥住,赶紧压低声音,"你要是喜欢,和林姨多要一个不就是了?林姨那么偏心你。"

"那不一样。"

"有什么不一样?"

我扭头就走。

"都是她们自己做的,到底有什么不一样?"他在后面继续喊,"好、好、好,不一样!那有办法……弥补吗?"

"带我上灵福塔。"

"啊?"

"带我一个人。"

它像一口枯井,倒立在地面上,仄仄的木质楼梯吱吱呀呀,越想一口气爬上去,两腿越觉得沉重,小和尚跟在身后,怎样都甩不掉。墨色加持的寒气像个流浪者,从那些石壁里汩汩冒出,用浪荡的步子在空气里曼舞,我受不了小和尚那张玩世却不乏恭敬的脸,非要偷取一声谅解。

"我费事拿来的钥匙,你说不爬就不爬?"小和尚也逐渐逼近翻脸的边缘。

"你根本就没明白。"

"无理取闹吧你。"

"对啊,就是无理取闹了!这段时间,应该是我工作比较尽心吧?应该是我比较了解佛法吧?我以为在寺庙里,至少应该有点什么不一样!"

一尊尊斑驳的石佛像,谁也没有背过身,就那样缄默地看着我和小和尚的对峙,尘埃原是肆意泼辣,这时却庄重起来,都老老实实定格,不再淘气叨扰,不再敢去让人心头一痒,鼻子一酸。

我把火发在这个快要散架的面庞上。一个暑假了,也没有想来看看我?反正每个暑假都当义工,反正每个节假都只这样过?反正不欢才在聚散故事里久演不衰?反正开学以后,这一页就翻过去,也无须折角留念,闹崩就闹崩吧。

直到秋天,我才意外地回收了安慰,和小汀同时收到小和尚的短信,态度诚恳,一字不差——"后天要走了,明晚见你们一面,好吗?"约在大光寺的山脚下,小和尚翻了山来会我们。远远看到他瘦瘦小小的身影孤零零立在那里,像块半生的年糕等着捂烫,小汀有些心慌:"之所以还俗是不是被我们在暑假搅扰的?"

没有路灯,偶有加夜班的卡车飞驰而过,在坑坑洼洼的小路上颠簸出奇幻的尖利。不晓得是忍受了蚊虫叮咬,还是吞吸了飞扬尘土,小汀看起来躁郁又低落。我们都没什么话可说,车灯一次次把小和尚的影子投射在四处,像小时候看过的皮影戏动画,此刻站在心里。

他从口袋里掏出一个平安符给我:"我去疏林庵要了一个,我说的是,我自己要的。"又说:"你们常回来看看大家,这几天,师兄们都念叨着呢。"

小汀说了整晚唯一一句话,只两个字:"你呢?"

他冲我们笑笑:"找别的工作啊,当和尚这活儿好像不适合我,又挣不多。不过也没有白当,交了好多朋友,高兴时,我还会念段好听的经文……"

快要中秋,月色的音量被拧到最大,掩盖了卡车的鸣笛,也送远了小和尚离开的脚步。

我还是与男友和好了,托他一起帮林姨问了许多人,他的一个同学表现出

1. 香客

兴趣,我回去告诉她们,但忍不住提示:"是人类学专业的,成天做什么田野调查,不晓得要不要提防?"舒姨马上甩手:"我们才不见。"话风传到灵福寺,连鹰眼都跑来怨我:"这样心思不纯,赶快回掉!"只有林姨宽慰:"你最细心,麻烦再多多留意。"

这几年,新的志愿者都是我负责校招和培训,有时他们打电话给我,"这里的汤怎么这么咸",我就晓得,铁头陀又放了两回盐,可是大家都装不知道。有几年的腊八节,我去给他帮忙,两个人面对面,我放碗,他盛粥,不言不语,偶尔撒出一点,他才"啊"的小声懊恼。

送粥的时候,他盯住善男信女一双双手臂,猝不及防地问我:"小汀怎么样了?"

"都说了好多遍,嫁人啦。"

"嫁给谁?"

我不想理他,同样的导火线要烧十公里,他才能惊爆般记起来。只和他说:"她家宝宝夜夜哭,都去电线杆贴告示了,'天惶惶,地惶惶,我家有个夜哭郎……'"

他这回却接得快:"会哭的小孩长大后才有人情味。"

而后,锅就凉在那里,好似冷不防地硌着他的美梦。

我分手的时候,鹰眼特地告诉我,去把那些旧物旧言,要么扔掉要么删除。

"煮熟的鸭子能飞,真是一点也不假!喏,你就是一棵树,你想这样长吧,偏偏这边挨一剪刀,你想那样长吧,偏偏那边又挨一剪刀,你想怎么过,就不给你那么过!怎么都过不好!"

"我快被你剪死了。"我冷冷看着那棵秃树。

他放下剪刀,又恢复成扫地僧的样子,清理满地的枝杈:"你别去打小报告,我剪自有我的道理。扫掉,忘掉,干干净净。"

其实,我知道,他还藏着二十年前的老照片,它们现在就和他的牙一样,泛黄又缺口,默不作声,总在心里尖叫。

只不过,林姨和舒姨见我那么心碎,反倒杯弓蛇影,为林舒月的事情争过几次,竟也不再拜托我……

我想,该写的我都写了吧,所有的相逢也常常是潦草收尾的。可时间是一个巨大的容器,所有的浓缩和所有的稀释都骤然间释放,劈头盖脸就扔回生活。

我没有见到林姨最后一面,这大概是近几年里,最遗憾的一件事情。我再次回到这里,院子里的草木都已长得胖乎乎,也没人打理,暴晒之下,垂头的垂头,疯长的疯长。

林舒月一见我,就把海青从柜里拿出来,让陪了整个早上的几位居士去休息。来吊唁的人并不比那次搬迁时候帮忙的人少,但进来,出去,一个个击鼓传花一般地哭过,就告辞了,是见林姨最后一面,亦是来递一句安慰,生怕舒姨又要想不开了。

他们或长或短地和舒姨说过几句,却发现她前所未有的干练和镇定。舒姨一次一次站起来招呼,招呼完就坐回去。到了晚上,她才开始目光迟滞,我们都以为她累,叫她睡一会儿,她说:"这种场面你们没经验,不晓得怎么应付。"

一听这样的话,林舒月就绷不住了,砰的一声跪在地上。

舒姨说:"你们回去吧,你们都回去。"

我说:"可能赶不上夜班车,留下算了,反正明日还要忙超度的事。"

林舒月也不肯走,我才晓得,她已经搬了出去,就搬进了原先那个四合院——反正政府后来都没有再提修路的事。

夜凉得小心翼翼,夏虫也闷声不叫,从一个枝头跳到另一个枝头仿佛都要蹑手蹑脚。舒姨好像个枯了枝叶的花盆,焦裂泥土被人们哭进一点泪,就不动声色地沉一点,直到很晚很晚,连夜归的鬼魂都轻柔罢工,这些泥土才彻底稀释,瘫成一团,老泪纵横,蜷在床上,米水不进。

送别林姨的场面很素洁,大光寺也来了和尚,这时却成为主力。能度法师和他的散兵游勇已把《无量寿经》念得呜呜咽咽,念得像一封封长信,也有

1. 香客

时，念得像一封发霉的情书。好多乡民后来都说，那是他们念得最好的一次，把疏林庵念成了人间情味最浓的地方。

休息的时候，仁观法师对舒姨讲："不管去了哪个世界，也不是这个世界了。从小喝的绿豆汤，今年说没就没，才是真的没了……"

舒姨说："我一直说，'肯定是我先死'，虽然小几岁，可是我腿也不好，心脏也不好，眼睛也不好……哪里晓得不好的反而成'老不死'了……'老不死'才最不好……"

我的视线一瞬间失焦，等擦干了泪，突然见小和尚打坐在那里，和僧人们一起念着。他的头发剪得好看，像雨过天晴的一轮圆月。

晚上，舒姨让我回去，又让林舒月跟着这轮圆月回去四合院。我才弄清楚，那也是不久前的事情：小和尚好不容易攒够首付的钱，回来捅破这层窗户纸，舒姨却说，她唯一的愿望是——"不要月儿离我太远"。

小和尚对我说："其实这个媒总归还是你做的，那天我来讨平安符，当时没觉得什么，后来每次想要念经，念头就深一点。"

我哑在那里，真想把鹰眼拉过来，和他说："喏，剪掉枝丫，不是还可以长出意想不到的新芽，'意外'里面也有好的啊，干嘛想不开当和尚？"但我明明也一样，醉生梦死在过去，锯不断。

每年祭日，能度法师上坟，舒姨就走得远一点，让他和未进门的嫂子，还有去替他当兵的哥哥，静静地待上一会儿。那天，林姨的事情都办完，舒姨才对我们说："林姨什么都为自己考虑好了，就葬在那个人身边。阿弥陀佛，死了那么多年，她终于可以活过来了。"

生活中持续着窸窣的声响，狼吞过暴风雨的大海也露出和往常一样的平静。舒姨就走得远一点，走到她给亡夫和亡女迁来的墓碑前，安安静静地坐一会儿，土地小腹隆起，像是生命在其内孕育。

那里的草越来越丰茂了，每一个叶片，都长着两只眼睛，看看人间，看看天上。

评论：天赋型选手的自律演出

小说写作是需要天赋的，这种天赋体现在哪怕小说不完美，却依然可爱和富有吸引力。作者在回忆自己的写作过程中谈到，在写《香客》的过程手感非常好。哪怕"我回过头去反思那些被删减的段落，其实有一些是很精彩的。我觉得它们比我保留的内容写得别致动人，但必须删掉是因为它们拖垮节奏"。

小说中我们会发现作者文字内外闪耀的灵感，这种自然得来的文学表达，理解为天赋并不过分。而作为写作新手颇为自律的克制，让灵感的倾泻，和小说的节奏配合得恰当。作者有意识让就在口边的评论感慨，以合适人物的方式出现，甚至干脆忍住，这一点对于新手写作来说，很难得。

小说《香客》的故事发生在一个特殊的空间，场景相对单一，被大山隔绝，自成一体的小庙和长短确定的假期，带来了空间的封闭性。如果把"寺庙"作为一种"容器"，那么作者把所有的人物与故事用这个容器收纳并摇晃出"人情反应"，在活动空间和心理空间的对照中，尽可能地保持多义性和暧昧性，试图通过场域的磁力制造一种介于"落定感"和"来往感"之间的氛围。"容器写作"的挑战在于群像处理，庙里的和尚半僧半俗，为故事留出悬念。作者也力争让每个角色都有鲜明性格和心中憾事，试图草蛇灰线，最后有一笔温情收束。

《香客》的创作动机源自作者一次真实的佛学夏令营活动，其中的人物也有着真实事件的影子，而在作者的加工后，给出了读者们关于僧俗之间的暧昧空间，这是对俗世的开解，也是对僧佛世界的另一种角度窥探。尘缘未尽的小和尚在庙里像是刺儿头，还俗了却又知晓自己无形中早已皈依，收养孤女的尼姑怀着复杂的依恋，尼姑庵搬迁时刻热闹简单的氛围……小说中人物与环境下"僧俗不分""僧俗合一"的感觉十分真实。

张爱玲的小说曾经被谭维翰评论为：小说全篇不若一段，一段不若一句。看似是负面的批评，但批评背后其实是对张爱玲天才般飞扬文字的称许。在作

者的小说中,华彩的片段和耐人寻味的细节同样很多,天赋型作者的自律道路往往比别人多一重克制,而在万般写作的敌人之下突围并坚持下去,便是胜利。

(谌幸)

2. 奔丧

张林-16级专硕

一

当乌鸦在树上站成花朵
你会看见我在十二个黑暗的缝隙中
眼白被夜染成黑色
来路分叉白色粗布长裙里
裹着的形体是幻影之风
一路催开油菜花

——陈莉

微信亮起，对于我的问题，我得到了如上那段回答。

一本翻开的书躺在椅子上，像几米开外那具安详平卧的遗体。她的人生也曾翻开，但此时已经合上。

2. 奔丧

我坐在离她三米开外的地方,守着那个通红的火盆,火光在暗黑的夜里妖艳如蛊。我不时地往盆里填些纸和木材碎屑,火不能灭。按这里的习俗,人走的第一夜,火不能灭。但是到底是给逝者照路,还是什么,我也不明白。

那个再不会生动起来的面孔对我是如此陌生。我不认识她,确切说,我不认识这里的任何人。

但奇怪的是,这里的人并没有对我的到来表示奇怪,甚至也都没把我当外人。我没有跪拜逝者,因为我不认识她,但是不耽误他们给我的腰上系了白色的孝带,安排了我守着火盆,以及在准备夜宵的时候给我送了一碗酒酿炖蛋。

我想或许是陈莉和他们打过招呼了吧。但陈莉到底是哪个,我还是不知道,我必须找到她。

我问她在哪,她回复了我开头的那段诗。这个时候春寒料峭,三三两两守夜的人里,并没有人穿什么劳什子长裙,都裹着黑色或者军绿色的大棉袄,围坐在尸体旁边打着牌,或者干脆坐着发呆。

五年来,这不是她第一次和我打哑谜。女人都是这样,她也不是第一个和我打哑谜的女人。但是我还是认真地站起身来,试图找到一些线索。

"你可还好?要不要再来碗面条?"从灵棚边的房子里,走出了一个俊俏年轻女子,头发挽成一个松垮的髻,面容带有明显哭过后的憔悴。

我心头一动,攥过她的手,唤着:"陈莉!"

她抽出手,平静地摇摇头:"我不是陈莉,我是死者的二女儿。"

"那陈莉在哪?"

"这里没有人叫陈莉。"

"难道我走错了?但是明明是陈莉让我来这儿……"

"没走错。"

"你知道我来这里干嘛?"

"知道,你是个作家,你要写葬礼。"她试图认真,但表情里明显带着敷衍。

"也不全是,我也是想陪陪她,对,陪陈莉。你真的不是?或者,陈莉是

不是你的笔名?"

"我没有笔名,这里没人有笔名,这没有陈莉,真的陈莉或者笔名的陈莉。"

"那是谁告诉你我会来?"

那女子摇摇头,走到牌桌前,换下了一个打牌的小伙子。她开始出牌,吆喝的声音粗鄙得如一个正宗的村妇。我想大概她真的不是陈莉吧。

那个小伙子定定地看了我一会儿,嘴角戏谑地笑:"陈莉在房里,二楼右拐第三个房间。"说完不待我提问,就扭头钻进房子里,像一条狡猾的蛇。

我给陈莉发微信:"你在二楼右拐的第三个房间?我去找你?"

等了半晌,陈莉没有回音。手机亮起,打开,发来消息的是徐琳。

"不要去找陈莉,快回来!马上!刘刚今天到家里来催稿了,最晚这个月月底交书稿,才能赶得上今年夏天的书展,你不能再拖了。"

我心里悚然一惊,第一是,她怎么知道陈莉?我和陈莉来往的邮件都加密了,这次出门也做了万全准备,明明我出门时,她是笃定地相信我真的是出去采风,当然事实也确实是这样。书稿只剩最后一章,是关于一场葬礼,我却怎么也下不了笔,心中莫名慌乱,大脑空白如一场暴风雪。我给陈莉写信寻求灵感,她回复我的邮件还历历在目:

> 我的养母刚刚去世了,我现在在老家,你可以来参加葬礼,或许会对你的写作有所帮助。你到S市后转客车到双菱县,找那种拉客的小车,和他说到同心村大队,下了车,背对油菜花田向右直走,看到的白色灵棚就是。来了什么都不必说,也不用找我,他们会招待好你的。祝好,你的陈莉。

此刻坐在这里,火盆里的火将息,我慌忙将手边的黄表纸卷好塞进去,火一下子窜起来,映得周围的地面明明暗暗,像是荡漾的夕阳下的深潭。我突然间脊背发冷,发觉自己是做了一个很大的冒险:因为一个从未谋面的人的一封莫名其妙的信件,就把自己置身在一个完全陌生村庄的陌生家族之中。这一切

2. 奔丧

好像都在被操控,而自己一无所知。

而我最不安的是徐琳的反应。她到底知道了些什么?知道了自己老公赴一个陌生女人之约,居然不是质问,而是还关心编辑催稿的事情,这不是我认识的那个徐琳。结婚十年了,徐琳从来不是个冷静的人,今天这样的反应,似乎她知道的比我想象的多。

我心头一颤,陈莉的事情倒没什么,毕竟这是所有和自己深入交往的女性里,最干净坦白的一个了。虽然这坦白干净,并非是我的本意,我倒是想发生点什么故事,但是她从来没给过我机会,真是沮丧,我和她之间,我在明她在暗,似乎一直被她牵着走,却连她的面都没见过。但是也依然埋藏得滴水不漏,这件事情要是被知道了,其他那些,也瞒不住。女人真是可怕的动物。

但是眼下,我必须要清楚自己的处境,我觉得自己处在一个巨大的谜团之中,并不是被一个身份不明的朋友邀请来体验生活那么简单。我决定掌握主动权,我要去推开二楼右拐第三个房间的门,一睹她的真容,把她推倒在床上。

想到这里,我下身一阵燥热。我想在这个场合真不该有这样的念头和反应,心虚地觑了一眼三米外躺着的遗体,陈莉的养母。打牌的吆喝声中,她静静地躺着,脸上似乎涂了蜡,泛着干涩的光。她没有睁开眼睛,看不出在责怪我,然而我却有种奇异的感受,似乎有种熟悉感,感觉在哪里见过她,甚至曾爬出她的子宫,或吸吮过她的乳头。

我不能忍受这奇诡的念头,搓了把脸,起身向房子走去。

凌晨两点的空气寂静,打牌的吆喝只能让这静更向深处沉去。我看见一只乌鸦停在眼前还没发芽的树梢上,像一朵黑色的花。门口的灯光白而刺眼,我脚步尽量轻,不敢吵醒这一房子里沉睡的陌生人。在木质楼梯的尽头右拐,第一个房间房门敞开,铺好了床,点着和门灯一样刺眼的白炽灯,没有人。第二间房门关闭,缝隙里透出的是沉沉的黑暗。我在第三个门的门口沉吟一下,敲了敲,没有回音。我打开手机,点开陈莉的头像,那纯黑色没有任何图案的方块此刻让我觉得有些压抑,我敲了几个字,又删掉。把手机揣回兜里,清清嗓子,直接去推那扇门。

　　门居然很轻易就开了。似乎并不意外，我没有看到任何人在房间里。甚至这里也没有床，这不是一个卧室，更像是一个仓库。一盏昏黄的低瓦灯，像是很快要燃尽它的寿命，却还苟延残喘地照着它能够照到的一切。

　　黄，昏暗的黄，经由暗通向漆黑。我从黑里向亮处走，一点点看着那些时间的遗骸。那些零零碎碎的物品在我眼里，只会让我想到一个词：遗骸。

　　先是一个布口袋。三种颜色的画布拼接而成的，那种里面装了谷子的可以用来抛来抛去或者踢着玩儿的口袋。没来由地我觉得这一定是陈莉的，这一屋子东西都是陈莉的。我仿佛看到时光之箭倒射，射向小时候的陈莉，在门前踢着布口袋的乖巧模样。虽然我看不到那脸。恍惚间，那幼小的女孩身躯却倏忽变形，我似乎看到的是我自己，在默默地安静地踢着口袋。四周已经完全暗了下来，街灯昏暗，没有人寻找我，没有人呼唤我，我一个人在一个空旷的小庭院里踢着口袋，虽然我已经看不见它落在何处，但是凭着它带动的气流和风，我总是能找到它下落的方位。

　　这是一个人，和一个布口袋的默契，和世间万物唯一的默契。

　　我感到一种怀旧的潮湿，这潮湿让我有种隐秘的，带着痛和压抑的兴奋感。我借着微弱的光想寻找更多的这种怀旧的寄托物，彩色的石头、破损的磁带，缺了一条袋子的背包，然而下一秒我背后一冷，几乎站立不稳。

　　眼前看到的一张小照片让我惊慌失色。突然觉得命运如一张网，早已将我紧紧缚住，而我还浑然不知，而且完全找不到任何线索。我被恐惧感裹挟得几乎站立不稳。

　　徐琳，她的照片为什么会出现陈莉家的仓库里。

　　这两个完全没有任何交集的人。她们到底藏了什么秘密。

　　突然之间，暗淡之光晕被撕裂了一个大口子。刺眼的光闯了进来，如那两个带着孝带的陌生男人。他们一言不发地架着我的胳膊把我架出了屋子，在我想起来反抗之前。

　　那一刻，我觉得我是一只躺在实验台上的小鼠。

2. 奔丧

二

真相就是一枚老鼠的吻
谁寻找，谁就落入深渊
七宗罪剥落像瓜子皮
谁沉默，谁就被利刃刺穿

——陈莉

醒来的时候，我在一间没有窗的房里，黑暗以黑暗的形式流淌在空气中，随着呼吸进入肺腑。

我胡乱摸索了一气，舒了口气，手机还在。

打开，凌晨四点二十三分。

昨天被拉扯的手臂一阵轻微的钝痛，这疼痛让我心里悚然一惊。前几天要出门前，徐琳拉扯我的胳膊，也是这样痛。我想，这是不是徐琳的报复？她一定什么都知道了。

我给她发了条微信："是你串通的陈莉来报复我吧？"我居然有一种邪恶的期待，我想被识破了诡计的她一定气急败坏。

微信亮起的速度让我心惊，此时是凌晨四点多，徐琳的闹钟是六点半的，她要赖到七点才能起床。然而此刻，手机界面的显示："我正在去找你的火车上，今天上午十点到。"

恐惧感在这时才铺天盖地袭来。她这是默认了么？她怎么知道我在哪里？她来是做什么？

距离十点还有六个小时，那条信息像是一条宣战的檄文，我内心里开始倒计时。

同时我感觉到自己的心脏在崩塌。不是一种修辞的夸张，而是真的感觉我的器官，我的肉，我的血管在崩塌。我藏了很多秘密，但是我一直自作聪明地以为，徐琳在我面前是透明的。我觉得自己在她面前是安全的，而我也很依赖

于这种安全。

我二十三岁那年遇到她,那时候我还没成名。如今已经十年了。她爱我。我也没有不爱她。但是这还不够。我心里有个黑洞,像蛇一样生吞活剥,却感觉不到味道,它填不满,而我必须时刻寻找新的刺激。

我想我不是个坏人,我并没有伤害她,只要她不知道,这一切就可以相当于没发生。这样说听起来很人渣,但是没有办法,这是我存活的方式。没有人知道,我是一个没有感觉的人。这并不是说你咬我一口我不会痛,或者吃了一口放多了盐的菜也不觉得咸。问题不出在我的身体上,而是魂魄。我的魂好像麻痹了,半身不遂了。

我感觉不到爱,也无所谓恨。我感觉不到快乐,自然也没什么痛苦。那个时候我发现,世界上最可怕的不是痛苦,而是听起来极具诱惑力的,没有痛苦。

你知道她爱你,但你却感觉不到这种爱。你知道你也该是有爱的,但你也依然感觉不到那爱为何物。花开的泛滥如春天的丝袜,我觉得我似乎应该愉悦,所以我笑;当一个人离开,我觉得我似乎应该悲痛,于是我让我的脸扭结,尽量看起来痛苦。

我的表情并不被我的灵魂触发,它独立存在,像一个和皮肉分离的面具,对外界的刺激自主进行看上去得体的反馈,而这些都与我无关。

我想我真正的样子,是一张没有五官的脸,皮肉僵死,脸一丝褶皱和波动也没有。或许其实我已经死了。

没有痛苦并不意味舒适和欢乐,这是无止境的腻烦和绝望。有黑夜的人还能拥有黎明,而我从来只是一片灰蒙蒙的雾霭,无止无尽。但是人都是有趋光性的,我必须自救。我发现只有在个别新的人和事情上,才能得到短暂的刺激。新到一个地方的头三天,拿到一个新的写作项目的头半个月,出一本新书的头二十天,我都可以像打了鸡血一样,觉得生活有了意义起来,但这相对于漫长的人生都太短暂了。我太孤独,我需要人,需要一种长久的安全感。我知道徐琳爱我,不会走,但这远远不够,我需要更多类型的爱,那种知道她一定

2. 奔丧

会走的安全感，或许才是真的安全感。

我找过很多人，尤其我成名后。现在的女人很好，她们也把你当做一个游戏的道具，各取所需，平等交涉。但是短暂的刺激之后，那种感觉并不能存留多久。我想我得了失忆症，这种失忆不是理智上的，相反作为这种失忆的补偿，我对于哪月哪日哪时见了谁，她的脸上哪里有痘印，在哪里相拥而眠，床单上有什么污垢，是否起了毛球，吃的哪家餐厅，用餐时对方脸上的表情，吃进食物时嘴角咧开的弧度，看向我时睫毛如何卷翘，都记得一清二楚。我对这过于拥塞的记忆很烦恼，却不能摆脱。而我丧失的那部分是关于感觉的记忆。我无法再现当时的感觉，那些短暂的愉悦、瞬时的新鲜感和稍纵即逝再不复归的心动，并没有沉淀在我的生命里，而是在刹那间如风四散，而我生命里的感觉之园永远是一片荒芜从零起步。

陈莉是在我生命里存在得比较长久的一个人。但和她们不同的是，她既没给我那种短暂又充满危险诱惑的刺激，也并未给我长久的安全感。我和陈莉的相处和她们都不同，我们没上过床，确切说我和她都没见过面，甚至连她的照片都没见过。或许就是这种神秘让我能够有动力和她保持了三年多的联系。

最初是一封读者来信，在我的电子邮箱里。自从某无良出版方公布了我的邮箱之后，这样的读者来信太多了，每天至少有十几封。但是和那些恭维的、暧昧的、求教的以及故弄玄虚的各类来信都不同，她第一封信就和我说：

> 别看你文章写得那么热闹，其实你的生活特别枯寂吧。你写自己去旅行，认识各种新的人，那些正能量无非都是你为了挣钱，为了掩藏自己而摆出来的面具。我是个做边缘语言学研究的人，言语结构会暴露很多秘密，我最近在研究语言结构和心理。你的用词看上去轻快、老道，但是在词和词的连缀当中，那种联结并不自然，感觉像是特意矫饰过。而你语言的节奏起伏，看上去生硬而乏味，与你内容里传达出的意旨迥然相异。
>
> 我猜你写的那些感受，你都是感觉不到的吧？我猜你散文里回忆的那些生活，都是你虚构的吧。我想你下笔的时候，写出文字的不是心而是大脑吧。

署名陈莉。

这就是她给我的第一封信,我看出一身冷汗。就像我的大脑开了天窗,被人一览无遗地窥视了一样。我私下里去查她的信息,托朋友打听,完全没有发现有这样一个语言学家,在学界没找到这样一个人。我曾揣测她是不是同行嫉妒我的人化名来要挟我的。但是那又怎样呢,我也没什么可怕,这种揣测毫无根据也无法落实证据,我不承认就罢了,更何况,就算她写的是真的,又如何?文学的虚构性质本来就是被承认的。

但是我还是准备回信,一半是因为莫名其妙的恐惧感,人越恐惧一个未知的东西,便越要想方设法接近。人是多么自以为是的动物,总是觉得自己能够靠近真相,并自以为变未知为已知就能安心;另外不得不承认我在受好奇心的驱使,什么样的女人都见过,但这样的开场白真的没见过。如果是场恶作剧,我想要报复回去。不得不说,我如她所说的枯寂生活,因为这件莫名其妙的事情,感觉到了一丝刺激,我就像嗅到血腥味的蛇,开始等待着新一轮的变化和进攻了。

然而就在我攒足了劲儿,想如何回这封信,如何给对方下套儿的时候,她的下一封信又来了。

这封信明显缓和许多,她说:"不要害怕,我不会把这些说出去,说到底,都是我自己无聊的揣测罢了。之所以和你说这些,无非是觉得自己是和你一样的人,患着同样的病,来互相找个慰藉罢了。我还有些故事想讲给你听,主人公你也可以当做是我,也可以当做不是,那都不重要。你要是愿意的话,也可以把它们当做小说素材,直接用也无妨,反正我自己也不会去发表小说,也不想涉足文学圈子,若是能让这些文字经由你的手见了天日,也不枉费它们在我头脑里走过一遭。"

后面是一个短篇故事。后来,每隔一个月,她会发这样一篇故事给我。实话说,我并没有直接拿这些故事去发表,这是剽窃,但文中故事时有和我脑中的冲动契合,也确实给我提供了很多灵感,同时也带给我很多不安,我对这个陈莉越发好奇。除了故事,她偶尔还会和我说一些无关紧要的话,比如她第一

2. 奔丧

次买了牛油果,不知道是该拌沙拉汁还是拌白糖。

我有一个瞬间,在想陈莉会不会就是徐琳。但是徐琳从来没做过牛油果,她是个杂志编辑,挣得不多,但忙得要死,实在没有什么时间写小说。

当我沉浸在自己并不通畅的推理中时,门开了。光线刺了进来,像一条吐着透明信子的白蛇。是之前一直守在灵堂里默默无语的那个老妇人。突如其来的光线里,她暗淡灰黄的脸被罩上一层神的色彩,像西方壁画里那些圣洁的救世的女性,又像魔鬼扮上华丽洁净的乔装。

她端着一碗面,默默无语地摁开了灯,剧烈的光亮让我眼前一阵发黑,待我适应亮度睁开眼睛之时,她已离开,桌子上只留下一碗还冒着热气的椿芽面。细的面条,浮着香椿芽,卧着一个荷包蛋。

椿芽面!我悚然一惊,猛然想起大概是一年多以前她给我讲的一则很短的故事里,提到过这种东西。

我慌乱地摁开手机,打开邮箱去找一年多前的那封邮件。在那碗面的热气熄灭之前,我找到了那封邮件,故事很短,我一边吃面一边看下去:

椿芽面

魔鬼来到村子的那一天,香椿正抽芽,绿色的生机上带着紫色的危险的暧昧。魔鬼们说需要一个子嗣,便来到我家,说我哥身上流着它们的血。

它们说,我和哥都是魔鬼的后代。但是它们只需要男孩。

它们说,我们都有病,只有它们能治好我们。但是它们只能够带走一个人。它们想带走哥。

爸妈和我们说,不要被魔鬼哄骗,它们在说谎话。

但是魔鬼给了爸妈好多好多的钱,爸妈便不说话了。

我和哥哥说,你不要被魔鬼和爸妈哄骗,你不能走,你走了我会死。

它们把我拉开,把哥哥拉到一个小屋子里,不知道对他做了什么,一下午都没有出来。

太阳快落山的时候,它们终于把哥放了出来。但是我知道哥变了,他

的脸上也开始有魔鬼的色彩。在夕阳暗淡又沉重的余光里,他的脸上有浅淡的红晕,像是惊恐,又像是因兴奋而血液上涌。

院子里飘来椿芽煮熟的味道。母亲端了一碗面,细的面条,浮着香椿芽,卧着一个荷包蛋,流下泪来,对我哥说:"吃了这碗面,就上路吧。"

我哭骂着他们把我哥卖给了魔鬼。他们叹气,说着:"你哥也是乐意的。"

我不想和我哥分开,就央求魔鬼把我也带走。魔鬼摇头,我看向我哥,他也沉默不语。

于是我哥走了。在吃完那碗椿芽面之后。从此我再也不吃椿芽面。

五年后我死了,他们把我葬在后园两里地外的水塘边,通向那里,有一条油菜花路,路外面有三株杉树,其中一棵被雷劈断了一半,斜对面还有一个谷仓,废弃的,被老鼠做了王国。没有墓碑,只有一块棕色的半截木板,写了我的名字。

我再没见过我哥。

这在她波澜诡谲的故事里,算是比较平淡无味的一个。看起来又不见得和现实生活有什么关系,无法用来推测她的身份,所以我并没有太关注过。

我不觉得这些一定和她的生活相关,因为在她之前发来的故事里,虽然都是第一人称"我"在讲述,但是"我"的人设千奇百怪,有小偷,有强奸犯,有妓女,有狐妖,男女老少人妖神鬼遍及,乱花般迷人眼,我无法分辨哪些和她有所关联,或许都没有。当时唯一注意到的便是那坟的位置和环境,在一篇短且没太多细节的短篇里,显得铺陈过多而不谐。但是作为一个专业写作人,我大概也知道这种行为的用心,越是虚构的越是要去铺陈一些看上去无关紧要的细节,会迷惑人,让人觉得真实。无非是个写作伎俩罢了。

我失望地放下手机,或许就只是巧合而已。我的时间不多,我必须在徐琳到来前找到真相,虽然我并不知道这真相到底意味着什么,也不知道徐琳到来之后会有怎样的情形发生,总之我要掌握主动权。

我恋恋不舍地搁下碗,说实话这面的味道让我很挂记。我自己是个北

方人,没吃过香椿,但是这味道莫名熟悉,或许是像我小时候吃过的某种山野菜。

我也不记得我小时候有没有吃过山野菜了,我记性不好,小时候的事情过了就忘,倒是常听我爸妈讲,他们以前带我去郊外采野菜,我想是吃过的吧。

此刻,窗外响起了哀乐声。想来是殡葬队的来了。我溜起来,发现自己就在二楼右拐的第二个房间里,而昨晚我去的第一个房间,一把锁悬挂在那里,里面到底还藏有什么?

此时脚步声响起,我分辨的出是两个人,而且应该是青年男人,因为那声音急促,有力,似乎就是昨晚架走我的那两个。我慌乱中躲进第一个房间,空的,没人,也没什么能藏匿的地方,犹豫了一下,我躲进床底。

我很庆幸我躲了起来,因为从后面的对话,看得出他们是来找我的。

"他又跑哪去了?"

"反正隔壁已经锁了,他什么都看不到。"

"那也不能让他乱跑,要不把他锁起来吧,等徐琳姐过来。"

"锁起来不合适吧,怎么说也是有头有脸的人。先找到再说吧,我们多看着点,但也别让他发现喽!"

两个人稀稀拉拉的脚步渐远了。我背后已经一身冷汗。果然是徐琳。

比起惊恐,我更多的是绝望。我眼前一片发黑。

再睁开眼睛,似乎也并没有过多久。我想是自己低血糖的老毛病又犯了。

此时,手机亮起,还好没有声音。是陈莉。

三

梦都是白的,白的
土拨鼠将现原形
灰蝙蝠将现原形
红月亮将现原形

——陈莉

我想陈莉是疯了。而更糟糕的推测，是陈莉根本就是徐琳。

我不敢再留在这里，我要逃走。我要回到我的城市，那里有我的朋友，我的同事，我的情人，我的律师。

从床底爬出，发现后窗是一片菜地。一个人都没有。二楼不高，我跳了下去，砸在一片白菜地上，瞬间一地狼藉，破损的菜叶如同运命。臀部火辣辣的疼，但我顾不上太多，起身朝着远离灵棚的方向逃跑。

哀乐在背后响起，震天动地。为什么选择这样一个场景？是要让我死么？我仿佛看到了自己的出生与死亡。

我拼命地跑，过往的种种在我眼前像倒退的树干一样闪过，我知道自己做了不好的事情，但是也不至于被置于死地。而最绝望的是，虽然我一直在和不同的人上床，但是徐琳一直都是我心里最安全最安稳的角落，想起她，我觉得自己是有家的。如今她这样算计我，我有一种世界崩塌的感觉。我并没有那么渴望活着，但是我也不想这样绝望地死去。

一个谷仓从我身边倒退过去，几只老鼠绕着我的双脚，三个杉树也是，一个被砍断了一半，一大片油菜花田的尽头一片水塘在左边闪烁着粼粼的光。我不由地止住脚步。这场景如此熟悉，对，是《椿芽面》里提到的坟墓的位置！我慌忙顺着那条油菜花的小路向水塘走，没走多远，果然看到路的前方有一个土包，上面似乎插着一块细小的木板。

心脏一阵紧缩，我不知道这是我在自己接近真相，还是更加深陷她设下的局。

一步步走近，木板上用白色油漆写的小字也渐渐清晰。

"陈莉之墓"

我一阵眩晕。

四

天光熄灭，地光便亮起

2. 奔丧

那亮点不燃松香

午后便没有太阳

————陈莉

再醒来的时候,果然又收到陈莉的消息。我此时后背发冷。难道一直与我对话的是个死人?我虽然不是唯心论者,但是和一个鬼发了三年的电邮和微信这件事我自己都没法说服自己。

徐琳到底在玩什么把戏。

太阳刺眼起来。我仿佛看到了我的爸妈,在天上看着我。他们死于一场事故,在自驾游的路上,车子于盘山道上爆胎,滚下了山坡。他们在我小的时候很忙,我几乎想不起他们陪伴我做过什么事情。但是我想他们还是爱我的,记得我后来生过一次病,几年来都是他们带着我求医问药,长大后又送我出国留学。我丧失了感觉,但是我觉得自己应该还是在想念他们。

我又看到徐琳的脸。我第一次见她就觉得熟悉,这让我对她有种先天的亲近。她是我的第一个编辑,是她最初发现我的才华,和主编极力地推荐我,才有我的今天。某种意义上说,她是我的恩人。但也是她扼杀了我很多可能性。我报恩也报仇。我娶了她,让她相信我只爱她。同时也悄悄地背叛她,若她今日报复,也是我应得的。

我还看到夏天的西瓜,在七月里的腐败滋味,腐坏的天,软烂的红,如床单上那一小块淡淡的血迹。

我看到一支口红,一块融化的巧克力,一块丝绸方巾,一本诗集。

几十种物体在我眼前飞过,它们每一样都有不同的主人,我记得她们每一个名字,样貌,脸上的斑点或者毛孔,然而我并没有记起任何感觉。

已经九点三十,徐琳马上就要到来。我站起身来,朝着远处奔去,我想我要跑得远一点,租个车回到镇上,再快快坐车回S市。我准备要打电话给我的责编也是好哥们刘刚,让他来救我。我很后悔没有在过来之前先告诉他,或是让他陪我一起。他是在工作场里难得一个除了徐琳外我能够信任的人,文学

这个圈子,无非是个名利场,大家自大的自大,捞钱的捞钱,通常没什么真朋友。刘刚是少有的知音,他懂得我的作品,也真正为我着想,我一度觉得我和他就是中国的麦克斯·伯金斯和托马斯·沃尔夫。

但是他的回复让我惊恐:"你就待在原地,我和徐琳这就去找你。"

他什么都知道了?他难道和徐琳是一伙的?我几乎晕厥。这时徐琳的电话也来了。我挂掉,不敢接。她微信只发来一句话:"你不是想知道为什么么?回到那间锁了的屋子,一切都会有答案的。"

我知道这是我逃跑的最后机会。但是我站住了。我在害怕什么呢?

我站住的原因还有一个,除了徐琳,我昨夜在那个房间里还看到的一张照片,上面的那张脸是我常常梦到的。

我承认我不能放过这个真相。

我一步步往回走,我发微信告诉徐琳,我等她,接受她所有惩罚。

我一步步地走近灵堂,此时,殡仪队那些敲鼓的,跳舞的人已经乔装完毕。并没有人上来捆住我,他们的眼神里充满同情。我看见那个老人已经被装进了棺材,再也看不到她凝固的脸上最后的表情。

我想起我的父母,我没有看到他们的遗体,我只看到事故照片上,他们脸上的惊恐。

我一度怀疑是他杀。但是事故鉴定是意外,身边的人也都不让我再追究这件事情了。

我看到徐琳从远处走来,步伐焦急。

我突然眼里慢慢地浮现了一张脸,照片上看到的那张脸,梦里常出现的那张稚气的脸,在眼前慢慢生动起来。和徐琳有那么一丝相似,但又完全不像,我想不起这之间有什么关联。

"你是来报复我的么?陈莉到底是谁?"我问。

"我带你再回那间屋子看看吧,看你能不能想起些什么。"徐琳的声音难得的沉静,不像我记忆中的她。

钥匙插进锁中心就像利刃刺进心脏,我看到徐琳平稳地刺了进去,那把倨

傲的锁溃败。然后我看到了许多在我梦里出现的物件,我曾以为那是梦。我在照片里还看到了年幼的徐琳,梦里的稚气女孩,以及,我自己。

记忆如暴风雪般袭来,我一阵头痛,眼前又是一片无垠的黑暗。

五

我失去了对身体的控制力,但似乎保持了某种类似听觉的感觉。

我听见徐琳和"我"的对话。"我"的声音很奇怪,变得尖细而稚嫩,然而还能听出是个男人的音色。

"你罢手吧,你并不是陈莉,陈莉早就死了。"

"什么是活,什么又是死呢?他始终都认为我真实存在在这个世界上,我就活着。"

"但是他什么都忘记了,他已经失忆了,你又何必不罢休呢?"

"如果他真的都忘记了,也就不会有我的存在吧。看上去他是忘了,其实倒是记得更深,深到催生了我。我就是他的记忆。"

"但是他若是愿意记起,就不会忘记。你是他的痛苦。"

"这是他应得的,他亏欠我的。"

"这只是你的认为,死去的陈莉并不一定这样想。你自己应该明白的,你不是陈莉。"

"我是不是陈莉这并不重要,她已经死了,所以我才活着。我在保护他,让他认识到自己,让他赎罪。"

"你真的觉得你在保护他?你在害他!"

"说起害他,你应该比我更担得起这个罪名吧。你早就不是原来我认识的那个徐琳了,或者说我从来就没有认识过你。我是死了,然后活着。你是活着,同时死了。"

"我害他什么了,我帮他打理一切,让他出书,出名,还给了他一个家。"

"你从最开始就在利用他。不得不说你很聪明。你从听说他第一次发病和

失忆就找到了那对魔鬼夫妻,说你可以帮助他走出来。我知道你很小时候就暗恋陈力,那对夫妻帮你得到他,还给你安排了工作,你就沾着陈力的光从一个农村女子变成了文化人。"

"我的工作是我自己努力得到的,那也不是什么魔鬼,是陈力的亲生父母,也是你,啊不,陈莉的亲生父母。他们带回陈力其实也是为了赎罪。如果他们当年不带走他,他也活不到今天。"

"我知道你不是他的双胞胎妹妹陈莉,你是陈力的愧疚。这种愧疚在他失忆后进入了潜意识,便成了你。其实陈力你不必愧疚,当年的那件事,细节我们后来问过你爸妈,包括你的养父母,他们之所以只带走了你,并不仅仅因为你是男孩,也因为你的病比妹妹轻一些,而他们只能负担一个人的治疗费用。"我分辨出这是刘刚的声音。

"你就别在这里装好人了,你以为你是谁?陈力的兄弟?好友?你也无非是个小人罢了。"

"你……陈力我一直觉得你把我当兄弟,原来你内心里是这样想我的?"

"你别多心,她不是陈力,不能代替他的想法。"徐琳的声音。

"不,若不是他潜意识有这些,任是第几人格也说不出这些话。"

"你们别再虚伪了,他走到今天这一步,你们真的没有在推波助澜么?你当你们真的在为他好?你,徐琳,我知道你一直在实时监控我的邮件,我妈去世的事情你也知道,你该猜得到我会带他来这里的,你为什么没有阻止?既然你们都知道我的存在,为什么不送他去精神病院?哈哈哈你以为我猜不出你们的套路,你们这对奸夫淫妇,早就背地里勾搭上了,利用着他的才华和名气为你们谋财谋利,现在钱攒够了,你,刘刚,也因为他混上了名编,觉得他是你们恩爱的绊脚石了,就想把他踢开吧?光踢开还不过瘾,还想趁机捞一笔,趁着这件事让他彻底沉沦发疯,借此炒作一笔,疯狂的天才总是能吸引更多眼球,他的新书便会大卖,而他只要在精神病院度过余生,你们俩便可以双宿双飞了。"

"你,你这样刺激我们没有意义,而且你占着他的躯体不走,我们岂不是

2. 奔丧

会更容易如愿?你放他回来,我们反而无计可施,对不对?"徐琳的声音出人意料地冷静,并没有恼羞成怒,让人不知是坦然,还是承认了指控。

"琳,他到底是谁,我已经分不清了,到底是陈力自己,还是他的妹妹,还是别的谁。他是如何有这样的想法的,我不相信如果陈力没有这种想法,他的第二人格会说出这样的话来。然而,然而他……"刘刚的声音。

"不论你是陈莉也好,还是什么也好,你都不是一个成熟的完整的人。你不会理解什么是爱。我承认我爱过陈力,但是爱是什么,那并不是一个纯粹的美好的词汇,那是一个充满坚持也充满放弃,孕育希望但也藏污纳垢的空间。和他一直在寻找别的刺激一样,我也需要获得肯定,获得安稳。我爱刘刚,因为他简单,健康。我们爱的终究还是自己,没人能用爱打败自己的欲望。但是我并不想害他,我一直在想他最好的出路是什么,是在我们为他灌输的虚假记忆里走过这不彻底的一生,还是去面对真相。但是真相对他而言过于残酷。虽然当初对他亲生父母的车动手脚的是你,然而毕竟是经他之手。有时候真相意味着杀戮。"徐琳的声音始终冷静。

"琳,我们在做什么?我们不是来接他回家的么?然后呢?然后该怎样,他该怎样面对后面的人生,我们又该怎么面对我们的,你告诉我,琳。"刘刚的声音在颤抖。

"他已经厌倦了他的人生,他欠我一条命。以后这个身体是我的了。他,应该不会再回来了。"那个稚嫩的音色在尖笑。

"这就是你说的保护他么?到底是我们谁在利用他?是不是人性的自私最终连自己都不能放过?"徐琳的声音开始冷冽。

"我不知道。我不知道这算是谁的决定。也不知道事情怎样算好的结局。"刘刚的声音抖动着。

"联系好精神病院了么?"徐琳声音恢复平静。

"联系好了。"不知道谁的声音。

"三弟,麻烦你们帮着把他抬到车上吧。"

我手肘感到一阵熟悉的疼痛,又听到一声高亢的尖叫,然后我坠入一片宁

静的黑暗之中。

在彻底的黑暗到来之前,我看到小时候的徐琳,扎着羊角辫,跟在我的后面。

我看到我经历的那些女人,以一个个物体的形式从我眼底闪过。

我看到一轮红色的月亮,一个埋在油菜花地里的新坟,医院里手术室的灯光,眼泪,喘息,呆滞的眼睛。我看到病房里哭哭笑笑的人,上蹿下跳的人,没有表情的或沉沦于表情的人。

我开始记起那个春天的傍晚,那个扎着马尾的小姑娘在后面哭喊着:"你别走,哥。"那张脸就是我反复梦见的。而我走了。

评论:奔走之路皆是歧途

　　一篇优秀的小说既需要质地充实的内容,也需要优美恰当、具有自己风格的形式,张林的《奔丧》都做到了。所以可以毫不犹豫地说,这是一篇优秀的短篇小说。开头寥寥数语,就呈现出了强烈的画面感和怀着疑惑出现在葬礼上的主人公的突兀感受:"她的人生也曾翻开,但此时已经合上。""此刻坐在这里,火盆里的火将息,我慌忙将手边的黄表纸卷好塞进去,火一下子窜起来,映得周围的地面明明暗暗,像是荡漾的夕阳下的深潭。"具有诗性的语言表象,是现代小说对于多样可能性思考的最直接表现。直白的语言往往走向直接的结果,直白带来的快速阅读快感,某种程度上来说正是因为权威性的叙述抹杀了其他可能性。而对于一篇内核便是悬疑的现代小说创作,作者所选择的语言外衣和错落形式,正是内外一致的体现。

　　故事的悬疑氛围带领着主人公往下探索,也与读者的好奇密切同步。在大量的作家独白中,丰富的内心活动与诡异的情节、氛围互相冲突,仿佛将心灵围困于一只铁盒中,不断敲打,柔软和坚硬互相碰撞,无形被限制于有形之中,作者恰恰在有限的形式中描写着无限的情绪。

　　结构上,这显然是一个小说嵌套小说,文本之中又有文本的多层结构。作

2. 奔丧

家本人在情节中不断经历危险悬疑时刻,同时也不断重现作家与神秘女子的信件、短信和笔下的小说交流。这种结构的选择和最终的真相无疑是契合的。

小说结尾真相大白后,小说的意味也凸显出来,所谓"奔丧",也是一次"赴死",在面对人生原初时埋下的罪孽,如何重返,如何回忆,如何解决或者说报复,就是一次以死亡为手段而进行的尝试。作者做到了对故事完整性的建构,也让故事本身的叙述,具有了小说的形式美感,层层推进之下,有流畅的铺叙,有简洁的回忆场景,也有混战的意念描写,这些都是组成小说魅力的来源。

(谌幸)

3. 霾神

吴比-16级专硕

一

"报——大王，城里又降霾了！"

罩王猛然惊醒，看着伏在地上的寺人，打了个呵欠说："知道了，寡人马上去霾坛祭祀。"

他给几案上的萌妹子手办们穿好衣服，挨个儿亲了一口，然后戴上九层的刺绣口罩，把手办仔细放在香樟盒子里。宫门外早已备好了车马，罩王扭动着肥硕的身躯上了车。因为今天贴了告示，所以通往霾坛的街道畅通无阻。要不然就这可见度，平时非得把那些小贩们撞个地覆天翻。

霾坛一会儿就到了。罩王走到坛上正了正衣冠，对霾神的牌位三跪九叩，接着小心翼翼地点燃木柴上的九条丝帛口罩，倒上茅草滤过的香酒。坛外的百姓屏气凝神地往里头张望，虽然雾霾让他们什么都看不见。

"霾神见怜，护佑苍生！"

3. 霾神

罩王声如洪钟,霎时间百姓欢呼起来:

"散了,真的散了!"

"咱们大王真厉害!"

他们说的"散了"是指之前把手伸直能瞄到中指尖,现在一口气能看到十步之远。罩国自古以来就被雾霾裹得严严实实,蓝天红日是古籍里神话时代才有的字眼。不过说来也怪,每次雾霾太过严重的时候,只要国君一去祭祀,立马就能散去很多。

百姓们远远地被士兵拦着,都探头探脑地想看国君长什么样。忽然人群自动让出了一条缝,一个老头慢慢地迈着四方步走到了最前面。旁边骑在男子脖子上的小孩问道:"爹,咱为啥要让他啊?"

"嘘——栓子,你数他口罩有几层?"

"一二三四五,五层!"

"对喽。这口罩不能乱戴的,天子九层,诸侯七层,大夫五层,士三层,层数越多呢,挡雾霾就越管用。那个人是个大夫,很厉害的!"

栓子嘴角撇了下来:"爹,你一层口罩都没有。"

栓子爹配合这句话似的咳了好几下,然后尴尬地笑了笑:"爹没出息。你好好读书,做了官,以后就能戴上口罩了。"

这边百姓正议论着,霾坛里忽然骚动了起来。

"假的!都是假的!"一个破衣烂衫的汉子赤红着眼,不要命地往里闯。寺人尖着嗓子喊:"快来人哪,有人要行刺大王!"

士兵一下子冲过来把他按倒在地,那人大喊:"我不是刺客!我有话要对大王说!"罩王惊魂甫定,确定那人动弹不得,才远远地说:"你,你要说什么?"

那人昂起头:"大王,这世上根本就没有雾霾,也没有霾神!"

"什么?"罩王一头雾水,对士兵说,"你们让他起来,慢慢说。"

那人站起来,语气还是非常激动:"大王,我叫巨子。我发现这雾霾是假的,是我们想出来的!"

"想出来的?"罩王眉毛拧到了一块儿,心说你以为你是谁呀。

"对!"巨子攥紧了袖口,"我知道这很难解释……总之都是因为我们太相信霾神了,雾霾才存在的。只要我们都不信它,我们就能见到传说中的蓝天红日!"

罩王已经基本确认了这是个疯子,于是面无表情地笑了笑:"所以你想怎么样呢?"

巨子看了看罩王的九层口罩,脸色一沉,疾步走向霾坛中心。罩王一惊:"拦住他!"

晚了,巨子一脚踹翻了供着霾神牌位的几案。士兵们慌里慌张地按住了他,罩王气得浑身颤抖:"你竟敢对霾神大不敬!老子他娘的剐了你!"

寺人瞥了一眼远处围观的百姓,慌得赶紧小声提醒:"大王,萌!萌!"

"啊,哦……"罩王如梦方醒,赶紧换了个卖萌的口气,用兰花指指着巨子说,"人,人家现在就代表爱与和平消灭你!"这次的声音大了许多,寺人长舒了一口气。

巨子马上被五花大绑了起来。可他一点都不反抗,只是昂首看着天,喃喃自语道:"快出现啊,快出现啊……"

旁边的百姓也不由自主地跟着往天上看,可那天空还是灰的,和平时没什么区别。士兵定了定神,手起刀落,一颗人头滚到了地上。

"啊——"栓子张大了嘴,半天合不上。就在巨子被砍头的瞬间,他看到巨子正上方的天好像被戳破了一个小小的洞,一缕若有似无的、从来没有见过的颜色落了下来。不过这时间太过短暂,巨子的人头刚落地,那颜色就立马消失不见了。

栓子茫然地把目光投向周围的人。大家正聚精会神地看着杀头,并没有人注意到这一幕。

二

入夜，罩王把塑料小人从木盒里拿出来，点上灯盏，又开始一脸痴笑地摆弄它们。

哗的一声，一团雾蒙蒙的黑影从窗外飘了进来。罩王惊道："何方妖怪？"

那团黑影轻轻开了口："我不是妖怪，我是霾神。"

"霾神？"罩王仔细揉了揉眼睛，看见黑影在西席定住了，便战战兢兢地走到东席，长跪，然后稽首："不知尊神驾到，寡人……啊不，在下有失远迎。"

"别整这些虚头巴脑的，咱们今天有事说事。"霾神淡淡地说。

"尊神前来所为何事？"

"今天你是不是见到了一个叫巨子的人？"

"是。那人对尊神大不敬，我已经把他斩了。"

霾神停了半晌："他说的是对的，我其实根本就不存在。"

"啊？"罩王使劲眨了眨眼，"您不就在我跟前吗？要是您不存在的话，我在跟谁说话？"

"你在跟你自己说话。你的大脑能骗你，你相信我存在，所以就见到了我。"

罩王闭了一会儿眼，又睁开："我刚才想着您不存在，可一睁眼还是能见到您啊。"

"没用的。你要发自内心地相信，或者换个说法，叫潜意识里相信，这非常难做到。你现在看到的我，是你和所有人心中的霾神形象的一个交集。"

罩王不禁扭头看了一眼塑料小人，喃喃道："那为什么手办不能活呢？真可惜……"

"因为你一开始就认定它是一坨塑料。对了，你知道皮格马利翁吗？"

"皮，皮格马？我只知道figma。"

"果然是个宅。"霾神顿了顿，又说，"不对，这不是重点。刚才我准备

问你什么来着？噢，罩国以前是不是还信过泉神？"

罩王回忆道："我听我爷爷说过，以前他们在泉边喝水，要往里面扔一个草标，表示买水，要不然泉神会让他们肚子疼。"

"现在呢？"

"嗨，现在谁还兴这一套，明明就是假的嘛！我经常喝泉水啊，不扔草标也没出过事。"

"就是这样的。"霾神缓缓地说，"泉神、树神、山神，很多神都没了，只剩下我了。你们人类代表着宇宙的最高意志，因此你们用想象力创造了无数的神，继而来信奉我们，相当于宇宙对自己的制约。可问题是你们最后又往往选择不相信，所以这些神就一个个死掉了。事实上，只要选择不信神，又发现没什么副作用，那这信仰是非常难以重建的。"

霾神沉默了一会儿，说：

"所以神其实非常怕被人类遗忘，那几乎意味着灰飞烟灭。我存在的唯一意义就是继续存在下去，除此之外没有其他。"

罩王愣愣地听他说了这么多，一时竟无言以对。他半天才憋出一句话："这么晚了你饿吗？要不要我下碗面给你吃？"

"你傻吗？我不需要任何物质的东西，包括你的那些祭品。我的力量来源是人类的崇敬和恐惧，信我的人越多，我的力量就越强。"

"唔……强到可以杀人么？"

"当然。我说了，大脑是可以欺骗人的感官的。"

罩王心尖一颤，猛然失声道："所以你隔一段时间就降霾，目的是让人们相信你，不忘掉你！"

"正是如此。"霾神叹了口气，"最早我们被创造出来的时候，你们人类的思维都差不多，或者说，人类是个整体。可后来你们的思维分化越来越厉害，各有各的生活，各有各的打算，我就越来越难控制你们的想法了。"

见罩王哑然无语，霾神笑了笑："听起来很自私是吗？其实也未必。当时我和你的祖先签订了契约，让你们家族做我们在人间的代言人，要不然为什

3. 霾神

么你的祭祀那么灵？通过这种仪式，我得以不断加强在人类大脑中的印象，同时，你们也能以神权代表的形象获得万民敬仰。这不是双赢吗？"

没等罩王回答，霾神又自嘲道："但我没想到你祖先居然那么聪明，和我签订契约的第二天就发明了口罩，同时他大表哥、二婶子和三妹妹家还世世代代把持着罩国的口罩生产。一副口罩说白了就是几层布，能比裤衩贵到哪儿去？可你们这么一搞啊，把口罩活生生炒成了硬通货，要不然你哪儿来这么多钱买手办？——啊，不说了，反正这些都和我没关系。"

罩王红着脸说："那现在已经有人发现这个秘密了，你岂不是很危险？"

"是，我今天来就是为了说这个。巨子有弟子三百，不知道以后还会不会出今天这样的岔子。我建议你把城墙再加高八十尺，护城河再深挖三十丈，千万别让罩国的百姓随便出去。总之你好自为之吧，我死了，对你没什么好处。"

霾神飘到窗边，似乎要走，但又停住了："你那什么表情，怎么一直盯着我？"

"我一直默念你是一个可爱的女孩子，看看会不会变……"

"去死吧你，肥宅！"

三

哐哐的锣声打破了罩国都城的宁静。

"从明日起，罩国再没有雾霾！从明日起，罩国永远是蓝天！"一位穿着短褐的女子站在集市的高台上，一边敲锣一边喊。渐渐地，围观的人越来越多。

"你……啥意思？"一个老头瘪着嘴问。

"老人家，雾霾和霾神都是假的。只要我们团结一心，我们马上就能看到蓝天！"

老头捋了捋花白的胡子，眯着眼说："十年前我听过一个人说这样的话，

现在他坟头草都三尺高了。"他老伴儿补了一句:"对,现在人头还在城门上挂着呢。"

"那是巨子,我的老师!"女子一下子激动起来。

"你是他学生?"

"对,我叫微子。老师死后,我绞尽脑汁翻过了城墙,才知道他当年说的是真的。"微子看着乌泱乌泱的人头,心潮澎湃地说,"蓝天,大片的蓝天,无边无际的蓝天!我们这儿四五十岁就算老人,可我周游列国才知道,其他地方都能活七八十岁!为什么?因为他们那儿没有雾霾!"

"……活那么久干啥?"老头扭头问老伴儿,俩人大眼瞪小眼。

又有个声音问:"你刚说团结一心,怎么个团结一心呢?"

微子握拳道:"进宫,把王活捉!"

"我的亲娘,这可不敢!"俩老人吓得连连摆手,"大王对我们那么好,每次雾霾来都是他帮我们退散的!"

"就是!咱做人咋能忘本呢?"

一个妇女抱着手说:"就算信你吧。别的先不说,捉了大王有啥好处?"

微子有些急:"大婶,你们都没有口罩,都被那些戴口罩的人瞧不起呀!这苦你们还没吃够吗?"

妇女眼睛一亮:"你的意思,我们可以把他们的口罩都抢过来?"

"不是不是!"微子都不知道该怎么表达了,"从今以后就是蓝天,再也没有雾霾,也没有口罩!"

"那我图个啥……"妇女转身就走了。

微子正急得手足无措,忽然好像想起什么,用手直直地指着头顶上的天空:"你们看!"

大家顺着她的手臂看上去。只见微子正上方的天空上有一小片蓝色,纯净、柔和、水一般透亮明澈。罩国人从没见过这样的颜色,一时间集市竟鸦雀无声。

"乡亲们,这就是蓝色,这就是蓝天!我用了十年磨炼自己,终于做到了彻底不信霾神,现在我走到哪儿,这片蓝色就跟到哪儿!你们看看这样的天,

3. 霾神

难道不动心吗？"

"微子姐，我信你！"一个青年跳了上来。他喘了几口气，说："这颜色，当年巨子被杀的时候我见过一次，就再也没能忘掉！我，我叫栓子！"

栓子话音刚落，他正上方的天居然也出现了一小块蓝色。他的蓝色和微子的蓝色慢慢交融，像两滴水一样汇在了一起，大家都看得呆住了。

"微子姐！你当我的老师吧！"栓子激动地喊道。

微子还没来得及回答，年轻人一波接一波地涌了过来："我，我也来！""还有我！"

眼看着他们头顶的天纷纷漏出蓝色，两个中年人悄悄商量："老李，你看这事玩大了，咱们是不是也……"

"不行啊，老了，跟不上他们了。"

"哎呀，咸与维新嘛！"

俩人推推让让半天，也加入了微子的队伍。渐渐地人越来越多，越来越密，微子头顶上的蓝天竟然把雾霾的穹顶撕了个洞，一个完整的太阳慢慢露了出来——古书上记载的、神话时代的太阳！

人群浩浩荡荡地往王宫进发了。

"报——大王，那群人已经围到宫门口了！"

"我都说了，你还不信。"霾神嗤笑道。

"我哪知道他们那么快！"罩王急得对霾神拜了又拜，"请尊神降下神威吧！"

"降不了。"霾神静静地说，"他们现在都不信我，我的力量流失得很快。"

"啊？"罩王傻了。

"报——大王，他们已经攻破第一道宫门了！"

"寡人的禁军呢？"

"他们人太多了，打不赢啊！"

"报——大王，他们已经攻破第二道宫门了！"

"报——大王,他们已经……"

"妈了个巴子,老子自己来!"罩王一咬牙,把手办往几案上一拍,大步走出了殿堂。

四

城墙下是黑压压的一片人头,罩王深深吸了口气。他抬头往上看了看,自己这边仍是灰蒙蒙的雾霾,对面却是明艳艳的蓝天。

"老师,那就是王!拿下他,我们就赢了!"栓子兴高采烈地对微子喊道。

寺人站在罩王旁边,清了清嗓子,声音还是那么尖:"百姓们,你们犯了很严重的错误,但大王不会怪罪你们!大王只捉带头的,你们要能悬崖勒马,今天的事就既往不咎!"

微子冷峻地说:"现在打到这儿了,你跟我们谈条件?"

罩王听到这句话,心一横,大手一挥。士兵迅速地往架在垛口上的大炮里装填东西,然后把炮口对准了人群。

轰——

"遭了!"栓子下意识地闭上眼。过了好一会儿他发现自己好像没死,才慢慢又睁开。

散落在地上的,是一大片精美的口罩。

罩王看众人发愣,便不紧不慢地朗声说道:"你们要是退去,赏赐三层口罩一副;若能杀贼立功,来到宫中,寡人给你亲手再加两层!"

罩王的嗓音保养得特别、十分、非常好,穆穆然如黄钟大吕一般,在众人头顶上方经久不散。那些百姓从来没有这样近距离地听过王的声音,抑制不住地自惭形秽起来,有的像筛糠一样浑身发抖,有的竟怔怔地流下了眼泪。毕竟他们祖祖辈辈都在雾霾中生活,说话早已变得破锣一样难听。

微子呆住了,她发现人群犹豫了一会儿,眼神发生了微妙的变化,然后慢慢向自己围过来。她抬头一看,头上的蓝天也越来越小,雾霾重新遮住了它。

3. 霾神

"你,你们不能这样!"微子难以置信地摇着头,"栓子,栓子!你快过来!"

栓子没有听见,一些事电光火石般撞进他的脑海里。

"娘,他们又笑话我,说我没有口罩。"栓子抹着眼睛走回茅草房,他娘正在铡猪菜。

"栓子,咱家怎么能跟别人家比呢?别理他们。"他娘胡乱地抹了把汗,又往灶膛里加了点柴,"你好好读书,读了书,当大官,以后要啥口罩就有啥口罩。"

"可我现在就想要口罩……"栓子哇哇地哭了起来。他娘没说什么,把脑袋别了过去。

晚上栓子起来尿尿,听到隔壁房间传来了说话声。

"你真打算这么做?"这是栓子娘的声音。

"没办法,谁让我是他爹!"栓子爹话音刚落,又猛地咳嗽起来。

"可,可你身子都虚成这样了!你看四苹她舅,才去宫里干了几天,整个人就……"

"唉,可我一个大老粗,除了这个还能干啥呢?我听里长说,现在宫里人肉吸霾,一个时辰就能挣五钱多银子呢!顶咱种大半月的地了。"

"他爹,我听说现在黑市上最便宜的口罩也要几十两,你……"

"别说了别说了。就盼这尕娃好好读书,以后给咱也弄副口罩,哈哈,我这辈子就值啦!咳咳咳……"

……

"你也配戴口罩!"一个穿着丝绸曲裾的少年恶狠狠地把栓子脸上的口罩扯了下来。

"你还给我!"栓子扑了上去,马上被另外几个少年打翻在地。

曲裾少年瞅了瞅栓子的口罩,冷笑道:"三层,不知道是哪个混成穷鬼的士人卖给他的!"

"哈哈哈,我还以为是五层的呢!这东西拿给我擦屁股都不要!"另一个

少年笑道。

曲裾少年摘下自己的口罩,露出嘴,往栓子口罩上啐了口口水,然后把它往栓子身上一扔:

"爹娘不是贵族,就不要戴口罩出来招摇撞骗了!知道了吗?贱种!"

……

"爹,娘,"栓子咽了口唾沫,哼哼唧唧地说,"我策论没写好,先生说,这样的文章进不了郡庠。"

他爹甘蔗渣似的缩在炕上,喉咙里痰声咯咯响了半天,胸也一起一伏的,愣是半个字也没憋出来。他娘温和地笑着:"栓子没事儿,好好用功,咱明年接着考。"

"可是你和爹都这样了,我想回来干活,不想念书了……"栓子哽咽了好久,忽然眼泪大颗大颗地滚下来,"爹,娘,对不起!我连一副口罩都给不了你们……"

他爹仍旧说不出话,他娘仍旧温和地笑着,眼泪却流了下来:"好栓子,这话怎么说的?你读过书,就是比咱厉害!咱一代一代地熬,就不信熬不出头……"

……

"对不起,老师。"栓子拔刀出鞘,朝微子走了过去,头顶上的蓝色也渐渐消失。

"我真的很想要一副口罩。"

五

"所以爷爷,这故事是真的还是假的呢?"小女孩偏着头问。

"哈哈,爷爷随口编的,怎么能当真呢?"白胡子老头乐呵呵地说。

"编得也太吓人了!"小女孩把嘴撅了起来,"昨天老师历史课说,口罩是很早很早以前才有的。现在日子越来越好,早就没人用啦!"

3. 霾神

老头笑了笑，顺手翻了翻桌上的几本书："来，小桃，把《霾经章句》的这段抄一遍，然后，嗯……《霾诗三百首》，这两篇你也背了。要是爷爷回来之前你做完这些了呢，爷爷就带你去吃糖。"

"好！"

老头忽然想起了什么，对小桃说："抬头，爷爷看看。"小桃抬起了头，老头看了一眼她的鼻孔，就背着手出去了。

他来到城墙下，掏出一面小铜镜照了照自己的鼻孔。果然，自己和孙女一样，鼻孔里都长了一层薄薄的过滤膜。

"人类的进化可真快啊。"老头看着城门上已被风干成骷髅的两个人头，苦笑道。

"是吧，老师？"

评论：不正经外壳下的沉潜思索

小说带来的记录、创造和隐喻，在《霾神》中都做到了。作者拒绝了复杂的语言游戏，但绝不缺少游戏的趣味。作者在第一部分就构造了一个颇具喜剧效果的开场，充斥着当下大众文化工业中"宅""二次元"等元素，各种元素乱入的过程被作者一本正经地写了出来："寺人瞥了一眼远处围观的百姓，慌得赶紧小声提醒：'大王，萌！萌！''啊，哦……'罩王如梦方醒，赶紧换了个卖萌的口气，用兰花指指着巨子说，'人，人家现在就代表爱与和平消灭你！'这次的声音大了许多，寺人长舒了一口气。"漫画般的人物在符号化的场景中一一呈现，情节紧凑，毫不拖沓，在快速构建起的故事背景中，将情节一一推开。

在《霾神》中，阅读是多层次的，可深可浅。从中可以看见对经典作品、神话的致敬与戏仿，也可以看见基于社会经验的隐喻和对于历史的虚构。比如在霾神和罩王的对话中：

霾神停了半晌："他说的是对的，我其实根本就不存在。"

"啊?"罩王使劲眨了眨眼,"您不就在我跟前吗?要是您不存在的话,我在跟谁说话?"

"你在跟你自己说话。你的大脑能骗你,你相信我存在,所以就见到了我。"

罩王闭了一会儿眼,又睁开:"我刚才想着您不存在,可一睁眼还是能见到您啊。"

"没用的。你要发自内心地相信,或者换个说法,叫潜意识里相信,这非常难做到。你现在看到的我,是你和所有人心中的霾神形象的一个交集。"

罩王不禁扭头看了一眼塑料小人,喃喃道:"那为什么手办不能活呢?真可惜……"

"因为你一开始就认定它是一坨塑料。对了,你知道皮格马利翁吗?"

从这一小段中我们就可以感受到作者一方面戏谑,一方面也在试图传递自己对于意识、霸权或者说社会幻象等观念的感性印象。这样的思考贯穿了整篇小说。在可供解读的多重意义之下,《霾神》的原创性也在于利用了一个虚构小国的故事和闹剧,通过其中小人物的行动与结果,以通俗的语言和故事情节,完成了多面隐喻的建构。

理念如果需要存在于小说之中,有哲学式的自白方式,但是直白的哲学思辨无疑是比较失败的一种途径。米兰·昆德拉曾经这样评价自己小说中所体现的关于尼采永恒轮回概念的展现,他认为直接使用"哲学"一词是不恰当的,而是应该为生动的人物设置一个生动的处境,在生动的处境中以小说独特的方式,探究人和集体社会存在的可能性。

所以在《霾神》中尤其值得提倡的是小说语言的简练和故事的编织。说故事的本领,常常在于以简洁的方式将故事有趣地说出来,有趣不仅是表面的轻松幽默,还有文本之下可供回味、思想的丰富。当观念无法以哲学的语言说出时,故事就成了另一种途径。《霾神》就是用这样简单的语言和说故事的方式,到达了一个可观的高度。

(谌幸)

4. 蒲公英

齐肇楠-14级专硕

　　田老汉捧着他家妹头塞给他的饭碗，一把揭开电饭锅的盖子，被扑出来的白气迷了眼。来了有几回了，他还是不太能明白他们这边人吃饭的习惯——米饭放那么多水，蒸得软兮兮的。是粥呢？是饭呢？总归没有什么吃头。他捡起放在一边的饭铲子，刚想扒拉一下，见那一锅底的米饭面子光溜得像外孙的屁股，便住了手，只从边角挖了小小一铲，放进碗里。端详两眼，又挨着刚才挖过的地方再挖一铲。然后再半铲。

　　他放下铲子，盖上锅盖，回神才发现自己手里的碗边上画了一圈红色的心形，做得蛮秀气。他愣了一下，心下不知为何有些惴惴，倒像是走在田埂上不小心踩了别家的豆秧子。大天光底下，方圆多少里来个人都看得见的地方，偏觉得后脊梁上有人盯着，在瞧。

　　"妍妍，干站着干什么？快去盛饭去。你跟姥爷吃完还得换我跟爸爸去吃呢。"他家妹头的声音冷不丁响起。田老汉一回头，便见他家妹头领的新妹头正站在厨房门口，直勾勾盯着他瞧。盯着他手里的碗瞧。妹头显然也发现了

这眼神,在新妹头肩膀上轻轻推了一把:"快去。你换个别的碗拿。"新妹头——妍妍,像刚睡醒似地轻轻"哦"了一声,突然快跑了几步蹲到碗柜边去翻找。妹头转身要出去,顿了顿,又半回过脸来,冲着电饭锅说了一句:"都是一家人,没事。"接着换成了他们厚朴话:"爸爸,去吃菜。吃完还要看孩子的。"田老汉又看了一眼手里的碗,那一圈小红心别别扭扭地围着软烂的米饭。他也刚睡醒一样地"哦"了一声。

桌上排着三个菜,一盘是他从家里带来的酱鹅,一盘是他在厚朴集上买的芦蒿,女婿说就爱吃这个。贵得很,可怎么办呢?来妹头家里住,虽说是帮她带孩子,但吃人家的,住人家的,总要有点表示。田老汉犹豫了一下,还是没碰这两个菜,筷子伸向旁边那盆酱。据说这是女婿家的做法,一大盆黄豆酱,下饭,可以吃一个礼拜。他抿了抿筷头,又刨下一口饭,肚子里一阵火烫,脊梁上就见了汗。他有些想打赤膊,但看看坐在一边的妍妍,只得伸手又夹了一筷子酱,和碗里的米饭和了和。

妍妍这妹头也是怪,不讲话,也不怎么看人。用他家老婆子的话讲,"脾性不好"。老婆子每天饭后坐在院子里,打着蒲扇,一听见隔壁几个妹头叽叽喳喳,便要用蒲扇遮住嘴跟他低声讲:"妹头家里那一个,才叫难搞。满月酒的时候,闷在自己屋子里,看也不出来看一眼。好歹是他爸爸的种呀。我跟她讲话,讲十句,她冲我笑一笑,都不搭腔的,啊哟妹头碰上她,不知要多烦心。"

田老汉表面上不搭腔,心里却觉得这大概是随了爹了。现在不是都说么,遗传。他想起女婿那张脸,硬邦邦的,说冷不冷,说热不热,只是一团雾黑。今天是女婿去接的火车。田老汉一下来,女婿便把他手里行李都抢过去,也并不看他,只向他下车的方向又张望了一眼:"怎么样,一路还顺吗?""顺的顺的。"田老汉忙答话,舌头木木的。"走吧,人太多。"女婿的眉眼阴着,却不知是冲谁。

出站的地道里挤得很,田老汉记得他家老婆子第一次来,回去就跟他讲,"人多得吓死人"。厚朴附近的宁城也是个大城市了,宁城的火车站可没有这

4. 蒲公英

么多人。而且这些人都走得这样快,不像是刚从火车上下来,倒像是要追火车去的。斜刺里忽然有人把一叠花花绿绿的纸拦到他面前:"地图要吗?两块钱一份。全新的。"田老汉犹豫了一下。要在这么大的城里住,人生地不熟的,有份地图也好。他心里莫名爬上了花花绿绿的窃喜。这次他劝住了老婆子没让她来——大字不识几个,普通话也不会讲,来了怎么办?就比如这地图,你塞到她手里,她会看么?田老汉伸手接过来,像模像样地翻看了两下:"你这才不值两块钱。"他抬起头,正要报个合他心意的价码,却被一把搡开了。

"别整那些用不着的。"女婿的手钳着他的肘弯,"那都是什么人,你就随随便便理他们?"女婿的眉头紧皱着,挤得眼镜都滑下去了一个指头的距离,露出一截低扫着的眼皮。他终于松开了田老汉的胳膊,抬手推了推眼镜,却仍皱着眉头,满脸黑漆漆的苦相:"都是骗外地人的……"他的话音顿了一顿,拎着袋子的几个指头摩挲了两下,支楞着的芦蒿擦着塑料袋嘶嘶作响,让人头皮发紧。

田老汉想到芦蒿回了神,看了妍妍一眼,见她只捧着饭碗细细地扒,便伸筷子指了指那一盘青绿:"你吃呀。"妍妍吃了一惊般从饭碗边上抬起脸,眼睛在他身上沾了沾便落下去,定在芦蒿上,犹豫了片刻才轻轻"嗯"了一声。田老汉忙又添上一句:"这好吃的,都是新鲜的。"妍妍又点点头,才夹了小小一筷,不过零星几根,可眼见筷子要挪回饭碗上,手却抖了一下,掉了两根出来。她又哆哆嗦嗦去夹,夹一下不起,两下不起,田老汉只见一个乌油油的头顶,梳得齐整整的鬓发后面两个耳朵边都红透了。他心下莫名起了一阵焦急,恨不能亲自上手去替她,却像被施了定身法一般动弹不得,半响才咕哝出一句:"不行就上手吧。"妍妍顿了顿,放下筷子,伸出手,却是向着相反的方向。她抽了一张纸巾出来,覆在那两根芦蒿上面,绣花似的用指头尖撮起来,裹成个齐齐整整的小包裹,这才扔到垃圾桶里。田老汉被这一连串的动作搞得发懵,却不知该作何想法,只是一径呆看着。那纸真是又细又白,田老汉直觉在整个厚朴都找不出这么白的东西来。而那两茎青绿,被这白色裹了两裹,是再也看不见了。

　　田老汉突然觉得心上一块大石落了下去——他都不知道那石头是什么时候压上的。可落下去了，却没有轻省半分，留了个黑褐色的坑在那里，土都压得死死的，憋闷得很，像是几年都长不好庄稼。

　　两人这顿饭吃完都没再说话。田老汉觉得仿佛不十分饱，总想再用水泡个一碗饭扒拉下去。但一想到快一岁的外孙，活猴一样的小东西，根本离不得人，得赶紧过去盯着他，好换妹头和女婿来吃饭才是。他匆匆忙忙地洗了碗——本来也没沾上什么油水——便进了主卧室去。卧室地上铺了彩色软塑料泡沫的板子，一块一块拼起来，上面花花绿绿地嵌了些图案，说是动物，可大多认不出是什么。外孙看样子是已喂饱了，胖墩墩坐在地上，歪了身子去抠板子上一只公鸡的鸡冠。女婿见田老汉进来，一言不发地起身出去，另一边妹头拉开儿子的手，把那鸡冠按按紧实，这才把他抱到床上。"他应该是困了，床头上那一堆书，挑一本给他读。"妹头直起身来，有些埋怨似的望着田老汉，换了厚朴话，"爸爸，你听到没有？"不等田老汉回答便又冲门口叫，"妍妍，过来跟姥爷一起看着弟弟。"

　　田老汉仍有些愣怔，明明只吃了个八分饱，脑袋却都木了。妹头这样一喊，他才发现妍妍一直站在门口，此刻正低头走过来，咬咬嘴唇坐在床脚。"姥爷"这个称呼他怎么也听不顺耳。但毕竟妹头嫁给了人家爸爸，妍妍连"妈"都叫了，他这个"姥爷"也算是顺理成章。只是妍妍摆明了是不那么情愿的，喊"妈"的时候声音低低的，小猫一样含在嘴里，不仔细听就是呜呜噜噜的一声混过去罢了。老婆子也不乐意："什么'姥姥''姥爷'？这是他们那边的叫法。小家伙长大了，得让他叫公公婆婆的。要我讲，妈也不用叫。还'弟弟长大了怎么想'？该怎么想怎么想。不是一个妈的人多得来。"但说说她自己又反口了，"不过想想也是可怜，哦？一个女孩子，不跟着妈妈。"啧啧两声，翻一个白眼，"谁叫他爸爸非要留？害我们妹头也要年纪轻轻当后妈，何苦来。"

　　田老汉想起这话便有些刺得慌。老婆子有时候真是嘴里没遮拦。她讲这话的时候他要是喝了二两酒，怕是要回嘴的——后妈怎么了，我不还是个后爹

4. 蒲公英

么?不过这景况又不一样。妹头跟着老婆子来的时候,可已经十四五了。妍妍还小。但也有快十岁。田老汉凝神看看床上躺的外孙,白胖白胖的一个,睫毛蒲扇一样,像妹头。也或许是像女婿。他揉了揉外孙的肚子,外孙嘴里咕哝了几声,嘴角咧起来,口水在唇边干成一圈白印子,就一起咧起来,像个磕磕绊绊的月牙。什么都不懂的一个小东西。这还是他的第一个呢。头一个。

他伸手在妹头说的那堆书里翻找。书都是薄薄的一册,光溜溜的皮,摸在掌心里凉飕飕的。他随便抽了绿的一本出来,是唐诗。城里的孩子真是,小小年纪就要开始念诗了。话都还不会讲,他能听得懂什么呢?他翻开到第一首,喉咙突然有点发紧。书页也是光溜溜,一个个斗大的字像是要在上面打滑。田老汉心下暗暗懊悔,应该拿上他的老花镜来的。他把书举得远了些,清清喉咙:"一望——二三里,烟村——四五家——"几个字读下去,竟觉得顺些了。诗也上口,也简单,田老汉依稀记得多年以前在厚朴村那个小小的学堂里,他也是念过的,胸膛里升起一种似远似近的感触。但他没感触多久,厅里便传来女婿提高了声音的一句:"妍妍,你来念,别让姥爷来。"紧接着是些细细碎碎压在喉咙底的私语声,"读不准""口音""将来上学"之类,其余的也听不太真切。田老汉高举着书的手垂了下来,露出外孙一张白生生的脸。哪里能这样白呢?到底是城里的孩子。听说城里的水里都加了漂白粉。那样能行么?……然而不这样,又能怎样呢。

田老汉模模糊糊觉得有人在盯着他,又清清嗓子,回过头,见妍妍正一言不发地望过来,一双大大的眼睛现下终于是抬起了,直勾勾地向着他这边,眼里的神情他仿佛在什么地方见过似的。他顿了顿:"哦……给你吧。"说着把书递给了妍妍。妍妍用那熟悉的眼神又看了他一阵,这才接过书,挪到她弟弟身边,开了口,声音却是压低了的:"亭台六七座,八九十枝花。"田老汉仔细看着妍妍手里捧着的书页,那上面配着泼泼洒洒的一幅彩图,大片的山坳子,零零星星开着花,一座亭子接着又一座亭子,只是一户人家也看不见,不知藏到哪里去了。

他忽然记起了妍妍的眼神为什么那么熟悉。妹头和女婿折折腾腾终于领

了证之后一起回了趟厚朴,把妍妍也带上了。那是傍晚的时候,他冲了凉回到院子里,见妍妍正站在家里的葡萄架下面。正是八月里,葡萄都熟了,一颗颗肥圆光亮得水珠一般摇摇欲坠。妍妍盯着架子顶看,半晌不低头。他也跟着抬眼,见是两只山雀子,叽叽喳喳在啄葡萄,傻呆呆的,啄了没两口葡萄便掉了地。他心里觉得好玩——这种雀便是他们这里,平常也不多见,不知怎么晕头晕脑跑来的。忽然间老婆子啪嗒啪嗒跑到院子里,在葡萄架下跺了两下脚,冲架顶斥道:"去!去!"雀子受了惊,扑棱棱地就飞了,又蹬落两个葡萄。老婆子低低骂着回屋去,临跨门槛才回头用厚朴话对妍妍道:"吃饭了。"他记得那时候,妍妍的眼睛既没跟着那两只雀子追到天上,也没随着他家老婆子望进屋去。她盯着落到地上的葡萄,眼睛瞪得大大的,仿佛那是她不小心打落的一般。

小家伙很快睡着了。妍妍依然捧着那本书,随手翻着。田老汉觉得有些难言的窘迫,仿佛这异常的安静是什么人失窃了的,又不知怎么被塞到他怀里来,总要快快甩脱才算安心。他想跟妍妍讲话,但说些什么呢?他家老婆子说过的,妍妍这孩子最不爱讲话,上次随妹头和女婿回去,见了亲戚,也跟小哑巴一样在一边坐着——虽然田老汉疑心是她听不懂他们厚朴话的缘故。"谁把她嘴巴缝起来啦?"老婆子打着蒲扇道,"三婶问她,喜不喜欢我们这里,她讲,挺好。又问她想不想要弟弟妹妹,她讲,都行。弄得三婶老大没意思。""是没什么不好嘛。"田老汉那时这样答她。"那肯定是好的呀,"老婆子的蒲扇掩住了嘴,"你看我们妹头和姑爷说说笑笑的。听说没离那一阵子,这小姑娘她妈妈跟她爸爸多久都不讲一句话的。"要说他家老婆子长得粗粗大大的,说起这些话来,嗓子比针尖还尖。田老汉还记得在蓝汪汪的夜色里,那些记不清内容的闲话叮在他耳边,像是赶也赶不走的花蚊子。

犹豫了半晌,他到底还是开了口:"你们班上有多少学生?"妍妍过了几秒钟才忽然一抬头,脖子僵僵地转过来,显然是没注意他问了什么。田老汉又重复一遍:"我说……我说你们班上有多少学生?"他努力要把普通话讲得标准一点,就说这几个字,却觉得自己牙不是牙口不是口的,差点咬到舌头。

4. 蒲公英

"四十二个。"妍妍小声应道。

"那……那你们每天上多少节课?"

"六节。"妍妍顿了顿,又补了一句,"上午四节,下午两节。"

"哦,那蛮多的。"田老汉觉得自己背脊又在冒汗了。怕吹着外孙,房间里没有开风扇,这倒没什么,在厚朴的时候,厅堂里的吊扇他们也不常开,不过是吃饭时开了赶赶苍蝇。可他实在想打赤膊。他今天穿的是件黄色的短袖衬衫,妹头给买的,老婆子说穿上精神得很,但他疑心料子并不是棉的,出了汗贴在身上,像又长了一层皮,半点不透气,心里没来由的就十分憋闷。若是在厚朴,这时候该到后院里去冲个凉,几大瓢水下去,一身的油汗洗清爽了,才觉得耳目都通透,能闻见院里的栀子花香。田老汉伸手揪了揪衬衫的领口,只闻见冲鼻子的尘土味。

"你……你每天怎么上学?"

"坐公交车。"

"啊,公交车啊……坐几路?"

"119。"

客厅里传来收拾杯盘的叮当响声,随即又被厨房里的水声盖过,妍妍抬眼往外看了看,合起了手中的书放回原处。田老汉心里松了一口气,又觉得有些什么还空悬着。他想问问妍妍是不是自己一个人上学,去学校要多长时间,可每一开口,思绪就被轰轰的水声打断,方才那异常安静的十几分钟,竟是扑棱棱地飞去,捉也捉不住,连他出的一背脊的汗,不知什么时候也已干透了。

田老汉想起他们村里的老罗。老罗养鸭,每天一早一晚要到村东头的池塘里去遛两回鸭子。他扛着根长竹竿,每天赶着一群叽叽喳喳的小鸭子打他们家门口过。田老汉若正好在门口,便跟老罗打个招呼。但老罗却从不能站下跟他聊上两句,只随口打个招呼便罢了,因为鸭子没栓绳子没上锁,不等人,看着都小身子小爪,跑得快着呢,一眨眼就撵到了路尽头。田老汉现下便觉得,每日里的辰光也像是老罗的鸭子。叽叽喳喳去了,什么也不留下。妹头是什么时候长这么大了呢?都有娃娃了。城里的娃娃。

妹头到他家来的时候已经不小了,跟他没有跟老婆子那般亲厚,念完高中早早便去了宁城。他本以为妹头早晚是要在宁城安家的,谁知没几年又给他们带来了纪城的姑爷。老婆子那时老大不乐意:"纪城那么远,做什么挤到那里去?饭么又吃不惯,妹头那脸蛋干的哟,整天起一层皮。再说,住着人家的房子,吃着人家的粮,人家终究不把你当家里人,有什么开心?"但他看妹头那眼睛放光的样子,到底是喜欢的。而现在,住人家房、吃人家粮的,变成了他自己。

想到这里,田老汉顿觉屁股下生了一把倒刺,再坐不住,摇摇晃晃起身来,却见妍妍正蹲在床边,探了头去看熟睡的弟弟,又伸出手去,轻而又轻地在他眼皮上碰了碰。田老汉忽觉胸口软了一软,好像那手是碰在他心里似的。他轻声问:"你做什么……?他睡觉呢。睡着了。"妍妍回头看看他,脸霎时红了,手却像是忍不住一般又在小家伙眼皮上沾了一沾,等了片刻才道:"他睫毛真长。"她抿抿嘴唇,"好看。我的就短。"田老汉忍不住想看看妍妍的睫毛,但妍妍背转着身,他只能看见她的头顶,扎成小辫的头发有些毛了,一晃一晃的,让人想给她抚抚平。田老汉没伸手,只是又坐回她身边道:"我的也短嘛。不要紧。"

妍妍仿佛不怎么信服,兀自盯着弟弟的睫毛,嘴唇微微嘟起来,把刚才的话又讲了一遍:"短了不好看啊。"田老汉摆摆手,也重复道:"不要紧的。"忽然想起村里偶尔见到的年轻姑娘,又忙续道,"你要实在不喜欢,不是有人弄的那种假睫毛吗,长的。现在什么不能弄啊,我看你们这里街上,好多都是割过双眼皮的……"田老汉想起从火车站来的一路,这里的人穿得和宁城里也差不多,但不知为什么就是多了种说不出的气派,脸盘么都搞得光光的,镜子一般,好像能把所有不那么光亮的人都照得现形。

蓦地里一声低吼,惊得田老汉一跳:"你跟她说这些干什么?"一转头,女婿大步走进屋来,眉头又皱成了一团疙瘩,一张脸已是炭一般黑了,"小小年纪,别学这种东西。"女婿没打赤膊,但只穿着一件薄薄的背心,跨立在屋子正当中,伸手扯了一张纸巾擦眼镜,双眼从镜框上方抬起来,紧盯着妍妍:

4. 蒲公英

"那都是村姑才那么折腾呢,你是村姑吗?"妍妍急忙站起来,下意识地摇摇头,似乎又想起了什么,斜侧里瞥了田老汉一眼。她不看还好,这一看,田老汉脸上愈发挂不住,僵硬着手去拣衣襟上脱下来的一段线。要说这衣服,说是大城市里买的,还不是穿了几天就掉线头么?女婿似乎察觉到了什么,戴上眼镜,看也不看便把用过的纸朝门口的垃圾桶处一扔,冲妍妍挥挥手:"快去看书去吧,别在这儿耗着了。"妍妍张张嘴,又闭上,只是静静走到门口,弯腰捡起落在一旁的纸团扔进垃圾桶,这才踢踢踏踏地出门去了。

女婿转头过来,俯身揉揉儿子的肚子,把他身上那件小背心往下拽了拽,接着低声道:"别老跟孩子说这些,她还这么小,正是上学的时候,懂这些有什么用?"田老汉坐的这个角度看不见女婿的正脸,只能盯着他眼镜的一边。那眼镜酒瓶底一样厚,好好的眼睛从侧面折射出来,细细地扭曲着,竟是说不出的怕人。姑爷戴眼镜这一点,老婆子是一向不大满意的:"一看就弱得很,没力气,能做什么?而且显得一肚子花花肠子。妹头之前的男朋友多好,一表人才,俊的呀……也不知道看上这人什么。"田老汉却不以为意。戴眼镜的人都有学问,女婿虽年纪大了些,可是在什么大企业里做着处长,是个难得的正经人。人家讲究多些,也不奇怪,要不怎么人家当初能考上大学呢?田老汉又仔细看看那眼镜侧边,白净净的一片,估摸着是自己花眼了,口中喃喃道:"以后不说了,不说了。"抬手抹了一把簇在眉心的汗。

女婿见状道:"折腾一天也累了,你赶紧去洗个澡,早点睡吧。"田老汉点点头起身,心里却在想,说是要洗洗睡了,可睡在哪里呢?女婿家只有两间屋,一间大屋妹头女婿带着外孙住,还有一间小屋子,应该是妍妍的。他进门时也没顾上问,行李都随手堆在了厅里。没准还放得对了——看这个样子,是要在厅里打地铺。那也没什么,这个天气,厅里说不定还凉快些,也没那么闷。田老汉心里踏实了些,随即又暗笑自己,到底是乡下人,有个安定地方能倒下歇一歇,便高兴得这样,也真是贱命。

还没走到厅里,却听见妹头压着嗓子喊:"哎呀你可真行!这也能弄坏!"田老汉忙快走几步过去,见妹头和妍妍挤在厕所门口的小门廊里。妹

　　头身上一件宽宽大大的汗衫，没穿裤子，仿佛也没有奶罩，她生产后这些日子身条还没恢复，浑圆的一个人结结实实堵在妍妍面前，从她背后看不见妍妍的脸。"跟你说了多少遍了，咱家厕所门有毛病，不能锁。都是一家人，你锁门干什么？"大概是怕吵醒外孙，妹头讲话都是捏着嗓子，声音便愈发尖了，"锁住就开不开，锁住就开不开，你又不是不知道。"她忽然笑了笑，打小就浓黑又锋利的眉毛却还挑着，"也是难为你了，被锁里面还给撞开。你爸都没这么大力气。"田老汉听到这里才往厕所门口看去，原先那道漆成绿色的小门竟已歪歪扭扭倒在一边，厕所里没开灯，看着便是乌蒙蒙的一个大洞。田老汉记得自己刚进家门来上厕所的时候还想过，这小门轻飘飘晃悠悠的，好像还有点歪，总归是不顶用了。也难怪妍妍这么个小姑娘都给撞散架了。

　　妹头叹口气，声音缓和了些："算了，回头让你爸爸来把这门卸了，咱们就先这样凑合一下。"她动动嘴角，耷拉着眼皮又笑了笑，"没事，不就是厕所门嘛，没有就没有了。不过最近事情多，估计得过一阵才能找人来修。"田老汉往前走了两步，这才看见妍妍的小脸，脸上的表情与妹头很有几分相似，也是耷拉着眼皮，勾着嘴角在笑，但小手背在身后，却在抠走廊里橱柜门上的漆。那漆和厕所门一样，是种死气沉沉的绿，像夏末时候池塘里翻上来的泡沫，平平地铺着，似乎就等着谁的指甲来把它揭开。

　　听见他的脚步声，妹头回过头来："爸爸，你想洗澡了是吧？"她一把拍开厕所的灯，"洗去吧，洗完早点睡。"她冲着主卧走了两步，忽然又想起什么似的，回头轻飘飘道，"晚上睡妍妍那屋吧，你睡下铺，妍妍轻，让她睡上面。床我都给你铺好了。"田老汉一时间没反应过来，不知为何又看了一眼妍妍，小姑娘的指甲缝里是绿色的漆，衬得手背格外白净。田老汉心里咯噔一下，用厚朴话问："这样不好吧？"妹头抹一把头发，胸口懒洋洋弹跳了一下："哪里不好？上下铺，又不是一张床。"看看田老汉脸色，半皱了眉头嗔怪，"你穿着衣服就是了嘛，一家人，哪里那么讲究。""我在厅里打地铺好了。"田老汉口中争着，但心里却先怯了，一句话说出来，尾音空悬着，倒像是自己也不情不愿了一般。妹头挥挥手："厅里不行的。晚上起夜啊，还要冲

4. 蒲公英

奶粉,出来进去的不方便。"打了个呵欠,又换了普通话,"妍妍快去睡吧。明天不上学也不能睡懒觉啊。"说着便拖沓着步子回了主卧,一路顺手关上了门廊和厅里的灯。她大大的衣裳随着脚步晃动,越来越暗,越来越远,再看不清楚。田老汉站在眼前这一隅灯光里,一时不知该冲哪里迈步,只在心里一个劲地想,这城里的厕所,下水道气味怎么这样重呢。

田老汉澡洗得很快。若是在家里,他肯定用两桶水冲冲就了事了。但今天一则坐了火车,二则是在别人家里,三则又要跟个小姑娘睡一间房,他便想着要打一遍香皂。可在厕所里找了一圈,除了洗手液就是洗衣服的肥皂,竟没看见香皂的影子。他只得打了一层妹头的沐浴乳,觉得身上粘滑得可怕,赶紧开水冲掉了,却觉得怎么也冲不干净,总像留了一层什么在身上,连带着自己也不是自己了,举手投足鬼上身一般。他忙手忙脚穿上衣服,又重新挣扎出一身汗,才觉得松快些——好歹汗水是自己的。

回到屋里的时候,妍妍已安安静静躺在了床上,脸冲里,也不知道睡着没有。田老汉没敢抬头往上铺看,胡乱整了整铺盖,便关灯上了床。这个屋子的窗户本来就小,上下铺的床四周围都是栏杆梯子,又挡掉一部分窗外射进来的光源,一躺进下铺便像是跌进了一个硬邦邦的茧里,真正是伸手不见五指。田老汉摸索着舒展舒展身体,动动头想找个舒服的姿势,枕头里填的糠皮顿时沙沙地响。往常在家里也没觉得有这么大声音,像进了贼似的。田老汉僵住脖子,不敢再动,一会儿工夫脖子闷在枕头上的部分就又见了汗。屋里的风扇大概有些年头了,一转起来嗡嗡哑哑地没个停歇。屋里又没有桌子,围着床堆着的都是大大小小的箱子,电扇便摆在地上,此刻更像是在田老汉耳朵边上轰响一般。田老汉小心地冲电扇方向伸了伸腿,感觉又多一丝凉风挂到了踝骨处,却全解不了身上的燥热。

也不知妍妍那小丫头在上铺吹不吹得到风。不过小孩子家,沾枕头就着,大概也觉不得热。田老汉贴上凉飕飕的墙面,听见床与墙之间那道缝隙里传来若有若无的深沉呼吸声,有些羡慕妍妍。毕竟是年纪小啊,白天里怎么样,一闭眼,就什么都不记得了。他忍不住又翻了个身,身畔振起一团衣物清洁剂与

61

尘土混杂的味道。他试着去回想厚朴自家的厅堂,空气里总是能闻见屋外的花花草草,混着陈年家具的气息,虽老旧,却是油滑的,一点也不呛鼻子;还有老婆子在桌台上点的檀香,和大圆桌上摆着的酱菜的咸味。那是他们自家腌的酱菜,采来就在这个堂屋里,切也在这里,腌也在这里,最后摆出来吃还在这里,酱菜从新鲜到腌熟一层一层经年累月的味道都渗在木头桌椅和墙面中。他还记得妹头刚来家的时候,问这是什么味道,他便逗她,告诉她这是祖宗味。现在想来,他当初说的也未必就是错的。那是他家的祖宅,酱菜自是从祖宗那时就开始酱了的。

枕头依然在耳畔刷拉拉地响,田老汉不知不觉就有些盹着了。糠皮摩挲的声音水波一般扩大开去,一浪一浪涌过来,渐渐就在他眼前着了颜色。浮动着的青绿蔓延着,推开四周围压着的黑暗,金晃晃的大天光一下子泻了下来。田老汉这才认出,他眼前的正是厚朴的稻田,再熟悉不过的。稻子已快长成,在风里窸窣着,密沉沉地看不见下面的水,但望着那成片的绿,不知怎么就能看见水色,听见水声,那绿意仿佛也在流荡一般。田老汉凝了凝神,才发现并不是稻田在动,而是自己在动。他正骑着他家那辆二八的"永久",穿过稻田之间的土路。他骑得很快,可空气里一丝风也没有,车轮下的干土激不起半点沙尘,只在刺目的阳光之下泛着白光。四下里也没有人,只他一个在骑着车。但他却觉得很是痛快,似乎身边飞速掠过的风景都成了他的,他骑出去多远,就能拥有多少稻田和土路。他这样快活,却没有开口大叫,也没有唱歌——就好像这广阔而囫囵的安静也都是他的。

忽然间吱嘎一声,他的稻田、绿色与静谧裂开一道口子,他的自行车无知无觉滑脱了手,转眼就再感觉不到了。田老汉迷迷糊糊睁开眼,见身侧连接上下铺的楼梯上伸下来一个小小的黑影,几乎要融进更远处的黑暗里去,只一步一步落下时木头的吱呀声勾勒出轮廓。田老汉知道这是妍妍起来了,估计是要去上厕所。他小心翼翼地翻了个身,重新面对着墙去。地上一阵细碎的轻响——这是妍妍在摸索拖鞋了;接着是渐渐远离床铺的脚步声,田老汉在心里数着,一步,两步,三步……没数几步脑子便糊了,迷迷瞪瞪又睡了过去。

4. 蒲公英

  他浅眠了约莫几分钟的时间，隐约觉得有什么不对，睁开眼欠了身望向门口，发现远处影影绰绰有光铺洒过来，他凝了凝神，才在这浅淡的光色中辨认出一并传来的人声与婴儿哭声，那混在一起的声音并不慌急，也是拖拖拉拉带了睡意的，田老汉便知道没什么大事，不过是外孙夜里饿了，要再吃一回奶。这小子，真能吃。田老汉在黑暗里对着一门框的微光笑了笑。能吃好啊，能吃长得快。田老汉脑袋落回枕头上，正要合眼，突然想起去厕所的妍妍仿佛还没回来，顿时觉得床都有些轻了，怎么也不踏实，干脆坐起身来朝门口张望，这才发现靠着门框的黑暗里蜷着个小人，正是妍妍。

  田老汉一头雾水，一边穿着拖鞋，心里乱糟糟的有些厌烦。这小妹头搞什么呢，大半夜的不睡觉，刚刚还想他们小孩子事情少，好对付，看来这城里小孩真像老婆子说的，肚子里有许多弯弯绕。他几步走到妍妍身边，看着小姑娘乌油油的头顶在疏疏落落的光线下闪出个灰白色的光环，滚圆滚圆的，像山里雨后长出的蘑菇圈子，下意识地又压低了嗓子："妍妍？"他叫了一声。妍妍却没有反应，依然是抱着膝盖坐在地上，低着头，看不见脸。田老汉弯下腰想大点声叫她，这才听出她呼吸沉沉的，匀称得很，显然是已经睡着了。田老汉哭笑不得，叹了口气，轻拍拍她肩膀："妍妍。"他又叫了一声。

  妍妍肩膀耸动了几下，慢悠悠抬起头，眼睛还没怎么睁开，可那一张小脸白生生的，浮在四周的黑暗里。田老汉低声道："你怎么坐这里了？"妍妍眨眨眼睛，眼珠子四下里滚了两滚，"嗯"了一声，仍是不明就里。田老汉抓抓后脊梁，又重复一遍："你怎么坐这里了？不回床上去睡？""我……上厕所。"妍妍的声音里带着点鼻音，抬眼看看田老汉，又很快低下了头，眉心拧成个疙瘩。"上厕所？那怎么不去？"田老汉又抓了抓后脖颈。妍妍没答话，眼睛一个劲往主卧那边飘。主卧的灯还亮着，光线如爬藤一般铺满走廊的墙壁，主卧里断断续续的人声便如爬藤上的叶子一般覆在墙壁上微微颤动。藤爬到厕所门口便停了，女婿不知什么时候已经把门卸掉，那里像个真正的洞穴，滑溜溜的让蜿蜒的藤蔓没地方下脚，叶子围着洞口招摇，像是遮掩，又像是邀约。田老汉盯着墙看了半晌，又扫了一眼妍妍，小姑娘此时已站起了身，两手

紧紧抓着衣襟。她的头低着,睡衣上印的大狗却耸着鼻子瞪着眼,可怜巴巴对上了田老汉的眼神。田老汉又叹了口气。

"你去吧。"他略略偏过头,没有看妍妍,也没有看厕所门口,只是凭空说道,"你去吧,我给你看着。"妍妍像是没睡醒一般往厕所走了两步,回头看了看他,又走了两步。她行走的方向背着光,再看不清面部的表情,田老汉眼前还满满的是她衣服上那条狗。那大概是条外国狗,长耳朵拖到地上,田老汉从来没见过的。恍惚间,眼前那狗跑了起来,耳朵一甩一甩地,凑到一个孩子身边——那孩子仿佛是外孙的样子。外孙和狗滚作一团,外孙还是那样白胖,而狗的毛在阳光下闪着金色,倒像是电视里那种没有味道的油漆的广告一般。那油漆大抵也是个外国牌子。田老汉摇摇头,定了定神,堵在眼前的还是妹头家——不,是女婿家的白墙,涂的是泛着点灰色的腻子,墙根处的皮已经剥落,鬼影一般。田老汉想,自己大概是困了。

他转头朝厕所张望一下,正对上妍妍的眼睛,那眼神又像是看着他,又像是盯着主卧的方向。田老汉辨不真切,便只是轻声道:"我帮你盯着,不叫人过来。我也不看。"说着背转了身去。主卧那边的灯已熄了,整个屋子又安静下来,只剩下厅里冰箱还在嗡嗡地喋喋不休,但它一直这样叫,时间一久,便听而不闻。大概什么东西,要花点功夫,熟悉了,也就好了。田老汉又觉得倦意在眼皮后面堆积起来,他深吸一口气,鼻腔深处泛起了星星点点的栀子花味道,但落到肺里时便反应过来,那是他今天带来摆上桌的酱鹅,一顿晚饭下来,还没有人吃上一口。

田老汉第二天起了个大早,随便吃了口早饭就被妹头支出去买菜了。女婿要加班,妹头要带孩子,妍妍又还小,买菜这种事情本来也要落在他头上。不然他为什么来呢?田老汉拎着满满两大袋子菜上楼,脚步却是颇为轻快。他在家还要种地呢,虽然地不多,但也是要出力气的,这么点活,算得了什么?他看着伸出袋子边沿的几茎苋菜,忍不住又用小指刮了一刮。真正是最新鲜的菜呢,就算是根那里,肯定也是一掐就断,别人可挑不来这么好的。妹头原先最爱吃苋菜了,还总要拿炒出来的红汤拌米饭。晚上就炒个苋菜吧,再做个肉。

4. 蒲公英

妹头还叫他下午自己去楼下小卖部扛一箱啤酒上来。"爸爸晚饭爱喝啤酒。吃得香。"妹头在早饭桌上这样讲,"给你也来点。"这话是冲着女婿说的。女婿今天面色也不错,眼睛一瞪,眉毛一瞥,田老汉看多了也知道,那是专门跟妹头开玩笑拌嘴的表情:"我可不要啊。酒都不是什么好东西。"妹头也回瞪了他一眼,却没再说什么。但两人毕竟没有说不行,所以田老汉今晚吃饭有酒喝。好饭好菜,热天再来罐啤酒,一天也就这样了,好得很。田老汉顶着背后的晨光,觉得把一天都看到了头,四周都透亮,步子也越发有劲了。

到了家门口,他正要按门铃,却见小红按钮旁边贴了一张纸条,不知是从什么东西上撕下来的,边角都歪歪扭扭,上面的透明胶布也皱巴巴的,像是贴过好多次了。纸条上一行小字,他认得,是妹头写的:"婴儿睡觉,轻敲门,别按门铃,谢谢。"田老汉皱了皱眉。家里这个小祖宗脾气大他是知道的,老婆子跟他讲过:"啊哟睡觉不能吵,一吵起来哭个没完。这小子倔得了不得,他要是哭,谁哄都不带听的,总要哭到脸都青了,看着都怕人。"田老汉摇了摇头,伸手掏裤兜,一下子愣在原地。早上出门的时候,妹头没有给他钥匙。他此时才注意到,眼前的防盗门也是一片浓绿色,但跟他手中的青菜一比,那绿便显得死硬死硬的,叫人透不过气来。

田老汉把两袋子菜都交到左手,右手抬起来,想了想,又翻过手掌,用指节在门上轻而又轻地磕了两下。门里门外一片寂静。也是,门这么厚,这敲下去跟小猫抓痒似的,谁能听得见呢?他犹豫了一阵,手搭上锁孔旁边的铁门环。天刚刚热起来,楼道里还是一片阴凉,门环贴到手上就格外冰冷,田老汉叩了两下,便忙不迭松了手,仿佛被咬了一般。门里依然无声无息。田老汉正想着要不要再敲一遍,楼下却传来了脚步声。他心里一阵惶急,握紧了手中的袋子。没事,我还拎着菜呢。塑料袋哗哗地响了几声,又被越来越近的脚步声给盖过了。田老汉听听门里还是没什么动静,心都悬了起来。

他到底是个生面孔,从前也没有来过。但听说他们城里人住楼房的,关系都不怎么好,大家各管各的,大概不会专门过来盘问他是谁吧?可一个大男人,就这么呆站在门外不进去,怎么看都有些可疑。田老汉把两个袋子都交到

靠楼梯口那只手拎着,左手装模作样地伸进裤兜里翻找,把肩膀耸得高高的。脚步声到了他斜后方,他身后,延伸到另一边斜后方,然后到了斜上方……田老汉不知这人要走到什么地方才看不见他,只得一直在裤袋底下摸着,感觉自己像站在相机镜头前面。有人对他说,笑笑,又不告诉他什么时候按快门,他便只能一直笑下去,笑到脸都僵硬了,恨不能挖个洞钻进去算了。

脚步声终于过去。田老汉的衣裳已经贴到了背上。他把手从裤兜里掏出来,在门上拍了两下,这次用了点力气,第一下拍得重了,把他自己也吓了一跳,第二下忙收了劲头,变成了轻不可闻的一拂。这次门里终于有了响动,踢踢踏踏的,像是小跑着过来。不一会儿门"咔"的一声开了差不多一人宽的一道缝,妍妍的小脸露了出来,对他笑了笑。她侧过身让田老汉进门,见到他左手两大袋子菜,忙伸手接过了一袋,咬咬嘴唇,补了一句:"弟弟睡觉呢,不能吵的。"接着又道,"敲门家里人要是没听见,稍微等一会儿就好了。""就是,"不知何时从主卧出来的妹头接上了话茬,"上次楼上还有人问妍妍来着。就说没带钥匙就得了。"田老汉笑笑,走到冰箱旁边,把袋子里的菜一样一样拿出来。苋菜、芹菜、小油菜,都是好的。今天晚上还有啤酒喝。

妹头走到他身后叫了他一声,他回头,才发现妹头已换上了出门的衣服。"爸爸,正好你回来了,我得出去办点事。你跟妍妍在家看孩子,等我中午回来。记得该换尿布了就给他换尿布,要是饿了,妍妍知道怎么冲奶粉。"田老汉仔细端详了她一番,有些愣怔。妹头因为生孩子剪了头发,田老汉这十好几年了不曾见她留过短发的。这样将脸一露出来,愈发显得圆胖了。妹头身上是一件暗色的T恤,下面是松垮的过膝短裤,整个身子都在荡悠,只是不知荡悠的是衣服,还是一年多来积攒的肉。田老汉还记得,她早先在宁城做的是外企,虽然是小职员,每天也是要正正经经地穿衬衫套裙,描眉画眼再出门的。看这样子,生了娃以后,忙得连打扮的时间也没有了。田老汉这么想着,心里就有些不忍,他抓着冰箱门点头:"你去吧,不着急,家里没事的。"

说没事,其实事情真是不少。妹头走以后,妍妍看着还在睡觉的外孙,他

4. 蒲公英

就在一边择菜，然后扫了地，又拖了一遍。这样一折腾，一个多小时就快过去了。他还想收拾收拾厨房，但见早饭的碗筷都洗好了，只有池子里泡了一盆奶瓶、管子之类的东西，也不大懂是怎么弄的，不敢乱动。正巧这时外孙哭了起来，他便放下手头的东西进了屋。

又是一阵忙乱。换尿布、冲奶粉、喂奶、拍嗝。这些活计，他见过，也给亲戚家帮过手，只是从不曾自己亲手给自己家孩子做过。外孙在膀子里软得面团一般，妍妍又说什么也不肯抱。"他……跟果冻似的。"小姑娘微噘着嘴，眉心蹙起来，"我不敢。"说着用两根指头尖拈着换下来的尿布一角往垃圾桶边跑去。田老汉边给外孙圆溜溜的屁股上掸着粉，心里就有些好笑。他还记得老婆子回家去跟他说，妍妍对这个弟弟不冷不热，碰也不肯碰一下。真是，小姑娘家家的，她懂什么呢。连田老汉自己都有些上不了手。现在搞个孩子，花样太多，卧室里堆满了花花绿绿的瓶瓶罐罐，上面全都印着个大眼睛的胖小子或者胖姑娘，还多是外国人，看得田老汉脑袋发晕。还是妍妍弄得清爽："两勺这个大罐子的奶粉，一小勺这个棕色的粉，再来半勺这个白色细瓶子的粉，然后一起冲。"田老汉看她踮着脚尖在台子上勾兑，神情严肃得像新闻联播里报的那些流水线上的技术员，心里没来由地就有些后怕。要是这小姑娘不在，让他一个人带外孙，他带得了么？外孙歪着头冲他咿呀了一声，伸手来抓他的头发。"嘿，这小子。"他冲外孙笑起来。真是想多了，亲外孙，有什么带不得的呢？

两人合力把这些事情做完，还是都出了一身汗。小家伙倒是精神得很，啊呜啊呜地不知在说些什么，一直手舞足蹈的。田老汉把他放在屋子中间的彩色垫子上，让妍妍给他放动画片看——这也是老婆子告诉他的，外孙倔是倔了些，不过好哄，放上个动画片，能安静好几十分钟呢。电视里的英文伴着音乐响起来时他吓了一跳。这么小的孩子，已经开始看外国片了么？田老汉见外孙两个大眼睛已经直勾勾黏在了电视屏幕上，转头一瞧，妍妍也是聚精会神的样子，他低头抠了抠垫子上的动物图案：这是个狗呢？还是个猪呢？电视里的英语依然在叽里咕噜，田老汉一边抠着手里不知是猪头还是狗头的部分，一边小

心翼翼瞟了一眼屏幕。哦,这个他还是知道的,叫什么《猫和老鼠》。妍妍在一边指着屏幕低声对她弟弟讲:"你看那个老鼠,它想偷吃奶酪……"

妍妍今天跟他在一起时话多了些。田老汉摸摸外孙滑溜溜的脊梁,和声道:"你听姐姐给你讲的没有?这是不是只坏老鼠?""不对不对,这是只好老鼠,"妍妍的小辫一甩一甩的,"那个猫才是坏的。所以他总是输。"田老汉抬头看一眼电视,正好见那张牙舞爪的灰猫在门上狠狠撞了一下,拍成了个扁片。外孙咯咯地乐起来,大张着小嘴,一道口水从嘴角蜿蜒而下。田老汉也跟着笑起来——好老鼠便好老鼠吧。他用拇指抹去外孙嘴角的口水,指尖一片温暖的湿润,忽而被小风一吹,又是一阵凉意,舒服得很:"你看这小子笑得……"他想起在厚朴的时候,几家亲戚偶尔聚一聚,拼几张大桌弄点好菜,孩子早早吃完,就都放在一个屋里,开开电视,让他们随便看去。大人们玩一阵,想起来了,便去那边屋里看看,推开纱门的时候,屋里总是静的——小孩子只有看电视的时候才能安静成这样。而不远处大人们说笑的声音源源不断地飘来,如云朵一般若隐若现地罩在屋子上空。那都是些夏日的午后,天气是热的,但待在背阴的屋子里,却不觉得燥,全身上下便是种温暖的凉意,与现下如出一辙。田老汉有些昏昏欲睡地坐着,外孙的笑声,妍妍时不时的解说,还有电视里热热闹闹的音乐与瓶罐叮咚声,都清清楚楚地排在他脑海里,分毫不差,像他春天里插上的稻秧。

到了下午一点的时候,一声轰然的门响。田老汉本来等妹头等得已经有些着急,这下听见人进门的声音才放了心。本想起身去迎一下,正好外孙看腻了电视抓着他的手指在要,便没有动地方。妍妍看了他一眼,也就没有起身。过不一会儿妹头进了屋,一身浮荡的暑气隔着一段距离都能闻出来。她瞥一眼电视屏幕里杯盘狼藉的厨房,眉毛眼睛突然也乒乓作响地地竖了起来:"一上午就看这个了是吗?"田老汉不明就里地点点头,又摸摸外孙的肚皮,仍是鼓鼓的,心里有了点底气:"喂了他吃奶的,然后就让他看这个。这小子挺乖的,不闹。""可不是不闹吗?"妹头的手插到了腰间,胸脯在宽大的衣服下仍起伏着,"一直看电视,他是不闹。这样多轻省啊?我也知道。"她走上前去,

4. 蒲公英

啪地一声关掉了电视机，屋里突然间静得可怕。田老汉这才感觉到，这屋里其实空得很，刚才那些嘈杂欢快的声音把空隙都填满了，现在陡然被抽空，整个人坐在屋子中间，格外地没个着落。妹头抹了一把头发，一只手在脸边没命地扇着："那边有书，有卡片，有玩具，你们带他看看书，玩一玩啊？就在这边看电视，回头就看成个小傻子。"

田老汉和妍妍都还愣怔着，只有外孙因为没了电视，开始四处乱爬起来。妍妍晕头晕脑地伸了手去拦住他，不让他爬出垫子。"妍妍你也是，姥爷不知道，你还不知道吗？"妹头见这两人都没什么反应，声音愈发高了，"弟弟还小，你得记得教他，陪他玩。不能他不吵不闹了就觉得没事了。"田老汉仰头看看妹头涨红的脸，低声道："孩子还小嘛……""小什么小？"妹头把兜里的钥匙掏出来，往旁边柜子上一甩。钥匙叮当当的一声，震得人一个激灵。田老汉直觉得那钥匙跟电视剧里官老爷的惊堂木一般，一声拍下去，顿觉得自己矮了三分，也不敢再辩驳。

妹头回过头来，换了厚朴话："爸爸你不知道城里上幼儿园多不容易。孩子他爸爸说是个处长，能挣多少钱？又要养两个孩子，还要加上我们两个。不往幼儿园里塞钱，只有凭孩子自己本事了。我今天去问了，人家说死了就这两条路，不交钱，就要排老长的队，一个个地考试来。"她转身朝屋外走去，走到门廊处，突然又换成了普通话，一个个字有棱有角地砸在门框上："看电视，看电视能上好幼儿园吗？"

田老汉这下子是真有些发懵。纪城上学不容易，这他是知道的。大城市嘛，人多，有钱人更多，上个学自然挤破头。不要说纪城，便是宁城，不也是一样的光景？他二舅家的妹头前年上中学，没有考好，二舅家可是卖了一块地的，一直说要盖的新房也没有盖成。但他断断没有想到，上个幼儿园也要这样费力气了。这么小的娃娃，让他学什么呢？他搞不清。若是在厚朴，这么大的奶娃娃无非整天放到院子里去，招鸡逗狗，不生病就好了。他突然间感到一阵说不出的无力，从心口一直酸软到指头尖。他在家的时候，种地，拾掇院子，每天天不亮去河边挑两大桶水，他觉得他有的是力气，他们家男人一向是身量

小力气大的,他还正能干呢,怎么也能再干个十年二十年。可现在呢?不用他种地,不用他扛水,只叫他看个孩子,女人家干的活计,他却彻底没了办法。

厨房里蓦地一阵稀里哗啦的响,像是铁盆掀翻在了池子里,接着又是瓶子砸在一起的声音。"什么都要留着我来做!那要你们来干嘛?"妹头的嗓音在厨房里炸开,隔着一道走廊听,耳朵里都是嗡嗡个不停。田老汉一个激灵,爬起身从床头拽了那一叠书下来,推到妍妍跟前:"你……你给他念书吧。"妍妍垂着脸,忙不迭地点头,抓了最上面的一本翻开:"《三只小猪》。从前在大森林里……"一张口,她的声音低低的,还有些打颤。她抿抿嘴唇,抬头看了眼田老汉,又往厨房的方向瞄了一眼。田老汉看不出她脸上是什么神色。妍妍很快又低头,吸了口气重新开始,这一次声音大得多了:"从前在大森林里……"田老汉起身往厨房走去,一路上妍妍念的故事每个字都能听得清清楚楚。他叹口气,心里想着,还得告诉妹头菜已经择好了,免得她再白忙一阵。

午饭他们照样是分拨吃的。妍妍和妹头先吃,他留在屋里看着外孙,喂他准备好的水果泥。屋里现下是真正地安静了,没有人说话,连炒菜的沙沙声也不见。田老汉有些奇怪,按说这大城市里面,怎么也应该比他们乡下吵闹些,人声车声不断才对。可整天这样子,只要没有人说话,屋子里便静得叫人心里发毛。若是在家的时候,可从来没有这么安静过。他跟老婆子都这么大年纪了,也没什么可防人的,这样的天气,连大门也不关,或者索性便坐在院子里。外面一会儿是狗叫,一会儿是鸡鸭声,也有蝉鸣,谁家吵嚷两句,全都听得见。再坐得久了,就是没风,那些花花草草也仿佛总有些响动似的。

他这边有些走神,手里的勺子就失了准头,抹到了外孙下巴上。外孙自己摸了一把,把大拇指放到嘴里吮吮,甜得叽叽嘎嘎笑起来,接着又呜呜哇哇的也不知说的是些什么,眉飞色舞的,这么一个小人,简直能撑起一台大戏来。田老汉抽张纸巾给他把下巴擦了,又给围嘴系系牢,也随他笑起来。是了,不能再想家里。外孙还在这儿呢,还有妹头,总归是孩子在哪里,他便在哪里吧。他又喂了外孙一口,心里惦记着晚上得给老婆子打个电话。妹头说昨晚给她打过了,可老婆子一人在家,还是问问得好。他心思一转,又想起自己没有

4. 蒲公英

手机,得用妹头他们家的电话。不知他们的长途电话费是怎么个算法?

被叫去吃饭的时候,田老汉依然在想着这些杂七杂八的事情,整顿饭脑子里就没有消停过,不知不觉自己的饭也要吃完了,妹头那边已经把锅碗瓢盆都洗了个干净。她摘下围裙,在上面抹干了手,回头对他道:"爸,我下午还得出去,厕所门不能总那么空着,得去看看找人来修一下。等一会儿太阳下去点了,你跟妍妍推宝宝下楼去转转吧,不能老让他在家圈着。"田老汉扒拉下最后几口软趴趴的饭,起身点点头。妹头一阵风似的拎了包,拿了钥匙,跑进屋去亲了儿子一口,转眼已在门口穿上鞋了。田老汉捧着空饭碗,见她忙得这个样子,忍不住叮嘱了句:"别着急,出门小心点。""你们也注意,就在楼下小花园那边转转就行了。别跟其他那些孩子走太近,你也看不出好坏来,到时候万一撩着谁了,麻烦可就大了。"她说到这里,眉毛又有些立起来,看了看他,才舒展开了,"回来的时候记得去小卖部买啤酒。你晚饭不是要喝的么?"田老汉唯唯点头,刚想说什么,妹头却已经开门出去了。"钥匙怎么办?"他急忙冲着快要合上的门叫道。门缝里传来妹头不假思索的声音:"我下午三四点就回来了,你们等我一起上来。"话音没落,门就"喀哒"一声关死了。

他们等到了三点钟才下楼去。外孙躺在推车里,田老汉推着车,妍妍跟在后面。在花园里走不两圈,外孙便有些倦了,打了个大大的呵欠。田老汉记得妹头的话,没往花园中心的小喷泉那里去,推着小车找了角落里一处树荫,给外孙把车子的顶棚放下来。外孙眼睛刚一闭上,鼾声便起来了,田老汉有些好笑,又怕他热着,在车子下面的夹层里翻了半天,翻出一本旧杂志,轻轻在一边给他扇起来。

这是个小区里面的花园,不怎么大,中间有个小喷泉,旁边还有点健身用的单双杠之类的东西,漆成了明晃晃的蓝和黄,在大太阳底下闪着光。那边集了一小圈人,也都是老人和孩子,说说笑笑的,隔着树丛听不太真切。田老汉一回头,见妍妍扎煞个手站在一边,眼睛都不知道该看哪里。这孩子中午想是吓着了,今天一下午又是安安静静的不怎么说话。田老汉想了想,冲她摆

摆手:"你去玩去吧。"妍妍眨眨眼睛,反倒又冲小推车走近了一步。"没事的,"田老汉看看远处,被太阳晃得眯起了眼睛,"他这一觉得睡一阵子呢,你不用一直在这边站着。去玩吧。"妍妍咬了咬嘴唇,大眼珠子四下转了几转,终于点了头。

但这孩子却没跑远。田老汉在推车边找了块看着干净些的台阶,一屁股坐下,见妍妍就走到离他四五步远的地方,原地转了两圈,仿佛在寻找什么,一会儿又蹲下了身,在那里拔一种长了穗子的野草,拔几棵,便从旁边揪个草叶扎成一捆。田老汉忍不住问她:"你在拔什么呢?"妍妍抬头望望他,冲他摇了摇手里的草捆:"这是稻子。"田老汉嗤笑一声:"那哪里是稻子?那是野草。""是稻子呀,你看,"妍妍拈着野草的穗子冲他伸过来,"长熟了就是米饭了。面不是稻子长的。面是麦子上长的。"

田老汉差点笑出声,想起一边睡着的外孙,压低了嗓子:"你懂得还挺多。"他见妍妍还伸着手,便接过她手里的草捆。"我跟你讲,这个可不是稻子,稻子比这个高多了,"看见妍妍迷惑的眼神,他举手比了比,"有这么高。"妍妍张大了嘴,田老汉这才发现,她这个样子跟她弟弟很有几分相似。"稻子熟了,把它打下来,然后要放到机器里去,把壳脱掉,那才是米呢。"他见妍妍仰头望着他,听得那么入神,眼睛直冒光,便又补上一句,"等回头,过两年吧,咱们回老家去。姥爷……姥爷带你们去看。"

他眼前又出现了厚朴大片的绿色稻田,在酷烈的太阳下闪着一层层的白光。他现在知道昨晚恍惚看见的情景是做梦了——骑着那辆老自行车的,是十几年前的自己,正紧赶慢赶地回家。那天老婆子去走亲戚,他是要回去给妹头做饭的。但那广阔,那安静,都是真的。他骑着车,出着力气,冒着汗,觉得身边经过的一切,好的,不好的,都是他自己的。

他回过神来,看看四周修剪得整整齐齐的草地和树篱,眼皮底下汩汩涌出了酸浓的睡意。他抹一把脸,四处搜寻了一下。妍妍已经放弃了她的"稻子",在草地上一蹦一跳地走着,时不时地弯下腰去,拔一朵蒲公英。但她却不像别的小孩,拔下来便把那白色的绒球吹散,反而要跑到老远的地方去,再

4. 蒲公英

转着圈把那点点白毛挥舞出去。她又一次跑回田老汉坐的地方附近时,田老汉便轻笑着问她:"你吹个蒲公英,跑那么远做什么?累不累?"妍妍红扑扑的脸左右晃了晃,小辫在脑后一跳一跳:"那边没有蒲公英。蒲公英的白毛毛是它的种子,把它撒到哪里,哪里就能长出新的蒲公英来了。我想让它长到那边去。长得满地都是才好呢。""这些都是你们学校教的?""对。我们有自然科学课。"妍妍说着,拔了脚边一棵蒲公英,一转身又跑得老远。

田老汉望着她的背影呆坐了一会儿,又转回头,伸长了脖子看看推车里的外孙。外孙睡得正香,小眉头微微地皱起来,也不知道梦见了什么。这么大点的娃娃,会做梦么?田老汉自己也记不得了。他伸手轻轻摸摸外孙的脸颊,温热的。等他再长大点吧,带他和妍妍回厚朴看看。带他们去看看自家的地,还有村外面的那个小湖,还有山上的果树林。他们城里学校虽教得多,这些东西,哪里能有他说得明白?但那要等到很长时间以后了——至少要过了今年,也许明年。

田老汉心里升起一种似远似近的怅惘,但并不怎么浓重,一罐啤酒下去就能镇住,一个酒嗝打出来便会踪迹全消。他抬起头来,正好看见妹头从花园那头朝他们这边走。他在心里提醒自己,今晚一定要管她要一把钥匙。身后一串细碎的脚步声渐近,想来是妍妍也看见妹头回来了。他冲她招了招手,站起身来。——或者,要两把。

5. 关于李英的生活

齐肇楠-14级专硕

名字

　　李英原来不叫李英，叫李濯缨。这名字太难念，别人也都不懂是什么意思，所以他现在不大提起了。当然，这些年叫他李英的人也少了，他现在是老李、李书记、李主任，还有爸爸、姥爷、爷爷，甚至是大爷、老爷子，他其实都不怎么需要这个名字了。李英很释然。人到了这个岁数，身边的人只会少，不会多，大家该站什么位置，该做什么事情，自己都一清二楚，还要个名字干什么呢？名字不过就是个代号嘛。

　　但这个代号有时候还是有点用处的，就比如现在。核磁诊室的护士隔着玻璃窗扯着脖子叫："李英，有叫李英的吗？"他急忙忙站起来，隔老远就冲着人家喊："有，有，在这边。"这一下子站得急了，扭着的腰又疼得有些受不住，李英感觉自己的五官一阵扭曲，却还心急火燎地想要迈步到窗口去。一边的儿子不乐意了："爸，您着什么急啊？让他们等一会儿能怎么样？您看这一

5. 关于李英的生活

下又抻着了吧?"李英想跟他说,能配合一点就配合一点,人家工作也都不容易,凭什么让人家等着呢?但他腰疼得实在厉害,也就没力气说话了。

然而好不容易过去了,进了诊室里也还是要等。非要一起跟着来的孙子在一边问:"爷爷叫李英啊?哪个英?"一边让他妈妈给他在手上写出来。李英便好脾气地告诉他,是英雄的英。孙子想了想,又问:"那爷爷,你的爸爸妈妈给你起这个名字,是让你做个英雄吗?"他妈在他后脑勺上拍了一巴掌,听着响,其实不重:"你那么多话干什么?爷爷不舒服呢。医院里边,别吵吵嚷嚷的。"孙子撅起了嘴,上妈妈包里翻了一阵,不由分说掏出了手机,坐在一边打起了游戏。

李英看看他,欲言又止。他在心里琢磨着,如果下次孙子再问,他要怎么跟他说。他会告诉孙子,他爸爸妈妈给他起的名字不叫李英,叫李濯缨。孙子当然就会问他,哪个濯,哪个缨,都怎么写,什么意思。他就可以告诉孙子,这两个字是从屈原那里来的——他们学校里不是还学屈原来着吗?屈原说,这个河水啊,它要是清呢,你就拿它洗帽子上的穗;它要是不清了,你就拿它洗脚。孙子就会哈哈笑,说洗脚,洗脚,哈哈哈,多臭啊。

李英叹了一口气。就算是在心里,这个故事他也是讲不下去的。

但现在,不管他是李濯缨,还是李英,他都只是个病人,是诊室旁边等着叫号的蓝色屏幕上的一个编码。他是A009号,他前面还有两个人,一个叫王红军,一个叫张素琴。这两个人他都不认识。他认识的人里,有三个王红军,两个张素琴。他知道,是因为他把所有人的名字和电话都记在一个小本上。他到现在也用不惯手机的通讯录。哪个人要是没了,他就在这个人的名字旁边用黑笔画上一个框。

李英不知道自己离画框那天还有多远。真到那一天了,他也得有块墓碑。那上面是写李英呢?是写李濯缨呢?写李英,地底下的父母是不认识的——他们都走得早,还没赶上他改名字。可写李濯缨,孩子们可就不习惯了。还是写李英吧。他一个共产党员,不能信那些神神鬼鬼的。人没了,那就是彻底没了。变成土,变成灰,不见了。

李英觉得自己的腰疼得越来越厉害。

屏幕上他的名字和序号闪了闪,喇叭里面一个机器人姑娘一顿一顿地喊:请、A、0、0、9、号、患、者、到、2、号、机、房。孙子在一旁还打着手机游戏,嘴里乐呵呵地跟着学,又被他妈妈搡了一把,手机也给收走了。李英扶着儿子伸过来的手慢慢站起身,往拍片的屋里面走,觉得每一步走得都不像自己——像那个A009号。

他还是喜欢别人叫他名字的,哪怕只是一个姓,只是这样的人越来越少了。像他们住的那栋楼里,都是一个单位离退休的老同志,互相都认得的,自然不会再点名道姓。剩下的,像楼里的电梯工,又或者是楼下的保安和清洁工人,都只知道他是"504的大爷",但更多的时候,他叫"您"。"您出去啊?""哟,您买菜去啦?""您今天这身儿穿得挺精神。""您"是谁呢?好像可以是任何人。任何人里,也包括了一个他。

现在他依然是"您"。"您"在医生的指示下解开衣服,抽掉皮带。"您"摘掉了眼镜。"您"躺在了拍片的床上,没有再动。而李英则在他的脑子里,屏蔽开仪器工作的嗡嗡响声,回忆着他最近一次被叫做李英是什么时候。应该是一个多月前吧,那个快递。要说现在是方便了,想买个什么东西,人家还帮你送货上门,头一天买的,第二天就到。女儿和媳妇白天不在家,不方便收,买了东西一般都让送到李英家,他们抽空再过来拿。李英也是愿意的。他跟老伴开玩笑说,就算为了快递,孩子们还能多回来两趟不是?

那天的快递是女儿的还是媳妇的,李英已经记不起来了。地址没写清楚,快递员到了他们这个楼道里,不知道是哪一家。给李英手机打电话——那李英哪能听到呢?快递小伙子估计有些着急了,便在楼梯间里喊起来。李英正陪老伴看着电视,却听见门外隐隐约约有人在叫,李英,李英,有叫李英的吗?他有些想答应,却又不敢认,正襟危坐在沙发上,竖起耳朵听。还是老伴皱起眉头,有些警惕地问他:"是叫你的不是?"李英忙踩上拖鞋冲着门口迈出步子"是叫我的吧?我听着像叫我的。"老伴在他后面急着叫,慢点,慢点,着什么急,李英却觉得脚下生风了一般,几乎是小跑着到了门口。

5. 关于李英的生活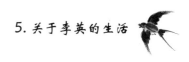

一开门,一个黑瘦黑瘦的小伙子抱着个包裹,操着外地口音问他:"李英?"

"哎哎哎,我是我是。"李英伸手接过,推起眼镜,眯着眼睛在快递单上踅摸了半天,终于在右上角的收件人处看见了糊得乱七八糟的蓝色圆珠笔字迹,正是他的名字,"李英"。他又点了点头,也不知是在跟谁确认:"对,给李英的,没送错。"抬头对小伙子感激地笑笑:"谢谢你啊,小伙子。"小伙子摆手:"大爷您别客气。"李英涨到胸口的情绪立时退了一半回去,感觉自己有点像《西游记》里那些妖怪,一下子现了原形。

他感觉自己被推进黑洞洞的核磁共振机器里,给患者放的轻音乐已经响了起来,不知道是什么外国曲子,调子很熟悉。有那么一阵子,李英觉得自己仿佛听见了《山楂树》。《山楂树》这曲子他喜欢。他上中学的时候,学的是俄语,当地找来的老先生,俄语说得好不好不知道,但是很敢教,每节课一半教会话,一半教苏联歌曲。他就是那时候学会的《山楂树》《喀秋莎》和《莫斯科郊外的晚上》,也是那时候给自己改的名字。想想也难怪,身边耳边拥满了"英雄""英烈""英模",他不得努力跟上时代么?俗话说"名不正则言不顺",那自然要从名字跟起。什么"濯缨""濯足"的,都是老皇历了。

现如今他的俄语除了"哈拉少"已忘了个精光,改过名字这事没几个人知道,就连那些老歌的调子,也在他记忆里飘忽起来,许多过去再熟悉不过的音符,就像他们家墙上粘的挂钩,时间长了没胶,不留意间就扑簌簌地松脱下来,再贴不回原位。就比如这核磁机器里的曲子,几遍放过去以后,凝神一听,又似乎并不是《山楂树》了。

要说这做一次核磁,时间也忒长,不然人家放什么音乐呢?这次本来以为就是普通的扭伤,不用做核磁的,但医生看了他拍X光的片子,说有一块骨头有点歪,不知道是旧伤,还是这一次扭到的时候折的,建议他做个核磁看一下,如果真是骨折了,还得做个小手术。李英听了他这句话,连着几天没睡好觉。

然而此刻,他心里不知为何又踏实了些,也许是这舒缓心情的音乐确实

有些效用。他想起那天拍X光片子的时候,有个老同志排在他后面的后面——比他岁数还要大呢。老同志坐着轮椅,看着仿佛已经不怎么明白了,病病歪歪的,脸色发黑。李英拍完出来以后在一边系皮带和护腰,那老同志突然没一点征兆的,"哇"的一声吐了出来,黄绿色的,溅在他自己鞋子上。老同志的儿女们忙围了上去,李英看不见他的脸。他只能看见周围的人,一个个似乎都不知道做什么表情似的,只能扭转开头去。酸腐的气味在短短的走廊里弥漫开来,旁边一位大姐走开两步去打开窗户,转身的一瞬,那表情竟然是有些释然的。

忽然间远处前台那里传来护士清脆的一声喊:"李英!有叫李英的吗?"他循着自己的名字走去,如同抓住了救命的稻草。陪他一起来的女儿跟在后面急着叫:"爸,爸你别急,你慢点,那片子跑不了。"李英却没有放慢脚步。他觉得脸上发烧,脑子轻飘飘的,仿佛卸下了什么重担,却又格外地羞惭,就好像他做了什么错事,趁没人发现逃离了现场一般。他从护士手里拿过自己的片子,牛皮纸的大袋子右上角,贴着个小白纸片,上面宋体字板板正正地印着他的名字:李英。他摸了摸那个小纸片,从"李"字摸到"英"字,点点头:没错,是我。

李英盯着核磁机的顶棚看了一阵子,有些无聊地闭上了眼。他觉得这环境不知为何有点像棺材。若是平时有这样忌讳的想法,他得难受半天,但现在却平静得很。他还能站,能走,脑子也还明明白白的,那他就还是李英。等死了,埋了,他就不是他了。况且也不会有什么棺材。现如今都是火化了,一把火烧个精光。但总归会有个墓碑的。他的墓碑应该是儿女们来立了,写的肯定就是现在这个名字:"李英"。他想了想,也没有什么繁体简体的区别,只一点——可千万不要让他们弄成宋体字。

吃饭

做完核磁到了家,已是中午时分了。女儿在家整出了一大桌好饭,包了

5. 关于李英的生活

饺子，炖了鸡汤。李英自觉这一上午走来走去的，腰疼又厉害了些，连带去的拐杖也有些挂不动了，让儿子半扶半扛着上了床。恍恍惚惚躺了一阵子，孙子跑了进来："爷爷，他们叫你去吃饭。"他点点头，从床头柜顶摸到了眼镜戴上，千难万难地撑起身子进了厅里。孙子早已先他一步坐在了桌边，喊着："姑姑！饺子什么馅的啊？"李英暗自摇了摇头。这要是搁在他小时候，长辈还没有坐下，小辈的哪里敢上桌？就是外孙女小的时候，也是在厨房里缠着她妈妈的时候多。唉，谁让这孙子来得晚呢？活了大半辈子才又见了这么一个小人，崭新崭新的，谁都得宠着点不是？

他坐到桌边，儿子正从厨房里出来，端了一大盘饺子并筷子放到他面前："爸，这是你的。"他点点头，拿起筷子夹了一个饺子塞进嘴里。老伴便在这时走了过来坐在他身边，皱起脸来嗔怪："你着什么急呀？都跟你说了多少遍了，吃太快了不好。那热腾腾的一下子吞下去，容易作病。"此时一家人已经陆陆续续在桌边就了座，女儿端着大盆的鸡汤出来卸在桌上，一边头也不抬地搭腔："就是的，爸你慢点，人家都说了，老那么吃容易食道癌。"

李英刚才那一阵疼得厉害，现在吃了两个饺子，他正渐渐觉得饿了，身上也松快了些。现下听了这话，一个饺子夹在半空里，吃也不是，不吃也不是。他吃饭快是早就习惯了的。早些年他还在东北工作的时候，有什么呢？他们那个化工厂也是大企业，他在领导班子里给人家当秘书，工作忙得紧，每天中午那一顿饭，随随便便一呼噜就下去了，才不管它冷啊热的。近些年，他这个毛病家里人不知说过他多少次了，但他改不过来。热腾腾的粥，汤，白米白面，就那么热腾腾地落进胃里，还有什么比这舒坦的呢？但别人提了意见，他就要虚心接受。李英琢磨了一下，在饺子上咬了半口。

他吃饭的毛病其实不止这一样。除了说他吃得快，吃得烫，老伴还老说他吃得油，吃得咸。养生节目上那些吃饭的避忌，他算是占了个十成十。可是这么些年了都是这样吃过来的，到老到老了还得注意这个注意那个的，有什么意思？这边女儿给他盛了一碗鸡汤，他舀了一调羹，瞥了老伴一眼，着意吹了吹，然后才入口。今天的汤很入味，他咂摸咂摸嘴，赞道："哎，这汤鲜。"

老伴不置可否地看他一眼,从女儿摆到她面前那碗里也舀了一勺子底,抿了小半口,皱皱眉道:"咸了。""爸刚才还说鲜呢。"媳妇在一旁笑道。老伴撇撇嘴:"你爸嘛,从来都是,咸就是鲜。"

老伴这些年也不知是怎么了,口一日比一日淡。腰没伤那一阵子,家里饭是李英做的,一想到老伴这个口味,他都不怎么敢放盐,每天吃起饭来没滋没味的,只有早上那一顿开包榨菜还有点嚼头。就这样,老伴还要嫌他咸菜吃得太多呢。不过李英这人脾气好。他解嘲似的又喝了一大口汤,这才讪讪笑了笑:"你们都管我干什么呢。"家里人似乎也都习惯了他这样示弱,连老伴在内都似有似无地笑了笑,这一场便这么过去了。

其实李英想着,他早些年也未必有那么爱吃咸的。他老家在常州,老母亲又是苏州嫁过去的,家常做菜想必是清淡得很——他已经不怎么记得了。他父母早亡,自己十几岁出去念书,二十出头工作就调到了东北。到了那里,吃起饭来是大盘大碗,不要命地勾酱撒盐,一口口的味道重重砸到喉咙里,砸到胃里,在一片寒冷的饭堂里,便是最鲜活的一抹颜色;出了饭堂门,面对直朝着脸上砍过来的寒意,还有整个厂区里林立的烟囱和黑烟,心里也才有几分底气。这样子吃了十几年,谁还能忘得了呢?到了今天,他最爱吃的一道菜依然是酸菜炖白肉,再配上煎饼或者是干豆腐,结结实实的,这才叫一顿饭。唯独家乡的糖食他忘不了,每回家里有人去那边,都要叫他们带牛轧糖回来——但糖老伴也是不让他多吃的。他有时候想想也是奇怪,眼看着一辈子就要过去了,早年的事情渐渐也都记不那么清楚,也没什么机会提起,只有在这吃东西上,一分一毫都遮掩不了。喜好的吃的一样样摆出来,好像你的一辈子也就摆在台面上了。但偏偏这些东西,油的,热的,咸的,甜的,过去留下来烙在舌头上的印子,却都是对他不好的,时间长了要害命的。

害命就由它害去吧。李英自己是不在乎的,现在稍微注意点不过是为了哄老伴高兴,也是为了少听身边人两句数落。这一顿饭下来,他吃了一大盘饺子,喝了一碗半鸡汤,等抬起头来一看,桌上的人除了孙子都已停了口。媳妇又在一边眯着眼看着他笑:"要不怎么说呢,老年人能吃就是福啊。""你爸别的不说，就这个胃口啊，真是不错。"老伴搁了筷子，扫一眼桌角的抹布，回身抽了张纸巾，拈了一个角细细擦她面前桌面上的油污。儿子也在一旁逗趣："这会儿看着又像是没什么事了。那会儿回来的时候，路都要走不动了。"

李英笑了笑，两手搭到了胃上。他的腰还是一阵一阵敲锣打鼓地疼，但不知为什么，吃了饭，加了一两斤分量，他的腰却仿佛真的没那么沉了。想想也是，他刚到东北的时候，水土不服，难受得了不得。就那样，吃饭也是最顶用的。吃了吐，吐了再吃，吃饭的一会儿工夫，总是最让人心里笃定的。东北那样冷，只有捧在手里那个铁饭盒是温热的，捂的时间长一点，连冻木了的心都能活回来。

但现在毕竟是岁数大了，不但吃什么，连吃多少也要被人看着。前一阵子女儿说新尝了个不错的馆子，约了全家人一起去吃。那是家江浙菜，他吃着很合胃口，这里一碗那里一碗的，不觉就吃得多了些。桌上的盘子差不多清了，服务员进来问，要不要来点主食。一家人面面相觑。媳妇率先开口："我可是吃不下了，这一顿又吃多了。"说着摸摸肚子，笑呵呵地摆了一脸苦相。女儿跟着道："我也不吃了，这大晚上的，消化不了。"说着看了一眼坐在一边的女婿和外孙女，"待会儿咱走回家，啊？"老伴一甩手，附和道："没错，咱们都走回去。"儿子看看他，问了一句："爸还吃点什么吗？"

李英有些犹豫。他今晚是吃得不少，但他这个人，一顿饭要是不吃点主食，就总觉得像没吃过似的。然而大家都不打算再吃什么了，他一个人吃，不说掉价，也没什么意思。他扭头问坐在身边的孙子："你还吃不吃了？给你要一笼包子吧？"孙子还没答话，女婿先插了嘴。"还吃什么呀？这一晚上吃多少东西了？"话一出口他也觉得说得重了，忙挂上个笑脸冲李英道，"这小子得注意点了。你看他那肚子。""姐夫说得对，是得控制了，要不体育课达不了标。"媳妇也忙应道。李英四周看了一圈，挥挥手："不吃了不吃了，走吧走吧。"

可不吃又真不舒服。他跟老伴晚上回到家没多一会儿就上了床，他躺在一

边却怎么也睡不着觉，总觉得肚子里空落落的。其实要算起来，他吃的也没有那么多吧？只是看着多。今晚要的大多是青菜呀。干丝他是吃了两碗，但豆腐嘛，能占多少地方。那只鸡他也是吃了一些——鸡头啊，鸡爪啊，他喜欢吃这些，鸡腿他都留给了老伴的。加在一起真不多。李英在心里一样一样算着，越算越觉得饿得难受，偷偷摸摸爬起来，披件衣服进了厨房，从冰箱里摸了一把挂面出来，开始烧水。

老伴没一会儿就跟过来了："你没吃饱啊？"他见老伴还穿着睡衣，赶紧挥了挥手："你起来干什么，我就吃一口，吃完就结了。"但老伴却不肯轻易回去，她临睡前摘了假牙，现在嘴显得越发的瘪，整张脸就皱得更加厉害："没吃饱问你的时候你不说？""那不是大家都说不吃了嘛……"李英摸了一把头，把落下来的那一绺白发拂上了头顶。"你管别人说什么呢？自己吃饱才是要紧。"老伴的声音高了起来。这大半夜的，李英又是饿的，又或许是困，脾气也上来了，一甩头："哎呀你管我干什么！"老伴气哼哼地扭头走了："谁管你，饿肚子还不是你自己的事……"李英转头一看，水已经开了，咕嘟咕嘟冒着泡。他把挂面下到水里，硬邦邦的面条一时间都软化了，服服帖帖地在水里打了个转，李英看着这情景，便觉得自己的肠子也如这面条一般捋顺了，温温热热的，什么气都没了。

这件事老伴笑了他很久，逢人就学："大半夜的起来煮面条，我说你没吃饱就说嘛，他还跟我急了……"家里人听了也都拿这事情打趣他，说以后再不管爸吃东西了，没吃饱还要半夜自己煮面条，怪可怜的。李英也就随他们说去，不过跟着笑笑罢了。李英很知足。至少他现在饿了，说煮个面条就能煮个面条。过去那会儿，有什么呢？但这些话在家里是越来越不能提了，若是孙子听见了，又要说："爷爷你又讲这些了，真没劲。"

还是多吃两口饭吧。饭从来不辜负人。

5. 关于李英的生活

买菜

核磁的结果过了几天就出来了。本来不会这么快的，但儿子是托了人让李英插队做的检查，所以结果人家也就抓紧时间第一时间给他了。没事，就是他们一开始想的，扭了一下腰，骨头没断。说来也奇怪，这腰好像自己也知道自己没事了一样，这几天好得飞快，像前两天那样疼得起不来床的时候是再也没有了。女儿新给他网购了一个护腰，儿子又从朋友那里借了个舒服拐杖，他现在走起路来只要放慢点步子，就觉得跟过去没扭的时候没什么两样了。

但家人却仍不许他出门。"人家医生都说了，虽然骨头没事，最好还是要卧床静养。"儿子送检查结果过来的时候特意嘱咐。李英有些着急："也不用天天躺着吧，还是要适当锻炼一下。我跟你妈下礼拜一还要出去呢。"他们这些同一栋楼的老干部组织的春游，租了一辆车，下周一打算去郊区看花。儿子一听，把眼一瞪："去什么去？不去了！您得好好歇着，等身体好了，哪儿不能去啊？"李英想说，伤筋动骨一百天，等他好了，花都该谢了。可儿子一转脸又冲着他妈道："妈您听见没有？看着我爸啊，别出去了。万一再磕着碰着的怎么办？"老伴绷着一张脸，眉头仿佛要皱，却没皱起来，梗着脖子点了两下头："行，不去。不去了。"

李英心里知道老伴是想去的。大概比他还想去。老伴比他还要大五岁，可这人越是年纪大了，玩心却越重，总想到处再去看看。况且她又那么爱花，家里种了一阳台，都是她一个人侍弄的。李英看着她那个木着脸的样子，便有些不忍。儿子走后，他跟老伴说："你还是去吧。""我不去了。也没什么好看的，每年不都是那个样子吗，没什么新鲜的。"李英坚持道："去，你跟隔壁老王他爱人一起去。老王桥牌队活动，去不了。"老伴看了他一眼，嘴角动了动，随即又一摇头："还是算了。麻烦人家干什么？而且你还得一个人在家。"她坐在床边，侧脸看过去，嘴还有点嘟起来，倒有几分像孙子平日的样子了。"去吧，我一个人在家怕什么？就是一顿饭的事。"他想了想，又补了一句，"不是说那里新引进了几十种郁金香吗？肯定好。你去吧。"老伴这才

勉勉强强点了头。

看花是去不了了,可李英真没想到,他这一下子是彻底圈在家里了,连出门买菜都不让他去。不买菜吃什么呢?女儿电话里不以为然:"这还不好办?我在网上订好了,人家给你们送到家门口,都是新鲜菜。还有笋和芋头,妈爱吃的,比菜市场买的要好。"李英只得答应了。现在确实是方便,连菜都能送了。听说还有些小年轻的窝在家里,所有的事情都网上办了,一步不出家门。那哪能行呢?李英在家里待了这一个多礼拜,已经觉得自己要长毛了。

他已经习惯了,每天早上起来吃了早饭,跟老伴去公园遛一圈,回来路上顺便买个菜。有时老伴不爱动弹了,他就自己去。这一路上,跟老伴聊聊,跟电梯工聊聊,跟门口的保安聊聊,跟路上碰见的邻居聊聊,还可以买菜的时候跟卖菜的聊聊。现如今大家都各自有各自的事情,也不兴随便去串门了。也就是这一路上零零散散的机会,才能够光明正大跟大家说两句话,一晃眼,一上午也就过去了。如果只跟老伴在家待着,能干什么呢?从抗日剧,看到破案剧,还有婆媳闹矛盾的,夫妻闹矛盾的,兄弟姐妹闹矛盾的,这些人搅和在一起闹矛盾的,总之就是整天一脑门子官司。后来老伴又在女儿和媳妇的影响下看起了韩剧,女的哭哭啼啼,男的大打出手,又过一会儿女的也大打出手了——但闹矛盾还是一样闹的。

有时候他窝在沙发里陪老伴看着看着,再一睁眼,大半天的时间就过去了。

好好的几个小时,就这么被他失落了,也想不起来到底做了什么,只是从中截断,又接上,少的那一块就这么没了,找不回来了。他受不了这么过。老伴常拿《红楼梦》里的话笑他,说他"无事忙"。但李英想着,就是没事,才想要忙呢。要是真忙的时候,谁不想歇两天呢?他去买菜的时候,他常去的那个摊子的大姐就跟他讲:"大爷啊,真羡慕你们,我要是像您这么大岁数的时候,也能过两天舒服日子,每天逛逛公园,那我可就美了。"他那时候一边往秤盘里拣着西红柿,一边冲她笑道:"那我替你卖菜来,咱们俩换换。"两人都哈哈笑起来,但笑也没耽误这大姐手脚麻利地给他上了秤,接着一串脆

5. 关于李英的生活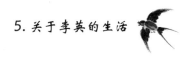

生生的话脱口而出,就此打断了这短暂的一笑:"一共十七块两毛,您给十七就得。"

他一开始并不在大姐这一摊买菜。这菜市场刚整修好开门的时候,他是去一个小伙子那里买的。小伙子个子不高,长得倒挺健壮,一条胳膊有他一个半粗。他刚从摊子前面走过,小伙子就亮着嗓子叫:"吃点什么啊大爷?扁豆?茄子?都早上刚来的,可新鲜呢。"李英被这么一叫,就走不动路了,在他这里买了一大兜子。他一边挑,小伙子一边问他:"大爷家里几口人吃饭啊?""大爷爱吃韭菜啊,是买回去包饺子吗?""大爷看您这一身穿得真精神,是刚去运动完回来吧?"李英已好久不曾碰见人对他这样问东问西,颇有些受宠若惊,便打开了话匣子,菜买完了还又多讲了两句。小伙子乐呵呵的:"大爷我再送您一把香菜,拿回去做菜,香。"说着拿了香菜亲手给他塞到袋子里。

李英拎着香菜往回走,整个人都是飘的。看一眼香菜,过一会儿又看一眼香菜,比别人送他一束花还高兴。回家一边把买回来的菜往出拿,一边跟老伴讲:"今天那卖菜的小伙子,可热情了,人特别好。你看还送了把香菜给我。"老伴瞥一眼,接过来在手里摆弄了一番:"你看这蔫巴巴的,好的人家才不送你呢,就看你这人好忽悠。"李英从老伴手里扯过了香菜,又端详一番,明明很好嘛——况且还是白饶的。"什么我好忽悠,人家真的特别热情,服务态度可好了。"李英抖抖香菜叶子,想着中午做个什么汤,能把这香菜撒进去。

"你别老逮谁跟谁聊得高兴,每次在外面都是,人家随便跟你客气两句,你就连家底都掏出去了。"老伴又拿起他买的那两小把香椿——小伙子跟他说,今天香椿特别好,但是货少,就剩了这两小把,都给他了。老伴耷拉着眼皮掐了掐:"这老的,肯定咬不动。"李英扫一眼,没说话。老伴捏着香椿举到他面前:"你看见没?都掐不动。你下次买菜好好挑挑,不要别人给你什么就是什么,听见没有?"李英嘴上答着知道了知道了,心里却不禁想,老伴这脾气,是越来越怪了。

　　后来几次去的时候,小伙子总是隔几步就招呼他:"大爷,又来啦?"李英被他这么一叫,心里快活得很,看见小伙子就觉得格外亲切。但每次去之前老伴都要追到门口提醒他:"你得挑,得挑知道吧?"李英也只得依她。其实要凭他的意思,他是不愿意买东西挑挑拣拣的。你把好的全挑走了,剩下的让人家怎么卖?而且像西红柿茄子这种软和点的菜,你在那里好一阵捏,那不都给人糟践了?所以他每次挑之前,都要先招呼小伙子一下:"那个……我稍微拣拣,啊?不给你乱整。"小伙子倒是爽快,大手一挥:"大爷你随便挑,没事。"李英这才把手在裤子上蹭个两下,随意将摆在上面的菜拿起来搁在一边,从底下一层拿看着颜色鲜亮一点的出来。

　　那天他买完菜,小伙子没像往常一样跟他结账,倒是问他:"大爷吃水果不吃?我帮人看摊子,您不来点?"他往旁边指了指,李英一看,是个水果摊子,样式挺全,摊主却不在。"你跟人家是朋友啊?你帮人看摊子,忙得过来吗?"李英说着,已走到水果摊前,细细打量起来。"大家平常互相照顾嘛,"小伙子直声笑了笑,"没事儿,反正离得近,我就顺便帮他看一眼。"李英一听,越发觉得这小伙仗义。小伙子帮他挑了一个滚圆的西瓜,拍着瓜告诉他:"保管甜,不甜您来找我。"这话但凡是个卖水果的基本都会说,但从小伙子嘴里出来,李英就觉得特别真,连带这西瓜看着也是油光水滑,喉咙里几乎已经能感觉到甜意了。

　　回到家,不出意料,老伴又跟宫里面验毒似的审视着这个西瓜:"你又不会挑,就没让他给你切开看看?"李英摆摆手:"哎呀人家都跟我说了,保管好,不好可以去找他的。""他说你就信啊?"老伴捧起瓜就往厨房去。李英怕她拿着沉,急忙忙地跑过去接了过来:"我切开看看总行了吧。"他拿起刀来,心里预想着切开一道浅缝,西瓜就自动裂开的那个"喀哒"声,刀下去得干脆利落,但瓜却并没有自己裂开。大概熟大了的瓜才自己裂开呢,那样都沙瓤了,反正李英也不爱吃沙瓤的。这样一想,李英便将那刀又往下切深了几分,就着瓜身一滚,再手上用劲一掰。瓜是响了一声开了,但这响声却有些不清不白的,李英一看,瓜心里是红的,周围还都是泛着白的粉,典型的要催熟

5. 关于李英的生活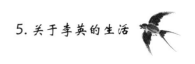

没催熟的一个生瓜蛋子。

老伴从他背后伸头过来一瞧:"你看,我说这瓜不好吧?你还不信。"李英呆望着那瓜,觉得自己心里都跟那瓜瓤一样褪了颜色。站了一会儿,突然抱起两半瓜往塑料袋里一塞:"我找他去。"老伴却又拦住了他:"算了,别去了,一个瓜的事儿,不值当。"李英不听,只觉得手里这个生瓜沉甸甸的直往下坠,像是个活物在跟他较劲。他一路上跟这个瓜缠斗,你往下挣一挣,我便往上拎一拎,转眼便到了菜市场门口。

李英刚想撩开门帘进去,突然又觉得有点迈不动步子,塑料布的门帘黏糊糊地腻在他手上。他这去了,说什么呢?真让小伙子给他换一个?他都已经切开了,再送回去,是肯定没法卖的。小伙子还是帮人看摊子呢。大家都不容易。可若是不去找他一下,到底心里这口气不平。他犹犹豫豫地掀了门帘进去,走到小伙子摊子那一侧,想着今天菜市场的地怎么这么不干净,一步一步粘他的鞋底。到了摊前一看,小伙子不在摊上,隔壁水果摊也没人,只有一堆瓜跟他大眼瞪小眼。

"他不在。"李英回家跟老伴说着,脸上没什么表情,心里倒有些轻省了。老伴摇摇头:"我就跟你说别去了。就这么吃吃吧,也没什么的。"李英放下瓜,点点头,恍然间竟有种胜利的感觉,仿佛赢了点什么似的——但又赢得不那么彻底,不那么光彩,赢得半生不熟的,像他手里这个瓜。他那天晚上和老伴一起把瓜心里那点瓤分了,吃了一肚子没什么滋味的汁水,自那以后渐渐也不再去小伙子摊上买菜了。新识得的这个卖菜大姐,摊子在另外一个角落,跟小伙子整隔着一个菜市场。这正合了李英的意思——何必搞得很尴尬呢?毕竟,大家都不容易啊。

支部

女儿订的菜隔天准时送来,送菜的前脚刚走,楼下的小丁就来了。小丁是他们支部的副书记,一头短发,很干练的样子,据说当年没退的时候,也是他

们单位的铁娘子。小丁虽然叫小丁,也是六十多的人了,她一直在支部里给李英做副手,两人很熟悉。"李主任,在家呢?"小丁跟开门的老伴寒暄完,冲着李英躺着的里屋招呼道。李英退休这么长时间,认识的人还是都按他退休前的办法,叫他李主任。

李英从床上撑着要起来,小丁忙紧着走几步拦住他:"别起来别起来,您好好躺下歇着。"李英却是一定不要躺下的——一则来了客人,怎么也不好躺在那里跟人家说话;二则他实在是躺得烦了,所以对小丁也是格外热情:"没事没事,我这就是闲着躺一躺,不碍事的。"说着撑起身来坐到床边,想到一身睡衣见客不好看,还伸手拿了件外套披在身上。小丁在旁边虚虚扶着他,老伴跟在后面,三人一起来到客厅坐定。

小丁把鬓边的短发夹到耳朵后面去,微微倾身过来:"李主任,这腰好点没有啊?""不要紧,医生说再歇两个月就没问题了。"李英伸手摸摸他的护腰,"闺女给我买了这个护腰,你看,戴上以后都感觉不到腰伤。"小丁低头看了看,嘴里啧啧两声,又转向老伴:"傅工最近也辛苦了吧?"傅工就是老伴。她之前是工程师来着。"不辛苦。我辛苦什么?孩子们都帮忙做了,我们省心。"老伴扶了扶眼镜,矜持地笑笑。

几人聊了一阵,小丁忽然一拍大腿:"哎哟,您瞧我,都给忘了。"她弓着腰跑到门口,拎起两个袋子,"我进门时候放下就没记起来。您看您这不是受伤了吗,大家给您买了点东西,慰问一下。"老伴起身皱着眉接过来:"哎哟你说……还送东西干嘛呀,多不好意思。"小丁咧嘴一笑:"应该的应该的,李主任平常帮咱们支部干了多少事呢?忙前忙后的,我们都说呢,李主任这个书记真是最负责任的,回头换届了也得多来给我们传授传授经验。"李英也跟着笑笑,正想谦虚两句,老伴却先开了口:"我就说他,这么大岁数了,身体其实也不怎么好,整天还忙忙叨叨的,早该退位让贤啦。人家年轻点的同志去做工作,还不比他一个老头子强?"李英被堵得说不出话来,只得又低头去摸他的护腰,感觉好像歪了一点,便细心正了正。这一正不要紧,搞得他总觉得腰上有哪里不对劲,又说不出来,别别扭扭坐在那里,看小丁和老伴聊

5. 关于李英的生活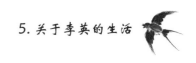

天,也没怎么再插嘴。

好不容易小丁走了,老伴关完门回来,掏出小丁拿来的东西检视——一箱奶,一盒鸡蛋,还有几样水果。"这奶不好,上次咱们买过的,太甜。"老伴说着,见李英走到身边,又回头板着一张脸对他说,"你别听她说两句好话就动心,人家就是客气客气。好不容易要退了,可别又回去干那些有的没的。"李英觉得他这个护腰是戴不舒服了,决定回床上继续去躺着,午饭之前都不再起来了:"我去干什么?我才不去给人家添乱。"

说起来,他这个支部书记,当了也有五年了。都是已经退了休的老人,他们这个党支部其实也干不了什么,不过是组织点便民利民的活动,方便大家。但李英自己却干得很来劲。他觉得自己天生就是要干活的,没有活干,他就怎么待着都难受。他因为出身不好,提拔、露脸没他的事,但办公室里的文章还是都要他写——领导等着用呢。这样他也乐意,有活干,他就觉得自己还有个奔头。当了这个支书也是一样,虽没什么大事,偶尔还可以办个小活动,弄个照片展呀,组织个扑克大赛啊,不然大家都闲在家里干什么呢?

不过李英最喜欢的倒不是办活动,他喜欢的是写通知。自己准备了大张的白纸,翻出孙子留在他这里的水彩笔,一笔一画地写:"兹定于某某年某月某日于地下室举行……"下面列上注意事项,一二三四五条。然后再画上个花边啦,给标题打个阴影啦,花花绿绿热热闹闹的。写好了拿出去,用小磁铁吸在电梯内墙上,两部电梯一边贴一张,出来进去的人总能看见。女儿回家了,就问他:"爸,你那写的什么啊?那个'勤奋'的'勤',你左边写个'革命'的'革'是怎么回事?"李英笑盈盈地,"你看见啦?"然后才想起女儿的问题,"哦,简化字嘛。""简化字也不这么写啊!""第二批,第二批。"李英不以为意,一边搓着手一边笑。"你爸现在啊,都自己造字。"老伴在旁边打趣。

李英也知道自己写起字来有些力不从心。他念书时学的是繁体字,但后来改了简化字,还没用顺手呢,二简又出来了,结果没多久又给废了。这几样他一直就分不大清楚,现在年纪大了,所有的偏旁部首更是在他脑子里糊成一

团。好在后来物业装了电脑，连了台打印机，李英再要写通知，就自己写个底子出来，让物业的小伙去帮他弄。一天里一会儿改字体，一会儿改大小，添一句减一句，从早到晚要往物业跑个七八趟。

不过最要紧的那些东西，李英还是要自己做。这五年他每年春节的时候都要做个贺年的海报挂在电梯里，一年都没落下。他不会电脑，也没什么画画的功底，所以往往提前一两个月就开始准备，积攒各种报纸杂志，看见上面有漂亮的花啊，鸟啊，就给剪下来，夹到一个本子里。等到要做海报的时候再拿出来，拼一拼，贴一贴，描个边什么的。他做海报的那些时间，是不许别人打扰的，他的半成品零零碎碎摊了书房一桌子。李英每天早上起来，先进书房遛那么一圈，看见这满桌的彩纸彩笔，心里颇有些当年看厂区建设蓝图一般的豪情壮志。

他倒也不是全不许别人插手。孙子来了，他就总愿意拉他来一起干。可孙子前两年还小，只懂得拿了胶棒乱抹，在手掌心里搓出一个个黑乎乎黏糊糊的小球，蹭得到处都是。这两年他倒是大了，却一年比一年看不上李英做的这些事。李英双手亲亲热热搭着他肩膀把他推进书房，说着："来帮爷爷参谋参谋。"孙子倒是拖着步子，比人家拉纤的走得还费力。李英便劝他："你们寒假作业不是还要做小报吗？你跟我一起合作，最后成果不就算你的作业了？"孙子却不买账，连声叫："我们现在都用电脑了！谁还做手抄报啊？"推推搡搡进了屋子，孙子看一眼海报，拔腿就跑："爷爷你这个猴子太丑啦！"李英听见媳妇在外面喊："你这孩子，怎么能这样呢？"他却没有管。他拿出他那个小本，翻到中间，一页一页地比对——他找了有快十个猴子，现在用的，可是最好看的一个呢。

没人帮，李英还是要自己做。自己做完了，贴到电梯里，贴完了还要拍照，照完了还要发微信朋友圈——外孙女教了他几回，现在这些他也都会了，虽然做得不怎么灵巧，一弄就是大半天过去了。周末儿子闺女回来吃饭，媳妇又提起了这个话头："我看电梯里面，爸还挺会做的哈？那图都哪儿找来的呀？""整天在这上面耗多少工夫，"女儿一边剔着鱼刺一边道，"自己忙得

5. 关于李英的生活

挺高兴,要我说,人家谁看啊?""怎么不看,看的,"李英好不容易梗着脖子把一口饭咽下去,"朋友圈好多人点赞!那天电梯里碰见了,老王还特意说这个做得好看,有节日气氛。""人家跟你面对面,能好意思说你做得不好?"老伴夹了一片笋,眯着眼看看,估计是嫌老,便放到了他碗里。李英默默把笋放进嘴里,用力嚼了几下,咽了。

海报的事过去了,可家里人让他赶紧"退位"的呼声却越来越大。他一去开会,回来总有人说他:"就一个支部书记,还挺当回事的。赶紧退了吧,在家好好歇着。"他开例会的时间是隔周的周六下午,每周女儿儿子回来也正是这个时候。每回推开门,便是好一阵丰腴的饭香,伴着饭厅里满溢出来的黄色灯光,还有一家人带着笑意七嘴八舌的数落声。李英在门口换鞋的时候总要刻意拖那么一两秒钟,把这个时刻再拖长一点。这就像吃了顿红烧肉——肉香,分量足,做得也好,吃得心满意足,不过有点塞牙。吃完以后,便要一遍一遍用舌头去舔那些塞住的地方,回味那些死死坚守着的肉渣,心里有点烦躁,但主要还是舒坦。肉都有得吃,塞牙还怕什么呢?

现在回想起来,李英觉得,说不定自己那时候就隐约知道,肉是不会常有的。扭了腰以后正赶上支部开会的周六,他本来觉得疼得不那么厉害,还可以坚持去一下,谁想不坚持还好,一坚持,全家都咬住他不放,说什么也要让他把这次会推了;不但要把这一次会推了,近期的会都不能去,年底换届的时候还要他退下去。他这胳膊拧不过大腿,再加上腰疼懒得费神,到底是点了头。打个电话跟小丁说了一下这个情况,小丁也很理解,这事无声无息地,仿佛就这么办成了。

李英打完电话,躺在床上,心里怎么想怎么不是滋味。虽然还没换届呢,但这一下子就等于是内定了退了,连个响声都没有。他想象着小丁怎么打着电话,怎么串着门子,在电梯间里,楼道里,买菜的路上,把这消息不咸不淡地告诉全楼的人。他前两天见老伴看一个电视剧,里面拍到一座公寓楼,跟他们这栋很像,到了夜里,那楼上各家各户的窗户一扇一扇亮起来,他这又一次退休的消息也就像那窗户似的,一户一户地都知道了。

"啪"的一声,一盏灯——"哟,老李退啦?"

"啪"的一声,一盏灯——"也是时候啦。"

"啪"的一声,一盏灯——"他有多少,快八十了吧?"

"啪""啪""啪""啪"。

连着几天,李英的梦里全是细细碎碎的"啪""啪"声。没成想,过不几天,老伴给他带回来他们单位办的老年人杂志,最新一期的封面上赫然是他的照片,穿着他特别喜欢的那件红色运动服——女儿老说土气,可你看看,这穿上多衬气色,连他一头的白头发看着都精神起来。"咱们支部拿奖啦。"老伴帮他翻开杂志,把那一页的标题指给他看。李英先裸眼看了一遍,又摸过来眼镜戴上再看了一遍。可不是吗,他们支部被评为先进了,是"夕阳红"的典型。他作为支部书记,自然是被好好表扬了一通。李英看着内文那些话,有些不好意思地咂摸咂摸嘴,指着其中一段喃喃道:"这写得不好,这件事是我前任干的,怎么给算到我身上了呢……""嗨,谁管那些啊。"老伴却不以为然,转身出屋去了,留他一人跟崭新的杂志面对面。李英也不接她的话,只是翻回封面又看了一眼。可不是嘛,这衣服这红色,看着多显眼,多好看。

李英那几天拿着那本杂志不离手。他听见老伴在电话里跟孩子们说他"都魔怔了",可他并不怎么在乎。每翻看一遍,他心里就沉定一分:也许确实是到时候了。李英是个共产党员,唯物主义者,按说他不该信这些个命啊运的。但是他岁数已经这么大了,多少信点,也没什么吧?李英这次就信了。要不怎么偏偏在这个时候,来了这么份杂志呢?这是个最好的收场了。至少他拿到这份杂志以后,再也没梦见过灯响。

儿子那天来看他,听说他这回总算收心,放下支部这回事了,一拍手:"早就应该这么想啦。等您腰好了,要是实在闲着没事干,就过来看孙子。"说着咧嘴大笑起来,仿佛讲了什么多逗趣的话似的。李英歪在沙发上也跟着笑,嘴里应着"好,好",却不知到底该不该把这句话当成笑话听。

5. 关于李英的生活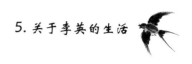

孙子

李英觉得他们家这个孙子要得格外艰难。人家儿女都顺顺利利结婚，结婚两年以后顺理成章就要了孩子。就放他们家来说，他女儿不也是这样么？外孙女出生的时候，他才五十出头，带小丫头出去逛公园，追着她满处跑，一天下来也不觉得累。可这孙子跟外孙女差了十年有余，那光景可就大不相同了。

他儿子本来就是个有主意的，年轻时候不缺女朋友，三十出头了才终于定下来，娶了他现在的媳妇。媳妇长得挺漂亮，鹅蛋脸，大眼睛，看着也明白事理，虽然学历低了些，李英基本上还是满意的。结果结婚两年多了，媳妇这肚子一点动静都没有，就看见他们小两口整天到处玩，今天去烧烤，明天去唱歌，后天到什么山上海边的去转一圈。突然有一阵子没见着人影，老伴不放心，催着李英打个电话去问问。李英一个电话过去，儿子好一阵子才接，接了就告诉他，媳妇动了个小手术。问是什么手术，儿子顿了一下，清了清嗓子，这才干巴巴地答："人流。"

李英一开始没听明白。听明白以后又没反应过来。等他反应过来了，电话都已经挂了。他咬牙跟老伴一说，两个人坐在那里大眼瞪小眼。流了。他们连有了都还不知道，结果就这么流了。你说这孩子，怎么就这么有主意呢？李英曾经想的一堆话，什么年纪也不小了，什么趁这两年学校划片还没改，什么生下来我们帮忙带，一句也不用说了。没了就是没了。老伴呆了半晌，压着嗓子跟李英说："你一会儿，再给去个电话，让……让她好好养着。这种时候要是坐了病，下次更不好怀了。"

第二个电话打完，两人依旧不知该说什么好。李英从来是个心里憋不住事的，可这一回，他却觉得说哪句话都不对，只得一声接一声地叹气，然而越叹气，心里越是沉得发酸，叹到后来，鼻子也痒起来，忍不住打了个惊天动地的喷嚏。老伴似乎被这一声喷嚏惊醒了，眼神摸索着看了他一阵，低声道："吃饭吧？"

"你吃得下么？"

"吃不下。"

"那……我去煮粥吧?"

"哎。"

媳妇这一养就是一个多月。这一个多月里,李英他们俩那阵惊讶劲渐渐过去,火气就一层层地上来了。就好像打了一针麻药,头一个礼拜里,整个人是木的,想到这个事儿,脑子都转不过弯来。现在麻药劲儿过了,开始疼了。说是儿子媳妇的孩子,却像是自己身上生生剜掉一块肉一样,疼得了不得。心里攒了这么大的火气,一个月以后跟媳妇见了面,自然是没有好脸色。老伴和媳妇说着说着就嚷嚷起来:"流了?你经过我们同意了吗?""这是我们俩的孩子,我们俩做决定。"媳妇脾气也有点短,脚一蹬站起身来就要走人,动作急了些,衣服角挂到了放在茶几边上的电视遥控器,死硬的一个东西飞了老远,砸在地板上,"扑通"一声,李英眼看着它飞出去,还是吓得一个激灵。

媳妇头也没回就走了。门一关上,老伴扭了头冲着门口的方向,嗓门又大了起来:"你还摔东西?你有理了你还摔东西?"李英跑到遥控器落地的地方一看,好家伙,地板上砸出个深坑来。他蹲在地上摸了摸,指尖一片疙疙瘩瘩的,抬头问老伴:"找个人来修修吧?""修什么修?给她留着。"老伴死盯着那个坑,踩点一般转了几圈。后来周末女儿一家回来,外孙女问起这个坑,老伴果然就不依不饶了:"你问你舅妈去啊,她给砸的。"李英张张口想要劝两句,看看老伴的脸色又闭了嘴。

后来那个坑也还是没修。李英怎么看心里怎么不舒服,在客厅里坐着坐着,眼睛就总要往那边扫,就好像整个厅里只剩下那一个坑了似的。过了几个月,和儿子媳妇关系缓和点了,李英终于揪了一块地毯把那个坑给遮上,这才觉得舒坦了一些。看不见,总是比较容易忘记。再过了两年有了孙子,李英便再也想不起这里还有个坑这回事了。

李英倒不是说有多想要孙子。现在时代不一样了,不兴重男轻女那一套。但他是个大男人,总觉得还是跟男孩能有点共同语言。你比如说吧,一个女孩子,她喜欢个洋娃娃什么的,那他能说什么?再要像外孙女那样的,弄点什么

5. 关于李英的生活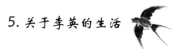

化妆品,追个明星,那他更是一句嘴也插不上了。这要是个孙子,至少还能陪他看看体育比赛——这才像个爷孙俩的样子。然而他是再想不到,孙子虽然是个孙子,他想的那些美事却一样也没成。小时候还好,越大,这孙子便离他越远。这才不到十岁,他嘴里说的那些新词,他就已经听不懂了,更别提陪他一起玩——打那游戏机,还不够他眼晕的。

但还是想他来的。家里有个孩子,跑跑跳跳,哪怕是淘一点,到底是热闹。孙子每次干了什么坏事,老伴私底下总要撇着嘴说一句:"惯得没样。"但有样没样的,总要见着了,才是个样子。要他说,孙子的日程表简直比国家主席还忙,除了上学校,还要上语数英三科的课外补习班,要去篮球训练,时不时地还得去个什么博物馆植物园之类的写观后感交作业,周末一共就那么点时间,哪里挤得过来呢?于是"回爷爷奶奶家"这一项便显得可有可无了。就算是来了,也还要窝在书房里写作业,只有吃饭时才能露个脸。李英能说什么呢?学习可是正事。学吧。

可这学起来也不省心。孙子一个人关在屋里,一会儿进去一看,一个字也没写。媳妇没办法,只得在一边陪着。结果关起门来都能听见媳妇的嚷嚷声:"上课都学什么了?老师怎么教的?这么长时间连个思路都没有,不会做别做!"李英想过去看看,女儿就会在旁边拽他一把:"爸你别管。"李英便蔫蔫地坐在一边,媳妇骂的话一句一句敲进他耳朵里,比楼上楼下装修的时候还闹心。人都说老了,要耳顺,他这听又能听得见,管又管不了,要怎么顺得起来呢?老伴更是一百个不愿意:"平常那么淘,在家说那些个不三不四的话,她都不管。怎么就到这里来写个作业就要大吼大叫的?这是管给谁看呢?"李英不管她管给谁看,李英关心他孙子饿不饿肚子。刚炸好的肉丸子,李英拿个小碗装了满满一碗,端起来就往书房走,一边走还一边能听见女儿的啧啧声:"瞅瞅,这可是亲孙子。"紧接着便混了众人的笑,和媳妇的骂声一前一后地对上,正好把他夹在中间。

李英现下腰伤了,一大好处是能多见几回孙子——这人伤着呢,他们总不好意思不回来看看不是?赶上李英和老伴没灾没病的时候,儿子他们差不多每

两周回来一次。说"差不多",是因为从来也没给过准话,哪个礼拜当天打个电话,说不回来就不回来了。到了礼拜六上午,李英就开始在屋里面转磨,左边转一圈,右边转一圈,绕着的都是他摆在电视柜上的电话这一个轴心。老伴嫌他烦:"你这么转来转去的,别人还怎么看电视啊?"李英回头看一眼,身后电视里一个女的正抱着孩子哭得梨花带雨的,赶忙闪身躲到一边:"你说,要不给他们打个电话?""打什么打?不打。"老伴现在说这话都说顺嘴了,也没什么火气,眼睛照旧盯着电视,"爱来不来。""唉,你说说你……"李英一拍大腿,又不知道该怎么续下去。耳边听得那女人犹自哭得撕心裂肺,更是烦上加烦。

过一阵子老伴去上个厕所,李英瞅着空还是给儿子去了个电话。老伴出来时,见他手里拿着电话,语气倒是波澜不惊:"来不来?""来不了了。说是学校有活动……"李英叹口气,把电话放回架子上,"咯噔"一下。老伴杵在那边,眼睛四处晃了几晃,有些迷迷瞪瞪的,也不知道是在找什么——也许她自己也不知道:"不来就不来吧。""问咱们周日能不能过去。"李英没看老伴,弯腰收拾今天的报纸,一张张叠整齐,摞在墙角。老伴嘴里"喊"了一声,然而气不太足,听着不像是嫌弃,倒像是在犹疑了:"去干嘛?"

可是第二天一大早,老伴就开始翻箱倒柜找衣服。"你干什么呢?"李英凑过去问她。"找衣服啊!不是说要去看孙子吗?"李英看看她,有些想笑,但一想到要出门,心里就一阵一阵地着急,再笑不出来了。短短十五分钟,李英跑到阳台去看了三次天。"你说今天热不热?天气预报说是热的。我还要不要穿我那件外套?"穿吧,怕热;不穿,又怕冷。李英打开窗户,先是穿着外套感受了一下温度,又脱掉试了试,在脑子里一遍一遍地权衡利弊。老伴终于不耐烦了:"你穿着吧!热了就脱了,怕什么的?"李英一拍脑子:没错呀,天气预报还说今天温差大呢。确定了衣服又要想着别落下东西:钱包、钥匙、手机、证件。"你说我还带不带公交卡?"老伴在镜子前摆弄她那顶带花的小帽子,从镜子里瞥了他一眼:"你带公交卡干嘛?有老年证不就得了?""那……那万一要坐地铁呢?"李英拿了两个卡在手里,看看这个又

5. 关于李英的生活

看看那个,心里想着自己是不是有点老糊涂了,怎么这么点小事都决定不了了呢?最后还是老伴拍了板:"都带着!"于是就都带着了,兜里揣得鼓鼓囊囊的,虽然麻烦点,但是心里踏实啊。

磨磨蹭蹭地终于坐到了公交车上,车开出去两站,老伴忽然想起来什么,推了推李英:"你给儿子打电话没有?"李英一手捂着他光秃秃的脑袋瓢——他虽把窗户关上了,公交车门还是往里灌风,车一开起来吹得他头发到处乱飘:"打什么电话?昨天不是说好了让我们去的?"老伴皱皱眉头,眼睛都挤在一起:"说是上午下午?到底怎么说的?别到时候咱们去了,他们又不在家。"李英啧啧叹了口气。他是不愿意在公交车上打电话的,吵吵嚷嚷又听不清楚,而且这种好东西大庭广众地露出来,不是等着人来偷来抢吗?老伴又推了他一把,这次用了点力,李英没法子,只得掏出了手机。

手机还是儿子淘汰下来的——但儿子用的,本来就是好牌子。李英一根手指在键盘上戳来戳去,车子还摇晃,又过了一站地这个电话才算打出去。儿子一接,李英听到那头人声嘈杂,便问他:"你们现在在家没?""在呢,怎么了?""我和你妈现在在车上,还有几站就要到了。"儿子顿了一下:"都快到了?怎么不提前告诉我一声呢?"李英心里有点发急:"不是昨天说好了,今天我们过去的吗?"老伴在旁边拽了他袖子一把:"你小点声!"李英顾不上管老伴,只听见儿子在电话里沉吟了一阵道:"你们先别过来了,孩子在写作业呢,来了人他心里就长草,肯定写不完。等下午看情况再说吧。"李英"哦哦"应了两声,把手机从耳边收回来,在屏幕上找了半天挂机的图标,好不容易找着了,眯了眼睛一根手指正要戳下去,通话就自己结束了。

跟老伴一商量,还是坐车过去,提前一站下,是女儿家。这次他直接打了电话,女儿倒是答应得很干脆:"行,我们都在家呢,你们过来吧。"李英挂了电话,恍然发现自己捂着头顶那只手不知道什么时候拿了下来,怪不得脑袋一阵阵发凉。他忙又把手捂了回去。人老了,真是不行了,缺两根头发,连自己的脑瓜顶都护不住。李英这脑袋顶上秃了有几年了,一向也没当回事,可这会儿不知为什么却觉得羞得了不得,好像全车人都在盯着他看,恨不得像儿子

家剃了毛那只小狗似的，找个角落缩进去。

到了女儿家，两人把前后原委这么一说，女儿就不干了，正在包着包子呢，也不包了，两手一搓，簌簌地往下掉着面粉渣："不像话！哪有他这样的？要么就别答应，答应了又临时这个事那个事的，这不是遛你们老两口玩呢吗？"洗了手就要进屋去给小弟打电话，女婿在旁边拦了一把，没拦住。过一会儿回了厨房，说小弟他们下午过来。洗洗手拿了个包子皮，抬头又冲李英道："你说你们也是的，他说让你们来，你们就来啊？下次端着点！别惯他那臭毛病。"李英笑了笑，没说什么。闻着满鼻子包子馅的香味，终于觉得有点饿了。

等了一下午，快吃晚饭了，儿子才来，却没带别人，只他自己。老伴爱理不理的，李英可沉不住气，把电视遥控器攥在手里捏了两下，问："孩子作业写完没有？""写完了。"儿子答得有些心不在焉，从兜里抽了根香烟出来点着了。女儿在一边皱皱眉头，咂了咂嘴，起身去拿了个平常蘸酱的小碟子出来摆在他面前。老伴忍不住扭头道："不是说都戒了吗？"儿子又沉默着吸了两口，把烟在小碟上方点了两下，才耷拉着眼皮道："那谁，小英来了。"

一时之间没有人说话。李英盯着桌上的小碟子。那碟子估计是有年头的了，整个都有点泛黄，但在灯光下还是瓷白的。黑擦擦的烟灰扒在边上，仿佛是嵌进去又凸出来的拙劣花纹，一点，又一点。

出游

李英知道小英的事是在好几年前了。儿子某一次喝醉酒说漏了嘴，被李英和老伴几句话就问了个清楚。但李英回头想起这事的时候，总觉得儿子也未必是真醉——不过这些话当醉话说出来，说的人和听的人心里都好过些罢了。小英是媳妇的女儿。第一个女儿。她要这个孩子的时候才十八岁。后来人来了城里，女儿就留在老家，一直让姥姥姥爷带。李英知道的就这么多。至于说孩子是怎么有的，亲爸去哪儿了，这些事儿子自然不会说，他也不好意思问。老

5. 关于李英的生活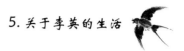

伴知道了这消息,一反常态地没有发作,隔了半晌才道:"反正也不是第一回了。"李英知道,她指的是那次流产。

这种事情一出,虽然大家都不说破,但气氛顿时就尴尬得要命。李英记得在电视上见过一种游戏,屋子里歪歪斜斜挂着一道一道红绳,绷得紧紧的,相互交错着简直没处下脚,却偏要人钻进去,往前走,还不许碰着绳子。李英觉得他那会儿就像是进了那么一间屋子,一举手一抬脚战战兢兢的,连眨个眼睛都怕碰着什么不该碰的。

出来解围的还是女儿,说要带他们老两口回趟常州:"咱们换个地方,也换换心情。"其实回常州这个事情他们商量了有大半年了,一直说要去要去,但一直也没真动起来。这次女儿动作麻利,和女婿一起休了年假,正好外孙女学校也放假了,他们一行五人仿佛前一天还在买票呢,后一天便已踏上了常州的地界。要不怎么说女儿是贴心小棉袄呢,李英回了老家,只觉得连吸口气都合他的胃口,心中暗叹这种时候还是女儿指望得上。

他在常州也就只有妹妹家这一户亲戚了。两家平常过年过节都联系,但难得像这么聚在一起,李英自然是高兴得很。上午带女儿他们逛了景点,下午也不说回宾馆休息一下,叫上妹妹他们一家,一同上红梅公园去。怕家人说他一个公园哪里都有,有什么好看,他一边急着往前走一边回头道:"我小时候总去的。经常去,就在我们原来家旁边。"老伴不接他的话茬,直冲他喊:"你慢点,慢点走!"接着又对女儿抱怨,"你看看他,多会儿都是这样,不管别人,自己噔噔噔往前赶。"

妹妹他们就住在附近,来得很快。李英看着走在左近的妹妹,忍不住想,一辈子都没离开过自家方圆五十里,是个什么感觉呢?他年纪轻轻离开常州,很快就调去东北,呆了十几二十年又搬到了北京,要说家,仿佛哪里都是家,哪里都有点亲切一般——但仔细想想,又不那么站得住脚了。妹妹在前面摆着手叫他:"哥哥,你看这片树林子,跟小时候一模一样吧?"外孙女听了噗嗤一声笑,低声学着那个调子重复道:"哥哥。"李英也跟着笑:"怎么?常州话都是这样叫的。"

"'哥哥'不像他们北方人,就叫'哥'"。"您听听,又变成'他们北方人'了。您不是北方人呀?"外孙女追着他问。李英背着手:"我不是。"换了常州话道,"我是常州人。"话一出口,自己也觉得不对,仿佛嘴里不知什么时候撒了一把沙子,每个音都摩擦着变了调。

大家一听他这句荒腔走板的常州话,都嘻嘻哈哈笑起来。老伴笑得整张脸都皱在一起:"你看你都不会说了,还在那里显摆。你这是什么?东北味的常州话?"李英一梗脖子:"我说得基本是没错的。不信你问他们像不像?"说着看向妹妹一家。妹妹只顾弯腰抿着嘴笑,还是外甥女应了一句:"你别说,还真是那个意思。"明明是夸奖的话,可一大家子人又都笑了起来,震得旁边树上停的鸟都一齐飞了个精光。李英背转了身去:"我都好久不讲了。我能听懂的。"又是一阵笑声。

妹妹带着他们走上一段人迹稀少的岔路。李英在这路上越走越觉得熟悉,似乎每一个转弯都能和他记忆中模糊的沟回对应得严丝合缝。那些过去的事情,经过这么多年,其实他自己也记得不甚清楚了,有时想想,简直像是自己想象出来的。但是走在这条路上,那些偶尔闪着微光冒出来的细节一点点有了切实的佐证,李英每一步踩下去,恍然间竟觉得把那点快要散架了的记忆又给夯实了,按定了,糊在一起,还上了色。他看见不远处土坡上一个小亭子,红顶绿柱子,上面还覆着两大棵香樟树,依稀还是当初的样子,颇为感慨地伸手一指道:"你们看,那个亭子我小时候就在了。我那时候放了学,时间还早,就跑到这边来读书,一读就要读到天黑。"妹妹却有些诧异地看看他:"哥哥你记错了呀。你读书的那个亭子不是这一条路。我还去那边找过你的,你忘了吗?那一片现在都拆掉了,不在了。"李英看看妹妹,又眯起眼来上下打量了一番坡上的亭子——这一次看着,跟记忆里似乎又不那么像了。但他的记忆毕竟也是斑驳的,经不起推敲,这一下子便又模糊开来,像是吹了风,浸了水,从眼前这条似是而非的小路上一片片地剥离开去。

晚上两家人一起找了个挺不错的饭店吃饭。席间的菜说是常州本地菜,但有些李英也不大认得出来,只是吃起来还是舒坦的,便知道这依旧是家乡。末

5. 关于李英的生活

尾上来了一盘圆溜溜的炸食,外甥女歪头过来问他:"舅舅还记不记得啦?咱们常州的'斗子'。"李英一时间也不知她说的是"斗子"还是"豆子",又看看那盘点心,小孩拳头大小,炸得金黄,却着实想不起这到底是什么东西,便只是支吾道:"哦,是啊,这个……"那边女儿已经被妹妹劝着尝了一口:"哎,就是糯米做的,有点像糍粑。"妹妹笑盈盈道:"我们这边就叫'斗子',你没有吃过吧?我跟你爸爸,我们小时候总吃这个呢。不过那时候做得可没有这么大。"回头见李英还呆坐着,招手道:"哥哥,快吃呀。"

外甥女手快,给李英夹了一整个。李英点点头道了谢,也不说什么,埋下头去夹起来就咬了一大口,一边嚼着一边想:"斗子?豆子?"他嚼着的明明是软黏的糯米,却怎么都像是在哑摸这个没什么滋味的词语。突然之间灵光一现:是了,这就是普通话里说的"团子"呀!李英这一个关节想通,脑子里那一大团乱糟糟的记忆中又亮起了一个边角,正是盘子里这一抹焦黄色。团子他是知道的。团子他熟悉,小时候常吃,小小圆圆的一个,又热,又香,又甜,又软。团子——"斗子"。李英觉得心里一下子敞亮了许多,仿佛连毛孔都舒展开了,整个人从头到脚都是通畅的。但正因为这通畅,他又隐约觉得有什么从那些张开的孔洞里不翼而飞了,胸腔里灌过一阵风,卷起什么东西,他还没来得及看看清楚就不见了。而他细细品着自己脑子里、心里剩下的东西,却又不觉得真的缺了什么。

那天晚上的团子,李英吃多了。那东西是糯米做的,本就不好消化,再加上是炸制的,油大;更不要提一顿饭本来就已经吃了不少东西。李英胃痛了半夜,第二天又被老伴数落了一上午。李英自己却只是觉得头脑昏昏,活脱脱像是倒了个时差。若是在家的时候,他就算爱吃这些,也决不会不管不顾吃这么多的。回到故乡,好像那些禁忌、那些顾虑,那些上了年纪以后新养成的习惯都被过滤掉了一般,但现在,他的身体,他这副老化了的身子骨却跳出来提醒他,指着他的心口絮絮叨叨:不一样了,再不是当年了,再不是了。

逛了两天下来,老伴已经有点累了,早早就跟妹妹一起回家去坐着说话。李英倒是缓了过来,胃也不疼头也不昏了,正好女儿女婿说要去商业街逛逛,

101

他便跟着他们一起去。走到半路上下起了小雨,幸好女儿是个精细的人,出来的时候包里塞了一把伞,又让女婿提了一把,三个人两把伞,这才没有挨浇。

"爸这次回来,觉得怎么样?"女儿亲亲热热挽着他的手,给他撑着伞,一边问道。李英答得干脆:"不错不错。"想了想又道,"真挺好的,好多年没回来了。""您要是想的话,以后我们就多陪您回来。现在交通这么方便。"女儿拉了他一把,让他绕开脚边一个水坑,接着道,"您跟我妈都是,多出来散散心,这样才好呢。那些乱七八糟的事,想它也没用,不如自己找点乐子。"李英听她这话,知道她是要说小英那件事,忙着辩解:"我没想,我想那些干嘛?都已经这样了。"说是这么说,一提起这事,他心口还是有点发凉。但女儿握他胳膊握得格外紧,带了点酸疼的暖意,李英便觉得没那么不舒服了——大概这出来一次,还是对的。

女儿可能是见他不说话,又续道:"我知道,听见这种事,谁一开始不难受一阵子?我当初听小弟讲的时候,也是吓了一大跳……但他跟他媳妇的事,我也管不了了。他们爱怎么着怎么着吧,您跟我妈,该看孙子看孙子,别的那些管它干嘛?"她尖尖细细的声音杂了伞盖上的雨点声,渐渐混入密匝匝的雨里,辨不清晰。李英脑子里只不断回放着几个词,一遍一遍搅得他心绪不宁,跟这脚底下的路一般深深浅浅:"什么时候?他跟你讲的……你什么时候知道的?""他刚结婚那会儿。让我给他拿个主意。"女儿把伞又往上举了举,"那会儿不是想着,反正小姑娘放在他们老家,也不影响什么。现在姑娘大了,自然还是想跟着妈的……不过我都说了,您不用管这些。他们自己的家务事,咱们操那些闲心有用么?"没用的。李英想,自然是没用的。

他们进了一家挺大的超市,女儿说要买这里一种什么酱菜,本地货,别处没有的。把湿漉漉的伞撑开晾在墙边,女儿回头对李英说:"里面还得存包,人又多,爸你就别进去挤了,反正要买什么你也不知道。就在这儿帮我们看着东西,我们俩一会儿就出来。"说着把她随身背着的包拤到李英胳膊上,自己只拿了钱包出去。李英没说什么,只点点头,感觉自己的脖子像机器一般僵硬,几乎要嘎嘎响起来了。他看着女儿女婿的背影,一个闪神视线便跟丢了,

5. 关于李英的生活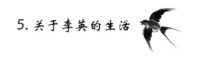

眼前是花花绿绿的陌生人流,再找不到两人的踪迹。

原来小英的事情,女儿早就知道了。也是应该的,她跟她小弟差了五六岁,从小感情就好,儿子原来谈什么女朋友了,她都一清二楚。叮是……这么大的事情,他们一个都不跟他讲。全都瞒着他。是怕他不包容,不理解,还是就像他们说的,觉得他没有什么用了?李英低头盯着女儿晾在一边的雨伞,不错眼珠地看。那上面细细画了一种浅紫色的花,花瓣很是精致好看。伞也是小小的——女儿说过,这叫晴雨伞,晴天遮阳,雨天挡雨。这伞仿佛也是网购的,说是上面有什么高级的涂层……酱菜,他们要买什么酱菜呢?他家乡的东西,反倒是他们搞得更清楚了。

李英突然觉得很累了。应该跟老伴妹妹一起回去,不再出来。他确实是什么都不知道的,不知道别人,也不知道他自己。过去的事情,他快要忘个精光;现在的事情,他同样是一头雾水。这样算下来,他这个人,不就是一片空白了吗?李英在门口灌进来的冷风冷雨里,着实打了个哆嗦。这阵风也是邪门,冻得他一个激灵,却不急着走,在地上打了个小圈,卷得女儿那把小伞朝向门口移了两步。李英摇摇头,这样小的伞,平时拿着是轻了,根本不挡风嘛。弯腰正想要捡起来,那风却像是故意跟他作对似的,从他指尖里把伞抢了过去。

后面的事,李英自己也有些记不清楚。在他的回忆里,那紫色的一把小伞随着风一路飘出了门口,上面每朵小花都展开了花瓣在雨中打着转,扇起更大的风来,托着小伞越飞越高,越飞越远。李英便跟着它追了出去,在茫茫的故乡的陌生人群中穿梭,咬着牙握紧了拳头,几乎小跑起来。那场面有些像他过去看过的老电影里抽出的场景,哪一部他记不得了,或者是南斯拉夫的,也或者是阿尔巴尼亚。四周的风景人物都是黑白,连同他自己也是,只有这把小伞,紫莹莹的,透着亮光。李英记得自己追啊追啊,眼看着再也追不上了,耳边却响起了电影的配乐——什么曲子他也不知道,总之是外国那个调调。紧接着,那把小伞在半空中翻了个身,又直冲着他飘了回来,最后轻如鸿毛地落在他脚边。

——这是李英的记忆。但是据女儿说,那伞也就飘了两三步,他们买东西出来时,正看见李英弯下腰去,姿势狼狈地把伞捡起来:"差点没把我的包蹭到地上。这包可挺贵的呢!从美国带回来的,第一次背。那地上又是水又是泥的,蹭脏了多可惜。"这段记忆,又或者是幻觉,只有李英一个人知道。知道得清清楚楚。他没告诉任何人,连老伴也没说过。

当然不告诉老伴也是有原因的。老伴临离开常州那天晚上出了个小岔子,手腕骨折了,那一阵子忙得焦头烂额全顾着她的手伤,连小英那档子事都没人提了,李英更不会拿这些说不清道不明的话来烦她。女儿后来谈笑间提起,去一趟常州,一共没几天时间,老爸吃得不好了胃疼,老妈干脆把手给摔折了。"人家都说我们胆子大,两个七八十岁的老人,也敢带着出去旅游。"女儿的语气轻轻松松,仿佛是在说什么再自然不过的事情。李英听了,也只是跟着笑笑,心里却在一遍一遍回想自己在雨中追逐那把小花伞时的光景。那几步跑得多利索——可惜没人看见。

病痛

李英的腰渐渐好了起来,拐杖也不用拄了,起身不怎么费力,连夜里躺在床上也再没有那种火烧火燎的疼,还能踏踏实实翻个身。他那天在家里闲极无聊,搬了个凳子到厅里坐着。老伴正窝在沙发上看电视,扭头看他:"不是说了让你在床上躺着吗?""那也不能老躺着呀。"李英微微欠了身,冲她一笑,"报纸上都说了,老年人就怕不动,多动动毛病就少。"老伴一撇嘴,头又扭了回去:"也不知道当初是谁,整天自己不放心。医生都说了,估计没什么大问题,可以观察一段时间,疼得厉害了再去做核磁。你倒好,急得半夜睡不着觉。"李英笑笑没说话。他自己也净后悔这个事了,儿子托人帮他插队做的核磁,去的是另外的医院,上不了医保,做一次要将近一千块钱呢。若是当初能沉住气,多等两天,这一千块钱不就省下来了?老伴看了一会儿电视,把关键情节看完了,又继续回头说他:"不是我说,你那些毛病,就都是自己想

5. 关于李英的生活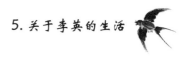

出来的。还没出什么大事呢,自己瞎琢磨,没病也琢磨出点病来。"

李英知道,老伴说得对。他本来就是心里藏不住事的人,这一上了年纪,脑袋里那些想法更是直往外窜,不从嘴里说出来,就要在身上显出来。前两年,老伴家连着过世了两个姐夫。老伴姊妹五个,她是老小,加上这两个,四个姐夫陆陆续续全没了,下一个可不就要轮到他了么?李英脑子里告诉自己别信这些,可那段时间就总觉得自己身上这里不舒服,那里不舒服,三天两头的就要在床上躺一躺,把孩子们也都担心得够呛。医院跑了不少回,真毛病一个也没有。李英感觉自己就像狼来了里面那个小孩,喊的全是假招呼,每次的不舒服又加上了不好意思,就越发难过了。

这两年他心里渐渐好了些,但总还是偶尔有个小病小痛的,这免不了。像老伴说的,小病不断,大病没有——人家不是说么,老不生病的人,一病就起不来了?但他在生活习惯上还是注意多了。没成想,这一注意就又多出来一个新毛病。每回吃完饭了,李英总要想想,自己吃得对不对?有没有哪样吃得不合脾胃?这么一想,每每就会回味出些不大对劲的地方,要么是鱼不大新鲜,要么是豆角有怪味,总之就是饭出了问题。这么想个一晚上,上了床又睡不着觉,早晚要跑到厕所去吐个干净,心里胃里那翻江倒海才能结束。

家里人一开始还挺着急的,后来这情况太多了,有时候也拿他开开玩笑。某次饭桌上孙子吃了两口虾道:"这虾怎么是馊的啊?"媳妇把他那半只虾拿过来尝一口:"没有,你大姑醋放得有点多。"孙子却不同意:"明明就是馊的!"女婿在旁边冲他一瞪眼,接着笑着瞥了眼李英:"别瞎说,回头你爷爷想想不对劲,又该难受了。"李英小声嘟囔两句:"我现在没事了。我才不想呢。"但也是乐呵呵的。他不大介意家人这么拿他取笑——他也知道自己这毛病莫名其妙。能拿他取笑,就说明他不是真病,不是大病;似乎这一团随随便便的笑声就能把那些病痛都赶跑了似的。

李英真正怕的,是别人都不拿他开玩笑,都把他当个玻璃花瓶似的供起来。被儿子孙子放了鸽子那天,他从女儿家回来,想想他穿的那件外套实在太厚,天气一天天热起来,是穿不上了,于是爬上凳子要把它收回柜子里。一边

爬一边想,儿子家地方也不知道够不够,小英来了住哪里呢?就这么一晃神,一脚没踏稳,就把腰给扭了。顿时,小英来了这回事也没人再提,儿子女儿两家人轮流来看他,陪他上医院,给他做饭。做了饭,别人坐一桌,他腰疼走不动路,勉勉强强起了身,就在床边吃。说是来看他的,其实大家基本都在外屋,只留他一个人躺着,他稍微有点响动,就有人小心翼翼地来问:"怎么啦?是不是又厉害了?"然后便让他一个人好好歇着,无聊就睡一觉。连个陪他多聊两句的人都没有,更别提拿他开玩笑了。

　　李英有时候觉得,病痛这个东西,就像个活物似的,像故事里的鬼,人气旺了,它们就不敢作祟。最是在那些一个人独自待着的时候,在别人都睡着了的夜里,它们最是猖獗。李英头扭了腰那几天,夜里疼得大半宿睡不着觉,躺在床上连翻身都翻不了,僵在原地时间长了,胸口像压了块大石头,后背却热得像是着了火。他那么呆呆躺着,听着老伴沉定的呼吸,就一直在想,可千万别是骨折,千万别是骨折。这么待着一两天,他还能忍,要真是骨头断了,他恐怕就真起不来了。而且他不想像老伴上一次那样——老伴骨折的还只是手,便已那么遭罪了,自己遭罪,别人也遭罪;他这是腰,若真是折了,那还能好?

　　说来也巧,他和老伴这两次大伤,正好都跟小英的事赶在一起。这次刚说小英来了,他这头就扭了腰;上次他和老伴才知道有小英这么个人,老伴就在常州摔断了手。其实这也是好事。受了这种伤,要烦心的事不知有多少,便算其他的事别人都帮你料理了,身体本身的病痛却不是那么好忘记的。有这些东西拦在面前,小英那档子事就显得格外遥远,根本没心思去顾了。等病好了伤愈了再去想,总觉得没病没痛太好了,好得不得了,比起来,不就是儿子家里多了个闺女吗?更懒得理会了。李英估计不光是他自己,老伴也是这么个想法,所以自从那次在常州骨折后,虽然有时候提起小英她还会从鼻子里哼那么两声,除此之外也没什么太大反应了。

　　老伴那次骨折也是纯属意外。不过话说回来,这种事情不一向都是意外的么?那是他们在常州的最后一晚,老伴在浴室里洗澡,洗完以后坐在浴缸沿

5. 关于李英的生活

上,想把脚也搓一搓,结果一个没站稳,就摔在了地上,当时手腕就肿起来了。女儿女婿连夜带着去看了医生,打了石膏,第二天便按原计划上火车回北京。李英在火车站担心得要命,仿佛骨折的不是老伴而是他一般。排队进站的时候,女儿领着他们俩站了老弱病残的进站口,听工作人员说,这里是可以优先检票进站的。但就是这样,李英还是心里急,满眼的景物在火车站过于明亮的光线下都像在跳,而老伴的脸却白得像一张纸。老伴可真能忍,这样都没叫一声。那要是断在自己身上……李英不敢想断在自己身上会是个什么滋味。

过了个十几二十分钟,列车员刚把他们这一列的闸门打开,李英就扶着老伴匆匆往前面走。可不能让后面的人赶上,赶上来了,一群人挤在一起,老伴这只手可怎么办呢?他们这一队排得本来就不太直,很多人三三两两拥在两边,到了闸门口,他们正好跟一家推轮椅的面对面。李英可不管那些,这是非常时期——带着老伴径直往里走。结果对方也半点不肯相让,那么大一个轮椅,就这么挤过来,老伴一躲,打着石膏那只手差点撞到李英身上。李英的火气顿时就上来了:"受伤了,这里受伤了没看见吗!"话喊出了口自己也吓了一跳,他已经很久没有这么大嗓门讲过话了。列车员也有些不耐烦,冲着他们这边扫了一眼,口中含含混混道:"别挤,都别挤。"李英像被人照着脸扇了一巴掌,扬头叫:"这里受伤了啊!""知道你受伤了,那也得排队啊!"列车员也抬高了声音。李英听见旁边队伍里有个年轻人悄声对身边人道:"嘿,这老头,真凶。"然而李英并不是凶。他低下头扶着老伴一语不发检票进了站,心里的恐惧如脚下冲着站台下行的电梯一般高耸,仿佛没有尽头。

好不容易到了家,才坐定下来,帮着老伴躺到床上,儿子已经到了家门口。一家人一起坐定,稍微说了说老伴的伤势,儿子便道:"爸,给你们找个保姆吧。妈这手现在动不了,家里事情都你一个人干,忙不过来。"似乎是看他脸色犹豫,女儿倾身过来说:"没事,钱我们来出。"李英本能地摇头:"搞一个外人在家里,怎么都是别扭。""可以找不住家的保姆嘛,"儿子说着,"现在有那种只上白班的,不用多,就帮你们干干家务,做三顿饭,不就省大事了?"李英心里一百个不愿意,却不知怎么说,最后憋出一个理由:

"那……那做饭不合口味怎么办？你妈现在，又怕放盐，又不吃油……""哪里做得不好，您跟人家说啊，"儿子皱皱眉头，"请人过来干什么的？不就是你们说了让她去做的吗？"

李英看看儿子女儿脸色，觉得自己像个无理取闹的小孩。话是那么说，你请个人来，给钱，人家就得照你的意思办事。可是能那么容易么？他和老伴一向是两个人住，清清静静的，来了个人，在这里待一整天，总归是在你眼皮底下，那跟自己待着怎么都是不一样。况且你到时候挑三拣四的，这里不行那里不行，人家听不听你的且不说，要是把人家支使急了，谁知道会出点什么事呢？报纸上整天报，又有哪里哪里的保姆把家里老人谋杀了。在自己的家里。李英想着，就觉得汗毛都要竖起来了。

他两手交握在一起搓了几下，也没抬眼，低声道："你们……多回来两趟不就行了？"儿子女儿还没答话，他自己的心就已经沉了下去。他知道，这是给孩子们添麻烦了。孩子们都答应给请保姆了，连钱都说是他们出，多少人家盼都盼不来这个福分，他却还是不知足。孩子们不厌烦，他自己都厌烦自己。"爸……"儿子叹了口气，"我们都得上班啊，单位也都不近，不可能天天来回跑的。"李英没说话。他想点头，想伸出手来按着自己的头顶点下去，可是就是全身不听自己的使唤。这外人还没请来呢，他就已经觉得有人闯进了他的家门，藏在暗影里，让他不能说，不能动，成了个没用的废人。过了一会儿，女儿的声音安抚地响起来："算了，要不这个月我搬过来住吧。"李英松开紧紧捏在一起的双手，松了口气，可心却还是沉到了底。

刚扭了腰以后睡不着的那几晚，他无时无刻不在想着，可千万别让我像老伴那次一样。千万别再麻烦孩子们了——他连给别人添麻烦都怕得要命，何况是自己家的孩子呢？要真成了那么大的累赘，还不如死了算了。他想到这里，把自己惊出一身冷汗，心脏隆隆作响间，鼻端忽然染上一段幽幽的花香。那是老伴种在阳台上的茉莉，头几天刚开了，香香甜甜的几小盆，女儿还说要等过一阵摘了拿去泡水喝呢。李英深深嗅了几口，鼻根有些酸热，出了汗的背脊却被夜风吹得凉透了。

5. 关于李英的生活

好在几天以后核磁一拍,什么事也没有,只要静养。李英心里卸下一块大石,吃得下睡得着,这腰也是一天比一天见好。李英的精神更是一日旺似一日,见天也不喊腰疼了,都是乐呵呵地咧着嘴。别人都道他是腰好了,又开始开他的玩笑,李英心里却觉得,他这是捡了条命回来。但又有什么区别呢?李英现在慢慢觉得,这人一老了,哪件事都要跟这条贱命挂上关系。年轻人还能想想事业、家庭、爱情、理想,到了他们这个岁数,你动动胳膊,晃晃腿,面对的都无非是那两件事——要么是活,要么是死。既然不死,那剩下的事,无论多烦,多乱,就都是活着罢了。

李英确定自己的腰伤已经没什么大碍,只要戴上护腰就完全不影响走路的那天,给儿子打了个电话:"约个时间,带上小英,咱们一家人一起吃顿饭吧。"

家宴

李英觉得这是一件大事:他们一家人,他们老两口,女儿家三口,儿子家三——不对,是四口,加起来一共九口人,第一回坐在一起吃一顿饭。这个数听着都吉利。李英提前一个礼拜就敦促女儿,帮忙挑个好的饭店,订位置。女儿问他:"吃哪家啊?"李英想了想,捧起手机,打开微信,进到他们家的群里——对,他们家现在都有微信群了,李英碰到原来支部里那些老同志,还要显摆一下。他到群里费了老大劲,打下一句话:"要让姑姑订饭店了,小英喜欢吃什么。"

一会儿女儿电话就过来了:"爸,你管她想吃什么呢?咱们家自己吃饭,你跟妈爱吃什么,咱们就订什么。"李英扶着腰笑笑:"这不是第一回嘛?她也算是半个客人……得照顾着点。""她算什么客人,"女儿哼了一声,"而且她是小辈,也轮不到她挑。"结果手机叮咚一声响,李英手忙脚乱点开看,差点没把电话掉地上。看明白了举起电话道:"你大侄子想吃宁城香。"女儿在电话那头又哼了一声,却是带着笑意的。于是就这么定下来了。

吃饭定在了周六中午十二点整。宁城香离李英家很近,步行过去只要几分钟。从十一点李英就开始坐立不定,一会儿去收拾收拾东西,一会儿去翻看一下待会儿要换的衣服。老伴在厅里,依旧看着电视,一边冲他叫:"你着什么急啊,还有一个小时呢。小心你那腰。"李英心里有些躁得慌,头也没回地道:"哎呀,你别管我。"一边又回头去整理他的东西:钱包、钥匙、手机。公交卡和老年证带不带呢?李英一想,干脆都揣进口袋里。还有给女儿带的茉莉花,装在一个铁盒子里,盒子外面又套了无纺布的袋子,一会儿手提着走。

到了十一点半,李英走到老伴面前晃了晃:"赶快换衣服吧,时间快到了。"老伴白了他一眼:"我都说了,你着什么急啊?时间还有的是呢,到时候去早了,坐在那里干等着。"李英咬咬嘴唇,自己跑去穿戴整齐了,又把东西检查了一遍,是十一点四十分,正好老伴的电视剧放到了片尾曲。"快换衣服吧,再不换时间不够了。"李英劝道。老伴站起身来,却没动窝,皱眉道:"你怎么早早又把衣服都穿上了?""约定了吃饭,迟到不好。"李英甩了甩手中的帽子。老伴不紧不慢走进卧室,口中絮絮道:"你儿子哪次不迟到了?而且一家人吃饭,晚去几分钟有什么要紧。""还是不好。"李英看着老伴一件一件换衣服,忍不住原地踱起了步子,恨不得自己去帮她换。

好不容易走到了饭店,进了包厢,是十一点四十五分。儿子女儿一家也没到。李英看看手表:"咱们家表快了。"结果还是得坐在那里干等着。老伴一根手指头在桌子边上抹一抹,抬起来看一眼,又伸回去抹一抹,一边道:"我说的吧?来这么早没用。你这几天就净瞎着急,往常也没见你这个样子。不就是来个小丫头片子吗?又不是亲的,你这么上赶着干什么。""是不是亲的,现在也都这样了。"李英觉得屋里有点热,小心翼翼脱掉了外套,"不是说都叫爸爸了吗?儿子都没说不愿意。""他有什么不愿意?"老伴一拍桌子,"他被他那个媳妇教的……"李英冲她摆摆手:"你小点声。"看了一眼门口,才道,"一家人低头不见抬头见的,何必呢。"老伴瞪了一会儿桌子,扫他一眼:"才进来多会儿,你又把外套脱了干嘛,你那腰又好了是吧。"气势汹汹的,可说完也并没有逼着李英把外套披回去。

5. 关于李英的生活

又过了十分钟，女儿儿子一起进来了，说是在门口碰上的。小英跟着她妈妈进来，跟孙子两个人聊得正欢。李英这是头一次见小英。小姑娘长得像她妈妈，但五官不如媳妇秀气，一眼看过去就是挺不起眼一个中学生。媳妇介绍着跟一家人打完招呼，她就坐到她弟弟身边去，陪他一起打游戏。到底还都是孩子，差了这么多岁，讲起这些来还是热络得很，说的那些词李英一个也听不懂。

"学校定下来了吗？"李英听见女儿隔着桌子问儿子。儿子点点头，说了个学校名字。李英知道，那是个挺有名的私立中学，寄宿制，但是在郊区，回城里一趟得两三个钟头。他悄悄瞟一眼老伴，见她不抬眼地盯着刚刚服务员交到她手里的菜单。他知道她在想什么。私立学校当然是贵点，可儿子现在在公司做得不错，不缺那些钱，而且小英户籍还在老家，进这种学校也容易些。再说了，去寄宿学校，那就好长时间都不用回来一次，到底是眼不见心不烦。反正权衡来权衡去，就是这么点事，你总不能哪头都占着。

老伴似乎也想明白了，又或者是气得不想管，把菜单往儿子手里一递："我看着都行，你来点吧。"儿子七七八八点得差不多，把一家人的喜好也都照顾到了，忽然小英从一边伸头过去，用手指在菜单上点了点："爸爸我想吃这个。"笑盈盈地说完，就又缩回去给打游戏的孙子支招。听她叫得这么亲昵，跟儿子想必处得不错；看她跟孙子这个熟悉样子，看来也不是头一次见了。李英听见老伴鼻子里又重重出了一口气，忙招手冲服务员道："加上加上，那什么菜？给加上。"儿子笑道："爸，没事。"转头冲小英道，"我给你点了盐酥鸡了，你不是爱吃那个么？"李英摆摆手，不由分说："盐酥鸡也点，这个也点，孩子想吃嘛，怕什么。"女儿女婿也跟着附和起来。李英这才靠回了椅背上，看看那边小英，小姑娘似乎对他们这边的状况浑然未觉，正没事人似的笑话她弟弟："你傻啊，不能那么打。"说着凑得更紧了些，直接上手去帮他。包厢里涨满了两人"快快快""这里这里"的叫声，还有游戏里不知什么乱七八糟的喊打喊杀，大人们仿佛也渐渐都松快下来，各自谈起了天，不再一直盯着这两个孩子看。

  一顿饭吃得波澜不惊。儿子女儿各敬了一回酒，祝贺李英腰基本痊愈；李英敬了一回酒，庆祝一家人聚在一起，欢迎小英；小英和孙子也在媳妇催促下一起敬了一回酒，名目是祝爷爷奶奶身体健康。酒足饭饱李英靠上了椅背，看看他这一大家子，又揉了揉腰。坐得久了，还是有点酸痛，但不碍事。况且大家这样圆圆地坐了一桌谈笑，他说不出的高兴。其实算起来，他真是个有福气的人了，跟老伴活到这么大岁数，儿孙绕膝，孩子们又都孝顺，还有什么可求的呢？至于剩下那些——还是那句话，你总不能哪头都占着。

  过一会儿孙子坐不住了，闹着要出去，小英二话不说，便陪着一起去了。李英也想走动走动让腰舒服一下，便去了个厕所，出来发现小英和孙子两个蹲在饭店大堂边上，在那里看鱼。孙子指着玻璃缸里一条甲鱼："姐姐你看，王八！"小英轻轻在他肩膀上拍了一巴掌："什么王八！你再这么说，回头我告诉爸爸，让他揍你了。""明明就是王八嘛……"李英隔了老远，从侧影都能看出孙子撇了个大嘴，忍不住笑起来。他想起来小时候在常州，他放学以后也会带妹妹去玩。红梅公园里有个湖，他到旁边的泥地里去挖了泥鳅，挂在树枝上戳到水里去，跟妹妹说他要"钓王八"。妹妹捂了耳朵说他不讲好话，再不要听了，但一会儿又凑过来轻声问他钓到没有——自然是钓不到的，但妹妹总是满怀期待地陪在一边等着。李英想着，他们那时候说的该是常州话吧，可他记不得了。他知道他们说了什么，在脑海里却听不见声音，也看不见口型。他忘记的，比记得的，要多得多了。

  他走到近前去，低头看了看两个孩子乌黑的头顶，道："你们在这里看鱼哪。"小英仰起头来看见是他，咧嘴笑了笑，叫了声"爷爷"。孙子却根本不管，扒在缸边上皱了个眉头跟甲鱼对眼。李英提高了点声音提醒："别凑太近，待会儿它伸出来咬你。"孙子一撇嘴："才不会咬呢。"但身子却缩回来了半寸。突然想起了什么，蹦起来道："对了对了爷爷，你跟姐姐叫一样的名字！"李英一想，可不是吗，之前竟都没有想到这一层。他对小英笑笑，问："你这名字，你妈妈给起的？"小英也笑了——这孩子可真爱笑："不是，是姥爷起的。他爱听穆桂英。"

5. 关于李英的生活

孙子眼珠子一转："哎爷爷，你上次不是说你不叫李英吗？叫什么来着？""李濯缨。"李英一字一顿地念给他听。"哪个字？"孙子问他。李英想了想："这两个字太难了，等你将来就会了。""那爷爷你上次说，这是什么意思来着？""濯缨啊……"李英深深吸了口气，"有个大诗人叫屈原你知道吧？""知道知道，我们学校学了。"孙子忙嚷道。李英看小英也在旁边点头，这才继续道："屈原他写过首诗，'濯缨'两个字就是那诗里面的。意思就是说……"李英又顿了顿，方缓缓道，"意思就是，不管怎么着，日子都得过——你不能太较劲，但是也别太不较劲。反正大家都是这么过来的，过来了……也就过来了。""什么过来过去的，爷爷你说的什么呀，听不懂。"孙子和小英都一脸迷糊。

李英正想再解释，那边儿子女儿一行人已经陪着老伴一起过来了。老伴冲他招招手，喊："回家吧，外套给你拿上了。"孙子和小英见状，一阵风似的跑了过去。李英呆了片刻，也跟上了脚步，汇入这五颜六色、七嘴八舌、亲亲热热的一群人当中去。毕竟都是过去的名字了，连入土都不带上的，搞那么清楚干什么呢。回家吧。

评论：新时代的家庭缩影

《蒲公英》和《关于李英的生活》两篇小说描绘了当代大都市中两个普通家庭的日常生活以及家庭内部矛盾的产生与消弭。《蒲公英》讲述了主人公田老汉从农村来到大都市，进入继女与离异后女婿重组的家庭，帮忙抚养外孙过程中的际遇，以田老汉和女婿前一次婚姻中留下的女儿妍妍之间的互动为主线，表现了城乡解构、家庭结构变动中处在权力边缘的人们所面临的处境，以及大都市生活的潜在焦虑。《关于李英的生活》围绕主人公李英退休后的生活，描述了李英与家人、与外界社会、与自身关系的演化，通过对生活琐事的叙述表现了大都市中老年人的精神状态，以及他们所面临的问题和挑战。在现代生活中，年轻人作为生产力的创造主体，逐渐掌握了社会话语的主动权，而

这与尊重长辈权威的中国传统社会有着根本的不同。处于"失语"地位的老人和小孩在两篇小说中成为了主角。尤其是老人，他们对于日常生活失去掌控的焦虑、不安和为保持自尊的挣扎在小说中得到了淋漓尽致的体现。更重要的是，他们的焦虑在青年人中同样存在，甚至更加深重和痛苦。

小说的语言干净利落，处处都能看到作者下了功夫的推敲。例如，在《蒲公英》中，田老汉回忆妻子对妍妍的评价时有这样一段话："这话便有些刺得慌。老婆子有时候真是嘴里没遮拦。她讲这话的时候他要是喝了二两酒，怕是要回嘴的——后妈怎么了，我不还是个后爹么？"寥寥几句话把田老汉的宽厚、老婆子的爽直和两代人的人物关系介绍得清清楚楚。再比如，描写妹头时，田老汉用的话是"妹头身上一件宽宽大大的汗衫，没穿裤子，仿佛也没有奶罩，她生产后这些日子身条还没恢复。浑圆的一个人结结实实堵在妍妍面前，从她背后看不见妍妍的脸"。如是一段真实可感的人物描写，包含着妹头和妍妍两者人物关系的隐喻，读来使人深思。作者在追求小说技巧的同时，拥有高度的理论自觉，她将对于列斐伏尔日常生活理论的思考融入阅读体验，在诸多文本中讨论文本的可能性，因此在小说中，关于生活物件的描写尤为细致，电饭锅里的饭、风扇和背心的料子、厕所的门……这些物件在处处憋屈又无处言说的主角周围，让读者恍惚间觉出物的焦虑和人的异化。另一方面，作者又结合中国当下的社会处境，用社会学的视角来阐释家庭权力的变动。更加难能可贵的是，作者在形成理论思考的同时并没有拘泥于此，而是始终带着一颗温柔的心对待笔下人物，使读者始终有一种"暖"的直观体验。每个人都带着求而不得的心情生活，但回归到家庭之中的人们多多少少会因为情感的聚集而重新拥有面对残酷的力量，这或许也体现着作者对于"现代生活将往何处去"的思索。

（张清莹）

6.《冷暖集》之汤姆和克里斯蒂的故事

谢大丰-14级专硕

这个故事是汤姆讲给我的,当我再次看到他时,已是多年以后了。那时候我正好开车环绕全国旅行,当我抵达新奥尔良的时候,我想既然都到了这里,为什么不去见一见老朋友呢?我驱车赶来,他简直换了一人似的,身体发福,头发稀疏,眼神浑浊,就像所有老人一样。可是想想,我不是也一样吗?当年一起在越南的记忆都已经模糊。汤姆上尉,吉米中尉,都好像是很久以前的事情了。

他拄着拐杖向我走来,步子有些蹒跚,我赶紧迎了上去,给我的老朋友一个大大的拥抱,当我看着他的眼睛,发现里面又焕发出了那种熟悉的神采。

我们坐下来,说着这些年的遭遇。自从退伍之后,我只见过他两次,一次是他结婚,那时候是最好的汤姆和朱莉,我很少见到他那么高兴;还有一次——愿上帝保佑——是他太太去世。我的朋友脾气有些古怪,甚至有些固执,但谁也不能否认,他是个好人。当年我们小队接到命令,要穿过一片丛林抵达指定地点,所有人都认为走捷径会是个很好的选择,但是汤姆坚持我们绕

一个大圈,涉足那片沼泽地,一些人没有相信他,但是我们一行人还是安全抵达了地点,而另外那些人不幸遇到了雷区。所以当他退役之后一直坚持住在路易斯安那,自然无论儿子还是女儿,都没有办法让他改变主意,朱莉走了之后,他更是如此,所以这也是我来看望他的原因之一,算是为数不多不会被他赶出门外的客人之一。

我们回忆了那些模糊的记忆,对着照片辨认着当年的战友,有些还能想起来名字,甚至说出他们的去向,有些就只有沉默了。

话题有些沉闷了,我提出看看他的房子,虽然我之前来过几次,但是这次似乎有些不一样。汤姆知道我想知道什么,于是跟我说,你记得几年前的飓风吗?

你是说卡特里娜吗?

对,就是那场飓风,毁坏了我的房子,全部塌了,你当时看过新闻吧,有一个画面就是我的房子。

我的天,你当时就住在这里?

哈哈,如果我在房子里面,那你就能在葬礼上见到我了。

说的也是,那你应该去你儿子家了吧,在纽约是吗?还是去你女儿那里,享受西雅图的小雨?

都没有,你知道我的,我不想离开这里。有几个为数不多的朋友来找过我,说无论如何也让我离开,至少要换一个地方,这里太危险了。软磨硬泡之下,我总算答应去到一个朋友家里,他那边地势更高一些,这几天还要出一趟远门,让我帮忙看房子。我就带着克里斯蒂去了。哦对了,你还不知道克里斯蒂吧,就是她。

汤姆拿了照片给我看,我才知道那是一条狗,黑棕夹杂。

这是博得猎狐犬还是帕尔森·罗塞尔梗?

不知道,她是一只流浪犬。那个时候朱莉还在,有一天晚上她跟我说,你瞧汤姆,门外那只小狗已经蹲了好几个小时了。我从窗户望去,这才看到她,就在门口。我不知道要怎么办。朱莉说,你知道的,把它抱进来,洗一个澡,

6.《冷暖集》之汤姆和克里斯蒂的故事

然后它就是你的狗了。我去开门,它把头抬了起来,看着我的眼睛,对了,你知道吗?我看一个节目说,只有狗愿意跟人类四目对视,很少有别的动物可以做到这一点。我看着它的眼睛,蹲了下来,伸手摸摸它的头,它并不闪躲,还舔了舔我。我给它洗澡的时候它也很乖。

我问朱莉,你说我们给它起一个什么名字呢?

是个男孩儿还是女孩儿?

我看了一眼,女孩儿。

那就叫克里斯蒂吧。

哦,克里斯蒂,你有名字啦!

你知道吗?克里斯蒂很讨人喜欢,她有些不一样,真的,当你跟她对视的时候就能感受到这一点。当然她也有淘气的时候,有次她回来的时候脸部肿得像是个苹果,我带着她去找了医生,医生说是被蜜蜂给蜇到了,你真的想不到那时的她有多么搞笑,眼睛里都是认错和可怜。但她还是很勇敢,打针也不会害怕。走的时候医生告诉我说她快到磨牙期了,建议我小心家里的家具,可是她从来没有弄乱过,也没有乱咬东西。她很喜欢玩球,总是叼着过来放在我面前,然后冲我摇尾巴。当朱莉离开我的时候,我觉得一下子生活空落落的,你知道吗?孩子们上大学的时候,我还跟朱莉说,家里面就我们了。可是没想到朱莉也会离开。那一夜我一个人在床上躺着,无法入睡。克里斯蒂就像能够读懂我的想法一样,跳了上来,不断舔着我的脸。我把她拥在怀里,就这样过了一夜。我那个时候明白我想错了,我不是一个人,至少我还有克里斯蒂……哦,你看我,说着说着就不知道说到哪里了。

没什么,所以那个晚上到底?

哦,对,那个晚上我带着克里斯蒂住在那个朋友家里。虽然我觉得只是一般的飓风而已,不用大惊小怪,但是在朋友的坚持下,我还是钉好了门窗。外面开始刮风,雨噼里啪啦的,我也没有在意,就上床睡觉了。克里斯蒂趴在床头,似乎没有入睡,那个时候她已经十八了,说实话我一直担心她有一天也会离开我,所以我愿意让她睡在床上。等到我被吵醒的时候,大概是一两点吧,

玻璃碎裂打在地上,我想去开灯,却发现已经没有电了。我看向窗外,什么都看不见,只能听见呼呼的风声,也有雨夹杂着灌进屋里,我变得有些不安,觉得自己小瞧这次的飓风了。克里斯蒂也有些紧张,身子发抖,我把她抱起来,安慰着她,别怕,我们能挺过去。我尝试着拨打电话,没有用,电线已经垮了,电话线也没有躲过。当屋子里开始进水的时候,我觉得必须采取一些措施了,我把家具挪到门口和窗口,那些缝隙也用毛巾堵上,希望能有所帮助。一楼还是不安全,所以我重新回到二楼的卧室,等待着飓风的离去。我抱着克里斯蒂坐在床上,不断抚摸着她,安慰她,其实也是在安慰我自己。我能够听到外面的风变得越来越大,想着也许风眼就快到了,这一切都会很快结束。不过当水进来的时候,风还是没有变小。我知道情况有些麻烦了,心情有些复杂,我也不知道为什么变得有些胆小,也许我真的老了吧。水上涨得很快,快到出乎意料,我把家具堆了起来,站在上面,希望水能就此打住,可是水还是漫了上来。我站在上面,能够清晰地感觉到水淹过了脚踝,然后是膝盖,接着就到了腰部。我已经站不太稳了,就在这个时候,我感觉房子颤动了一下,自己也失去了平衡,摔在水里。后来我才想到,那应该是海浪拍打在房子上产生的后果。玻璃彻底碎了,又有一股水冲了进来,我在水中呛了几口,好不容易站了起来,发现已经淹到了脖子,脚下传来异样的感受,但我顾不得那些。克里斯蒂,克里斯蒂!她叫了两声,我找到了她,我发现她在费力地打着水。我知道她撑不了多久,必须想想办法了。就在这个时候,床垫忽然漂了起来,我看到了希望,举着克里斯蒂放到了上面。我知道那个床垫支撑不了我们两个,就只能在旁边守着。不知道过了多久,风还是那么猛烈,好像永远不会结束一样。外面变得亮了一些,这时候我才看到我们已经距离天花板不远了。我不知道自己还能撑多久,距离我们在越南的岁月已经太长了,不过那时候我还从来没有这么无助过,就算敌人火力再猛,我们也是能甩他一颗手雷或者一梭子子弹的,但是这个时候我却只能听天由命。我试着潜到水里去打开卧室的门,但是毫无效果,我被彻底困在这个小屋子里,我和克里斯蒂。我回到了床垫旁边,水还在涨高。我已经有些透支了,不知道在水里泡了多久。我有些想放弃

6.《冷暖集》之汤姆和克里斯蒂的故事

了,我想也许在我被流弹击中的时候我就应该永远留在越南,而不是被你背着撤离到安全地带,我只是多活了这么长时间,现在到了该离开的时候。我并没有什么可遗憾的,比起我们那些战友,我已经足够幸运了。你知道那个时候我脑子里想的都是什么吗?我想的全是和朱莉在一起的那些时候。你知道我和朱莉是如何遇见的吗?她那天穿着一件白色的上衣,有一个粉色的蝴蝶结,我那个时候觉得她就是最漂亮的天使,从没有料到她会向我寻求帮助,我还记得她说,哦,真是抱歉,我迷路了,您能告诉我怎么才能到杰弗逊2804号吗?我不知道我是多么幸运能够遇到她。一路上我们聊着她的事情,准确地说,是她在说,我在听;她说了很多,她要去那里面试,那是一份她非常向往的工作,她想早点从父母家里搬出来,她很喜欢这边的阳光……我当时却一直在想如何开口邀请她喝杯咖啡,结果到最后我也没能说出来。眼看着她就要上楼了,我终于鼓起勇气,追上她说,我,什么时间来接你?对,就是这句话,我不知道为什么会说出这句,一出口我就有些后悔。但是当她笑着回答,好呀,也许一两个小时之后吧。我觉得一切都是值得的。我哪里都没有去,就在街角的那家咖啡店里坐着,一直盯着那个出口。当她出来的时候,我几乎是冲了上去,比任何一次冲锋都要快速。你都想象不到她答应我求婚的时候,我是怎样一种反应。我们在这里安了家,很快就有了孩子。当吉姆出生的时候,她说还想要一个女儿,这样就不会有一个房间空着了,结果就真的跟我们想的一样,就有了莫莉。我从来没有想过自己能过上这样的生活,看着吉姆和莫莉长大,就好像你再也不会有别的要求了。朱莉是一个完美的妻子还有母亲,我再也无法想象出比这更好的生活,只要有朱莉在,每天都好像有无穷无尽的乐趣一样,我们一起给孩子洗澡,一起烤面包,一起去露营,一起去看电影,或者在一个暴风雨的夜晚,一家人在沙发上看电影录像带,我抱着她和莫莉,她抱着吉姆还有克里斯蒂,就那样直到孩子们睡着,我们把他们抱到床上,就剩我们两个人在沙发上……即使是后来孩子们都离开了这里,只要有朱莉,就好像一切还在一样,哪里都不想去。我至今无法想象为什么她那么早就离开了我,我不停询问,直到有一天,我想到了答案,可能是她过于完美吧,上帝才让她那么早就

回去了，但是她会在那里等我，就像她最后跟我说的，我们还会在一起……

汤姆有些出神，以至于好长一段时间他都没有发出任何声音，就像陷入回忆里一样，我也无言了很长时间，才终于意识到故事还没有讲完。

所以……

汤姆回过神来，看着我。

我又忘了说到哪里了，你看，我真的老了。但是我那个时候想的都是这些，甚至比这些还要多——我好像又看到了朱莉的背影，向远处走去，我想追上她，却始终不能靠近，我想大喊她的名字，却好像无法发出声音一样。就在这个时候，我听到了克里斯蒂的声音，她向她跑去，朱莉停了下来，抱起她，抚摸着，然后看向我，她的笑容让我想起所有的一切。她把克里斯蒂放了下来，让她向我跑来，她跳得那么高，一下子亲吻到我的脸。我真的感觉脸上有些湿润，睁开眼，我看到了克里斯蒂的目光。我说，我可能要走了。克里斯蒂却舔得更快了。我明白她的意思，她不想让我离开，她是朱莉派来的，她在用她的方式留住我。我泡在水里的身体很凉，脸上却是热热的，我能感觉到那种贴面而来的温暖，那是我很熟悉的气息。我努力不让自己睡着，慢慢的，我觉得自己有了精神。水停止上涨的时候，我距离天花板大概只有不到半米的距离，外面也亮了一些。忽然克里斯蒂冲着水里喊了起来，我最担心的事情发生了，跟着洪水进来的还有别的东西。从外形上我觉得那是两条水蛇，如果有毒的话那将会是最糟糕的情况——我在水里无处可逃。我本能寻找手边的东西，向那里扔了过去，我感觉我砸到了，但是不敢确认，留在原地一动不动，希望它们会离开。过了不知多久，水里再没什么动静，克里斯蒂安静了下来，我知道我们又安全了。只是我的精神已接近极限，不知道还能够撑多久。克里斯蒂舔着我，我伸手摸摸她，我们四目相对，仿佛我又回到了我们第一次见面的那天。好孩子，我说，你是个好孩子。我浮在垫子旁边尽量保留体力，克里斯蒂就在我面前。每当我觉得很累，眼睛就要闭上的时候，克里斯蒂总是会把我唤醒。我跟她说，对，我们要挺过去，我们能挺过去。

当我能够看到阳光的时候，水已经慢慢下降了好多，就像它们来的时候一

6.《冷暖集》之汤姆和克里斯蒂的故事

样迅速。我终于可以抱着克里斯蒂走出来了,外面已是一片狼藉。我忘了后来发生了什么,只是隐约感觉我上了救护车,睡了过去。再次醒来已在医院。不断有人来看望我,他们说发现我的时候我正躺在地上,脚上流了很多血,脸色苍白,怀里还抱着克里斯蒂,她不断舔着我。他们费了好大力气才把克里斯蒂抱走。我看着怀里的克里斯蒂,说,是她救了我,没有她我是挺不过来的。在医院里大概有一两个月我慢慢恢复过来,克里斯蒂一直在我身旁。我的房子已经彻底坍塌,如果我们在里面的话,我不知道会是怎样的结局,但这已经不重要了。

故事讲完了,我们陷入了沉默。

好像过了一个世纪那么久,我开口道,克里斯蒂现在呢?

我们康复之后,过了两年,克里斯蒂也离开了我。你能带我去看看她吗?

我当然会去,就算他不说,我也会提出这个要求。

我们驱车来到了公墓,下车的时候他要先伸出拐杖,一手扶着门,身体颤抖,最终站在地面,甚至他关门的声音都在告诉大家——他确实老了。我不得不说我的朋友已是风烛残年,遍布的皱纹还有老年斑、稀疏的头发,即使挂着拐杖也仍旧蹒跚的步伐。他却不需要搀扶,坚持一个人走,带我来到一个很安静的角落。我来过这里,那是跟朱莉告别的时候。

我看到了一块墓碑:克里斯蒂,1987—2007,曾经救过我的最好的朋友以及我的家人。

此时此刻,我看到他饱含泪水双眼放出特别的光芒,那是我从没见过的。

7.《冷暖集》之梦

谢大丰-14级专硕

在我无数次的梦境中，从来不乏许多奇奇怪怪又充满诱惑的故事，但是最近这一个梦让我有些疑惑，在此我愿意分享出来，希望有人能够解答。

在开始之前，我必须声明的是这个梦包含了很多我在现实中所经历的事情，但也像所有梦一样包含种种荒诞的情节，以及难以解释的虚拟联系（或者也许是真实的联系，只不过我们无法理解而已，就像大多数人所理解的这个宇宙一定有某种规律或者上帝不掷骰子，而不愿意接受这个世界原本就是无序的、混乱的，或者上帝确实是玩骰子的）。

就像所有梦境一样，到底是如何开始的，我不能说出来，相信所有人也都有此种感受，就是当你醒来之后你才会意识到你做了梦，但是在你做梦的时候，你从来没有考虑过你是否在做梦的问题。或者我们可以理解为一个演员在表演的时候必须忘掉现实的一切，而进入那个角色之中，忘我地表演，一旦有任何偏差，就会被NG，对于梦来说，也就意味着终结，做梦的人就会醒过来。（在这里要说一句的是，在我儿时做了诸多噩梦之后，我开始慢慢找到了

7.《冷暖集》之梦

一种终结梦境的办法,每当我感到恐怖、尴尬或者绝望的时候,我会想象自己站在高墙上,当我站在上面的时候,墙会像树枝一样开始震颤和摇晃,所以我就会掉下来,每当到了这个时候,梦境中的坠落感会让我醒过来,仿佛灵魂回到了躯体一样。请不要怀疑,我并没有抄袭《盗梦空间》,这确实是我儿时的体验。在有的时候,我也会想象面前出现一道悬崖,然后鼓起勇气跳下去,像所有坠落的情况一样能够奏效。)

总之,我所记得的最初的片段就是我和一位女生在一个房间里——那个房间是我儿时见到的我们家那一片的标准户型:一个大客厅,两个卧室。我们所处的位置是客厅,那里有一张大床,我们就坐在上面。就像一个喝到断片的人所残存的记忆一样,梦境中的片段也是不连贯的,就像你乘坐电梯上下穿梭,透过缝隙你可以看到外面每一层的亮光和窄窄的景象,但是随着电梯的移动你所看到的都是每一层的缩影,也许可以产生某种联系,也许完全没有任何关系。所以,在我下一个记忆中,我看到她上身只是披着一件单薄的外套,下身只是穿着内裤坐在床上,那样赤裸而充满了诱惑,我又发现我自己也只是穿着一条内裤。我需要交代的是,在我那个晚上入睡之前,我看了半个小时的《朗读者》,也许是受了这部电影的影响,就像那个女人对男孩所做的那样充满了诱惑,或者只是我不愿意承认的,就像那个男孩一样内心充满了冲动和欲望。

就像我所说的,做梦和断片的经验有所相似。不过后者毕竟是现实的事件,所以不论如何琐碎,依旧可以找到某种连贯的线索,重新还原出来究竟发生了什么,从前一秒钟一口气喝掉一杯深水炸弹到下一秒睁开眼看到自己床上方的天花板之间有着十分可信而具体的故事。但是在做梦的时候并不像醉酒那样有迹可循,你无法询问周围的人,而且你还要面对自己记忆中那些快要遗忘和琐碎的残影。我一直希望找寻一种恰当的比喻来向大家形容,在苦思冥想之后,我忽然得到了一些灵感,做梦就像是往太空中泼出去了一盆水,这盆水不像在河流之中那样会最终汇入湖泊或者海洋,你无法知道它们下一秒会遇到什么,你也无法知道它们下一秒会变成什么形状,也许会分裂成为一个一个的小水珠,在失重的状态下形成完美的球体;也许会在表面张力的作用下维持着类

似于星云的形状；也许会因为靠近一颗恒星而变成了气体；也许会遇到谁也没有见过的黑洞，从而经历谁也不知道的事情，甚至于穿梭到另一个空间。梦境有如太空一样，充满了未知和匪夷所思。

　　当我们彼此靠近的时候，我接触到了她的腿。在梦境中最神奇的一点在于做梦的人能够真实地感受到只存在于想象中的事物，换句话说，就是我们的大脑竟然能够产生真实的触觉感受，尽管所有画面都是我们想象出来的。通常情况下，都是实物通过我们的神经传达给大脑一个电子刺激，所以我们有了感受，而在做梦的时候，明明都是想象中的，却依旧能够让大脑感受到这种刺激。

　　我们开始靠近，不过在我记忆中似乎并没有感受到她的呼吸。虽然我极力回忆，但我仍然不记得有任何片段。我似乎什么都没有做，但似乎已经发生了一切，像电影中的留白和跳跃一般，我已经躺在了床上，开始睡觉——是的，这有些匪夷所思，当我回想的时候我也十分惊讶，我竟然在梦中继续睡觉——令人遗憾的是，在这段记忆中我并没有继续做梦的记忆，否则，梦中梦的场景一定会让我联想到《盗梦空间》的一切。

　　我十分清楚地记得当我从那个睡眠中睁开眼的时候，我看到了时间——两点二十。我不清楚这到底是凌晨还是下午，不过我想大概是下午，因为我觉得客厅的窗户很亮。

　　她开始离开。我却不知道为什么。

　　我听到了她对我说话，她说，如果我是个寡妇，那么这一切都没什么。她开始流泪。她说，我要走了。我百思不得其解这到底是为什么，因为在现实中，我和她都还只是没有毕业的学生，我们肯定没有结婚，甚至我可以肯定我们都没有对象。但这都是我醒来之后的想法了。在梦中其实很少有自我意识的出现，做梦的人就像是一个摄影机的镜头，容纳着一切然而却并不思考，只有醒来之后才会产生许许多多的疑问。

　　请允许我叙述完最后的部分。她出门，我却困在了床上。我试图坐起来，不能成功。我不知道是否有人拥有和我同样的经历，就是在梦中很多事情会变

7.《冷暖集》之梦

的很吃力,比如跑步,比如追赶东西,甚至有时候连抬一下胳膊都会很困难。我在床上挣扎着,无济于事。我只能看着敞开的大门。忽然间我却发现卧室有亮光,我想要大声呼喊。但就像我所解释的,我发现我并不能发出声音,就好像真的变成了一个镜头。我始终不能看到卧室里面有什么,在记忆中似乎因为角度的关系,我的位置只能看到一扇打开的卧室门透着亮光,除此之外什么都没有。梦境很奇怪,有时候你能够像打开上帝视角一般看到一切,有时候你就是无法得知一扇门背后或者一道走廊尽头到底有什么。

最后的片段我看到我的身体,我看到我的皮肤慢慢出现了褶皱。

我的记忆就到这里结束了。

不论我如何回忆,我始终找不到更新的发现。或许我的梦境中还有很多的内容,但是在我醒来之后已经都遗忘了——而这大概是最糟糕的事情,因为整个世界里只有做梦的那个人才知道这件事,如果连做梦的人都遗忘了,那这件事便不存在了,彻底的消失。所以,我觉得应该把我的梦写下来,尽管我始终不能理解梦到底是什么,但是我觉得至少要留下一些痕迹,一些证明它存在过的痕迹。

8.《冷暖集》之车间事件

谢大丰-14级专硕

一

我家对门的王大大，原先也是一个健全的人。之所以这么说，是因为他现在少了一条腿。不是全部，只是膝盖以下都没了，但这并不是什么安慰。

那次事故来得很意外，据说他和刘大大一起从车间走过，哦，我忘了告诉你们，我们厂是机械厂，主要业务是制作千斤顶的元配件，不是车用的，而是地底挖煤用的，撑起隧道的那种大型机械，算是很标准的挂靠煤炭行业的机械厂。

我很容易跑题，说到他们那一天从车间过，好像是在快走出门的时候，一大块钢板堵住了出路，假设我们身处车间之中，朝外面向大门，那么情况是这样：正中间是一摞钢板，左边有一条路，但是很窄，路的左边又是叠放起来的钢板等物品，而中间钢板的右边则相对空一些。王大大不知为什么要走左边的路，而刘大大走的右边。结果就在王大大快要走出钢板区域的时候，工人开动

8.《冷暖集》之车间事件

了机器，于是钢板向左移动，王大大的腿就这样被挤在钢板堆里。当时应该非常糟糕，救助工作比较困难，因为钢板的叠放架构不是一个有序的状态，如果要强行移动钢板，腿很难保证不再受伤害，一块一块卸下来，会非常耗时，而且因为钢板堆放在墙边，并没有足够的地方上大型机械来操作。

我并没有去过现场，老实说，虽然我爸妈都在那里上班，但只有小时候我才去过车间，还是因为我妈当时在车间上班，她接的我姥爷的班，成为一名电焊工，后来成为首位女性车间主任，这都是我爸告诉我的。他说我妈当时特别忙，回来一身脏，脚比他的还臭。我妈并没有在车间里待到最后，我记得好像是在我上小学的时候，或者更小，有一天回家，发现我妈在屋子里，把我吓了一跳，不仅是因为按照正常时间她应该在上班，而且因为我看到她的脸异常白，白得吓人。那段记忆随着时间变得很模糊，没有人会提到那件事，我只是零碎地记起一些大人的言谈，似乎是我妈出了事故，被火烧了脸。我想我见到的那个白是抹上去的药。不过并不严重，我妈并没有因此而毁容，我猜是因为设备问题或者操作不当，电焊的焊枪漏了气或者别的什么原因，最终导致在点火的时候忽然从别的位置喷出了火焰，烧到了我妈。但也就是一瞬间，否则我可能就见不到我妈了。我妈的电焊工生涯在那次事件之后不久也就结束了，又陆续换了很多地方。我记得她开过数控切割机，通过屏幕操作那个机器在钢板上划过一道切线，有时候也会是不同形状的图形，喷头的蓝色火焰喷在钢板上，变成金黄色，火星四溅，留下一道通红的切口，慢慢变黑，整个车间里都有一股钢铁加热的味道，还有经常响起的咚咣闷响，那是工人们在装卸钢板；也有比较安静的时候，她在车间里当过仓库保管员，守着半成品；我曾经在里面徘徊，像是探索地形一样，空气里是冷钢铁和机油的味道，往里深入，听不到任何声音，只有从高高的厂房玻璃上透过来光线，伴着墙壁上的灰尘，有种死寂的恐怖感。再后来我妈成了接线员，换到了远离车间的办公区域，跟我爸在同一栋楼上，只不过她的位置是走廊尽头的一间屋子。电话需要二十四小时通畅，晚上也就需要夜班，她和另外一个人轮流值班，有时候也会叫我过去陪着她，挤在一张床上，我其实很不愿意，觉得那个地方很没意思，只有一个电

话，连个电视都没有，晚上还总会被吵醒，整夜睡不好。记忆中大概就是这么几个地方，再大一些的时候，我就出去上学了，成了住校生，一周只能回家一次，也就很少去厂子里。不过我妈倒是又换了一个地方，成了办公室人员，准备领导讲话稿、接待公务人员、陪同出访开会、公用车辆调度、各种文件下发传达、退休金医药费报销什么的，大事小事琐事都成了工作内容。我妈在这个位置上一直干到了主任，然后退休，当然按照行政人员的标准，她其实没到退休的年龄，但是按照特殊工种的规定，我妈是可以办理退休的。所以后来她的退休金也是按照工人标准发放的，工龄短，钱也就没有多少，但是我妈还是很愿意退休，因为上班的事情太琐碎了，白头发也变得异常多。

这次跑题似乎很严重，抱歉，你们肯定想知道王大大的事情。我只知道最后好像是焊开了一块钢板，才把腿抽了出来。

不过我并非毫无原因说了我妈这么多事情，因为她对此也多少有些自责。我妈后来说，那天下午她还记得让王大大过来给看看缝纫机的事情，不知道是哪里弄来的，不过鉴于我妈的办公室主任身份，事情杂乱，说不准又是谁家托付来的私事，反正都是一个家属院里的邻居，厂里厂外的，帮个忙也没人说什么。王大大看了几眼，说是要费些力气才能弄好，当时还是上班，我妈就没敢多留人家，毕竟不能为了私事占用人家的时间，所以就让王大大回去了。可没想到就是那个下午在车间出的事儿。我妈说如果当时她硬留下来王大大，不就没有这后来的事儿了？

二

刘大大的手很黑，很粗糙，一看就知道是一双经常干活儿的男人的手。

他的性格很外向，大大咧咧，对谁都有些豪爽的意思，我想如果回到水浒那个时候，一定是条好汉；但是他只是一个电工，不过还烧过锅炉，好像也在车间干过，所以具体是什么工种我也说不清。总之他很忙——电线坏了靠他，线路检修靠他，冬日供暖靠他，新架线路靠他……忙到没空干别的，大多数时间看到他都是挎着一个工具兜，有时候还会扛着一个梯子。我想在这个厂子里，那能算上一个技术能人了吧。

他说他其实可以去别的地方，有个老朋友开了个厂子，特别想请他过去，就为他的技术也要给他一个月开6000以上的工资。但是他还是留在了我们厂，这个一个月只有3000左右工资的地方——甚至到了现在，效益差到一个月能拿到2000就算不错了，更多时候都是四五个月拿不到工资。刘大大还是没有走，继续干着不知道算作什么岗位的工作。

刘大大算是我家的一个熟人。小时候我经常到他家里玩，那个年代最有趣的莫过于一个叫做小霸王游戏机的东西，大大家就有一台。不光有，而且大大会跟我一起玩，还喜欢让我过去一起玩。这就决定了我有很多个夜晚都是在大大家里过夜，跟大大一个被窝睡觉。以至于大大说我是他的"哥们儿"。后来我爸他们知道了，喝酒的时候经常数落刘大大，你少来跟我们掺和，你跟我儿子才是"哥们儿"。

当然这些事情让我现在有些难堪，毕竟随着年龄的增长，跟大大之间也不能再像以前那个小孩子一样无所顾忌了。但又能怎样呢？我不知道，总之变得有些拘谨。不过大大还是一样的性格，谁家有个什么事儿也都愿意去帮助，包括我家——在我每年有限的"居家生活"中，大大是出现频率最高的熟人。他来的时候不总是帮忙，有的时候只是为了喝酒。

我在的时候，自然也要陪着。从前他们总是逗我，用筷子沾一下酒杯让我舔一下，我会说好辣。他们就笑。其实现在我依然觉得酒很辣，但不一样的是没人会再把我当小孩子看——酒桌上总有一个杯子是留给我的，量也跟别人无异。那一次刘大大来我家喝酒的时候，我爸说起来车间的事故。他那时负责安全生产的工作，不过不是事前的——那是车间内部人员负责的——而是事后负责调查事故责任，下发通报批评，当然这都是小事儿，人们更在意的是最后一项，也就是扣除生产安全奖和年终奖。工厂免不了出事儿，这一出事儿就不是小事儿，所以不知道是什么时候开始设立了安全奖，鼓励大家安全生产，正常情况下那笔钱大家一直拿着，数目不多也不少，平常也不觉得，只有一出事儿

的时候,人们才会想起来这个问题,后悔事情出的不应该,但是已经发生的事情,没人能够时光倒流,所以整个车间的人只能眼看着工资少了一块,丝毫没有道理可讲。我时常好奇这个安全奖到底有什么意义,但是既然它比我的年纪更大,我想光凭我一个人也想不明白,还是继续说回我爸跟刘大大的喝酒吧。他说起这个事故,不是说什么大道理的,那些都是上班的事情,下了班喝酒,没人愿意听那个,我爸也不会说那些。我爸说的是刘大大不应该到处宣传,碰见个人就说谁谁谁你为什么不去看看老王。刘大大说,咋咧,我不应该那么说?都是兄弟,出事儿了不应该去看看?我爸说,没说不应该,但你喊叫这么凶到底是为什么,人家不去看就不行了?这是人家的责任吗?刘大大说,啥责任,他们有啥责任,我就是让他们去看看老王。我爸说,你这个人,不是这个问题,你看你跟人家说话的语气,好像人家欠你的一样。刘大大说,什么语气,你知道的,我说话就这个样子,他们都不知道?

话也就没法说下去,只能继续喝酒,一杯又一杯。

刘大大喝了不少。我知道他能喝酒,一斤没问题。就跟他吃饭一样,浑圆的肚子,有什么吃什么,也不耽误喝酒,一斤下去,最后一定要吃主食,一大碗面条或者几十个饺子。我以前认为长大了都是那个样子,后来我发现并非如此,当我喝掉半斤酒的时候,我再也不想继续喝下去,可就算那个时候是吃饭,也吃不了刘大大那个饭量——他比我多出来的五十斤并不是闹着玩的。他总是跟我说,男子汉,就要能喝酒,能吃肉,没啥能难倒你的,沾枕头就着,这才叫本事。

大大硬要跟我喝,我也只能继续。入口很辣,他们喜欢喝高度数的酒,我需要吃点东西才能压下去。

喝到后来,我有些受不了了,不想再喝。我爸还是继续陪着。刘大大喝完最后一口,用他那双手揉着脸,眼眶有些泛红。我爸让我给大大盛饭去。

我回来的时候,听到刘大大跟我爸说,说啥别人的责任呀,他出事的时候就在我旁边,我跟他一起经过那个地方,不知道他为啥要走那里,一开始也没有在意这件事儿,就那么走了,谁知道就出事了!要说也有我的责任呀,我要是拉他一把，不就没这个事儿了？他出事儿的时候你知道喊的是什么吗？老刘，救我！喊的是我呀！

三

当刘大大和我爸正在喝酒的时候，王大大应该在医院里还没出来。本来只是夹到腿了，就算伤到了骨头，伤筋动骨一百天，休养一阵也就应该恢复了，虽说可能不如以前灵便，但也不至于有什么大问题。估计谁也没有料到后来竟然会发展到截肢的地步。

据说本来不需要截肢的，但是不知道为什么医生竟然没有保住——打开石膏的时候，腿上的肉已经腐烂了，所以最后就丢掉了一条腿，或者，准确说来半条。

我们那个地方是很多钢铁煤炭行业的聚集地，当初的发展就是靠着这些资源，到处都是煤矿，到处都是铁矿，紧接着也就会有洗煤厂、焦化厂、炼铁厂、发电厂，还有很多我说不出来的厂子。有厂子就会有工人，虽然没人会喜欢医院，但是没人能说不需要医院。矿区的医院在治疗各种常见工伤方面有相当强大的经验和实力，这当然建立在那些惨不忍睹的事故之上。

我曾经跟我爸妈探望过一位砸到脚的叔叔，从膝盖处固定，整个脚罩在一个玻璃框内，亮着一盏灯，颜色跟普通的不太一样——后来当我看到紫外线消毒灯的时候那段记忆又重新浮现。他的脚盖着一块白色的纱布，脚趾露出，用夹板分散开。可能是灯光的缘故，皮肤是深紫色的，或者那就是本来的颜色——当血液流通不畅的时候，颜色会深重，变成我们常见的淤青，而那个脚颜色似乎要更深一些。

我猜测工大大的那条腿，大概颜色会更深一些吧。

我好奇过到底为什么王大大的腿会没有保住，但是我没问。医院也不是万能的，总会有很多意外发生——如果你去过那里，见识过熙熙攘攘的行人与车堵在门口，见识过因为病房已满，病人不得不躺在走廊里，见识过面无表情递

给家属病危通知书的医生,见识过不断造访的下水道清洁车……你就能明白这句话的真正含义了。

也许那位主治医师在众多病人中忙碌的过头了,过分乐观地估计了病人的状况;也许打石膏的时候不小心动了一下,压到了血管;也许消毒措施没有做到位,某个顽强的细菌扎根繁殖;甚至意外在车间的时候就已经发生,时间太久了,伤害太大了,以至于无法恢复。我们也许可以找出一万条理由和可能,但是已经无济于事,最后的结果只有一个——而王大大似乎也认了。

再次回家已是几个月之后,不过王大大还没有出院。按照日子推算,他在医院的时间有些过长了。有一次我听到我妈和王大大的妻子聊天,她说,我告诉他你可别给我就这个样子回来,得装上假肢,能自己行动了再回来,否则我可不照顾你。

请别以为他的妻子是一个不讲理的人,无论如何不能这样说。但要我形容他的妻子,我也一时想不到合适的词语。在我印象中并没有这个阿姨太多的片段——她就像工厂里随处可以看到的女工一样,平凡普通,看过也就忘了,你绝不会在她身上发现什么亮点,但是你也绝不会因为她在旁边而感到不舒服。

甚至我连她原来的样子都已没有印象,只记得当她跟我妈说话的时候,穿着一件朴素的外衣,身体有些发胖,戴着一顶白帽子,眼眶有些红。其实如果你仔细观察,就会知道她的那顶白帽子是为了掩盖一件事情——她的头发已经没有了。那么,我想原因大家也都能够猜到。

是的,化疗。

过年的时候,我再次见到了王大大。走路已经没有问题了,虽然你可以明显看出他的步态。有一点不一样的是,拜年串门的时候,他们家里只有王大大一个人。至于为什么,当然不能开口问了。想起来这件事,我都忘了最后一面是什么时候见到阿姨,也许就是那个时候吧。

有段时间王大大去儿子那边住,走的时候留给我们家一把钥匙。他们家有一个大冰柜,我妈嫌我们家冰箱容不下,就把过年蒸的包子、馒头、酥肉、丸子、排骨、带鱼之类的东西放到那里面冷藏。这已经持续了很多年了,最开始

8.《冷暖集》之车间事件

他们家的冰柜里只有五分之一的地方放着我们的东西，现在基本上都是我们的东西了。我们提着大包小包过去，满满摆一冰柜，用的时候拿一下，也顺带跟王大大说一声饭别做了，过来一起吃；或者有的时候我爸直接告诉我说，喊你王大大过来喝酒。在我们放过去的大包小包之间，有一个袋子会比较特殊，我妈会告诉我说不要动里面的东西，要拿什么从别的袋子里找。

我看过他的卧室，在通往冰柜的路上一转头就看到了。一张床，一个桌子，一个立柜，这就是全部。桌子上有一台电脑，上个世纪的产物，笨重的显示器，滚球的鼠标，一层的灰。旁边是一个篮子，里面堆放着的都是药，形形色色不知道是什么的药。喝酒的时候，我问过王大大一天都干什么。回答说，睡觉，看电视，闷的时候下楼走走，还能干什么？就恁的吧。

他们家客厅里有个大鱼缸，原先还有鱼，后来就不见了，空落落摆在那里。

再后来我连王大大都很少见到了。

评论：冷暖之间的叙事温度

《冷暖集》中的短篇故事风格各异，表达了作者的种种尝试。这些故事看起来内容和表达技巧相差极大，或虚幻或写实，或东方或西方，但细读下来，作者笔下小说与小说之间虽然题材相差甚远却彼此呼应，不同故事总能带给读者某种相似和谐的奇异感受。作者在创作谈中曾经提到，这些故事的灵感来自其生活中长期积累的"碎笔"，即创作笔记，这些笔记的丰富性也正体现着现代社会转瞬即逝的易变性和社会中个人的原子化与孤独感，即使是那些最魔幻的感受与想象都是现实社会的某种折射，而这或许是《冷暖集》之所以深深吸引读者的重要原因。更重要的是，作者在创作过程中对于遭遇现代性、面对现代性，在现代社会中谋求出路的愿望是自觉和明显的，其认为与节奏越来越快的现代日常生活相对应的是，瞬间大量的信息以及随之而来的准确判断并不是有效的思考方式，创作者只有让自己"慢下来"，才能通过不断的思考反刍使

作品日臻完善。因此，作者对于细节描写的重视和人物内心世界抽丝剥茧式的铺陈显然成为故事讲述的必要手段。

《汤姆和克里斯蒂的故事》原型取材于真实的新闻事件，讲述丧偶老人在飓风中几乎失去生命，多亏相伴多年的狗始终不离不弃才得以幸存。作者保留了美国文化的话语习惯和逻辑方式，甚至语言风格也是十足的翻译腔调，温暖又非常有趣；《车间事件》从孩童的视角叙述了一段车间之中工人的悲惨遭遇，在儿童侧面的回忆中，工厂中的暗面和事件的细节被折叠了起来，看似淡然的口吻中是孩童无知背后的残忍。《梦》中则充满了大量的细节和生活琐碎，作者在题材的选择上既抓住了人性细致入微处的观察和思考，用其独特的方式尝试走出现代都市的虚假表象，同时也以先锋的方式直面时代的另一面：充满着暴力的二十世纪的历史债务一直存在。作者通过多种叙事方式和视角转化，对社会的"大话题"进行了有意识的把握。

另外，作者在创作谈中曾经提及他对于小说文本"真实性"的考量。小说故事的真实性并不来自事件的真实原型，而作者对于小说节奏和结构的雕琢和把握，及"事情真的发生过"并不重要，重要的是"这样的事情可能发生"："笔下的人物和故事需要一些特点，也需要不完美，每个人都不是完美的，因而才会有碰撞，才会有故事……所有事情都要交代的话，那样也太过于琐碎和麻烦，总是停下来交代事情，对于故事来说并不是良好的节奏。"难能可贵的是，如上特点充分体现在作者的每一篇文章之中，这实在是作者用心雕琢和勤加练习的结果。

（张清莹）

9. 不许东风再动摇

郑晴和-15级专硕

三四月的上海，天气的变化像是在转一只万花筒。一时落雨，一时出太阳已算不得什么奇景。这天才九十点就热得好像七月里。

我在办公室里坐立难安。昨天刮风下雨气温直逼零度，谁想到今天气温直逼夏天。我穿错季节。羽绒外套倒可以放一边，问题是贴身穿了秋衣，不能脱也不能露。我一会儿用文件扇凉，一会儿站到窗边吹风。

但厚衣服不应该被迁怒。昨晚和希璐吵了架，甩下一句"不可理喻"就离家出走了。出来以后竟然无处可去。给哥们打电话，不是在陪小孩就是在加班，只有老六怜悯地招呼我去洗浴中心，想了想最终还是拒绝了。最后一个人在宾馆缩着打了一夜手机游戏。

真惨。

早上觉得热，想回去换身衣服。到了家楼下，忽然有点恐惧。在楼下连抽五根烟，还是没好意思上去，直接来了公司。

结果心浮气躁，诸事不宜。扫了一眼日历，竟是四月一日，愚人节。

  虽然我对行政端来的咖啡、前台递来的饼干小心翼翼,唯恐中招,不过明显没有人想起这是什么特殊日子。看着员工们一个个对着电脑辛勤耕耘宛如木偶泥胎,身为老板的我本该欣喜,此时不自觉恼了起来,怎么就没人干点恶作剧呢?

  干熬了一个上午,我终于坐不住了。找项目主管交代了一下工作,愤然起身翘班。走的时候把羽绒服重重甩在了椅背上,许是声音大了些,身后的同事面面相觑。

  驱动车子,一脚油门下去,回过神来人已经到了黄浦江边上。这段沿江的路铺设了长长的步道,春夏时芦苇依依。心情不好的时候,我就开到这,坐在车里,听音响里的四十八首歌来回循环。

  我点燃一根烟,掏出手机无意识地拨弄着。老六的电话进来了:"哪儿呢?今晚还需要收留吗?"

  老六是我多年好友,行事以老子高兴为第一准则。我听到他的问题,不知道为什么有点忐忑,支支吾吾回答:"刚从公司出来,散散心。晚点联系吧。"老六谑笑着问我是不是在和什么姑娘鬼混,我懒得理他,干脆地挂了电话。

  老六一通电话搅得我心里不安宁。昨晚到现在离家未满二十四个小时,这会儿希璐在上班肯定不在家,但要我这会儿回去心里总是有些抗拒。想了想,掏出手机打开一个软件。

  软件是公司的生活小百科小唐推荐的。是一个本地生活服务平台,项目很丰富。在上面可以找人跑腿、陪吃饭、搭顺风车,还有家教、陪玩游戏什么的。我百无聊赖,左翻右翻,竟然还发现里面有个算命服务。各位神仙大师把自己的资料往上一放,任君挑选。

  我虽不迷信,但觉得挺有趣的,就想试试看。打开来上面蓦然一行字:"您想选择什么样的命理师?"我一下被这严肃的口吻逗乐。性别,当然选择女。算命方式,嗯周易什么的太传统了,来个塔罗吧,洋气。

  就这么一检索,满以为会出现一些身着黑袍的巫婆,结果搜出来的竟然都

9. 不许东风再动摇

是尖脸大眼睛戴着美瞳的美女命理师,这是交友还是算命呢。随手浏览,价格倒都不贵,一小时几十一百的。我只是想试试互联网时代的算命,并不想惹麻烦。过滤掉这些千篇一律的美人,才出现一个长相普通点的,自称是在国外大学学的巫术。我发消息询问,说住在乡下,没有三延五请不出门。

又翻了几页,忽然出现了一张脸,确切地说应该是半张。照片主人用一张塔罗牌遮住半张脸,一双眼睛被几缕发丝挡住。那眼皮单不单双不双,眼神古怪,说不出来是凶狠还是笑意。我忽然觉得哪里被勾动,下意识给半张脸发去了邀请。没有得到回复。

这软件的使用体验真差,我准备过一会儿就卸载,顺路先去吃个饭。谁知过了二十分钟,手机突然震了一下,那边直接约我下午在东川路的一家咖啡店见面。

我嘴里正卡着一口鲜美的面汤,舌头直接就发麻了。手忙脚乱咽了下去,动手发消息。

对于初见的女性,我多半要伪装下绅士,多问了一句是否要顺路去接。那边干脆地拒绝了,十分神秘。害得我将临时起意的玩笑事生出一抹隆重。时间紧迫,路况拥堵,我悬着心紧赶慢赶。

"到了吗?"那边催到第五遍的时候,我到了。

"早到了,你能下来一下吗?这边不好停车,你下来告诉我哪边好停。"这会儿倒不急了,静了半晌没回复,我只能开着车绕咖啡馆画圈。消息神出鬼没到了:"这边停车的地方挺多,我这占着位置呢,你自己解决一下吧。"真矜持啊,难道是大师?

折腾了半天停车的事情,我一头汗地走进咖啡馆。从柜台往里看,弯弯曲曲的隔间无数,一眼看不尽。我准备点单,摸了摸皮夹子,新的汗又流下来了——没有现金了,若是算命的大师十分传统,不肯刷卡或转账怎么办?进而又想到,这位大师的照片只有半张脸,难道被挡住的那部分有什么残缺?听说知晓天命的人都要付出点代价,比如下半张脸七横八纵全是刀口。

我正胡思乱想,柜台的墙后面忽然钻出一颗小脑袋,继而蹦出了一个身

体。是个女孩子，年纪很轻，和我身上微微发黏的秋衣不同，她穿着一件柠檬舒芙蕾一样鲜亮又蓬松的上衣，并一条短短的牛仔热裤，露在外面的两条腿笔直修长。她和我想象的一点都不一样。

我喉头微动，不自觉地做了个吞咽的动作。

"你好，我叫茵妙，你约了我？"女孩伸出手，大大方方。一双圆圆的眼睛在我身上扫来扫去。我点点头，不自觉紧张起来，手心汗涔涔。在裤兜里擦拭过几遍，才小心翼翼地拿出来跟她握手。她引着我在一张铺着深蓝色桌布的桌子旁坐下。

"这是我自带的桌布，不是为了算命有派头，是为了洗牌有点摩擦力。"女孩子捏着一副塔罗牌解释说，深蓝色的牌背衬得她一双手又白又小。

"这牌跟了我五年了，"她双手向我，"我高中去国外玩学了一点。"

"想问点什么？"

我想了想说："财运吧。"

茵妙笑了起来，声音是急促又细小的嘻嘻声，有点娇有点刺耳。她干脆利落地开始翻覆起手里的牌，以逆时针的方向不断搓洗。

"这种洗牌方式是洗得最彻底的，看着牌没有动，但正反交错加上牌的位子变换，可以有亿万种洗牌结果。"她刚解释好，牌就像一朵莲花一样收归掌心，旋了半圈，方方正正摆好。"选十张。"茵妙托腮静等。

我搓搓手，选出十张给她，她细短的手指快速地将牌摆出特殊形状，随后慢慢翻开，娓娓解释给我听。

"你事业发展停滞一段时间了吧？"茵妙凝视着我的脸，吐出一句话，我一听就精神了。"这一张牌代表了你所问事情的目前状况，这一张横亘其上的牌则代表了阻碍你的因素……"她细细分析，说我行业选择出了偏差，最近几年事业受阻，说得颇为准确。

我下意识皱了皱眉。

其实这是打小的习惯了，婴儿时期的我就爱故作深沉，拧起眉头摆出一副思考的样子。后来只要脑中想些什么就会眉头紧锁。

9. 不许东风再动摇

茵妙忽地撅起了嘴，猛伸手指在我眉间虚晃一下，想点开我眉间愁态似的。她自然意识到自己的行为有些冒犯，两手往身后一缩，解释说："悬针纹都出来了，不利财运。"

她这个不大的动作引得坐隔壁桌的两个男生齐齐扭头看，我一拧头跟他们对视上了。其实刚坐下我就觉得古怪了，两个大男生面对面坐着，只是一味喝着饮料，天都不谈上一句，时不时瞟瞟我们这桌。我心想莫不是仙人跳吧，脱口而出："你们认识？"

惹得茵妙一脸尴尬："我第一次出来给人算命，喊了哥们来助阵。不好意思啊。"那俩男生也冲我点点头，对我不自然地笑笑。

原来真是认识的，这位一百块钱算一小时的大师还自带啦啦队，我忍不出笑出声音。对面的茵妙讪讪："我怕遇到危险嘛。"倒比我还紧张些。

女孩子极是精灵，立马转移话题："时间还很多，再算一个什么呢？"

我思忖，脑海里浮出希璐的脸，说："感情。"

"你问对人了，我对感情分析最在行了！"她像之前一样洗了牌，这次让我抓八张，排成和之前不同的形状。她把我选的其中一张牌推到我面前："喏，这个是圣杯八，代表了现在的你。"

"我可以感到你面对目前的感情状况有一种悲伤和失落，你对待亲密关系的处理是有很大问题的。你没法忍受太琐碎太现实层面的感情。你需要的是灵魂的交流。"尽是些放之四海皆准的废话，女孩又翻一张，惊叫出声："啊呀！你将要有一场新的感情邂逅！"我不以为然，到我这年纪，只有勾搭，哪有邂逅。

茵妙解释起这张牌为什么代表新恋情。说罢，她抬起眸子，直勾勾看着我。我这才注意到，照片上那双凶喜不分的眸子，现实看来情绪丰富，混杂着悲伤、狡黠、欲望。

算命时间结束，女孩顺势邀请我一起吃个饭，手里俏皮地甩着一只小包。

我不太懂女孩子的穿戴，不过她背的包上面有个LOGO和希璐某只包一样。希璐生活很精致，绝不会穿用些杂牌货，我猜测茵妙家境优越，搞不好出

来赚个几十一百还要贴出去几百饭钱。快步跟上去和她并肩,坚持要付钱。茵妙倒坦荡,说免钱的饭最好吃。路边找了家小餐厅,茵妙和她两个男性朋友插科打诨一把好手,谈天很有趣。

言谈间知道,他们都是东川路光华大学的应届毕业生。想来也该是,他们脸上丝毫没有在社会摸爬滚打过的怯懦与愁苦,昂着个头对新鲜事物兴趣盎然。

茵妙勾起嘴唇问我:"那你多大?"我努努嘴示意她猜。她摇头晃脑:"二十八?二十九?三十?"

饶是一直知道自己长得年轻,此刻还是有点赧然,似乎不该和这么年轻的朋友打趣。拿出身份证给她看,她瞄到那串出生年月日的时候,眼睛明显亮了一下。然后挑逗得朝我眨了眨眼睛,像我和她共享了一个秘密。对面的男生一头雾水。

晚上开车回家的时候,音响里面传出老男人李宗盛的歌声。他散漫又严肃地唱着,因为不安而频频回首,无知地索求,羞耻于求救。

男人四十,原来我已经到了这般田地了。每日洗漱对镜,并不曾觉得自己老了。和希璐拉拉扯扯,跟工作死缠烂打,连呼吸都窒塞。

很多年来,我时刻感觉到自己是一袋真空包装的腊肉。我听不清外界传来的声音,我张嘴大喊也变成嗫嚅。工作的场合我能挺住,用残存的理性支撑,但是面对和希璐的争执,我只能快速地逃离现场,要么沮丧地坐在原地不声不响,一支接一支抽烟。除此之外别无他法。

我脑海中不断回转白天见到的茵妙。

她逆光站着,两条腿笔直修长,嘴唇上有小小的绒毛。阳光给她打上一层金边,空气里的粉尘历历分明,都不往她身上扑去。茵妙身上每一处都在告诉我,我是多么老朽,而年轻又是多么美好。

我想起她临走前对我说:"你是不是很孤单。"心跳微滞,叫她说中。明明与希璐结婚多年,亦有若干红粉,好友许多,事业不错。我知道自己是病态了。

9. 不许东风再动摇

直到我站在家门口，我才醒悟回到了现实的世界。而那里还有许多芜杂的事情要去面对。

钥匙插进门那一刻，我的心内演绎了一番见到希璐应该说什么话，是解释还是责问，或者轻描淡写地揭过？可是真的该死，起初是为了什么事情吵架已经不记得了。

自觉做好万全准备，到了房间一看，希璐竟已经睡下了。我心里憋住的一口气不知何处去，蓄力许久的一拳头打在棉花上，不甘心。

在床边坐了一会，看着她依然如十年前皎洁的脸庞，最初的时候，一切都挺好。

我没有喊她，借着屋外残光，拿起枕头轻手轻脚去了客房。

茵妙再过几个月就大学毕业了，工作早早落定，签了一家五百强，论文进度亦不错，只等着毕业上班。想想工作后时间不自由，她打定主意要在朝九晚五前狠狠浪荡一回。每天约朋友吃吃喝喝，间歇来次短途游，这其中包括做些以后没缘分做的事情，比如通过O2O软件给别人算命。

毕业前的茵妙隔一两日就饮一次酒，捏着白色瓷杯，问浮生若梦更奈何。她酒精过敏，每次喝上一点就满脸红疹，但无损让人想碾碎亵玩的意欲。

茵妙并非事事如意。

她从小最看中感情，中学开始有绮思。来到上海念大学以后，谈了一个男友，年轻人的感情总是矫情又刻骨，两个人的套路比电视剧更精彩，互相毁灭得差不多后男孩出国了。后来她在追她的人里选了个稳重的人，称为疗伤。

前男友不能完成她的残酷美学，是她心头大恨。我一直知道她信仰相爱就不能在一起的感情结局，当然这是很后来的事情。

自相识那日，我和茵妙又回到了各自的生活中。虽然留下了联系方式，却并不打算有更多交集。她在我心头留下的暖意并未翻起任何涟漪——这样的平静仅仅过了一日。

算命那日之后的一天，一大清早六点，我接到了来自她的电话。准确地说，我被她的来电吵醒了。她持续这样的拨打已经很久，手机上趴着十几个未

接来电。

希璐被动静吵醒,迷迷糊糊问了一句是谁,我扯了一句工作,离开房间去接电话。

如果没有接到茵妙的电话,我大概会在八点到九点之间自然醒。希璐一般比我醒得早一些,她早上要护肤、做早餐,时间比较紧迫。等希璐完成早上的仪式,我会送她到公司;如果哪天出门晚了,就送到地铁站。

工作以来我换了四五个截然不同的行业,正是因为我厌倦一成不变。可我的生活仍然是预设好不断重复的程式。我知道什么时候希璐会张嘴说什么样的话,当我做出什么样的动作希璐会有怎样的回应,甚至吵架也模式化。吵到半路,她一定会提起前几年我跟她约定好去苏梅岛却因为临到头吵架而送她一个人上飞机的事情,我就只能提醒她因为之前一天她把我的护照放进了行李的夹层导致我当场没能找到以为丢了,然后她就会争辩她不是故意的为什么不再找一下。陷入无止境的循环。大家说婚姻就是这样,我以为我早有准备,却还是不能麻木以对。

电话那头传来茵妙的哭泣声,不是那种嘤嘤呜呜的抽噎,而是听着真的很伤心的放声大哭,断断续续我才听明白,原来是她男朋友跟她打架了,她要跟他分手,再搬走。

我第一反应是,她竟然已经有男朋友,而且同居了。不过这也是理所当然的事情。这也才解释了为什么茵妙第一次见面对我做出了抚眉的动作时,她的朋友齐齐看她。

随意宽慰几句,让她有事再打给我。

接完电话,希璐已经起来了,她在准备早餐。我不喜欢吃她平常做的那些华而不实的东西,所以她一向只做自己的。我走到冰箱前拿了一杯巧克力冰淇淋,希璐边烤华夫饼边讲她的办公室政治。

最初她讲这些的时候,我还会用心听,给她提提意见。经年累月后我发现,她其实不需要我的意见。更可怕的是除了这些东西外我们再没别的话题可聊。我为这事和希璐沟通过几次,可她要么牵强找些她自己也不感兴趣的话

9. 不许东风再动摇

题，没几日故态复萌，要么就是抱怨她的生活乏善可陈。

我不懂为什么，可她永远改不了。最后那些不满都会变成争吵的导火索，直到我不愿意再听她讲话。

今天被茵妙横插一脚，气氛倒破了冰。时间尚早，我跟希璐看了半集最近她在追的偶像剧，又吃了她烤的面包才出门。

中午，茵妙又打来电话。她直截了当地让我去接她，语气生硬，还说等不到我就不想活了。这真是莫名其妙，我和她只见过一面，凭什么让我去接，还凶巴巴的。其他人这么没礼貌，我肯定立马拉黑不再理会。但我想到她那天薄唇轻勾，长腿晃荡，万一真香消玉殒，那可罪过大了。我敷衍她，说下班联系。

下午开会开得迟，早忘了这茬。等拿到手机已经傍晚了。荧幕趴着茵妙的几条未读消息，前面是急切地催促，后面急转直下，就要割腕了。

过了很久，我也没想明白当时茵妙为什么会联系我。这件事并不是我的心结，而是一个命运的索引。我既然感谢它，就绝不会去把不该弄明白的，弄得太明白。

我打电话回去，问她死了没有。茵妙接起电话，声音十分虚弱，只催我过去。我也不想早回家，径直往东川路跑去。

见到了面，她精神很好，半点也不像割腕过。拉着那天陪同算命的其中一个男生阿温，喊我一起去吃最近网上炒得火热的螺蛳粉。

茵妙身为一个身怀绝技的小巫女，吃这么自降身份的食物，我怎么也不好意思拒绝拂她面子。结果排了半天队，那螺蛳粉不鲜不咸不辣不酸，只剩下臭味还合格。三个人吃了一口就搁筷子谈天。我问她早上怎么了，她薄唇吐出傻逼二字，顾左右而言他。阿温苦着脸说，他在茵妙家通宵打游戏，累了在地板上睡下不过十分钟茵妙和男友就打得鸡飞狗跳，一只半斤重的闹钟砸到他的肚子上，他只能起来做和事佬。茵妙裹着小包就离家出走，到现在也没回去。

"你劝劝她，好好过日子不行吗。"阿温很是无奈。

仔细端详茵妙的脸，确实比初见那次憔悴了几分。茵妙感觉到我偷偷看

她，嘴角噙笑，伸手去撩长发。白白细细的腕子上有几道显眼红痕。

我觉得眼睛刺痛，眉头皱起来："不好吃，走吧，送你们回去。"茵妙点头，跟我走到车旁边，大大方方钻进了副驾驶，把鞋踢掉，两只脚小小的搁在座椅上。四月的风钻进车窗，也钻进她的脖颈，送来一阵苦涩的金盏花气息。这是她身体的味道。我握着挡位的手心立马渗出汩汩汗珠，不敢被人发现。

后面阿温说他不回学校，要回浦东的家，我把脑子里不该涌现的念头全部删除，认真开车。到了地方，茵妙让阿温先回去。"我有话跟他讲。"她如是说。阿温看了一眼茵妙，又看看我，意味深长地喷一声，摇头走了。

浦东的风都比东川路要硬派，我摇下车窗点烟，她也问我讨一支。

我知道她要讲些什么，内容绝不安全，但我不知道她会讲什么、什么时候要讲、讲了又会怎么样，我和茵妙之间隔着巨大的沉默，不知道谁更忐忑。

片刻过后，她忽然往后一倒，靠在椅子上，松弛地说起了早上她跟男朋友对殴的英勇事迹。"我可没让他占到便宜，力气没他大我就专挑那阴损的地方下手。"

我哭笑不得："小姑娘干什么这样子。"

茵妙不屑："你知道我男朋友今天对我动手，你知不知道为什么？"我摇摇头，她表情炫耀又兴奋："因为我和前男友见面了。"见面了三个字音拖得极长，其中意味成年人都懂得。我摇摇头，她更加得意洋洋："我就是这样的人，你能如何？"

我能如何？从没见过做坏事还做得这么心安理得的。我的话，只能诛自己的心了。这女孩子气息不单纯，我觉得必须要控制一下事情的走向了。

茵妙捕捉到了我微妙的神色，小心翼翼问我："你怎么不开心了？"

我咬咬牙说："我老婆在家等我呢。"万一她没那个意思，我不怕被耻笑。

之前遇到过很多次，看我戴了婚戒就主动出击的女生。有内心都是宫斗戏天天妄想斗正宫上位的，也有就喜欢已婚男人方便自己抽身的。谁都怕麻烦，我不戴了事，身边莺燕蝴蝶少了许多。

9. 不许东风再动摇

她听罢,眼睛只黯淡了很短一刹,马上眯眼笑起来:"我男朋友也管我很紧。你等下送我回去吧。"我应了一声,不再讲话。

过了半响,她才问我:"你结婚了?"大概觉得自己明知故问,又顾自咯咯笑起来,说:"那是当然,小孩多大了?"我表示没有,她却不接话茬了,没头没尾说起在国外游学邂逅塔罗的琐事,说她对人的生死特别感兴趣,相信万物有灵,生命之后不会是彻底的结束。茵妙喜欢故作沧桑,我小时候也是如此,但是眼睛是骗不了人的。她眼神从不躲藏。我静静听一个二十岁出头的小女孩说些人生感悟,许多人痴长她好些岁数,绝口不提生与死。我无法不看向她的眼睛,深浅交错的碎光。

就是这双眼,会敏感地发现我的情绪,我想起她说我孤单,想起她说我的感情新动向,心底有一丝悸动。

所以当她磊落地问我什么时候还能见面的时候,我违心地说了再说吧。

回到家,希璐问我最近是不是很忙。我不假思索点点头,她一向迟钝,如果不说发生了什么,她绝不会知道,更不胡乱猜测。结婚十年,也有几段露水情缘,我瞒得严实,不曾叫她晓得。

我洗漱完了歪在床上看电视,看着希璐在梳妆台前兢兢业业进行着脸部的事业,那堆瓶瓶罐罐造型别致,写满了我看得懂看不懂的各种语言。希璐今年也三十多了,倒是一直都保养得很好,看着和结婚的时候没有什么差别。她从小家境优越,父母宠爱,是非常典型的上海女人。当年喜欢她又乖又娇,也曾许诺会一直对她好哪怕有天她变成黄脸婆。未承想,她容颜依旧,我们一路走来早已相对无言。

当年喜酒的时候她笑得像一泓春水,如今也会歇斯底里,也会摔东西。我的生活哪里都不对,难以搔到痒处。

茵妙做荒唐事一把好手,谁惹毛了她恐怕不是冷战拌嘴,一定是痛比痒多。她跟希璐是完全相反的性子。这个卑鄙的念头一出我就赶紧打消,将她们摆在一起比较,我还不至于低劣到这个地步。

准备打个游戏,放松一下去睡觉。刚坐下没多久,老六打电话喊我吃烤

串,我起身穿衣服。希璐在喝睡前牛奶,睇我一眼,语调轻松:"去哪里?"我确实只是和哥们吃个夜宵,被她问得好像要去干坏事,扔下一句"老六约我谈生意"就落荒而逃。

等我到夜宵店里,两位大哥菜已经上了一桌子。

我笑骂一句:"你们下次能再晚点喊我吗?"老六脸皮还是那么厚,涎着脸:"再晚喊怕把你喊阳痿了。"

我白他一眼,咬起烤玉米,听他们谈谈公司的琐事,扯扯淮海路新开张会所的妹妹。说着说着话题又转回我了。老六问我最近是不是和希璐常吵架,接着开始长篇大论教育我女人要哄,这人明明最不体贴。

我冷不丁突然冒出一句:"现在二十出头的女孩子不得了。"老六和子辉愣住了,对视一眼。大概是看我的表情非同小可,两人都没有继续玩笑。子辉问:"应劫啦?是谁?"

这话意有所指。去年正月,我和子辉去灵隐寺上香。恰巧遇到一个子辉认识的大师出关,顺便给我俩都来上一卦。我本不信这个,但大师造型看着仙风道骨,说出的话也富有哲理,我姑且听之。结果大师掐指一算,说我今年有桃花劫。

男人八卦起来也可怕,我没搭理他们一连串的问题,他们也就点到为止,问候起彼此的家庭关系来。老六说他准备停了小模特老婆的副卡,按月打钱,上个月差点刷爆了。子辉老婆跟婆婆不对付,他不能放两个女人单独相处。这俩人吃荤多年,平衡感情关系各有一套。表面上看起来处理得比我强,内里怎样,谁也不好过问。我只能轻描淡写一句实在和希璐无法相处,在考虑是不是找个方法冷处理一下。

老六问:"你想好了吗?"

我颔首:"早就想好的事情,不是因为别人。"子辉拍拍我的肩膀,他是朋友圈里的妇女之友,私下和希璐关系不错,此时没有开口劝我,寻了个话头讲起投资房产的事情来。

算算今年快四十了,可我总觉得自己还是那个三十年前把香烟鞭炮绑在一

9. 不许东风再动摇

起往厕所里扔的小兔崽子。喜欢和老六子辉厮混，多年兄弟，可以放浪形骸，嘴贱不正经。我看着他们，发现他们也不再年轻了。尤其是年轻时迷倒一片的子辉，鬓角也发白了。

他俩胡来，我亦不是圣人，可到底有什么不一样。我不能为了新鲜或谈资去碰一个不喜欢的女人，更不能红旗不倒彩旗飘飘；片叶不沾身，除非我不往花丛走。

一天总算结束了。凌晨两点，我在晒出一股烤螨虫香浓味道的床上躺下，浑身疲乏。屏幕闪烁起来，来自茵妙的消息："我把项链忘在你车里了，明天能给我送来吗？"

我看着屏幕发怔，行走世间，谁不明白这是什么意思呢。我晓得这可能是个无底的黑洞，或许就此划清界限最安全，手指微微一动，一个"好"字还是发了出去。

侧个身子，看到希璐的背脊，依稀记得她从前习惯脸冲我睡。

结婚之前，我跟子辉一起住在我爸妈的一套小复式里面。每天他下班搂着个妹子上了楼，我就打打游戏刷刷论坛到半夜，养成了晚睡的习惯。婚后的早些年，希璐嫌我作息不健康，着手对我整改。她的手段十分简单粗暴，先是不断在我耳边催促，讲晚睡的危害。我敷衍应下屁股却不挪一下，她说累了就自己去睡了。若碰上哪天心情不好，她就会直接按下电脑的关机键，不管我是不是正在紧要关头。

为了这件事也吵得天翻地覆过，最后，我选择晚归避免冲突。她依然生活自律，晚睡和她绝缘。有一次连着一星期，我都没能和她在夜晚说上一句话。我仿佛找到了相处的法门，逃为上策。

其实希璐私下里知道我喜欢玩笑。不过两人相处时，我还是端正自持比较多，总是把成熟冷静的一面展示出来，她也乐得被护在手心。毕竟跟朋友家人说起时也是个炫耀的事情。而我呢，惧怕再和她进一步沟通，这样事事体贴比较省心。

怪时间太胡来，怪我不够有力气，怪什么也好，也许我配不上她。

一直拒绝承认自己未到中年却早已中年危机,是我的无能和放任,让生活渐渐倾覆。我跟希璐走到今天,并不只是她的错。黑暗中,我瞪着眼睛看着上锁的床头柜,心里映出茵妙的脸庞。耳边一个声音问我,你想活下去吗?

可我想活着,我就必须离开希璐。

我把项链给茵妙送回去以后,连续见了三天面。除去见面与睡觉的时间外,我们一刻不停地通过手机交谈,讲的话题之杂之私密。茵妙是一个喜旧的人,这就会使得我们能无视年龄差距,有很多天谈。

每次茵妙与我话别,必定执拗地问一句:"下次什么时候见面?"

每一次,我都想与她不再见面了。可她会敏锐地感觉到我要说出口了,接着不断施展她幼稚的、不知道从哪里学来的楚楚可怜本事。她装模作样作派,对上我这个年纪的男人,实在雕虫小技。

最后一次试着去跟她开口讲这话,她含着眼泪:"你不想见我了吗?"我没法否认,我也想见她。

她在东川路的路灯下转身望我,一束光打在她身上,仿佛在舞台中央,几乎要哭出来。她手伸在柔暖的空气里,想要抓住我,表情十分委屈地说:"我想见你。"

我还能怎么样?我除了答应她,别无他法。

我知道她在我的车里、口袋里留下了许多零零散散的东西,那意味和项链一样不言自明。

茵妙在这样的年纪还不能够明白,即使不用那些拙劣的少女心机,她也能轻易得到所有想得到的东西。天使和魔鬼都偏袒她,她是一团野火,作势欲扑。

说来也奇怪,这应该是我跟茵妙相识里最决定性的三天,有关于我们是怎样试探靠近,怎样相知,她是如何将一副性命交托了我。

我真的记不清了。

那三天的日子像走马灯飞速旋转,发生了太多,在脑海里蜻蜓点水。也许经历那几天的根本不是我,一切都只有断续的画面,淡淡的气味,还有那些心

9. 不许东风再动摇

碎、欣喜的感觉。背景音是嘈杂的争吵，滤镜像发黄的旧纸。

模糊的印象里，她男朋友夺了她的手机，打电话给我痛斥我欺骗年轻女孩子，她在一旁叫嚣。她半夜和男朋友厮打到房子摇摇欲坠。她男朋友威胁我要报警，要告诉茵妙的父母。她急于搬离男友那里，流落在午夜的东川路街头。我把她安置到老六一套靠近我公司的房子，借口说妹妹要找工作。希璐尝试打开我手机和电脑的密码锁被我发现。她装作我的同事出现在和表弟的聚会，脸上正经，一只小手在桌下搔我的掌心。她想跟我开些尺度大的玩笑，被我反过来逗得满面通红。

只是回忆一下，就像要了命。

她跟我讲了许多她身上的故事，她的感情和生活。茵妙生活优越，得到什么都轻易，但与之相对的，是她守不住。手中每每剩下一把余温尚存的灰烬，那比得不到更难过。

我不想再叫她吃这种苦。

与茵妙相识的第五天，她离开了交往一年的男朋友，彻底入侵了我的生活。我最后关于她和东川路的画面，是她拖着十几个纸箱在路边，斜挎着一只黑色的还没有手机大的皮包，上面贴满了金色的铆钉，嘴里叼着我给她买的软壳利群。

我帮她叫了搬场，把东西放下一起整理。终于有个清净地方供我们单独相处，我和茵妙在老六以前金屋藏娇的房子里自在谈天。她问我知不知道江越，她的老家，浙江的一个小地方。

"我有个愿望，我死后不想火化。如果我死在你前头，你一定要想办法抢掉我的尸体，把我埋到山里去种花。"

她说这话时，生的气息很淡，坐在那里抽烟，皮肤憔黄枯槁，疑心她下一秒就要灰飞烟灭。这想法不切实际，很像她这个年纪会说的蠢话，但我没提醒她，只说："我尽力吧。"

"江越有一座白鹅山，山腰有一个白鹅寺。以前'文化大革命'的时候被火烧过，木结构的房子烧得墨黑，居然稳稳当当。老人都说是神佛庇佑，改名

叫焦木禅院了。"她介绍着,"就埋在山顶上,那寺很灵。"一个年纪轻轻的小姑娘说这话真叫我不自在。我弹弹她脑门,说起别的事情:"你这样跑了,没问题吧?你家里人知道吗?你男朋友给你爸妈打电话怎么办?"我倒不是怕承担她父母的暴怒,这种情况下不怪罪我反倒不正常。

茵妙摇摇头:"没事,我自己会解决。"旋即古怪一笑,又道:"反正他们也不管我。"可我亲眼看着这几天她和爸妈每天都有通话。

她这样漫不经心的样子,惹我不由问:"你就不怕我是坏人吗?"她觑我一眼,吊出些妩媚意态:"我不是好端端在这里吗?"我想说不是人人都如此,想给她上上社会险恶的课,觉得扫兴就作罢了。

茵妙是个妙人,年纪不大,吃东西讲究倒很多。我带她去吃日本菜,她对于我把芥末和酱油搅合起来蘸鱼生的习惯极为不满;吃火锅的时候,更不允许串味的菜蔬先下锅。随后我们只谈吃喝玩乐。她为了表示感谢买了几本书送我,其中有《金阁寺》一本,我们便做了一个大雪天同游书中情景的约定。江越离上海很近,随时都可以去,她没有刻意约定。

临走前,她忽然对我说:"你是不同的。"我顿了顿脚步,没有回头。不同?我猜她一定从没同我这个年纪的男人打过交道罢了。

与茵妙相识的第八天,我的睡眠彻底玩完了。

五点钟,我给希璐盖好了掉落的薄被,准备去公司。走的时候,她仿佛醒了,坐在床上怔忡着看我的背影,背脊阵阵灼热。可回头看,她仍好好地安睡在那里。

前一天晚上,我在书房玩游戏。希璐冲进来,似乎想像以前做过的那样拔下电脑的电源。我垂下双手看着她,等她拔。她顿了顿,转身回房间了。我就继续机械地打着游戏。这种浑噩的滋味其实不差,比我前几年发病的时候强多了,至少能坐在那里浪费,被戳痛的话我也会叫疼。

街上空无一人,我恶狠狠踩着油门,五六公里的路,三四分钟就到了。凌晨的公司静悄悄,只有24小时运作的服务器闪着幽幽的光。连日来已经崩溃的睡眠折磨着我,累到极致,趴在桌子上睡着了。

9. 不许东风再动摇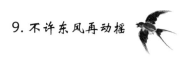

我做了一个梦。

春末夏初,我跟茵妙相识已经很久,那时候我们是一对怨侣。

她诉说着对我的不满,絮絮叨叨,可我听不清。就像是在深海,我只听得到细碎的词句和轰隆隆的水流声灌进了耳朵。她对我大喊大叫,说我暗算了她。

奇怪的是,她没有再联系我,一走就是好几个月。

我没有找她,我被她的刚愎自用和不肯低头激怒了。可是时间久了,我抑制不住对她的思念。三个月以后,我终于拨了她的电话,无人接听。我没有别的方法联系她,只能一遍一遍拨打,可始终没有任何回应。

电话拨通后的嘟声,每响一下,一把锈刀子就在我心里磨一下。我不知道被折磨了多少次,每一天都更焦躁。我每晚都在车里枯坐良久,把她喜欢的歌听一遍又一遍,对着中控自言自语。满地都是烟头。

就这样过了不知多久,我的手机忽然收到了一条消息。是她发来的。

"我是茵妙。"

"我想见你。"

"这个医院的小护士很漂亮,你见到了一定会喜欢的。"她发来一张图片,是一个盛放着不明仪器的病房,还有半张小护士的脸。我仿佛能看到发来这条消息的茵妙的脸庞,狡黠、枯槁。

天知道,我真的找到了那家医院。那个小护士真的很漂亮。我向她问起茵妙,小护士眼泪就下来了,说她一直在等我,但是爸爸不允许她见我,于是偷偷借来手机发消息给我。

还是没能见到她最后一面。`

我在她家门口跪了很多天,她爸爸最终分了我一小撮骨灰。我带着她的骨灰去江越,一路上跟她说对不起,没能把她养上花。我就在江越陪她。

我情愿相信,她的很多小动作和表情,是因为我。比如假扮同事时不甘寂寞在我腿间滑过的手指,比如我语带双关时她垂下眼睑盯着指尖的娇羞和涨得通红的脸。

因为我必须要依赖这些活着,我必须要相信这些是我刻在她灵魂里的签名。

那恒久的孤独,是对我最沉重的惩罚,罚我没有信守诺言,罚我自讨苦吃。梦里我就那样等待也许几十年,也许上百年。黄泉碧落,不得相见。

醒来时,我在大哭。

依稀记得十岁的时候,我爸带回来几个高级苹果给我吃。我不舍得,偷偷藏起来。结果家里来客,我妈让我拿出来跟客人小孩分享。我从小道貌岸然,装作大度地把苹果递过去,满心以为客人会推让,谁知道他们拿过就真的吃了,丝毫没有客气。急得我哇就哭出来了,我妈十分尴尬,当场打得我屁股开花。

这是我记忆里最后一次哭,也有几十年了。

我把梦境记到手机的备忘录里,没有跟茵妙说。这几天说的净是些抢尸体之类的话,告诉自己不过日有所思夜有所梦而已,对里面的兆头意蕴,避之不想。

小唐是公司的前台,一般是头一个到公司的。开门看到我已经坐在座位上,唬了一跳,哆嗦着说:"何总,这么早。"然后把之前没有处理的发票拿来给我签字,靠近我的时候,又哆嗦一下,为难地将她的化妆镜递给了我,"何总,您是不是去一下洗手间?"

我接过镜子一照,自己也吓到了。头发乱蓬蓬,眼睛红得沁出血来,皮肤干燥起皮。我拿起小唐的矿泉水喷雾,无视她肉痛的表情喷了大半瓶在脸上。

许是状态过于异常的缘故,回到家,希璐也忍不住开口问了:"你最近究竟在干什么,怎么累成这样?"

我不想也不知道怎么回答她,装作没听见,冲牛奶麦片吃。她看我没回答,再问了一遍。我还是不回答,她又问一遍。我继续沉默,拿手里的不锈钢勺子搅和麦片,勺子碰到杯壁叮叮当当的。希璐得不到我的回应,明显生气了,走到我旁边,上了发条似的不停在我耳边重复发问。

希璐总是能恰到好处踩中我的禁忌。每次她开始重复质问同一个问题的

9. 不许东风再动摇

时候，我感觉周围的一切都在离我远去，每一个字落在我的耳朵里，像一道炸雷。我听得见，可语言、文字逐渐失去了意义，我的认知变得无限大，又变得无限小。我的头像被紧箍咒圈起来，下一秒就要堕入无间地狱万劫不复，那种难受的滋味让我很想用什么给脑袋来一下。

严重的焦虑和愤怒包裹着我，我手抽搐，用力拿勺子戳杯子，好好的牛奶麦片被搅和成了莫可名状的糊状物。及至爆发的边缘，我砰的一下把勺子拍在了玻璃台面的餐桌上，一声剧烈尖利的脆响暂时让理性回来了。

希璐被震住了短短一瞬，然后又做出蓄势待发的样子。最害怕的争执情形又要开始了，我不能眼睁睁看着一切发生，拿起钱包手机就匆匆跑出家门，全然不顾身后洪水滔天。

这次离家出走，我几乎是下意识地来到了茵妙住的地方。靠近她，我心里好像能安全一点。至少我有个去处了。

当茵妙冰凉的手贴在我的面颊上，我才稍微摆脱了"那种感觉"。茵妙给我倒一杯冰可乐，慢慢等我平复。她劝我好好和希璐沟通，也不知是真情还是假意。

茵妙没结过婚，自然轻飘飘脱口一句"好好沟通"。如果能沟通的话，天下又哪来的怨偶？事非经过不知难，中间的故事太曲折沉重。

回到家十一点钟，希璐理所当然已经睡着了，背脊冲着我常睡的那边床。我躺在床上梗着脖子瞪着天花板不肯入睡，不知道和谁置气。

也许过了几十分钟，也许几个小时，茵妙忽然发消息问要不要去她的老家。现在。

总之，我就和茵妙这样跑出来了，说去江越就去。上海到江越要开三个多小时的路，我们很久没有休息，可我们都不在意。

出门不过一个小时，此时应该在熟睡的希璐却突然打来了电话。她问我在哪。我说我一大早要去杭州开会，怕遇上交通高峰，反正睡不着所以凌晨就出发了。

希璐静默了一会，说了声注意安全就挂断了。我心里翻腾，油门踩得

发狠。

"眼睛这么红,睡一会吧。"茵妙查了查地图,前面三十公里就是一个休息站。

我摇摇头,我不想停下来。凌晨三四点钟,新修的沪越高路空无一人。蚊虫小鸟还未形成规避车辆的能力,挡风玻璃上拍裂了无数只小虫子尸体,黏液残躯粘在上面,密密麻麻,我几乎要看不清路。

不过,侧面看出去风景很好。细长一条公路盘桓在荒野的丛山,这个季节漫山遍野都是野桃花和疯长的野草。天昏沉着,仅有一丝光亮从地平线飘来,无损外面静致的秀美。

她的手掌抚过我的手背,那皮肤是通电的,每个毛孔都能诉说她内心的蠢蠢欲动。手心鼻翼汗涔涔,不舒服。我的招架软弱无力,还显得可笑。

我们都闻得到空气里那种意味。那种被人期待着自己的滋味,那种以对方为目标,在对方看不见的地方,坚持堆砌着一条通往对方的路。谁会先开口呢?彼此试探煎熬的滋味,正是暧昧最好的部分。

正在我恍惚遐想的时候,她开口了。

"我要溺死了,你能不能拉我一把。"

她声音虚浮,捏着我的衣角,我能感觉她指尖的用力颤抖。我牙齿咬住下唇,装作高速行驶的噪音太大,听不清楚。

茵妙没有退缩,放大音量继续说:"我喜欢你,你拉我一把吧。"

我说:"我太老了,我不能给你想要的。"

"我只想要跟你一起,只求当下的开心。这样也不行吗?你一点也不喜欢我吗?你明明想见我的!"她脸转向我,固执地一连串问道。

不知如何回应她,我心里翻江倒海,面上却越是不肯有一点波动。我想起为了让心里过得去而欺骗自己的话,那些隐形的企图早已昭然若揭。我已经往她的身旁迈了很多步了,我何尝不是在等这一天。

我重重眨了下眼睛,回答她:"好。"她手指一松,整个车里的空气也松落下来。前一刻还泪眼婆娑,听到我应承她的话,立刻喜笑颜开,小手盖住我

9. 不许东风再动摇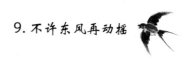

放在挡位上的右手。

"那么,我们就算在一起了。"

我想挤出个笑,可嘴里又咸又苦。眼睛干得发疼,揉了又揉,更疼了。眼睛分泌出泪液来滋润,没防备一颗水珠就砸在了手背上。

"你哭了?"茵妙手足无措地问。

"没有,沙子迷了眼。"

"你骗人,高速上哪有沙子。"

我腾出手去抚摸她的发顶:"睡一会吧。"她就不再问,乖顺地保持缄默。

日出时分,我们到了江越。

江越有三条江贯穿整座城,汇集于一点又分散开来,老城区沿着三江中心辐射开来。早晨的风打在脸上很清爽,没有一点潮湿。茵妙带我去在每个城市都有的人民路吃早饭,一大早道路两旁就支了十几个早餐摊,卖的东西都不一样。生意很好,人声鼎沸。

江越的早饭和上海的风格不太一样,不落胃,油腻荤腥一早也消受得了。我坐在塑料板凳上吃着肉包和本地特色的汤米粉。包子皮很敦实,肉馅是手剁的颗粒略粗,肥肉蒸得融在其间,混合着细葱,鲜得我牙齿都咬紧了。

早餐摊的老板先把肉丝和雪菜略略炒出香味,直接注入水煮汤,再在汤里下米粉青菜。出锅前撒一把青蒜,底下卧一枚荷包蛋,撒点辣酱,汤水油亮,香味很凶猛。

茵妙又递来一张肉饼。一咬之下,牙齿与酥脆的饼皮摩擦出清亮的响声,肉香和梅干菜特有的气息在口中弥漫。我对这个肉饼惊叹不已,一连下肚三个。茵妙哈哈笑起来,说这个不是江越的特色,是隔壁永康的。她买了许多种类的早餐,每一样看着都诱人。好几天不怎么吃东西的茵妙胃口大开,一海碗咸豆浆和肉饼包子下了肚。

这会儿的茵妙看起来活生生的,身上苦苦的味道被烟火气遮盖,吃了饭红扑扑的脸蛋淡化了些眼圈的凹陷青黑。

吃过早餐，我们原本打算去白鹅山。可是疲惫袭来，招架不住，我们在江越找了个酒店准备休息一下。

第一次和茵妙睡在同一张床上，我没有忐忑或是僵硬。很自然地让她枕着我的胳膊，头亲密地靠在一起。她身上的草本气息侵袭过来，叫人血脉偾张，宛如二十年少。我侧过脸，只能看到她一部分的面容。

有一件事让我恐慌。

我的认知出了一些差错，我没有办法记住茵妙的脸，更无法分辨茵妙究竟是美是丑，还是平庸。我感觉她美得心惊肉跳，这实际上是出于我会深陷其中的猜测。

每当我能够见到现实的茵妙，她的五官都清楚展现在我眼前。我用眼睛和手努力辨认、记忆：小而饱满的脸蛋，一只手就可以覆盖住她整张脸；鼻头圆圆短短的，一双眼睛平铺直叙，眼皮不单不双；嘴角有个促狭的弧度，上唇微翘，总是带着轻蔑的笑。可怕的是转身我就会忘记，在印象里，她会变成一个宏大的符号，一种象征和氛围，一束光或是无法概括的意义。

茵妙沾着枕头就睡着了，她睡着的样子很好看，还会打断断续续打呼噜。

年轻真是个奇怪的东西，打呼噜不显出丑态。我在旁一会揉她的脸颊，一会轻轻捏一下她的鼻子，她陷在梦里，浑不被我影响。

情不知所起，一往而深。我清楚认识到，我已被蛊惑了，已经无法全身而退。可是我被束缚这么多年了，我想听听自己的内心，想放肆一次，想看看自己究竟能走到哪一步。

我实在太累，还想再看，终究睡了过去。

茵妙的爸爸妈妈打电话来了，我是被电话声吵醒的。睁开眼睛，她坐在床头，双唇紧抿，唇边勒出两条向下的线条，有些老气。我在旁边听个大概，应该是她前男友去告状了，她的父母打电话来了解情况。不知道是怎么问她的，起初还能平心静气地嗯嗯啊啊几声，后来突然大声咆哮起来，开始说父母对她关心不足，又说是她自己的私事不需要他们置喙。随后就变成了纯粹的为了吵架而吵架，东拉西扯。

9. 不许东风再动摇

我听得皱眉头,拍拍她的肩膀示意她平静点,好好说话。茵妙看我醒了,迅速结束了对话然后挂断。

我问她,是不是前男友跟他父母说分手以及和我一起的事情了。她不屑地点点头,骂了几句脏话,转而安慰我一切她会处理好的,让我不要理会。

我倒想相信茵妙,可看那横冲直撞的样子,估计最后又是一团乱麻。在她父母那里我恐怕落不到什么好印象,只能随便她。

饱睡一场,我跟茵妙精神好多了。她额头和脸颊上也褪去了枯黄,泛着红润润的光,怪不得人人都说气色很重要。茵妙有了力气,闹腾要出去玩。

我们没有去白鹅山,我嫌那里兆头不好执意不肯去。茵妙不坚持,转而说起江越其他的美景美食来。我们俩看过江水涣涣,又吃了江越特色的炒花甲和羊骨头,准备回上海去。

为了再走一次新开通的沪越高速,回程的时候绕了一点路,路过江越近郊的乡下。茵妙跟我讲本地方言里,村子叫村堂。连片的村堂枕江而建,安安眈眈靠着青山绿田。江越富庶,乡下盖的全是五彩缤纷形制各异的小别墅,唯一相同的是屋顶都插有东方明珠似的避雷针。路旁村里,土菜馆、小卖部、五金店,该有的一样不缺,路上开过突突作响的拖拉机,扬起阵阵尘土。

"等等,等等!这里靠边!"茵妙急切地拍着窗户,我踩了刹车,在一座大桥旁边停下。她咚一下跳下车子,趴在桥的栏杆往下看,"这里应该是我小时候游泳的地方。"兴冲冲地往桥下走。

车子就丢在路边,我跟她一道。桥下有几片自己随便长起来的植被,还有几块被周围的农民占用的菜地。

"我在江水里泡大的,水性很好,就是游泳姿势不好看。"她拉着我的手,给我比划,"这里以前是个小堤,有次走到这里突然下起了冰雹,砸得我皮都破了。"

桥下光线昏暗,竟然有几只萤火虫在回旋飞舞。茵妙慢悠悠走了过去,立在萤火虫旁边,做出静静欣赏的样子,忽然出手极快地一抓,几点亮光已经笼进了她的掌心。

茵妙伸出另一只手,在菜地里一阵搜索,掐下一段南瓜藤来。她这才张开握成空心小球的右手,轻轻将萤火虫捉了进去,捏住南瓜藤的两头,递到我手里,做成一根软软的荧光棒,里面映出闪烁流动的光芒。她圆圆的指尖刷着颜色熠熠的指甲油,桥上过路车子一闪一闪的灯光照着她,仿佛走马灯炫丽得很忙碌。

我小时候在上海长大,自然没有这种玩法。被茵妙撩拨起幼稚的玩兴,我从野地里拉几株狗尾巴草,磕磕绊绊盘成草环为她戴上,再装点上不知名的野生黄花。茵妙欢喜不已,拿出手机咔嚓咔嚓自拍。

她总有很多让我惊喜的地方,那细小的一点一滴,汇集成大海。对她的感情,汹涌得快要将我吞噬。那些矛盾的、不该属于同一个人的特质,在她身上并存着,有的和谐,有的突兀。她弱得呼吸都困难,偏偏个性要强;她是如此天真烂漫,又是如此欲壑难填;她很随便,很难说何时会顽固矫情起来。这些全部的全部加起来,才变成了独一无二的她。

我心里有一垒老朽的铜墙铁壁,摇摇欲坠。遇到她,铜烂出漂亮的翡翠色,铁锈成荷花,雾织罗绮,雨刷云霞。

"真不敢相信,你答应我了。这幸福来得太快太好了。"茵妙扶住花环,轻轻叹息。我只有从背后环住她,跟她许诺:"一切都会好起来,相信我。"

上车前,她手往空中一撒,放走了萤火虫,这世间多的是不该留住,也留不住的脆弱美好。茵妙说,难流连、易消歇;塞北花,江南雪。

我们更知道承诺的重要。

老六来公司跟我谈新的合作,看到我的样子使劲摇头:"什么妖孽妖精妖怪,值得你这般。"说着拿出手机给我看他最近交往的几个妹妹,一边翻照片一边啧啧:"鲜嫩欲滴,乖巧可人。"我白了他一眼,开始胡说:"我做梦,梦到一个女孩子,就是我上次跟你们说在想的那个。魂牵梦绕食不知味。"

老六一跃蹦到我面前,伸手摸我额头,一边喊:"小唐!小唐!你们何总鬼上身啦!"小唐急匆匆冲进来,紧张地看着我们。老六扭头调戏起小唐来。

五年前,老六第一次结婚是跟阿云。阿云也是光华大学毕业的,要我说,

9. 不许东风再动摇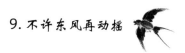

她几乎是完美的配偶了。容貌身材无一不佳，聪明能干，脾气温柔，还能帮着老六打理生意。老六真的很爱她，可他并没因为深爱阿云而管束自己。忠诚对他来说是字典里没有的存在。

一天晚上，阿云临时起意到郊区的别墅转转，正巧撞见老六和一个妹子在床上翻云覆雨。

被抓现形的老六不思悔改，还言之凿凿，成功男性理应享受更多的社会资源，但他对阿云之心日月可鉴无人可匹，妄图给阿云洗脑。阿云气极了，反而冷静下来要求离婚。

老六在阿云家楼下烂醉苦等了许多天，她不为所动。这事情怨不得旁人，老六最后接受了，只是把资产的一大半分给阿云。阿云不肯要，老六就杀到她家里强行馈赠给她父母。

老六咽下自己种的苦果，颓废了一整年。当然这期间没有闻不得女人香。

去年，他被一个外地来的小模特搞定了。小模特虽然念书不行，但很会钻营，见此机会趁虚而入，扎破套套一举得子。老六跟她大吵一架后结了婚。现在各过各的，相安无事。

老六比我小些，我看着他从年轻一路走来，白手起家。不知道他这种价值观是不是对过去的一种代偿，有时候劝他收敛点，他若有所思，从不采纳。如今有妻有儿却无家可归，在酒店和居所四处漂泊，看着比我都沧桑。

老六为人一向洒脱，我也说不清他究竟是心太宽，还是破罐破摔了，不随便评断别人是为友最大的礼貌，谁又没有三两难以启齿的事呢。

一转眼老六又蹦到我面前来："阿鸣，你们新来的前台妹好可爱啊，怎么不介绍给我？"我把他推到一边，白了一眼心想就是因为你来了才把她藏起来的："小唐，送客人！"

我翘了班，带茵妙去郊区吃水果。草莓已经快过季了，抓紧时间凑个热闹。去的路上随便闲聊："我们认识几天了？"

"两周不到。"

我摸摸鼻子："我怎么感觉好像已经很久了。"

燕归集

茵妙缩在座椅里,赤着两只脚向前一伸,踩在挡风玻璃上。脚掌白嫩嫩,我多看了几眼。

"不正经。"茵妙不屑撇来眼神。

我十分冤枉:"我没有啊,我只是在想你的脸那么枯黄,脚倒挺漂亮啊!"

这下捅了马蜂窝,她嘻嘻哈哈直接来捶我的肚子。我喝止她的危险动作:"开车呢!"茵妙才心不甘情不愿地坐好了:"每个月都花那么多钱去美甲店呢,不嫩岂不是白花钱。"

郊区尽是连绵成片的草莓大棚,隔一段距离就会有阿姨阿伯到路边来拉客或是叫卖,三十块钱随便采,二十块一斤带走。

我联系好了一个棚子,以前和同事去过好几次感觉还不错,农家饭菜也可口。可惜现在不供应了,不然一定能治好茵妙的食欲不振。

走进院子,我轻车熟路地去打井水洗手洗脸。四点钟的太阳有气无力斜斜照着,场景画面似曾相识。忽然想起这草莓棚,我和希璐也来过的。七八年前的事情了,那时候我们感情还好,牵着手来,说笑着走。

一下子有些失落茫然。但既然是陪了茵妙来,怎么能扫兴。我不欲被她看出来,冒出些没头没尾的笑话来粉饰。

我说过,茵妙很敏锐,周遭人一旦有情绪的变动,尤其是负面的,她能马上分辨出我不高兴了。这点小小伎俩自然逃不过她的眼睛,直截了当问我怎么了。

我觉得有点难以启齿,这毕竟是我的过失,故而支支吾吾。茵妙的固执是六脉神剑,时有时无。今天她明显比较犟,直勾勾盯住我。她看人就喜欢这样看,哪怕与人眼神交汇上,也无丝毫闪躲,好像要用眼睛跟你比试,谁先挪开眼神谁就败下阵来。

我不怕她,到底是她先败下阵来。她手插口袋脚步轻快地走开了:"好吧,不问了。"

茵妙提起篮子去摘草莓。棚子低矮,需要弯着腰行走,低下头采摘。茵妙

9. 不许东风再动摇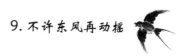

对自己的病弱一向夸大其词,弯了不过几次腰,就说累得不行,要去外面放松一下。

我顾自己继续摘,篮子满了小半,没等到她。走出棚子去找她。不意看到一幅赏心画卷。

茵妙站在田畔上,头发被风吹得凌乱,太阳从她身后照射过来,毛躁的发丝有一圈光晕,一切都是暖洋洋的。她左手的手指捻着一支香烟,看着落拓极了。

她往我走来,对我不停说着话,却没有出声。我能从她的口型看出,她不断重复着三个字,我爱你。待她走近,她在我耳畔倾吐。

"我只想同你一道,每天都见你。"

我也是,我也爱你,我也每天都想见你,我在心中默默地回应她。

茵妙俏皮地拉拉耳朵:"你说什么,我听不见。"

"我答应你。每天。"

逆着夕阳,她伸出小拇指来,我看不清她的细节,只有黑黑的剪影。我也伸出手指,和薄纸片一样的样子交缠。

"拉钩、上吊、一百年不许变,谁变就……"

"就什么?"

"不得好死,终身孤苦。"

我差点咬到舌头,不愧是最毒妇人心啊,手都伸出来了,是个男人就不能退缩。

就这样,我与茵妙相识十一天,便毒誓死盟。

说是来摘草莓,结果两个人加起来还不到一斤。我们买了四五筐回去送人,趁着天色没黑透往市里赶。

她的男朋友,不,现在应该说是前男友了,回程的路上打了电话来。我透过漏音听到他男朋友或是破口大骂她水性杨花,或是理性分析我对茵妙不过是玩弄,又哀求复合,还搬出跟他们熟悉的长辈来。

茵妙油盐不进。

前男友无可奈何地问:"你到底为什么喜欢他?"茵妙翻了个白眼,说了句关你屁事就挂了电话。

茵妙为什么喜欢我,我不想向她问个明白。我也不知道为什么陷进了她编织的幻境。

她看向我,我就明白,语言很难讲得清。很多人在一起,为了对自己的心理直气壮,才发明了大道理、仪式感,需要很多的铺垫,说服自己,加重成本。遇到她我才明白,责任与标准是订立给无以为继的人们的。

摘草莓回来,我没有送她回住处,找了家她喜欢的装逼西餐厅吃饭。我俩认识以来,就没怎么好好吃饭睡觉过。茵妙本来就爱熬夜脸色蜡黄,这几天更是奔着包拯去了。为了让这位小姐多吃点我煞费苦心。

茵妙很想领个情,沙拉里的温泉蛋和半碗汤下肚,她又嚷嚷没胃口了。不能强塞,只得作罢。

餐厅楼上是一家酒店,我以前来过几次,环境不错。喊来服务生买单清台,我两只手放在腿上,欲言又止。

憋了半天,我终于开了口:"上去……休息一下?"

茵妙的脸上立马绽开一个玩味的笑容,一眼就洞穿我的心思。我被她两道灼灼目光审视,像个被老师罚站的中学生。她语带促狭,故意拖长了音:"好——呀——"

我走在前面,茵妙戴着鸭舌帽和口罩,遮挡自己大部分的面容。我不安起来,总觉得自己在做坏事,心里的小白人小黑人打起架来。

进了房间,小黑人力拔山兮,我刚刚的那点心理压力立刻被它扔到十万八千里外,急不可耐地吻住她。

被我推至床边的茵妙脸色苍白里透出蜡黄,无限可怜。我看她一副病歪歪的样子,想把她撷取,将枝头的花折断碾碎。

茵妙肋骨瘦得凸出来,腰不盈一握,大腿却肉乎乎的。我掐着她的肉揉捏,鼻尖爱怜地蹭在她细细一颗耳垂。她懒洋洋歪在枕头上,随我把玩。将手一寸一寸拂过她,直至秘深,意乱情迷。

9. 不许东风再动摇

她倏然惊叫出声,一把打开了逡巡渐进的手。我不明就里,收回手,尴尬地摸了摸鼻子。这一擦居然闻到血腥味。我的手指粘上腻滑稠红的液体,她拿纸一擦,雪白的纸巾上溅上块块殷红。

茵妙突如其来的生理期,狠狠吓了我一跳。酒店的床单弄得一塌糊涂。我发愁地看着一片形状随意、渐渐氧化发黑的痕迹。我觉得这事很搞笑,直逼段子,但总不好直接开她涮;想埋怨她几句吧,茵妙已经捂着肚子,气息奄奄,喊起了肚子痛。

心底有几分薄怒,这二十出头的女孩子身体哪至于这么差,又烟又酒作息不规律,出于社会责任感我都必须给她扳正了。扭头见她跟朵温室小白花似的,哪堪一顿训,我只好乖乖出去给她买必需品。

回来看到她仍然蜷一团在床上,看起来极虚弱。

我每晚都回家,并不曾为了她在外留宿。今天自然也不会。我知道她说的只要每天见面就好,还有什么只要当下,都是托词。未来的某一天,她一定会要得更多,多到会吞掉我。

走的时候,她果然抓住我的手背,声音低得像呼吸:"今天,不走了吧?"

我犹豫了下,点点头,开始哄她入睡。没多久,茵妙的呼吸就变得均匀,空气散发出静谧的香甜。我轻轻抽出被茵妙枕着的胳膊,替她掖好被角,然后穿上外套就离开了。

一切自然得就像我根本不知道她是假装睡着的。

到家已经很迟,躺了没几个小时我就醒了。本来也睡不沉,加上心里存了事想去看茵妙,起了个大早。洗漱的时候,我发现指甲缝里脏脏的,应该是昨晚茵妙的血液凝固后留下的残渣,我想抠掉,越用力脏东西却陷越深。我半天弄不干净,颓丧地坐在马桶上。

我看到五年前和希璐一起挑的昂贵浴缸养护不当已经开始发黄,我猜那里面还有阻塞下水道团起的长头发,有时候水会冲不下去。

我跟希璐总是为无所谓的对和错拉扯,比如一盒饼干究竟是买了十块五还

是十一块,明明没人在乎那五角钱。白衬衫的下摆有一点油渍,我怎么也搓不干净。

那都是最让我烦躁的生活部分,每一次经历都会不断摧毁我的意志,我的神经又细又脆,越来越容易崩溃。有一次陪希璐去逛街,来来往往的人从旁经过,每个人都在说家长里短,一点鸡毛蒜皮油腻腻的事掰扯来掰扯去。我当时就发病了,心烦意乱中头直直地往楼下栽,还好那个商场常有人跳楼,围栏挡了我一手。刚从一家精品店里走出来的希璐走过来牵我的手说,老公去下一家吧,浑不知她老公刚刚差点变成一具尸体。

希璐明明是那么精致的女人,我娶了她,还是躲不了生活的琐碎。我想不明白,难道每个人都难以避免这样的人生?

我绕路给茵妙买了咸浆油条当早餐,酒店离我家不近又堵车,开得不慢还是走了快一个小时。钱包里多留了张房卡,推开门看见茵妙靠在床头玩手机。她也没好睡,脸色灰黄,黑眼圈快掉到嘴巴下面了。她丝毫不戳穿我:"我醒来看你不在就知道你去帮我买早餐了。"

"前几天我跟阿温聊天。他问我几个问题,我觉得很有道理。"她漫不经心地说,"他说,你只是跟我玩玩,你要是真的喜欢我怎么会不给我交代呢?怎么会不离婚呢?他还说,只是我倒贴你,其实你都不想理我。"

她说完轻松地笑起来,朝我眨眼睛,长睫毛呼呼扇出一阵风,打趣道:"你真的不想理我吗?"像讲一个无关痛痒的事,比如早餐吃咸浆还是豆腐脑一样不在意,埋头拨弄手里的手机。

她眼角低垂,在观察我的反应,若不是一闪而过的眸光,演技可以说是完美的。

该来的还是来了,我怎么会被她轻巧的言辞骗过呢?本来以为可以暂时不考虑,或是不马上给出答复,我存了侥幸心理。

茵妙与我虚与委蛇,多半她心里没底。这些话我没和她谈过,她想知道又怕失了分寸,何必跟我在这事上角力?拙劣的少女心机倒蛮可爱的。

这几个问题我试图逃避,静下心来反而我都有打算过。我当然可以敷衍茵

9. 不许东风再动摇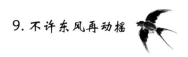

妙,拖住希璐也哄骗自己。我可以吗?

昨晚子辉受希璐之托跟我谈话,叫我不要那么辛苦,当心过劳。说是谈话,其实子辉明白希璐是想通过他套我的话。他也挺难,两头不能落好,我让他别管了,自己会去和希璐好好谈。

到了必须抉择的时候,卑劣如我,即使选择得很轻易,话到嘴边依然难于登天。

"我要离婚了。"

四个字犹如千钧之重,终于说了出来。身体被抽取了一半的重量,几乎坐不住,要飘走。

茵妙听罢,本来不坐不躺赖在床上的腰一下子直了起来,脸上的表情绷不住,不知是怒是喜。张口第一句竟然是:"这……不好吧。"

她这人,心里狂喜乱舞都快冲破躯壳,偏偏作出一副假惺惺替我或者希璐着想的样子,恐怕也觉得自己的快乐建立在别人的痛苦上不合时宜。

有几件事,我要和她讲明白。

"离婚不是因为你。"

立刻,茵妙表情不悦起来。虽然变化细微,但她下抿的唇角和失焦一瞬的眼睛暴露了真实想法。我猜她心里在想,怎么能不是因为我,必须是因为爱我才离婚啊。

她年纪尚轻,恐怕不知道世人对这种事情的苛责。

"我爱你,这是一件事。我跟希璐早就过不下去了,这是另一件事。"我不愿意让茵妙背负太多,也不愿意让自己赤身露体在阳光之下,"所以,你并没有破坏我跟希璐。"我耐心跟她解释。

世界上的很多事情是说不清楚的,人的感情、喜恶,理智与责任,太复杂了。但旁人只看他们想看的那个角度,绝不会认为我们关系转变互相之间毫无关系。有没有关系,对我对茵妙,我想甚至是希璐,我们不会有所谓。自己知道就可以了。

什么是与非,世人哪里晓得个中滋味。我看到一则骇人听闻的社会新闻,

或批或叹，又做得到为当事人面面俱到一下吗？

以前读过一部小说，里面有个比喻十分贴切。人与人的聚散如天空中的云。两片云相遇在一起，地上的行人看它们，自然是一片云。可是风一吹，云朵各自散开，变成两片云。它们只是交叠，未曾融合成一整片。可是经过这一段相逢，两片云的形状改变了，不再是当初的两片云。谁能说，它们彼此没有影响、彼此没有留下痕迹。

至于我跟希璐，我怕疼，不敢用力磨合。

时间的风把我们吹得晕头转向，她说的昏头话，我做的糊涂事，那些扯皮、互相指责、赌气似的逃跑，掩起踪迹的背叛。

茵妙带来的震荡太剧烈，从灵魂到身体，固若金汤尚且要掂量掂量，何况我们残破的景况呢？

离婚这件事，不是我第一次考虑了。过去的几年中，我提过，她也提过。婚姻生活的确难以为继，只是我一向怕麻烦，进展只停留在嘴上，虽然彼此心中都明白这一天必将到来。

我跟希璐之间，本只剩一丝悬着。有一年吵架，我在发烧，我们不知为什么争吵起来，她把我烧给自己吃的米粥撒了一地。我妈来看我，正好推门进来。自那以后，双方父母就再没有插手，劝我们彼此迁就。婚姻走一步散一点，连长辈的阻力都没了。

但是我主动离开她，违背了当初的诺言。我还是想多多补偿她，至少在物质上，那意味着同样的方面我对茵妙亏待。

我捧着茵妙的脸，希望我接下来的话她认真听清楚、认真想清楚："我会变成一个穷鬼，以后我们会住租来的房间里。我不确定以现在上海的房价我是否还能再赚到一套让你满意的房子。"

她反过来捧我的脸："你说的我都知道了。我们以后还能想吃什么就吃什么吗？"

我点点头。

"我会买不起几百块的衣服鞋子吗？"

9. 不许东风再动摇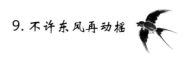

我摇摇头。

她挥挥手："那有什么要紧！"

茵妙在有情饮水饱的年龄，租房对她来说算什么呢。她只是点着我的眉间纹路："叫你少皱眉，这下破财了吧。"这话她来说很怪，但我却迷醉她那点庸俗的恶毒，一半海水一半火焰，不止于此，她绝对还有些别的什么在血液里。

我人到中年，忽然之间一无所有，难免进退失据。她的眉头一眼就可以看出未经人间愁苦。我犯愁的是她此刻年轻，性子不定，要得也不用很多；倘若有那一天，她醒过神来发现同龄人都过得很好，怨恨我怎么办呢。

茵妙现在是绝对不会想到这些的。

与她相识的第十五天，我决定结束我与希璐的十年婚姻。宜快不宜慢。

随便谁人说我人渣、不负责任或者是草率，我只想和她一道。可我不能对茵妙的将来没有交代。我厌恶现实生活的琐碎，为了她，我愿意稍稍承受。

她扑进我怀里打滚："那些事情以后再说吧。我第一次跟人说爱呢，别打扰我。"

茵妙经历不是一片空白，这辈子有幸听到她讲爱你的男人绝不止我一个。不知道她怎么跟把毒草似的长成很任性的样子，说起假话脸不红心不跳。我听了不会感动上头，丧失理智。不过那里面讨好我的心意，我领情的。

我粗糙的手指摩挲着茵妙的脸颊，为什么让我遇上你。我心里想着，如果我得到你，我又会在什么时候怎样失去你。

有一天我上班中途和茵妙闲谈，两人都觉得第一次见面的场景太不正式，气氛太平淡。聊着聊着，我们一起做了个决定——重新来一遍相遇。

这事透着股幼稚，不过我们兴致勃勃，想了很多的桥段。比如她来我公司面试装作天真地碰翻老板咖啡，霸道总裁就此爱上了不羁的狗尾巴花。又比如，雇几个演员假装为难她，英雄救美。

最终我们选择了老套却文艺的情书式邂逅。剧情发生在图书馆，一对男女同时要拿书架上的同一本书，男的先拿到了，女生个子矮，撞到男生胸膛上。

然后两人四目相对,发现彼此共同的兴趣爱好,一见钟情。

唉,这么幼稚的一个方案竟然被我俩全票通过了。

为了这件事,我们做了很多准备工作。陪茵妙去商场买了一个学生气很重的书包,一身民谣里出现的白棉裙。她衣柜里尽是些张牙舞爪的衣服,实在不配这剧本。

冲动下敲定了计划,我摸了摸一张老脸,又红又烫久烧不退。无奈下,邀请老六共襄盛举,分摊一下羞耻感。到底没好意思告诉他实情,只说带他去光华大学见识一下知性美女。

我们刷了阿温的学生卡溜进图书馆。老六这个大学中途辍学的盲流很兴奋,盯着来来往往的女学生挑肥拣瘦。都说理大的学长光华的妹,光华大学自来文科底蕴浓厚,一方水土养一方人,确实这里走过的每个女生都很有气质。

我小时候住的离东川路很近,初中高中都是光华的附属学校,笃定自己将来一定会在这个校园学习的。后来我高考失利,内心存了个死结,如今脚踩着真的光华大学,有种不真实感。

远远看见茵妙走过来,长裙翩翩,一向爱穿黑白灰邋里邋遢的她穿上清纯的裙子,看得我别扭极了。我看她走得也歪歪扭扭,自己也一副不习惯的样子。倒是白裙衬得一张黑脸精神了些。

按照计划,我应该跟她同时去文学区那边借《十二楼》。她早研究过,这本书放的位置巧妙,我站着正正好,她跳一下恰恰够。我们同时取这本书,目光交汇后天雷勾地火。

我还差一排书架就跟茵妙面对面了,电话突然响了,是投资人打来的。他无事不登三宝殿,我只能到走廊去接。接完电话往回一走,老六已经在约定的书架前和茵妙谈笑风生。

我大惊失色,冲过去想制止。到了跟前紧急刹车,老六此时不知道茵妙其人,茵妙却是知道老六的。我要是说错话岂不破功。

茵妙看我走近,隔着老六冲我眨了眨眼,像只狐狸。

我走过去拍拍老六的肩膀:"你干什么呢?"

9. 不许东风再动摇

老六浑然不觉我眼神似刀:"这个学妹,想拿一本书够不着,我帮她取下来了。"

如果我眼睛能三百六十度旋转,此时我已经把白眼翻到天灵盖去了。学妹?你装什么自来熟,大学都辍学了也好意思说别人是学妹。

事已至此,我只好厚着脸皮,强行分开老六和茵妙,挤到他俩中间。看到茵妙手里的《十二楼》,我故作惊讶地说:"这书你也喜欢?"

茵妙看我一眼,点点头:"喜欢。"

紧接着还沉浸在投资人讲的一堆屁事中头昏脑胀的我干了我恋爱史上最尴尬的一个举动:我对着茵妙开始吟诗。

"出其东门,有女如云。虽则如云,匪我思存。缟衣綦巾,聊乐我员。"我刚开口就后悔了,硬撑着念完诗拿出手机:"很难遇到喜欢看同一本书的女孩子,我能要你的联系方式吗?"我都不知道我是怎么厚着脸皮说完这句台词的。

一旁的老六惊呆了,嘴张大得都能塞进一颗橙子,我疑心他下巴会脱臼。

茵妙点了点头,也拿出手机跟我交换号码。她右手掐在肉里才止住爆笑的冲动,憋到快内伤。

开头奇诡,生拉硬拽终于回到了轨道,算是我们的计划完成了。我和茵妙相视一笑,准备走出图书馆继续"深入了解"彼此。

老六把我拉到一边问什么情况,怎么就念起诗了,怎么学妹就给电话号码了。

我随口胡诌,茵妙和我梦中之人一般长相,绝对不能错过。回头看见茵妙但笑不语,老六五官扭曲,明显被我严肃的瞎说惊着了,眼神在我和茵妙之间逡巡一圈。"老子信了你的邪,你以为你在演《牡丹亭》啊?肯定早有奸情,早有奸情。"

一拍脑门:"啊!她不会就是你要找工作的妹妹吧!"我白他一眼,这小子不算太笨。

要老六装作不知情实在有点难,好在他也觉得装模作样很好玩,强拉着我

们去吃东西。

"为这奇妙的相遇干杯!"老六在饭桌上不停朝我挤眉弄眼,举起西瓜汁和茵妙碰杯。对着她盘问各种问题,什么今年几岁啊念什么专业啊有什么兴趣爱好啦,一边问一边挑衅地看我。

这些问题的答案我早就知道,为了配合剧情我还得做出惊奇的表情来。一顿饭吃得辛苦异常,多亏了老六奋力报幕啊。

这一晚,我陪她到午夜。"你开心吗?"我问。

"开心。"茵妙是真的开心。每次她尽了兴就会很累,此刻满脸疲惫,下一秒似乎就要睡过去。

她靠在我的怀里,嘴里念着子夜歌。发尾的碎细轻挠我的脸颊。

我总说,茵妙不是这个世间的人,并不是说她多么出尘脱俗,她就是各种想法都特别古怪像是从小生长在观念不同的平行世界似的。

情境气氛醉人到极致,我脱口而出:"我会让你活在天上的。"尽力而为,我在心里默默补充着。

茵妙粲然一笑:"我记性很好,你说的我全都记得住。"

我说要让茵妙活在天上,并不是张口就来。可很快我就意识到,保有她天真恶毒的秉性实际上就是在纵容她的嚣张跋扈,长远说来还是不好。

这个承诺终究欠妥了。

我选了周五跟希璐开口。工作日时间衔接太紧,万一收不了场很麻烦。这件事情迫在眉睫,我不能再做鸵鸟了。

"我想跟你说件事。"我喊来希璐,自己拉开餐桌最远端的椅子坐下。

希璐见我郑重其事的模样,脸上闪过一抹慌乱,问我:"什么事?要紧吗?"我咬住下嘴唇,点点头。其实也就半个月,迟钝如她,应当还没发现我身上的变化,这种情况下开口我不知道是不是合适。

我坐在椅子上,耷拉着头,胳膊支在腿上。以往我陷入自我的困境中就会用这样的姿势找个封闭的地方。那段时间,认知上太过于漫长,我已经忘了每一次我是怎么样回家,怎么样继续投入工作。

9. 不许东风再动摇

前年我去医院精神科看病,医生给出了重度抑郁症的评估。这件事我没有跟希璐讲。许多事情由她起头,却不完全是她的责任。我不能让她背负不该背负的沉重。

和其他科室不同,精神科里进进出出的人衣着大多干净得体,没有病患和家属的交谈、哭泣、抱怨。楼道里过分安静,大家排队等候就诊,离开时步履细碎悄悄。感觉悲伤都徒劳。

医生问了几个问题,建议我吃药控制,我坐着不动也不吱声。几分钟后,我抬头问医生,药品是否有副作用,医生点点头。

我又问:"吃了药,就会好吗?"这次换医生沉默了。

我不死心,继续问:"如果不会好,为什么要吃药?请您跟我说句实话。"医生推了推眼镜,慢悠悠开口:"你现在这种情况,不吃药对你不利,可能会产生意外。"我垂下眼眸,讷讷不语,追问一句:"那到我这样程度,有完全恢复的先例吗?"

医生慢慢摇了摇头,一字一顿:"在我经手的病人里,你这样的程度,目前还没有完全恢复的。"他语气礼貌而疏离,我感觉有什么温度在逐渐失去,心在风里摇曳。

最后我遵从医嘱,开了几个疗程的药。

不得不说,服药确实有效果。但那段时间我的认知变得十分缓慢,反应速度和思维能力都下降了不少,经常懵懂着懵懂着一个下午就过去了。

我怕吃久了自己变成一个傻子,不顾医生的劝诫,私自停了药,对病情听之任之。去年开始景况稍稍好一些,是不是还有成分残留在我身体里,还是身体的防御机制开启,我也不知道。

为免刺激到希璐,我斟酌着语气一字一字地说:"我想跟你,先分居一段时间。"

说出分居的我,并没有因此而心安理得,我只是越发觉得自己卑鄙。白天的时候,子辉单独找我。他跟希璐关系不错,有时候希璐也会问问他我的事情。他问我是不是有什么情况,希璐一直找他旁敲侧击,说我最近改了各种账

号密码。

听到我讲出口是这样一句话,她手足无措,忧虑的神色浓得愈发化不开。

以往吵到不可开交的时候,彼此叫嚣离婚,甚至冷静下来商量离婚细节也是常有的事情。今天这样风平浪静地说分居,前所未有。

她克制地问我是不是做错了什么事情,她可以改正自己。我相信每次出现问题时,希璐要解决问题的诚心,可若她不觉得我觉得是问题的问题是问题,或压根意识不到呢?

我说是自己出了问题,没办法跟她相处了。

希璐对我的说辞十分不满。她提到去年阿凯去世的时候,就发现我有不对的地方,但她碍于对彼此私人空间的保护便没有问到底。

我听到"私人空间"这四个字,嗤笑一声。这大概又是希璐的闺蜜们教她的莫名其妙的夫妻相处之道。她永远本末倒置,愿意听那些女人说些可笑的想象出来的言论也不愿意听我自己讲。

阿凯是我的远房表哥,翻过年去也不过虚岁四十。去世前三个月发现了胃癌,病来得排山倒海,放化疗亦给得非常凶猛。可惜治疗无效,受尽了罪,火化时身体萎缩得不像一个成年男子。

他在发现得病以前,并不是一个生活不自制的人。不烟不酒,饮食也有规律,并不偏爱重口味和油腻荤腥。

当时我刚刚吃上抑郁症的药,副作用有些大,正在纠结是否继续服用。这件事对我触动很大,让我怀疑对一切疾病治疗的手段。

我不怕死,我怕死得不体面。

"你发现了却置之事外,倒不如没发现吧。"我说。

希璐听得急起来,音量也跟着升高:"从来都是这样,有困难了不跟我讲,事后要怪我关心不足!"

"我以前试过的。"我的声音比蚊子嗡嗡响不了多少。

"以前?五六年前了吧!"希璐沮丧地大叫,"你就是不信任我。"

我摇摇头,不说话。其实不是不信任她,是不信任自己能够信任她。这就

9. 不许东风再动摇

像狼来了的故事，创伤应激后的反应，是惯性。

再和她计较下去，真的好没劲。前年一次争吵，她把我初中就珍藏起的游戏软盘从窗口扔出去的时候，可能也把我最后的耐心一并扔走了吧。

于是我直奔主题，跟希璐讲了我去看医生的事情。蛮好笑的，她有时候会用我的医保卡和病历去给她妈开药，可我得病的事情，她竟然完全都不知道。看着她张大了嘴巴，那种无辜和震惊的样子，我不知道是该怪自己太作还是以前过于宠爱她。

"你等一下。"我起身，从上锁的床头柜里拿出了一沓纸递给她。三年前开始我就给自己上了商业保险，受益人写的是希璐，为防我哪天无法控制自己，让她老无所依。

"快到期了，今年我不想续了。"

希璐拿起这几份合同，细细读了起来。刚开始还问我几句。渐渐地，她不作声了。我自以为幽默地说："你知道，我不是个蠢货，自然有办法让事情符合赔款的条件。"

她看完，把几张纸叠整齐放到一旁。她盯着我的双眼，双手绞成别扭的形状："跟我一起生活，让你这么痛苦吗？"

说是就太残忍了，可我依然点了点头。在一场双方都筋疲力尽的婚姻里，如果双方都愿意装作什么都没发生过仿就是真的什么都没发生过。但终有一天幕布会被掀开，这些假装是徒劳。

她双唇微动，喃喃自语："你为什么没有早点说？"

我明白她不是在埋怨我，我们之间非要到直接撕开一切不可。

"我还想再问一下，是因为哪个女孩子吗？"希璐半晌开口，语带哽咽。

我摇摇头。

"我们还有机会吗？"她迟疑着开口。

我抿了抿唇，继续摇头。

"我明白了。"并没有预想中的腥风血雨，希璐平静简短地回答道。

原来有时候，是我以为她什么都不知道。我总以为希璐天真幼稚，是我小

看了她。或者说，是我高看了自己。

希璐肩膀一耸一耸，眼泪还是流了下来。我走到她身边，把手搁在她背上缓缓拍打，她一味地哭，是那种压抑的抽噎，越是忍耐越是无尽的心酸。希璐背过身来，抓着我的手，越抓越紧，指甲深深卡进我的手背。我没有把手抽回来，任由她用力。就这么僵持着，我的手几乎失去了知觉。

没一会儿，她轻飘飘地放开了，轻飘飘地抛出一句话："我们离婚吧。"

我没想到竟然是她先讲出这一句，一时不知道怎么回答。我本来以为，想迈出这一步必须要伤筋动骨，也做好万全的准备面对三人的局面，也许会血流成河，一地鸡毛。没想到她就这样说出来了。

我困惑地看了她一眼。好在结果是一样的，我很快释然了。从嗓子眼挤出一个"嗯"算是答应了。

也许是见我答应得也很快，她好不容易止住的眼泪又簌簌落下，语无伦次地解释她为什么会说离婚。

"不要分居，太难看了。你想走，我也不想再这样忍耐下去了。"

十年夫妻，我忍了她，她又何尝没忍我。

我按照早就想好的那样，对她说："所有的房子现金都给你，还有别的我没想到，你想要也可以提。你爸妈那里……"希璐手指戳到我唇边，让我噤声："够了，就这样吧。"

我有千头万绪按捺不住："我以前说要照顾你，还是没有做到。是我的错，希望你以后幸福。"往昔，我和希璐，似乎也有无话不谈的时光。她十年前不过二十五六，最好的岁月全数给了我。我没有力气和她重头来过，回想这十年，只剩心力交瘁。我想她也不愿再勉强，不然怎会抢先开口。

"你要是不信任我，我们可以找人做个见证。我不会赖你什么。"我打破沉默。

希璐脸上犹有未干的泪痕，她开口，嗓音沙哑："不必了。"

末了还是无言以对。我跟希璐就这么四目相对一直端坐到清晨，直到茵妙发来消息，询问我情况。

9. 不许东风再动摇

希璐站起来，问我要不要吃早餐。我强颜欢笑说想吃，她随便煎了鸡蛋培根，可能心不在焉，味道特别咸。

我让希璐在家好好休息，自己跑到洗手间打开冷水洗脸，强打起精神，跑去公司加班。

到了中午，心脏开始狂跳不止，合同上的每个字我都认识，组合在一起我却无法弄清楚它的意思。恐怕再撑下去就要猝死了。我去茵妙那里，想休息一下。没有提前知会，她开门的时候衣衫凌乱，一脸惊恐地看着蓬头垢面的我。

冲到她床上就躺下。

愚人节不是个好日子，我嘴里嘟嘟囔囔。

茵妙摸摸我的头："遇到我不好吗？"

我跟她说起，我刚参加工作那年，应该是03年。我和当时的老板一起去北京参加一个会议。去时是愚人节前夜，会议上的食物不干净，吃了的让你全中招了，上吐下泻。

我和老板也不例外，不过那会我年轻，拉了肚子就好了。老板惨点，本身就肠胃不好，折腾到后半夜，一个一米八几的大汉脸拉得面色惨白。

愚人节一大早，我扶他去医院。医生做了检查说是菌痢，发病时候具有高度传染性，要马上留院隔离。我去给他交费，走出医生办公室环顾四周，觉得气氛很怪。一个三甲医院好端端的怎么医生护士都穿着防护服，包得严严实实的。

说来也离奇，老板都病得半休克了，竟然也注意到了不寻常。朝我使了个眼色，他耗尽最后的力气，让我拽着他一阵风一样嗖地窜走了。刚跑到外头，老板就瘫在路边，像个行将就义的烈士一样抓着我的手说："何鸣，马上打车去机场，买一班最近的飞机，我回上海治疗。"

回头一望，这个医院名字叫地坛医院。

到了上海已经是晚上，把老板送进了医院。隔天起来，满城流言，说北京出了奇怪的病，到处死人。再没过多久，就不再是流言了。我们那天到的地坛医院，正是首先爆发的地方之一。

　　这次巧妙的躲避，让我很多年都对医院有着抵触感，也对愚人节有着难以说清的畏惧。加上去年愚人节，阿凯去了没多久。心情不好，也有此缘故。

　　"当时我差点就在北京就义了，你说愚人节好不好？总是跟我开玩笑。"茵妙把我的头搁在大腿上，拿出棉签帮我掏耳朵，动作舒缓轻柔。我舒服得眯起眼睛。

　　"但是你今年愚人节遇到了我呀，我从此会疼你。这个玩笑不好吗？"我放纵自己就这样沉沉睡去。

　　意识涣散的边界，听到茵妙幽幽哀叹："愿你我永无图穷匕见的那一天。"

　　随之而来的四月底，就是茵妙的生日。

　　她生在最温柔的季节，可她的性子一点也不像人间四月天。冷僻的时候，是冬天；火热的时候，是夏天；颓废的时候，是肃杀的秋天。她性情里唯独没有春。

　　茵妙并不是真的会什么巫术。我陪她又出去算了几次命，发现她看人很准，还掌握一些说话小技巧。靠这几样，搭配大多数人不知深浅的塔罗牌，扮演神婆高人易如反掌。

　　来找她算命的，年轻女孩子居多，感情问题居多。她一向是劝分不劝和，加上确实对痴痴怨怨有些见解，高姿态做得足足的，很有点看破红尘的意思。女孩子们都吃这套，奉她为情感专家，还是有法术傍身的那种。

　　我假意吹捧茵妙，向她取经。她果然吃这套，嘿嘿一笑，说出了自己的商业机密，冷读术啊懂不懂啊。

　　我很配合地装出一副恍然大悟的样子，促狭地刮了刮她的圆鼻头："所以你算出我有新邂逅，怕砸了招牌就亲自上阵？"

　　茵妙吃瘪，和我滚作一团。闹完了，她头发凌乱，坐起来跟我解释："塔罗在我眼里既不是玄妙的法器，也不是骗人的图画。你知不知道集体潜意识？"

　　我点点头。她继续说："我认为每个人自己都有预知能力，可惜人在红尘

9. 不许东风再动摇

中,总是被蒙蔽。测字龟甲和塔罗其实没什么不同,端看解读的人怎么说。"她说得有点意思,我坐直了想听她长篇大论。

茵妙轻轻揭过:"但是对于痴男怨女,冷读才是最有效的客户维护方法啊哈哈哈哈。"说着就问我陪她去杭州好不好。

有个杭州的妹子失恋了,哭着喊着要茵妙去杭州为她的爱情卜一卦,她包路费。刚好周末,我们干脆去杭州玩。

去的路上,茵妙不堪妹子祥林嫂一般重复来重复去的倾诉,叹气:"我只能帮她的爱情凭一吊。"茵妙讲,这些失恋的妹子大都不是诚心问占,是想别人肯定她们的想法,基本上听不进不同意见。故此安慰加顺意才是上策。

"把我当成了廉价、亲切又仿佛有神秘力量的心理咨询师了。"她啧啧嘴。

安抚好情伤妹子已是下午,我们入住了能看到西湖的酒店。

窗户大开着。风凉软,柳垂条,我俯在她的肩膀上,深深吻了下去,茵妙发出悦耳的嘤咛。她头发披散,衣带宽解,在雪白宽大漫无边际的床榻里,眯起了眼睛。我回想上午的事,问她:"你是不是对爱情从没有痴怨的时候?"

她摇摇头,长发跟着晃动起来,在肩背上摩擦,发出细细密密的声响:"我的执迷,比一般人还可怕。"眼神慢慢飘远,我知道她想起了许多故事,求而不得轮回不停,个中滋味只能叫我更心疼她。擒住她的手,被柔暖的春风吹得冰凉,我厮磨着她圆圆小小的耳廓对她絮说。

"昔日章台舞细腰,任君攀折嫩枝条。而今写入丹青里,不许东风再动摇。"

她回神,跟着一字一字吟哦,尖尖的指尖攀缘我腰际,刮破了皮肉。她的笑声尖细,无尽的狡黠和快活。

"不许东风再动摇。"

"不许……"

我把她拆散,再糅合起来。听她奶猫似的轻哼,在我的心头一下一下搔得人愈痒,如何能顾忌她将破碎湮灭。我一只脚陷入泥淖,一只脚悬在云端,她

如露如电地来了,颠得我苦海沉浮,不能自拔。

我不自觉地吻她,进入她,掌控她,撕心裂肺般媾和。那刹那是天地玄黄,宇宙洪荒。有咆哮的龙战死于荒野,似有泼天血雨落在她身。

恍恍然她赤身露体,遍染腥红,笑得艳烈,又似害羞。

"我要你再不寂寞。"她唇角牵动,喃喃。

五月初,我十年来的全部家当,变成一个纸箱子。比茵妙从暂居的前男友那带出来的更少。衣服没有几件,有点旧书旧CD,一些电子产品。

我让茵妙从老六的房子里搬出来,和她一起租了一套靠近公司的老公寓。

我最后看了一眼我跟希璐一起住了五年的小区,雪白青灰的高楼,我仰得脖子都疼了,才找到那一排窗口。中午的太阳直射玻璃墙面,打碎的点点光斑晃得我睁不开眼。这是我们婚后换的第二套房子,地段物业户型上佳,她说喜欢我就直接拍板买了。

阿温来帮我们搬家,收拾得差不多了,我们在门口的面馆随便吃点。茵妙心情不错,脸上拂过一阵阵和煦的春风,终于开始有胃口了。点了腰花面又加了两份腰花浇头,准备再到对面买一杯奶茶。

趁她起身去,我快速对阿温说。

"我不知道是该感谢你还是怎么样,没有你穿心的几句话,我跟茵妙也许不会走到这一步。至少不会这么快。"

阿温表情讪讪:"你知道了啊。"他整肃神情说:"不管怎么样,茵妙是我的好朋友,我希望你能对她好。"我点点头。他又补充一句:"茵妙是女孩子,如果乱发脾气,你也要多包容。"

这话说得有意思,我能看出来茵妙绝不是温驯的性格,很容易暴躁。难道程度远超我的想象,值得阿温特别提醒?我想追问,茵妙正摞着三杯奶茶,大剌剌走了进来,把饮料往桌上一甩:"原味、咖啡味、双倍牛奶,自己选吧。"我跟阿温愣神看她,她眼睛也瞪圆了,怒道:"干嘛看我?"

阿温赶紧拿起一杯奶茶海喝起来。我唬了一跳,有样学样拿起奶茶一边喝一边挡住脸。我怎么有种感觉,从阿温身上看到了我将来妻管严的影子,我心

9. 不许东风再动摇

里竟然没有一点不高兴，这么邪门？

晚上，阿温帮我们装好电脑铺了床就走了。我坐在客厅的中央看着天花板发呆，这个客厅的面积和我原来家的厕所差不多大。没窗户透光，给人以压抑逼仄感。

默默点燃一根烟，我现在是个一无所有的男人了，可我还有责任。我背着一个很重的包，手足无措，不知道下一步该怎么走。

依靠自己。总是要靠自己的。那已经是三十年前了。

"明天就去建材店，给你切几块最漂亮的。"母亲给了二年级的儿子极大的安慰。我鼓起很大勇气才开的口。从小受到的教育，就是一切都要依靠自己。

班主任布置一个课外任务，同学都要带裁好的细长玻璃，手工课用。在经过三天的等待以后，我比往常更盼望晚归的父母。爸爸是行长，妈妈是另一个银行的副行长，我已经习惯了这样的等待。听到开门收伞的声音，趴在桌前的我感到心花怒放。

"对不起啊儿子，今天太晚了。妈妈没有来得及去买。"

"没什么对不起的。"父亲皱起眉，露出严肃的神情。"功课需要的东西，难道不应该靠自己准备吗。"

我站在那里，八岁的我又矮又瘦，满脸倔强和落寞，不知道如何应对。手足无措，又挺直着腰板，像杆空拉的弹弓。

"儿子还小，准备不了这个。"母亲推开窗看着外面。"可是，今天实在太晚了。"

"楼下就有人装修，你可以沿着墙根找一找。"父亲对我一贯苛刻，希望自己的年幼的儿子就认识到，世间是毫不留情的，人生是艰难的，想依赖旁人，或不够坚强，所有希望都会熄灭。

我还是没动。坚定地和父亲对视着，他的眼神，像看严峻失职的下属。直到他动手把我推出去。

秋天落了几场雨，凉得透心。没有灯，也没有带伞。四周充斥着伤心，锈

迹斑斑的转车、雨里泛出暗灰色的白扦和紫椴、嘈叫的鹎，班主任走来衣摆的窸窣。

这样应该会生病，或者楼上掉下什么东西砸到我就好了，如果我去江边被水卷走，都可以不用去手工课。我一边在靠近建筑的泥里挖一边想，真的找到了一些玻璃。碎成很小的一块块。

我讲过给茵妙听，她静静听完，眼中泛红，面上尽是泪痕。

"我会对你好的。"

当时在吃饭，提到小时候的事情，讲个故事给茵妙听，她的反应让我很意外。也许我原本那些稳重，可能出于父母严厉的训育，出于我不想叫别人看穿的目的，出于强烈的自信自傲。

我越来越多露出孩子气在茵妙面前，我不怕在她面前出丑。

在很漫长的时间里，我跟自己打仗。

现在那个在垃圾场捡玻璃的小孩已经越来越少出现在我心中。甚至高考失利后我反复做回到紧张焦虑考场中的梦，我也渐渐忘记上一次是什么时候了。

以后会怎么样？我不去想。她说求一刻心安，我何不也关掉眼睛、耳朵，陪她多久算多久。

听说男人从二十五岁以后，就不再变得成熟。我也是这么认为的。但我忽然有一种感觉，我在重新学习成熟与被爱。我由衷感谢她。

我们并肩躺着，她热乎乎的脸蛋贴在我的肩头。她只有脸蛋和胸口是一直温暖的。轻刮她鼻头："我高中快毕业了，你才刚出生。"

她掐着指头算一算："我读小学的时候，你都工作了。"举起拳头捶我胸口："竟然连小学生也不放过！禽兽！"

我们只管嘻嘻哈哈，直到茵妙肚子发出了咕咕声。我从床上爬起来，准备做几道拿手的本帮菜给她吃，虾子乌参和腌笃鲜。厨房很小但应有尽有，足够我施展了。

我们一起去超市买菜。走过冷藏区，我计上心来。

"哎，我们俩打个赌吧。"我叫住径直走过去的茵妙。

9. 不许东风再动摇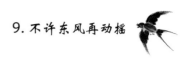

"赌什么？"

"赌我能一口气喝完这盒牛奶。"我随手一指。

"怎么可能？这是1.5升的哎。一口气喝完会从鼻孔里喷出来的。"茵妙拿起那盒牛奶比画比画，"一口不换气吗？"

"当然了。你赌不赌呢？"

茵妙摩拳擦掌，一副胜券在握的样子："赌！这不可能的，赌注是什么？"

我意味深长地一笑："你输了的话，拿你学生时期的照片给我看。我输了就给你看咯。"

忘记跟她讲一件事，我打赌从来没输过，因为我只在确定自己会赢的情况下打赌。结完账，我从塑料袋里捞出那盒1.5升装的房子牛奶，在茵妙志得意满的神情前，咕嘟咕嘟，咕嘟咕嘟，耸动了几十下喉咙把牛奶喝干了。

茵妙目瞪口呆，半天回不过神，舔舔舌头表示愿赌服输。

我哈哈大笑："你知道人是不可能一口气吃五片面包的吗？"

"不知道，为什么？"

"原理我也不清楚，但这是真的。不信你可以试试。"

"我有一次和人就赌这个，不过后来我赢了。"

"怎么赢的？"

"以后再告诉你，现在先给我看你的照片。"

茵妙翻着白眼，叫嚣着你别后悔，翻出了几张老照片。

她小时候真是丑，我有点后悔打这个赌了。

周五，我早退跟茵妙去外地玩。两个人是浪了几天，又吃又买。

回来的时候，俩人大包小包出现在了火车站。"这么多东西怎么拿回去啊？"茵妙问。我上火车的时候就跟老六讲好了接车顺便吃夜宵，拍拍她肩膀示意她宽心。

老六戴着个墨镜雄赳赳气昂昂地来了，看到我身边站着茵妙，拉下墨镜向我挑挑眉毛，他不开口我都能感觉到那种油腔滑调。他脸上挂着殷勤的笑，一

把夺过茵妙手中的袋子朝停车场走去:"我来我来,我今天是司机,还是电灯泡。"我赶忙跟上摇头晃脑的老六。

初夏是龙虾店的主场,我们坐下来,先扯几句闲天。老六把话题引到公司去了,他最近遇到点烦心事,咨询一下我的意见。茵妙插不上话,一手握着我的手机,一手捉住我的拇指在指纹锁上刷了一下,玩起我的手机来。

我跟老六谈正经事,也就没管她。她不知有心还是无意碰到了杯子,砰的一声,紧接着头也不抬抛出一句:"你怎么还在跟她联系?"一副兴师问罪的样子。我一时有些懵,我不知道茵妙这个"她"是在讲谁,但现在这个不是重点。

老六闻言抬头看了我一眼。我在桌下拉扯了一把茵妙,示意她回去再说。她虽然没有继续追问,可还是皱着眉头继续检阅我的手机。

血往脑门上冲,我一把扯落手机塞回自己的口袋。

她重重喘一口气,没有预想中站起来大喊大叫或者扔东西,而是冷笑一声,紧接着叫来烧酒,开始猛喝一气,眼泪一滴一滴掉在餐盘里。

整张桌子的气压低得喘不过气,老六莫名其妙,不知道该说些什么调节气氛,只能举起一个巨大的小龙虾埋头苦吃起来。

我懒得理会茵妙的无理取闹,装作什么也没发生过继续前面跟老六未讲完的话。

回到家,我在沙发上坐下,想跟她讲明白道理,顺便把这一篇就翻过去了。

"我觉得你那样做很不给我面子,丢人。"

茵妙冷笑:"你们物化女性到了这种地步,真是世所罕见。"

我被她气得不行:"怎么这样胡搅蛮缠?我什么时候不尊重女性物化女性了?而且这个们字是什么意思,你把老六也骂进去了咯?"

"那好,为什么你会觉得我翻你手机质问你是一件没面子的事?是因为你们这个圈子里女性都是男人的附属品,对男人的私生活没资格指手画脚是吧?"

9. 不许东风再动摇

我讨厌茵妙这个样子，把物化女性之类的词挂在嘴边，她明明不是一个女权主义者，严格地说，她的价值观和女权主义背道而驰。可她总有一种自信，讲起歪理来，把所有人都当作白痴，她看起来的强势和自信，也只能停留在表面上。真正骄傲的人并不是这样的。平和的时候，我能理解茵妙的色厉内荏，一个女孩子，如果从一开始就选择低头，就可以顺理成章的温柔下去。茵妙选择倔强的梗着脖子，那她就永远只能选择倔强到底。无关道理，无关原则，只关于融入。她心里藏着耿直的黑天鹅，倔强地疲惫地不肯罢休地梗着脖子。每次吵架，茵妙都会这样用力挺直了背脊，让迸发的倔强把她的身体变成一个动量中的弹簧。可气又可笑。

"本来翻看我手机就不是一件很礼貌很尊重我的事情，我无所谓，给你看，可你不能当我朋友的面让我下不来台吧。"

"你没做错？"

"那好，我把她拉黑！我财产移交不移交了？手续办不办了？"

我站起身狠狠套外套，作势要走。

茵妙要赖功夫一绝，连滚带爬轱辘到我身边，一边抱住我的手和脚。

"你干什么？"我使劲甩她。

茵妙嘴里呜呜啊啊的就是不放手，撒泼打滚。我被她的样子逗乐了，忍不住做了个滑稽的表情。这一笑，气氛破了冰。她爬起来抱住我，轻轻晃动着身体："不许走。"

"嗯，以后别这样了。"

但是她很快又"这样"了。

下班，我去接她吃商量好的螺蛳粉。

其实我一点也不喜欢吃螺蛳粉，所有米粉类汤汤水水的东西我都不感冒。但是茵妙喜欢吃热得烫口的米粉，我几乎把所有听过名字的米粉全部跟她吃了个遍。

临下班，我被小唐临时塞过来的一堆文件绊住了。接上茵妙时迟了一个钟头，结果赶到螺蛳粉店的时候，已经关门了。店伙计站在茵妙身边搓着手，心

里想着下班,满脸焦急欲言又止。

茵妙翻脸的速度快过闪电,立刻就耷拉着脸不高兴了,蹦出一句:"叫你早点,你看,关门了吧!"

我说:"我已经尽我能力快了,出门前突然有工作也不是我想的呀。"

茵妙突然露出微笑,把头歪了歪,像是在思考,用耳语般的音量说:"工作?"猛地跳起,把店里的椅子狠狠推倒在地上,发出令人侧目的巨响。她带着笑用手边的东西砸着桌子忽然厉声叫嚷:"你的意思是,我没有你工作重要是吧?"想在保持笑容的时候发出这么大的噪音,还要装的怡然自得,让茵妙原本就不算美貌的面容变得更扭曲。

我知道她为什么嘴角下垂眉眼凌冽了,相由心生。

我倚门站在店门口,看着茵妙表演。像在看一个没有生命的东西,一滩淤泥,一块腊肉,一只在暗处墙角梳理触须的小蠊。她在折磨伴侣的时候,技巧和天赋的高度是希璐无法触及的。我心里明白,她在感情中受过伤害,她所有剧烈的挣扎,和施与对方的折磨,都是通往与过去相同关系的快车道,无尽的互相折磨的关系。如果换成别人,她注定能获得成功,把我们的关系敲敲打打肆意揉捏,再复制成她过去每段感情的一份新拷贝。茵妙一切的演出只有唯一主题:"我再也不愿意重复过去那样可怕的恋爱了。"

茵妙在心中这样劝解自己时,不是警醒也并非试图改变,仅仅是巨大的恐惧,这个恐惧改变了她的行为,而她的行为是一个诅咒,再把她推回到那个恐怖的境地。这是茵妙真正的恐惧,是那种相互背叛毫无信任的感情,是她能得到的最顺理成章的结局,不论逃避还是反抗,最顺理成章的结局。她已经准备好一切了,去迎接这个结局。现在只差让这个结局发生在我身上了。

我走进螺蛳粉店旁边的一家还在营业的热炒,点了几个菜,告诉她我现在要吃饭了,她想吃就坐下来。

她坐下来,又开始默默流泪,不肯吃一口。

我们就这样沉默着回到家,沉默着洗漱,沉默着上了床。床不大,她和我背靠背,稍微动一下就能感觉到身体的温度。

9. 不许东风再动摇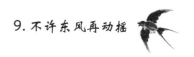

我攥紧被子,心里冲动,想把她肩膀捏碎揉进身体里。

茵妙在我身后翻来覆去,一个转身,脚踢到了我小腿。装腔作势,我心想。

我腿一错,夹住她的脚。她的小脚状若无意地滑过我的胫骨,皮肤像被电了一下,我还是把她卷进了怀里。

过了一会,我坐起来,好好跟她讲道理。这世界上,多的是相爱却不能一起生活的人。

我不想有一天,我与茵妙也走上我与希璐的结局。

我们到现在相识两个月余,忠诚与相知从不是我们的问题。我们迈过了大多数情侣迈不过去的那一步。

但打垮大多数情侣的相处,仍然是我们的最大问题。

可是她幽幽一句。

"你说,我是不是偷了别人的幸福?"

我活了半辈子,都没见过比茵妙更喜欢装腔作势,给自己找借口的人。

虽然离开希璐不是因为茵妙,但此时离开希璐,确是因为她。这点,他们彼此心里都清楚。此前我郑重其事地告诉茵妙别做此想,无非是不想让这份感情承受过多的负担。

偏偏茵妙要说出口,得了便宜还卖乖,还老趁我们置气的时候说。

年轻女孩价值观不稳定,很有可能一夕之间曾经珍视的感情就不再算数。我害怕,可能真的是老了。

我不能回答她这个问题,不是我答不出,我觉得茵妙在作弄我。

我觉得被她骗了。

以往总喜欢她做什么都理直气壮,总觉得她孩子脾气。

她并不是心里坦荡,她就是三观不正,做了坏事也不觉得自己错。

可她总有道理。

我跟希璐的财产交割手续复杂,一时半会并没能领下离婚证。茵妙总觉得我在敷衍她,在这件事结束以前,她总是用各种方式旁敲侧击、指桑骂槐。

我知道她非常骄傲,不能容忍自己的不合法身份。心里不安全感炽盛,最近频繁的争吵会让她害怕关系有变动。另一方面,这也是每次吵架她的护身符。

不论她做错了什么,只要扯出这件事来一说,这件事我有愧于她。

这件事我真的没想骗她。哪怕有天茵妙不跟我在一起,我也不会回到希璐的身边,回去的话那叫什么事啊。对每一段感情,我做不到最好,也希望最后尽量体面。

对曾在一起的人,祝福和尊重。许多前任至今跟我关系不错,有急事也会求助于我。

茵妙对我的这一点嗤之以鼻,在她的眼里,分手后做朋友简直天方夜谭。她很骄傲地跟我讲过她怎么用那些幼稚胡闹的手段去整她口中的渣男前男友。

说起胡搅蛮缠,茵妙真是我认识人里的第一名。

我对她盖棺论定:"你太不尊重别人了,你从来没有在乎过身边人的感受。是不是在你眼里只有你是人其他人都是狗?你可以随便伤害他人。"

"请你不要被迫害妄想症了好么,我只是怎么想就怎么讲,你为什么总是觉得我在针对你伤害你激怒你?"

我怒极反笑:"你的语气,你的姿态难道不是在表达这个意思吗?你一直以来都看不起别人。"

我转身不再看她:"你难道不觉得自己活在真空里吗?"

"可是是你答应过,会让我活在天上的。"身后传来虚弱的声音。

我所有的话哽在喉咙里:"我承诺过,我答应你的每一件事都努力去做了,可总有做不到的时候。"

一晌无言。

这是我头一次想要退缩,第一次没有下班就立即回到我们的家,第一次想要去整理我们感情的千头万绪,去谈一谈值不值得。

我对着汽车中控无声地大喊,你居然还以为这个世界上存在一个女孩子,在爱上她之后还能让你感到轻松。你明明早就他妈知道,轻松的爱情除非是你

9. 不许东风再动摇

根本不爱她。至少不该那么爱她。

她拍毕业照那天，我如约去了。看着她穿着学士服，踩着高跟鞋意气风发的样子，谁能想象到她私下是那么不上进？

我总是跟她说，她得到什么都太容易了，她拿到了这么好的工作offer，有父母努力和她投机的结果，可她认为是自己努力得来的。偏偏她还要端那么高，装作毫不在意的样子。可能她觉得这样可以把自己和别人区别开来，高高挂起，很优越吧。

以前她身上各种矛盾的元素一直让我着迷，我观察她，像翻一本书。打开一页就是新的世界。

可她这本书太嘈杂了，我招架不住了。

后来的一小段日子，她找到了新的消遣方式，一款新上市的女孩玩的养成游戏。玩家在其中扮演一个美少女，可以装扮化妆，布置自己的房间。她沉迷其中，这么浪费着时间。

阿温又带她去桌游店玩杀人游戏，和一群不认识的人。她每日里花枝招展地去，回来的时候脸上总挂着满足的笑容。

我不喜欢去桌游店，是因为看那几个每每都在的卢瑟。想必他们的青春里，也充斥了随心所欲和迟到早退，狼人杀才是不变的日常。桌游店就像棋牌室的新手本，烟氲里年轻的笑声里一股令人作呕的老人臭。

为了让茵妙摆脱浪费青春无病呻吟的状态，我给她安排了点活，又给她讲了我发小的故事。

二十岁的时候，宋宇喜欢上了一个学妹。那时候我们仗着年轻，总觉得未来是乘风破浪，丝毫不害怕老人口中的"社会"，更不觉得有一天会对岁月低头。

宋宇高考数学满分，轻松进了思平大学的建筑系。他浑身腱子肉，跆拳道黑带，在曲阳文化宫门口单挑一群混混，一脚劈碎一地砖头。他和学妹理所当然地走到了一起，金童玉女。两人感情一直顺遂，直到宋宇快要毕业了。

学妹家里是做房地产的，安排宋宇去思平大学自己的建筑院实习。实习期

的工作听起来很不堪。宋宇负责沟通蹲在空调房里的设计师和工地包工头,他风里来雨里去,戴着安全帽,却全然不做他想象中在办公室挥斥方遒出方案的工作。半个月下来,宋宇的手粗糙得像建筑工人,一腔所学毫无用武之地。

他跟我抱怨,我只能安慰他凡事循序渐进,建筑师总要对工地有所了解。可他心里满腔怨气无法平复。

学妹知道了,把一个纸箱的图纸砸到他头上,说院里学长都在做的事情偏生宋宇做不了,还埋怨她把他放到了这样一个单位。

她浑身发抖,流着大颗大颗的眼泪:"你现在就是一个废物,每次遇到问题就来责怪我。知道我爸爸是怎么看待你吗?你这个白眼狼!"

宋宇恶狠狠地让学妹滚,他发誓再也不要受大建筑院的闲气,他决定自己去考证去接活,用自己的能力站起来。

一年后他说自己过得不太好,托我问我爸,能不能介绍点活给他。又过了一年,他小心翼翼地问我,都说互联网发展好,他想要转行。我陆续介绍了几份工作给他,都做不多久他就辞了。

"安排给我的工作太低端了。"

我说是啊。

"工资也太低了。"

我说是啊。

"我也许不适合给人打工了。我要自己做老板。"

我说加油,试试看。

到今天,他那家公司还在。始终都只有他一个固定员工。虽然是一个已经被生活打趴下的男人。但宋宇依然还是我最好的朋友之一。过得也并没有太不堪,只是和绝大多数的,九成九的上海本地人一样。

人的一生,未来还未剪辑,过去的都是黑白的默片。纵有再多不服,它都会用你的逃避反过来掐住你的脖子。我没有再问过他有没有后悔。

很多时候,我连自己都会后悔。我后悔过不坐享长辈的荫庇。我在一锤一锤地凿沉自己的船,再试着用一手血泡为茵妙扎艘舢板。

9. 不许东风再动摇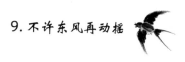

我不敢去想自己会不会后悔。

她会放弃说她跑不起来，所以不愿意走。她说这些事根本不开心也没有成就感。她说自己怕失了心性就只能逃跑。她说大学以来一直被欺负。

这个世界从不在乎谁逃避的借口和逃避的感受。逃避的海底全是尸骨，登顶的也会倾诉登山的苦。

可她并没有听进去多少。

至少她不天天叫天天绝望了，我们也不吵架了，算相安无事。

熬到她上班就好了吧，等她被社会狠狠磨砺过，她自然就上进了。我天真地想着。

没想到等来一个，意外的结果。

今天不用加班，我买了点茵妙喜欢吃的糟卤，又拎了只日本蜜瓜，兴冲冲地回家。推开门满以为她不是在玩手机游戏，就是在睡大觉，没想到她正在客厅里坐着，目光呆滞。

我把吃的往她面前堆，茵妙没有像以前那样。

茵妙歪在我的怀里，眼角一滴泪慢慢划出眼眶。

"爸妈叫我去国外念书。"

这个消息仿佛平地惊雷，我一时不知道该说什么，做什么表情。

只是一瞬间，就看到未来的画面，我请假出国去看茵妙。是红眼航班降落后，机场通道外惨白色的路灯，门口停着黄色的出租车，车灯上的单词看不真切，不知道是否在等人，我远远地走过去，走在路灯照不到的地面，脚下一片黑。我茫然的左顾右盼，不知道茵妙是会从出租车后座伸出小脑袋和我打招呼，还是从侧边藏着的角落里欢乐地蹦出来紧紧抱着我，还是心事重重欲言又止……或者是根本不会出现。

我读大学的时候，有一个去德国留学的女朋友，出国留学没有分手的情侣，就像各自守着一个星系。彼此之间的距离越来越远，仿佛在用时间去赌谁先说出那句话。上面的四个场景，都是我经历过的。因此我自己一直排斥出国读书或是移民，可茵妙过去明明也是。

　　出国念书，对于茵妙这个年纪的人来说是再正常不过的事情。她家有这个条件送她去念书，尤其在我现在的年龄来看，茵妙又是那么年轻，她的未来还很精彩。

　　我斟酌着说："如果你出国念书，那么我们未来在一起的机会很小。"

　　茵妙一听就急了："为什么？凭什么？你怎么就这么消极？我又不是不回来！"

　　当一个人尝试了很多次分离以后，无论是谁先决定离开谁，都会很容易在话语中听到永别的意味。

　　她越说越气，接着就开始指责我不挽留，威胁她不允许她有好的发展。

　　你看，明明还没做决定，只是在考虑某种可能性。茵妙身上已经开始散发一种陌生的气息。可能是我敏感，父母在我小的时候，经常就出差去很远的地方，出远门回来的人身上就会有这股味道，这让我不安。

　　我试图平心静气和她沟通："我只是在分析。毕竟你现在还小，去了国外变化很大。"

　　她抓起一个杯子就砸在茶几上，开始抱着键盘恸哭失声。

　　我感觉得到我的肩膀在发抖，抖动的速度和我加速的心跳合拍。

　　和茵妙在一起的日子已经很久了，我感受得到，过去的激情的确已经消散了大半。庸常生活总是会在我心力交瘁的时候，突如其来地增加新的变故和磨难，敲打你。别说幸福，连活着这件事，都是那么没意思。我忽然想起了希璐，在各个方面，茵妙都比不上希璐，而且差得很远，我不由得被自己的念头吓了一跳。

　　我很艰难地站起来，跪在地上捡起杯子和碎玻璃，用纸巾吸干地上的水。慢慢走到厨房，小心翼翼地拉开抽屉，从密封的纸袋里拿出模具。在锅里打了个荷包蛋，滚烫的油溅了一滴出来，在我手上，我感激这种让我分心的疼痛。刚刚认得茵妙的时候，她问我，你那么会烧菜，会烧心形的荷包蛋吗？我说当然会啊，好厨子都会。茵妙眼睛里闪烁着欢喜的光芒摇着我的手，求我烧一个给她。我当时就在厨房这个位置，那是夏天，我俯下身子，用手背轻轻触碰她

9. 不许东风再动摇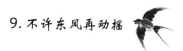

粉嘟嘟的小腿，一寸寸撩起她白色的小裙子，用指尖感受她的颤动和濡湿，之后扛起她进了卧室。并不是我情难自已，我就是为了给自己留出时间，好去买一个心形荷包蛋的模具。

蛋清在高温的油里颠簸，像喷歪了的植物奶油渗开去，又被模具准确的切断。我用锅铲轻轻推动模具，让心形的荷包蛋更平整。我一直隐瞒我用模具的这件事，让她相信心形的荷包蛋，是我精确的，魔术般的手法空手造就的。这其实是我和她共同的秘密，其实以茵妙的聪明，她一定早就知道了。

我煎好第三个荷包蛋的时候，我知道，自己挺过去了。每一次激烈的冲突，都是在我千疮百孔的情绪上划出巨大的伤口。挺过去对我而言，是在冲突之后表现出毫不在乎的样子。我就是这样一次次咬碎了牙，屏住全身的力气，等到表面上的平和到来。即使是希璐也不会这样对我的，我的念头又飘到了这个禁区。这一瞬间，我意识到了另一件事，我从来没有在女人面前这样努力地隐忍，去等到我提到的那种表面的平和到来。我意识到爱情最让人恐惧的地方，不是激情褪去之后的庸常生活，也不是失去自己的脾性和做人的准则。爱情最让人恐惧的地方，是它真的能让你忘记了自己的荣辱和尊严。就像我现在这样。

你比不上希璐，是，你比不上很多人，我不用再害怕自己的念头，再去触及这一点了。

因为只有你，是我不能失去的。

茵妙没有放弃留学的可能性，她退了一步，说趁着这个机会好好进修语言。且不论最后的决定，她毕竟是快毕业了。

离开上海之前的一段时间，她开始比往常频繁地寻找争吵的话题。仿佛争吵才能确认彼此在那里。

我想把她的嘴缝上或者撕破，嘴巴是她脸上最美的一部分，可总是发出那么刺耳聒噪的声音。

我以前就跟茵妙说过，我是一个庸俗的成年人，我以为爱和生活是两码事。大多数的感情，不说没有感情在一起的那些，都是被生活中的小事打

败的。

父母拆散不了的,异地拆散不了的,穷困和疾病都拆散不了的,那些真正的感情,最后不能在一起,都是被小事打败的。小事遍布在恋爱过程的每一个角落,像流感季节的病菌,又多又密,缠绵反复。

茵妙在找茬吵架和寻找相互折磨这两件事上,算得上天赋异禀。她总能像急性肠胃炎的便意一样不分场合地找到我吵架,在每个瞬间化玉帛为干戈。上班的时候,她寻我吵架。

"这里不是我的世界。"

"我们约好的,不管怎么吵架,你都不会不理我。"

"你为什么不跟我讲话?"

"你为什么不跟我讲话?"

"你为什么不跟我讲话?"

屏幕上一条一条跳着。

"你别回来了,记得履行你的诺言。我要去白鹅山养花。"

我只能刻意晚归,尽量在她睡着之后到家,像过去那样。她睡着的样子真好看,只有睡着的时候,她的嘴巴不会说出那些恶毒的话。她是我见过脾气最坏的女生,她的嘴像是被诅咒过。如果她是一个哑巴就好了,我沮丧地想着,那样会不会更幸福。

我靠在床头,只剩心累。

与希璐的十年磨折,也未曾有一次这样叫我筋疲力尽。我曾经欣喜于和茵妙在一起后我好转的睡眠。如今我怀疑并不是茵妙的出现治疗了我的睡眠,而是她用另一种方式把我搞得疲惫不已,我为了自我保护才恢复了睡眠功能。

我厌倦了茵妙再拿活不活死不死来威胁我。我真的怕她养成一哭二闹三上吊的习惯以后,哪一次,万一真的我心硬到底了,她等不来我夺她的刀。以她的性格会不会觉得下不来台,怒从心底起直接就了结了自己?我不敢想。

我想起了刚认识茵妙时,我做的那个梦。有些话我们从来不敢说出口,怕的就是一语成谶。可她总是无所谓,使劲挥霍着,我的苦心显得像尘土。

9. 不许东风再动摇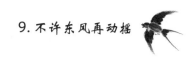

一开始，我还在争吵中中计算着日子。

茵妙就要走了。和离别有关的事，心里明白，和清清楚楚地摆在眼前，是不一样的。

她拖着行李箱，在门口驻足，回头望我，眼神如月溶水中。我觉得她整个人都湿漉漉的。"要走了。"她说。

我嗯了一声，坐在沙发上呆呆看她。

"我要走了！"她提高音量，再说了一遍。茵妙在等我开口，或者直接到她身边，揽她入怀也好，挽留也好。我心里无数次地想这样做，可是脚有千万斤那么沉重。

没有等到我开口，茵妙控制不住情绪，开口似骂似怨。

"你永远是这样，永远那么高高在上，你从来都不肯俯身的。"

"……"

"我不想再过这样的日子了。"茵妙说。

"你如果嫌我误你，你可以说。"我看着她，言不由衷。

"你以前答应过，会让我一直活在天上。"茵妙的声音、眼神都带着怨怼。我很想说点什么来打破局面，但舌头苦得我发麻。许诺过的事情太多，能做到的却太少。

茵妙大笑凄惨，扶着箱子摔门而出。

我留住她一天，两天，可我不能长留她在身边。如果我强留她，我怕她以后后悔了，怨恨我。

我起身跟住她，送她去机场。

我嘴里说再见，她没有回头，我心里想着，这就是诀别了。

我想起第一次去机场接她，同样是这个机场。

我站在斜侧面，远远看着到达口。虹桥四通八达的落地透明设计。让有意藏匿的人方便观察，却没有那么容易被等候者察觉。一直到她身后，茵妙都呆呆站着，只是出神，并没有回头。

"让你久等了。"我轻轻拍了拍，见她回过身来。微微鞠躬说。

燕归集

　　茵妙转身的时候，正好在一个射灯底下，两层半高的顶，光都打在她脸上，仿佛在舞台中央。通透近乎玻璃的大理石地面，打散的光被切碎，变成更小的光源，亮晶晶地细细地在她眼里闪着，映着我的脸一起。没发现，我已经靠茵妙那么近。

　　她脸红到通透，像火烧云映进湖里的倒影。眼里闪动像还有眼泪，几乎快要哭出来了。嘴唇动了动，似乎马上要说出要紧的话。鼻息哈在我脸上，像是从她身体深处，有不断涌出的委屈。像是想问你来做什么。像是想问你怎么才来。经过的人，有察觉出我们的异样，转头来看。最后目光都停在了她身上。当时我还想，茵妙，你怎么生得这么好看。为什么让我遇上你。如果我得到你，我又会在什么时候，怎样失去你。还是笑吟吟地望着，把她手里的东西陆续接过来。箱子被轻轻放在地上。

　　那是我们刚刚相识不久，四月头上，天气还有些凉。茵妙穿得单薄，捏住自己的短袄的手指微微发颤。我伸手接过来，嗅了嗅并没有闻到烟味。微微蹙眉想了想。大概这件要我送去干洗的衣服，像极了衬衫口袋那袋小包的瓜子。

　　茵妙讲过许多发生在她身上的故事。这样的年纪还不够明白，即使不用那些笨拙的少女心机，也能轻易得到所有想得到的东西。天使和恶魔都偏袒你。像生猛的野火，作势欲扑，便能席卷一切，这是上苍给的恩赐；但降的罪，是让你艰难守护。手中每每剩一握余温未烬的灰。那比得不到更难过。每次都以为这出折子戏会是鹊踏枝；唱响的却是终身误。

　　当时边脱着自己的长外套说："得快点去吃些东西，我想带你去的地方可要关门了。"见她略略一愣，就强扳着她的肩披上，她像是被烫到般抖了下。这件衣服在她身上几乎及膝，偏又合适极了。"才几天你又瘦了。"我问，"不是说老家烧的饭，特别合你胃口？"

　　继续在茵妙的肩两侧整理身后的帽子，茵妙慢慢露出温柔的神色，我直视她潋滟的双眼，她羞涩顾盼然后垂下眼盯着脚尖，或许是想起来单眼皮垂头顺目不够好看，索性连眼睛也闭了起来。我还记得，想当初——这当初也不过是再前几日的初见，她不止一次瞪着眼睛死死盯着我，像是要把我逼退，少有女

9. 不许东风再动摇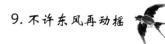

生会这样直勾勾地与人对视——那种直勾勾就像是在比赛,谁先移开视线谁就算败下阵来。到底是你,先咬着嘴唇败下阵来。

我搂着她的肩膀,拖着箱子往停车场走,茵妙的肩膀在掌心里收窄,轻轻颤动着的身体,连步伐都不稳。入夏的晚上有一种独特而混沌的静谧,伴着身上特有的香,两人之间的气氛变得黏稠。那是第三还是第四次见面,茵妙举手投足与言语间,便这样柔软,在我面前,再没有那种赏味别人局促的促狭。我们都闻得出空气里那种意味。那种被人期待着自己的滋味。那种以对方为目标,在对方看不见的地方,坚持堆砌着一条通往对方的路。

还是在这里,还是在我掌心里收窄的肩膀,还是这独特而混沌的静谧。

什么都没变,什么又都变了。

两个月了。

没有茵妙的家里变得寒酸破旧,这本来就是普通老房子的一居室。奇怪的是,她在的时候我并没有发现。门垫褪色了、墙纸泛黄。灶台瓷砖贴着土气的海景塑料纸,几乎看不清上面的图案,好久没有让人上门修,每扇拉门在开关的时候都发出刺耳的噪音。

老六提了点卤味鸭脖什么的来找我闲聊,走进我跟茵妙租住的小公寓,环视一圈:"啧啧,艰苦啊。"

他从皮包里拿出两瓶洋酒放在茶几上。"我从别人婚礼上顺回来的,喝了就是赚了。"

我随口问:"谁结婚啊?"

老六眼睛似有水光,嘴里絮絮叨叨:"阿云又结婚了,我偷偷跑去看了一眼。"新郎是阿云大学时候的同学,虽不如老六豪富,却能给阿云稳定的家庭生活。

饮酒的味道睽违已久,入喉不温不凉,却烧过喉咙与心脏。

我和老六平常开车,基本滴酒不沾,今天却大有不醉不归的趋势了。我等他开口,他这副样子必定心里有事。

老六歪着身子,问我:"那男的有什么好?"

燕归集

我笑:"我看阿云才是真的眼光好。"

"她没穿婚纱,就简单一条长裙,让我想起第一次见到她的时候。"老六多年前在一个饭局上偶遇白裙似雪乌发如墨的阿云,惊为天人,发挥死缠烂打的本领终于抱得佳人归。如今佳人已作他人妇。

老六抱起瓶子痛饮一口,斜睨我一眼:"你又怎么这副鸟样?"

"茵妙回去好几个月了。"我闷闷地说。

"你想留住她,总不能坐在那里想就成了。男女之间,总要有人低头的。"

我嗤了一声,鼻孔出气,就老六这浑样还教我低头。斜眼看着他包里搁着一本《十二楼》,想起茵妙跟我说过她喜读李渔袁枚,还有我们排演的初遇。

"你怎么看这书?"我问老六。

"看看茵妙这种高才生都读什么书,我也好学习一下啊。这个不是那么文绉绉,看着还挺有意思的。"

我白他一眼:"看出点什么了吗?"

老六手里挥舞着一个鸭掌,刚刚的黯然消失无踪:"那可就太多啦!"换了个坐姿侃侃而谈:"以通俗语言鼓吹经传,以入情啼笑接引顽痴,好书,好书啊!"这句话能说出口可真是难为他。他说着说着,揪着我的衣领哭起来。他且哭且饮,再哭再饮。

老六比我醉得更彻底,趴在沙发上昏睡过去,嘴里还絮絮叨叨不知说些什么。凑过去帮他躺平盖了件衣服,他嘴里喃喃的是阿云的名字。

问世间情为何物?

当老六不再幼稚的那一天……他也永远找不回阿云了。

阿云已经是另一个男人的妻子了。那个男人耐心、温柔,忠贞的程度更不是老六可比,以阿云的性子,这辈子绝无可能回头。

老六已经永远失去了阿云。

这就是世间情事,缘分、心境、时机、地点,毫厘都不可差。

真正的离开是没有告别的,像阿云离开老六。像我离开希璐。像茵妙回到

9. 不许东风再动摇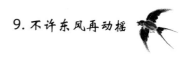

霭城。

大张旗鼓的离开其实都是试探,从来扯着嗓门喊着要走的人,都是最后自己把摔了一地的玻璃碎片,闷头弯腰一片一片拾了起来。

而真正想离开的人,只是挑了一个风和日丽的下午,裹了件最常穿的大衣,出了门,然后就再也没有回来过。

两个月了。

我们上一次争吵已经是两个月前了,然后我们再没有联系过。她回到霭城的头几天,还有联系,针锋相对,不欢而散。

我告诉自己,我绝不主动找她。以往,她每次惺惺作态,要不了几天就会卷土重来。可这次她真的没再出现。

我是在害怕,害怕她真的从此杳无音信。

我吃不好,睡不好,只有工作能转移我的注意力。我故意把很多烦琐的事情安排给自己,妄图把自己解放出来。

我重新收拾了天井,买了副杉木画架,工作之余,就把画笔扎进柔软的颜料中。画海蚀岬角的日出,画伏见稻荷的千鸟居,画白鹤镇的茂密的树篱,画东白湖的芸薹花海。我沉默地画着,那都是我们曾约定的地点。感觉茵妙在背后几步站着,专注而温和地看着。每幅的景色都很美,但我知道缺了点什么,缺了海滩上赤脚戴着墨镜、一袭和服的,套着凌乱运动衫、在田埂上叽叽喳喳的少女。

我把油画铺在天井的小茶几上,直到有一天阳光房玻璃顶被暴雨打透,丢掉的时候并没有很遗憾。我又拿起了铅笔,端详着房间里她留下的气息,画了一幅又一幅她穿学士袍的素描。

越来越没兴趣一个人待在家里。晚上会开着车,在闹市闲逛,独自开车的妙处,是车窗外熙熙攘攘的夜景,和车里播放的音乐融为一体。

一切都是熟悉的,下一个街角的拐弯,高架路上的分叉,二十四小时超市的灯。很多傍晚,我就这样几个小时几个小时地打发时光。思念沿着熟悉的道路和景致跃动着,在这些地方,那些甜言蜜语,指尖的触碰和濡湿的掌心。喜

欢沿着卢浦大桥一个个来回的开着,被两岸灯火照映的黄浦江、世博留下的建筑庄重地消失在江的远处,目力所能及的地方高楼此起彼伏。

下了高架,就离家不远了,我看到茵妙。

无论如何我都无法忘记那一刻,看到茵妙的那种惊喜,从心中蓬勃喷涌的爱意和思念,那种要把她抱进怀里揉碎的冲动。我仿佛一个追逐猎物迷失了方向的猎人,在荒凉空旷的草原里跌跌绊绊,在夜晚夺走最后一缕光明的时候,抬头看到绚丽的北极光。

她在人行道上慢慢走着,从我车的正前方经过。

她似乎完全没有认出我的车,她曾经坐着跟我去了很多地方,她把脚伸到挡风玻璃上,那上面留下了许多圆圆的印子。

眼睛看着和我相反的方向,关切着对面车辆的动作。她应该在霭城啊。一定是瞒着我跑回来找我,没有拿行李,一定是先放在家里了。我拿出手机,但拨不通她的电话。

绿灯了,后面的车拼命地按着喇叭,和我一样。

女生一回头,原来不是茵妙,只是有些神似。我认错人了。

我想她。

如果是茵妙有多好,她会怎么做?会泛着泪光奔向我,爬上副驾驶拼命锤我胸口然后抱紧我死命不肯松手吗?还是拿着提包拼命往我身上塞,告诉我从霭城带了哪些礼物?

我靠边停车,熄火。把头埋在方向盘里,看到茵妙的一刻有多欣喜,现在就有多阴郁苦涩,北极光转瞬即逝,车里是黑暗的最深处,没有人能理解我的悲哀。

终于,我无法忍耐这份仿佛要天荒地老的寂静。

我决定去找她,说走就走。

按照原本的安排,她现在应该在家里准备语言考试。依稀记得,刚认识那会儿,我们连夜去江越。这次,我连夜开车去找她。

走前我跟小唐发了条消息,把工作交接了大部分给合伙人,让老六子辉也

9. 不许东风再动摇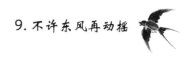

替我盯着点。大有此去经年的觉悟。

上海去霭城路途遥远，要开大半天车。

刚毕业时我在霭城工作过一年，地理还算熟悉。我打开购物软件，茵妙曾经用我的手机给爸妈买过东西，应该会有她家的地址。

我按图索骥，站在一栋高楼前。平息了忐忑花了十几分钟，我才鼓足勇气上楼。在茵妙家门口敲了许久，无人应门。

隔壁邻居闻声探出头来，说他们大半年前就搬走了。

我拜托阿温找她，我不信她是故意躲我。阿温问我，怎么才来找茵妙，其实他等我去问她下落已经很久了。

我终于笑出声来，在听到阿温说的话以后。

"你还记得我是谁吧。"

我捧着玫瑰到霭城某个三甲医院的病房。

这是我们分别93天来，我和茵妙再次见面的开场白。

茵妙比过去更加虚弱，脸色苍白到半透明，她太瘦了，瘦的像是躺下去，就再也不能支撑起自己的身体。在我想去霭城找茵妙的时候，听阿温说她病了。

原来，茵妙回家备考语言的时候，出了一桩倒霉事。

那天下雨，她穿了不防滑的拖鞋，一个不当心摔在水果摊堆成山的榴莲上，一只腿被扎成了筛子。伤口不深，并没大碍，只是创面太大，像被霰弹枪打了，有些脏污碎屑被刺进肉里，需要一根一根挑出来，还得打破伤风。

说来也是赶巧，她做了皮试没显示过敏，结果一针下去过敏了。破伤风过敏后果很严重，她直接进了ICU，躺了一个星期。据说整个人肿得和馒头一样，说是在江水里泡了三天三夜的女尸也不为过。

"好久不见啊。"茵妙坐在病床上笑着说。

看她那装腔作势的样子，我想使劲捏着她的肩膀，用力把她箍进我的臂膀。再也不愿意分开。

她的脸还有些未消的浮肿，有点丑，但在我眼里她一直是风情无限的。

"好玩吗？"我拉开椅子坐下。

她摇摇头。

"你最近还好吧。"我保持一个合适的距离。介于朋友和恋人之间的距离，把玫瑰插进一个灰不溜秋的瓶子里。探望病人更应该送百合之类素色的花，茵妙只爱玫瑰。

"马马虎虎吧，你看我现在这样。"

"你要好好照顾自己啊。"我看着茵妙，慢慢地深呼吸。回忆着普通交情的寒暄，在嘴边拼凑出微笑。花尽全身力气，对着蓝白条纹病号服底下的茵妙，用平淡的语气，说平淡的话。

"我饿了。"茵妙揉着肚子说，"你给我弄东西吃。"

我有点尴尬地搓着手，毕竟没有材料在霭城煲汤。

"知道你没带吃的。我只能吃这些。"茵妙指着床头柜。上面有一些时令的水果，还有一袋面包片，旁边是一小罐果酱。

我低着头开始剥葡萄，茵妙拿着了一片面包在手上。"你以前和我说，不喝水你可以吃一袋吐司，别说一袋了，我连两片都咽不下去。"

我抬头看着她。她拉拉我的袖口："我们打个赌，你要是能吃五片不喝水，你就赢了。"

"赌什么？"

"随便吧，反正我也不相信有人可以。我让每个来看我的朋友都试过。"

我拿出一片吐司，在手上摊平，沿着斜角对折。压紧，再对折，再压紧。动作很慢。我有很多话想和茵妙说，到嘴边都成了呢喃的絮语。最后吐司在我手里压缩成比弹珠还小的丸子。我仰头咽了下去。

一颗。

两颗。

五颗。

"你赢了。"茵妙的声音在我耳边轻轻响起。她知道我打赌不会输，我跟她讲过我可以，她早知道我可以。

9. 不许东风再动摇

"九十三天了。"我把头埋在膝间,压制着自己的哽咽,"九十三天了。"声音越来越弱。

"你赢了,应该是你提一个要求。我想替你用掉可不可以。"

"你说。"

"娶我好不好。"

茵妙牵过我的手,放在自己的背后,侧身靠在我怀里。她并没有在等待我的回复,自顾自地说着:"我好累,你不在的时候,怎么这么累。"

我撑开手掌,让每一个指节都能压在她的背脊上。下巴贴着她的耳朵。我感觉到胸口有一股轻微的暖流,打透了我的衣服。她的声音越来越轻,就这样像婴孩一样沉沉睡去。嘴角带着笑意。像是做了一个温暖的梦。

那些许诺的地方,世间的美景。山高水长,我们总要去走一走的。

我今年五十岁了。

从我和茵妙初识已经过了十年,而我们迈入庸俗的婚姻也已七年。

最初的时候,我们自认为我们的契合与爱意是无需用仪式与誓言来固锁的。但茵妙执意要一张小小的红本子来圈住我。她自觉孤苦无依,人海浮沉,凡是有热度、有重量的东西,都要加之于身。

茵妙想要有我的孩子,想要一个名分,想百年后牵着我的手长眠;我已经走过了一次婚姻,无谓那些不痛不痒的形式。但我还是应了茵妙。

然而这种画地为牢,已有无数的前车之鉴。

茵妙以前跟我说,她起初信佛,后来觉得佛也难解她痴愚,免得相看两厌,那便不信了罢。但她很喜欢念经书里那些富有哲理的话。比如《无量寿经》中这句:

"人在世间爱欲之中,独生独死,独去独来,当行至趣苦乐之地,身自当之,无有代者。"

茵妙快三十三岁了,女人到了这年纪,总是分化得厉害。要么老得憔悴不堪,要么仍然拽着青春的尾巴尖儿。茵妙仍然保留着年少的刻薄天真,但深深的泪沟横在眼下。而我,眉目间也掩不尽沧桑。

燕归集

茵妙与我已经有两三年没有欢好了。最后一次我无力地从茵妙身后退出，茵妙双唇紧紧抿着，嘴角向下似有薄怒，不知在想些什么。其实开头几年的日子，景况是极好的。我们好得蜜里调油，食髓知味。然而随着生活里的鸡毛琐碎，拮据油腻，茵妙已完全褪去了少女的甜美，像一个妇人了。我的头发近几年来白得更夸张了，虽然整个人看上去也就靠近四十的样子，可是眼睛的浑浊和疲坠，却好似已花甲。

我想，茵妙一定是嫌我老了。

终于，茵妙摔门而去。

"这不是我想要的生活。这跟我开始想的完全不一样。"

及尔同死。

白首不离。

琴瑟在御。

永志不忘。

茵妙摔门而去。

我也跟着出门，却是买了些菜回来，然后躲进厨房。

慢慢变凉的菜肴，灭了小小客厅里所有的灯。

我坐在黑暗里等着茵妙回来。

这些年，如果说茵妙身上有什么完全没有改变，只有茵妙吃食的忌口和喜好。大多时候，茵妙不会很快回来；可即使回来，也并不会吃，只是冷眼看着。像是想看我眉眼里露出委屈或恼怒的眼神来取乐。最后还是由我亲手倒掉。

并不是不爱吃，茵妙只是赌气。我试图让自己相信这一点。就像相信茵妙还爱我，只是从没学会如何好好待我。

厨房是欺骗自己最好的场所。

早在茵妙回霭城读书那刻起，除了茵妙，我就什么都没有了。也是从那时起，我时常做一桌茵妙爱的菜，默默地看着，然后亲手倒掉。

我时常想，抛去青春期遇到的人渣，茵妙情史里只有过两类选择：茵妙

所爱的；对茵妙好的。最开始，因为被茵妙所爱，我还没那么卑微；慢慢爱淡了，我只有拼尽力气对茵妙好。好到深处，连锐气和志气都黯了。可到底，也还是不够。

一开始是茵妙的命中注定。然后是可有可无的鸡肋。最后成了恼人的累赘。终于活得像狗一样，只为把茵妙留在身边。这场景有种滑稽的熟悉。

好似天理循环，报应不爽。

婚前，茵妙说自己这是画地为牢。也一语成谶。

茵妙说：我只求当下片刻欢娱。

茵妙说：为何忍心让我怨怼念着子夜歌。

茵妙说：别担心那些现实问题，有情饮水饱。

时常起落更迭，让我难免犹豫。茵妙就一脸冰冷坐在我旁边，非要枯坐到窗外更深露重，让我夜不能寐。我平生最恨这样，气恼看那斜侧的影，像粉雕琢的小人，待心疼压下了气恼。总是起身去熄了灯，在黑暗里，从背后熟稔地揽起她。

紧紧抱住。

满盘皆输。

曾经有人哭着对我说，一个人情深情淡，是先天注定。比起大多数的凉薄，你的未免太浓，哪怕勾兑上九成九的水，也够平常人用上一生。即使只得很少一份，求你也让我留在你身边。这话似乎是上辈子听到的，此生无法偿还的风流债。

我记得自己当时笑着说，难道我是轩尼诗吗。相信我，你离开我也可以过得很好。别误了自己。

感情上这么自私，因为我怕等错了人。 直怕，怕得总是从夜晚惊醒，怕得彻夜难眠。第一次听茵妙说命定，我从心底发出嗤笑。可我也一直在等待一个严丝合缝的灵魂。

遇见，发誓，愿景，然后说永恒，说一生一世。

可惜。

十年芍药,不及六月新雨海棠。

十年海棠。雨疏风骤。

落花成琢。

我问,若嫌我误你,你可以跟我坦白。茵妙点头。眼泪大颗大颗往下掉。没有抽泣,也不擦拭。

只是点头,缓慢、稳定、一丝不苟。我一脸惨然,努力地凝视茵妙,哀求能看出哪怕一丝意气用事的端倪。看到的只有心意已决。

八年前茵妙被家人锁在家里,断了通信。我抑郁加重,辞了工作,闭门不出,终日在家昏睡。一个傍晚,茵妙忽然开门进来,气喘吁吁。"这是我的户口本,你能不能娶我。"

我按下茵妙握着的户口本,认真用手盖住。"我想娶你,你愿不愿意嫁给我。"茵妙也是这样点头。

缓慢、稳定。

一丝不苟。

从民政局出来,茵妙的心情很好,便按我的要求,一路慢慢走回学校,说要走回我们初次相识的地方。经过政修路的转角,是我十年前四月的五更天,来接茵妙去江越的门口。身后是堂妹去香港之前的家。这一片的房子很老了,院墙也塌了一大半,门口的垃圾站很久没有人清扫,堆满了整个人行道,发出刺鼻的臭味。野草遍地都是,在砖缝间生的有齐膝高。但里面豆大的光点,似乎还有人住的样子。

忽然有人在断瓦残垣里放起鞭炮。一时间遍地碎屑,鞭炮炸的落花四散。

"你说,你对我到底是不是一见钟情。"

茵妙忽然抬头,焦灼地看着我问。我死死抠住口袋里的钥匙,最小的信箱钥匙几乎插进指缝。这是我让这些年,让自己说话平稳的本事。虽然恼火,但我到底还是放不下她。还是无法对茵妙恶语相向。

说一见钟情是信口开河。可我确实也从初见明白这世间,有魂牵梦萦这回事,有情不知所起,一往而深这回事。

9. 不许东风再动摇

"你说，你对我到底是不是一见钟情。"茵妙见我沉默，不依不饶。

我忽然想对茵妙念一首诗："昔日章台舞细腰，任君攀折嫩枝条。妄言写入丹青里，不许东风再动摇。"我原本是个促狭的人，茵妙却开不起玩笑，这些年，我仿佛忘记了自己捉弄人的习惯。

"虽然初见是我一生的劫数。不过是的，我们是一见钟情。"我想，这是我这辈子，最后一次用老男人的花言巧语骗你了。我终于成了一个真的老男人，可你不再是能听我说情话的对象。

"那就到这里吧。反正东川路的那些店，都已经不在了。"茵妙停下脚步。一脸欣喜。

然后，我们都笑了起来。

仿佛过去的十年，只是一场梦。

评论：爱与身体之维

《不许东风再动摇》是一篇具有鲜明的身体性的作品。小说开篇就写了上海三四月间变化无常的天气带给人的身体感受。潮湿、闷热令人坐立难安，主人公一根烟接一根烟地抽着，一股如《雷雨》般的燠热从一开始就为小说定下了一种让人想要极力走出的烦躁。小说的主人公也在小说中逃避着生活的燠热。整个故事就起因于主人公对燠热的逃避，主人公逃离办公地点，于是遇上了茵妙，故事也就从此开始。但是，这部小说却没有《雷雨》一样强烈的戏剧性，它关注的是主人公的感情体验，而不是生活剧变。在这部作品中，人物之间的感情纠葛正如上海的天气一般，每个人都想走出困境，但是又都在感情中不能自拔。

感情，或者说感觉也就成了整个小说中最核心的部分。众多生活中的感觉体验出现在小说中，从早餐的味道到茵妙脸颊的温度，小说中表意最为丰富的部分恰恰不是情节而是这些身体性的细节。小说的情节向前推进，并不是因为人物之间出现了什么不可化解的矛盾，也不是因为人物陷入了什么命运性的

处境,而是"我"与茵妙之间的感觉发生的种种变化。当"我"思考与茵妙之间的关系的时候,往往也不是理性地思考,而是以身体感受为基础的反思,例如:"我粗糙的手指摩挲着茵妙的脸颊,为什么让我遇上你。我心里想着,如果我得到你,我又会在什么时候怎样失去你。"这段思考推动了叙事的前进,并让叙事时间发生了一定的折叠,因为它预先暗示了之后与茵妙之间的感情并不如意,而整个这一系列过程的基础,都是来自"我"对茵妙脸颊的感受。这种身体性的感受几乎是女性作者特有的标志。在《不许东风再动摇》中,身体体验几乎将叙事打乱得支离破碎,甚至可以这样说,如果把身体体验从这部小说中去除,那么我们就不能理解这部小说究竟为我们展现了怎样特别的故事。《不许东风再动摇》中的感情纠葛,不是情节上的纠葛,而是身体感受上剪不断、理还乱的困扰。

小说中的感受,受到了传统文学的很大影响。在小说中,"我"经常提及《牡丹亭》之类的古典作品,而且在文中更是经常会插入一些《诗经》和乐府来写人物的感受变化。在小说结尾的地方,"我"突然想对茵妙念一首诗:"昔日章台舞细腰,任君攀折嫩枝条。妄言写入丹青里,不许东风再动摇。"这首诗很好地概括了整部小说中"我"对茵妙的感受,有的时候,我们会发现在这部小说中对感情和感受的描绘并没有什么特别出奇的地方,却又有一种似曾相识的感觉,它们给人的感觉是亲和而不是庸俗,这就是因为作者的体验带有很强的传统文学的色彩,她对于悲欢离合的体验不是在现代语境下的体验,也不是在西方视角下的审视,而是一种传统爱情故事中的求而不得,辗转反侧。到了感情最为激烈的地方,作者更是情不自禁地以传统诗词为媒介进入作品中:"可惜。十年芍药,不及六月新雨海棠。十年海棠。风疏雨骤。落花成冢。"越到小说的结尾,这种古典模式的情感表露就越多,而在小说的开头部分,这种表露是不多见的。非常明显的是,有一些古典化了的感受是非常鲜明的引文,作者以一种标注明白的方式提醒我们这是人物的感慨。而另外一些感受则不是作为引文出现的,这个时候,作者本人就在作品中显露出来,我们可以感受到,此时此处的文字不是人物的而是作者的感受。古典诗词和对古典诗词的仿作,也成了作者进入小说中去的一种途径。我们可以这样说,随着感受的深化、情感体验的增强,实际上作者从西方的叙述方式不断转向传统的古典写作,似乎只有古典写作才能最终承载内心的感情迸发。难能可贵的是,作者把这种由于表达感受的抒情需要,和情节的发展结合到了一起,随着情节的变化发展,叙事的方式也在发生变化,自然而然地形成了一种以西方模式叙事,以中国古典模式抒情的写作风格,读起来别具一格。

(王佳明)

10. 六六厂杂事

蔡婧怡-15级本科

六六厂之所以叫六六厂，是因为它是在一九六六年建的，而不是像现在很多人以为的因为它卖六六粉。六六厂的大门宽阔威武，是那个年代很少见的大铁门，这与和它毗邻的六六厂家属区形成了鲜明的对比。六六厂家属区的大门不能算是大门，顶多是个中门。竖着的被南方常年湿暖的风腐蚀得不成样的牌子，十分不负责任地垂在门的两旁，似乎还有领导题字，仅剩的"六六"两字笔迹狂放，依稀透露出它曾经不可一世的辉煌历史。正对门的右手有两家，或者是三家店，一家卖酒，一家卖茶，还有一家只在冬天出来卖烤红薯。酒不是摆在繁复精致的柜子里被各种灯光照着透出漂亮颜色的洋酒，而是装在一坛坛塞得下人的巨大缸子里、客人要时用大勺舀出来装进乳白色塑料瓶里的黄酒。茶也不是用紫砂壶沏好、一掀盖子就窜出扑鼻香气、颜色透亮透亮惹人爱的什么铁观音，而是蔫绿的装在有着粗劣印花的塑料包装袋里永远散发着刺鼻味道的散装茶叶。至于烤红薯，就是放在巨大的漆成绿色的圆柱形铁皮炉子里烤的那种，炉子下面装了四个轱辘，一到冬天就被推出来摆在门前，口子频繁地开

10. 六六厂杂事

开关关,白烟咕嘟咕嘟地冒出来。这个生意似乎比酒和茶都要好做,以至于没过几年炉子就换成了新的,更高更宽,而且被精心漆成红色。门里面的话,刚进去是一个短通道,两边破锅啦破碗啦破菜勺啦乱糟糟地堆着,抬起头就能看到剥落了表皮的天花板,一根根木头横在里面。下边左手是一个低矮破旧看上去摇摇欲坠却总也没倒过的棚屋,门口是两三平米的小菜圃,说不上名字的菜稀稀拉拉地长在里头。右手也是一个棚屋,更小。棚屋前,高高隆起、有两三级台阶那么高的石板路一直向右延伸,延伸,或许还转了弯。我从前很想知道它究竟通往哪里,不过一直不能知道,因为奶奶从来不准我往那边走。

我在六六厂家属区湿冷破败的楼里长大,跟那些破烂杂物和平相处,楼道里永恒的阴凉和黑漆漆的霉味渗入我的皮肤,贯穿我的童年,深入我的生命。曾经我爷爷奶奶、爸爸妈妈、姨妈舅舅都住在那里,曾经那里的很多人在我生命里来来去去。而奇妙的是,如今这些人,有的零落天涯,有的四海为家,有的已经化作一抔黄土,更多的是不知所踪。家属区拆迁后我们都另寻处所,而六六厂,仿佛某种隐秘的遗传病,根植在血液中,人们避而不谈,心照不宣。很长时间,我都试图逃出那个地方,梦里它常常是一个黑惨惨的口,吞噬了很多很多。再后来怎么样了呢,没什么可怀念的。记忆渐渐淡漠了,我也许忘了吧。

然而午夜梦回,许多张面目模糊的脸急急地挤进我的脑海,似乎想提醒我不要忘记,它们无声地叫喊着,迫使着我,想起从前的事。

店家

门口卖黄酒的姓黄,大家叫他小黄;卖茶叶的姓张,大家叫他小张。小黄店子大,小张店子小。小黄剃寸头,皮肤又黑又粗糙,身子高壮。由于他那时时挂在脸上的过于傻气的笑容和过分的好脾气,大家都爱找他说话,和他开玩笑。长此以往,他也渐渐积攒了很多老客,不过多数是看中他称酒分量足不掺水,找他多要些他也会欣然应允罢了。小张留着三七分头,脸白白净净,身子

细瘦,斯斯文文,奶奶说是"一脸贼相"。贼在我们家乡话里是褒义词,说一个人精明机灵。不过我不喜欢他,因为他见人那样的笑太过热烈,像一朵风中凌乱不堪的菊花,很丑,让我觉得不舒服。我也不喜欢他女儿,一样的细瘦身子和白脸,头发又黄又稀,细眼睛里的黑眼珠滴溜溜一转就是一个鬼点子。为了令他爸爸给她买新式的削笔器,她甘愿在众人面前抢过我的死死不放在地上打滚,终于使她爸爸屈服,并且将战利品得意地炫耀给我们看。我觉得她真是极聪明却也极不知羞耻。她爸爸做生意也极奸,专门"杀熟",高价卖茶叶给我奶奶,让奶奶很是愤怒,每次见他竟也不能不客气。

相比之下,小黄真是个好人,我也更喜欢他女儿小菊姐姐。小黄做生意老实,笨嘴拙舌不会讲价,我爷爷有时看客人欺他太凶便会帮腔,不过时间长了也就懒得管了。小菊姐姐很平易近人,不像有些姐姐因为年长几岁就颇为自矜,不愿带人玩。不过奶奶总不许我跟她玩,因为她成绩不好,长得也不很好,并且不是那么爱干净。我自然是不听的,照旧和她玩,总爱带东西一起吃,她也喜欢喊我到她家——店铺深处一个很小的藏着两张床和一台破电视的门洞里去玩。奶奶终于忍无可忍,告诉我说,她根本就不喜欢和你玩,只不过是为了吃你的东西,不信你拿着吃的去找她,看她是不是很热情地喊你。我将信将疑,于是照做,果然她很开心地招呼我过去玩。我于是感觉自己的友情遭受了背叛,很愤怒地转身离去,此后再不理会她的招呼,任凭她先是不解而后落寞的眼神怎样黏在我后脖颈上。奶奶于是非常满意,连声表扬我听话。

往后,随着年纪渐渐增长,我不是没有怀疑过奶奶的话。只是我从小就是一个懦弱的孩子,常常为了大人的高兴而委曲求全。尽管愧疚,我也只是在回家的时候,绕开他们的门罢了。

然而我还是不懂,为什么明明小黄比小张好,明明小张占过我们便宜,爷爷奶奶却总是更喜欢跟小张唠天(聊天)。他们总会在闲聊过后,信誓旦旦地对彼此说,你看到,小黄那生意迟早要垮,小张倒是很有可能会发家。然后对自己的聪明感到十分得意。

不过后来,事实终于印证了他们得意的猜想。厂子倒了,店子拆了,小张

10. 六六厂杂事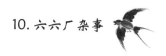

在这座城市站稳脚跟，买了车，买了房，送女儿上了好学校。小黄继续做过一段时间生意，没过多久撑不下去了。小菊姐姐成绩不好，好像高中没读完就辍学了。他们消失了，这座城市再没有他们的印记。

我不能说什么，因为我不懂。我只是经常想念小菊姐姐。

烤红薯的王爷爷是我最不喜欢，甚至是厌恶和害怕的。他生就一副黑皱面孔，眉毛浓黑又粗，身子矮小而走路又一瘸一拐，讲话总是高喉咙大嗓子，这样的人于小孩来说总是一种噩梦。不过，他烤红薯的本事是令我极服气的：高高地吆喝着，在冷酷的冬天里很快能招徕一大群人；爽利地应着客人的话，谁要几斤几两怎样的红薯从未有记错的；麻溜地戴上厚厚的沾着灰屑的手套，往炉子里那么一探，那样地轻巧迅速，一个热乎乎灰突突呼呼冒着烟气的红薯就服服帖帖地出现在他手上，而他通常还要掂那么两下，很得意地，红薯就轻轻巧巧在冰冷的空气里飞起来，落下去，落进早已备好的透明塑料袋里，再飞进去一个塑料勺，一笔生意就这么做成。冬天里一个个红薯起起落落地飞，竟能养活了他那总是卖不出去馒头的老婆和那终日不见影子的儿子，并且没过几年就让他换了一个新炉子。

王爷爷烤红薯的本事叫我很是痴迷，而他的人又让我很是畏惧，这痴迷与畏惧是不能调和的矛盾，时时令我纠结。不过只要走到门口，他眼光停在我身上，我必是要乖乖地过去脆生生地叫一声爷爷的，因为但凡我不这样做，第二天必会遭到爷爷奶奶的斥责。六六厂的老人们热衷于在吃完晚饭后无所事事的时间里三五一堆地搬小凳子坐在门口唠天。这些老人中，我爷爷和王爷爷必定是主角。我爷爷是根正苗红的老党员，在抗美援朝的枪林弹雨中奔跑过，这常常成为他讲八百遍也不腻的谈资，老人们也因此对他很敬重，对他讲的话也很信服。我对我爷爷，一开始也是极崇拜佩服的。但是他对过去的事情疯狂热爱，我在饭桌上讲老师说过去事情也不是全好的，便挨了他的严厉训斥，心下就有些不满；而且他翻来覆去讲陈年旧事，讲今不如昔；他和老人们唠天时激动得手舞足蹈的样子，日日都同样，听者面上肃穆心服的神情，也日日都同样，我便觉得他们十分滑稽，颇像做戏的小丑。这些老人中不服我爷爷的，王

爷爷便是打头那个。王爷爷看不惯我爷爷那副自矜做派，我爷爷看不起王爷爷粗俗下等，二人便时时抬杠。王爷爷总是讲不过我爷爷，于是便从他的孙女孙子——我和我堂弟身上挑刺。只要有一次我没有叫他，他就在傍晚的战场上笑眯眯地下结论：那个老头傲莫斯（什么）傲，屋里的伢（孩子）这不懂事，见了人昂（叫）都不昂的。我爷爷奶奶这时便会被人抓了把柄似的很愤怒地斥责我——我弟弟一向顽劣，而且不和我们住一起，于是他们也就不怎么追究，不过我总暗暗觉得是由于我是女孩子。

因此，尽管违心，见了王爷爷我总是甜甜地笑，甜甜地喊，让他一点刺都挑不出——我自小就是一个懦弱的孩子，并且为了博得大人欢心几乎可以做任何事，个中缘由往后我常常思考，最后只是觉得可能由于我是女孩子吧。这王爷爷往后便觉得愤懑，愤懑久了也就服帖了，尽管这服帖中带着好些不甘心，我爷爷还是十分满意。然而一个人诚心想与你作对，做到一点刺都挑不出是断然不可能——那天我随奶奶回家，在门口照例地见过了王爷爷，照例地叫了他。忽然王爷爷用尖利的几乎略带颤抖的声音叫住我奶奶，用兴奋而隐秘的口吻以及刻意不压低的大嗓门说，这伢跟她姆妈一样的走路扭屁股哩！女人走路千万扭不得屁股……奶奶听了脸上显出惊讶而可怖的神色，狼狈不堪地扯了我回家，一路上狠狠地斥责我。我实在不知道我走路有什么过错，只能委屈地呜咽。再往后的很长一段时间里，院里的人见我总指指点点，我走路都缩手缩脚了。那时的我觉得他们做了实在不能原谅的事，尤其不能原谅大人们无理由的战斗而波及一个无辜的孩子。不过后来我也释然了，只是诧异过了这些年这事竟还盘旋在我脑子里，仿佛刻下来一般清楚。

后来王爷爷和他的烤红薯怎样了，我也不清楚。跟他抬杠那人，如今受衰老和肺病的折磨，虚弱得连楼都下不了；被他百般挑刺的那个小孩，也已经长大成人。

他会不会觉得寂寞呢，我总还是盼他好的。

10. 六六厂杂事

菜圃

荒凉的菜圃，荒凉稀疏的菜，荒凉疲惫的太婆。这种颓废萧索的场景令我心惊，往后时时出现在梦里。不知道太婆从哪里来，不知道太婆到哪里去，甚至不知道太婆姓甚名谁。太婆就像她的菜圃一样突兀地出现在大地上，一样有种茫然的平静和生来的愁苦。她的棚屋很小很小，深红色的瓦片因为年岁久远而面目模糊。她总是穿着看不出颜色的衣服裤子，脸上的皱纹深得仿佛刀刻并且藏污纳垢，一双眼睛浑浊并且苍老，干枯的嘴唇时时抿着，嘴角向下。我总喜欢看她，喜欢那种和院子截然不同的安静，却没有和她说过话，因为我奶奶不喜欢。奶奶是很讲究很爱干净的人，永远有对生活的琐屑开炮的精神，有无穷无尽的愤懑和抱怨，六六厂里的人们都是这样。而太婆似乎总是忍耐着，忍耐着，从不诉说，因此贫穷和艰难在脸上表现得愈发深重。

她是那样格格不入，不与任何人发生联系。她没有故事。

只有当她孙子来时，看着她的孙子，她枯涸的脸才会舒展，如同雨后的芭蕉，沾露的绿叶。不过她的孙子也不常来，很久之后也许再没来过，应该是得病死了吧。她也不哀伤，不反抗，一天天和她的菜圃棚屋摇摇欲坠地活着。很多日子过去，棚屋的破门不开了，菜圃也荒废，不见她的影子。直到恶臭的气味传出，人们才在棚屋里发现死去多日的她。没有人认识她的家人，没有人愿意出钱给她办丧事，这事上了报纸，惊动了上面，才有领导出面给她操办后事。人们议论了一阵，也就忘却了。没有人会在一个脏老婆子身上投入太多关注。

我曾为她的死亡产生过深深的悲悯。那时的我尚能产生悲悯。我想她或许不是一个没有故事的人，只是没有人关心过哪些故事曾在她身上发生。

红领巾叔叔

最最令我感到内疚的，就是红领巾叔叔。我不知道他叫什么名字，他也许告诉过我，也许没有。他曾是整个六六厂里我最喜欢的大人，他和别的大人都

不一样。

他住在菜圃旁边更小的那个棚屋里,不过不是常住,只是偶尔回来。他生得很好看,尤其是那双眼睛,总有让人不能懂的伤心在里面,他却似乎刻意不好好打扮,但我总认为那潦倒的样子也十分好;他画画也很好,有长长短短的笔和各式各样的颜料,这是最吸引热爱画画的我的一点;他总是说一些我听不懂,但是感觉十分美和深奥的话,这更让我痴迷。早慧的我,早就不屑于和院子里那群天天筹谋着上哪儿偷东西吃的野孩子们一起玩,更喜欢跟他讲话。

他给我讲很多外国故事,好多人名太长我记不住,而他总可以轻松流利的讲出来。他建议我看很多的书,然而多数时候我也并没有看。他给我画很多的画,不知道从哪儿弄来那么多五颜六色的粉笔,在水泥地上画,那花呢,一片片花瓣都清清楚楚,似乎闻得到香味儿,那蝴蝶呢,仿佛吹口气它就从地面飞出来。他也画我,那天我在学校领了红领巾,他看到就说,我来给你画张相吧。画上的小女孩,戴着红领巾,不是那么好看。我有点不高兴,他看得出来。他说,嗯,这画没有你好看。我想笑但是忍住了。于是他又说,囡囡你知道吗,你非常美,非常有天赋,在很多方面。我于是有些惊愕。我知道我长得招人喜欢,自小很多人说我好看,爷爷奶奶对此十分自豪。妈妈说,你奶奶多虚荣啊,你小时候她抱着你,多大的风都要把你脸露在外面,等别人夸她孙姑娘长得刮气(漂亮)。但是从来没有人说过我美。他继续说,你有一颗非常敏感善良的心,这和我很像。但我却希望你没有,因为敏感善良的人总是最容易受伤,最容易痛苦。我告诉他我听不懂,他却自顾自地说下去。你以后要么是非常厉害的人,要么就是平庸的人。平庸没什么不好,它安全稳妥,但是我却偏偏不想,我觉得你也不会想。但你要出成就,一定会经受旁人不能受的苦。我这把年纪了,无可奈何才妥协。可是我即便做一个普通人,连自己的爱人都不能留住……

他这个样子,失魂落魄的,让我有点怕了。我于是告诉他说,我想快点长大,长大了就可以留长辫子,奶奶总不许我留辫子,老是给我剪得短短的像个男生。他于是非常震惊又郑重地跟我说,你千万不能留长头发,女人太漂亮

10. 六六厂杂事

了不好,尤其是聪明又漂亮的福气薄,上天记恨,以前我不信,现在却不得不信。见我懵懂的样子,他又虚张声势地说,你听见没有,那个每天在门口叫收长头发的人,他是专门剪头发的,看到你们这种小女孩的长头发就要追上来剪掉。看见我被吓到了他显得十分欣慰,又要我保证绝对不留长头发才满意地走了。

我觉得这叫喊收长头发的人十分神秘,于是向奶奶说了这事。奶奶一听到我跟他在一起玩就急急地打断我,问我他有没有做过奇怪的事,说过奇怪的话,并极其严厉地命令我不许再跟他玩。我不情愿,奶奶便说,他是特别特别坏的人,专门拐骗女的。我不信,奶奶便说,你再这样奶奶就不喜欢你了,爷爷也不喜欢你了!我于是感到事态严重,很快地屈服了,此后见到他都迅速躲开。他见我躲着他,不理他,疯了一样地寻我。见奶奶很快地带走我,他的眼睛里显现出我所熟悉的悲凉神色。后来他竟跑去质问我爷爷。于是我第一次见到在这两个没有爱情却陪伴彼此度过大半生的老人之间爆发的争吵。爷爷说,你为莫斯不让伢跟别个讲话!奶奶说,你不晓得他是莫样的人,在这说莫斯说!男人长双桃花眼,肯定是不好的!天天不想到好好挣钱养家,净想些歪脑筋,老婆死了以后脑壳更不正常,冇得(没有)正经!万一你孙姑娘莫样了以后我在院子里莫样见人!她莫样嫁到好人家!爷爷于是软了一些,却还是说,再莫样说他还是个党员,同志之间是要友爱的,以后见到他,昂一声都行了,面子上要过得去。

可我是真的怕了。让我的爷爷奶奶吵起来的人应该确实不太好吧。我还是躲着,于是就再也没见过他,棚屋也空了。

而如今想想,我觉得他是唯一懂我的人,并且如此恰当地预言我的人生。只是他没看出来,妥协和软弱是我的天性,我甚至连抗争的姿态都没摆出过。而最令他担心的我的容貌,和我的灵气一起渐渐消磨殆尽。我走在大街上恰到好处地属于日夜涌动的芸芸众生。

梅奶奶

梅奶奶的人和她的名字一样,温温润润带着香气,白净的脸庞上总是带着笑容,那笑容看了就会让人产生天真无邪的信任。她带给人的感觉和她烂泥潭一般的人生形成了极其鲜明的对比:一辈子凡事不管的老伴,一个瘸腿儿子,一个败家儿子。唯一值得庆幸的是,她有一个十分令人骄傲的孙女。小易姐姐从小成绩就很好,顺理成章地成为我们院里第一个名牌大学生。这在六六厂实在传奇,于是顺理成章地成为榜单上热度不减的头条新闻。录取通知下来的那段时间,梅奶奶每天都还是笑着,只是笑容里面喜悦和欣慰更多了。于是小易姐姐刻苦的事迹总是被奶奶用来教育我。奶奶在家里总说,你看那个梅太婆,不就是孙姑娘考了个好大学么,还不是多亏了我屋里伟伟教她做题!天天晚上跑我屋里来我们都冇得办法!天天笑得跟个莫斯样的,我屋里囡囡以后肯定更有出息,到时候看她莫样笑!伟伟是我叔叔,我爸爸的亲弟弟。我从前总纳闷为什么小易姐姐不问我爸爸题,我爸爸很聪明的。我问奶奶,奶奶含糊其词。我问妈妈,妈妈便十分愤怒地说,还不是因为你奶奶偏心!她偏心偏得几狠!花钱给你叔叔上好学校不管你爸爸!他屋里又是个儿子,你又是姑娘,要不是你听话,成绩好,你弟弟不成器,看你奶奶疼哪个!我心中很是疑惑,因为奶奶对我是很好的,会接我放学,给我买牛奶喝。不过因为我那时年纪尚小,看不出大人做事当中的一些机巧。奶奶偷偷给弟弟塞钱,偷偷把妈妈给我买的营养品拿给弟弟等,都是我没有察觉的。我只知道因为奶奶的希冀,我的本就不多的玩乐时间又被剥夺了些。

小易姐姐的传奇故事随着她的离家上学而渐渐被人们遗忘,她和她的故事只会在每年放假时被人们想起来,再好好地消费一番。而随着时间推移,院里对她的风评渐渐不好了,人们对梅奶奶的态度很快由尊敬艳羡演变成了暗地嘲讽。奶奶总在家里说,她屋里小易学的好像是莫斯生物,天天泡到实验室不出门,人瘦得像鬼,姑娘伢一点都不打扮,头发蓬蓬乱乱皮肤又黑,几难看。再过几年,又变成了,你看她屋里小易,二十好几了,连个朋友都冇谈!虽然说

10. 六六厂杂事

在实验室里混的蛮好，一群人跟到，姑娘伢不早点结婚早点成家有莫用！末了总是会加一句，她能考个好学校，还不是多亏了我们屋里！

后来，梅奶奶得了肝癌，非常非常疼，没有钱治，于是死了。小易姐姐再也没有回来过，好像照旧泡实验室，照旧刻苦，似乎还出国了吧。院子里的人们，还是待在院子里，照旧吙他们的天，扯他们的皮。只是，一想到有着温柔笑容的梅奶奶死得那样痛苦，我的心就仿佛被狠狠捏了一把。

再后来，我们离开了院子，住进更好的地方。我离家上学的那天，奶奶眼睛红红地说，真是蛮后悔你学习好，还不如在屋里上大学，跑那远做莫斯。你也不要太读狠了，姑娘伢学习太好不好的。她老迈的脸再不复当年的盛气凌人。很多人注定一辈子被囚禁，不过这也不能怪他们。

蛋糕店

蛋糕店事件——我给它这样一个称呼，也许是因为人们由于自己的无能，往往想借助美好的事物来掩盖痛苦的记忆吧——是我人生的一个重大转折。那之前，我由爷爷奶奶带，那之后，愤怒的妈妈愤怒地带走了我，这是我孤寂的童年时代和孤僻个性的发端。

蛋糕店是刘家夫妇的，刘家夫妇跟爸爸妈妈姨妈都是好朋友。刘家夫妇是我所见过最最温和的人，脸上除了温和的笑容没有旁的表情，温和得面目模糊。对谁都善良，心肠软，因此生意也很受照顾，没过多久他们不到二十的女儿也来蛋糕店帮忙。我不知道吃了他们家多少毛坯蛋糕和新鲜奶油，他们总是安静地笑笑地看着我吃，十分欣慰满足的样子，他们说我乖乖巧巧怯生生的模样十分招人喜欢。从前我是一直由爷爷奶奶带的，后来妈妈觉得小孩子还是要在父母身边，便要把我接回来，为此和爷爷奶奶起了很大争执。后来他们达成一个妥协，一三五父母带，二四六七老人带。我于是顺从他们的心意，奔波于两个家中。

那个星期五，风和日丽的中午，是我最不愿记起的记忆，是往后苦痛的预

兆。本来轮到父母带我,可是妈妈中午要加班——爸爸在我记忆里不知出于什么原因一直缺乏实感——于是妈妈商量着要我去蛋糕店里跟刘家夫妇吃中饭。我心里不情愿而且很害怕,因为我天性腼腆,但是我为了表现出成熟的样子还是非常干脆地答应了妈妈,于是她很满意地摸了摸我的头。到了中午放学,刘家夫妇便在学校旁边接我,奶奶竟也来了,于是双方在校门口爆发了争夺孩子的战役。刘家夫妇温和,怎样都吵不过奶奶。我的脑子里嗡嗡响着,我既害怕又觉得丢人,只能使劲憋着不哭。最后他们实在达不成妥协,就要我选跟谁走。我本能地选择了奶奶,奶奶得意地牵着我走了。

我以为事情到此就告一段落,于是长长地出了一口气。然而,在奶奶家刚刚吃完中饭,妈妈就来了。我被关在房里,听着外面激烈的争吵,心里渐渐产生一种我自己都不理解的漠然,仿佛被厚厚的白雪覆盖。门被恶狠狠地冲开,妈妈一把扯走了我。回家的路是格外漫长,妈妈旁若无人地训斥着我,路人的眼神折磨着我。我不明白为什么妈妈这么生气,也不明白我选择跟奶奶回家有什么太大的不对,无非是违背了给妈妈的承诺。一路上我瑟瑟发抖,到了家被妈妈关在门外,妈妈在门里逼问我知不知错。其实我不知道,但是为了不被丢人地关在外面,不让我的羞耻心苦苦煎熬,我还是哭着说我错了,于是妈妈开门把我放了进去。虽说继续被训斥着,但我觉得浑身舒服多了。

从那之后,我一直被妈妈带了,奶奶与我们的关系恶化到了极点。我不明白,他们都是非常好的人,何以会如此的厌恶对方,毫不留情地加以诋毁,害得我两边为难。我所不知道的是,奶奶后来跑到我们这里大闹一场,和姨妈对骂,咒骂的内容极其恶毒,深深刺伤了刚刚离异的姨妈,并给街坊邻居制造了很大一笔谈资。

从那之后,星期五这样的折磨从不少见。妈妈在很多地方比奶奶好,见识更是超过奶奶。但是奶奶不会大声训斥我,更不会在下班之后把对工作的不满以及因为要照顾我而不能出去的愤懑一股脑地砸在我身上。开始她频繁的怒火让我非常恐惧,不过后来,我天生的敏感使我渐渐掌握了各种让她平静或者开心的技巧。每当这情景重复上演,我都觉得,我们把好好的生活过成了电视

10. 六六厂杂事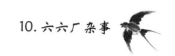

剧,面对至亲的人,激烈地展现情绪,灵巧地做出回应,刀刀刺中要害,心里却是庞大而空洞的漠然,仿佛被厚厚的白雪覆盖。

再后来,蛋糕店拆了,刘家夫妇跟女儿去了外地,我们就此断了联系。很多年之后的一天,妈妈红着眼睛进了家门,告诉爸爸今天碰到了刘家女儿,说夫妇二人都去世了,先是男的,后是女的,相隔不到一月。爸爸听了也一同难过起来,说怎么恶人活得久,好人没好报。没过一会,他们的话题就转移到该送多少钱上面去了。

朱老二

朱老二是厂长,是管我爸爸妈妈姨妈的人。他们都不喜欢他,我也不喜欢他,不过这不喜欢是不一样的。他长得太胖了,胖得五官都不那么清晰。我对丑的人向来没有好感,而且他总喜欢换老婆。我觉得妈妈这么跋扈,敢当着很多人的面跟他作对还没有被他开除就是因为妈妈的漂亮。看到漂亮女人他总是笑眯眯的。

爸爸妈妈不知道在家里骂过朱老二多少次。朱老二这个外号远不足以发泄他们的愤怒。爸爸说,朱老二经常做些让他这个主任十分难堪的事,专门不给他面子。妈妈说,朱老二收了不知道多少礼,搞得单位里送礼成风,一点王法没有。不过去闹一闹,朱老二总还是给她面子的。爸爸的脸色就不是太好看。

爸爸总是十分愤世嫉俗。他总是在饭桌上讲些我们都不太懂的话,说什么国企效率低下,机构臃肿,要改革啦什么的,还说中国的经济要变,外边好多人都出去做事,这样在厂里待着不行,一点意思也没有啊什么的。每每这时,妈妈就很不屑,说当好你的主任就行了!与其想这些虚的不如想想怎么往上爬,最好赶快扳倒朱老二,我们也能过上好日子!爸爸就默默地吃他的饭,第二天照旧当他的主任。

后来我才从历史书上隐约地感知到,我们经历了中国历史上极其深刻的一次变革。国有企业改革用了很多年才波及我们这座小城,没有书上的波澜壮

阔，我所见的是人们走投无路，然后在日子一天天的刷洗之下逐步走向呆滞，呆滞地做出反应，呆滞地进行抉择，呆滞得如同无意中消磨掉他们青春的车间和流水线。后来朱老二不等人们扳就自己倒了，厂子也倒了，人们都散了，我们搬走了。另外找事做的爸爸妈妈让我们家越来越好了，不过，很多时候爸爸却在饭桌上说，想起来还是先前在厂里舒服，现在累不说，鬼老板比老子还小几岁吼老子像吼个苕，哪里讲规矩辈分啊！妈妈说，不是鬼，以前那几舒服。然后他们继续默默地吃饭，第二天照旧上他们的班。

我一直觉得，六六厂是一个黑惨惨的口，吞噬了很多很多，并且如一种遗传病，根植在每个人的血液里，即使它倒了，也能依靠各种人以各种形式留存在这世上。

猫

没人知道猫从哪里来。院子里有人家里闹鼠灾，就给它饭吃，把它养起来，它就在这里定居。猫是只母猫，长得丑，眼睛外突，瘦骨嶙峋。不断地怀孕生崽让它怎么也吃不饱，主人家又对它很坏，于是它常常偷跑到各家求食。妈妈是很爱喂它的，我也很爱。我对于院子里的人没有任何情感，然而一只猫却唤起我残存的温情，可能妈妈也是这样。

一来二去，猫来我们家就轻车熟路了，妈妈喂它太好，把它的嘴喂刁了。带肥肉的不吃，带骨的不吃，咸了淡了都不吃，时间长了妈妈很烦。晚饭的时候，猫必会在人腿边撞来撞去。给地上垫张纸，放块肉，猫就会轻巧地窜去，鼻子抽动几下。若是吧唧吧唧地吃了，妈妈就会很高兴，说，狗娘养的，看它吃得几香，真是造孽，他们屋里对它几拐（坏），天天死踹，怀毛毛（宝宝）也不把东西它吃。若是不吃，妈妈就会生气，说，狗娘养的，老子真是对你太好了！这不吃那不吃该你饿到！若是猫接着缠人要，妈妈就一脚踹上去骂，滚，畜生东西！猫就轻巧地窜走了。

我发觉妈妈不是真的爱这猫，她只是爱看猫吃东西的样子，可能这会让她想起她心爱的点点和心爱的弟弟。点点是一只极美的波斯猫，是舅舅的猫，生

10. 六六厂杂事

前被人们百般爱护。舅舅去世后，家里乱成一团，没有人顾得上一只猫，点点吃了毒老鼠死了，死状极其凄惨。至于舅舅，迄今我不知道他为何而死，妈妈他们讳莫如深。我只记得当年很长一段时间他们很忙，妈妈眼睛红红地说，舅舅去国外了。天生的敏感让我很快意识到发生了什么，但我仰起脸乖巧地问，舅舅什么时候回来啊。妈妈支吾了一下说，很久很久以后，可能永远都不回来了。给，他走之前给你买了碟子，你最喜欢的猫和老鼠。于是我很平静地接过，很平静地一个人看猫和老鼠，平静得心里没有一丝波澜。

往后想起，我觉得十分对不起舅舅。舅舅是唯一一个公开说不嫌弃我是女孩子的人。妈妈经常跟我说，生下来亲眼看到我以后她才愿意相信我真的是女孩，当时她在病床上大喊要把我扔出去。后来妈妈经常在爸爸出差的时候挤进我的被子，跟我说，爸爸毁掉了她有一个儿子的梦想。她怀上了我的弟弟，可是爸爸说只要我一个，她不得已把弟弟杀死了。吃面的时候她会说，如果有弟弟，她绝对会让弟弟先吃而不是让我先吃。她还说，如果有弟弟，绝对会把房子给他而不是给我。很长一段时间我都活在对这个未出世的弟弟的战战兢兢的憎恨之中。他未出世就赢得了妈妈的爱，若他出世了我怎么办呢，我不敢把他杀死，我连蚂蚁都不敢杀，我也许只有继续忍着吧。于是我十分感谢说只要我一个的爸爸，直到后来听见他跟人说还不是怕罚钱。于是只剩下舅舅孤军奋战，他说不出理由，只说，姑娘有什么不好，姑娘可好了。虽然妈妈使劲跟我说，舅舅也喜欢男孩子，可是我使劲不相信。

为什么这样好的舅舅去世了，我却那么平静呢，我实在想不通。低头看看撞我腿的猫，我感到一阵心烦，恨不得一脚踹上去，想了一想还是忍住了。这时奶奶来了，奶奶看见猫大惊失色，抄起手边的扫帚一打：呔！死畜生！猫灵巧地躲过攻击窜走了。妈妈连忙招呼着奶奶坐下。没过几年，爷爷奶奶和我们的关系就改善了。亲情二字总是强大的，它能令人们从表面上的讨厌转变成暗地里的讨厌，支撑起一团和气、父慈子孝、婆媳亲热的剧情。而我们都不愿承认的心思是，亲情终归是个主观的东西，多数时候它的使用价值是，老人们凭借亲情的浓淡将自己的财产做出主观上合理的划分。奶奶说，你们以后莫让畜

生进屋,畜生几脏!妈妈连说晓得晓得。奶奶又叹口气说,唉,我们总嫌别个这脏那脏,其实人最脏,随莫斯(任何)事情冇得不脏的!妈妈说,您那就莫想这多,好好养您的老,过您的日子就行了!接着她们十分亲昵地笑着交谈。

后来猫怎么样了呢,它下的崽子不断被主人家拿走换钱,或者偷走。一场暴雨过后,它最后的两个崽子一个冻死了,一个病得水也喝不下。最终它和它的崽子永远地消失了,不知是死是活。

猫的离开触发了妈妈深深的惋惜。这惋惜是给人看的惋惜。她到处说,早知道这样,当时就对它好一点。

猫的离开触发了我深深的悲痛。这悲痛是悲我自己。我需要一只猫来证明自己尚有温情,这恰恰证明了我已丧失爱的能力。

从头到尾,没有人真正为这只猫伤心。

柳国杨

柳国杨不是六六厂的孩子,他只是经常到这里玩。我问过他为什么不回家,他说反正家里也没人。我跟他是一个班的,我们同样在老师当中有名气,只不过性质不同罢了。

老师们不喜欢他,不只是因为他不听讲不交作业上课说小话,具体原因我也是后来才知道。同学们怕他,是因为他凶,打架厉害。只有我不怕他,我经常逮着他不交作业,在黑板上记他的名字,他从不会记我的仇,不像班里那些表面亲热的女生会暗地里说坏话。因为六六厂,我们共同玩耍的时间多了,彼此也熟悉起来。我是那时才知道,他爸爸妈妈从来不管他,不是我妈妈发脾气吓唬我说的那种不管,而是真的一点都不管,仿佛世界上没有这个人一样。他跟着他奶奶过,可是他奶奶很老很老了,也管不住他,他就像一株自生自灭、疯狂生长的野草。

他的孤独在文具盒事件之后达到了顶峰。那次他和别人在教室里打架,把桌子掀了,书包里的东西哗啦啦洒了一地,文具盒被踩坏了。他过了很多天

10. 六六厂杂事

没有文具盒的生活，在那个时候没有文具盒或是文具盒不好看都是会惹人嘲笑的。终于有一天，他上学时带了一个盒子。班主任的课上，他那片的同学忽然发出窸窸窣窣的响动，过了一会，声响越来越大，笑声和议论再也压抑不住地爆发。班主任很生气，说你们怎么回事。坐他前面的男生，班里的小喇叭，迫不及待地喊起来，老师你快看他的文具盒！

我只回头看了一眼，那个黑色的盒子上印着一个极其妖冶的女人，上面写着：催情散。接着我看到，老师的脸，由白变红，又由红变青，最后把他和他的文具盒一起扔了出去。

下课后，办公室里，班主任和其他老师热火朝天地聊着，桌子上放着那个盒子。那一天，我听到了我最敬爱的老师嘴里产生的最肮脏污秽的言语。我把作业本放在桌上，这丝毫没有引起他们的注意。关上门的那一刹那，我忽然觉得有些东西正在离我远去。

那以后，几乎只有我一个人跟他说话了。同学们更加躲着他，老师们看他的眼神就像看一件浸泡在死水里生红锈冒绿泡的垃圾。他说他翻遍家里只有这么一个完好的盒子，他也不明白为什么老师会这么生气。我说这不是你的错，他于是稍微开心了一点。我回家后掩饰不住的很不开心，在爸爸妈妈的追问下，我把这事告诉了他们。他们听完面面相觑，他们不知为何认识柳国杨的妈妈，他们压低了声音议论着。突然，他们对我说，唉，这孩子也真是可怜，他有没有对你说过什么不好的话或是做过不好的事？我想了想说没有。他们便严肃了起来，提高嗓门说，不可能，你又撒谎！我凭借经验知道这样纠缠没有止息，便使劲搜刮脑袋：哦，他经常叫我骚婆娘，别的没了。真的没了？真的。爸爸妈妈长吁一口气，严厉告诫我，以后再不许和他来往。我自然应允了，不过阳奉阴违。我庆幸我这一生中少有的不懦弱的时刻。我没告诉他们，那么多女生，他只叫我骚婆娘，我其实还有点开心。

我没想到这么快他就消失在所有人的世界里。我始终固执地认为，柳国杨其实是被这一群人逼走的，他们商量好了似的变着法子以各种方式为难他，折磨他。新学期刚开始的时候，我抱着收好的暑假作业走到老师办公室，却看见

  他低着头站在老师旁边，老师在打电话。老师说，柳国杨妈妈呀，人穷可以志短，但穷教育就不对，本来他就跟不上我们课程进度何谈在家自学。唉，不过这样也好，他在学校确实会影响其他同学，好多家长也跟我们反映过，等到小升初也会对我们升学率造成一定影响。家庭教育的缺失是灾难性的，大人怎么样，孩子就会跟着学，我的意思你明白吗？老师讲话的语气带着轻蔑，带着傲慢，带着不耐烦，和跟我爸爸妈妈讲话时的语气是全然不同的。看见我来了，老师匆匆挂了电话，挥挥手将他驱走。

  等走出办公室，我才发现他一直站在外面。他说，以后我不能上学了。我说，不会的，老师那样太坏了，你不要理他们。他说，我妈妈跟你妈妈很不一样，你不明白的。我确实不明白，我以为这世上所有父母都是为了孩子好的，虽然我妈妈老是发火，但她对我还是很好的，绝对不会不让我上学。我只说，这些人都好坏，我不喜欢他们这个样子。他说，我好羡慕你，你爸爸妈妈对你好，你学习又那么好，你以后肯定很厉害，肯定能让他们变好的。他接着说，拜拜，我走了。语气是同龄人中罕见的平静。从那以后，我就没有再见过他。

  很多年后我才明白，关上办公室门的那天，童年砰的一下给了我一个沉重的耳光，震碎了我固执守护着的最后的玻璃城堡。而那天那个孩子对我说的话，某种意义上是一种修复和治愈，某种意义上影响了我的选择。

  我始终盼望他好。

  我的大臂内侧有一块浅浅的褐色疤痕，妈妈说这是祖传的。外婆那个地方有一颗大痣，姨妈和妈妈那个地方有一颗小痣。于是我终日恐慌，生怕那颗痣在我皮肤上破土发芽。然而成长的经验告诉我，所有我抗拒的事情都会发生。终于有一天，我无比清楚地感知到了它的生长，虽然缓慢，但确实存在，抚摸着它我惊出一身冷汗。然而这些年的恐惧与抵触过去，我竟也渐渐释然，终于能够接受了。不过最终是虚惊一场——那只是一颗疖子，挤掉脓液，血流出来，什么都没有了。

  太阳底下照旧是没有什么新事，生活照旧是继续的。只是年复一年，那些面孔也不在我梦里出现了。我始终是愿意相信所有的病都会好。我也盼望他们

10. 六六厂杂事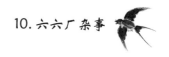

都好。

评论：杂事与生活破碎日常

《六六厂杂事》不是一部有完整情节的小说，它非常接近《马桥词典》的写作类型。小说的核心不在于"事"而在于"杂"，在一种庞杂的回忆中，构建起有关六六厂的整体回忆。小说分别讲述了"店家""菜圃""红领巾叔叔"等故事，这些叙述与其说构成了一个拥有时间序列的故事，不如说构成了一种平面展开的画面。叙事者对六六厂中生活的讲述是空间式的，比如"红领巾叔叔"和"菜圃"这两个故事之间的关系就在于，红领巾叔叔住在菜圃旁边的棚屋里。这其实非常符合童年回忆的写作主题，因为在孩子的眼中，生活就是空间化的，而不是时间化的，孩子可能并不记得在哪一年发生了什么事，但是却会清楚地记得在哪里发生过什么，他们的生活是空间式的。

这部小说像一部作者的笔记集一般为我们展现了在六六厂生活的一些方面，但是这些方面却又并不像《马桥词典》中展现的那样具有一种历史性。《六六厂杂事》中，人物和地点的历史被摊平在一个平面之上，叙事者以一种归纳概括的方式讲述着童年的记忆，比如烤红薯的王爷爷就"总是甜甜地笑"，叙事者笔下的王爷爷是没有历史的，笑不是他生活里的一个偶然瞬间，而就是他生活的一种状态。在这部小说中，叙事时间并不是回到过去，而是始终停在叙事的"现在"，从整部小说的构成上来看，叙事时间始终停留在一个时间点上，叙事者就在那个时间点上作着回忆，又结合着现在。其中的一个表现就是，小说中几乎全部都是这样的叙述："小易姐姐的传奇故事随着她的离家上学而渐渐被人们遗忘，她和她的故事只会在每年放假时被人们想起来，再好好地消费一番。"这种讲述虽然指向过去，但是叙述发生的时间点却并没有离开现在。这种回到过去时发生的困难，给人的印象是急切地想要告诉读者在小时候，在六六厂里都发生过什么，急切的叙事者没有足够的时间让叙事的时间点回到过去；另一方面，它也告诉给我们一个信息，那就是叙事者自己知

道,过去是回不去的,在叙事中叙事者谈论着过去的事,却不愿放开叙事的缰绳让自己在过去的时间点上进行叙事,这表达出了一种对六六厂的生活既怀念又惧怕的矛盾心态,仿佛一旦真正回到过去,整个叙事就要崩塌了一样。叙事者在每一个杂事的结尾,都从现在的时间点上表达着自己希望被讲述者一切都好的愿望,但是这种一切都好中包含的却是一种无奈。因为叙事者对于过去的事处于一种疏离而又不敢靠近的姿态,被叙的人物到底有怎样的命运显然也正和被讲述的过去有着直接的联系,从这个角度上说,叙事者实际上是不敢过问,不敢多想那些但愿一切都好的人和事究竟怎样了。希望一切都好,因为叙事者已不能也不愿再介入其中。

这种若即若离的思绪,叙事者在小说的开头已经告诉我们,叙事者极力想要离开那里,不再想起那里,但是却在午夜梦回的时候不断想起那些往事。这迫使叙事者思考,但是从小说的叙事方式来看,叙事者却对这种思考表示抵触,叙事者最终也不愿真的回到其中。叙事者不愿回去的原因,已经在小说中说得很明白,在每一个杂事的结尾,叙事者都表达了这样一种观念:当时的人和事,已经被叙事者理解了。理解就意味着叙事者已经滑入了一种新的六六厂生活之中。儿时的叙事者可能是与六六厂的生活有所距离的,但是当叙事者走出那段生活后,却正好发现,那段生活正悄无声息地回到了自己的身上。自己喜爱的、厌弃的东西正在被重构于自己现在的生活之中。最后叙事者表明了,"太阳底下照旧没有什么新事",换句话说,太阳底下也照旧没有什么新的生活。六六厂的生活总是充斥着贫穷和病态,而叙事者现在的生活中正在逐渐重复地遭遇这些年少时期已经遇到过的宿命般的处境。正是这种宿命般的处境令叙事者害怕,也正是这种宿命般的轮回让读者胆战心惊。叙事者疏离也正提示着我们这种轮回带来的恐惧有多么强烈,生活的一种悲剧性可能正来自过去的一切并不曾离我们远去。

(王佳明)

11. 嫁出去的女儿灌回来的水

姜蕾-14级本科

婚配是资源的再分配

但凡是女人，都是要做好养育很多个孩子的准备的。凡是没有生育两个以上孩子的女人，她的精力都要被分配出去照顾别人的孩子。这种对劳动力的使用和分配方式应该是家里的传统。杨树妈就是这样的一个典型。

杨树妈今年四十七岁，一米六二，人民教师。服饰恰如其分，鞋跟不高不低，头发不论精心梳理还是随便一抓都会一丝不苟，行动举止永远地堪称小辈的楷模。杨树妈的年龄已经无需被考量，由于长期接触青春期的初中生，乍一看上去少估计七八岁也是有的事儿。杨树妈能跟周围人保持群而不党；杨树妈是沟通婆家和娘家、长辈和小辈的桥梁。小辈们热爱且敬畏这个能理解他们时尚潮流但同时对他们严格要求的姑姨妗婶或者老师，长辈们——尤其是外婆家的人——也对传下来的一套礼节规矩有个女儿能强硬地执行维护而深感欣慰。

从杨树记事起，杨树妈就是一个无所不能的形象。在杨树心里，杨树妈值

得最好的——无论是待遇还是别的什么。别的地方且不要说，至少在家乡这块小土地上没有人比得上杨树妈。男孩子在长到一定年龄的时候，无论是生性羞涩还是豪爽，不管有没有恋母情结，都会对自己父亲的形象产生崇拜，如果自己的父亲没能与自己的理想人格吻合，那就会转而在心目中培养父亲形象的替代品，比如偶像，比如想象中的自己。而女孩子无论怎样性别模糊化，也会崇拜自己的母亲或者理想中的女性长辈形象。杨树很愿意为了自己的母亲去做个好孩子，并且以自己日益继承母亲的外貌和内在而自豪。

杨树眼里的妈妈是万能的，不过婆家的人不一定这么想。杨树现在已经开始用"婆家"而不是"爷爷奶奶家"称呼柴棚乡的那一家子了，她觉得没有什么不妥，并不认为自己跟这家有什么关联。如果有的话，那大概就是二十年前自己的妈妈被娶进了那家门，才用了一千六。

二十年前的人，无论男女老少，都应该知道娶媳妇的通用标准是两千二。这是当地约定俗成的规矩，就像问了价钱之后一定要讲讲价才算是礼貌一样。当年婆家不知出于怎样的心理，在下彩礼的仪式上偷梁换柱地把那两千二变成了一千六；尤其可笑的是做出这一切的婆家仿佛少掏了六百块就压低了杨树妈的身价一样，至今还会因此而露出飘飘然而高人一等的自得情态。

杨树妈作为一个媳妇是无可挑剔的，但是她收的聘礼只有一千六；杨树妈作为一个女儿是值得骄傲的，但是生孩子的时候并没有得到娘家按风俗应该送来的小被；杨树妈作为一个母亲简直再合适不过，然而她只被允许生一个孩子。为此长大了之后的杨树曾经揶揄："妈，我觉得你也就是在不能生二胎和爱心一次捐的时候，才真的能看出来你是公务员待遇。"

杨树妈是光荣的人民教师，按当地的政策——也许是全国的政策，反正当地人向来对政策的划分不很关心，他们只管做——公办教师在工资待遇的级别上应该是对应着公务员的等级的。杨树妈和当地的许多老师一样，对应的是正科级，可是从来就没有过同样的工资。但是每当号召捐款的时候，当地的人民教师形象总是最光辉的，因为他们的捐款数量往往是高于同等级的公务员的捐款，每当这个时候人民教师的应有等级就会得到空前的上下一致的承认，一大

11. 嫁出去的女儿灌回来的水

批常年拿着科员和办事员工资的人民教师摇身一变，得到了副处级的待遇——要交与副处级的公务员一样多的钱。杨树家并不差爱心捐款的钱，勤俭节约的一家人维持小康生活应该是绰绰有余，何况家里只有杨树这一个孩子，而且还是个不爱花钱的；事实上杨树很愿意响应上自国家社会下到学校班级甚至一些莫名慈善机构的爱心捐款号召，并且时刻准备着从自己基本没动用过的零花钱里倾囊相授以解他人燃眉之急或长期生活所需。杨树实际上是不应该为自己的妈妈感到多么委屈的；作为一个有觉悟的高级知识分子和劳动模范，杨树妈更不应该有类似的委屈情绪也不需要别人替她来委屈。……但是，杨树心里就是微微地不满了。

让杨树更不满的就是，杨树妈只生了自己一个。而且只生一个这种事情还真不是杨树妈和杨树爸做得了主的。杨树不是担心自己孤单寂寞，以杨树的性格和本事满能够在短时间内交到一大波新朋友。杨树只是在担心自己爸妈——自己出门的时候他们多孤独啊。更重要的是，杨树的父母都身体健康思想端正没有家族遗传史，杨树妈更是当地的交往圈里都知道的擅长管教孩子，这样的两个人怎么就不能多生几个呢？

家里的亲戚们显然也意识到了杨树妈作为一个母亲的高素质和她生养孩子数量的不平等，并且敏锐地判断这样的不平等必然带来资源的浪费和杨树妈心理的失落。于是他们不约而同地贡献出了自己家的孩子，大到高校学子，小到幼儿园里的混世魔王，凡是有点问题需要解决的，无一不被当娘的强硬地推到杨树妈面前而且捎带了这样一句话："让你姑姑/三姨/舅母/婶婶/二大娘（二伯母）/姐姐/嫂子给你看看。"偶尔地杨树妈的形象还会被拿来止小儿夜啼，杨树就不止一次地看见自己的婶子和舅母吓唬自己家疯得不知今夕是何夕的儿子："快写作业！别闹了！恁（你的）二大娘/姑姑要来了！"而后杨树就目瞪口呆地看着那前一刻还威风凛凛的小狮子瞬间缩成一团乖巧的毛兔子。

杨树有时候就很不能理解，他们凭什么让自己的妈妈给他们管孩子呢？

杨树妈就温柔而好笑地看着自己闺女："你不是一直想让我给你生个哥哥妹妹吗？现在这么多兄弟姐妹你还不高兴。"

杨树瞠目结舌，哑口无言。

她能说什么呢？总不能说这些人毕竟不是自己的兄弟姐妹，有些人的血缘关系跟自己远得结婚生子都没关系，有些人跟自己根本就没血缘关系；再说他们的样子哪里像是自己的血亲呢？每次都是有了问题才来，解决了就走。杨树难以置信地暗自揣摩，难道是自己这唯一的孩子平时太过老实，所以让自己的母亲缺乏教育孩子的快感？

杨树是独生子女，没有兄弟姐妹的。小时候杨树不觉得有什么不妥当的，她甚至感觉大家都应该是这样的。何况周围的孩子也大多是这样的，家里只有一个孩子，出门的时候左手一个爹右手一个娘，看着分外和谐。在杨树的世界观刚刚开始形成的时候她就已经被灌输了只生一个天经地义的想法，就好像两个大人就应该围着一个孩子团团转一样。虽然杨树有自己的判断力——这些判断能力来自非此时代的文学作品中那一个个的多子女大家庭的形象。

杨树出生在1996年。到了杨树这一代，独生子女政策已经——至少在狠抓严打的胶东半岛大地上——深入人心而且基本成了大家默认的模式。所有的媒体、甚至普通人习惯中的形容家庭美满幸福的话都不外乎简单的一个词——"一家三口"。这个词什么时候来的杨树不知道，在她很小的时候甚至以为这就是从来都有自古皆然的。但是不幸的是杨树在认识现实的社会的时候就已经早熟了，开始看一些从前的书了，在书里杨树第一次知道了一家可以有好几个孩子；而且杨树识字也早，在别的孩子还在街头巷尾瞎跑的时候，杨树已经开始满大街地关注标语并且能明白这些东西在说什么了。那些青年，晋升父母或准父母还没有多久，抱着或者怀着孩子走到这些大红字面前，难免地就会收敛起心思肃然起敬，连带的仿佛觉得自己怀里的或腹中的孩子的出身是否独生子女符合准生规定都值得再多思量一样。

当然，后来杨树就会慢慢地发现，身边其实有很多人在不断地生孩子。当地成了极端鲜明的两极分化，要么家里只有一个，要么家里的孩子就像夏天晚上地底下钻出来的金蝉一样一个一个止不住地往外蹦。

产生这一系列奇特分化的原因，无非就是为了一个物事儿。

11. 嫁出去的女儿灌回来的水

男胎。

嫁出去的女儿灌回来的水

杨树的婚育观念，实际是随着政策走的。虽然一个还没到适婚年龄的人整天考虑这个，总有点不妥；但是杨树从来都是一个坚持有备无患未雨绸缪准则的人，她不觉得恋爱结婚是一件可以容后再议的小事。杨树秉持的恋爱结婚和生育观念的顺序与大多数人正好是相反的。虽然杨树知道应该是先恋爱再结婚再生子，这才是正确的符合社会价值标准和人类文明发展进程的优良表现，杨树对此深以为然。但是杨树的思维逻辑的却是逆向的。既然恋爱和婚姻最终都要落脚到孩子身上，那最初在考虑恋爱和结婚对象的时候就应该把后代的问题放在第一位。

所以杨树每次介绍自己的择偶标准的时候都会遭遇一大群质疑的声音。

其中如果说最直接的标准，应该就是："嫁给少数民族。"

至于为什么，无非也就是想多生几个。至少在当地，计生政策还是相对对少数民族兄弟宽松的，杨树也只能转求他们的帮助。

说起来杨树这样的思想是不对的。这里的人要不停地生女儿，只不过是为了那侥幸的希望，盼着下一胎是个男儿罢了。大家这么急切地希望获得多生几个的权利，无非是想让自己生出男孩传宗接代的胜算多几分罢了。杨树你这是干什么呢？找一个外地人、一个少数民族，甚至一个外国人，你生得再多也没用啊！生出来的又不是这里的人！

不过好在，杨树是个女儿，她嫁给谁，生多少，生男生女，基本跟老家这里的大多数也没什么关系，也没有人——尤其是奶奶家那边的人——会把传宗接代这种重大的任务交到她的身上。杨树也不是为了生男胎，实在是觉得只有一个孩子太孤单了。自己已经孤单了十几年了，万不能让自己的孩子还费尽心力地孤苦伶仃。

杨树的这种思想还是当地她这姓氏一族的人乐见其成的；杨树最好是多生

几个,只要别忘了她自己老家在这里、自己姓什么就行。将来还等着她带着儿女们回来帮着弟弟成家立业呢。

男人独特的生理优势和社会认可用来传宗接代,女人要帮着自己血亲的兄弟成家立业延续香火。就整个社会而言,男女在社会财富的创造上是平等的,男人甚至做的要多一点——毕竟体力上有优势;但是就一个家族而言,女儿,尤其是成家之后的女儿,反而对于这一个家族的成功繁衍必不可缺。有时候杨树不由地会想,自己家里如果真的是重男轻女的话那还真就好了。如果嫁出去的女儿真的是泼出去的水,那老家的女儿们也不用这么费心费力了。就养家糊口来说,男人们的分量一定是重的;就社会和家族地位而言,男人也是绝对地比女人要受到重视。这一点上老家跟全国乃至全世界没有什么区别。但是在对待嫁出去的女儿的态度上就不一样了。事实上论对家族的作用还真的是要靠女人。

尤其是靠姐姐们。

人群跟动物世界是反过来的。雄狮长大后被迫离开生养自己的群体,女人长大后离开赐予姓名骨血的家庭;小雄狮回来是为了虐杀战斗让这个群体改朝换代而自己不再离开,女儿偶尔地回来是为了让自己的家族更加地欣欣向荣。女儿们嫁出去了,反正按照当地的规矩,是不能继承家里财产的。这样一来女儿们就会帮着自己家的弟弟好好地发展,一把一把地往回捞钱。女婿们一定是要养丈母娘的,女儿们自己也会出去挣钱,这样的话就省心了。如果生的儿子多可就不好了。儿子们之间你争我夺,不但不会振兴什么家业,反而会把产业拆得七零八落。所以说起来还是生女儿多比较好。对于一个家族的延续来说,女儿才是那第一生产力。

但是不知道为什么,生女儿多的好处这么多,这些好处可都是谁开发出来的呢?

总之,不管女儿有多少好处,大家都是不愿意多生女儿的。

儿子就是那个1,女儿就是那个0。在当地而言,反正女儿嫁出去之后也不是别人家的,还是要反哺自己的家族的。那就不必担心女儿的多少了。一个家

11. 嫁出去的女儿灌回来的水

族没有女儿只有儿子不行,但是没有儿子只有女儿更不行。

女儿就像是格林童话里老巫婆养的小巫婆,养着就是要去拐回来一个头脑发热的年轻猎人的。然后就开始往家里源源不断地运输,小到紫甘蓝和金币,大到价值连城的神奇斗篷和日进斗金的乌鸦心。

所以,作为女婿的男人,是必须要做出付出和牺牲的准备的。只要自己妻子的娘家有弟弟,那他的妻子就必定为了弟弟的利益赴汤蹈火在所不辞。为了自己的妻子和自己的家庭,男人也必须跟着妻子,为妻子的娘家做贡献。这样看来这个男子岂不是吃大亏了么?这倒未必。这个男子在自己家里也是一个兄弟的角色,身边——如果不出意外的话——也是会有姐妹的,如果没有的话,也会有堂姐妹和姑姑这样的角色,照样跟自己一个姓,照样可以在自己有需要的时候,因为自己家老祖宗的一句指挥、父亲叔伯之间的一通商量,以及这些女人家心里的母性也好还是对家族的责任感也好这一类说不清道不明的精神情感在里面,而为了自己的兄弟和侄子前赴后继战斗不止。

按理说这样其实是没有什么太严重的后果的,每一个男人既是对妻子娘家任劳任怨的女婿和姐夫又是在自己家和另外一家中万千宠爱的儿子和大小舅子。不同的家族通过女人巧妙地结合起来。男人们之间彼此心照不宣,收支是平衡的。不比女人们的收支平衡往往是纵向的、时间上的——所谓千年的媳妇熬成婆大概就是这样。女人们在自己家要孝敬父母照顾兄弟,嫁到婆家也是一样的操劳,但将来儿子娶了媳妇、女儿带回女婿,那情况就不一样了。男人们之间的平衡往往是横向上的,而维持这种收支平衡的就是女人。

兄弟帮着姐妹在婆家那里立威,女人就带着自己夫家的力量回来帮着兄弟成家立业;老娘舅出面可以调解外甥们之间的纷争,做姑姑的反过来也真心实意地关爱自己的侄子。这是一种非常独特的平衡。看似父系的明线下埋着母系的暗线,而且由于母亲娘家的人总之是不会过来拿父亲家族传下来的财物的——至少遗产方面是没有权利的,反而更受到信赖。

没有什么比生几个女孩之后再生男孩更靠谱的事情了。女儿嫁出去之后还是要帮着一起养弟弟的。哥哥这种东西不靠谱,哥哥是用来短暂性地养妹妹

的，倒也不是不能养弟弟，但是结了婚有了嫂子之后弟弟基本就没什么事了，妹妹嫁出去之后哥哥基本也不用操什么心。但是有姐姐的弟弟就不同了，或者不如说有姐妹的男儿在这个家里就几乎可以为所欲为，读书娶妻这些砸钱的事情基本都不用愁，有父母和姐妹以及自己的姐夫妹夫们共同努力，自己还愁什么呢。

因此生男生女虽然有区别，但是在老家这里，还没有听说过哪一家生了女儿就倒门楣的，也没有沮丧得活不下去。虽说男孩子能做的更多一些，而且是必不可少的，但是女儿的作用也不小。如果一户人家连续几代生的全是儿子，那就很麻烦了；也许一开始看不出来，还可能因为这种好运气备受四邻八乡的艳羡和赞美，但是这样的家族绝对是长久不了的。只生儿子而且连续几代的话不仅不能扩大家族势力，反而会把一个家庭拆得七零八落。一个家庭真正沮丧不是因为生了女儿，而是连续生女儿直到无法生育也不见儿子。不过这种情况实在的也是太少，大多数的家族还是慢慢地自然地延续着，维持着之间互相的平衡。

但是很快这种微妙的平衡就被打破了。

计划生育的到来使得铺天盖地的"只生一个好"沉重地碾压在父母的心头。即使能生两个那也是因为农村户口第一胎生了个姑娘，允许你试着第二胎能不能出来个男孩。

政策到了这个份上哪里能那么淡定地允许自己生男生女一个样呢？农村户口的父母如果第一胎不幸是个女孩还是可以再有个二胎的；如果是非农户口，甚至是拿着皇粮的公家人，那就只能生一个了。这种情况下如果家里逼得紧了，怎么能不在传宗接代上着急呢？罢了罢了，两害相权取其轻，既然只能生一个，那就生个男孩吧。不就是担心没人养么？两个大人养一个孩子总是够了吧。父母们打算得很美好，但是现实是——生男生女可不是夫妻俩床头一商量就能决定的啊！

生孩子这种事儿，且不说怀上一个孩子到生下来需要多少天时地利人和，何况还要打算着能不能有个理想的性别。而且当地还有一个盛产多胞胎的南山

11. 嫁出去的女儿灌回来的水

镇，几乎县里十之八九的多胞胎都与这个地方有家族渊源。如果第一胎是单胎，或者一胎有了一个女儿之后二胎是男子，那还好说；怕就怕第一胎就生了一窝女儿，给家庭带来了养育的沉重负担的同时也把自己再生一胎的权利打得一干二净。看着这三胞胎姐妹一个个身强体壮哭声嘹亮的样子，怎么能让人有借口说孩子身体不好，当父母的需要再生一个呢？于是只能抱着三个哭闹不休的女儿默然相对。城镇户口的当然更不用说，除了在第一胎也是唯一一胎上多费心思并做好准备接受上天的一切安排之外，根本连多余的想法都没有。

杨树的好朋友繁嘉就是一个多胞胎家族的城镇户口独生儿子。偶尔，繁嘉的妈妈会忧心儿子的生育问题，并自觉地为儿子提出了合适的建议："儿啊，你将来找个少数民族吧。"

繁嘉惊讶地看着自己的母亲，心想她是也认识到了混血会让后代聪明美丽吗？

繁嘉妈接着说："这样你就可以多生一个了。"

繁嘉被狠狠地噎了一下。缓过劲来的繁嘉重重地喘了口粗气："那这样的话我给你找个老外当媳妇吧！爱生几个生几个！"

繁嘉说起这个事儿的时候，正跟杨树一起倚在走廊的窗户旁边，有一句没一句地消磨着时间。提及自己的母亲，繁嘉心里也是极为不可思议。繁嘉当然知道自己的母亲当然不会因为这个就给自己包办个异域风情的婚姻，但是对于这样的玩笑繁嘉还是觉得接受无能。

"你说呢？"

杨树没敢说话，她怕自己一张嘴就宣告了她与繁嘉友谊的死刑。杨树心里想的是你妈说的对，你回复你妈的那句话更对啊！我也想找个老外啊，能生几个生几个。生不生都是自己的事儿。这多好啊，你怎么就不为了自己日后的幸福多努努力呢！

当然杨树现在已经慢慢放弃了依靠丈夫的民族和国籍来决定自己生育权利的腐化堕落不思进取的想法。杨树觉得万事不如靠自己，还是乖乖地好好学习努力赚钱比较好，将来万一想多生几胎的话交足罚款不就行了吗？

现身说法教育杨树要生多胎靠自己的人,就是杨树她姑姥姥。

还珠格格在今天会有不同的表现

杨树的姑姥姥高金环是一个强悍的女人,嫁了同样姓高的振阳。说她强悍不是因为她在工作或者为人上有多么强硬的一面。杨树老家就是不缺月季花、金矿和女强人。杨树妈就是一个工作上十分雷厉风行的人物,她的表妹阿英跟她气质相似,生意场上男人们都自愧不如。杨树要夸金环强悍,还是因为她的生育能力。莫卧儿王朝育有十四子的泰姬离着杨树太过久远,杨树爸老家那个生了八男七女的家庭也分崩离析难得一观,只有杨树她姑姥姥是一个真正能被杨树看得见摸得着的人物。虽说她跟这姑姥姥之间血缘关系已经不知道表了几表,不过到底杨树妈还要叫她一声姑姑,杨树也就推演着叫姑姥姥了。

金环第一次来杨树家的时候,杨树还是个毛毛躁躁的小姑娘,看见金环也没有多想,就很有礼貌地叫:"阿姨好。"

金环就愣了一下。杨树也愣了一下。不过杨树估计着自己应该是不小心把一个应该叫姑姑或者"姨"的人给叫生分了?

就在这时,杨树妈及时地出来了,手里端着一盘苹果,极其自然地说:"姑,你吃个苹果。"

于是杨树立刻挺直了身子,叫:"姑姥姥!"

金环——也就是杨树她姑姥姥——这才反应过来:"这是你家闺女吧。长这么高了。"两个人心照不宣地没有告诉杨树妈刚才初见的尴尬。杨树不由敬佩地看着杨树妈,虽然面前这个女人跟杨树妈对比之下看不出具体的年龄,但显然不是隔了一个年龄段的人。虽然女人的肤色棕黄、身材垮塌,整个人的衣着打扮几乎可以说毫不用心,两鬓的色泽也是银色遥看近却无的朦胧感,看上去似乎比杨树妈大了好几岁的样子;但是从女人的整齐微黄但并不发黑的牙齿和略微深陷但依旧明亮的眼睛来看,她大概还不到四十岁。

杨树妈低头削着苹果,用余光观察着这年龄相差二十来岁的祖孙二人相对无言眼神乱飘的样子。终于在杨树大着胆子提出自己先回房间把客厅让出来,而金环已经第三次神经质地清着嗓子揉着鼻尖有意无意地看过来之前,最后一片果皮悠然坠落,而后手起刀落地把苹果碎开,一边在寒光起落间说:"你先回你房间,我跟你姑姥姥有话说。"

杨树甫一掩上门,就听见客厅里杨树妈主动出击的声音:"今日这是怎么了?"

金环就从喉咙眼里发出了模糊的介于回复和清嗓之间的声音,显然是没做好立刻说话的准备:"那个……待会儿振阳就来了。"

杨树妈依旧淡定地把话题稳定在正轨上:"俺姑父现在还没来,姑你先说着话,姑父来了咱一块儿吃饭。"

金环就继续咳嗽起来,夹杂着咀嚼苹果的声音。大概是吃完了一片苹果,估计着假装思考是装不下去了、丈夫短时间也来不了,只好自己先开口:

"那个……是小媛的事儿……"

杨树这才反应过来。原来刚才的那个女人是自己小表姨的母亲。

辈分到了这个时候,也真是够乱的。杨树就深有这样的感触。杨树的小表姨与其说要叫姨,不如说就是个姐姐,因为她只比杨树大了四岁的样子。

几年前的一个风雨交加的夜晚,杨树在自己家里待着。杨树爸和杨树妈都出去了,因为他们要去找一个亲戚家的女孩子。那个女孩子上初四,跟杨树一个学校(当地初中四年制),莫名其妙地离家出走了。

那天晚上杨树一个人躲在屋子里意志薄弱地流眼泪。这已经成了杨树的一个老毛病,每次杨树爸和杨树妈夜间出门的时候她都要担心好久。杨树的焦灼几乎已经可以化为实质了。已经这么晚了,他俩为什么还不回来!杨树像一头困兽一样在屋里焦灼地四处抓挠,伴随着毫无意义的哭声。哭有什么用,哭是在一群小孩子中引起大人注意的战斗武器,是得到大人安慰的最好手段,但是这一切都建立在有大人和一群孩子围着自己的基础之上;可是现在大人们出去了,杨树又没有兄弟姐妹。杨树哭得鼻涕一把泪一把,不由自主地就开始胡思乱想。种种可能发生的事都被她狠狠地揣测了一番,最后得出的结论无非是希

望父母快回来，要么自己现在有个兄弟姊妹也好，哪怕是个骄纵任性而且比此时的自己还要六神无主的弟弟妹妹。只要再有个孩子！杨树痛苦地想，自己也就不用这么担惊受怕，至少还有人能跟自己分担一下这种感觉，出门在外的时候也不必时刻担心万一自己有个三长两短父母该怎么活下去。杨树的心里充满了悲壮的情感，这种感情无论是被父母抛在一旁的独生子女还是长期共享父母疼爱的多子女家庭的孩子都会有，来自父母之外的其他人的安抚只不过是暂时地舒缓一下这种尖锐的担惊受怕和激动悲壮，真正的解决对策还是父母——可是父母怎么还不回来呢！

杨树爸和杨树妈到底还是平安地回来了。领回来一个女孩子。

女孩大概十四五岁的模样。她显然不是杨树所熟悉的女孩子的类型。衣着打扮上并不暴露大胆，但是带着当时的女生独有的小心思，这种心思一般成年人看不出来，孩子的父母也只会隐隐地嗅到不太安定的让人心慌意乱的因素；同龄的男生们会迷迷糊糊地觉得这个女生浑身有一种几乎可以摸得着的气氛，这种气氛表明这个女孩子可以跟他们一起开一些无伤大雅的玩笑或者一起游离在危险的早恋高压线边缘，而教师则会一眼就看出这个姑娘最近是想要早恋了还是厌学了还是叛逆了；最直接了当而且不偏不倚的应该是女孩子们的看法：面前的这个女孩是在模仿哪一部韩剧——当时应该是《浪漫满屋》——的发型和服饰装扮。她的脸圆圆的，脸颊还是肉肉的，被围在丰厚的不甚整齐的头发里，微微带着一点湿润的水汽。眼睛不大，但是滚圆，别人的眼珠子好像只能左右晃动，而她仿佛可以明显地看出转了一轮一样；嘴唇丰厚，上唇微短，所以整个嘴巴微微地撅起来。总之她给杨树的第一印象——无论是圆头圆脑的外表还是身上的气质——是一只充满狡诈和天真的矛盾气息的小黄鼬。

杨树看着她，犹豫着该叫她什么。面前的女孩子似乎也一瞬间地愣怔了。她想噘着嘴俏皮地打个招呼，然而仿佛在出声之前又突然反应过来在一个比自己小的女孩面前这样做不太合适。于是她的状态就成了呆滞的样子，嘴唇微撅，双眼圆睁，脸部被铅笔杆卷出来的丰厚的鬈发遮挡得毫无分辨性，只能在光线下微微地看见唯一发亮的地方——双眼和嘴唇上的水渍。大半夜这样站在

11. 嫁出去的女儿灌回来的水

人家家门口其实是很窘迫而且让人难以应对的,好在杨树也没有什么对比鲜明而加重对方尴尬的举动。事实上杨树比自己想象的还要羞怯。她穿着家居服,裤腿高高地吊起,头发蓬乱,眼镜上也全是雾气和静电吸附的灰尘。两个女孩就在门口陷入了尴尬的沉默。还好这时候杨树妈及时地进来了,衣服和头发上全都裹着深夜的寒露。

于是女孩就转过头去,轻轻地笑着,带着一点羞怯和懵懂的神色:"姐姐?"

她一笑,两个小虎牙就露出来了。两只眼睛无辜地闪烁着,任凭怎么办都是无法生气的。杨树妈微微叹了口气,说:"先进去吧,别在门这儿站着。"

这一下,杨树知道该叫面前这个女孩小姨。不过她没叫。刚才已经错过了最佳的打招呼的时机,现在再叫一声显得格外的尴尬。她笨手笨脚地让开,后知后觉地意识到自己应该把客人请进客厅里,虽然现在已经十二点多了,但是按照老一辈的规矩还是应该全套的糖果茶水招待的,哪怕是不速之客。

好在对方也没什么需要自己领路的。女孩熟门熟路地蹬掉了鞋子走进客厅,一下就把自己摔进了沙发里,然后就着摔出来的那个窝舒舒服服地蜷缩着,像极了一只窝在地里的土豆。

杨树就跟在后面慢慢地走了过来。她心里隐隐地佩服自己这个初次见面的小姨——这种安闲镇定的态度真是极其地难得。杨树记事很早,但是记事以来就没有见过这个小姨,可知是跟自己家不是很熟的;何况她是刚刚离家出走被找回来啊!一个离家出走被追回的女生,怎么就没有丝毫的难过或者沮丧或者不甘心的表情在呢?怎么就能这么潇洒恣意地在别人家里这么舒坦呢?——别误会,杨树没有任何揶揄或者轻视的意思,也没有捍卫自己家领地的想法。她只是真心实意地佩服着面前的这个比自己大不了几岁的女孩子。怎么就能这么厉害呢。杨树猜测着自己如果离家出走,半路被人抓了回来,该是多么激动人心!更别说还是跟自己的一群好朋友们一起走,那简直太爽快了!虽然杨树是绝对不会做出这种事情的,不仅是没这个胆量,而且也真的能看出这种事情的不靠谱。但是尽管杨树早熟,她对于自由的热血向往还是留在自己的骨子里

的。杨树没有意识到自己的思路还停留在《还珠格格》的时代，而且还自发自觉地把自己的小表姨设想成了那个一心逃命奔向自由的小燕子。

如果杨树妈这时候能直接说出事情真相的话，一定会说"呸"。而且呸完了还要加上一句当地的老师们常用来教训青春期孩子的话："没轻拉重（不知道轻重）！"

好在杨树妈是个很体贴而且沉稳的人，她知道什么时候该说什么话。她脱下风衣搭在衣帽间的架子上，顺手从兜里掏出手机，回过身来第一句话就是："小嫒，我给你妈妈打个电话吧？"

杨树妈的动作和语气都是那么轻松随意而不容置疑。语调与其说是在征求意见不如说仅仅是知会了对方一声。

小嫒——就是杨树的小表姨——同样满不在乎但是又保持着相当的恭敬礼貌地应了一声，然后低下头，开始剥一只橘子。

杨树妈拨出去，电话响了一声就被接了起来，紧接着杨树妈就去了阳台上，顺手关上了门。小嫒在电话接通的一刹那迅速地俯下身子，表情毫无变化地揉捏着橘子皮，似乎在考虑着从哪里下手会剥出一块完整的橘子皮。但是杨树总觉得对方埋在一头乱发的耳朵尖微微地动了一下，仿佛一只警惕的小动物竖起了耳朵一样。

杨树妈和小嫒妈的对话并没有持续多久。她从阳台上走出来，趿着拖鞋对小嫒说："您妈说今晚上叫你住我们家。你跟你妹妹——啊不是——你外甥女，你俩睡一个屋。"

小嫒说："哦。"小嫒说话的时候指尖微微一动，还没剥好的橘子就带着皮被分成了两半，她用指尖抠着橘子瓣之间的脉络，慢慢地撕下一瓣橘子，放到嘴里咀嚼着。

杨树爸和杨树妈回到屋里睡下了。杨树却没有动。

小嫒直起身子，把橘子往果筐里一丢，站起身来就轻车熟路地晃进了房间。

杨树也跟着进去了。彼时的她还没有想到，这只不过是她跟这神奇的一家

11. 嫁出去的女儿灌回来的水

子接触的开始。

那个雨夜的事情，杨树本来以为就这么过去了。这件事之后，杨树家的遭遇还没有停止。

杨树家的遭遇其实是半路忽然插进来的，谁都没想到杨树家跟小媛家的血缘淡成这个样子，除了杨树妈跟他们共享一个姓氏和三代前的族谱，或者在当地特色的大型婚宴里两家偶尔会被新人中的一家请来安排在两个不同的宴席厅里，就没有什么交集了，居然会因为那一个雨夜而纠葛在一起，而且成功地从一个孩子的小打小闹升级成了两个家庭的一致对外。

而小媛就是那个外。

如果小媛知道自己一时糊涂居然给自己上了这么大一个枷锁，估计那天晚上根本就不会离家出走，更不会让自己的表姐有接近自己的机会。

事情还是在小媛刚刚上初中的时候。自从进了初中的寄宿班，12岁的小媛就像吃错药一样不停地有问题。一会儿头疼，一忽儿肚子疼，而且每次都是在半夜的时候突然性地发作，简直就像被传说中的武林鬼手下了只在半夜发作的毒药一样。反反复复闹了两年多，时间久得足够让豌豆公主适应学校的硬木板床，却治不好小媛的顽疾。

每次小媛有了问题，班主任老师照例都是要给小媛的爸爸妈妈直接打电话的。因为小媛坚决地不肯吃药，也丝毫没有要在室友的关心爱护之下坚强地恢复过来重新迈入学习征途的意思。开始的时候爸爸妈妈还会十分担心地半夜跑来关心自己的女儿。这时候小媛就会趴在他们的怀里哼唧，说自己难受，要回家。母亲当然是担心女儿的身体的，于是就抱着女儿，还在回家的路上就十分着急地捧起脸来左看右看。这时候小媛就会低着头哼哼着往母亲怀里拱，当娘的这时候除了在后座上紧紧地搂着女儿还能做什么呢？金环不是没有从后视镜里看见丈夫沉郁的脸色，不过那只是一瞬间的事，金环看着丈夫紧皱的眉头还以为他跟自己一样担心着女儿的病痛。到家之后小媛是不肯自己下来的，她要妈妈半扶半抱着自己，才能勉强挪回自己的房间，进去之后还不肯让金环离开。金环以为女儿是受了委屈或者身子不舒服，就跑前跑后地给女儿倒热水，

给她兑上红糖或者蜂蜜，在她背后垫上一个软枕头，让女儿在被窝里倚靠得舒舒服服的，还把被角紧紧地掖在她的肩膀窝上。

小媛是舒服了，振阳却不高兴了。但是他能怎么说呢？当爹的是不愿意承认自己的女儿是故意的——难道说这小东西才这么大点儿就知道折腾自己父母了吗？大晚上的把夫妻两个从被窝里拖出来，谁能知道打断了什么。任凭哪个男人，箭在弦上的时候突然被从被窝里拖出来都是不高兴的。何况后果还是让自己不能尽快地实现生出儿子的夙愿。一开始的时候振阳还是宁可相信是自己想多了，但是几次三番这样下来，任是对人与人之间的善意抱有再多美好期望的人也受不了了。

"你给我滚回去。"

"我不回去。"

"明天早上就走！"

小媛把自己蒙在被子里，翻个身朝着墙就睡了。振阳火大地伸手去扳她的肩膀，被端着热水杯小心翼翼挪进来的金环一个箭步冲上来眼疾手快地拽了个趔趄。

此后就经常性地爆发这一幕。通常都是在即将入夜的时候，以小媛紧急突发的病情为开始，以振阳夫妻俩在小媛的"病"床前或病房外展开的争吵为结束。当第二天早上小媛坐在洒了一地光影斑驳的餐厅里乖巧地吃着槐花饼子且小口地啜饮热腾腾的玉米粥的时候，金环的心里几乎要被温情融化了。金环虽然没有受过什么系统的教育，对美学的认识更是无从谈起，但是女人心里最柔软的地方对自然和生活气息的感受是相通的。母慈女孝，夫妻恩爱，这不就是自己想要的全部吗？然而很快振阳就会沉着脸把小媛送回学校，然后金环会想起自己要生个儿子，然后当天晚上小媛又会突然发病。如此周而复始的生活简直比两口子下定决心要生二胎之前还要富有规律甚至节奏合拍。一来二去，金环终于受不了了。

振阳当然也是一样地受不了。振阳本来就不能说实话——难道要说自己怀疑自己的女儿、一个十几岁的小丫头，已经知道两口子需要行敦伦之事然后迎

11. 嫁出去的女儿灌回来的水

接一个小生命吗？给这个年纪的小姑娘说这个合适吗？如果振阳读的书再多一点，他可能就会苦中作乐地想到自己是一条老实巴交的看门蛇，生怕在狡猾的夏娃面前露出破绽而引得不可收拾。振阳没有想过现在这个处境是对圣经启蒙故事的颠覆的重现，但是他知道绝对不能让这个半大姑娘再惹什么事儿了。于是振阳一边安抚自己心神不定的妻子，一面力图让自己的妻子跟自己一样心安理得起来——孩子都这么大了，假期里也检查过了没有什么隐疾，她可能仅仅是想家了而已。那让她放假回来陪她玩会儿不就行了吗？

于是单纯的两口子就像绞尽脑汁请假的小学生一样，给小媛的班主任打了个招呼。无非是说最近家里老人身体抱恙，还要出远门，不能照顾女儿，万一这孩子不省心又出了什么岔子请老师一定多担待着点。

老师也隐隐地知道小媛是在闹事儿，这样的孩子也见得多了。于是索性也帮了这对夫妻一把，在小媛故技重施的时候直接让寝室的人帮忙照顾一下，什么事等明天再说。

几天之后小媛也感觉到不对劲了。她的反应更直接，叫上几个朋友就离家出走了。

这才有了那个雨夜。振阳两口子得知这个消息已经是大半夜了。伴随着起床气和金环气急败坏的声泪俱下，振阳简直六神无主。夫妻俩这才发现三年多来对女儿的认识只有她喜欢隔三差五地"犯病"，根本不知道她跟谁走得近一些，大雨又使得从乡下到县城的那一段本来就被石材运输大货压得七零八落的公路变得格外难行。夫妻两个正在焦虑万分而互相埋怨的时候突然灵光一现：金环不是还有个表侄女吗！

于是彼此之间淡漠了许久但还没有忘记的两家人就打通了电话，当晚杨树爸就被杨树妈带着去为自己家的远房亲戚奔波劳累去了。

杨树知道这件事已经是在很久之后了。本来杨树妈是不打算说给杨树听的，但是这事情也实在匪夷所思，而且太过好玩了些。这样家长里短无伤大雅又富有教育意义的事情不拿来在茶余饭后跟孩子讲讲实在是太可惜了点。于是杨树就目瞪口呆而心有不甘地接受了这一事实真相。

　　杨树怎么也没想到,自己眼里天不怕地不怕的小燕子不是为了自由才往外跑的,也不是天性使然才一出一出恶作剧不间断地往外翻。这一切竟然只是为了——让皇阿玛没时间跟后宫嫔妃生孩子?

　　身为皇阿玛而不能开枝散叶的振阳和一人身挑三宫六院雨露恩泽的金环现在正无可奈何然而态度丝毫不让地坐在杨树一家跟前。夫妻两人叉开双腿坐在凳子上,动作如出一辙,这样一来客厅里就接连不断地响起一高一低两道不同的清嗓子的声音,尽管这两个声音的主人在谈话的态度问题上显然比他们的喉头要强硬得多。

　　"你就让小媛住恁(你的)家吧。"

　　"我没时间。"

　　"那以后小媛有什么头疼脑热的就麻烦你了。俺们也不能一直过来。"

　　"……好。"

　　谈话就这么迅速地结束了。快得让杨树吃惊。她惊讶的是一向强势的杨树妈居然就这么退让了。不过她也知道杨树妈肯定是已经万般无奈了才会这样。

　　乡下人没有别的本事,就是寸土必争这一点上是真正的强硬,若是乡下人把这一点坚持得无往不利的话,没有哪一个商人能在哪一个贸易行当上干得过对方。不过乡下人一般是包容的,这也亏了是土地赋予的好性格。一般来说他们只会关心两个问题,土地和孩子。除了这两点之外没有什么足以让他们费心思,一般乐乐呵呵就让了。但是现在不行。现在是三代单传的人家要求一条活路。虽然这一条活路不是杨树妈给的,但现在只有杨树妈才能够态势强硬地震慑住这唯一的拦路虎——没错,现在唯一的拦路虎就是他们的这个大女儿。

　　所以,当小媛又一次发作的时候,班主任虽然还是照旧第一个打给了小媛的父母,但是立刻就被打了回去。振阳一劳永逸而一针见血地指出自己有一个外侄女在学校当老师,家就住在县城里。对对对你知道那个老师吧,姓高?啊对,对,初三年级的。嗯,好好好,您多费心,多费心。然后电话就马不停蹄地转拨到了杨树妈那里。

　　杨树再去看小媛的时候,她半靠在床上,低着头,辫子也不扎了,头发蓬

11. 嫁出去的女儿灌回来的水

乱地堆在她的两颊，显得脸也没有那么圆了。她双手握拳紧紧地抵住肚子，力气大得原本浑圆丰腴的胳膊都仿佛有了肌肉隆起，让人觉得她脸上惨白发青的颜色是被她自己的拳头顶着内脏给折腾出来的。

"我肚子疼。"她说。一张口就是尖利高亢的女高音，好像她已经疼得感官失灵不知道自己的声音多大一样。

杨树紧张得双唇都抿在一起。下巴绷得紧紧的，下颌上的皱纹都出来了。

"我头疼。"小媛又说。

杨树这时候反而轻松了不少。杨树虽然没什么应付女孩子的经验，自己对装病也不熟悉，但是她至少能猜测出来，一个年轻人动不动像还珠格格里面的小燕子一样"头痛脚痛全身都好痛"是不太可能的。自己的身子也是有数的，就像人常说"折寿"所依据的那一套年龄守恒理论体系一样，凡是一个人要有病痛了，那一般是集中在一个地方的，如果浑身疼痛，那也是有个限度的；真若是浑身都痛到小媛那样的话，哪里还能这么精神抖擞地疼上三年。

杨树就慢慢地坐在床尾。她现在已经不担心自己小姨的身体问题了，唯一要费神的就是怎么应付过去。她从来也没有想过自己第一次正式介入家庭纠纷居然是为了拖住一个人好让另外两个人生孩子。

小媛突然抬头："我爸妈呢？"

杨树被她一盯有点心慌。她从来没见过这么圆这么大的眼睛。小媛的眼睛本来就有点微微地鼓出来，又因为仰头的缘故，眼珠子更突出了，黑色的双瞳几乎像悬浮出来的两个小纽扣，连带着旁边的眼白也是格外的夺目。她的刘海长了些，被凌乱地拨开在两边，露出了饱满的额头，上面微微的红点和已经消下去的痕迹是持续上火一波未平一波又起的证明。这就更显出她的眉毛、眼尖和鼻梁三者角度的紧绷和微妙，那种锐利的光紧紧地凝结在一起锁定着杨树。但是杨树在心慌之下反而还有点好笑——这是早熟的独生子女最无奈的地方，总是会不由自主地觉得其他人都比自己小，别人危险的神色在自己眼里也是小孩子撒娇；何况她现在还知道了小媛不断"生病"的原因。杨树怎么能不想笑呢？但是她不能。她一笑对面的女孩就要炸毛了。

于是杨树深吸了口气:"你喝不喝热水?"说完她不等回复飞快地背过身子去倒水,借以掩盖自己肩膀的细微抖动。

小媛就恼怒地盯着杨树。杨树深感无辜地看着自己的小姨。小媛当然知道自己不能对眼前的人发脾气,她只是透过杨树怒视着这么安排的大人——简直无耻!小媛愤恨地想着,手指把被套绞出了一堆细纹。他们是算准了自己不能跟一个比自己小一辈又差出了四岁代沟的人计较。看着杨树也是个不管事儿的,她连个手机都没有!而且更卑鄙的是杨树这个孩子也不知道是怎么养的,居然能这么不声不响地由着自己发火。女生之间是要故意有点小摩擦然后针锋相对一场才能有足够的友谊或者仇怨的。一个愿打一个愿挨,不愿挨就对掐,要么就告状搬救兵,总之你来我往才有意思;一方的气也就消了,另一方哪怕现在没有怨气也可以借此挖掘一下之前掩盖下来的消极情绪一并发泄了。杨树这算什么呢?自己已经做出了打一架的姿态了,她怎么就这么不配合!小媛感觉自己是白费了力气,攒了半天的拳头裹着浑身的力气却打在了棉花上,而且那棉花连发出点声响吸引别人——比如本来应该来看自己的振阳夫妻俩——的作用都没有。想来杨树就是从小就知道自己绝对不会有亲兄弟姐妹,所以才连这点人情世故都不知道!

想起对方不可能有亲兄弟姐妹,小媛又心酸起来。这就是她的好处!不管杨树在她爷爷和姥姥这两家孙辈里面有多少堂表亲或者排第几,她在自己的小家里都是独生的一个,父母所有的关心都是为了这一个。而自己呢?当了十几年独生子女,突然地就被告知自己家要有另外一个孩子了,以后家里吃鸡的时候鸡腿都不是自己独享的了。小媛的心酸委屈不是没有原因的。如果父母只是单纯地为了再生个孩子也就罢了,关键是他们这样努力,如此目标明确,甚至连自己的女儿都不管,是为了生个男孩?对比之下这不是给自己找不痛快吗?要是家里不是农村户口、不许生二胎,他们难道先卖了自己再养个男孩吗?再说什么时候生不好,偏要等自己十四五岁的时候,正在叛逆期的时候生!他们不知道自己这时期的心理状态很危险吗?而且当地还有一个更要人命的活动:政府每年给独生子女的父母一笔钱,支持他们把这个孩子养到12岁。虽然大家

11. 嫁出去的女儿灌回来的水

一向是瞧不起这笔钱的，哪怕两个月连一块钱的零花钱都舍不得花的杨树。这笔钱从当地独生子女政策开始就设立了，过了这么多年，就像教师的工资和班主任的补贴一样，任凭物价怎么翻涨都保持当年的水平纹丝不动。尽管这笔钱少得拿去养只再普通不过的小狗都要好好掂量算计着花，可还是维持了很多独生子女脆弱的自尊，让他们觉着自己能给家里带来钱是特别荣耀的事情，连带着要零花钱都理直气壮。然而这一政策的打击性也在于此：一旦父母在孩子十二岁之后选择了生二胎，那小孩子发了疯一样的联想力很快就会构建出一幅"为钱禁欲十二载，一朝撤款抓紧生"的人情冷暖图。此时的小媛也不可免俗地想到了这些。然而千算万算却忽略了一点：在你没上初中、没有离家住宿的时候，父母哪里有时间和机会生孩子呢？

小媛的哭声消止了，但是眼泪却更加汹涌地冒了出来。杨树只能装着自己没有看见的样子，转过身对着窗外，心想这就起风了。今年的秋天来得这么早，真是四时不正。

后来金环终于怀孕了，小媛彻底没戏了。

没有什么可以阻止一个女人的善变。

解决了小媛这个心头大患，振阳夫妻俩动作迅速地有了实质性成果。不过可能是怀的气候时令不对，要么就是产妇略高龄了点，没准跟时刻担惊受怕有关，总之意外地遇到了早产。好在是二胎，产妇有了多达几年甚至十几年——从大女儿诞生之时开始——的准备，所以尽管鸡飞狗跳，倒也没有太大的篓子。

在一干人灼灼期待下，金环终于生了——一个女儿。

小媛得知这个消息当然是十分的快慰。你们不让我回家又怎么样？还不是没能如愿以偿地生个儿子？小媛简直太高兴了。这样就可以回家了！你们总算可以消停了！按照当地的规矩，农村户口第一胎生了女儿还可以再有第二胎，但是第二胎无论是男是女总之不许生第三胎。小媛突然开始感激自己这个不请自来的妹妹了，现在看来这小东西应该是为了减轻自己不能回家的苦恼而特意及时出现救自己脱离苦海的。小媛第二天就得意洋洋地收拾东西回去看了自己

的妹妹，在走之前还特意跑到杨树他们班外面，趁着卫生大扫除的间隙把杨树从一堆习题里扒了出来，带着翻身农奴把歌唱的表情庄严而喜悦地郑重宣布，她家多了个二胎。

或者说二胎的位子已经有人来坐了，是一个妹妹。小媛如此地补充。

杨树的反应当然是恰如其分的高兴，恭喜恭喜，是个妹妹，母女平安，回家看看；但是心里却并不很看好。杨树虽然暂时性地处于女权主义萌动的愤青时期，对于求男未果的行为有着一星恶意而扭曲的欣喜，但是基本的理性还是有的。她冷眼旁观着，总觉得自己的小姨是被一时的喜悦冲昏了头脑。她觉得在几十里之外的姑姥姥家一定是出师未捷仓皇北顾的悲愤之后待从头收拾旧山河的壮怀激烈，最起码也是革命尚未成功同志仍需努力的重整旗鼓，这个时候哪里会像小媛这么尘埃落定得过且过的不知所谓。

很快，高家老太爷就传来了消息。果然不出杨树所料。老爷子雷厉风行地收了这对夫妻的所有财产，严令二人必须生出儿子来，要不就别想接家里的厂子了。

金环无奈，还是得接着生。谁能想到生儿子也能算是生产力。不过好在夫妻两个都是三十来岁身强体健的时候，本来那事儿也是要做的。现在只不过是要考虑考虑结果罢了。也就是平时多注意点的问题。房事前后——甚至过程中——要注意什么啦，平时饮食起居上要有什么讲究啦，再无非就是万事谨慎些，等等，琐琐碎碎，就不再多提了。接着生就是了。厂子攥在老爷子手里，倒不是难事儿，她是这家的媳妇，虽然拿不到巨款，基本的生活还是可以保障的，而且衣食上更不会短了自己。这样一来操心的反而是老爷子，要按时的拨给他们合适的钱财，就像大观园里的凤姐发月例银子一样。

消息传来，小媛的脸就绿了。

杨树同情地看着这个又要有一年不能回家干扰父母造人计划的少女，觉得振阳两口子还是尽快给自己添个舅舅比较好。

话且不说小媛这边是如何的低沉失落，振阳那边也遇到了一个不大不小的麻烦。金环刚刚从"生产——呀是个女儿——可以喘口气"的大喜大悲大放松

11. 嫁出去的女儿泼回来的水

之后突然地发现了一个问题：自己这就已经生了两个孩子了。农村户口允许生育的名额已经用光了。

二女儿得了个名字叫小云，把原本准备好的"*云龙"的名字略略一动就直接拿了过来。

小云生下来就成了个大麻烦。原本农村户口是可以生二胎的，即使不承认你有生的资格，交了罚款也是可以生的。但是现在问题是这个小姑娘已经占据了这一胎的位置。大女儿已经这么大了，二女儿要是再留着不就跟神经病一样了么？现在该怎么办？振阳是坚决要生的。"那个医生真他娘的神经有毛病。"振阳愤愤地骂着。振阳觉得现在这种困境完全是做B超的医生造成的，他凭什么不告诉自己胎儿的性别？振阳虽然是乡下人，但也知道现在隐隐地有男女比例失调的问题的，但是他一点不觉得自己一心要生个男孩跟整个国家的男女比有什么问题。他就从自己身边的实际出发，觉得现在明显是女多男少。原本安安静静告诉对方胎儿是男是女不就行了么？现在你藏着掖着不肯说，一生一个女儿，而老百姓没有儿子是不行的，所以即使会生出女儿来还是要不停地生，直到有了儿子为止。这样下去男女比例怎么会平衡呢？振阳不相信会有什么男多女少的事情，虽然老家里打光棍的也不是没有，但是振阳就是以自己的眼光认为应该是……可不是么。看看镇里的那些人，上至腰缠万贯的矿业老板，下到普通的平头老百姓，哪个不是想要生出个儿子来，又有哪个不是先生了一堆女儿才能得一个男儿。振阳忘记了身边越来越多的打光棍的现象，反正那些人跟自己家又没有什么关系。振阳目之所见就是天下了，天下的情况就应该跟他看见的一样：闺女成窝，儿子没有。

杨树得知振阳的想法还是在一段时间之后。她愣怔了一会儿，第一次感觉自己积累了十几年的逻辑和雄辩技巧都失去了意义，十分诡异地觉得振阳说的似乎也有几分道理。

后来他们决定，把小云送走。恰好有一家没有孩子，想要个女儿。虽然振阳和金环家不差钱——无论是托别人领养小云的倒贴钱还是交超生罚款的钱，反正二者是必有其一的——但是能名正言顺地生个儿子，干嘛还要让这个孩子

变成个超生户呢?

再者,金环坐完月子已经有些日子了。不赶紧把这个孩子送走难道等到这个孩子完全断奶再说吗?哺乳期的女人难道是可以怀孕的吗?

小云被送走那天,小媛在后面追着哭。

金环哄她:"就是把她送到别人家而已,就是落个户挂个名,还是咱们自己家的。就过去住两天就回来。"

小媛不听,金环这么说她反而闹得更厉害——什么叫住两天?起码也要住到第三个孩子生出来。虽然大人瞒着不说,但自己又不是傻!小媛不能接受自己又一次给未出生的孩子挪个地儿,更不能接受自己这么大点儿的妹妹也要给接下来那个不知男女连个影子都没有的老三让路。

振阳就火了。他扯着小媛的胳膊,转头怒斥孩子她妈:"你跟她叨叨什么!"

小媛第一次发现自己除了哭没别的办法。她在庭院里委屈得不得了,从前一哭想要的玩具就都能有,而这次的哭除了让自己意识到自己的妹妹不是玩具、不能一哭即得之外,没有别的用处。

最终小云还是被送走了。得了个新名字叫李美云。

"你不是不喜欢你这个妹妹么?"杨树想了想,问。同时把"我那个二姨"这个诡异的称呼给咽了回去。

小媛没有说话,戳着手里的冰沙。杨树见过这个表情,那是自己小时候玩具娃娃的裙子被邻居家的小姑娘拿走的表情。恐怕比这个还要多一点哀怨的神色。杨树不由得开始用成年人的角度揣测起来,看这姑娘的表情不会以为下一个被送走的就是自己吧?

"你说他们会不会连我也不要了?"小媛突然抬头。

果然!

杨树垂下睫毛,暗自头疼地叹了口气。小媛也感觉到自己说法的不切实际,更何况还是在比自己矮了一辈小了四岁的少女面前。有点气闷,也没办法,默默地垂头不说话。

杨树就无奈了：应该担心的是我呢！既然你妹妹送走了，你家的二胎也空出来了，你担什么心！你弟弟的位置还不用你来给他交代。再说了送谁都不会送你啊！你都已经在户口本上扎根了十六年了，又是第一胎的女儿，没有你这个长女的身份，政策哪里会允许你家再生个二胎啊！

不过杨树什么也没说。她默默地啜饮着热茶，陪着心情莫名抑郁的小媛。她是不会去吃冰的。在北方的初夏吃这个无异于给自己日后的生活找死。杨树是要嫁给少数民族或者老外的，因为她要多生几个。如果将来嫁出去了却发现子宫寒凉得连个二胎都生不了，岂不是亏了吗？所以杨树只会吃温热的。

不过这并不妨碍她陪着小媛看她吃冷饮。心里也知道现在这种情况除了冰凉或者酸辣是没什么东西能转移她近乎悲哀的注意力了。

有两个娘家的女儿更没法办

看戏永远是一个人最喜爱的事情，不论多么清高。尤其是家长里短，琐琐碎碎的，能让自己不操心的同时看着别人操心，这样的反差和优待几乎没有人会不心动。所以杨树会格外关注振阳他们一家子，因为这一家的人实在是有意思。

但是事情落到自己家头上就没那么好玩了。善恶终有报天道好轮回，杨树自己家也是常常被村里人围观。这种围观本身就很让人难以忍受了，更何况自己还要去动手处理。

杨树是个很单纯的女孩。她的想法很简单，就是单纯地做自己喜欢的事。然而基本上是没有这种可能的。别说杨树家有一波不省事儿的亲戚，就说杨树自己是个闺女而身边的堂表兄弟们也基本都是家里的独生子，这就决定了杨树要置身事外是绝对不可能的。

杨树的奶奶身高还不到杨树的锁骨，可能就是格外娇小的缘故，当时嫁过来的时候也并不被人看得多么好。好在村里不止她一个个子不高的女人，但是这个女人居然一连生了三个儿子，简直给了村里那些说个子矮生不了儿子的人

一记响亮的耳光。杨树奶奶自己也很是得意，为此也颇受器重。家里有了三个儿子，无论怎么说都是件极其威风的事儿，将来在外面也不会受人欺负。比起自己的亲家母生了三个女儿才中年得子来说，好了不知多少倍。

不过杨树的奶奶很快就会发现，她生了三个儿子却不得女儿的事情，实在是一点也不好。尤其是她过度地骄纵了大儿子，从来就没让他承担起一个长兄应该有的扶持弟弟的责任，又过早地给他娶了一个精明得过分而且相当悍辣的女人。乐呵这个女人的老家是整个县里出了名的人性不好的地方，也不知道当婆婆的怎么就胆大心粗地欣然接受了这门婚事。好在他们的儿子有一个姑姑，这个姑姑扮演的角色就十分重要了。要不是有这个姑姑的存在，两个小儿子还没成家就被老大压制得蜕掉一层皮了。

不幸的是杨树的姑奶奶英年早逝。没有强有力的女性长辈的温柔引导和强悍压制的双管齐下，三兄弟很快就打成了一锅粥。准确地说是在老大和老大媳妇的鲸吞蚕食之下，两个弟弟无奈地抱成了团。

杨树的奶奶也感觉到家里的不尽如人意了。不过她并没有意识到自己错误的管教方式已经让这个缺乏具有付出精神的女儿的家庭怎样岌岌可危，也没有对大儿媳妇几次三番的上门打闹外带顺手牵羊有什么意见。她的不喜在于自己的三个儿子只有老三生了孙子，其他的都是女孩。那说到底到了这一代男胎还是只有一个。老大家还生了俩闺女！这种情况下老二你跟着添什么乱？"你哥哥已经生了两个女儿了，你怎么也跟着生个闺女！"杨树奶奶对杨树爸说这个的时候带着明显的不合身份的少女的娇蛮嗔怪，简直让就坐在一旁的已经十几岁的杨树产生了一种自惭形秽的负疚感——老大家的二女儿月饼比自己就大了三个月而已，所以说自己应该在只有六个月的时候就意识到外面已经又多了一个堂姐，然后果断地把自己溺毙在羊水里以免除又添一个女儿的祸患了？呔。

杨树不敢把这些话说给自己父亲的糊涂娘，以自己跟这个老妇的几次交流和旁观这家子几次聊天的经验，她知道对方一定听不懂自己列举的名词和语气里的嘲讽，也不会知道胎儿在羊水中多么悠游自得，反而有可能懵懵懂懂地觉得："杨树你说得好像挺有道理的，那你怎么不去做呢？"

11. 嫁出去的女儿灌回来的水

杨树暗暗告诫自己不能跟一个老人计较，她再怎么糊涂不经事也是自己的祖辈，何况她只是糊涂而已，也没有真正的恶意。这个女人唯一值得自己动气的就只有当年瞒天过海偷梁换柱地在大儿媳妇的唆使下换了给杨树妈的彩礼，这事不急。

杨树不急着跟对方撕破脸——尤其是跟乐呵母女——不意味着就真的能置身事外。事实上这件事到来得比她想象中还要早。杨树虽然还没成年，但是已经是有两个"娘家"的女儿了。一方面，姥姥家那边的表亲们各自也基本是独生子女；另一方面，自己在奶奶家这里也算是直辖的女儿——谁让现在不能多生。而且两边都有弟弟！杨树虽然年纪不大但是已经是做姐姐的人了，既然那些弟弟们大多没有亲姐姐，那他们有了什么事杨树就必须替他们出头露面而且不能置之不理。按理说这些应该更多是由男孩们家族里的女性长辈比如姑姑婶娘一类的去处理的，但是，有些时候男孩子犯下的事情也羞于对长辈启齿啊！

于是杨树这个大不了几岁的姐姐就成了反复启齿的对象；那一张张嘴巴一开一合犬牙磕碰的清脆声响简直过早地给杨树种下了对家庭琐事的痛苦印象。

"姐姐？"眼前的男孩子又不死心地叫了一声。

杨树正在发呆。她坐在奶奶家的炕头，安静地捧着《红楼梦》，做着十分俗气的事情——盯着里面的人物对话反复揣测而且不知道在揣测什么。这种低眉顺眼若有所思的状态是杨树最喜欢的，甚至比手指敲打键盘和做针线活更让杨树心生愉悦。一般来说按照她的想法是不会有人来干扰自己这种纯然无害的思想活动的。然而眼下并不能够。直到那个男孩子又一声之后才把杨树硬生生地拔了出来。她这才发现面前还有一个等着自己说话的人——虽然她并不觉得自己有说话的必要——而且那个人还是她叔叔家的弟弟榆钱。

到了杨树这一代，她的堂表兄弟姐妹们已经几乎都是独生子女了，所以隔了一层血缘关系的人们就顺理成章地直接互相叫哥哥姐姐弟弟妹妹。本来这种事情在北方也不算少，哪有"表姐""堂弟"的，哪怕没有血缘关系也是照叫不误。而且杨树还很喜欢这种方式，也真心地热爱自己的这群兄弟姐妹。但是这并不意味着她能容忍别人不加节制地不断打扰自己。

她抬头,看向面前这个少年。十六岁的男孩虽然个头还没有完全长开,但是好歹也有一米八多了,加之体格粗壮,就像一头熊一样。此时正一副委屈的模样看着自己的姐姐。杨树几乎抑制不住自己嘴角的抽搐——这厮一脸被抢了奶头撇撇嘴就要哭的表情是怎么回事?

眼下这个孩子已经在自己面前吭吭哧哧了半天了,杨树一点办法都没有。大过年的他赖在自己旁边不走是要干什么?哭给自己看吗?

"你到底怎么了?"杨树耐着性子又问了一遍,同时目光凶狠地盯着对方,用眼神打破了榆钱想要哭出来的举动。

"我……我把压岁钱给二姐了。"

杨树一顿,声音就控制不住地提了一个八度:"你把钱给月饼了?!"

榆钱就一缩脖子,讷讷地哼唧了两声。

眼下几家之间已经势同水火,不过大过年的表面的事情还是要做的。今天早上因为是大年初一,杨树和榆钱两家子回老家拜年,彼此还是打了个照面问了过年好的。去问好的时候,是杨树和榆钱两个孩子直接去找的月饼,大人们之间已经是不联系了。杨树和榆钱去的时候兜里还都各自揣着二百块钱,打定的主意是如果对方把家里大人的压岁钱交给了他们,那他们自然也会把相应的钱给对方。这种压岁钱的交换是没有什么实际作用的,只不过是一个和谐的意思罢了。不过今早上见面的时候,月饼并没有要给钱的意思,所以杨树自然也不会去提起这事儿。她当时在屋子里走了两脚就直接自己出来了。谁知道身后榆钱这个傻孩子居然会直接把压岁钱给了月饼!

"那她给你钱了吗?"

榆钱说:"没有。"

杨树简直要被气笑了。"你是蠢吗?!别人还没给你钱你上赶着给人个什么劲!"

杨树一着急,属于杨树妈的秉性就暴露无遗。榆钱就只能被训斥得连连低头。杨树最后干脆利落地用一句话结束:"你自己想办法吧!直接去跟你妈说,我不管。"

11. 嫁出去的女儿灌回来的水

榆钱虽然笨，但是基本的认知能力还是有的。此时此刻他也看出来了，如果回去跟自己的母亲说这个，无非就是遭到更多的口水和眼泪攻击，最后的结果还是不了了之；榆钱的母亲是不能给儿子出面的。这钱毕竟是在小孩子手里流动的，如果一方的大人出手干涉了，另一方的家长乐呵也必然粉墨登场。榆钱的母亲性格柔软得简直不像工农大众热爱的劳动妇女，这样的女人怎么会是乐呵的对手，何况乐呵要是一旦进来的话自己倒贴钱都不一定能从死缠烂打里脱身。于是他吭哧着开口："姐姐，我知道俺娘不能去。我和她说了这个钱就真要不回来了。"

杨树无奈。她很想狠狠一巴掌拍在他头顶："你现在想明白了啊？！给钱的时候怎么就不想想？！她拿烧火棍子捅你了，你给得这么快！！给钱给得比你现在上话（回我的话）还快？！"

"反正姐姐你得帮我。"榆钱这时候反而无所畏惧了起来，他梗着脖子，要不是脸上天生憨厚的五官和虽然破罐破摔死缠烂打但仍然微微红了的耳垂和脖颈，看上去还真有点乐呵母女砸上门要钱的气势。

杨树忍不住怒吼一声："给我滚！"

说完她摔门出去，让这个孩子好好想想。

出门之后杨树立刻就意识到了自己的愚蠢。最初热血上头而冲出去之后，她几乎立刻就意识到了自己的错误：为什么喊完"给我滚"之后滚出来的反而是自己？！

杨树默默地沿着街游荡了一会儿，发现自己真是蠢。

不管怎么样，她该做的还是要做。所以在大门外面面对妈妈疑问的时候，她顺便扯了个谎说自己要去找村里小伙伴玩儿，并再三保证会在下午返回县城之前赶回来，然后就赶快跑了出去。

杨树走着走着，顺便就走到了村东。

站在乐呵家的门口，杨树无奈，自己居然要为了这么个臭小子去乐呵家！而且自己怎么就走过来了呢？自己的脚还听别人使唤了吗？

杨树自我厌弃着，不过知道这事自己也是非出面不可了。按着杨树的性

子是一辈子也不想再踏进乐呵家半步的,但是她能怎么办?这件事上榆钱现在是只有自己这一个人可以依靠了。榆钱本来就只有三个堂姐,现在又是同时对上了一家的两个姐姐,他不来找三姐还能找谁呢?真是够了。杨树在姥姥家有一个关系最近的少不更事需要引导的表弟就够操心的了,现在连堂弟都要找事儿。老家的规矩怎么就这么多!像别的地方一样安安稳稳把女儿嫁过来之后女儿的女儿不再管娘家的事儿不就省心多了吗!干嘛还要拖上这么多弟弟呢!要是没有这么多破事儿,没有计划生育,杨树最多也就是管管自己家的弟弟,现在倒好,两个娘家所有的堂表亲都要自己管!她真想砸了门就走。

可是榆钱的二百块还在门里面。

有着两个娘家而为此持续唾弃着政策安排的杨树站在门口,犹豫了一会儿,再三确认院子里没有狗之后,才在门口叫了一声:"二姐?"

叫二姐的选择是正确的,事实上杨树也不可能叫大娘。乐呵那个女的算什么东西,也配在名分上占在杨树妈头顶上。

打着哈欠,蓬乱着头发,趿拉着棉拖,一身陈旧气息的月饼就这么出现在杨树面前。月饼本来就不高,又喜欢弯腰驼背,杨树就只能看见月饼蓬乱的头顶和粗壮的腰身,以及坚毅地支撑着滚圆身躯的双足。她的脸颊因为小时候常常地在户外疯闹而黑里透红,原本是健康动人的颜色,而现在由于日复一日地蜷缩在家里和电视机前,两颊由自然的红润逐渐转为泛着病态的嫣红。她眯着眼,像一只夜行的小兽一样躲避着阳光。她没有问杨树怎么又来了,而是回身就蹬掉棉拖又爬上了炕,显然懒得再多费口舌寒暄两句。

杨树也坐上来。杨树腿长,直接半坐在炕沿上,双脚还是落地的。杨树没有脱鞋,一则是觉得自己没有必要那么亲密,二来也是打定主意拿了钱就走,速战速决。

不得不说杨树这一举动是正确的。在接下来的二十分钟里,这带给了她很大便利,也给了月饼沉重的打击。

当然首先的便利就是杨树可以利用踏在地上的两只脚来回挪动着身体重心,避免尴尬。因为月饼从进来之后就一直在看电视。杨树垂着头,借着余光

11. 嫁出去的女儿灌回来的水

打量了一下这个屋子，果不其然在一旁的小桌上看见了榆钱的二百块压岁钱，装在软皮的红包里，仿佛还留着被榆钱攥在手里的时候印上去的汗渍，卷成一团的折痕还没有完全地舒展开一样。杨树心里立刻就紧张起来，仿佛自己要做贼一样，不过她立刻严厉地告诫自己要镇定，取回自己的东西是应该的。

月饼还是没有注意到这些。

杨树也不知道自己该说什么了。她本来就不会说这边的方言，用带着东北腔的普通话说话本身就有了疏远的感觉，偏生的她现在还是要处理家长里短的问题。杨树一阵头痛，她偷偷看了看月饼，月饼还在自顾自地盯着电视机屏幕傻乐。

"恁妈妈哩？（你妈呢？）"杨树最终还是起了个头，用自己并不熟悉的方言生硬地问着，同时硬生生地把"恁娘"改成了"恁妈妈"。杨树想着"恁娘"这样的话在家乡的方言里基本不是用来骂人的吗？杨树即使做好了战斗的准备还是不愿意落人口实。可怜的杨树，刚刚开口就占了下风。对于这一点杨树当然是清楚的，放在过去她一定会很痛恨自己的没用，并且会将自己与妈妈和姨母们对比然后加剧自己的无地自容。但是现在杨树不这么想了。就像很多家庭都有很多女儿，不同的女儿有不同的擅长领域和个性，但是只要利用得好都会成为家族的功臣。杨树清楚自己的劣势所在，正如她明白自己的优势。

月饼："哎？"月饼的眼睛还紧紧地锁定在电视屏幕上，只是脖子几不可见地微微扭动了一下。

"我问你妈呢？！"杨树终于还是忍不住用了普通话。

月饼这才有了简单的反应，似乎只有说普通话的杨树才是她认识的；又或者她只是反应迟钝到第二个问题抛了出来才意识到有一个问题等着自己回答。她顺口回答："出去了。"

"上哪了？"

月饼大概觉着有点不对劲了。然而她的这点感觉不过是出于女人的直觉，而现在她的反应还是相当的迟钝。她晃悠了一下："怎么了？"

杨树说："没什么。"杨树的心里微微松了口气，还好那个女人不在。乐

呵那个女人要发起疯来真是谁都拦不住。对待乐呵那种女人，没有相当强硬的灵魂做支撑是根本坚持不了多久的。脸皮稍微薄一点、手上轻一点、对带有生殖器的骂街的话语抵抗能力弱一点，都不能在乐呵手下身心完整地全身而退。杨树现在只是要等，等一个可以最佳地解决的时机。

终于，月饼憋不住了，晃悠着出门去上厕所。杨树立刻就站起来，她以为自己会紧张，但是全然没有。她镇定地去桌子上拿了钱过来，打开查看了一下数量——是二百，没错。杨树把红包卷一卷塞在自己手里，马上就想出门回去。走到门前脚步又生生地顿住了，她不想这么一走了之。如果现在不把话挑明了，难道要人说这是偷来的吗？杨树此时心里是没有什么光明正大取之有道一类的高尚情感在支撑的，她只是不想给乐呵一个上门找茬的借口而已。所以她站在门口耐心地等，等到月饼从院子里的厕所出来，动作迟缓地爬上炕，寻了个舒服的地方躺下了，才说："我走了。"

月饼没吭声。

"桌子上的钱是我的，我拿走了。"

月饼盯着电视静默了一会，就在杨树以为她默许了的时候，月饼突然一下子弹了起来："你拿俺家钱做什么？"

杨树立刻回嘴："这怎么成了你家钱了？"心里却惊讶了一把。她没想到月饼的感官已经迟钝到这个地步了。

"不是俺家的还是你家的？！"月饼说着费力地支撑着自己坐起来，眼睛一直死死地盯着杨树。

"可不我家的？！"

"这是俺弟弟给的。"

"他没给。他才不给你。他让我拿回来。"杨树说着就往院子里走，强行压下了后半句"谁是你弟弟"。

只听后面"咚"的一声，月饼一下子就从炕上跳下来了。杨树下意识地回头，发现月饼正在手忙脚乱地穿鞋，一只手扒着炕沿稳着身子，脚底下不住地四下扒拉着。月饼显然是受了震动，一时激动，脚下的劲头也没控制好。拖

11. 嫁出去的女儿灌回来的水

鞋穿反了一只,另一只直接被踹到了旁边的凳子底下。杨树这时候是应该趁乱转身就走的,可是她看着眼前的这一幕太惊讶,完全忘记了自己应该有的行动。由于站在院子里的阳光底下,看着昏暗的屋子里,光线的反差让她不能很清楚地看见屋里人的举动,只能看见一团模糊的人影在挣扎着。这让她想起一次去动物园的时候隔着铁网看洞里被养胖的蠕动的狐狸。她盯着月饼像默片一样滑稽的一举一动,一时竟不知该作何反应。她知道对方穿好鞋子马上就要上来找自己的麻烦,但是她就是看着肥硕的月饼在地上挣扎的样子不知该作何反应了。

"你把钱给我放下!"

那默片终于忍受不了这样惊讶的眼光的洗礼,声音颤抖地尖叫着。月饼觉得杨树的表情完全就是在取笑自己现在的窘迫,偏生得自己越激动越羞愤,脚下就越是抓不到鞋子。而杨树还在那里站着看!她气得浑身直抖,脸上的红色更明显了。她突然一弯腰,抓起那只已经穿好的拖鞋就冲着杨树扔了过去。

杨树下意识地一偏头,拖鞋从她身边擦过,蹦跳到院子正中央,最后一下像是慢镜头一样,翻了个个,仿佛犹豫着该向哪一边倒下去一样,在地上直立了半秒,沉重地摊在水泥地上。

月饼一愣,杨树也愣住了,她没有想到居然会是这样一个结局。乱了,全乱了。两姐妹此前虽然有打打闹闹,月饼也没少欺负杨树,但是为了钱扔拖鞋这种事情还是第一次出现。怎么会变成这样?

事情现在说起来久,当时也不过是一瞬间的事儿。几乎是拖鞋飞出去的时候两姐妹就意识到了今天要善了是不可能了,唯一的方法就是接着打。

月饼猛地从地上站起来,脚上已经蹬上了另一只鞋。她几乎是一个箭步就冲到了杨树面前,扬手就往杨树脸上抓。

杨树躲闪着。月饼够不到她。杨树算错了很多事,唯独算对了这一件:她自己是真的有优势,那就是比月饼高了一头,胳膊腿也都长了一截。什么长袖善舞巨财善贾,又有几个人能实打实地切身感受到这种有了优势好办事儿的感觉,唯一能切身感受到的就是自己的躯体。杨树已经感觉到月饼不管不顾地冲

过来的时候滚圆粗壮的身子带起的风了，虽然自己残留的理科知识告诉自己不过是错觉，但是月饼的动作在她眼里却没有一点停歇。身体的反应已经快过了大脑的运作。杨树几乎是一个侧身就让月饼从自己身边控制不住地翻了过去，然后一侧身就冲了出去——跑吧！

杨树拔腿就跑。月饼毕竟是个胖姑娘，个子又比杨树矮了一截，而且个头矮得几乎已经是不可能再有什么发展了。这一点几乎让杨树对她心生怜悯。这就是家乡计划生育时代的第二胎，虽然是农村户口允许的二胎，但是毕竟算是中年得子，又在胎里的时候就被寄予了一举得男的厚望，焦虑地生下来一个不带把的，这种情况下胎儿怎么可能健康成长呢？又怎么能指望着她有什么好发展呢？乐呵那个女人一定愁得头发都要一把一把地掉了。谁让她是老大家媳妇，谁让她一连生了这一家孙子辈开头的两胎都是女子，谁让她一门心思地算计着要不择手段地往家里捞东西呢。杨树并没有指望过自己有什么兄弟姐妹，自从她知道了自己的籍贯、户口和父母职业之后就冷静地放弃了这个想法，转而开始关注自己的堂表弟弟们了。她对于月饼这个女孩心生怜悯但是仍然觉得她是活该。

杨树和月饼就这样一前一后，像两个七八岁的泥猴子一样，闭了嘴咬紧了牙疯跑。多年前，杨树就是这样被自己的堂姐月饼拿着毛毛虫或者大豆虫吓得浑身发软继而没命地乱跑，跑几步就狠狠地绊倒在乡间的土路上，然后血肉模糊地爬起来接着跑，跑出了一双长腿，也反反复复摔打坏了一双膝盖。杨树的膝盖在风里渗着血珠然后慢慢风干，然后随着双腿不断拔起落下蜷缩伸展凝结又撕裂。回到自己家之后就要找自己的舅舅用镊子给自己把嵌进肉里的木刺一根根地挑出来然后用镊子尖撅住一块肉往外挤着喷涌的脓水，就像女工们熟练地挤羊奶一样。

现在还是一前一后的追逐，但是差距已经明显地增大了。杨树的小靴子跟在地上踏着，不一会儿就没影了。杨树能够感觉到身后女孩的粗喘声，也能够感知那越来越大近在耳边的声音不是因为月饼在逼近，只是对方的气力跟不上了在拼命地喘气罢了。自己的紧张纯粹只是心理暗示而已。杨树克制着自己不

11. 嫁出去的女儿灌回来的水

回头看,加快了脚上的步子。耳朵边风声心跳声和喘气声混杂成一片,分不清哪个是自己的,哪个是月饼的,风声那么大是起风了还是自己跑得太猛。等到她一头扎进奶奶家的大门的时候,发现两家人已经做好准备要出发了。

而月饼并没有跟来。不知道是不是半路就跑不动了。

杨树她们返程的时候,奶奶出来问她们怎么不留下吃午饭。杨树一言不发装着跑累了的样子跟着大人就上车了。她知道上一辈的事情跟自己没什么关系,甚至远远称不上什么"恩怨纠葛";那是电视剧和网文里才有的说法,跟生活没什么关系。哪有那么多旗帜鲜明的谁对谁错。但是她就是咽不下这口气。她不能想象当年那么纤瘦倔强的人是怎么嫁到了她原本不应该去的地方,受了她不该受的一千六百块钱的羞辱。杨树恶意地想今天的事是报应。奶奶生了三胎,都是男儿,结果只有小儿子这一胎得了个孙子,而且大家还都是不省心的;姥姥生了三个丫头才得了一个儿子,但是儿子毕竟也很争气地生了个孙子。到底哪个才算是人生赢家还真的不好说。可见生了那么多儿子未必是好事,传宗接代的时候如果儿子都生了丫头到底还是个不顶用。就算生了很多儿子又怎样,还指望乐呵那个女人生养的孩子安安分分地给你养老送终吗?

回到家里,杨树把自己关到屋子里,借口说自己要睡觉。反正爸妈在从老家回来之后也是累得不行的样子。经历大年初一的闹腾,回家睡觉是必然的事儿,几乎已经成了家里的一个保留项目。但是今年的杨树一点睡意都没有。她蜷在床头,想了想,把头埋在臂弯里。她现在一点也不喜欢月饼。应该说她早就不喜欢月饼了。月饼有什么好。月饼和嫁到内蒙的团子一样,都是乐呵的女儿,为人处世上随着年龄的增长与乐呵几乎是越来越明显地一脉相承。杨树能感觉到臂弯下的双膝隐隐的疼痛,那是小时候月饼不断地追打造成的伤痕累累;月饼抢过自己的吃的,月饼这个人就是吃上精,月饼这个女的学会了盗号就拿着自己练手。但是……

杨树还是忍不住抱紧了自己。大过年的,在奶奶家这里,杨树没有姐姐了。

杨树以为自己会哭。但是自己意外地没有。

　　睡过去的时候，杨树想的是，榆钱从此之后可只有自己一个姐姐了。虽然是堂姐，虽然杨树也从来不指望着这个弟弟将来能帮上自己什么忙。但是她还是这么去帮他了。只要榆钱不要被月饼姐妹俩驯养得一直给自己找麻烦就好了。

　　何况从今往后，月饼也没有弟弟了。

　　日暮黄昏，胶东的冬天特别的清爽寒冷；路边的积雪还没有化，橘红色的阳光洒在雪地上，金黄绚烂，几乎要灼伤人的眼球。县城的街道上没有什么人，街边的铺子关了十之八九，大家基本都回老家过年去了。从窗户往外看不见什么，虽然是二楼，也不过只能看见路边的路灯杆，以及脱光了叶子的树梢，在风里无辜地摇摇晃晃。

　　一向喜欢多愁善感的杨树，就在这样悲哀的气氛中心满意足地睡着了。

生活唾弃你的观剧

　　在杨树解决自己家问题的时候，姑姥姥家那边也是不断地维持着繁衍生息的人间喜剧。杨树现在已经开始诚心实意地使用姑姥姥这个称呼了。这倒不光是为了跟着自己的妈妈走，实在是金环一天天地老下去，老得叫"姑姥姥"都不会有任何的不好意思。这种衰老的速度别说是杨树这个半年才见她一次的人会惊叹白云苍狗岁月如刀，就是天天朝夕相对的人也不免惊讶。就像农人可以听见麦子拔节的吱吱声一样，有经验的人，尤其是妇人，也能够听见金环迅速衰老的声音。她的肤色、牙齿、身材和骨骼的形状，还有脸上莫名的斑点，无一不在呈现时间走向的同时加剧着夫妻俩的焦躁。就连杨树这样鄙夷重男轻女行为的天真小姑娘都在默默祈祷着赶紧生个儿子吧！

　　两口子也不是没有努力过。小云送走之后一年，姑姥姥金环又给杨树添了个小表姨。这次可是足月的了，生下来的孩子取名小安，的确是个安康喜乐的小东西。小安身体强壮得简直不像个姑娘，虎头虎脑，胖胖的胳膊和大腿上肉褶堆积在一起，洗澡的时候需要两个人合力掰开那些肉褶才能保证每一个角落

11. 嫁出去的女儿灌回来的水

都洗得干干净净。小安怎么会这么健壮始终是个未解之谜，姑姥姥坚决地表示一个有经验的产妇不会在月子里给孩子喂过多的奶，可小安既然吃的奶水跟当年的小媛差不多，还是个高龄产妇的婴儿，怎么就生长得这么明显而有效呢。

对于这个问题女人们表面惊讶欣喜地赞不绝口，私下里都是心照不宣地撇嘴耸肩——胎里吃多了还没用完吧。

十分难得地，这个孩子居然得到了振阳他爸的青眼。一向身体力行地监督儿子生孙子的老爷子居然对这个孙女十分满意，直接抱过来自己接手了。虽然老爷子帮忙养孩子，还是为了全力地支持儿子儿媳心无旁骛地接着生，不过到底没有直接把这个孩子送走了。老爷子鼓励两个人接着生。按他的说法这一胎的孩子是个丫头都这么健壮，下一个孩子准是个好小子。

得到了领导首肯的两口子自然受宠若惊表示要继续为高家传世基业奋斗不已，下一个孩子也一定能是个男孩。此后果然姑姥姥没有再生女儿，但是男孩也没有踪影。姑姥姥的肚子神秘而静默地隆起又平坦，据说其中是流失过一个胎儿的。不过至于到底是怎么流失的，这么漫长的几年里又是不是只丢了一胎，那就不得而知了。

总之在这段时间内，小云和小安都长大了。小云纤细美丽，小安却是粗壮结实。两姐妹不常见面，见面就打。小安不喜欢这个陌生的还比自己漂亮的女孩，家里无论是谁夸了小云一句小安都要发作，然后一巴掌把小云扇得在地上转三圈。那个时候小媛已经升入了当地最负盛名然而管教也最严格的高中，不能常回来了，即使能常回来也不会再像高中的时候那样折腾；振阳夫妻俩还是在忙着生孩子；家里的长辈就只有振阳的父母，孩子就只有小安一个。小安觉得有自己一个孩子就够了，你一个外面来的捣什么乱？！大人们是懒得去给小安解释她和小云的实际关系的，也就只能听凭小安用姓氏来判断自己跟小云的亲疏。

小媛每次回家看到的都是两个妹子一个打一个跑，她有时候会跟杨树唠唠叨叨地讲讲自己这两个小妹，神态从容安详得全然不似曾经为了她们大悲大喜的样子。唯一有点焦虑的是这两姐妹打成这个样子长大了可怎么处！别说让她

们与自己一起帮衬着那个不知在哪一天反正总有一天会出生的弟弟了，就连维持她俩的和睦都是个问题。杨树倒没有这么焦虑，她眯眼看着这个气息略微沉静了一点的少女，毫不留情地指出：你当年不也是为了这个打得吱哇乱叫的，后来怎么样？生出来还不是好了？现在还不是一副长姐如母的样子在给自己的妹妹操心。所以现在只要再生一个孩子，问题就迎刃而解了。最好是一举得男，这样全家人的目光就不会那么集中在小安身上了，她也就老实了，跟二姐的关系也就同病相怜然后可以建立革命友谊了。而且生了男孩就算是完成了任务，此后就再也不用操心计生工作的政策安排问题了，小云也就可以顺理成章地接回来养了。

可是问题是，什么时候才能有弟弟呢？

杨树无言以对。她摆摆手说你这个别问我，我有什么办法。

小媛支颐。这个曾经为了可能会有个弟弟诞生而风声鹤唳草木皆兵不惜三番五次折腾父母的少女，终于开始为了自己家的男胎问题寝食难安了。

就在这个关键时刻，小舅舅诞生了。姑姥姥以她四十三岁高龄终于成功地开枝散叶延续了一脉。消息传来，沾亲带故的人都沸腾了。

出月子之后不久，就是盛大的百岁宴。杨树长这么大还没有见过谁家给小孩子过百岁居然能摆这么大排场，顿时忘记了自己对宴会的厌恶，兴致勃勃地吃着不限量供应的红鸡蛋和长寿面，只觉得不虚此行。

酒过三巡，杨树妈抱着小了自己三岁的姑姑金环热泪盈眶。这种热泪不是婆婆家的喜极而泣欣慰感动，还不如说是更像互相的宽慰和庆贺。杨树也为她们而高兴。姑姥姥终于不用生了！振阳庆贺着自己终于有了儿子，振阳家的亲眷们——无论男女——都庆贺着自己家这一支得以延续；而金环那一家的女人们则纷纷地围在一起，看着小孩子，看着历尽千辛万苦的孩子妈，尽管也是高兴"这小子真胖""眉毛眼像他爹"，但更高兴的是面前的这个女人终于不用生了。虽然这话谁都不会说出来，但是谁又能说不是呢。女人们怀着隐秘的喜悦，这一点恐怕姑姥姥自己也是能感受到的。但是她现在最关心的还是她怀里的孩子，她的喜悦也似乎是纯然地为了小儿子的降生。这么多年来，"生

11. 嫁出去的女儿灌回来的水

儿子"和"再也不用生了"已经在她的心里画了等号,她此时稀里糊涂地也不知道自己是因为什么高兴——搞不懂就算了!反正这些事情也不是要用来搞懂的。幸福的家庭都是一样的,不幸的家庭各有各的不幸;不幸的原因是必须深究的,因为要找出来才能改;但是现在不一样,现在是开心的时候,是庆祝的时候,只要知道自己开心就行了,还管他什么别的呢?再说了儿子降生无论如何都是一件好事呵!于是姑姥姥也抱着孩子跟女眷们推杯换盏。姑姥姥是不能喝酒的,这么多年随时准备怀孕和哺乳的本能已经迫使她放弃了喝酒的习惯,于是她就一杯一杯地灌果汁。女眷们基本没喝多,但是大家开始借酒装疯了。现在不哭一哭还等什么时候呢?她们有的被逼着生男焦躁得喘不过气来,有的终于生了男孩,婆婆家喜悦了之后还是要丢给自己管,有的根本就不被允许生二胎,哪怕全家人都喜欢唯一的女儿自己却总觉得亏欠什么;于是这样的情况下就不能不哭了。再说这时候的哭是合情合理的,比哭嫁还要理由充分且正当。于是她们一个个挽着金环的手臂,就着她的酒开始哭哭笑笑。里里外外不过是笑她终于生了个儿子,半真半假地说自己也要生个儿子。这是极其浓墨重彩的哭生子了,比传统的哭嫁更独特。哭嫁基本已经在这个地区销声匿迹了,或者说根本就不知道到底有没有出现过。胶东这里的人是泼辣的、豪爽的,成个亲——只要不是强娶了——都是大喜事一件,除了双方尤其是女方家长姊妹或欣慰或不舍的热泪盈眶,其他人根本连哭的资格都没有:这是成亲,又不是去送死,何苦找这么一大帮子外人哭哭啼啼的怪不吉利。然而生孩子可不一样了,这真真正正是在鬼门关走了一遭。何况现在连多走几回认认路的机会都不多了。所谓一举得男几乎是逼着女人们自谋出路,比抓阄还要不靠谱。

这一刻,女人们忘记了辈分,忘记了差异,忘记了年轻气盛的争风吃醋和成家分家的勾心斗角。面前的都是本家的女人,都有同一个姓氏或者被冠了同一个姓氏,都经历过痛苦的生育过程,怀着紧张的心情期待着天时地利人和孕育出一个生命,又慢慢地开始跟着婆婆家紧张孩子的性别。自己是怎样孤注一掷地取了各种偏方,是怎样理所当然或者听之任之地给自己女儿起了"换儿""招娣(弟)""领男"这样的名字,又是怎样托人打听肚子里孩子的性

别,得知是男子之后是怎么小心翼翼地捧着护着养下来的。面前的这个女人终于超脱苦海了,她是这条路上的人生赢家。女人们毫无妒意地祝贺的同时又真心实意地哭着自己的命运,这两种情志被不可思议地结合在一起。一般来说,女人哀怨自己的时候一定会嫉妒而且诅咒着如鱼得水的一方,但是这种情况下却出乎意料地没有。面前的这个男孩是她们的又一颗希望之星——金环都已经生了这么多次了,还是能出来个大胖小子,谁说自己就不行呢?再说这一家已经有了个男孩了,那也是有希望了,总归这样生男胎的重大任务不是全压在自己的肩头上了。老姐姐/小姑姑/好嫂子啊,女人四十不算老,谢谢你挑了这八百斤!于是眼前的这个男孩是她们共同的儿子了,别管辈分,别管血缘,这里只有生育年龄中的女人和出生的孩子。杨树坐在一旁,安静地看着自己叫不上辈分来的女人们的失态,她敏锐地意识到从此之后这个孩子将得到姑姥姥夫妻俩各自所在家族所有女人的宠爱——哪怕对方的家庭真的是个传统的大宅院而里面的女人不久就会为了几个同龄的男孩打得头破血流。

这里面唯一淡定的已婚女人就是杨树妈。杨树妈镇静而不容置疑地扶起她的小姑姑,对着周围的女人们客客气气地挨个叫着:"行了大姨,行了二姑,行了姐姐,姑姑有点喝多了,我扶着她上个厕所。……杨树,你过来和我扶着你姑姥姥。"

于是杨树就这样从置身事外的看戏状态被杨树妈不容抗拒地拉过来了。她嘴角微抽,不知道妈妈怎么会说出这么一番话来。姑姥姥怎么会喝多呢?她喝的是饮料又不是酒。倒是那群连哭带说的女人才是真正的货真价实的一杯一杯白酒地灌。临出门前她看见刚出生的小娃娃在女人们中间被紧张地抱着,女人们不再喝酒,打起了十二万分的精神抱着小娃娃,低着头熟练地哄着,仿佛已经预演了无数遍一般。倒是身边的姑姥姥仿佛真的是喝多了的样子,当然也有可能是被酒气熏得醉了;谁知道呢。反正姑姥姥半倚靠在杨树的臂弯里,真真实实是有些走不动的样子了。她的眼赤红,跟颧骨上的那两团红色几乎融为一体,在昏暗的橘黄色廊灯下有点模糊不清。她念念有词,反反复复,仿佛今晚是她在祝贺着别人喜得贵子一样。杨树开始佩服自己妈妈的洞察力和预测力

11. 嫁出去的女儿灌回来的水

了,果然这没喝酒的反而是最需要扶着的人。她托着姑姥姥的手臂,自己也觉得这个姿势的好笑。姑姥姥还是个年轻人呢,还不到四十五。然而她的的确确是倒在自己臂弯里了。这个女人比平时看起来更矮小,一米六的个头在当地本来就不算高,居然还生了这么多。她的皮肤松弛,一手能捏到骨头,那肉软塌塌的,像刚刚发好还没有揉搓过的面团一样,毫无手感与美感。她的双腿微分,膝盖外翻;胯骨本来是窄窄的,现在随着双腿的外撇有加宽的趋势,趋势那么明显,仿佛能透过这个微微的盆骨的形态看出来它是怎样一步步长到这么宽的演变状态一样。她的双肩垮下来,身子自然地成一个弯曲的弧度,双腿罗圈懒散却有力稳固地支撑着。她的上下身仿佛在一起被打了个结一样,或者说像是飞檐斗拱的榫头一样被人为地拼接在了一起,那交汇的点就是骨盆。她的身体现在仿佛一架经过长期运转已经磨合得极度适应生产需要的机器,各个部位高度地配合着,共同强韧地捍卫着子宫和骨盆。杨树惊异于自己无意间窥到的女人身体的隐秘,这隐秘的背后有什么让杨树不由得正色而沉默了。

走到厕所门前,杨树妈接过自己的姑姑,把她扶进去,同时张开手,在她的手臂上无声地拍了拍:"姑,你真不容易。怎么能怀五胎。"

姑姥姥睁开眼睛,仿佛意识清明了很多,慢慢地把右手握成拳,在妈妈覆盖着自己胳膊的手背上敲了敲,带着点骄傲的表情:"哪才五个?怀过十个。"

杨树妈一愣,像是没想到自己的姑姑承认得这么干脆利落。姑姥姥已经转身进了厕所的隔间。

杨树妈就抱着杨树在外面等着,慢慢地叹息。

等了很久不见人,打开门,发现她已经蹲坐在马桶上睡着了。

生活有时候会让杨树觉得很无奈。杨树现在已经不看还珠格格了。倒不是情节不够紧凑,而是太过紧凑,反而不够真实,映衬得自己的生活平面而苍白起来。

按照小说家和剧作者的想法,生活的河流应该是跌宕起伏的,你永远不知道下一刻会发生什么。所谓戏剧性的情节设计往往都是在这个看似功成名就尘

埃落定的时刻，于是在小说里姑姥姥这个时候蹲坐在马桶上，旁人过去推她，应该发现不对劲——这个时候就应该有戏剧性的惊心动魄的故事发生了——比如发现这个不堪重负的女人已经永远地睡去了，比如这个女人在过度的喜悦和口沫横飞的酒精刺激与忽冷忽热的空气里中风了，最起码也应该是她发现自己过早地绝经不能生育了——还好这时候她已经完成了家族的使命，留下了一个足以彪炳族谱的壮举，以及一个在小说里的悲壮然而欣慰的结尾。

但是生活从来就没有刻意要迎合谁的欲望。打开厕所隔间的门也没有什么惊心动魄的事情发生。姑姥姥就是睡着了而已。杨树和杨树妈还要哭笑不得地把她叫醒然后搀回去。

回去的路上也没有什么别的反应。昏昏沉沉的看不出她是真的醉了还是仅仅困了，总之没什么事情发生就是了。到家之后还没下车姑姥姥就精神抖擞地起来了，接过孩子抱进门，殷勤地让客人坐下，倒茶洗水果忙完了之后顺便撤离客厅去给孩子换尿布，神情亢奋手脚麻利得简直不像一个刚出月子还参加了夜宴的中年产妇。

杨树也不知道该怎么面对眼前的这一切了。

小嫒也不应该是现在这个样子。以杨树对她的了解，她即使是不上大学，也应该是出去闯荡一番然后功成名就或者一身狼狈地回来，总之是留下相当浓墨重彩的一笔。她怎么也不能想象小嫒乖巧地去学了车然后去相亲待嫁的样子。然而这就是事实了。面对这个突如其来的小弟弟，小嫒似乎是没有什么太大的反应。比起之前对待小云的态度，小嫒可以说是安静到了极致。没有一开始的强烈抗议，也没有后来的舍不得。杨树倒是宁愿她大悲大喜地对待这样一个不速之客。不过杨树看得出来，小嫒看弟弟的样子应该也是一种真正的关爱，而且随着小嫒适婚年龄的临近慢慢地开始母性更强烈了一些。

杨树默默地低着头坐在一边，听着大人们的喝茶闲聊，觉得自己应该回去再看一些小说缓解一下。

11. 嫁出去的女儿灌回来的水

二胎政策的新一代

后来，单独二胎又放开了。这对于胶东地区的大部分人来说真是个好消息。毕竟这一代的独生子女那么多，随便结个婚基本两人中就会有一个独生子女。所以杨树现在不用再担心要不要嫁一个少数民族或者老外的问题了。

杨树凭借着模糊的概念揣测出单独二胎政策的大致内容，基本就是要告诉你，夫妻双方有一个是独生子女，那这两个人就可以生二胎。

这条政策刚出来的时候杨树简直激动得无以复加。这样的话她再也不用担心自己会不慎爱上了一个公务员、一个城镇户口的汉族人或者一个非独生子女；她可以自由自在地选择自己喜欢的人，不用从一开始就因为对方的工作或者出身而一票否决。这是多么好的事情！杨树从来没有像这一刻这么庆幸自己是个独生子女！想想这不是上天给自己的安排吗！虽说将来自己的孩子可能没有办法知道什么叫"舅舅"或者"姨妈"，但是自己不是还有堂表兄弟和姐姐吗！何况自己的这些兄弟姐妹们大部分也都是独生子女，要么家里也仅仅是二胎而已，那这种情况下，相对于上一代人的多儿女家庭，自然地家长们都会要求孩子们把这些堂表亲当做自己的血亲手足看待，那这样跟同胞的姊妹又有什么区别呢？这个政策真是好，自己出生的时间也真是巧，正好自己父母那一代还有兄弟姐妹，自己这一代有血缘还十分紧密的堂表亲，自己的下一代又会感觉到有一个亲生兄弟姐妹会是什么感觉。杨树的开心简直可以变为实质性凝结出来了。她觉得简直是太巧妙了！

何时放开的单独二胎，杨树不清楚。最初的单独二胎政策传入杨树的耳朵里是伴随着雨后春笋一样层出不穷的段子而来的。

最早公开地把它当成段子来讲的正是杨树妈。

杨树还是太天真了，她居然抱着这个例子兴冲冲地去找自己的妈妈，表示自己举双手赞同这个政策。

杨树妈正在刮土豆。见到自己的女儿兴高采烈的样子，不由得就是一阵好笑。于是一边用不锈钢勺子的柄刮擦着，一边慢悠悠地问：

"如果一个当娘的是独生子女,她又只生了一个女儿;这样的话她跟她闺女都是独生子女,那谁该生二胎?"

"当然是都生。"

"不对。"杨树妈带点讽刺的恶意——虽然并不是真的恶意,只是杨树妈有着天然的恶趣味罢了,"应该是闺女先生。要是她娘先生,闺女就不是独生子女了,那就生不了二胎了。"

杨树:(⊙_⊙)

杨树妈幸灾乐祸地看着自己的闺女,心想这小东西虽然没嫁人,到底还不算蠢。

于是她继续心情很好地解读:"那么就应该是闺女先生两个孩子,然后这个当娘的才能再生第二胎,最好是生个儿子——嗯,这样就圆满了。然后闺女的孩子都比自己的弟弟或者妹妹大呀,但是按照辈分这俩都应该管娘家那个二胎叫舅舅或者小姨。"

杨树此时的表情已经变成了(⊙口⊙)。

杨树妈没心没肺地又补充一句:"所以再过几年你就能看见一大波外甥和外甥闺女领着自己的舅舅和小姨上街买糖吃!"

最后一句压倒性胜利。

杨树看着自己妈妈手里的土豆,总觉得自己刚维持了不到两天的喜悦就像是土豆上的芽,刚在浅黄色的块茎上泛出了一点青色还没有形成实质,就被一勺柄挖了去。

可怜的杨树,她还没有为自己的好时代庆贺一会儿,就已经被接踵而来的段子轰炸得体无完肤了。

且不说杨树是怎样倍受打击,她再怎么受打击也是站着说话不腰疼,顶多是提前关心一下罢了。已婚妇女可就没这么淡定了。一大波刚刚被计生轰轰烈烈的余波卷走了孩子的女人痛不欲生;侥幸生了二胎的女人也痛不欲生。她们的罚款已经交了,现在却告诉她们允许生二胎了。那她们的钱呢?交的罚款呢?仅仅因为自己的孩子来得晚了几天就要交罚款了吗?难道自己孩子的提前

11. 嫁出去的女儿灌回来的水

到来需要跟排号一样从号贩子手里高价买个靠前的号吗?

女人们想去讨个说法,不过显然讨来的是没有说法。虽然都是多生孩子,但是多生和多生怎么能相提并论呢?总之你们也不要来找事儿了,说的好像你们生了二胎就不会生第三胎一样,再说你们里面有几个是独生子女的,回去安安稳稳该干嘛干嘛吧。

女人们低头想想,也是。所以单独二孩政策诞生不久,就这么平平淡淡地过去了。

现在贵省终于放开二胎政策了。杨树的小姨也结婚了。杨树是在回家过寒假的时候看到了那张躺在桌子上的烫金红帖,上面安静地排伸展着小媛和另一个人的名字。看来这姑娘的确是要结婚了,不知道这个小姨夫跟她之间有没有激动人心的爱情故事发生;想来也是没有的,不能指望着现实生活中的人跟小说里一样动不动就轰轰烈烈。看来指望着从自己小姨身上看到惊心动魄的反抗故事的美好愿望是不可能了。杨树摇头晃脑地感慨着,不知道是在感叹物是人非还是在惋惜现在的年轻人不够浪漫放肆,全然忘了自己是在对一个长辈评头论足。

小表姨结婚的时候杨树去看,周围是一大群超生而今终于可以重见天日的孩子,满满地坐了一大桌。虽说是风风光光地嫁长女,杨树的姑姥姥家也是很有钱的样子,但是毕竟是回门宴,这种归宁的喜宴按说是怎么也超不过男方家正式迎娶的喜宴的。然而亲朋好友家的孩子还是满满当当地塞了一屋子。十几个人一张桌的宴席,孩子的席位竟有三张之多,这还不包括那些半大小子和姑娘,以及那些小得不能离开父母而被父母抱在腿上哭闹不休地接受一个桌子的人的围观,还有不知多少小得根本来不了这场宴会的孩子。杨树来得不凑巧,大家以为她已经开学了,就没给她留位子——婚宴的确定总是要比校历的确定早上一年不止的,这种婚姻大事还是要早作打算,婚宴可比扯证重要多了,何况往后适龄的结婚男女只多不少。于是杨树就半蹲半靠在孩子席上,帮着分虾蟹挑鱼刺,悄悄吞咽着口水去帮小孩们撕开那只金黄酥脆的烤鸡。这顿饭比自己想象得还要顺利。这里的小孩子们出乎意料地早熟。杨树没有看见小安追着

打小云，也没有看见别的孩子嬉笑打闹的场景。这里看不到孩子们之间的打闹，也许是小孩子都敏感地意识到今天不是允许大吵大闹的日子，或者个别二胎的男孩已经从他们年长许多的第一胎的哥哥姐姐那里积累了足够的人生经验。总之这群孩子基本达成了一致，一个个地仿佛缩小了的成年人那样。

这一桌的主陪——如果孩子们中也有这个的话——是小安无疑。保留了高家姓氏的小安承担起了照顾同龄孩子的重任，她在孩子中只高不低的辈分和身为这个家族的姑姑或者姐姐的身份也保证了她在这群同龄弟妹甚至子侄辈中的威严。杨树已经无法从她现在的言行举止中看到她三两年前骄纵任性的样子了，她庄严地安排着小孩们有序地吃喝，监督着数量有限的菜品——比如带夹馍的梅菜扣肉、带饼的北京烤鸭、按个数给的南瓜丸子和螃蟹——每人只能吃一个。偶尔有个别被宠坏了的老幺儿或者高枕无忧的独生子女想要闹腾一番或者打破餐桌的顺序，得到的是小安充满母性温柔气息的狠狠一巴掌。

唯独让人无法忽略的是这群孩子绝对的辈分不同，杨树默默地想着，不由得上下打量了一下自己，不知道刚才宴席间自己有没有不慎爱抚了自己的某一个小姨，又亲眼看到表了几表的弟弟不雅的吃相，同时还要拉开正在打架的跟自己都不知道还有多少血缘关系的郎舅俩。这些辈分已经相当混乱了。族谱基本没有了，起名字也很少会有按着族谱上应该有的辈分和对应的字来起的了。只不过杨树有一个记忆超强的杨树妈。杨树妈能够记得住家里所有人应该有的辈分，也能够说出这些孩子谁是谁的。杨树现在也能大概看出来了。最小的那些男孩子一定不是一家的。他们有的是幸福的独生子，有的是万幸的二胎，还有众星拱月全家巴望生下来的小儿子。一来二去的就差了不止三代了。然而这些家庭的孩子里，以男孩收尾的多，以男孩开头之后还生了女儿的可真少见。偶尔会有一两个家里的老幺儿是女儿，杨树不由得会羡慕她有哥哥庇护，但是同时又无可奈何地忍不住会想，那家的人说不定是指望着再来个男儿，结果谁知道一不小心二胎成了个姑娘。

今天姑姥姥金环抱着小舅来了。因为姐姐小媛出嫁，这厮成了全场唯一一个被抱着参加宴席的人。杨树打量着他，分明刚断奶不久的样子，穿着开裆

11. 嫁出去的女儿灌回来的水

裤,外面却还被小心翼翼地包裹了一层,生怕被冻坏了一般。杨树垂下眸子远远地看了他一眼。小小的孩子还没有什么意识,咬着手指严肃地四处观望着,全然意识不到自己的姐姐已经出嫁,到了生儿育女的年纪,不久就要有一个比自己小了一辈的人出来争夺他的宠爱。不过那也没有关系,谁让他是这家唯一的弟弟。姐姐若是生了男儿还有婆家的人强硬地要求新妈妈全部的宠爱,若生了女儿——那又不好说了,现在的人们怎么想呢?谁也不知道。总之这个几代单传的家庭必定不会亏待了这个男丁就是了。杨树不由自主地带着十分老辣的眼光打量着自己的小表舅,仿佛能透过那多此一举的被子看到他的胯下那维系着全家人幸福的物事儿一般。这孩子可要好好娶个媳妇,杨树忧心地考虑起来,仿佛自己还姓高一样,全然似乎不记得按照整个中国的观念来说从自己的妈妈那一代嫁出去自己就已经是别的姓了。跟着爸爸家那边姓又怎么样,反正自己也是个女儿,还不如在娘家那里还是个有贡献的。杨树开始像老家的很多女子一样操心起自己早就被剥离出的那个姓氏的下一代了。这个男丁可要好好的,家里还指望着你给延续香火呢。

评论:冷峻的无奈与力量

作者巧妙地变换了"嫁出去的女儿泼出去的水"这一俗语,微妙的语词变化起到了引人入胜的效果。在传统观念中,女子是外姓人,男子才是宗法家族一脉到底的支撑。《嫁出去的女儿灌回来的水》描绘的是一幅女子群像,是一部源自女性作者内心的、有力量的作品。在厚重而粗犷的胶东地区,这个天然地似乎就充斥着男性力量的平原地带,空气和泥土中却饱渗着女性的气息,维持着这方土地的平衡。女性是家族中的纽带,是维系姻亲关系的黏合剂,是一棵棵大树上坚韧不折的枝条,相互攀援,输送汁液。姐姐们把自己的物质和精神资源无偿地赠予弟弟们,女儿们当然不是那泼出去的水,而是源源不断倒流的肥水,儿媳们也不全是婆家的财产,是两个娘共有的财产。在这里,男性要么如同婴孩,要么是被阉割的存在,这片土地的生命力全要靠这大大小小、

老老少少的女性来维持。然而，这种平衡还是被政策打破了。为了生得一个男胎，公公婆婆们威逼利诱，儿子们"老当益壮"，儿媳们只得努力保持自己的生育年龄还在合理的范围内。杨树的小表姨小嫒以桀骜的姿态与努力生二胎的父母抗争，杨树的姑姥姥高金环却在一次又一次的祈盼中生下了一个又一个女婴，岁月流逝，干枯渐渐爬上每一寸肌肤，生儿子的努力仍然没有稍减分毫。高金环终于在四十三岁高龄时产下了一个男婴，儿子的百天酒成了家族中女人们的狂欢宴，似乎终于可以在与命运的较量中松一口气了。高金环这架有点破旧的生育机器终于也可以如释重负后酣然睡去了。曾经执拗反抗的小嫒如今也要嫁人，渐露温顺的母爱光辉了。

这部作品，以杨树——一个虽值年少但心理老成的女孩子的视角，讲述了胶东地区，尤其是她所在的家族中的女人们的日常琐屑和命运悲欢。她的态度和视角是出离在这群女子之外的，冷静得近乎冷漠，冷漠下潜藏着对宿命的嘲讽和无奈，凝结成冷峻的观看力量。然而，杨树也并不能成为一个完全的观看者，因为这种深深植根于文化和乡土中的性别经验是属于她自身的，高金环们、月饼们作为宗法男权下的牺牲品并不仅仅是他者，而是每一个乡村女性，甚至每一位女性读者能够同理的生活经验。小说全篇似乎弥漫着悲观的氛围，小嫒似乎是抗争的代表，却也盼望能有一个弟弟，这是对无法逃脱的宿命一种直接的言说，展示出女性群像悲剧命运的必然性。

作者十分擅长场面与人物心理的描写，平实细腻、柔中寓刚、丰厚动人。从作者的叙事和语言风格中我们仿佛可以看出其对生活洞察的敏锐和对社会矛盾的捕捉和思考。这种具有现实主义风格的笔触在一名年轻作者身上实属难得，可见功力。

（苏展）

12. 相约萨马拉

栗念跃-15级专硕

乾六

我的第一个女朋友叫兔子,我猜可能是因为她总是喜欢穿一件印着夸张的卡通兔子形象的T恤,也可能相反,我没问过她。不过那件T恤我印象很深,我曾笑眯眯地对她说,我很喜欢这件,因为它看上去很可爱。这不是真的,我觉得那件T恤看上去特别蠢,我喜欢它的唯一原因是兔耳朵在末端弯出了两道弧线,在她身上不偏不倚地勾勒出了胸部的曲线——直到她从我的生活中消失很长时间以后,卡通兔依然会让我产生色情的联想。

第一次见到那件T恤时我正跟兔子坐在麦当劳里,我心不在焉地跟她讲着我的父亲,左手一边不停拨弄着吸管,掩饰着它们探索兔耳质感的冲动(那只手羸弱、怯懦,几根深色的血管在皮下耐心地趴着,它们将在若干年后像父亲的青筋一样隆起)。我那年二十岁,在碰过几次钉子之后,我已然知晓,你没必要把什么事情都跟女孩子说。因此尽管这场景在之后反复重现,我始终没有

将我对兔耳朵的臆想告诉过兔子。

遇到兔子时我正在北京的一所据说历史很悠久的大学读数学系，两年下来，课没上过几节，倒是跟在学校附近摆摊儿的算命先生们混得厮熟。我最常去的是一个假扮眼盲的老头儿的摊子，那个老头儿戴着墨镜，身前铺着一张画着八卦的白布，面目很严肃地坐在小板凳上。他从不像其他算命先生那样主动招徕客人，生意却出奇得好。我第一次经过他的摊前时就曾对他摊前的人群皱了皱眉，我一直不喜欢太多人。这时一个穿着棒球衫的女生叫住了我："同学，来找这个老爷爷算一卦吧，很准的。"

我后来向兔子抱怨过她演得太假，完全没有敬业精神。她则白了我一眼说："你以为我是成天什么也不做，专门给爷爷当托的吗？"那时她刚刚从老家来到北京，从家里带出来的钱很快就花完了，她得同时打两份工才能养活自己。"打完工还要去给爷爷送午饭，送完午饭要立刻赶去学校上课，很辛苦的。"兔子是我们学校的旁听生，不过直到她告诉我之前我都没有看出来。我们第一次见面时她穿着一件印着学校校徽的棒球服，就是我们班上的女生像买校服似的每人一定要有一件的那种。她还有一张排得密密麻麻的课程表，只要不打工的时候就跑去学校上课，我见过她的笔记本，厚厚的一大本，记得比我这个正式学生认真多了。

"我爷爷一直想让我帮他演客人招徕生意，我从来没答应过。就是那天，不知怎么突然想拦下你来。"她躺在我们出租屋的床上，懒懒地翻着被我画满的草稿纸说。

我不太明白墨镜老头儿为什么还要让孙女给他做托，他的生意明明好得很，而且绝不仅仅因为假扮眼盲。他似乎颇读过一些书（更证明了他的眼盲是假的），我拿《易经》里不懂的问题去问他，他也总能如此这般地给我解释，远比其他算命先生说得清楚。收费却也黑得很，比同行高四五倍还不止——看我不还价，索性一次比一次高。我在摊前又见过几次那个穿棒球衫的姑娘，起初她还笑着跟我打招呼，接着渐渐装作不认识我的样子，以至于彻底消失了——不过那时的我并没有很留心，这些都是后来在兔子的提醒之下回想起

12. 相约萨马拉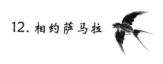

来的。

我记忆里和兔子的又一次见面是在学校门口的麦当劳。那段时间我正在为我的父亲处理一个充满着周易符号和怪异算法的公式，在满学校的希腊字母之间，这样的内容显得太过扎眼，我经常会被好奇地伸过来的脑袋打断，而我是懒得为了解释这是什么而和他们费尽口舌的（何况我私下里觉得，即使我解释了他们也一定不会理解）。如此这般几次之后，我就只在学校附近的一家麦当劳里做运算了。我后来才知道，兔子就在那家麦当劳打工，有好几次她都看到我一个人坐在角落里写写画画的，还以为我是在准备学校的考试，可是偶然看到纸上的内容，居然全是她爷爷那些关于命理的鬼话。我猜她那时大概有些愧疚的，毕竟最早是她把我叫到她爷爷的算命摊前的。于是她挑了不用上班的一天来到麦当劳，买了一包薯条坐在了我的对面。我那时正为一步复杂的计算而焦头烂额，完全没注意对面坐了一个人。

"喂，你不会是要当算命先生吧？"

我抬头，认出是那个在墨镜老头摊前见过的女孩，还穿着那件印着校徽的棒球服。她手里的薯条已经空了半包，显然已经来了很久了。

"告诉你个秘密吧。"

"你说。"

"你被那个老头儿骗了，他根本不是瞎子，眼神其实好得很。"

"嗯我知道。"这是真的，我那时已经发现了老头儿在接钱时经常下意识地看上一眼。

那个女孩一脸不相信的样子，我冲她感激地笑了笑说："不过还是谢谢你告诉我，汽水照请。你是怎么知道的？"

"我和那个老头儿很熟。"

我起身给她买了一杯汽水，放在她面前，然后低下头继续计算。再抬起头来已经是十多分钟以后了，我惊讶地发现她还在对面坐着，仔细端详着我写的那些符号。

"那个老头经常说，这些东西根本当不得真，他自己都不信。"

"我也不信,但有别人信。"

"别人?"

"我爸,"我指了一下那张纸,"我爸相信万物都是根据数学原理来运行的,只要掌握了这个原理就可以算命。"

"你爸真有意思。"

"他是个民科嘛。"

"民科?"

"就是没有接受过正规教育,喜欢自己异想天开地发明一些奇奇怪怪的理论的人。走火入魔后就会像我爸这样,不但把自己的一辈子都搭进去,还要逼着儿子也天天为他搞这些东西。"

女孩松了口气似地说:"原来是这样,那我就放心了,我还以为是我爷爷把你害得走火入魔了呢。"说完似乎又觉得不妥,忙找补说:"对不起,我知道那是你爸……"

我无所谓地说:"不要紧,你要是感兴趣我可以给你讲讲我爸的故事,不过故事很长,三言两语恐怕说不完。"

"你讲,我请你吃薯条。"她突然来了兴致,把已经快被吃空的薯条盒推到我跟前,袖口沾上了番茄酱都没有发现。

"你爷爷?"我递给了她一张纸巾。

"说漏嘴了,"她低头看了眼衣袖,皱了皱眉,随即用牙咬着衣袖把棒球衫从头上拽了下来,"叫我兔子吧,我是那个算命老头儿的孙女。"她把棒球衫扔开,一边整理T恤一边说:"顺便,我也没有'接受过正规教育',我是你们学校的旁听生。怎么样,故事还讲吧?"

"我叫裘理。"我盯着她T恤衫上的兔耳朵说,"这件衣服很可爱。"

坎一

一切都与我的父亲有关。

12. 相约萨马拉

如果你是X县人,你一定听说过我的父亲和他的公式。他在我的老家是个名人,年轻时上过报纸的。我看过那张比我还要大四岁的报纸(我的父亲非常小心地把它收藏在家里),上面用整版的篇幅报导了父亲是如何在工作之余精研业务,在各级领导的支持之下建立数学模型统筹生产建设,为冶金厂创收和全县的社会主义建设做出突出贡献的。文章结尾处还语气激动地宣布,父亲能取得这样的成果完全是他敢于解放思想、紧跟时代潮流的结果,有关部门正在为他筹办名为"资源优化分配是大势所趋"的主题报告会,准备赴各市县巡讲。

作为他的儿子,我很想对你讲一些报纸上所没有的东西。但是很遗憾,对于年轻时的父亲,我的了解并不比你更多。自我出生以来,我的父亲一直是一个疲惫、多疑的中年男人,完全不像报纸上的那个生产模范,他也从没对我谈起过他的事情。我对他的了解,竟大多来自街坊邻居的风言风语——我说过,我父亲在X县是个名人。

从这些街谈巷议看,父亲似乎不太招人待见。每当人们谈到下岗职工的艰辛时,总不免要说起老裘和他的公式,仿佛这一切都是他害的。这时往往还会有人阴阳怪气地把话题引向父亲的下岗,最后大家一起唏嘘一句"报应不爽"。大概也是这些大人教的,在我小的时候常有恶毒的小孩儿当面说我不是父亲的亲生儿子——这流言在我的母亲离家出走之后变得更甚。我很小就知道,对于这样的流言只有用拳头来回应,所以我从很小开始就打架,也被人打,而在我带着伤回到家后,我的父亲从来对我不闻不问。不要误会,对于做我父亲的儿子我并没有什么特别的兴趣,只不过事实就是事实,你总要去尊重它。

不过我知道这些流言是如何起来的,我父亲对我确实极度冷漠,那不是大多数中国父亲那种一家之主式的漠视,而是一种类似仇恨的无视。我的父亲把自己锁了起来,把所有的精力都投在了他的公式上。他有时会请一些陌生人来家里一起解决计算上的困难,而在只有我与父亲在家时,他永远躲在房间里没日没夜地演算。他的房门几乎总是关着的,我从来不被允许进入。

燕归集

我推测，父亲对我的疏远可能是因为我小时候的胡闹。那时我还没有上学，父亲和母亲也还没有下岗，白天经常只剩我一个人在家。父亲会在每天晚上匆匆跑回来，把他在厂子里偷偷写下的演算结果抄到他的小黑板上。我记得他总是快步走进家门，外衣都顾不上脱，就从怀里拿出被汗浸湿了的演算纸走向黑板。父亲所不知道的是，每到这时，我都会在床上坐起，在背后注视着他。我那时还不认字，他的动作给了我一种错误的印象，只要拿起粉笔在小黑板上快速撞击就能写成文字。于是有一次趁父亲不在，我将我的理论付诸了行动，在黑板上所有我能够得着的地方都画满了粉笔印。

那是我能记起的父亲最大的一次暴怒（长大我才知道，我毁了他半年的计算成果），他说他早就看出来了，我就是天煞的克人星，要把他活活害死。那之后，父亲就把黑板搬到了其他房间，再也不让我碰他的公式。两年后他下了岗，母亲也随之心灰意懒地离他而去，他就更是缩在自己房间里闭门不出了。

在我漫长的童年里，我曾无数次地把这件事当做父亲对我的敌意的开始，又无数次地带着怀疑推翻自己的假设。在我的印象里，似乎远在这件事之前，父亲就很少跟我说话。我还时常在梦中回到婴儿时期，总是同样的画面：我从午睡中醒来，看到父亲抱着胳膊恶狠狠地看着我，在他的背后是他那块用来演算的黑板。至于这一幕是否真的发生过，我实在不得而知。

童年比上古更难追溯，在无数次回忆和求证失败之后，我开始渐渐适应了假装无父的生活，只把父亲当做一个无需多说话的室友或房东。父亲的计算似乎不太顺利，但我并不关心。我与父亲之间没有任何对话或联系，我也一直没有再见过父亲的公式，只是我发现自己格外喜欢数学，不知是否与他有关。在他厚重的房门一开一合之间，我看到我的父亲迅速地失水、蜷缩，像一张着了火的旧纸。

被数学系录取之后，我决心再也不回到这个徒有空壳的家。我混迹于这座遥远城市的网吧和地下音乐现场，对着居民楼嘶吼，彻夜不归，直到我收到了一封来自父亲的信。我迟疑地拆开信封，信纸上还带着父亲房门上掉落的腐木味。

12. 相约萨马拉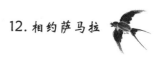

"我恐大限将至,请你尽快抽些时间来帮我整理公式。"父亲在信里说。

兑七

"'大限将至'是什么意思?"兔子有些惊恐地抬起了头。

"别怕,不是绝症。"我摆摆手,把笔记本翻开递给了她,"知道柏拉图吗?"

"就是不在一起睡觉吧。"

"不,不是精神恋爱。柏拉图是个古代的希腊老头儿,他说咱们坐的椅子都是假的,真实的椅子是椅子的'理'。他给我取名叫'理'也是因为这个。这个公式就是我爸的'理',他想把世界上所有的椅子、所有的人都转化成他们的'理',表示到这个公式里。"

"所有人?我们都在这个式子里面吗?"兔子不相信地翻笔记本。

"对,我们都在。"我说着,为她翻开了笔记本的一页,"这里的eidos就是我。"

"那我在哪儿?"

"我父亲没有见过你,你在这个公式里面是一个残差,在这里。"我给她翻开了我正在看的几页。这几页的符号明显不同于刚才明确的希腊字母,而是充满了太极阴阳、六爻五行、九宫八卦,符号和符号之间用各种父亲自创的运算标记连接着。

兔子撇撇嘴:"乱七八糟的,找也找不着。"

报导把我爸塑造成了一个刻苦学习科学文化的先进工人,但事实上我父亲完全没有机会去接受系统的数学教育,也不懂任何现代数学工具,他那个"理式王国"主要是建立在《周易》玄学的基础上。有趣的是,那个记者不知是没有细看父亲的演算还是故意避讳,在报导里完全没有提及这一点。那些玄而又玄的符号为让父亲可以完全不用现代数学工具就创造出一个足够巨大的体系,并让它如现实世界一样运行。但这套系统的运行规则又是极度不明确的,很多

地方连父亲自己也不能解释清楚。

"进入残差的人是找不到的。这也是我父亲这些年来面对的问题,在这个式子里面没有表示他的符号。"

"他也在残差里吗?"

"不知道。残差是公式里面的混沌空间,它包括我父亲没有能够认识的人,也包括其他所有数学工具无法到达的事物。"

"还是不懂。"

"这么说吧,这个公式就是我父亲的理念王国,王国中能被理性之光所照亮的部分就是公式里被整理好的部分。但在这个公式里还有大片未被理性开垦的角落,如果代表一个人的变量从公式里消失了,他有可能还藏在残差中,也有可能彻底从这个理式世界里销声匿迹了。这就是他所谓的'死',从他的那个世界里消失。"

"你爸爸也在残差中吗?"

"不确定,他计算了这么多年,公式里无法处理的东西反而越来越多了。所以他才来找到我,想靠我用现代数学帮他解决公式里的问题。这个笔记本已经是我按照现代数学转写过的结果了,所以才会有这些用希腊字母表示的变量。可我虽然懂现代数学,却不懂我父亲用的那些五行八卦,这才想到去找你的爷爷讨教。"

"为什么不直接问你爸爸?"

"不想跟他多说话。"

兔子有些同情地看着我。她从来没有跟我提起过她的父母。

"那你妈妈呢?"

"我已经很多年没有她的消息了。"

兔子摸了摸我的头:"可怜。你以后有什么话都可以对我说。"

那段时间我依然一有空就带着几天的生活费去拜访兔子的爷爷,有时还会在摊前见到兔子,但这时我们总是假装彼此不认识。除了觉得有些尴尬以外,我还莫名地觉得兔子的爷爷可能不太喜欢我。当然,他还是会很详细地给我解

12. 相约萨马拉

释周易中的种种道理，但这之后他总是不客气地拿走我的钱，然后客气地让我把位置让给下一个来问婚姻、升职或求子的人，从来不跟我多说一句话。

每次我和兔子的爷爷告别后，兔子总会找借口离开她的爷爷，偷偷跑来找我，好像因为她的爷爷多收了我的钱，她感觉过意不去似的。她趴在一旁看着我把刚刚从她爷爷那里问到的内容填补进我的计算，一边翻着厚厚一叠的考研用的复习资料。兔子想考我们学校社会学系的研究生，虽然只是旁听，但她的课表安排比正式学生满很多，到第二年已经旁听满了社会学系的必修课。我对兔子偶然说起过我对她爷爷的感觉，兔子摇了摇头说，她爷爷其实人很好。

兔子对她的高考分数很不满意。我看过她的成绩，并不很差，其实是够她们当地一所很不错的师范学院的分数线的。那是一所很老的师范学院，兔子的老师，还有老师的老师都是那所师范学院毕业的。兔子的父母也一直希望她们的女儿将来也当一个中学老师，然后跟本地的一个医生或者公务员结婚。所以他们很坚决地帮兔子填了那所师范学院的志愿。填完志愿以后，兔子的爸爸宴请了几桌亲戚，还当场宣布为了让兔子上学方便，要把家搬到那所学校的旁边。师范学院在南城，兔子家在北城，相距大约十几公里，兔子的爸爸在学校的门口找了一处房子，搬家过去以后兔子可以直接住在家里，"天天在家吃饭"。老房子也不用卖，留给兔子的爷爷住。

兔子说，她其实有点儿怀疑她的爸爸这么急于搬家不全是为了她上学方便。虽然她的爷爷和她家人住在一起，但爷爷和其他人的交流并不太多，她的爷爷平时更多地把自己关在屋子里，看他的《周易》。

"这么说来跟我爸挺像的。"

"不太一样，我爷爷虽然总是把自己关在屋子里，其实还是比较有权威的，我爸妈有什么事情都会找他商量。或者说，更像是在请示，似乎我爷爷在严厉地盯着他看似的。但事实上我爷爷的目光从来没有离开过他眼前的《周易》。"

我点点头："说得对，我爸的生活一团糟，对他来说有没有从现实世界里消失已经没有什么区别了，唯一真实的世界就是这几个笔记本里的公式。"

搬家那天,兔子默默地和她的父母一起收拾着行李。临出门前兔子的父母敲了敲爷爷的房门,爷爷似乎还在睡觉,并没有把门打开。兔子拎着她的行李和她的父母一起走了出来,她之前坚持把自己的行李单独放在了行李箱里。据兔子说,她原本打算在离开家时告诉她的父母,她决定不去报到了,她要去北京的一所大学旁听。但那时她并没有想好要怎么离开她家乡的那座城市。

兔子不知道她的爷爷是什么时候知道她的计划的,她从来没有跟任何人说过。也可能他从来都不知道,只是两人的想法不谋而合了。就在兔子的爸爸把三个人行李搬出去,打算把大门关上的时候,兔子的爷爷突然把他的房门打开了。他穿得很周正,全然不是刚刚睡醒的样子,倒像是一夜都没有睡。

"我考虑了一下,你们可以把这个房子卖掉,我打算出一趟远门。"

"去哪里?"

"北京。"

兔子的手紧握着她行李箱上的拉杆,手心微微出汗。那个行李箱是她昨夜花了四个小时收拾出来的,在收拾的时候,兔子心里想象的场景正是北京。走到门口的时候,爷爷似乎顿了顿。他又回过头来问兔子:"孙女能不能陪我去一趟北京啊?"

"可是她还要上学。"兔子的爸爸插话说。

"跟着我不能学东西?在北京学的东西不比我们这个小地方多?"

"不是这个……"

"我想听的是孩子的意见。孙女,你想不想去北京?"爷爷问兔子。

"想。"兔子说。

和兔子相处久了我渐渐发现,不管兔子表面上怎么说,她骨子里还是很崇拜她爷爷的。兔子并没有去考虑她爷爷是怎么知道她想要去北京的,她猜想可能是巧合,或者她爷爷从她的表情里看到了什么端倪。她是不相信占卜的。而我却常常疑虑,她爷爷是不是真的有未卜先知的能力。如果是的话,他又是否已经预见到了我和兔子之间的关系将要变得危险而密切呢?

兔子在知道我是数学专业的以后经常来找我问一些问题,后来干脆让我

12. 相约萨马拉

给她系统补课。她说学校里的其他课程都还好，只是数学经常听不懂。起初我觉得很奇怪，她学的是社会学，我一直以为文科专业就是读些翻译腔的大部头书，然后写一些模棱两可的文章。兔子笑我少见多怪："你没听说过社会统计学吗？"

"没有。"

"就是用数学统计和建模的方法来研究社会问题。跟你爸爸的那个公式有点儿像，不过更科学一点儿。"

关于这一点我并不很不认同她。我父亲的公式固然算不上科学，但这种不科学来自计算上的模糊，它仅仅与数学有关。在我用现代数学重新运算之后，这个算式已经变得越来越清晰了，未来某一天它在数学上成立的时候，无疑就是这个式子变得科学的时候。

对我的说法兔子不置可否，她托腮看着我埋头计算，过了半晌突然说："你答应我件事儿好不好？"

"你说。"

"让我留在残差里吧，别把我计算出来。"

坤二

刚刚接到父亲的信的时候我有过犹豫，我并不很想浪费时间在他那个神神道道的公式上面。但我还是忍不住看了看父亲随信寄来的公式，这些公式在我漫长的童年里都被父亲紧紧地锁在他的房门的那一侧，我曾多次试图窥视都被他喝走了。而在我终于决定远离父亲的时候，我却意外地得到了知道这些公式内容的权利。我知道这并没有意味着什么，但我总觉得我有好好看一看这些公式的义务。

父亲寄来的公式有两个，一个是最初那个有他在其中的公式，另一个是他最新运算的结果。两个公式之间几乎已经看不到关联，在第二个公式中已经很少有第一个公式中的符号了（后者明显在数学上更加简洁、优美，少了很多可

能造成混乱的变量,而代表父亲的符号就是其中之一)。有意思的是,第二个公式相比于第一个公式也增加了很多变量,比如那个代表我的符号(父亲直接用我的名字"裘理"作为了代表我的符号),我猜想,也许他对我的命名是先落实在公式中的。

两份公式下面都有署名,那份旧的、纸面泛黄的公式的时间是二十五年前,那时我父亲还没有和母亲结婚。另一份的公式字迹崭新,下面的时间是父亲写信的那天。我突然意识到,父亲的公式不是一成不变的,这些年来父亲的计算就是在随现实情况变化不断调整他的公式。而公式的演变则是父亲关于过去的记录。通过这些公式,父亲藏在木门后的历史向我悉数敞开了。

于是我回信给我的父亲,答应了帮他整理公式。但我对他说,现有的两个公式之间相距二十五年,只有父亲给我提供这些公式之间的演算过程,以及每个符号代表的意义,我才有可能弄明白两个公式之间的关联。这封信一去经月,我以为父亲已经决定不让我帮他整理公式了,但这时父亲给我回了信。那是一封厚厚的像一本书一样的信,信中附了从二十五年前到现在这个公式几乎每一步重要的变化。我打开了信的第一页,那是我父亲留给我的简讯。

  裘理:
  见字如晤。
  你来信询问公式的演化过程,我已经在信中附上。但你太过关心这些符号代表着什么,让我未免有些担心,你会不会太过执着于数学公式的现实意义了。
  这个公式产生之初确实是为了解决现实问题的。90年代初,我在厂里任监督员,负责量化和考勤工作。那时我的职责很重要,领导常常会根据我的报告确定下岗人选。很多下岗工人不服,质疑我的标准不够公平。于是我下了很大功夫,想发明一套绝对完美的数学公式来决定去留。我花了很多心思,把每个人都处理成数字和符号,但还是不知道怎么把他们整合起来。这时我想到了《周易》,我用《周易》的混沌体系把厂里的人都表

12. 相约萨马拉

示到了同一个示意图里,然后通过运算让这套混沌系统运转了起来。我至今还记得我第一次让它运作时的情景,我分明听到那些符号会像齿轮一样撞击,发出机器的沉稳声响。

这个公式的伟大之处就在于,它是纯然数学的结果,你只需要将它们按照你学习的数学方法修订出来,并不需要过分关心它的现实含义。我也曾经执着地试图在现实世界中为这个公式找到位置。我甚至很不甘心让这个公式仅仅当一面现实世界的镜子,我不断运算,不断修订,试图把它打造成最完美、最符合理式的样子。在刚刚产生时,我的公式相当不完美,我能察觉到图中的懒惰、愚笨和怨气,像机器中拧松的螺丝。但我无需去逐个甄别。我的公式的功能就是将混沌系统中的多余的部分甄别、排除出来,只要我在不断地运算,它就会不断地自我净化。我只是这台机器的制造者和操作工,无需去过问它能生产出什么结果。这台机器不断推演,就成了你看到的那个几近完美的伟大公式。

那时我曾很急切地想让现实世界仿照着它轻盈的女儿的样子,变得更加合理。但时日渐长,我也渐渐发现了它的不可能——现实的不完美正在于它对理式王国的忽视。我曾多次向声称采纳我的公式安排人员下岗的几家单位打报告,因为他们确定的下岗人员与我自己的计算不符,我以为是他们的计算出了偏差。直到这些报告都石沉大海,我才幡然醒悟,他们只是借我的公式之名,让那些自己不喜欢的人下岗罢了。自那以后我就知道了,最纯粹的数理公式才是最真实的世界,也请你不必舍本逐末,试图在不合理的世间去寻取什么原型了。

我现在面临的问题是,这个系统本身出现了巨大的危机。这一点我并没有第一时间意识到,那时我醉心于用各种各样的方法把我的数学系统变得更加高效、整齐划一。在我感觉我的工作基本完成的时候,我把这个公式投给了一家权威的数学杂志。主编过了很久才给我回了信,他说我的研究成果虽然不同于现代数学体系,不过已经是一套复杂精巧、运转自如的混沌系统,他们杂志社很愿意为我发表。只有一个问题需要完善,他们

发现,作为公式的创造者的我却不在这个系统之中。这是一个很致命的问题,因为创造者一旦在公式里消失,公式自身的产生就不能在公式中找到依据,换句话说,这个公式自己把自己界定为了不合理。

在发现自己不存在于这个公式中后,我用了很多种办法来恢复那个代表我的符号,你小时候有一次在我演算的黑板上乱画,彻底破坏了我的算式。那是我觉得我最接近解出这个式子的一次,我以为只需最后几步计算就可以让我在公式中重生了。我后来再也没有能够重复那次的计算。但时隔十几年回头看的话,是不是又是一次错觉也未可知,毕竟我不止一次地以为自己接近于解决这个问题,最终却发现那只是我的计算失误。在我这些年的计算中,当年和我一起在工厂工作的老朋友们都渐渐地从公式里消失了,他们有的进入了残差,有的已经过世了。我有时甚至怀疑,也许我和他们一样从公式中消失本来就是无法避免的……

艮八

期末季渐渐结束,麦当劳里满是考完庆祝的学生和通宵备考的学生,我在其间很是不自在,翻着父亲的公式却无论如何也看不进去。事后我想,也许相对于庆祝的学生的喧哗,反倒是那些备考学生的焦虑对我的影响更大。焦虑是有感染性的,这群焦虑的学生让我更加害怕面对那个复杂的公式。

我的计算很不顺利,那些算式彼此交错、缠绕,每改变其中的一个节点都会对整个公式的样貌产生巨大的影响。而在把它化成现代数学语言之前,我不可能利用计算机完成计算。全靠人力来计算这么庞杂的系统又极容易出错,在这个牵一发而动全身的系统每一步计算都对应着几十倍的工作量,更不要提对每一个符号的理解都可能出错了,而每一点错误都可能让我成月的工作付诸东流。

我只能对每一步计算都百般小心地验证,经常整整一天毫无推进,直至患上了严重的头痛症。每次坐进那家麦当劳,疼痛都会从心脏沿着血管涌入我大

12. 相约萨马拉

脑，那些打牌的、翻书的、咳嗽的声音，那些来自身边、大街、地下的窃窃私语都在我的大脑中交汇，它们翻腾着在我的神经皮层中呼啸而过，让我完全无法工作下去。

兔子依然经常来找我，不过我们之间的对话正在变少，她总是安静地坐在台阶上，看着我双手抱着头一下一下地撞击着坚硬的空气，想让颅脑中的撕裂停止。我能感觉到兔子几次欲言又止，她最终还是没有说什么，低下头去，开始翻看我最近的计算结果。她在我的帮助下学了一点儿数学建模的知识，可以稍微看懂一些。但这对于我父亲的公式来说还是远远不够的。

"age是年龄吗？"她看了一会儿，迟疑地问。

"是啊。"

"你的年龄好像用错了数值，你今年已经二十岁了，可这里的数字还是十九岁。"

在我又一次被麦当劳里人群吵得一整夜毫无进展后，我决定出去找一间安静的出租屋。兔子自告奋勇地要帮我参谋。她说她刚刚来北京的时候和爷爷一起找过房子，现在她和爷爷住的地方都是她布置的。租个房子而已，我其实并没有觉得有货比三家的必要，只要不很吵也就够了。但兔子似乎很认真的样子，她拽着我走进一个又一个老旧的居民区，在那些出租屋里踱来踱去，仔细地看着这些房子的环境、朝向、结构、装潢、门窗和家具，像个精明的女主人。

看房的过程漫长而琐碎，兔子没有找任何中介，却比我过去见过的所有中介都更加耐心。那段时间，她几乎每天遇见我都能兴高采烈地说要领我参观一个出租的房源，然后不由分说地把我从父亲的公式前拉走，拉进喧闹温情的市井生活中，最后在那些我经常路过却从没有认真看过的居民楼里找到她所说的屋子。我就这样连日跟着兔子在柳絮纷飞的北京春天里走来走去，竟稍稍缓解了我的头痛症。她从我的生活中消失很多年以后，我在找工作时试图自己找过房子，这才知道当初兔子那些看似信手找到的房子是经过了怎样的精挑细选。我们的出租屋在我搬出去后第二年就被拆掉了，我后来再也没能找到过那样便

宜且位置好的房子。

兔子最终选定了三套房子，它们都距学校不远（这是我要求的，倒不是为了上学，我那时已经很少去上课了，主要是为了去学校门口找兔子的爷爷方便），通勤距离、户型、楼层、价格都是经过兔子仔细权衡后看起来最好的，其中一个的主人甚至原本并没有打算把房子租出去，是兔子去看他邻居的房子时觉得他的房子更好，花了大力气劝说才答应的。兔子带我在这三个房子周边逛了很久，说要让我在它们之中选择自己最喜欢的社区环境。我们在那一个个叫卖的商贩、小路边摊中走了很久，兔子喋喋不休地跟我说着她打算如何布置这三所房子，仿佛这些房子都是她的似的。

"这条斜街上的那间是我最喜欢的一个，就是我说服房东出租的那个。这间有个西南向的飘窗，采光不错，早上又不至于太晒，你把床挪一下位置就可以舒舒服服地睡个懒觉。对了你还可以再买好地毯和飘窗坐垫，在傍晚时可以喝着咖啡在窗边看日落。对了你想不想养只小猫小狗什么的？"

我没有回答，其实我在很长时间之前就没有在听了，我当时正在脑子里考虑公式中的一步计算。而且我一直没有告诉兔子，其实我已经看中了另外一间屋子，那间屋子不是兔子给我找的，它简陋、破旧、阴冷，常常让我想起我父亲工作的那个房间。当然我看中那个房间绝不是因为它的样子让我想到我的父亲，仅仅是因为它离兔子爷爷出摊的地方最近，又因为小区破败，周边很少听到邻居或商贩的动静，我可以在里面不受打扰地整理父亲的公式。

兔子见我不回答，收起了笑容，低头默默地陪我走着。几次欲言又止以后她深吸了一口气对我说："我爷爷想带我回老家。"

兔子说，最近北京经常开各种各样的会，总有城管来找她爷爷的麻烦。起初只是不准出摊，后来居然有人三番五次地来查她爷爷和她的暂住证。同一条街上的其他算命先生已经有一小半都回了老家，她爷爷最近也在考虑回去。我点了点头，心里却常常想到我曾经怀疑的她爷爷有未卜先知的能力。城管会不会仅仅是一个借口，真实的原因是他察觉了我和兔子的关系？

虽然直到那时，我们都没有明确地说我们两个是在谈恋爱，但她已经像

12. 相约萨马拉

我的女朋友一样频繁地来找我，并开始像我的女朋友一样管束我了。她不准我花太多时间在父亲的公式上。"你是你，你的爸爸是你的爸爸，你得为自己负责。"她说。

可我并不很知道为自己而活是什么样子。兔子总以为这是我的父亲在用我们的父子之间的关系来绑架我为他工作，我没有告诉兔子的是，我对于帮助我父亲恢复他的公式毫无兴趣，甚至我觉得如果那个公式真的代表着世界秩序的话，父亲这样一个行尸走肉般的人不存在其中简直再正常不过了，只是他自己不能接受他的死亡罢了。我愿意为父亲整理这个公式的主要原因在于，我需要回访我的童年，找到那些让我疑惑的事情的答案。从幼时开始，父亲的冷漠和母亲的离去都让我长久地不安，我急切地需要找到一个人为这一切负责。而整理父亲的公式为我提供了这样一个机会。通过那个公式，我父亲的青年和我的童年都向我敞开了，那些晦涩的符号在我眼里不是通向秘密的障碍，而是充满诱惑力的谜面，我甚至有些沉溺于破解它们——它们能让我对自我产生一种虚幻的掌控感。

我转过头看了一眼兔子，她装作很认真地依然低头走着路，我知道她在等着我回应什么。

"那你的考研计划怎么办？"

"我爸妈在老家的学校给我办的是休学，我依然可以回去继续上课，然后在家里准备考研。"

"嗯。"我点了点头，继续和她走在那条树荫摇动的斜街上。斜街很窄，中间有一个骑三轮车收破烂的老奶奶从背后过来，我们都只好站在街边的一户人家的门内才能让她通过。老奶奶骑到一半似乎有些力气不支，我和兔子一起上去帮忙推了几步，老奶奶骑远后我用手抹了一把额头的汗，兔子递过来了一张纸巾。

"给我一个留下来的理由吧。"她看着自己的手说。

我接过纸巾低头看着她，她的睫毛正微微抖动着。

"就租你最喜欢的那个屋子吧。"我说。

兔子于是很欣喜地领我去见了房东,他是一个看起来很和善的老先生,笑眯眯地同意我们随便收拾那间屋子。这其实是一间有些老旧的屋子,但兔子指挥我在地板上贴上了木纹的地板革,又买来了很多可爱的家具。她还在飘窗上铺了柔软的垫子和几个看起来很舒服的抱枕。我们两个足足忙了好几天,兔子最后才靠着我的肩膀说:"这样差不多了。"说完用刚刚干完活儿的手抹了我一鼻头灰。

兔子总是白天来我这里,晚上仍回到她和爷爷的住处。我有些疑心她至今没跟她爷爷提起过我们的关系,但我一直没有问她。兔子的日程表本来就很满,上学、打工、给爷爷送饭已经占用了她大部分时间,现在又加上每天来我这里一趟,我看到的兔子总是风尘仆仆的。我问过她一次回老家的事情,她说她想办法劝住了她的爷爷,我也就没有继续追问。

我们的出租屋被兔子布置得特别舒服,我的书桌对着窗户,窗外有棵桂花树,每次有风吹过都带着一股湿润的香气,居然把北京的秋天遮掩得像个杳远的水乡。兔子有时来找我时会给我带几朵桂花来泡茶,闻起来就是窗外那棵树的味道。问她桂花是哪儿来的,她总说是那棵树上的花掉到地上后,她从蚂蚁手里抢来的。她的神情半真半假,我至今也没有弄明白这花到底是不是从窗外的树上摘来的。其实我的故乡就是一个水乡,但我寻遍我的记忆,我从来不记得小时候曾闻到过这样的气味。

兔子每次来找我的时候我都在低头运算,那几天我的计算难得的顺利,好几个之前解决不了的关节都在清凉的桂花香中福至心灵似的解决了。计算有闲,我会继续给兔子讲数学建模的知识,偶尔还会用我正在算的式子来给她举例子。我觉得她考研究生肯定很容易,她学东西很快,至少比我认识的其他文科生学得都好。有时她甚至能帮我做一些计算了。

"这几页我已经帮你整理好了,"她把一叠算纸递给我说,"我上次跟你说的那个错误你忘记改啦,年龄是20岁,不是19岁。"

我点点头,她把那叠纸堆在桌子一角,托着腮继续看我做计算。

"还差多少才能算完呀?"

12. 相约萨马拉

"不好说，只能说接近了，但这个公式太复杂，我也没办法确定什么时候可以结束。"

"如果还要花很久呢？"

"什么？"

"你已经很久没有去上过课了。你不会想被退学吧？"

"不想。不过这个公式解不出来我也没办法上课。"

兔子没有继续劝我，她不是一个很执着的人。她又托着腮看了一会儿，一只鸟扑棱棱地落到了窗外那棵桂花树上面，我的算纸上面树影浮动。这时我突然听到兔子问我："你说，柏拉图会做爱吗？"

"我不知道，"我说，"但我知道我的父亲一定很少做。"

"别提你爸了。"她吻住了我。她的T恤衫慢慢滑落到了地板上，我看到卡通兔的眼睛空洞地投向我。

震三

在把那一沓算式都交给我以后，我的父亲明显变得很不安，他开始连续给我写信，起先的几封还带些寒暄的内容，到后来干脆整封信都是向我问整理的进度了。我并没有回应他，除了一封告诉他我患了头痛症不能快速整理的信以外，我没有告诉他任何和进度有关的内容。

我没有告诉我父亲的是，我并没有像我的回信中显示的那样消极怠工，事实上我几乎把所有的时间都用来整理他的公式了。当然我的做法和他原初的预期不太一样，我并没有致力于恢复他在这个公式中的位置，而是在努力破译这些公式。我仔细地看了父亲给我的那一大摞公式，他并没有把所有的公式都交给我。在我把大部分符号代表的人和事件都还原以后（尽管我父亲不支持我这样做），我发现了父亲从中抽走了两个阶段的公式，一是他从公式中消失的部分，二是我的母亲从公式中消失的部分。缺失的公式就像一本日记中缺失的页码，比直接写出来更加引人注意。

  自从发现这一点以后,我就一刻不停地计算着父亲的公式。我知道这两段公式之前和之后的内容,如果计算得当,我完全有可能将这两段缺失的公式补上。恢复一个公式比父亲要我做的恢复一个符号需要更多的时间和精力,我的头痛症愈来愈烈,大脑就像没有冻结实的湖面,会时不时地带着刺冷的冰碴陡然开裂。我只能在夜晚靠着凉风带来的片刻镇定工作。已是冬天,我父亲的信件沾着冰粒掉落到我的面前,他还在以一周两封的速度给我写信,我总是拆开浏览一下,看到其中没有新的关于公示的线索就放在一旁。那些信大多是问我写作进度的,偶尔也询问一下我头痛症的情况。我把那些匆匆扫过的信小心地捆扎起来,整齐地放在了我书桌的左侧。

  在父亲的信快要把我的书桌占满的时候,我终于把父亲没有告诉我的两个式子还原了出来。我决定给父亲写一封回信。

  父亲:

    感谢垂问,虽有微恙,但还不至于影响替你整理公式。

    先说一个好消息,我马上就可以把公式转写出来了。这项工作不太容易,但一旦将它彻底表示为现代数学形式,之后的运算就不会有太大问题了。

    你来信要我放弃寻找公式的原型,但在我看来,事物无论多么地不合理,仍是理念的意义之所在。这段时间我问了很多人,努力寻找你的公式中每个符号在现实中的意义,推测公式的每一步变化都是由于发生了什么事件。我知道你一定会禁止这样的探索,但很抱歉,这才是我对你的公式的全部兴趣所在。现在我要将我的推测告诉你。

    在你被报导之后,厂里的领导让你提供一份统筹生产的最优解。你详细地询问了每个人的各种信息,将他们作为变量代入了你那个庞大的运算体系。最后,你得出了一个结论,即为了社会主义建设的大发展,母亲应当同你结婚。

    母亲是工厂中有名的美人,因此你受到了嫉恨。同车间孙大明说你受

12. 相约萨马拉

到报导后骄纵淫欲，但你带着小黑板去给领导上了一堂数学课，告诉领导这是科学。领导也不能判断这是否真的是书呆子计算的结果，但他很不喜欢你鄙视他不懂数学的样子，于是他撤销了你监督员的职位，又把你打回了车间，你原定的巡回报告也没有成行。

但这并没有阻止你，我的父亲。你坚持一遍遍地给我母亲讲你的那套数学公式，企图说服她嫁给你。直到有一天，你又一次给母亲讲完整套公式后，母亲仍然不为所动，你绝望得简直要哭出来。你深吸了一口气，突然对母亲说："其实这些演算都是假的，我们结婚并不能促进厂子的生产。只是如果没有你我会死。""什么？"母亲问。"没有你我会死。"你重复道。

母亲扑哧一声笑了出来，自此才渐渐开始搭理你。一年后你们结了婚。

但母亲并不知道，你说的会死并不是什么笨拙的情话，而是指从你的公式里消失。你发现自己已经被自己建构的世界放逐了，因此你想通过婚姻，把自己重新塞进那个世界。你很聪明，很快在原来的公式基础之上开发了一套新的计算标准，经过种种计算，得出了填充这一位置的最优解，就是我的母亲。

我猜你婚后一定欣喜非常而又谨小慎微。你将自己与母亲绑在一起，像篡位的君王一样担惊受怕地苟存于你的理式之中。你一定很少和母亲做爱，你未必不喜欢她，她那么美，但你害怕孩子，害怕一切破坏稳定的元素。但母亲终究还是怀孕了。

我出生的当夜，你颤抖着双手记录下了关于我的一切数据。你把我转化成了一个符号纳入了你的运算，计算很繁琐，也很缓慢，你特别仔细地再三检查每一步的运算。你确信自己又听到了机器轻微的咳嗽。天亮时，你得出了运算结果，你发现随着我的介入，摇摇欲坠的微妙平衡又被打破了，你又从公式中消失了。

于是你开始对我的母亲愈发冷漠，母亲终于决定离开你。她临走的那

天早上像往常一样,给你煮了鸡蛋和粥(她永远不会知道,你的食谱也是用公式计算出来的最佳方案),然后把门轻轻地带上了。

这就是我从你的公式中推测到的:我在自己毫不知情的情况下成了一个命中注定的弑父者,并背负着这个十字架行走了将近二十年。

所以我很高兴你能让我帮你计算这个公式。尽管我还没有算出最终结果,但现在的进展已经足以让我相信,你对自己存在于你的理念世界抱有幻想的唯一原因是因为你的计算方法包含大量的混沌区域。而一旦我将你的系统用清晰的现代数学语言表达出来,所有含混不清将无处藏身。

你无须回信告诉我我的推测是否正确,下个月是我的二十岁生日,我想我应该能在那之前计算出最终结果。如果一切顺利,我会向你证明你大半生的挣扎都毫无意义。这是我命中注定的弑父,请你不要害怕。

离九

"只要把这个式子解出来,我们就自由了!"我对兔子说,"到那时,我就再也不用背负着我的父亲了!"

兔子的表情有些忧伤。"我们本来就是自由的呀。"她说。

我不眠不休地推进着我的运算,像极了曾经的父亲。我依然害有头痛症,但它不再是我的困扰,相反,它让我的兴奋变得具体可感了,我近乎狂喜地感受着兴奋的血液冲击着我额头的血管。偶尔遇到不甚了解的地方,我依然去找兔子的爷爷讨教。他不再东拉西扯,也不再漫天要价,而总是用最简单的话告诉我解答。我很喜欢他这样,我的时间紧迫,只需要他提示一下方向,我就继续开始计算。

运算像一场场持续过久的潜水,我只有在饥饿和困倦时才会浮到水面上。水面上是兔子,在她学会数学建模以后,我们之间的对话开始变得越来越少了,她每次来我们的出租屋都看起来很忧郁,因为回老家的事儿她跟爷爷吵了好几次了,但她一直没有告诉爷爷原因,担心他不再给我帮助。终于有一天,

12. 相约萨马拉

我连续几天通宵后长睡了一觉，再次醒来时发现屋子被收拾得干干净净，而兔子却不见了踪影。我头痛欲裂，扶着窗台站起身，看到我的书桌也被收拾过。我走过去，看到兔子的那把房门钥匙放在桌子上，钥匙下面压着我的演算纸，纸上有兔子的笔迹。她帮我把计算完成了，最终的计算结果是一个叫eidos的常量，兔子写那个希腊词的时候笔迹有些发抖。

我连鞋都顾不上找，光着脚跑到了学校东门外，在一旁摆摊的大姐说，墨镜老头儿今天一大早就回老家去了，已经走了好一会儿了。

再次回到家中时我才注意到，书桌左侧父亲写给我的那一叠信件也被整理过。最下面的几封码放得整整齐齐的，而越往上也就越凌乱。兔子大概原意是帮我收拾屋子吧。这一叠信件的最上方躺着父亲给我写的最后一封信，而我上次读这封信已经是很久很久以前的事情了。

巽四

二十岁生日快乐。

我已前去寻你的母亲，近期恐不会在家。

父

中宫五

放下父亲的信，我茫然着看着我即将完成的公式。经过几个月的运算，我终于把父亲的含混的运算系统整理成了一组整饬、清晰的式子。只需要再经过几步运算，我就可以把最后一个与父亲有关联的元消掉，那是eidos，代表我的符号。

这组式子的精确让我感到恐惧，eidos已经成了等号两端被提取出来的公因子，它毫无疑问地应当从式子里彻底消失，没有任何回旋的余地。我想立刻给父亲写信，求他帮我找回公式里那些温情脉脉的混沌空间，但随即又想到，

父亲已经不知所踪了。

我的头痛症发展成了持续不断的鸣响。我冲出家门,在这响声和亮得不真实的阳光里四处穿梭。我遍访算命先生,寻找着把eidos恢复的机会,像濒死之人祈求着一切可能的救赎。我拼命地记录他们的每一句话,很快就攒了几厚本。

"喂,你不会是要当算命先生吧?"我从笔记本上抬起头来,看到一个姑娘。她将会在不久之后成为我的女朋友,尔后更加迅速地从我的生活里完全消失。而我的父亲则在五十岁时回到了家中,没跟任何人讲起过他的经历。他今天仍然活着,已经七十多岁了。

13. 杀手

栗念跃-15级专硕

我坐在夜行的火车上，突然感到了一阵无聊。这是之前从来没有过的。这列火车载着我行驶了好些天了，我渐渐发现之前令我感到兴奋的一切都开始变得乏味。透过窗子我仍可以看到旷野、城市和村庄，还有形形色色一闪而过的人，但这一切都已经不能引得一双连续几天接受陌生景象的眼睛再现出半点惊异，重复的新奇并不比重复的单调带来更少的厌倦。我突然开始后悔没有买一张卧铺。

当然了，任何买到车票的人都没有什么好抱怨的，毕竟这是极难买的一张票。我的旁边坐着两个男孩，对面坐着两个女孩和一个男孩，他们和我一样，都为了登上这列火车颇费了些周折——这往往是同车的人在实在无话可说的时候最容易找到的谈资。刚刚上车的时候我和他们攀谈过，我记得他们之中有一个还是我上车前的旧相识，但（实在抱歉）我已经忘记究竟是哪一个了。这实在不是我的薄情寡义，我患有很严重的弱视，看不清任何人的模样，无论怎样相熟的面孔在我看来都是陌生而模糊的。但是我并没有让太多人发现这一

点——这并不是什么难事儿,只要你在有人给你打招呼的时候也把手举起来伴着微笑挥动就可以了。"早啊,西木!"他们说。"啊,早!"我便也回答。当然我也不能总等着人家主动与我打招呼,这是不礼貌的。有时我也会主动与别人打招呼,虽说我并不知道那是谁。但我总能得到回应,就像我回应别人一样(一定有人制定过一整套这样的规则):"哈哈原来是你!早上好!"有时越过对方的肩头我甚至还能看到另一个陌生人迟疑地向我招手。

在又一次打量四周之后,我甚至不再确定那位旧识是否还在这五人之间,因为我发现我的身旁变成了一个姑娘和一个小伙子,对面却坐着三位姑娘。虽然我识别不出哪怕最熟识的朋友的面貌,但我的记忆力是没有问题的。我清楚地记得刚才我们六人是四男两女,不会错的,现在却变成了四女两男。如果不是刚才我睡着的时候有人上下车,就是玩杀人游戏的时候有坐在其他地方的人与我身边的什么人换了位子。我也不知道刚上车时向我自我介绍的五位旅伴现在还有几个仍坐在我的旁边,我说过,我患有严重的弱视,一切的面孔在我看来都是一样的。

事实上不认得他们几个的面孔也并不是什么要紧的事情,因为我们在车上的一切交流都是通过杀人游戏进行的。不管游戏之外我们在扮演着谁,在游戏里,我们只是杀手、警察或者平民。

我是在上车之后才逐渐学会这个游戏的。初学的时候我因为不了解规则在一旁看着游戏的全过程,我看到了有罪的杀手是怎样巧妙地伪装栽赃,被误解的人是怎样地无力辩白,信誓旦旦的人怎样在大家都把眼睛闭上之后旋改面目,本来胸有成竹的人又是怎样发现自己其实对真相一无所知。游戏的非真实性让人们抛开了一切的顾忌,于是每一丝本来属于内心最隐秘角落的颤动都原形毕露。我还记得那个担任游戏主持者的"法官"有着怎样的神力,她可以用一声简短的命令让那群方才还在拼命辩解自己无罪的人霎时间鸦雀无声,我看到他们围成一圈,闭上双眼,双手交握支在额前,像极了祈祷或者忏悔。只有在前几轮游戏中死去的人没有参与这个仪式,他们旁观着这曾经发生在自己身上现在也仍在发生的一切,对着死亡降临却还浑然不觉的人微微摇头,对着

13. 杀手

故作聪明的人悄悄发笑——当然这一切的动作都只是在所有人把眼睛闭上之后才有的，一旦生者睁开眼睛，死者的表情就立即变得高深莫测了，谁也不知道他们看到了什么。还有法官，那个不知从哪里来的年轻女孩。无论我们如何邀请，她都从不参加到游戏之中，她说她喜欢法官这个角色。她总是微笑着主持着整场游戏，即使在每个人都闭上眼睛的时候她也依然在笑，这种自始至终的微笑比面无表情更让人捉摸不定，她是一个好法官，大家都这么说。

熟悉游戏规则是一个漫长的过程，除了表述为文字的基本规则之外，还有很多人们在介绍游戏的时候从来不会提到却又人人都心照不宣的规则。而事实上往往后者才是在游戏中真正起到关键作用的。这些规则很是烦琐，比如在"杀人"的环节不小心睁开眼睛的人会被杀手杀死，比如面对暴露身份的同伴要毫不留情地指证以求自保，如是种种。只有对这些规则了然于心才算真正会玩这个游戏。还没有人系统地整理过这些规则，但如果有谁有志于此的话，我想排在第一条的规则大概就是游戏中新手与老手的关系了。

我应该公正地说我在初学的时候没有受到任何的歧视，没有人欺负新手，杀手在选择被杀者的时候甚至还会有意避开我。但我很快沮丧地发现，这种照顾带来的效果与忽略一般无二，我——无论担任什么角色——都丝毫影响不了游戏进程。大部分游戏中我只知道杀手在搜寻警察，警察在追捕杀手，却不知道我应该做什么，直到游戏结束。我当时还固执地认为自己无法在游戏里发挥更大的作用仅仅是因为我手气不好，总是抽到平民，没想到就在接下来的一轮里我就抽到了杀手的牌。我抬头看了看分配角色牌的法官，那个女孩还是和平常一样浅浅地笑着，我看不出她是不是有意为之。当上了杀手的我踌躇满志，一心想把什么人干掉，随便那是谁，哪怕刚刚干掉就被揪出来宣判死刑也无妨，至少我用一个人的死亡宣示了我的存在。但当我等到所有人都闭上眼睛后夸张地伸出手打算宣告一个倒霉虫的死亡的时候，却发现还有两只来自不同身体的手正指向两个不同的方位。

我说过，杀人游戏的规则分为成文的规则和不成文的规则。在成文的规则里我们知道杀手无论有几个，每一轮只能杀死一个人，在几位杀手在意见不

一致的时候需要通过无声的交流和妥协统一意见,但是究竟怎样统一意见,成文规则里并没有说明。而事实上的情况是,新手往往要服从老手。我还在犹豫要不要跟着其中一位,突然就看到那两只手之中的一只很快地转到了与另一只相同的方向上。于是我也就没有了选择,只得和那两只手指向了同一个人。我看了看那只得到了我们响应的手,它粗壮而黝黑,手腕上还戴着一块西铁城金表。主持游戏的姑娘笑着点了点头,标志着我们完成了这次隐秘的谋杀(游戏结束之后我惊讶地发现我们那一轮的死者居然正是三个警察之一)。

　　我有些沮丧,不仅仅因为杀人的过程没能如我所愿(其实无论杀死谁对我来说都没有什么不同,你知道我是一个弱视患者),更是因为我居然没有受到一点怀疑。在讨论的时候他们说杀手干得很漂亮,一定是个老手,我几乎忍不住要告诉他们我也是杀手之一了。但我终究没有。这是违反游戏规则的,何况我也不是很有说这句话的底气。那一局我所在的杀手一方胜利了,我们很快地认出并干掉了所有警察,当然我说"我们"的时候主要是指那块西铁城金表的主人。我自始至终没有按照自己的意愿杀掉一个人,也没有被人当做杀手宣判死刑。我在恍惚之间突然有了一种怀疑,这怀疑旋即升级为了一种无法克服的错觉。我开始怀疑自己是否真的存在。

　　是的,经常有这种事情发生的,我以为自己参与了什么事情,但其他人却根本不知道我的存在。我只是他们的一场梦,或者他们只是我的一场梦罢了。为了把这个可怕的假设打发走我走进了车厢连接处的洗手间,狠狠地洗了一把脸。抬起头来我才发现在那面镜子的对面墙上又挂了一面化妆镜,光线的往复反射让面前的镜子中出现了一千个面目不清的我,我看到一千个陌生的自己面面相觑,一样的茫然无措。我昏昏沉沉地走出了洗手间,门口已经站着一个人,他笑着冲我点了点头,我也便训练有素地假装与他很熟络地很快地点了下头,随即看到了他手腕上戴着的西铁城金表。他走进洗手间又很快出来了。"刚才带到里面忘记拿出来了。"他扬了扬手里的镜子对我说,我这才知道他不是来上厕所的。"是啊,"我点点头表示理解,"车里的镜子实在太脏了。"

13. 杀手

从那以后我常和那个戴西铁城金表的人一起玩杀人游戏，私下里我管他叫西铁。意见不统一的时候我也仍照例顺从他的选择，他几乎总是对的。他是我见过的最出色的杀手，我无法记得他的样子，只能回忆起那块西铁城金表。有一次我们在凌晨两点一起玩杀人游戏，火车里的灯全都熄了，在最关键的一轮西铁犹豫了很久之后果决地指向了他对面的一个小伙子，我记得很清楚，那时他的夜光表针显示的是凌晨两点，分针顺着他的手指指向了他判断的警察，时针却冷莹莹地指着我的方向。我不觉打了个哆嗦，旋即顺着他的手指指向了同一个人。当然，那正是我们要杀死的警察。

游戏之外我们也常在一起聊天，他擅长所有的角色，只是杀手的角色才是最令他感到兴奋的。他告诉我怎么判断谁与谁是同伙，怎么迷惑对手，什么时候该保持沉默，什么时候又该假装知晓一切。这让我很快不再是一个一无所知的新手了——当然仅限于我和他不在同一组的时候。除了游戏的技巧我们还聊了很多其他的东西，也是在这聊天里我知道了他的手表其实是个冒牌货，我也告诉了他我患有弱视的事情。在我的印象里西铁是无所不知的，我常拿一些不知道答案的问题来问他，他总能很快地告诉我答案。只是有一次我问他我们究竟为什么要上这列火车，它又要开到哪里去时，他还没来得及回答，做法官的姑娘就宣布游戏开始，于是我们都闭上了眼睛，再睁开眼睛时他已经忙于寻找那一轮游戏中的警察而把我的问题忘得一干二净了。这着实可惜得很，因为我至今也没能想明白这两个问题。

西铁进行他最精彩的一次表演时我们的火车正停在一个不知名的城市，那天下着大雨，整座城市都在雨中沉默着，站台空无一人。西铁又抽到了他最擅长的角色：杀手；我却抽到了与他相反的角色：警察。杀手一方的开局并不顺利，连续三局都没有成功杀死警察，却先折损了一个杀手。我和两个警察同伴志得意满，四处寻觅剩下两个潜藏的杀手。

我能看出西铁是杀手并不怪他，有一个小姑娘在讨论投票的时候总是不假思索地跟从西铁的选择，就像我刚刚开始玩这个游戏时一样。西铁告诉过我如果投票环节有两个人的选择总是相同说明他们是一伙的，我立即在所有人都闭

上眼睛之后查验了那个女孩，法官微笑着点了点头示意她正是杀手之一。那么另一个杀手显然就是西铁了。这时杀手一方已经只剩两人了，只要我能使大部分人相信我的话并一起投西铁和那个女孩的票，我就有机会在杀人游戏里第一次打败西铁。

我立即把我的警察身份和我的发现告诉了所有人，但我刚刚把话说完，西铁就沉稳地问我："你说有一个女孩总是和我投同样的票，那么你能把她指出来么？""当然可以。"我说，那个女孩就是西铁左手边第二个，我记得很清楚。但当我看向那个方向的时候，却发现那里站着一个男孩。

我顿时呆住了。"刚才站着这里的那个女孩呢？"我问那个男孩。"哪有什么女孩，我一直站在这里。"他说。我茫然地环顾四周，看到了一张张陌生的面孔。我找不到那个女孩了，我在游戏里分辨人只能通过服饰（像我认出西铁那样）和相对位置（像我认出我的同伴那样），但我刚才并没有留心那个女孩的衣着，而那个位置上现在又站着别人。我立即感受到了来自四周的怀疑的目光。

西铁用平静的语气接着说："其实我才是警察，我虽然没有查验西木，但他谎称自己是警察一定有问题，所以我建议这轮大家投他的票。"

于是游戏进入了投票环节，我和西铁都得了5票，而我的两个同伴则指着一个女孩。她就站在西铁左边第三个的位置上。我这才注意到西铁站的位置和游戏开始的时候不一样了，在第一轮的时候他站在我的正对面，现在却略微偏右。我突然明白过来了，女孩的位置并没有变，是西铁悄悄和右边的人换了位置。

由于我和西铁的票数相同，这一轮无人死亡。但形势依然对我们一方有利。我的两个同伴这样投票无异于直接告诉所有人我们三个是警察，而西铁与那个女孩是杀手。如果我们的对手不是西铁的话，那一局胜利的一定是我们。但当我们再次睁开眼睛，那个担任法官的女孩却告诉我们，死者是西铁。

我还没有意识到这是怎么一回事就被宣判了死亡，就在不到一分钟之前我们刚刚请求法官查验了西铁，他正是杀手。但我很快就明白了发生了什么，

13. 杀手

因为这时所有人都认定西铁和那个女孩才是警察,而我和我的两个同伴则是杀手。于是在接下来的两轮里,我的两个同伴也相继和我一样死于审判。西铁在那一轮杀死了自己,并且每一个平民都变成了杀手。

令我感到好奇的是那个女孩,西铁已经帮她解决了所有的问题,她只需要在我死之后的第一轮随便杀死什么人,再在接下来一轮的杀人环节中杀掉最后一个警察(她一定看得出来是谁)就可以取胜。但她似乎有一些不知所措,有一两次我甚至看到她向我投来了慌乱的目光。她确实不太擅长当杀手,在场上只剩下一个警察时她犹豫了很长时间,然后出乎所有人意料地选择杀死了一个不相干的人。我疑惑地望向她,她也注意到了我在看她,紧张地冲我的方向笑了笑。但当我想起来按礼貌我也应该冲着她笑一笑的时候,她却已经把眼睛闭上了。当然,这并没有影响游戏的结果。最后一名警察也很快和我一样死于众人的投票,连我自己也不知道为什么我会在法官宣布杀手获胜的时候感觉松了一口气。

游戏结束之后我去向西铁表示祝贺,他却并没有表现出高兴的神色来,反而歉疚地看着我说了一句"对不起",这让我吃了一惊。他是常常在游戏里赢我的,从来没有哪次表现得心怀不安过。他在胜了我之后总是轻松地笑一笑,拍一拍我的肩膀,有时还会告诉我还有什么地方表演得不够逼真。但这次他居然对我说了我以为他永远不会说的三个字。是因为他为了取胜利用了我的弱视么?可这在我看来没有什么不对的。我告诉他这没有什么,他却很难过似的地走开了。我以为他只是去上厕所了,因为他的镜子还放在桌子上,但他那天没有回来。我替他把镜子收了起来,想等第二天他再来玩的时候交给他,但他第二天还是没有再来。那场大雨连着下了好多天,火车也在空荡荡的月台上停了好多天,直到火车在雨停的那个黄昏鸣着汽笛离开那座城市,西铁一直没有回来。

我不相信西铁真的下车了,这列车的票十分难买,中途下车无疑是可怕的浪费。我知道他一定还在这列车上的什么地方。我试着去找过他,但寻找这个整列火车最会伪装的人谈何容易。且不说我和他都知道他只要把那块手表摘下

来就足以让我永远也找不到他,即使他没有刻意躲避我,这列火车的每一节车厢都是那么相似,每一个地方我都似曾相识,这让我感觉好像来到了一片捉弄人的沙漠。在无数次迷失于车头和车尾之间的单向迷宫之后,我终于放弃了寻找西铁。不过我还是希望至少把那面镜子还给他。于是我把镜子挂到了我第一次见到它的地方,我希望西铁会在某一天想起它并把它取走。在把镜子安放到墙上的那一刻我又看到了那个无限延长的通道和通道里无数个陌生的自己,随着火车有节奏的晃动,镜中的人影居然像行驶的火车一样蜿蜒不定,绵延直至无有。通道越是延长我的面目也就越是模糊,恍惚间我好像在通道的尽头看到了西铁的影子。

我就是在这个时候遇见那个女孩的。她在盥洗室的门口等着我。我出门看到她的时候一度犹豫要不要和她打招呼,因为她并没有像其他人一样挥手招呼我,只是仰头看着我笑,这让我一时无法判断她是否认识我。我知道有不少姑娘,她们无论看到谁都会笑的,比如那个惯于当法官的女孩。当然我知道现在站在我面前的并不是游戏里的法官,她笑得更加快乐。

终于我也对着她笑了一下,不是出于礼节,只是看到那笑容情不自禁地表示。她先开口了:"上次真是多谢你啦。"我正在掂量这时是不是应该说"不客气",嘴巴却已经唐突地抢先问道:"谢我什么?"那个女孩又笑了:"前两天跟你一起玩杀人游戏的时候你明明验出我是杀手了,还假装找不到我。那次多亏了你呢。"我这才知道她是谁。当然我当时没有把她指认出来绝不是因为害怕她被杀,但我还是决定不告诉她这一点。

"一起来玩吧,"她又说,"大家都在等着你呢。"

我回到了这个游戏中。我惊讶地发现我居然在某种程度上取代了西铁的位置。他在走之前教会了我足够的用来伪装和嫁祸的技巧,这使我成为了游戏中最可怕的杀手。我像蛇一样隐藏,又像蛇一样突然发动一招致命的攻击。甚至连我的弱视也成了我的优势,它让我免于游戏者在现实中身份的干扰,我既不会因为某人与我熟识而在下手时有所顾忌,也不会为了避嫌刻意杀死与自己熟络的朋友。对我而言所有人都是陌生者,这让这个游戏对我而言简化到了极

13. 杀手

点，我只需要静静地看透一切的袒护与诬陷，然后干净利落地干掉所有暴露在我面前的警察。在我的提议之下我们改变了游戏的规则，每一局只安排两个杀手和两个警察，这让游戏的难度更大，节奏更快，也更加刺激了。渐渐地我也开始像西铁一样有了足够多的威信与支持者，在"统一意见"的环节，我也可以只管坚持自己的选择，我的同伴自会向我统一。他们愿意相信我，因为我几乎总是对的。

还是像当初的西铁一样，我有了很多向我学习游戏技巧的人。我把西铁曾经教给我的那些规则以外的规则一一告诉了他们，尤其是关于怎样成为一个优秀的杀手的那些。在杀人的环节你如果看到什么人睁眼，你要毫不犹豫地把他杀死。如果同伴暴露了身份，要立刻指认他是杀手。被警察发现了自己的身份，要立即伪装警察并让大家相信对方才是杀手。最重要的，是杀人的时候要不顾亲疏，毫不留情。当然我知道这一条没有人会做得像我一样好。

那一段日子我常去那个安放着西铁的镜子的盥洗室（西铁还没有把他的镜子取走），想象着西铁从那个无限延长的队伍的末端慢慢向我走来。有时西铁的影子走着走着就变成了我，西木，也戴着一块西铁城金表，不过看质地却是真货。同样的场景频繁出现在我的臆想与梦境里，这让我既自豪又惶恐。但没过多久我又意识到让我来这里的并不仅仅是对西铁的感激而已（我甚至有些害怕西铁真的回来），我还在寻找着另一个与这个盥洗室有关的身影——那个把我带回到这个游戏里的女孩。

我曾试图从不计其数的听我讲解怎样玩杀人游戏的人中间辨别她的影子，但每次都无果。我悲哀地发现自己的记忆居然脆弱得连她那纤细的微笑都承载不了，她就这样湮没在这一张张陌生的面孔当中了。我不知道我在游戏里杀掉的不计其数的人中有没有一次是她，她是那样单纯地以为我曾经有意不去指认她，这让我长久地不安。想到这里，我很难再为自己的弱视感到窃喜了。

我没有像找西铁那样找那个女孩，这时的我陷入了前所未有的疲倦。寻找、谋杀、胜利、复活，这一切都让我精疲力尽，连每天例行讲解的声音也变得滞涩而呆板。我开始害怕晚上，疲倦带给我的不是安慰的睡眠，而是一个个

占据我的睡眠时间的可怕的问题。我整夜整夜地思考我究竟为什么玩这个游戏，最后却总像过去思考我为什么要登上这列火车一样徒然无功。为了避免继续思考这些可怕的问题，我继续没日没夜地玩下去。持续的失眠让我的视力开始迅速下降，当我再次回到盥洗室那两面相对的镜子之间时，我发现除了眼前的几个飘忽苍白的影子，那个曾经让我痴迷的人链已经虚幻成一片光和影了。我吃力地把鼻尖凑到镜子跟前，却只能看到自己茫然的眼睛。

高度近视也让杀人游戏变得诡异，现在人们的面孔在我看来都是一般的模糊不清（这对我倒没有什么影响），我唯一能够看清楚的只剩下了那一双双眼睛。所幸我还可以用仅存的视力把睁眼者与闭眼者分开，也通过那一双双眼睛判断每个人的方位，这让游戏可以勉强进行下去。唯一的不便是我再也看不清我的同伴到底在指谁，但这并不重要，事实上这反而给我的独断提供了一个完美的借口。

但事情也并不总是那么顺利。有一次我睁开双眼，却无论如何也找不到那双属于我的同伴的眼睛了。是我的视力太差没有看到么？还是有谁应该睁开眼睛却闭着？又是谁，为什么呢？我询问地望向担任法官的女孩，她那双美丽的眼睛里也掠过了一丝犹疑的神色，但很快就消失了。我知道她在这时不能说话，只好把目光收了回来。

我本来决心将游戏像往常一样进行下去，却发现这根本不可能。没有同伴就意味着我要么把游戏里除我以外的每个人一一杀死，要么就会死在他们的手上。这让我有了一种深深的无力感，就像我第一次和西铁一起玩这个游戏的时候那样。那些闭着眼睛的人祈祷似的围成一圈，我也近乎绝望地环视一周，感觉自己像极了祭祀中的牺牲。我慌忙借口去厕所逃离了这一局的游戏。

我就是在这时发现西铁回来的。当我又一次从盥洗室的水池里抬起头的时候，发现镜中只剩下了一个人影，那条无限延长的通道消失了。我慌忙从镜子前转过头去，看到身后那面墙上空空荡荡的——西铁的镜子不见了。

他终于回来了。应该说我一直知道会有这一天，但当它真的来临的时候我却还是发现自己是怎样的不知所措。在西铁失踪之后我曾无数次设想他回来时

13. 杀手

的情景，而在每一次的设想中我都是欣喜的。我可以不必再扮演那个令我无法支持的角色了，谋杀和伪装都像窗外重复的风景一样让我疲倦，我应该把这个角色还给他。我也不必再忙于应付那些天天来让我讲解玩法的人了。你们去问西铁，他比我知道的多得多。我也有问题要问他，他还有两个问题没有回答我呢。但这种想法并不足以打发我此时全部的忧惧，在走出盥洗室的时候我还是感到了一阵恍惚。我突然明白了那个刚才没有出现的杀手是谁。一定是他，这列火车上最可怕的杀手。我能想象出他是怎样从墙上把镜子取下来，揣到衣服里，又是怎样悄悄加入我们的游戏，却在杀人的环节轻蔑地闭着眼睛。那画面让我感到绝望与怨怼。

我回到了那个杀手、警察和无辜者共同构成的圈子。我环视了一周，第一次这么认真地在一双双眼睛里搜索一个杀手而不是警察。在掠过不知多少和我一样不安的眼睛之后，我的目光停在了我对面的座位上。我在那里看到了一双陌生的眼睛，但那深不可测的黑色和没有温度的锋芒不可能来自别人，那是一双杀手的眼睛，我知道如果我的视力好一些一定可以看到戴在那双眼睛的主人手腕上的西铁城金表。

就在我和西铁对视的时候，法官宣布游戏开始，于是我们都闭上了眼睛。然而再次睁开时，我却看到了两双眼睛。这让我有些茫然。这一局游戏应该只有两个杀手，看来是有人记错了自己的身份。想到这里我多少松了一口气，至少第一轮我不必就到底应该杀谁与西铁争执了，西铁教过我，看到有人在杀人环节错睁了眼睛要毫不犹豫地把他杀死，这是游戏正常进行下去所必需的——在今天更是如此，我的视力让我无法看清任何人的手，而西铁是绝不会改变想法顺从我的。我们一旦意见相左，游戏会因为两个杀手谁也不肯妥协而陷入僵局。

但就在我准备和西铁一起结果掉那个牺牲者的时候，那双眼睛却让我不由自主地停了下来。是她，我认得那双眼睛，那双惹人爱怜的、动物似的眼睛。我知道杀手西铁这时一定在毫不含糊地指着她，而我也应该这么做，不然她不小心看到的一切足以让我们一败涂地。但我无法伸出手去，我还记得那双眼睛

的主人是怎样以为我宁可自己被杀死也不愿指认她。我也不能杀死自己，西铁会在下一轮杀掉她的，他不是弱视患者，他是最训练有素的杀手。

我用几近乞求的目光看着西铁，但他那双杀手的眼睛里没有现出一丝怜悯，这让我绝望。但这绝望很快又被一股无法遏制的愤怒取代了，我开始怨恨西铁，他为什么要去而复返呢？为什么要带我进入这场可怕的游戏呢？于是，毫无征兆地，我把手指向了西铁，像拿着什么武器。我知道这个决定是荒唐的，西铁是绝不会放弃他的一切选择的，这次他完全没有自杀的理由。他现在一定还在指着那个爱笑的女孩，我能读到那个女孩眼里的惊恐与犹疑，而来自西铁的荧光表盘的凉气正在击打着我的脸。这是我目前唯一能做的事情了，只要我不选择杀死那个女孩，她就不会死。我平举着胳膊对着西铁，决心永不放下。

我知道这是一个永远也不会被打破的僵局，所以我睡着了，千万张无法辨识的面孔在我的梦中倏然而过。不知过了多久，我被法官的声音惊醒了，我倒在桌子上，胳膊却依然直直地指着前方。我惊讶地发现我的视力居然恢复了正常，每个人的面孔都清晰可见，他们都在看着刚刚睡醒的我，包括那个我试图保护的女孩（我又一次悲哀地发现除眼睛以外，她的面孔于我还是那么的陌生）。但我并没有看到西铁，在他的位子上只有一面镜子，顺着自己的指尖，我看到了我那张汗水淋漓的脸。"这一轮的死者是西木。"法官看到我睡醒了，重复道。

我感到了一阵迷惘，几乎想重新睡去。这时我隐约听到有人说了一句："我是警察，刚才法官告诉我，西木斜对面的女孩是凶手。"很快法官宣布开始投票。火车穿过了一个隧道，紧接着又随着铁轨的弯转划过一道优美的圆弧。急遽的明暗变化刺得我睁不开眼睛，白花花的风里我感到整个世界都倒向了一侧，从天际传来了冰山崩裂的声音。光线恢复正常后那个曾让我误认成是西铁的倒影彻底消失了，只剩下散落满地的镜子的碎片。

"杀手一人自杀一人被判死，警察一方获胜。"法官的声音也是玻璃碎片的质感。

评论：可能性通往另一个世界

作品名称《相约萨马拉》来源于毛姆戏剧《谢佩》中的一个令作者感觉到沮丧的故事。

死神：巴格达有一个商人，他让自己的仆人去买些食品，时间不长那仆人便跑了回来，脸色苍白，浑身颤抖。他说，主人呀，刚才我去市场，被人群中的一个女人推了一把，我回过头来，你猜怎么着？我看见推我的人竟是死神。她注视着我，还做了一个可怕的动作。把你的马借给我吧，我要骑着它远走他乡，去躲过这一劫难。我要去萨马拉，那样死神就找不到我了。商人把马借给了他，那仆人飞身上马，从马的一翼抽出踢马刺，然后疾驰而去。不久商人也来到市场，他看见我站在人群中，就走近我，对我说，你今天早晨看见我的仆人时，为什么要对他做一个可怕的动作？我说，那可不是什么可怕的动作，我只是被吓了一大跳。在巴格达看见他，我感到惊讶，因为我和他今天晚上在萨马拉有约。

《相约萨马拉》和《杀手》共享一个关于命运的主题——连逃离都成为命运的一部分。正如《俄狄浦斯王》以来，所有关于命运的故事都在告诉我们，命运之所以为命运，就在于它的避无可避。

《相约萨马拉》讲的是一个关于抗父的故事，《杀手》是关于"杀人游戏"的小说。两篇小说情节看似毫无关联，但都紧紧围绕着命运，在追寻着关于命运的必然性答案。

两篇小说的题材相对新颖，作者在剧情设计上也颇下功夫，可读性较强。表面上，作者通过故事给出的答案似乎过于悲观——《相约萨马拉》中子对父的无休止的运算的重复，以及《杀手》中女孩的死，所有的故事情节，以及故事里相对封闭的场景设置，比如说公式、火车等都告诉读者一个悲观的答案——命运确实避无可避。但情节的背后，作者又为"故事讲下去"提供了可能性，也就是给了故事另一种开放式的结局。

值得一提的是，作者在小说中投射的主题十分丰富，这在生活经验和生命

体验尚不足够丰富的年轻作者群体中是十分难能可贵的。从某种意义上讲，反抗父权并且失败是小说共享的主题之一，而很有意味的是，这种失败常常并非由于父权的强大，而是由于父权的缺席。作者巧妙地将反抗父权失败的焦虑投射在作品当中。另一方面，小说的叙事受翁贝托·埃柯的《昨日之岛》的影响颇深，作者放弃环环相扣的故事情节，将更多叙事逻辑和人物逻辑设定在"可能性"上，令小说内部打开了封闭世界的出口，亦是妙趣横生之处。

也许这种悲观与希望的结合，正是作者在努力通过短篇小说这种形式做出自己的独特的表达。

（苏展）

14. 雪盲

丁聪-信科17届本科

一

大雪照常封住了东边的路。

塔基听说村里有个东边来的剑客，几天前被发现趴在积雪上，一身穿得毛茸茸的，差点被当作野兽射了去。

塔基家里也有一把宝剑，在墙上挂了二十年。塔基三岁时一个暴雪的夜晚，父亲的剑客老友从东边来，塔基记得他浑身白得像雪。其实塔基出生时父亲就托人到东边去找这位剑客，结果三年后他才来到这里。那段时间，老剑客住在林子旁父亲的小屋里，宝剑就是那时老剑客赠予父亲的，也许是厌倦了江湖上的争斗吧，挂在小屋墙上，就像忘了被带走。

树林外，恢复了气色的剑客和塔基碰面了。雪原四下苍茫，偶尔立着几根漆黑残破的树干。剑客显然不及塔基熟悉这些雪，整个人十分臃肿，大氅也不干净，站在雪地里就像一个被踩脏的雪堆。塔基想起那把剑的主人，可他已记

不得其容貌。

剑客拿出随身的花瓶状的酒壶,想跟塔基讨点酒喝。两人一同回村的路上,塔基瞥见剑客的大氅下隐约露出一个裹缠着白布的剑柄。尽管年龄相仿,塔基认为眼前人并非当年人。

塔基既然与东方剑客多少有过来往,就想坐下歇息时问问当年那剑客的消息,虽然懂事以来他们再也没见过,可除了村里几个老人,塔基已经不知道父亲还有什么朋友了。

问又该怎么问呢。面对这片雪原,塔基还从没有过疑问,似乎打一出生,他就注定成为这些雪的一部分——为了某场暴雪夜的欢愉与兴奋,塔基早产了。积雪覆盖在大地上从未彻底消失,一些隐秘得到保存,别人多少对此感到好奇,塔基却从没有过疑问。在他心里,站在雪上远比站在屋里的地面上踏实,他清楚知道这积雪埋藏的一切,白茫茫中每一颗冰晶都无比清晰。

但塔基不会表达疑问也许还因为那个人离他太过遥远,他大概也不知道自己希望得到怎样的信息,毕竟二人的联系只是雪原上一根白色的细线,哪怕是塔基,也得瞪大眼睛才能看到它若隐若现的形态。但是不打紧,作为长辈的剑客主动交代了自己的情况:

"我曾经可也算叱咤风云一代大侠,但是年纪大了,眼睛不行了,也觉得厌了。当年我四处挑战踢馆,各方名流都一个个败在我的剑下,血气方刚,像条野狗见谁都咬,但是江湖上也不叫我野狗,都毕恭毕敬的样子,叫我无柄之锋,没有人能管得住。不过现在那帮子使剑的,都开始听信乱七八糟的传言,总相信会找到什么宝物一步登天,同时又以剑客自居,死要面子,对外从不承认自己投机取巧。慢慢地就也没人记得我喽。这年头的剑客,都不兴拔剑了。"

东边的事情塔基不懂,只继续把剑客的酒壶装满,一边不作任何期待地说:

"最近因为大雪,旅途很糟糕吧?"

"没办法,危险也得来,而且迫不及待,我觉得西边清净,这雪清净,好

14. 雪盲

把舞刀弄枪的事全都忘记。我眼睛不行了，总是看到奇怪的光，我就朝着那光的方向，可能走到头了也就差不多该结束了。"

塔基终于抬头看着他的眼睛，瞳孔灰色浑浊，像两摊被踩脏的雪。想起今天在雪原遇到剑客时，他正丢魂一般游荡，塔基就决定不说宝剑的事了。没有什么好说的，再过一段时间，又将下一场大雪，不过如此。

雪原无马无羊也无牛，一颗光球终日悬挂着。

"你来这里消度晚年，为什么要告诉我以前的事呢？"

剑客右手握着酒壶的瘦脖子，左手拿着自己的小酒杯，倒出一杯，摆到鼻子前转两周。塔基看着他，偶有瞬间觉得他就像那颗光球，自己不是不想知道他人的过去，可能也是不能知道，多年来面对这片雪原自己竟没有丝毫疑问。

"嗳，你父母呢？"

"出门了吧。"

"去了东边吗，真可惜。你就没有去东边闯一闯的想法？不过没有也好，虽然一辈子待在这里挺单调的，在这里生活不容易啊，说不定哪天突然就暴毙了，也是立马就魂归故里啊！"

窗边屋后的雪，永远都很白，没有人的痕迹，在屋子后面，甚至也没有哪家的野孩子四处乱跑到这里踩上几脚。村里人似乎都很敬重父亲，现在这敬重到了塔基这里多少变成了疏远。他想自己难得想起父亲，尽管平时大多待在父亲守林的木屋里，也很少想起父亲，倒是每次看到那把剑，他会想起那个也许真出现过的剑客，还有一些特别的感触。他是被雪养大的孩子，经常感到迷茫，小时候的景象像从未发生，被雪包围的这些日子也什么都没有。已经过去二十年了，那个不再见过的剑客，关于他的记忆，二十年过去了，他只在屋子里留下一把剑！

那个小酒杯快要杵到脸上了，塔基才回过神来接住，剑客开始用酒壶喝酒。塔基看看手里粗糙朴素的酒杯，想到很久很久没有人跟自己说这么多话了。

"不是东边。倒是东边的东西老往这里来，来了一个人，又来了一个人，

还有大雪作常客。"

"东边那场雪会过来吗?太好了!这里阳光太刺眼,我眼睛可受不了,等下雪的时候稍微缓解一些,我就可以出去看看了,在东边有传说那些雪纷纷扬扬的时候啊,层层叠叠吸收了日光的阳气,就会显出一些鬼魂的模样,说人在雪原上死了以后就会变成雪,就像精灵,平日被强烈的阳光遮住了而已!"

窗边屋后的雪暴露在日光下,反光,刺眼,屋里暗一些。剑客的皮肤皴裂,胡子拉碴。塔基看他却像一个孩童,好奇,兴奋,只是瞳孔的指向难以看清。塔基轻轻说他什么都没听说过。

"就像这样。"剑客对着窗边的塔基呵气,但屋子里早已暖和起来了。

二

扫开一层不厚的积雪,露出冰面,塔基稍显谨慎地踩了两脚,冰面还不太结实,冬捕大概得延至暴雪之后。远处的树林积雪有些消融,露出针叶们紧凑的深绿色,大风——也预告着暴雪——让整个林子错了位。顶上散碎的雪随风抛洒,如同嘴里呼气的消失得到延宕,滞缓的树林魂不附体,在寒风中延伸,呆滞甚至透露出迷惘。湖面与树林之间,雪原上一个人正朝塔基快速奔跑过来。

剑客笔直地前行着,一路白雪飞扬,他的步子迈得不高,积雪上留下一条沟壑,像把剑那样划过雪原。剑客靠近湖面了就开始大笑,边跑边笑想朝塔基扑过来,却踩在冰面边缘滑倒了,他也没做任何补救,就让脸埋在雪里。

"有意思!"剑客爬起来,在刚刚被塔基踩过的冰面上蹦跳,"我可不是那么容易就摔的啊!"

冰面裂开了,塔基清晰地看到剑客脚下的裂缝并且听到筷子折断的声音。那瞬间他脑子里全是筷子,一双手拿着两支木筷子互相敲打,频率很快,然后是四支筷子,六支筷子。他觉得很吵,来不及喊出小心,人已经失控向剑客冲过去,伴随着一把筷子次第断裂,一个窟窿在塔基脚下生成,然后什么都没

14. 雪盲

了,筷子已了无踪迹,蹦跳也突然停下。剑客笑嘻嘻走过来,轻松将塔基拉出湖水,并且将已有些味道的大氅披到塔基身上。

塔基到湖边上缩成一团瑟瑟发抖,不知为何脑中一片空白如雪,甚至都没回屋的想法,只一边发抖一边看着剑客在湖面上胡乱奔跑,毫不顾忌脆弱的冰面,如他自己所说,就像野狗兴奋地搜寻着什么,不存在一条合适的链子。对比剑客的行当,大概就是瞎劈胡砍吧。塔基也注意到真正的剑,剑客腰上挂着的那把剑,剑鞘一样缠满了绷带。塔基未曾见过他的手落在那剑上,好像说忘了就忘了,那已经不存在,他腰上被白色绷带缠着的东西什么都不是,他于是忘了将其取下,不过他应该也不能再将什么取下。塔基没意识到剑客已经来到身旁,好像开心够了。他扶塔基起来,搀着塔基准备往村里走。

"这会儿怎么你倒像个外地人了?这么些年没有练功夫吧。"

塔基结冰的脑海中开始勉强浮现功夫这个词,然后浮现出一句话,似乎"那个"剑客曾这么说过:

"怎么呢?还怕我,哈哈,我再离你远点好了。以后啊,练点功夫,在这地方可能有用。"

但那时候他才不到四岁。迷糊中塔基不知道这句话是怎么出现在脑袋里的,眼前的剑客是门缝里和父亲交谈的剑客,同时也是搀着自己的剑客,于是那句话属于回忆还是现在他无法得知。他究竟眼里看着谁,他很疑惑,也许对着雪原自己没那么熟悉,他感觉自己并不可信。塔基让剑客往树林走,父亲的小屋更近一些。塔基已经快失去意识了。脱下大氅,露出佩剑的动作反复出现,并渐渐衰减至露出佩剑。一把剑反复地被暴露,它浑身缠住绷带。塔基注意到剑柄与剑鞘仍然是分开的,意识将崩,不能体会这种意味,也许很多事是假的,然而急速变得狭窄的海面已容不下虚实之舟。他很怕当年的剑客,怕从东边来的一切,一个想不起来名字的暴雪夜——名字是小时候塔基起的——塔基坐在门槛上任雪飘进屋里,那种一片空白的感觉如同当下,并且他长久地遗失了一些东西,贪婪的暴雪夜带走了他的恐惧、无助和那一夜他所怀揣的一切,全部消失。暴雪来了又去去了又来,不断消融与覆盖,从塔基这里搜刮的

宝贝偶有遗失，在雪原上会被暴雪自己迅速掩埋。有一些雪融化了流进湖里，于是塔基找到了他们，伴随着一把筷子的断裂。又是一把剑，是那把缠满绷带的剑，日光下缓缓出鞘，剑刃和雪反射着异常强烈的日光，塔基看到门缝随之缓慢关合，最后一刻，"那个"剑客通过门缝看了一眼塔基，宝剑完全出鞘，塔基感到已被反光淹没，什么都再看不到了。

三

一把剑埋在蛛网里。墙上人影漂浮闪烁。炉子里火苗每次跳动的时刻，剑客都会磨一次酒壶，他缩在那里很小一个，似乎也没别的动作。

屋子里很冷，塔基睁眼时只看到床上方的宝剑和床尾对着的门正开着缝。门缝里靛蓝色的天空延伸到暗淡的远山。他被寂静环绕，情绪低落，门缝里的雪冷静得没有丝毫窥视的意思，昏迷中他也许错过了这些雪的最后一瞥。塔基挣扎着下床，墙上的宝剑被这动静弄得一晃一晃，剑客竟也表现出慌张与手足无措，像一柄冰住的剑突然被劈断。塔基没有管愣住的剑客，他冻坏了，柔软的身体贴到门边，裹在身上的被子很重，他猛地穿过门缝，踩到雪里，这夜晚似乎能够永远存在，因为已经飘起了雪！

塔基昏睡期间，最后一次外出的村民又带回一位东方剑客——黑毡帽，黑缊袍，险些被雪完全埋住了。与剑客商讨后决定先将其安顿在村子里，待至苏醒恢复。

了解之后，塔基坐回床上，他知道雪线以下的积雪都可能消融，树林有可能重新露出漆黑的底色。剑客放下酒杯准备回答，塔基却迟迟没有发问，只双眼盯着剑客身前阴影某处，还在想失去意识之前，想最后时刻关于剑的一些无知。

"事情很简单，你挂在墙上这把无锋之剑被传说能降伏诸剑，消息已经传开，他们都在找它呐。"剑客笑纳这冷落，没多久又拿起酒杯，把其余都抛还给塔基。

14. 雪盲

"无锋……"塔基心想着转过身子,拨开蛛网取下宝剑,他满脸疑惑不解,还显得很难受,"我不知道……"他面对墙壁拔出了剑……

塔基晚半天离开小屋,树林已白袍加身,雪很快会将地面也全部覆盖,但塔基看到时,树林边缘黑白分界还十分明显。暴雪正宣告其将临,占据天空大地,鸟兽与日光都选择规避,届时塔基将看清所有冬眠的或是躲藏的野兽,大雪所及之处,将由雪来照亮而不是光。

这两天像小时候一样,塔基整晚坐在门槛上,想着刚醒过来时门缝里狭长的雪原在远处、夜色深处的模样,想着若能像剑客那样在雪地快速奔跑,要是学会了这功夫,就可以在这样的天气离开村子去看一看了。屋里地面已经被雪完全打湿,塔基清理了门槛附近一些积雪,刚关上门准备去找剑客,有人贴着栅栏走过来,告诉他那黑衣人醒了。

他不喝酒,仅这一点就让塔基觉得此人比前一个更古怪。黑衣剑客还有些虚弱,好像也没太多力气说话,塔基和他一起看着窗外的雪有一会儿。塔基看得无聊便先问他:

"你们为什么都不要命地过来?"

"雪来得太急,没有料到,也没做足准备。想着尽快赶路,结果迷路了。"

尽管年纪上塔基是晚辈,他的语气却仍然平缓与谦逊,这让塔基有了些好感。

"来找什么?"

他看着窗外笑了几下:

"我还以为你已经知道了呢,我来找一把剑,又无敌又寂寞,快要消失于此了。"

剑与剑客一闪而过,塔基喝光了杯中酒,嘴唇却还粘在杯沿。他无所谓地点着头,推开门就跨了出去,黑衣剑客叫住他:

"所以小兄弟,你能帮我把剑的主人叫来吗?听村民说他不久前也到了这里。"

　　这个请求把塔基冻住了，不少事在这雪夜被理清，塔基试图酝酿疑问，他重新生起的好奇，大雪，剑客赠送的酒杯，剑客带来的消息，剑客赠送的剑。他一向能看清大雪，然而这已深至膝盖的雪，自己未曾在这样的雪里站立这么久，大雪正无差别地将自己掩埋，这是二十年里从未有过的体验。与同一场暴雪面面相觑二十年，此刻终于听见下雪的声音，远在意识之外，塔基听到了大雪讲述的可能。站在剑客居留屋前，塔基望向离开村子的方向，大雪似乎在视野外也一样飘着，一阵战栗。"已经没有更合适的时刻了，"塔基想，"我将学会在雪原穿行，能前往也能返回。"

　　村民告诉塔基剑客出村去了，没人敢追上去，这暴雪的巅峰时刻，多半有去无回。塔基想到曾见他独自出现在树林方向，支起拐杖就出发了，缓缓地划出一条沟，很快又会被填补。

　　前往大雪深处，每一步都陷得更深，积雪在不断变厚。看到湖的轮廓时，塔基已经很累，大风不断将雪往衣领、衣袖、所有缝隙里灌，他还得继续走，由于大雪，他甚至还看不见树林。

　　塔基感到精疲力竭，重复着支好拐杖，用力甩出右腿，然后左腿与拐杖一起拔出跟上，光是喘气就已经占据了他的意识。他想不起来走了多久，也不知道方向，无暇顾及自己已有生命危险。二十年被这场雪包围的生活可能只是一次走神，一次意识的失控，或者类似一场梦，而现在自己终于接近大雪边缘，昏昏沉沉，无始无终，他几乎看见同一片雪花反复在眼前落下，好像小时候睁大了眼睛与每一片飘落的雪对视并学习遗忘。

　　走路忽然轻松了许多，面对眼前雪的凹陷，塔基仿佛看见大雪的出口。事实上他离剑客不远，只要沿着这条凹陷的踪迹，只要受其指引，在接下来某个时刻，塔基将看到——他看到了！在大雪和暗夜中，近在咫尺，那人身着白雪的大衣，在雪地游荡，一路上令塔基耗尽力气的积雪也没有阻拦，他每一次抬腿，雪都会自动分往两侧。迷茫，漫无目的，向左几步再向右几步，若不是大雪的主人，便是不肯散去的孤魂。塔基突然跪倒在地，剑客也一个激灵，像一柄冰住的剑被劈断，他转过身看到塔基十分辛苦地跪着，甚至发不出声音，这

14. 雪盲

个冰雪少年的热泪竟然在此地也无法凝结。

四

塔基在床上看着大雪日渐远去,重又让位于日光。其间多次来探望的剑客向塔基展示了自己不再浑浊的瞳孔,他说大雪确有这种力量,深入雪原之后,自己变得明澈多了,对此他很感激。看起来剑客没受到什么影响,他像父亲一样照顾刚捡回一命的塔基。

到大雪消停,乌云尽数散开,整片雪原都在朝向太阳虔诚地发射光芒。一觉醒来,塔基已经能够自如活动。听说两位剑客一起往雪山方向去了,还带着兵器,塔基又用才恢复的身体急急忙忙赶过去,毕竟恢复后第一件事就是找剑客喝酒。顶着一颗崭新的光球,塔基来到半山腰,两位剑客已经不知道对峙了多久。二人继续保持对视,雪几乎及腰,相隔数十米的空间充满了沉默。厚积雪吞纳了天地间一切声音,塔基甚至觉得自己的呼吸声也很模糊。日光与雪不断呼应彼此,被日光包围的雪原密不透风,一束寂静的光掠过湖面,上升,又从树林头顶飞过,最后窜进三人的眼睛。

暴露在日光下,塔基眉头很紧,开始晕眩,初愈的身体开始抱怨,二人却还没有任何动静。他看到天空和雪山已经融为一体,山上山下,天空雪原,全都是发着光的白茫茫一片,而这光让他感到双眼刺痛。

塔基于是琢磨着到高处去,好转过身朝下看,也许会舒服些,起身时却有一丝微风溜过,黑衣剑客首先皱了眉,恍惚间塔基看到剑客已经割开积雪朝对方刺去,他左手按住剑鞘,右手准备拔出佩剑,那裹了白布的剑很不显眼。黑衣剑客全无动作,这一举动发生得太突然,没人注意到剑客跨出第一步时左脚在被踩实的雪上用力蹬出的那一刻,如这合而为一的天地般无始无终。他快速穿过积雪,没有丝毫停顿和阻涩,转眼已在黑衣剑客面前一跃而起。塔基看到太阳将宝剑掩藏,剑客腾空,双手高举而不见锋刃。黑衣剑客总算有所反应,抬头看剑客如直视太阳,慌乱中双手握剑抬起,似挡剑拆招,又似遮挡日光。

五

黑衣剑客连夜辞去，雪山上那一剑的消耗终于让暴雪的隐患趁虚而入。

雪原无马无牛也无羊，一颗光球终日悬挂着。剑客的屋子升起浓烟，塔基将炉火烧得很旺，烧得自己满头大汗。屋子里很热，剑客却十分从容，事实上，他卧床静止并保持一个浅淡的微笑很久了，皮肤冰凉不见起色，那双雪般白的眼睛在烛影摇曳中散漫地望着屋顶下的空气，或是望着雪原一边，湖的那边，树林边的某处松软，甚至有些温暖的雪，剑客的瞳孔已经融化在眼白中。

行至一个特殊时刻，日光月光都消失，一个天色消失的时刻，守了一天的塔基，在这时候十分困倦，昏昏欲睡，如此一来，他极有可能永久失去发出疑问的机会，思虑如是又只好强撑着。好在作为长辈以及病体的剑客说话了——从雪山回来后第一次说话：

"那柄剑——"

剑客声音很轻但也平稳，毫无虚弱之感。听到声音，塔基迅速靠到床边。像是避免对方没听清，剑客重复了一遍：

"那柄长剑——"

塔基将呼吸一收，挺起耳朵，首先听到雪原的沉默，再静候几分钟，直到听不见炉子里木柴炸裂的声音以及二人的心跳声，到烛火变得滞缓并最终使塔基的影子静止于墙上，到这一刻似乎什么也没有时，剑客继续道：

"毕——兹——卡——"

到又一觉醒来，剑客已经不在床上，被子只是被刚好掀开。塔基和通常的每天一样，穿过小半个雪原来到树林旁父亲的小木屋，反复低吟那个名字，直到取下宝剑。

宝剑缓缓出鞘，谈起未来，在这雪原上，宝剑的出鞘将如同那场大雪的来去一般规律。

14. 雪盲

评论：雪茫茫中的寻见与不可见

大雪照常封住了东边的路，而东边冒雪而来的剑客引起了主角的无限遐想，比如说宝剑，一把在墙上挂了二十年的宝剑，一把老剑客赠予父亲的宝剑……

小说以苍凉的雪原为背景，伴随着主角的回忆慢慢铺陈，没有过多华丽辞藻的修饰与渲染，用一种简单又平铺直叙的语言，塑造了二十多年没有离开村子却始终想探究父辈朋友老剑客消息的塔基、在江湖中四处游荡的神秘剑客以及为了寻找宝剑进入雪原的黑衣剑客这样三个角色。

小说篇幅并不长，但作者用最朴实、最简洁的话语，尽可能还原了一个虚构中真实的故事，小说中穿插着塔基儿时的记忆与现实黑白重叠的或沉睡或苏醒的状态，在白雪皑皑、强烈日光、树林湖泊、木屋宝剑等客观景致设定下，对人物和景致进行了细致入微的刻画描写，其精细的叙事方式、直白简洁的表述，以及完整的逻辑与架构无疑让这篇小说在结构的搭建上呈现出清晰有力的姿态，将远离读者现实生活的故事演绎得相当真实。小说在对人物情绪的处理上，也较好突出了故事角色的鲜活，彰显了其个性化的灵魂，小说塑造的角色鲜明，情节引人入胜，将读者渐渐带入至作者构造的故事世界中。

小说最有特色之处还在于悬疑。小说通过主人公塔基父亲树林小木屋墙上挂着的宝剑以及来自村外剑客身下裹着白布的剑柄作为故事线索，设置了重重的悬念，抽丝剥茧又漂浮闪烁，层层展开宝剑的来历和剑客此行的目的，前半段的伏笔与后半段的悬疑结合，特别是在引出新角色黑衣剑客后，加快了两者的衔接，合理解释了主人公儿时记忆里的困惑，使故事后续的发展更为流畅，也让读者欲罢不能。小说注重对环境气氛的渲染，在小说里，雪是不可或缺的道具，而雪中的小屋是作者对环境场景的特殊设定，这两种场景的交织容易引起读者警觉，吸引读者注意，同时，作者运用天空雪山和雪被光照亮反射后白茫茫晃目力量的双重主线交错穿杂，将小说的脉络变得似乎清晰又异常模糊，令读者始终充满悬念，直到小说的结尾。

　　作者对于小说题材的选择，对于小说呈现方式的选择，其实比较出乎读者的意料。而且，《雪盲》这个标题起得也很有意思，它与日本作家仓野宪比古一部经典的侦探小说重名，也与一本"以追捕一个隐藏于茫茫白雪中的连环杀人犯"为主线的漫画同名。细读之下，可以发现作者在叙事方式、故事背景、人物设置等细节方面的借鉴之处。当然，这个标题是作者用一种含蓄暗示的方式给予了小说所要表达的深意，既是对背景设定的升华，也是为了配合小说发展的创意式的提炼与融合，对故事最终的结局产生了或多或少情理之中又意料之外的改变。

（苏展）

15. 异闻录·酒仙

沈婧楚-16级专硕

零、不见长安

慕子白出生于碎叶,在结识陆含章之前,他以为全天下都是一个样子,充斥着长河落日、大漠黄沙,就连那紧紧倚靠着绿洲的城镇也都一股脑地建成圆周的样子。

陆含章是商人的孩子,年纪与慕子白相仿,蜀中人,曾随着以贩卖茶叶与丝绸的父亲到过许多地方。子白正是从他那不知加了些多少夸张与渲染的口中得知,原来东边的世界与这里差了许多。那个叫江南的地方有小桥流水;那名为洛阳的大都市有名动一时的牡丹;还有一个地方叫做长安。

每每讲到此处,陆含章都不由自主地卖力比画起来——长安的房子像棋盘一样方方正正的,楼台里还有长得很漂亮的姑娘会绣凤凰牡丹。在他看来,那是天下最热闹的地方,名士聚集,红叶题曲,金箔作诗,再没有比这更令人沉醉的地方了。

可当多年后，慕子白立在小舟上，看着那渐渐远去的城池，看着那边角方正得几乎有些强势的楼阁，他突然怀疑起来：如果重来一次，自己是否还会再来长安呢？

不知是谁说过，

当你真正到了长安，

长安就已经不是长安了。

一、有所思

正是一年中最热的季节，天色刚刚擦黑，笼罩于整个城市的燥气尚未散去，肆意与放纵却已到来。

教坊内，无论是眉眼艳丽的歌姬，或是操持乐器的乐师，还是穿着富贵的世家子，均围着那装满半化冰块的瓷缸坐着，面容恍惚而出格。陆含章小心绕开那些衣衫半解，横亘在路上，早已意识不清的人，有些费力地向最里面的屋子挪去。这几年，他渐渐接手了父亲的生意，平日也并不少见这样的宴席，不合常理的醉态，可不是仅仅凭酒就能染上的。

处于最中心的雅间比外面稍清净些，正席侧卧着的，便是这场宴席的主人，公子王尚——王家是世家，百年来未曾变过。跪坐在他身前的歌姬在盘子里挑挑拣拣，将最新鲜的果子递到王尚嘴边，却见王尚撇了撇嘴角，伸手在她细腻而白皙的脖颈间抚摸了一阵，道："会唱曲子吗？"

歌姬眼波中露出一点儿喜色，她将上身伏在地上，轻声回道："会的。"

王尚不再多语，只将一只手撑在额边，闭上了眼。歌姬酝酿片刻，向手执琵琶的乐师示意了一下，便伴着玉珠坠地之声吟吟唱了起来，婉转而多情：

"云霞出海曙，梅柳渡江春……"

"哎呀——"不知谁家的公子，闻声将脸从酒碗中抽出，笑道，"曲子虽是新编的曲子，可这唱词却是老得掉牙了！唉，到底是个小教坊。"

说罢，他又向一旁的好友使了个眼色，对方立刻心领神会："唱词旧了又

15. 异闻录·酒仙

怕什么,咱这席上就有一位能人,前几日刚做了三首清平调,便是陛下娘娘听了,都赞不绝口的。长林兄莫不是糊涂了。"

"子卿说得是啊!"被称作长林的公子一时神采飞扬起来,"倒是为兄当真忘了席中还有子白兄这么一位大能人,若是子白兄不作上两首,岂不是暴殄天物。"

暴殄天物四字在他口中格外可疑,仿佛词曲歌赋全成了玩物,轻蔑得伤人。

王尚朝着歌姬跪坐的方向瞥了一眼,对方压声收音,这让王尚的声音显得清晰而突兀:"先前听人说过,子白兄大醉之后高台赋诗,字迹中传出的酒香可是传遍了整个长安,甚至惊动了宫中那位……哦,只怕子白兄尚不知晓,你当日可是醉得连旁人将你送下高台运进宫中都不知道啊。"

"原来子白兄还是天赋异禀之士!我原以为子白兄只能在梨园中填填曲子什么的,失敬失敬。"长林起身作揖,调笑道,"今日酒兴正好,子白兄不如也让我们开开眼界,看看你这酒诗是如何写成的啊?"

"哈哈哈哈哈——"

那从一堆衣物中钻出的笑声带着醉意,低沉而勾人。跪坐在地的歌姬尚未分辨出声音的主人藏匿于哪一方绫罗之下,便已被一股巨大的力量撞在一边。

"啊!"

突然出现的这人醉眼朦胧地四下张望了一下,才发现自己撞了人,口中轻飘飘道了一句失礼,便跌跌撞撞挣扎着站起,引得四周又是一片笑声。

"看来,子白兴致正好,可别错过了。"王尚的眼狭长,情绪收敛于其中,看不分明。

醉酒之人其实未曾听清他具体说了什么,只从那一连串对话中分辨出了自己的名字,便顺着接了下去:"好!好!好!看看……就看……嗯?"

长林见面前这人蠢笨得厉害,不由奚落道:"我原先还以为子白兄仰慕魏晋风流,服用五石散什么都只是说说,今日一见竟是不同凡响,这醉意有几分大醉六十余日的架势。"

"是啊是啊。"子卿亦顺势而上,他向那醉得云里雾中的男子迎去,在他凌乱不整的衣间摸索了一阵,突然抽出一把漆黑而陈旧的短剑来,"诸位一起来瞧瞧,就连这剑都有几分魏晋的土味。"

立于屏风之后的陆含章再也看不下去,他小声对围在外面的几人道了几声"借过",想着不让人发觉慢慢挪进里间。谁知,长林确实个眼尖的主,生怕没人听见似的,扯着嗓子嚷嚷道:"哟,这不是陆含章陆公子嘛!怎么?来接你家老相好啊。"

这一句调笑勾连起更多的不怀好意,连歌姬与乐师都窃窃私语起来。醉酒之人却恍若未闻,只是对那自己姓名之外的又一个称呼产生了反应。

"含章?哈哈哈哈,含章你怎么来了?"他打着酒嗝,朝几位笑成了一团的公子一本正经解释着,"嚅,含章……含章与我可是穿一条裤子的交情……"

陆含章扯了扯他的袖子,将他未说完的话截住,又转头对长林低眉顺眼地笑道:"大人说笑了,家父看天色已晚子白还未回去,便派我来看看,免得他又喝多了,在几位大人面前失礼。"

"陆公子这话可就说得不对了,我们在这儿佳人美酒,好不快活,有什么失礼的。"那长林却不肯轻易放过他,"要说失礼,恐怕也是陆公子。"

"大人说这话含章就不明白了。"

陆含章赔笑,却见长林伸手,一把将他身侧的歌姬抓了过来,低头在她的衣裳领口处磨蹭探看,惹得歌姬发出一串儿甜腻的笑声。长林将下巴垫在歌姬的颈窝处,一边挑眉看向陆含章,一边耳语道:"来,你跟陆公子说说他怎么失礼了。"

"大人偏让奴家来做这坏人。"歌姬又与长林嬉闹了一阵,方起身向陆含章走去。

"陆公子是商贾之子,也算半个商贾之人吧。"歌姬的声音柔柔弱弱,却扎人得厉害,"奴家可只听说过这当官儿的到做生意的家里去找人,今天陆公子这做生意的找上当官儿的,可不是失礼了嘛。"

众人一阵哄笑,陆含章不语,长林便拖了歌姬的披帛,道:"小妖精反了你了,你说得人陆公子脸都白了,还不快去斟酒赔罪?"

歌姬扭扭捏捏去取酒杯,王尚于此时轻咳了两声,终止了众人越发没型的搅闹。

"姑娘说得是,是含章不懂规矩了。"陆含章虽是这么说,眼睛却看着王尚的方向,"说起来家父近日从西域带回不少香料珠宝,原本都包好,怪小人忘性大又走得匆忙,明日一定派人给诸位大人府上送去。只是今日天色已晚,还请大人们让小的带了子白回去。"

王尚将酒盏抵在唇边,嘴角一扯:"可惜呀,原本子卿都帮子白把剑给拿出来了,我们还准备看他舞剑赋诗呢。行了,那就劳烦陆公子送子白兄回去吧。"

众人观望了一阵,见王尚有意放了两人,便也扬声附和起来:"唉,扫兴扫兴,下次子白兄可是不能逃了啊!"

"谢大人!"陆含章深深一揖,走到那越发不省人事的人旁,架起他,轻声道,"慕子白,走了!"

"嗯?要走了?"慕子白睡眼朦胧,定神分辨了一下,认清是陆含章,才迈开步子顺势向外走去,将那"来日方长"的戏谑之声抛在身后。

来日方长?

对!

来日……方长……

两人离开教坊,夜色更重。

陆含章支撑着慕子白走了一阵,发觉肩上的人好像越来越重,这才察觉出这人的捉弄来。

慕子白见再也掩饰不住,便用了全身的力气,一把扑在陆含章背上,抽动鼻翼使劲嗅嗅,夸张地笑唤着他的小字:"玉奴儿,你从哪里过来的,身上脂粉味儿比我还重。"

"去去去,既然没喝醉自己站起来走!"

陆含章十分嫌弃地将慕子白抖下背去,哪知那人下一刻又黏黏糊糊蹭了过来,一面扶额,一面装腔作势喊着:"喝醉了喝醉了,快扶着我,我头疼得厉害!哎呀哎呀,不行了不行了!"

陆含章在他肩前揉了一把,无奈道:"就知道你是装的,平日里葡萄酒都当水一般牛饮,哪里能这么容易醉。"

慕子白哈哈一笑,将手背在身后,垂地的长袖缓缓从石板上拂过。

"跟这些官宦子弟之流,不必饮酒便已然醉了。更何况——醉了也没什么不好,你没看到,他们那些人的嘴脸,现在想想都有意思,哈哈哈哈哈,有意思,太有意思了。"

陆含章见慕子白笑得前仰后翻,微不可闻地叹了口气,神色中带了些忧愁。

"慕子白,你知不知道什么叫伤敌八百自损一千?这样有意思?你知道么,我刚刚进去看见了你的脸……你的脸和他们……也没什么不同。"

"没什么不同?没什么不同!"慕子白仿佛听见了天大的笑话,反应了好一会儿,突然爆发出剧烈的笑声,"哈哈哈哈……他们是什么东西,不过是靠着祖上官荫的草包,猪狗一般。"他张开双臂,在陆含章面前得意地转了一圈,那外衣上暗金色的线随着他的步伐,光华流转,明艳照眼:"你看看我身上是什么!这斗篷是今日梨园中陛下赏赐的,是天子穿过的,也是我靠自己得来的!"

陆含章的眸中毫无波澜,慕子白突然生出些愤愤来,他紧走几步,突然逼近这一脸淡漠伫立着的人,狭长锋利的眼几乎要划在陆含章的面上。

"陆含章啊陆含章。"慕子白喉头滚了又滚,"你怎么会说我与他们没什么不同呢?"

陆含章直愣愣看着面前熟悉又陌生的友人,声音干涩而低沉:

"可我们当初说好一起从碎叶来长安,考科举,难道就是这样吗?"

"那是你!你不想再顶着商贾之子的帽子,所以你要考科举,要当官!"慕子白的话直接而犀利,"可你没想到啊!商人是不能参加科举的,你也永远

15. 异闻录·酒仙

当不了官。说到底,你才真的和他们没什么不同,都是俗人一个!可怜你现在腰缠万贯,但他们还是欺负你,不是吗?"

陆含章双唇哆嗦着,过了许久,方低声道:"那是我无用,可你明明可以比我更好!这样,即使我一辈子只能是个商人,但有你这样一个朋友,我也觉得高兴……真的,比我自己中举当官更高兴。"

"当官儿当官儿……"慕子白却粗暴地打断了他,"这有什么意思,我诗酒年华仗剑天涯,天子为我研墨,贵妃为我斟酒,昔日那些人连一眼都不曾看到我,今日我却与他们平起平坐看尽他们的丑态。"

慕子白滔滔不绝,直到余光瞥见陆含章欲言又止,方平静了一些:"你别用这种眼神看我,不过是我找到了伯乐你没有而已。"

"伯乐?"陆含章终是毫无避讳地迎上了慕子白的眼,"呵,伯乐?如今的你献诗吟曲,你说,这文人与歌姬倡优何异?"

慕子白怒极反笑,他缓慢地扯过陆含章的衣领:"歌姬倡优!你拿我和歌姬倡优比!哈,陆含章!真有你的!"话罢,他一甩长袖,越过陆含章朝前路走去。

"子白——"

身后传来陆含章的声音,但慕子白并未像往常那样回头,也就没能听见最后那宛若自语的喃喃声。

"前路漫漫……陆含章……不奉陪了。"

慕子白独自快步走了好一阵,才察觉平日里如影随形的陆含章没有跟上来。他举目环视了一阵,更无奈地发现自己只顾着埋头走,此时早已辨不清方向了。

夜风微凉,慕子白身着汗湿的衣裳,不住打了个喷嚏:"不就是拌了几句嘴嘛,玉奴儿还真把我一人扔在这儿了呀。"

四周皆是黑寂,唯有不远处的高台隐隐约约有些灯火。慕子白不由自主向前走去,在高台前驻足片刻,从那在微弱火光下明暗不定的牌匾上依稀辨认出"明月台"三字。

他寻到楼梯，一路向上攀爬，陈旧的木头发出吱呀吱呀的叫唤。不过片刻，慕子白便嗅到从上方传来的一阵异香。他寻香而行，最终寻到了一根柱子，上面的墨迹狂放不羁。

"赵客缦胡缨，吴钩霜雪明……还真是我写的……"

慕子白又凑近柱子，那香味太过迷人，让他一度以为那是一个梦。

楼外，栏杆倚星河。

二、行路难

木舟于夜色中切开前方的水路，惊得游鱼四下散开，月光恰到好处地在它们的背上留下一抹银。远处传来年轻女子嬉笑的声音，叽叽喳喳，当是晚归的浣纱人。她们行进着，柔软的裙摆带起了风，掠过池塘边最最茂盛的青草，盖过虫鸣，推动水面，惊扰了已然开放或半开未开的荷花。

"荷花娇欲语，愁杀荡舟人。"

慕子白仰躺在小舟之上，悠闲地用手捕捉那些灵巧的鱼，却被溅了一身的水花。他也不恼，探手折了一扇荷叶，遮过半张脸，看着浣纱女渐进又渐远的身影。

"现下知道怜花，明日吃起莲蓬来可是谁都拦不住。"陆含章双手执激桨，对慕子白的游手好闲十分不满，忍不住奚落他。

慕子白却是脸皮厚实之人，假装未听懂陆含章的言外之意，玩笑道："玉奴儿这么说可是不对，莲花凋谢变成莲蓬未免有光阴易逝、朱颜易老之悲，我吃了它，总不算是让它光阴虚度了。"

"……"陆含章无奈耸肩，"我总是说不过你这些歪理。"

慕子白嘿嘿一笑，起身朝陆含章走："玉奴儿，你累了吧，我来摇桨，你歇着。"他似乎一点儿也没在意这是在水上，大手大脚，惹得小船剧烈摇晃起来，大有向一头沉的趋势。不大通水性的陆含章瞬间刷白了脸。

"慕子白！你别乱摇晃，船要是翻了我可不救你！"

15. 异闻录·酒仙

慕子白玩性大起，意欲激起更大的波澜，陆含章尚来不及阻止，便见他突然像被何种无形之物定在了当场一动不动。

"怎么……"陆含章刚要发问，却被他一把抓住了胳膊。

"诶！玉奴儿你闻到没有！"

陆含章从几欲落水的惊吓中回神，深吸了一口气，只觉满鼻子都是荷花特有的香气，再闻依旧如此，甚至熏得人有些发晕，便不禁敷衍道："闻到了，闻到了，荷花香嘛，这么浓，哪里能闻不到。"

"不！是酒香！"慕子白言语间带着一股莫名的惊喜，他快步从船尾跑到船头，用目光寻觅着，用嗅觉分辨着，"太奇怪了！我从来没有遇见这么特别的酒香！"他的大半个身子几乎都探出了船沿，似乎这样还嫌不够，最后干脆将外衣一脱，纵身一跃，跳进那半人深度的池塘之中，带起水底的淤泥，清水也仿佛染了墨色。

陆含章被惊得一时说不出话来，好半晌才对着那蹭蹭蹭上了岸的湿漉漉的背影骂道："慕子白！你疯了，你去哪儿。"

"哈哈哈哈哈，有明月清风，有好酒相邀，我若不去岂不辜负！我知道玉奴儿你不好酒，也不必陪我，自行回去便是！"

放浪无形的声音从远处传来，只留下陆含章孤零零一人立在船头，夜风萧瑟。

"慕子白你个混蛋。"

陆含章的骂声传到慕子白耳中已是听不分明，他只顾向着香味传来的地方跑着，身上的水珠甩落于地面，留下一串印记，引起过路人善意的笑声。他将这一切都抛在脑后，自然也就没能看见身前的那个佝偻着背的矮小身影，等反应过来时，早已将对方和他背负着的酒袋撞倒在地。

"哎呦，你这后生看着文弱白净，力气这么大，我这老骨头都被你撞散了。哎呀呀！我的酒啊！刚装满的酒袋，你这么一撞全没了！"

老翁看着一股股流出的醇酒，一阵心疼。慕子白却像发现了不得了的东西，急匆匆将酒袋捡起，凑在鼻子旁狠嗅了两口，惊喜道："就是这个！老人

家，你哪里打的酒？"

"嘿！后生毛躁却是个识货的。"这听起来有些冒失的话却勾出了老翁心中的得意，他接过酒袋，宝贝地摸了几下，面朝着另一个方向指点着，"这酒是酒肆老板自家酿的，店面不大，被明月台挡着，晓得的人也不多。"

慕子白匆匆道了句多谢，便向着老翁所指方向跑去。

"嘿！你就这么走了，我的酒怎么办！"

老翁想抓他，却只能眼睁睁看着慕子白半干的衣摆从指缝间滑走。

明月台伫立在这座城市的边缘，到了夜晚便几乎没有行人。若不是老翁指点，慕子白几乎难以发现这巨大阴影的背后还藏着这么一家小酒肆。

这是一家一眼就能看尽的店，门口点着小小的橘灯，于漆黑中传出一丝温暖的亮来。凉风将幕帘卷起，透出其中的一方天地来——

"康宝儿，再送坛酒来！"汉子的声音粗犷而具有穿透力。

"哎，就来！"

应声的是个六七岁的小娃娃，声音奶里奶气，他抱着个巨大的酒坛子向那汉子走去，坛子遮住了他的视线，直到抵住慕子白的腰，他方堪堪停住，后退了几步，仰起头，才将慕子白的脸纳入眼中。

"叔叔好！"

康宝的声音一派天真无邪。

"咳咳——"慕子白有些尴尬，轻咳了两声，纠正道，"叫哥哥。"

好在康宝从善如流，慕子白在内心感慨此子将来必成大器。

"嗯，大哥哥也是来喝酒的吗？"

"怎么？难道你家不做我的生意？"

"不是，我看大哥哥衣服都是湿的，还以为你遇上坏人了。"康宝耐心解释着，放下了酒坛，向柜台方向走去，"大哥哥你先坐吧，我去找个布来给你擦擦。"

慕子白却爽朗一笑，随意找了个位子，撩衣坐下："不必，你直接给我拿两坛酒来，酒能暖身，也不怕风寒。"

15. 异闻录·酒仙

康宝看了看他那几乎称得上是落魄可怜的衣着，犹豫半晌，终是妥协："哦，好吧。"

慕子白这一喝便喝到了深夜。

四周推杯换盏之声响起又落下，酒肆的客人来了又离开，最后只剩下了伏在桌子上，发出微弱鼾声的慕子白。

"大哥哥，大哥哥，你醒醒。"

"嗯？"慕子白被康宝唤醒，醉眼朦胧，"这酒后劲儿好大，我还从来没像今天这样喝醉过。"

康宝揉着眼，指了指窗外的天："大哥哥，康宝要睡觉了，爹爹让你付了酒钱回家去。"

"啊？"康宝的话在慕子白脑中滚了好几滚，慕子白才明白过来，"哦。"他一边应着，一边在腰间袖口摸索起来。谁知，周身衣裳除了水汽就是四面透风，哪里有什么财务。

"糟糕，钱在玉奴儿那里……"慕子白暗道不好，张口刚要解释，却见康宝睁着一双圆溜溜的大眼睛盯着他，目光中透露出些许审视的意味来。

"大哥哥你是不是没带钱？"

"额……我明天……"慕子白还想再挣扎几句，康宝却没给他这样的机会，哭号与金豆子齐齐迸发出来，慕子白顿时一阵头疼。

"爹！大哥哥不给钱！"

一阵粗豪的怒吼应声响起：

"哪个！哪个敢吃白食！看我康发不收拾他！"

"什么吃白食！"慕子白起身辩驳，衣袖带下的一个小酒盏掉落在地，滚了一圈，最后在康发的怒视中碎成了两半。

慕子白看着那碎片，吞咽了一口唾液，强装镇定："你以为我付不起这酒钱吗？嗯？我将钱袋忘在了朋友那里，你……你若不信，就在这儿等着……把酒备好，我……我取了钱回来接着买你的酒喝！"

"哎哟喂——小白脸！你以为你喝高了，我们都跟你喝高了！"康发用

那恍若早已洞悉一切的眯眯眼看着慕子白,一把揪住了他的衣领,"你去取钱了,还能回来?!"

慕子白企图从康发手中拯救出自己几乎要被扯坏的衣服:"你做什么,放手!"

"看你一副好模样,竟是个吃白食的主!不让我抓着,你还想跑是怎么着!"

康发愈见慕子白挣扎,愈是凶狠。慕子白终于忍无可忍,铮的一声从腰间抽出一把漆黑的剑,并拍在了酒桌上。

"呀!怎么着?你还想行凶不成!我还打不过你个小白脸了?!"

康发说着便要撸袖子,慕子白止住了他。

"慢着!你看清楚,我这把是名剑吴钩,别说几坛酒,就是换你整个酒肆都绰绰有余。我将它压在此处,取了钱便来赎回!"

"吴钩?"康发似有些嫌弃地伸出三根手指将那剑拈起来打量,很快又满不在乎地将它扔回了桌子上,"你别欺负我读书少,这乌漆墨黑的铁棍棍村里刘聋子都不收的,哪里是什么名剑,还吴钩!我呸!"

慕子白还要再辩,店门前却于此时传来一阵清亮的铃声,引得两人双双侧目去看。于是,一道更为清亮的白影出现在他们的眼中,那样恰到好处地立在桌前,用她应有的声音低语道:

"都是些庸人罢了,怕也不识得好东西。"

她翩然而至,伸手执起那被康发奚落为铁棍棍的吴钩,利落出鞘三寸有余,仔细端详片刻,方还剑入鞘,抵在慕子白身前。

康发揉了揉眼,似自语般:"哪来个漂亮姑娘?"康宝不知何时来到他的身后,扯了扯他的衣角:"爹,这个姐姐身上好香,比咱们家的酒还要香。"却被康发一拍后脑勺打发到一旁:"去!"

慕子白接过女子手中的吴钩,爽朗一笑:"听姑娘此言,倒是识得此物。"

那女子瞥了他一眼,施施然开口道:"吴钩原是战国吴地弯刀,大多人识得。只是大多人不知道，汉时铸剑师亦铸造了一把可藏于袖中、剑身略弯的子母剑，它的名字，也叫吴钩。早些年战乱，这吴钩沉在了江沙之中，不知你从何得来？"

"早些年？"女子之言不知勾起了慕子白哪时哪处的记忆来，"早些年……我随朋友游于大江南北，机缘巧合从水中觅得此剑。当时我朋友亦不信有剑叫吴钩，还笑话了我许久。可惜……"慕子白恍然抬眸朝那女子一笑："当时却未遇见姑娘。"

"哼！"康发愈来愈觉得这气氛朝着不受控制的方向发展而去，便粗声打断了两人，"我原以为你只是个骗吃骗喝的！现在竟然还调戏起姑娘，聊上了瘾了！我不管你这宝物不宝物的，先把账结了再说！"

慕子白无奈朝那女子耸肩："姑娘瞧见了，他今日只怕轻易不能让我走了。"

他本期望着那女子能出言相助一把，谁知，她却理所应当道："你喝了人家的酒却用吴钩来抵，当然不能走。"

"姑娘……"

慕子白扶额，康发却乐了："就是就是，难不成还让你白白喝了我们家的酒？"

那康发脸上喜色未退，女子又接着讲话补完："那吴钩比这酒贵重百倍千倍，用吴钩抵酒，实在不值当。"

康发的泛红的脸色中硬生生挤出一丝绿来："嘿！姑娘你到底帮谁啊？好好好！姑娘识货，不像我这个大老粗。可姑娘倒是给个办法。要不姑娘您替他把账给付了？"

女子眉头微蹙："我也没有钱。"

"姑娘这不是逗我么！"康发简直被气笑了，"没有银子，您还来插上一脚？走走走，再不走，我连你一起教训……额……漂亮女人也教训！"

"他既欠了你的酒，拿酒还你便是。"女子无视康发的威胁，缓缓从腰间解下一个酒袋，扬手抛给了康发，"拿好！"慕子白见那酒袋似曾相识，可再

想想,又实在记不清在何处看到过了。

康发将酒袋打开来,便听那女子解释道:

"这虽不是顶好的酒,倒也胜过他方才所饮之酒了。"

慕子白亦凑近了几步:"我方才在泛舟之时忽然闻到一股奇香,后来经老人家指点才找到此处,不过这家酒虽也好,却不及那股奇香。现下才知道这酒竟然是姑娘的,极好!"

"酒是好酒不假,只是姑娘只给我这一袋酒,哪里抵得过这人刚才喝的,少说还差个五六坛吧!"康发虽是这样说,双手却紧紧抓着酒袋丝毫不肯放松。

女子清泠一笑:"够不够量,你倒回去试试,他先前喝了几坛,你就灌上几坛。灌好了,把酒袋还我就是。"

"你这姑娘口气倒大!不过待会儿我要是倒不满,你们就老老实实交钱,不然我康发手下可是不留情面!康宝儿,来,给爹拿坛子!"康发也乐了,唤来康宝便要灌酒。

"姑娘不必……"慕子白出声欲劝,那女子却止了他。

"你且看着!"

于是,酒坛换了一个又一个,酒袋,却还是那个酒袋。

康宝看着康发有些冒汗的额头提醒道:"爹,这一坛又灌满了。"

康发小声催促着:"那就去换新坛子,啰嗦什么。"

那女子在这时开了口。

"这是第几坛了?"

"第……第……"

康发的声音有些哆嗦,康宝抢答道:"第七坛!"

"够了吗?"

康发觉得自己似乎从那女子平淡无奇的语气中分辨出一丝丝嘲讽来:"够……够了。"

"好。"

那女子如是答道，随即上前取了酒袋，再不吝啬旁人一眼，径直走出酒肆。

慕子白最先反应过来，抓起了桌子上的吴钩，快步追了上去。

三、如梦令

慕子白追上那女子时，她已到了明月台下。她看起来明明是缓缓而行，慕子白却追出一头汗来，喘息不止。

"姑娘身形轻盈，我险些追不上。"

那女子驻足侧目："你还有事？"

她的声音实在过于清冷，慕子白开口几乎有了几分试探的意味。

"不知姑娘如何称呼？"

"我叫杜杭。"

"杜杭——"

慕子白眼角一弯，似惹得杜杭有些不快。

"你又笑什么？"

"我在想，姑娘的酒好，又叫杜杭，莫不是与杜康有什么渊源？"

慕子白本以为自己接了一句有趣到无可挑剔的话，哪知那杜杭呵呵笑了一声："哦，或许吧！"

慕子白一拍脑袋，心知不好，暗骂了自己一句"多嘴"，急忙扬声道："杜杭！"

"还有什么事？"好在杜杭又停下脚步。

"方才……方才多谢你。"慕子白斟酌着措辞，又举起手中的吴钩晃了晃，轻声询问，"我现下没带钱银，不如……不如将吴钩先抵押与你，改日我再赎回！……可好？"

杜杭的目光在吴钩上逡巡了一圈，最后制止对上慕子白俯视的双眸。

"你现下将剑押给我，与刚才放在酒肆有什么不同？我又何必帮你还

酒？"杜杭的叹息声几乎微不可闻，"若是连你自己都看轻了吴钩，我说它是宝物，又有何用？"

说罢，她转身又要走，腰间酒袋上的银铃发出叮叮当当的响声。

"并非是看轻！"慕子白从身后叫住了她，"杜杭可能不知道，我来长安，无一人认得这吴钩，今天我先是遇见了月下传来的酒香，后来又遇见了识得吴钩的杜杭，这真是我在长安三年未遇之大幸。所以，我给你吴钩，不是还酒，而是换知己。"

杜杭回身正视他，眉眼显现出今晚第一个真挚而略微带了些暖意的笑容。

"剑是好剑，人亦非凡人，可惜了。"

这话寻常到几乎干涩，似乎不过一句无心感叹。慕子白却迎着越发明亮的月光，收敛起眼角溢出的动容，严肃又谨慎地整理好自己的衣衫，朝向杜杭深深一拜。

"多谢！"

杜杭凝视着他久久下弯的腰身，突然伸出手来："好！给我吴钩！"

慕子白本能地将吴钩递到她的手上，只见她纵身而起，衣袂纷飞之中已是上了明月台。慕子白仰望着她背对月光如鹏鸟一般的剪影，高呼道："杜杭？"

杜杭朝他动容一笑，拔剑出鞘："你既称我为知己，我自当回敬。"

接下来发生的一切常常出现于慕子白后来的梦中，追寻而不得的洒脱与飘逸，大抵如此。他无法像杜杭那样，只得老老实实寻了木梯向上攀爬，直到最高的那层，才赶上了杜杭舞剑的风姿。绰约的白影在漫天星汉之下似梦似幻，慕子白觉得迎面而来的风或许生发于千里之外生命之初的原野，又或许是从更远的雪山上携着古朴而厚重的气息袭入，呼应上心底莫名的悸动，令人震荡不已。

"我曾想过庄生所言的大鹏是何种风采，今日见杜杭登楼舞剑方能感受一二。"

"你既知道逍遥游，又何须羡慕需要依风而行的大鹏？"杜杭听了他的话，顺势收剑，踏月而来，"依凭外力，到底算不得真逍遥，风大也未必是好事。"

慕子白似有所感："我也曾看不起那些争名夺利之辈，总以为诗酒年华仗剑天涯才是风流。现在看来，光阴虚度谓之诗酒年华，任性自负故而仗剑天涯，说到底，我还是个百无一用的文人，纵使有朝一日买与帝王家，也不过是奇技淫巧，与倡优无异。"

杜杭的手拂过已然钝化的剑刃："你既然明白，又有什么好伤心。"

"我明白，却总有不甘，若是这样，我何必离开碎叶城，何必来长安？"慕子白的声音带了苦涩，"或许玉奴儿说得对，我真正到了长安，长安就再也不是长安了。"

杜杭沉默了一会儿，突然道："为我赋首诗吧。"

"什么？"

"我曾见人在明月台赋诗，你也留一首吧。"

明月台上充斥着文人墨客留下一时兴起的痕迹，慕子白很容易就在角落里翻出笔墨。杜杭见他开始落笔，便停下手中的剑，从腰间取下酒袋。

"等等。"她将袋中酒倾倒出来，"以此酒研墨，才算般配。"

慕子白会心一笑："好！"

赵客缦胡缨，吴钩霜雪明……

酒香实在太过浓郁，从墨里，从栏杆中，从杜杭的身上似悄无声息晕染，又恍若摧枯拉朽一般席卷。慕子白陷在其中不住呓语：

"赵客……缦胡缨，吴钩霜雪明……"

"杜杭……杜……杜杭！"

教坊丝竹依旧吱吱呀呀，不知疲倦地叫唤着，溢满熏香的里间糜烂腻人。慕子白一脸茫然从醉成一坨的肢体中挣脱站起，引来了不远处略带嘲弄的笑声。

"看看看，子白兄醒了。"

"刚才还说着子白兄呢，说到哪儿来着？"那人似是很认真地思考了一

番,"对对对!说子白兄在明月台上赋诗,诗有酒香传遍长安,陛下才发现了子白兄这样的人才呀。"

慕子白却并未将周遭的声音纳入耳中,只顾自言自语,近乎魔怔一般念叨:"我想起来了……是杜杭……是杜杭!"他的声音越来越大,说到杜杭两字,几近咆哮。

在一片目瞪口呆中,慕子白越过矮几,扫下一片酒壶碗筷,吓得歌姬惊呼出声。他却只顾向外闯去,开败的荷池在他眼中渐渐靠近。他几乎是没有犹豫便跨入水中,口中低低喊着杜杭的名字,失神向池塘中央走去。

不知从何处赶来的陆含章眼见这一幕,当下也顾不得许多,紧跟着跳下池塘,在池水漫过慕子白胸口前将他拖回。

"慕子白你疯了!喝高了往水里跳!"

慕子白神情恍惚,辨认了许久,才看清陆含章的面容:"玉奴儿?"

陆含章叹了口气,低声劝道:"慕子白,回去吧。"

谁知,慕子白突然揽住了他的肩,拼命摇晃起来。

"对的!一切都是对的!那天我们一起泛舟,后来我闻到酒香,去了一家酒肆!对!那家酒肆!"话罢,他又抛下陆含章,疯魔一般,大步跨上了岸,朝着记忆中酒肆所在的方向跑去。

慕子白绕过了那白日看起来有些许笨重而丑陋的明月台,一家同样破旧不堪的小酒气就那样闯进了他的视线里。他顾不得计较这透着诡异的细节,直直破门而入,惊得正坐在正中间木桌上吃饭的小男孩突然跃起,哒哒哒向柜台后跑去。他一边跑,还一边奶声奶气地喊道:"爹!大哥哥又来了!"

手拿抹布正细心擦拭酒坛的康发闻声抬头,看着依旧衣冠湿透的慕子白,惊讶不已:"诶,小哥儿,你怎么又来了!"说到此处,他像突然想起了什么,嘀咕着埋怨起来:"你不是自己有酒袋嘛,咋就和我过不去。"

"杜杭呢?"慕子白语带迫切,仿佛急于求证些什么,又见康发一脸茫然,便补充道,"就是那天那个姑娘!"

康发这下更是摸不着头脑:"什么姑娘!小哥儿我说你也是有意思,明明

15. 异闻录·酒仙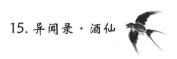

自己有喝不完的好酒，为什么非得来我这儿换……"

慕子白情急之下拉住康发不放，刚欲再说些什么，一位老者的声音于此时响起。

"许久不见，后生性子还是这么急，一点儿没改，再撞了人可怎么办呀。"

在他沙哑干涩的话语声中，陆含章跌跌撞撞跑进酒肆之中，正撞上了纠缠在一起的两人。老翁不禁长笑一声："你看，我说什么，撞上了吧！"

似曾相识的一幕唤起慕子白那不十分完整的记忆，月下、老翁、酒袋……一张张碎片在他脑海中浮起又落下，最终汇聚于老翁那有些狡黠的面容之上。

"是你？"

老翁捋了捋他那本已少得可怜的胡须："不错不错，后生虽莽撞，记性却不差。"

慕子白正色，沉声道："上次是我冒失，抱歉。"

"你要不是冒失，也见不到漂亮姑娘。"

老翁得意的语气中似别有用意，这令慕子白迷惑不解。

"您这是什么意思？"

老翁在慕子白探究的目光中，缓缓从一旁拿起一个近他半个身子大的酒袋出来，上面挂着一串银铃，手一摇晃，便丁零作响。若不论这酒袋异乎寻常的大小，便与慕子白当日所见杜杭的酒袋一模一样了。

慕子白细细端详，试探着："杜杭也有一个很像的，您知道她吗？她在哪里？"

老翁并未直接回答他的问题，只是不慌不忙道："你的吴钩是宝贝，我这酒袋也是宝贝。你可听说过秦时有一个仙人好酒，自己又懒得酿，便造了一个酒袋，酒袋的酒喝完了，那酒袋便会化为人形到酒肆与人喝酒，喝足后便又会变为酒袋返回。"

"这与我有什么关系。"慕子白不解。

老翁拍了拍他的背："你这后生脑袋实在不灵光，你先是在路上撞洒了我

好不容易装满的酒袋,后来杜杭又为你把酒用完了,你欠了我两个酒袋的酒,还不明白?"

老翁的话在慕子白脑海中交织回荡,如电如雾,如雷霆一击。

"你的意思是……杜杭……是你的酒袋!"

"为行事方便,我这酒袋化人时会变为与对方有一样情感的人,都说酒逢知己千杯少,这样一来我的酒袋很容易就满了,当真是屡试不爽。"

老翁面容和蔼,语气亦是乐呵呵,但落在慕子白眼中耳边却是冰冷得吓人。他虚望着酒肆的某一处,沉寂许久,突然爆发出一阵激烈的笑声,夹杂着失意、嘲讽,以及更多难以名状的情绪。

"哈哈哈哈哈哈哈——我还以为我遇见了知己!"慕子白将落寞吞咽下肚,在一旁的陆含章看来冷静得吓人,"所以从来都只有慕子白,没有杜杭,从来只有慕子白,只有我一个人,一个人……"

他一步一步走出酒肆,再没有来时的急切与向往,也没有应有的痛苦与惆怅。

平淡,无奇。

陆含章张了张嘴想唤住他,思量再三,终没能喊出声来。

老翁抿了口酒,咂咂嘴:"年少轻狂而已,后生总能想明白,你替他着什么急。"

"要不……"陆含章还想再商量商量,"您再让酒袋变作那姑娘让他见一面?"

老翁一把放下手中的酒碗,语重心长劝道:"这酒袋所装已非当日之酒,唉,何必呢?"

窗外,金乌西垂,将慕子白背后的黑影撕扯搅绕,蜿蜒开去,仿佛三千烦恼流泻了一地。

终、莫思归

舟还是那只舟，人还是那两人，只是夜晚换了白日，夏云变了秋风。

慕子白见陆含章一面执桨，一面紧盯着自己，不禁笑道："不过是泛舟而已，玉奴儿你为何面色这么紧张？"

"还不是怕你又一个跟头翻下水去！"陆含章似乎怨念颇深，"我现在看到这片湖都犯怵。"

慕子白伏在船沿，百无聊赖地用手搅了搅本也不甚平静的水面："在世不称意，散发弄扁舟，如此而已。"突然，他又站了起来，吓得陆含章下意识抓紧了小舟，语气似玩笑又似认真："你既害怕了这片湖，不如咱们就驾此舟远行江湖，看看你我早年未见景色。"

"嗯，行啊。"陆含章笑着应下，眼看着慕子白伸手折了一支鲜嫩的莲蓬，又从中挖出一颗莲子放入口中，咀嚼了好一阵。

"今年的莲蓬已经下来了，不如今晚我们便以莲子下酒吧！"

陆含章亦伸手取过一枚莲子，凑近嗅了嗅，刚要开口，一阵木舟破水之声于此时从远处传来，伴随而至的，还有一股醇酒的异香。

"君有莲子，我有好酒，不如一起吧？"

杜杭的声音依旧清冷，却比当日多了丝丝笑意。慕子白抬眼看她，辨不出情绪。

片刻之后，清朗的声音随着一枝莲蓬一齐被递到了杜杭身前。

"云胡——不喜。"

评论：一个以"异闻"写古风的范例

《异闻录·酒仙》这篇小说从独特的视角切入，讲述了慕子白和商人的孩子陆含章一起到长安，考中科举，天赋异禀赋诗作词，得到了皇帝赠予的吴钩而名声大噪，然而慕子白依旧为官宦子弟所瞧不起，文人沦为与倡优同列。最

后在酒肆遇见了杜杭,并引为知己。慕子白终于放下文人光环去寻找杜杭,没想到杜杭是酒翁的酒袋所变,而他的知己也从来都不曾存在过。

　　作者刻画人物的手段比较多样化,主次人物的关系、人物和主题的关系都较为明晰。小说人物关系错综但不复杂,看起来清晰明了,作者在行文中用巧妙的手法展示了人物的鲜活特点,以及人物内心的复杂情感。其中,主人公慕子白,其实就是李白,年少轻狂的时期,看得穿世事,却放不下世事,最后明白了自己所谓的知己是酒袋加自身思维构造出来的一个人,人物性格上时而幽默欢脱,时而冷静忧伤。贯穿故事主线的"知己"杜杭,系酒翁的酒袋幻化而成,她的出现很大程度上是主人公慕子白内心情感的代言,所以她在慕子白看来是完美的,是自身精神层面的自我补充。而另一个重要角色陆含章,这个商人之子,和慕子白很小就认识,很善良,不怎么会读书,所以希望慕子白能比自己更有出息,这样一个衬托性的角色在小说中的地位显而易见,作者对于他的叙述紧紧围绕着中心人物慕子白,用衬托的手法侧面烘托慕子白的人物性格,使其更加鲜明有特点。

　　从语言风格到章节设置无不显示作者庞大的阅读积累和深厚的叙事功底。小说语言流畅明快,朴实细腻,又平铺直叙,运用了许多调侃式的话语,通俗而不乏嘲讽与幽默。令人印象深刻的是,人物的语言和小说的叙事都十分具有节奏感,读者读来仿佛踩着音乐的节奏,时而轻快弹跳,时而深沉幽长。文章结构看似分有章节,内容却一气呵成,令人爱不释手。故事情节跌宕起伏,又环环相扣。人物个性鲜明,栩栩如生,通过主人公内心的变化,揭露了当时整个社会根深蒂固的阶层固化、严酷的等级观念和普通人对自由平等的渴望。小说的神来之笔,就是用杜杭这个虚幻的人物形象,作为故事情节反转的关键点,寄托着作者和主人公对黑暗社会的憎恨、对自由平等的渴望和幸福生活的向往。对生活在当今社会的人们,具有一定的启示作用,也是难得的好作品。

　　需要特别指出的是,这篇小说属于目前比较流行的古风小说类型,其古代背景的设定、人物角色的特点、诗意的文字与表达等方面,都能够让读者感受到小说的文辞优美、意境深远、意味深长,也让小说在网络上有了部分受

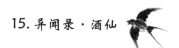

众,并被做成了古风广播剧。这也从侧面说明了作者懂得迎合当前的小说市场需求。这种市场化的写作方式,可能也是目前小说文化的一种流行趋势,值得正视。

(苏展)

16. 长大

乔红-14级专硕

1

严欢打开屋内侧的木门时，一张钱被门底部带下了门槛，静静地落在了她脚边。是20元钱，可能是谁出门时掏口袋掉出来的，夹在了木门和铁质防盗门之间，没发现。刚刚妈妈带着弟弟去学围棋了，可能是她的吧。严欢抬头看了眼爸妈的卧室，爸爸正在午睡，整套房子都是静悄悄的。她捡起钱，犹豫了下，还是揣进了裤子口袋。

去画室的路上严欢一直心不在焉，慢吞吞地踢着小石子，好像是漫无目的地走一样，不由自主地想起三毛一篇关于"儿时"偷钱的文章，躲躲藏藏一整天，到了晚上保姆来给脱衣服洗澡时，裤子里的钱也马上就要藏不住了。因为小孩子是没有私密空间的。最后结果是什么来着？好像是三毛趁人不注意把钱扔到了一个夹缝里。后来长大后，她同姐姐弟弟说起这件事，才发现每个人都有这样的经历，于是大家哈哈一笑而过。

16. 长大

严欢也有个弟弟，今年七岁，上二年级，是全家的心头宝，却不是严欢的。严欢永远也不会有机会和弟弟说起小时候偷了钱惴惴不安的心情，因为妈妈经常偷偷给弟弟买东西，还偷偷塞给他钱。昨天晚上弟弟不好好吃饭，妈妈哄了半天，才说是放学时和同学一起吃了小浣熊和果冻了。妈妈并没有对弟弟生气，她只是埋怨他不该在饭前吃这些东西，没营养："以后长不高，你看看你姐姐。"严欢上初二了，一米五五，在班里总是坐前三排。还在老家县城里上小学的时候，严欢和爷爷奶奶住在一起，奶奶经常买些零嘴儿吃。爷爷奶奶家和爸妈家离得很近，每天早上爷爷送严欢去上学，妈妈把弟弟送到奶奶家自己去上班，晚上再把弟弟接走。严欢觉得爷爷奶奶一定更喜欢自己一些，她知道自己名字是爷爷取的，连同弟弟和大伯家的姐姐在内，只有自己的名字是爷爷取的。弟弟出生的那一年，17岁的郎朗在芝加哥一举成名，爸爸给弟弟取名为"朗"，寓意是希望自己的儿子有一天也能出人头地，自己作为老太爷，自然是与有荣焉。

弟弟买零食的钱自然是妈妈给的，想到这里，严欢的心也定了，暗暗告诉自己拿了这20块钱不算什么。画室里人到得差不多了，都是初二生，因为成绩不好被老师"半强迫"地要求去学一门中考加分的"艺术"，这是这所算不上特别好但也不差的学校的传统，小升初时严欢擦着线进来，堪堪躲过了5000元的择校费，然后用了不到一年的时间跌落到了不得不当艺术生的地步。严欢选择了美术，因为小学时学过一年，多少手熟些，当时还是爷爷给报的班，后来她不愿意在别人玩的周末还要早起去上课，就抛下了。

老师已经到教室了，严欢偷偷溜到靠窗的角落里坐好，画室里没桌子，靠着墙困了还能打会儿盹儿。初秋的天气还不凉，下午的太阳暖暖地斜射过来，严欢有一搭没一搭地听老师按部就班讲着课，困得好像一闭眼就能睡得不省人事，她转头向窗外想吹吹风赶走困意，免得真睡着了歪到地上去。

天是万里无云的蓝天，把操场圈起来的粗铁丝网上爬满了爬山虎，绿绿的一大片，不过已经不是夏天时候叶片挺拔的样子了。爬山虎旁边有一个人在走动，背着一个圆筒状的东西，严欢眯了眯眼，看清楚了是自己同班的余康。余

康正沿着操场边朝艺术楼走来,他穿着一件藏蓝的连帽衫,白色板鞋,裤子是蓝得不深不浅的牛仔裤,走路时微垂着头,脑后一小撮头发翘了起来,午后的阳光把他的侧脸染成了金色。严欢想,这个场景真适画成油画。她默默地看了一会儿,余康已经走到教学楼门口时才猛然意识到自己已经彻底走神了,回头看黑板,老师已经快讲完了。

门口有人敲了敲门,笃笃笃三下,声音不大不小,节奏不急不躁。严欢想,是余康吗?讲课的小老头从门上的玻璃里往外看了一眼,立刻眉开眼笑起来,留下了个苹果给他们画就出去了。这些基础的东西严欢早学过,削好铅笔便慢慢画了起来。小老头回来后在教室里转来转去,随手指点一下,经过严欢这里时,什么也没说就走了。严欢心里有点说不上是失望还是什么的东西,虽然也并没有期望老师把她当个天才一样夸奖一番,但是和周围初学的同学比起来,她还是好了一大截的。为什么什么都没说呢,就算说句"挺熟练的"或者问一下是不是学过也好啊。

放学后严欢去了下卫生间,出来时人已经都走没了,她赶到楼门口,才发现天已经飘起了雨。雨不大,却把严欢本来有点阴天的心情一下子淋透了。她忘了带伞了,妈妈临出门前明明还叮嘱过的,让她记得带伞,虽然原话还有一句"忘了带可别想我会去接你"。严欢脑子飞快地转了起来,如果去打公话让爸妈来接,肯定免不了一顿埋怨,今天那20块钱的事如果再被发现,妈妈会气疯了吗,严欢想到这里内心一边觉得恐惧一边忍不住觉得好笑。

严欢毫不犹豫地否决了这个方案。她把书包举在头顶上,冲进雨中,一路不停地跑到了学校对面的小卖部,买了把伞,老板见是雨天就坐地起价,平时15的伞卖20,严欢没还价,爽快地就把钱给了那个因为整天坐着,脸和肚子都堆起了一圈油的男人,心里想的是把钱花光了正好,如果妈妈问起伞,就说是问同学借的。她问老板借了把剪刀减掉商标牌,满意地拨了拨刚才因为淋了雨有些黏在额头上的刘海,撑起伞走了出去。

那是一把透明的塑料伞,一看就是只能用作临时救急的便宜货,风一大可能就会被吹垮,但是很漂亮。严欢看到这把伞很久了,可她没有理由要钱买,

16. 长大

家里有很多伞,银行、保险公司送的上面带着巨大logo的直柄伞,还有几把色调浑浊图案俗气的折叠伞,严欢一把也不想用,可也只好祈祷不要下雨。

可是天要下雨,娘要嫁人,都是拦不住的事,这次严欢是真的忘了带伞,但妈妈也可能曲解为她的虚荣心作祟,以淋雨这种事来顶撞家长。那样的话问题就升级了,任何让妈妈觉得可能会威胁到她在家的霸权地位的事情她都不会善罢甘休。爸爸在严欢五年级那年通过大伯的关系调到商水市,一家子都跟了来。妈妈当初是接她爸爸的班,只有中专学历,没法调,只好停薪留职,在家做十字绣。妈妈对此很不满,背后埋怨过大伯,明里暗里地在爷爷奶奶面前说大伯连自己亲弟弟的事都不放在心上,不肯出力。可是别人都不应声,王金铃自己也慢慢地不提了。于是她就从一个她口里"吃公粮"的人变成了彻头彻尾的家庭妇女。这个家庭妇女,每天在别人上班的上班,上学的上学,走光以后看着电视剧绣十字绣,晚饭时雷打不动地把电视调到中央1台看新闻联播后的天气预报,如果碰上弟弟也在看电视,就雷打不动地调到中央10台。

2

严欢回到家的时候妈妈和弟弟已经回来了,她听到厨房里传来吱吱啦啦,青菜倒入油锅的声音,爸爸正坐在沙发上跷着二郎腿看报纸。一会儿妈妈从厨房端着盘菜出来,重重地往餐桌上一放,冲爸爸嚷:"一直在家待着也不知道做饭,菜都不洗一下。整天就知道看报纸,有什么好看的,上班还没看够吗?订的报纸最后还不是堆在那里卖废纸了,家里本来地儿就小,搞得到处乱糟糟的。"爸爸对妈妈的叫喊置若罔闻,自顾自地继续看报纸,严欢想起以前妈妈讽刺爸爸说他的工作内容就是"看报纸,喝茶水,颤悠腿",用加了儿化音的家乡话说出来,特别逗,于是忍不住笑了下。

正要转身回厨房的母亲看到站在门口换鞋,好像在笑的严欢,立刻沉下脸教训道:"不是让你带伞吗,怎么又忘了?"她看了眼严欢干爽的衣服,没等答话又问:"你怎么回来的?"严欢换好鞋,也不看她,边往卧室走边说:

"搭同学的伞。"母亲转身回厨房时还在唠叨，严欢关上门没怎么听清，好像是什么"一个两个都跟大爷似的""不省心"……

严欢躲在卧室，趴在桌子上默默地想刚刚和她一起打伞回来的同学，他走在路外侧，挨着自己左臂，嗅一嗅左边的袖子，好像还能闻到似有若无的洗衣粉的味道，茉莉花味的。

严欢走出小卖部几步后开心地转了下伞柄，看水花从伞的边缘旋转着飞了出去，顺着水花的方向，就看到了余康。他正站在一家麻辣烫的门口，无可奈何地看雨，脑后的头发可能是揉过，那一撮头发更翘了。

余康也注意到了她，笑了下。严欢有些不好意思，不知道自己是不是看得太久了。既然看到了，也就不好意思再默默溜走，特别是面对的是一个雨天没带伞的人。一个长得很好看的同班男同学。

严欢走近几步，问这个男同学是不是忘带伞了，开口后发现自己声音比平时细一些，软一些。余康又笑了，点点头："能搭我一程吗？你往哪个方向走？"严欢抬手一指，听到一声欢呼。"太好了，救救我吧。"余康开玩笑道。严欢说："好啊。"他就钻到了伞下来，顺手接过伞柄，把伞往右侧倾了下，还看了眼有没有把严欢罩好。

他们往前走着，说起这周末数学老师布置的作业特别多，才初二呢，已经被频频提醒距离中考不到两年了。严欢这才确认余康并不是个对着陌生人自来熟的人，他知道自己和他一个班。不过，他知道自己的名字吗？一个班60多个人，严欢属于话最少的那批，成绩又没亮点，被遗忘也是理所当然的事。而余康不一样，他成绩好却不张扬，模样好却从不和女生乱打乱闹。他们在班里说过的唯一一句话是在某一次早自习的时候，当数学课代表的余康收作业的时候碰上了还空着两道大题没做的严欢，只是把自己的卷子抽出来递给了她，说可别写得一模一样了，下了早自习我再来拿，就回座位了。严欢接过卷子时简直要感激涕零，她前一晚和妈妈弟弟怄气，趴在床上哭着就睡着了，泪全干在了脸上。忘了定闹钟，第二天醒过来已经快要迟到，抹了把脸就冲出了门，头都没梳。肚子里都是委屈，没有早饭，这张漂亮工整，步骤详细的卷子像是菩萨

16. 长大

拿柳枝沾了羊脂玉净瓶里的仙露点在她头上,是天外福音。

男孩的声音从头顶上传过来:"你那天在课上背的那首诗,真的不是从歌词里看来的?"

严欢一愣,才想起来他说的是哪一首,明朝杨慎的《临江仙》,通常被印在《三国演义》开头的,那天语文老师说起来,问有会背的吗,从来不举手的严欢鬼使神差地就举起了手。

"不是。是我爷爷教我的。"提到爷爷,严欢又忍不住多嘴了几句:"他拿毛笔写了挂在墙上,用繁体字写的,我认出几句,他见了很高兴,就教我背了。"

"喔喔,你爷爷真有文化。不像我爷爷,他唯一的爱好就是赚钱。"男孩清爽的声音听不出有什么褒贬,好像只是在讲一件好玩的事。严欢配合着笑了下,也有点感激余康没有觉得自己多嘴。

"有次我看见你上着自习在画兔子,"余康提起另外一件事,"是喜欢画画还是喜欢兔子啊?今天下午是来上陈老师的课吗?"严欢有些不好意思地胡乱答应着,想换个话题:"你今天下午是来找陈老师的吧?"

余康点点头:"我姥爷认识陈老师,我从小学跟着他学画了。最近陈老师要办一个小型画展,我过来交作品。他人很好的,你跟着她好好学。"严欢脑子里浮现出小老头那张平板的脸,点了点头。

家很快就到了,雨还没停,她让余康把伞拿走了,周一带到学校就行。楼道门口他们挥手道别,转过身严欢松了口气,只剩下满满的欢喜。原来他知道我呀,如果人的喜怒哀乐能物化的话,这时候严欢的背上一定长出了一对又大又白的翅膀。

3

严欢从书堆里翻出数学卷子来做,往常她总是把数学作业拖到最后,不会的就胡乱编造一个答案。也许是糊弄久了,新学的知识果然是不懂的居多,头

一次,她打开课本认真地去看公式推理的过程。她太认真了,以至于没听到弟弟打开门走进来的声音。

"姐,你闻闻我。"弟弟嘿嘿笑着,一看就不怀好意。

"出去,我做作业呢!"

弟弟还是死皮赖脸地凑过来了,还冲严欢张嘴哈出了口气。"神经病啊你!走走走。"她连推带搡地把严朗推出了卧室,反锁上门重又开始对着数学课本研究。

她闻出来了。是炸鸡的味道,妈妈肯定又偷偷带严朗去吃肯德基了,放到以前严欢就算不明着闹起来,肯定也要生闷气,挂张臭脸对所有人表示"我不高兴",虽然妈妈并不吃她这套。

可是现在不一样了,在这个家之外,她有了另一处地方盛放她的喜怒哀乐,有另外的人开始分散她的精力,牵扯情绪。这种分散把她从专注的斗争和怒气里解救出来,于她自己也是开心的,拥有了一个不为人知的秘密花园那样的开心。从此就可以冷眼旁观或是俯视还在那些同自己以前一样,还在为俗事斤斤计较的人了。

这场庸俗的战争从有了弟弟就开始了,或许在弟弟出生之前,一切都已注定。严欢还记得自己四岁还是五岁的时候跟着妈妈去看姥姥,自己蹲在屋外看放在箱子里的几只小绒鸡时,姥姥和妈妈正鼓捣一个簸箩里的针头线脑。那个簸箩里除了针线外还有各种颜色的布片,在严欢眼里是一些破烂玩意儿,可姥姥从来不舍得扔,尽管也没见她用过多少,年年月月,簸箩里的破布像是从没变过。

严欢听见姥姥对着妈妈嘀咕:"金铃啊,你要生就抓紧,他们老严家还没个孙子呢,你嫂子那边不会再要了吧?你生个男孩,他们家谁还敢不服你,还能不事事依你?"妈妈是有些为难的,她说现在的计划生育不允许城镇户口要二胎,要是生了二胎,小欢爸爸说不定要被开除公职的。姥姥对妈妈的担忧十分不屑,她说:"小欢大伯不是在省城当大官吗,还能不帮着他亲弟弟?政策是政策,大活人还能被政策困死咯?你嫂子自个儿不愿多生,你替他老严家留

16. 长大

种,谁能说个不是?!"妈妈渐渐无话,只剩姥姥继续唠叨。严欢把手插进挤成一团的小绒鸡中间,觉得它们又软又暖和,小鸡们感受到这个不明物体的入侵,叫得更大声了。

严欢觉得姥姥是这个世界上最能唠叨的人,没有之一,妈妈在她面前也是小巫见大巫。有次姥姥和舅妈吵架,妈妈带着她去劝和,说是劝和,不如说是给自己老娘去助阵。可是姥姥哪需要别人助阵,她叉腰往院子里一站,骂得麻雀都不敢落地。舅妈和姥姥吵架的原因是妈妈在姥姥生日那天把别人带来的东西拿走了一大半,从那天起舅妈就没什么好脸色,话里话外骂她婆婆吃里扒外,儿子是捡来的,老太太当然也不是省油的灯,说话夹枪带棒,两个人明枪暗箭了几天,火山终于爆发。

姥姥跟舅舅和舅妈住在农村。她嫁过来时二十多岁,前夫是生病死的。那时候姥爷已经三十多了,独居两年,原配也是生病去世,没留下孩子。严欢小时候喜欢在姥姥家各个屋里乱翻,有时会在犄角旮旯里找到几枚铜钱,还在一间偏僻的小屋里看到过"前姥姥"和姥爷的合照,放在棕色木头匣子里,干净得没一点灰。黑白相片上的两人都是眉清目秀,唇边的笑淡淡的,眼里像有星光。

王李氏没有理由嫉妒,她对自己再嫁能嫁给在粮油所上班的人已经特别满意。在严欢姥爷还在镇上上班时,她偶尔去镇上看他,剩下的时间住在村子里伺候他的父母,等他退休了,小女儿金铃如她所愿接了班,她跟着他回到村里住。等他死了,儿子也从供销社下岗,她和儿子媳妇继续住在村子里的房子里。有什么好嫉妒的呢?他的孩子都是她的,他的东西也都是她的,他死了,也就成了她的,因为只有她每年去给他上坟烧纸。

4

周一余康来还伞的时候还送给严欢一盒酸奶,是妈妈平时不太舍得买的那种,严欢把伞挂在桌子边上,酸奶放在桌洞里,趁拿书的机会打开桌盖看了

好几眼。他们渐渐熟了起来，走在路上碰到会打个招呼，放学有时会同走一段路。严欢心里的喜悦在逐渐膨胀，又在每次碰到不会做的数学题、画的画得不到老师认可时泄掉一点气。她不敢太兴奋，不知道遇见余康是对她从前生活的补偿还是会花掉她此后的所有运气，严欢此时开始悟到一点语言的不可靠性，无中可生有。

在她心情的翻来覆去里，月考马上就到了。六十人的教室要布置成五十人的考场，平时桌上堆得高高的书要搬到走廊里，贴墙放着。这一天的早自习只用上半截，然后开始布置考场。桌子脚在地板上拖动时发出刺耳的呲啦声，班主任时不时来教室瞎指挥一下，吆喝大家赶紧着，15分钟搬完。几乎每个同学都不会放过这个可以大声说话的机会，一时间教学楼里人声鼎沸，像过节一般。严欢他们这一级所在的教学楼是个中空的正方体，顶部中间是透明玻璃，有太阳的时候阳光会透过玻璃洒在一楼中间的篮球场上。一楼没有班级，篮球场也永远不开放，偶尔有调皮学生的鞋会从楼上栏杆的缝隙里掉下来，那会是一场盛事，二十个班的学生围满二到四楼的栏杆，看那个丢鞋同学的朋友去找年级主任借钥匙，进篮球场捡鞋。

月考那天天气也很好，严欢抱着一大摞书摇摇晃晃地好不容易找到一个空地儿，正一边小心翼翼地保持平衡一边试图把书放下，身边突然冒出个人扶住了她。严欢扭头，是余康，阳光从他们背后照过来，再从他们之间的缝隙里穿过去，太过明亮，以致严欢一时有点睁不开眼。余康接过书堆，在地上码好，对严欢笑了笑："加油！"

严欢在心里也默默对自己说"加油"，直到第二门数学考完。卷子发下来之前她心里还存了一丝幻想，会不会自己乱蒙的都凑巧对了，会不会因为卷面整洁步骤分多给一点，然后她就看见了那个鲜红得刺眼的分数。同桌还在假模假样地抱怨选择题改错了一个，严欢把试卷胡乱塞进了桌洞，眼不见心不烦。

下了晚自习已经是九点，严欢慢吞吞地在街上走着，一时没留意余康什么时候追了上来。

"灵魂出窍了吗？"余康拿手在她眼前晃了晃，"周末陈老师的画展开

16. 长大

幕,下午一起去吧?"顿了顿,接着道:"然后我可以帮你分析下数学卷子,也许能把思路理清些。"

严欢一时不知该说什么,嗯了一声,又补充说:"物理也帮我看一下吧。"黑暗中余康的白牙齿闪闪发光,是夜里唯一的光源。

陈老师算是这座小城市里最优秀也是最出名的美术老师了,因为他曾经教出过一个成了二流画家的学生,现在他55岁了,自我感觉也算桃李满天下,于是在一个在文化局工作的学生的帮助下收集了这么多年来优秀学生的作品搞了这场公益展出,按陈老师的说法,不为名利。画展规模不大,在这个文化贫瘠的小城里却也成了罕见的一件事,认真来看画的不多,大部分人都跟逛公园似的。周六上午余康妈妈由儿子陪着逛了一圈,眼角眉梢都是得意,心里暗自思量着应该叫几个姐妹再来一趟,儿子不喜欢她这样,那她就下午偷偷带人来,不告诉余康就行。于是上午逛完之后余康说下午找同学去玩她就爽快地答应了,哪个同学,是男是女,连这些她平日里特别关注的问题都忘了问。

余康起初还庆幸妈妈今天这么好说话,只当她是高兴坏了,要么就是自己运气太好。直到下午严欢、严欢妈妈,还有自己妈妈和她的一帮姐妹们照了面,他才知道今天他不是运气太好,是太差。

严欢的半边脸红肿着,她没拿手捂,如果有条地缝的话她会毫不犹豫地钻进去,但既然没有,就索性让全部都曝光着吧。她没去看余康,眼神虚焦着,耐心等待妈妈的咆哮结束,浑浑噩噩地想:为什么妈妈会叫"王金铃"呢,她的声音明明跟拉锯一样,和金色的铃铛哪里像了?可是这拉锯的声音并没有产生多大的力量,对面那个头发整齐盘着,颈间还坠着颗珍珠的阿姨薄薄的嘴唇一张一合,几句话就把妈妈的激怒了,她说了什么来着,好像是:"你仔细看清楚了,你说我儿子勾引你女儿?"这是个反问句吗?嗯,应该是的。她旁边低着头的那个人是谁?哦,是余康。

严欢有点回过神来,看到余康无力地拉动她妈妈的袖子,自己也就安心了。余康没有能力把她从这尴尬的境地拯救出来,她只能继续等了。周围已经围了一小圈人,商水市这么小,也许会有认识的人给爸爸打电话的。不管怎

样,天总会黑,每个人都要回家的。

果然,最后没有其他外力的介入妈妈就带她回家了,一边走还一边拉扯她,嫌她不走快点还想继续在外面丢人现眼吗,好像闹起来的是她一样。

当天晚上大伯派了车来接严欢一家,等他们回到老家时,爷爷也已经从医院回到了家里,奶奶和大伯一家都在。没有人注意到严欢脸上被打过的痕迹,连她自己都忘了这茬,下午的事情仿佛很遥远了。现在摆在她面前,也摆在所有家人面前的,是爷爷的死亡。

爷爷的面孔看起来很安详,他是个从来不麻烦人的老人,连去世都这样,从下午发病到送到医院再到回到家,统共也没几小时,估计和严欢妈妈处理女儿的早恋问题用的时间差不多。是心脏问题,而在这之前家里都没有人知道他有心脏病,包括爷爷自己。

夜里严欢执意一直守在爷爷床前一步也不肯走,谁劝也不听,后来奶奶说,小欢是她爷爷看大的,她想守就守着吧。那天晚上一直没离开床边的也只有严欢和奶奶,像她小时候一样。她们什么都没说,泪流一会儿止一会儿,天很快就亮了。

第二天一早大人们就开始忙碌,安排去殡仪馆进行遗体告别,通知爷爷的老同事等等,不时还会有人打电话来询问和安慰。时间好像一眨眼就溜走了,所有事情被安排妥当,然后顺利进行。三天时间,严欢正式地失去了爷爷。周二上午大伯主持开了个家庭会议,简单安排了奶奶以后的生活起居,大意是两家轮流住。老房子先不动,爷爷留下的钱一半奶奶收着,严朗严欢还小,开销大,剩下一半就给老二家。严欢看了眼妈妈,她半垂着眼,遮挡了一部分得意的神色,说就按大哥说的办吧。严欢爸爸没作声,表示默认。会议散场时,严欢看到那个高高瘦瘦的堂姐瞥了王金铃一眼,堂姐的巴掌脸没有多余的赘肉,所以那个嘲讽的表情格外明显。

回到家已经是晚上,严欢洗了澡躺在床上理了理思路,从妈妈周六中午洗衣服时从口袋里翻出一块包在纸里的巧克力开始,到堂姐那轻蔑的一笑结束。那张纸上写着"明天画展见",笔画英挺。于是尽管严欢死活不说是谁,妈妈

16. 长大

还是不由分说地拉着她找去了画展。出门一向挤公交的妈妈那天也许是太着急要找到那个"勾引"她的小子，竟然破天荒地打了出租。严欢一件事一件事地想过来，想完了就再想一遍，后来睡过去，梦里还是颠三倒四地想这些事，梦里的严欢有种强烈的长大的渴望，她说不清长大是什么，可是她明白自己需要长大，而长大需要时间和机遇。

第二天严欢回学校上课，余康来和她道歉，目光不知是不是在盯着自己脚尖，不过总归是没有抬头看严欢。严欢说没关系，心里是真的觉得没关系了。

因为余康的关系妈妈不再让她学画，严欢自己也不想去了，她以前是对以后学不学艺术无所谓，现在决定好好学文化课，高中学文科，大学读中文系。如果她能考上大学的话。爷爷以前就是教语文的，如果自己能得到一点遗传的话，应该会没问题的，严欢心想。

5

严欢高考的分数很尴尬，如果要985的名号，就去不了好专业，如果专业要好的话，就只能去个普通211。最后选来选去，她挑了离家最远的一个985，二志愿三志愿的共同特点也是离家远，然后才是几个离家近的学校，胡乱填的。严欢边填边想怎么这么多志愿选择，真烦，王金铃在旁边盯着她填，边看边嘟囔怎么都这么远。志愿学校下面一栏是志愿专业，严欢在第一顺位里通通填上了中文系。

最后她如愿以偿去了那所离家很远的985的中文系，那里远到与家乡的季节都有了时间上的错位。开学是在八月底，弟弟还没开学，于是爸妈带着弟弟去送严欢上学，提前了几天去，顺便玩一下。刚下火车严欢就催爸妈去买回程的火车票，免得到时候没座。王金铃一边答应着一边还是去酒店先放了行李，王金铃是老了，变得比以前更加絮叨，不过正在失去力量，她变得温柔了些。买完票严欢追问她买的坐票还是卧铺，毕竟是快50岁的人了，20个小时的火车坐回去，说不难受是假的。王金铃磨叽了半天说买了一张坐票两张卧铺，"到

时候换着坐",她说。

几天的游程很快结束,学校的宿舍也已安排妥当,严欢再次陪着爸妈弟弟回到火车站,这次是送行。可是王金铃非得让严欢先走,她亲手把她推上了公交车。那辆车从火车站始发,严欢上车后迟迟不开,糟糕的是她的眼泪开始不由自主地涌出来,隔着玻璃窗严欢看见王金铃的脸也在扭曲着,她掏出手机,还是个翻盖的诺基亚,一边费劲地找按键打字一边抬头看下严欢。严欢听到手机震了一下,是一条短信:"要坚强!"她噗嗤一下忍不住笑了,觉得听王金铃说,哦不,是看王金铃写出这样的励志话语真是不搭。

寒假回家时,弟弟告诉她:"妈妈还没上火车就后悔了,不停念叨应该把你带回去,后来她还不让我跟你说,怕你想家在学校待不住,干脆不念了。"弟弟还说:"姐你知道吗,我觉得咱妈有点怕你,她说你是个有主意的人,不让人操心,还老让我跟你学呢。"

严欢想起在寝室的卧谈,有人抱怨有个从小不待见她、重男轻女的奶奶,有人有专好占小便宜,而且手段狠辣的亲戚,有人有总是在吵架的父母,不开心的事总是能一说一大堆。她在课余给一个五年级的小男孩做家教,小男孩有一个姐姐,他总说姐姐对他凶,抢他零食,霸占电脑。严欢笑笑说我也有一个弟弟,他可能也觉得我很凶吧,不过我抢不过他的零食,因为妈妈会帮他。小男孩眨巴眨巴眼睛说,那我们同病相怜啊,说完还像模像样地叹了口气:"真羡慕我姐姐和你弟弟,有咱们这样好的弟弟和姐姐。"严欢被他逗笑了,说我算不上是个好姐姐,不过以后会试着做一个好姐姐的。小男孩又问那你打算怎么做个好姐姐,严欢想了想,回答说,从不对他冷脸做起吧。

姥姥是大一上学期死的,很突然,严欢接到妈妈的电话后查了下最近的机票和高铁,最后坐了红眼航班回去,爸爸在机场等着她。等到达姥姥的村庄,天已蒙蒙亮了。不知道离姥姥家还有多远时,入眼已经是大片大片的白色,这是农村的习俗,感情丰富的人一看到这毫不节制的白色气氛就会忍不住变得哀戚起来。严欢的孝服已经准备好,往她身上一套,她也变成这白色的一部分了。严欢不懂那些跪拜的礼节,别人让她做什么她就做什么,有时候偷眼看一

16. 长大

下妈妈,总是哭天抢地的样子。严欢想起那个满脸皱纹的干瘪老太太,她们并没有一起度过多少时光,最后一次见面是大学开学前,老太太塞给了严欢500块的红包。

爸爸在路上告诉严欢老太太是被撞死的,因为人缘一向不好,村里还有人说她是想碰瓷,结果真的被撞死了,车主赔了钱,不多。严欢的第一反应是妈妈会不会跟舅舅抢这笔钱,如果要抢,她应该怎么劝。想完又觉得自己有点过分,毕竟,这次妈妈失去的是她的妈妈。

一直到整场葬礼结束,他们回到家,严欢半提着的心才终于彻底放下来。她暗暗猜测,也许,这么多年变化的不只是自己,长大的也不只是自己,今夜应该可以睡一个好觉,不用再做那些翻来覆去的梦了。

她拉开窗帘看到天空中又大又圆的月亮,放下窗帘却没有一丝月光漏进来。严欢浅眠,这窗帘不知什么时候换成加厚的了。

17. 失语

乔红-14级专硕

1

疗养院的会客室有着四面的落地窗，窗里的架子上摆着几盆郁郁葱葱的吊兰，被照顾得很好的样子。安笛经常在这间窗明几净的屋子里一坐半晌，倒不是经常有人来看她，恰恰相反，来看她的人少得可怜。其实疗养院里住的大多是鳏寡老人，每个人的访客都不多，但会客室像是铁打的营盘，病人与亲人你来我往的，天天上演一出虚假繁荣的戏码。这就更加显得安笛像一只失群的孤雁了。孤独，而且固执。护士陶双每次这样想的时候，都忍不住回想一下初见到老太太时的样子，一丝不苟的发髻、绸缎旗袍，银灰色的底面上有或深或浅的褐色竹叶，行李里有笔墨纸砚和几把长短不一的箫，完全是一个生活精致优雅的人。但相处久了，陶双越来越怀疑自己对这第一面的印象是否准确。安笛带着弧度精准的微笑说你好的样子，就像是在美图秀秀里用怀旧风格处理过的照片，与眼前的人形成巨大的反差。她没看出来，安笛第一次来到疗养院的时

17. 失语

候简直像个全副武装的装甲车,满身铠甲、故作镇定地面对一幢装满了皮肉松弛、眼白浑浊的陌生老人的房子。偏偏这座房子,以及房子里的每一件仪器设备都线条规整、坚硬。那天的绸缎旗袍穿在她身上都显得僵硬。

现在安笛就坐在会客室里的一把藤椅上,对着落地窗外大片的草地和一条蜿蜒环绕的河流发呆。其实小河很短,环绕了疗养院大半圈,也很浅,浅到永远清澈见底。只不过从安笛的角度望出去,却是不知来处也不知去向的样子,像极了她的大学校园。而自己,也似乎仍是那个坐在草地上的女大学生,一边极力把生活过得合乎规范一边不小心地旁逸斜出着。就像那片看上去很整齐的草坪,仔细瞧瞧就会发现,草茎东倒西歪、边缘锋利,穿着薄的裤子坐上去时会有些微刺痛的感觉,站起来又会黏上一身的草屑。安笛招手叫陶双过去,递上一只绣花的荷包。

"我做的,生日快乐。"安笛腼腆地笑了下,等待着护士的反应。这种期望出现在小孩子的脸上时会让人觉得是一朵才绽开了一半的花,嫩蕊含着羞去试探这个世界,可是出现在一个老太太脸上,却非常的不合时宜,让人觉得可怜。

陶双夸大了自己惊讶兴奋的表情,希望能满足安笛的蜗牛触角。独自住在疗养院的老人们难免孤独,所以往往与负责照顾他们的护士之间形成过度的依恋关系,护士们倒是没所谓的,这对他们构不成任何困扰,而且把老人们哄高兴了,自己的工作也会更方便些。疗养院的护士,还有一重保姆的身份,往高尚里说,就是半朽的老骨头与这个鲜活世界最密切的联系了。但陶双对安笛的耐心和迎合里还掺杂着一丁点其他的私心。

安笛是退休了的大学教师,夏华大学中文系,在国内颇有名气。专业有点杂,从晚清到民国,还牵扯到点域外汉学。不过这专业和她的笔墨纸砚、箫和旗袍以及像外国人的名字倒还挺搭的。没有孩子,嗯,怪不得自己还像是孩子。其实,陶双对这些专业的名字完全一窍不通,对病人的隐私也无意窥探,她对安笛的全部了解除了病人的资料卡以外全部来自妹妹不辞辛苦、面面俱到的介绍。末了妹妹还不忘加一句:"姐姐你带我去见安老师好吗?"妹妹是家

里捧在掌上的明珠，从小成绩比自己好，高中却一意孤行地报了文科，大学继续一意孤行地报了中文系。研究生却遵从起了父母的建议，改学经济。当然，当年父母对妹妹的游说自己也是出了一份力的，所以妹妹说起"向家里妥协"这件事也总是算上对陶双的一份"埋怨"。陶双虽觉得自己委屈，但每每妹妹以此胁迫她做什么事时，却也往往依了她。而且，很少有人来看的安笛，主动向自己示好的安笛，中文系退休老师的安笛，也该是愿意妹妹来看她的吧。

"可以，"安笛说，"你妹妹是叫陶单吗？逃单？哈？"

老人声带松弛后特有的尖锐嗓音让陶双有些不悦，但还是笑着说："是陶丹，宋丹丹的丹。"

安笛略摇了摇头："一片丹心向汗青，血指流丹鬼质枯。"

陶双愕然，前一句诗小学时倒是背过，拿来解释人的名字也好，可是后一句怎么带着股子阴森森的劲儿？老太太尖锐的脾气越来越像布袋子里的锥子，时不时露出来，不管不顾地直戳人。

但陶双知道她未必是不高兴了。她的脾气，连同她说的话，都像是美体内衣也束不住的赘肉，肆无忌惮地铺张开来。不是为老不尊，是日久天长水库闸门生了锈，先是滴滴答答地漏水，继而倾泻而出。

2

疗养院的生活挺清净。安笛回绝掉有些杂志和出版社的约稿后就越发如此。她闲来翻翻书、写写字，或者什么也不做，在藤椅上一坐就是一下午。手边沏了普洱的瓷杯一点点地凉下去，茶味变得凝重滞涩，也没人在意。

她在想什么呢，八成是回忆往事吧。陶双想当然地认为。没有儿女可以牵挂，没有名利的欲望，一个人还能干什么呢？安笛之前是这样设想的，住进疗养院，吃、住、病都不再需要自己操心或麻烦学生亲友，平时看看因为工作忙而一年年推迟直到忘掉的书，生活干净利落而且惬意。于是她卖掉房子，拎着几只大箱子就来了。年轻时，单身意味着一人吃饱全家不饿，现在则意味着她

17. 失语

可以随意地将家搬来搬去，人在哪里，哪里就算家了。

可是显而易见，安笛再次犯了这辈子重复了无数次的毛病——"想当然"。疗养院的生活可以说是悠闲，也可以说是无所事事。会客室里每天定时地喧哗着相似的内容，护士每天定时地送药上来，顺送几句客套又亲切的话语，她们偶尔在花园角落里偷偷聊天，抱怨哪个老头老太不听安排，心烦孩子又不肯去幼儿园了。安笛看着他人，也看着自己，她把自己从这些循环里剥离出去，又掉入另外一个循环。她就这样懒了下来。这个循环是个毫无意义，也不奢求意义，并且可以无限绵延下去的空间。每个动作似乎都被拉长，但并不是电影的慢镜头。她曾经历的，曾做过的已经可以算作人生的全部，现在她差不多是在人生之外了。这倒颇有点像大学时的某一年，什么也提不起精神去做，也不知道该做什么才好。可那时候好歹还有课程作业的最后期限追着，而现在她再也不需要一定要去做什么了。

"变老的症状之一，就是不断地回忆。"在不到20岁时，这句话在大家的QQ空间里反复出现，每逢什么奇怪的纪念日，一群文艺女青年和男青年们都在唏嘘，我们老了。安笛后来听过一种解释，大意是没有能力把未来变成自己想要的模样的人才会频频追忆过去，于是想起自己也情真意切地这样认为过时，总有些羞赧。不过等到再老了些，就只觉得那是一派小儿女的情态，别有意趣。少年不识愁滋味，为赋新词强说愁。终究是年少。

安笛没有在回忆，尽管她已经到了一个可以堂而皇之地写回忆录而不被指摘矫情的年纪。可她现在不想动，身体不想动，大脑也不想动。几十年的岁月，要想从头捋一遍的话会消磨掉很多时间，安笛并不想。某些事情因为回想过太多遍，早已变得驾轻就熟，而所有的事如果放到一起想的话，又会让人觉得混杂而无从说起，像是构图不好又失焦的照片。比如一辈子没结婚这件事，完全没办法理出一个流畅的起因、经过、结果。她还隐约记得父母从一开始的失落到顺其自然，记得最初几年每年过年例行要应付的七大姑八大姨过分的热情。可是后来呢？并不是每件事都经过了慎重思考和严格执行，偶然和必然交织起来，"主动"与"被动"你来我往地交手却不分胜负，就这样一直走到了

今天。鬼使神差、阴差阳错这两个词,都可以用来给这件事定性。也谈不上有什么遗憾吧,学生们会在背地里议论,可一生未婚只是徒增她的传奇罢了。因为别人会说,她并不是没有结婚的资本。所以不结只是一种选择。做不到和没有做这两件事,差远了。

35岁,是安笛最接近婚姻的一次。男人是一个电影导演,一直坚持不婚主义。在朋友的聚会上认识后,他们就一拍即合,或者用浪漫点的话也可以说是一见钟情。吃饭口味相同,可以彻夜聊伯格曼聊鲁迅也可以几天不联系,可以理解对方各种天马行空的胡思乱想。去过了山川湖海,也关注厨房与爱,两人就这样和平友好地相处了两年。那年冬天,学校放寒假的时候,他们坐着绿皮火车一路从北京哐当哐当地到了哈尔滨,就着玉米面饼子吃铁锅炖鱼,分享一盒巨大的雪糕。

事情发生在下过了一夜大雪的早晨。新雪疏松柔软,空气冷冽。他们在一处偏僻的小公园里撒欢打滚,放声大笑,像两个孩子一样。世人原谅艺术家的疏狂放荡,连带与艺术沾边的行业都被暗许了不合年龄与不合时宜的举动。

两个人隔着厚重的羽绒服和防风衣拥抱在一起,对于老夫老妻来说,这是刚刚好的距离,不会过于敏感地偷听他的心跳,却又能相互依靠。

白杨的树干直直地刺入云霄,风扬起雪沫,空中传来喜鹊喳喳的叫声,安笛听到导演说,我们结婚吧。她微仰起头去看他的眼睛,那里一片赤诚,有些微的光芒。心中一动,爽快答应道,好。

回到北京恰好是个周末,旅途劳顿,两个人都睡得昏天黑地。周一下午睡饱了,他们揣上户口本去民政局,三点不是高峰期,路上车不多,一路顺畅。安笛靠在椅背上看窗外,都没说话。气氛有点古怪,像是在等着对方先开口,而谁先开口谁就输了。

天公不作美,婚姻登记处的打印机坏了,负责的小姑娘像是刚来的新人,不停地道歉,面容窘迫又真诚。

"没事。"安笛宽容地笑了笑,和男朋友走出大门,两人似乎都舒了口气。

17. 失语

有些话已经不需要多说了,他们都察觉到了某种变化,他们越是努力地想维持原来的生活,这些变化就越明白地显露出来。一年之后他们终于分手,安笛并不太难过,什么事经历多了,都会变成习以为常。

人们常说"求不得"是人生八苦之一,而这句话又有很多好听的解释,比如张爱玲的"白月光"与"朱砂痣"一说,可"求不得"还有一种类型,是得而复失。比如在安笛这里,"求不得"的是得而复失的初恋,那是她第一次真切地感到失去和把握不住的惶恐。

3

陶丹来访的时候会客室正巧没有多少人,对待这样的崇拜者,安笛驾轻就熟。话题转来转去,从喜欢看谁的书逐渐过渡到了作家的八卦。小姑娘也健谈,主动说起自己的男朋友,经管的,不怎么看书,字字句句都带着"专业人士"的嫌弃和难掩的甜蜜。他们在学生会认识,男生本来有个异地恋的女朋友,分手也似乎是自然而然的事。趁男生情伤未愈,陶丹出手,迅速拿下。

任何一件事情,当你想简略叙述时,都可以用三言两语说完,不过代价就是省略掉细节甚至是一部分内容。

小姑娘的手机突然震动起来,是她男友。安笛示意她去接,自己也给茶续上水。从饮水机旁正巧可以看到门外陶丹的侧影,门口处一盆高高端放的绿萝垂下来掩映了她的黑发,从安笛的角度看过来像是长了一头绿叶子样的头发,脸是青春洋溢的,而且嘴角带笑。安笛愣了一下,收回视线。她看着陶丹的时候,就像隔着几十年的时光回放青春录像,从一个迟暮老人的视角看到自己的故事再次发生。不过她的角色不是陶丹,而是陶丹男朋友的前女友。那个在陶丹的故事里面目模糊,分手分得理所当然的女生。如果这个故事由安笛来讲的话,她也会省略掉故事的后半段而浓墨重彩地刻画前半截,细致到一丝头发的颤动,细致到阳光从窗外照进来时,男生脸上细小柔弱的绒毛。不是因为私心偏袒,而是她确实不清楚故事后来怎样进行了下去。

并不是每个异地恋都是结束得理所当然的，比如安笛。

19岁的安笛还是个彻底的文艺少女，那一年她在中文系读大二，看过杜拉斯和昆德拉，和程翊在一起的时候正着迷于存在主义，半通不通的，总在琢磨什么才是真实。而日思夜想的结果就是，她和程翊的感情不是真实的，而是像演一出戏。初恋仓皇结束，安笛删掉了程翊的所有联系方式。分手的细节安笛已经记不清了，她不忍去回想，不是觉得难堪，而是尴尬。但他们最后并没有做到老死不相往来，半年后恢复联系，关系变了，但说起话来却觉得无比亲切熨帖。"像亲人一样"，是他们给对方的定位。

安笛反复回忆的是另一件事，那是分手两年后，两人到了同一所城市读研究生。那时程翊有新女友已经近一年了，安笛知道，但他不提，她自然也不能透漏她从微博上偷窥来的信息。

两个人约了饭，在安笛学校里的一家西餐厅。肉酱大薯条、樟茶鸭、夏威夷风味披萨……菜点得很默契，提到意面时，一致摇了摇头，会心地笑了。他们在对意面的不理解上面理解一致。

陶丹接完电话回来，脸上还余留着甜蜜的笑，隔着水杯上升腾的氤氲雾气，她给安笛道谢，说这茶真好。这显然是恭维，或者不懂茶，普洱是不适合久泡的，70岁的安笛偏爱这种错误做法带来的凝重涩味，她不在乎茶色，也不计较什么保健功效，却不信20岁的小姑娘也喜欢。安笛20岁的时候喜欢蜂蜜柚子茶或茉莉清茶，茶的清香和水果的清甜都想要。那时候市面上流行的茶饮料中有康师傅的茉莉清茶和茉莉蜜茶，号称是情侣款，男生喝清茶，女生喝蜜茶。可是安笛和程翊总是一起买清茶，她不喜欢太甜的，也不喜欢海报上蜜茶靠在清茶身上的样子。程翊是直到分手时的大吵才知道安笛一直以来的腹诽，"为什么女生就要倚靠男生？""你是不是觉得自己还挺有骑士精神的？那你去找你的公主吧，我也是骑士！女骑士！"这种戏剧性的激烈争吵把平和的表象撕裂，积攒的负能量一瞬间倾泻而出把人淹没，安笛看着程翊脸上的表情从错愕到激动再到沮丧，情绪还没平静下来，两个人就给这段感情划上了句号，抱着永远绝交的决心。这不是一个体面的结局，冲动时的决定总让人不甘心，

17. 失语

总以为还能找到更好的处理方式,以为能获得不一样的结局走向。不过还好,还好他们没有一直停留在那个尴尬的点上。

安笛和程翊约饭那天,点的茶是蜂蜜柚子茶,程翊真心实意地说,这茶不错啊。安笛微微一笑,为着他的口味没变心中升起小小的雀跃。他们曾经听同样的歌看同样的电影,关系断掉,默契却没有。

安迪一直记得那天餐厅里昏黄的灯光,窗外是上了年头的法国梧桐,叶片宽大,已经随着秋风染上了黄色,边缘微枯。正值晚饭时间,路上行人攘攘,都是青年男女。他们或忙碌或悠闲,或高谈阔论或眉头紧锁,他们无比相信自己精英学生的身份,相信会有一个值得令人期待的未来。

那是B大最有历史的一家西餐厅,所以那首歌的出现一点都不令人惊讶。《转身之间》,是B大学生会拍的电影的主题曲,作词作曲演唱全部都是B大人。安笛年轻的时候,互联网正大热,拍微电影也成为一时风潮,特别是在大学里,几个学生凑一块儿,搞个DV就敢说是在拍电影了。不过这部电影又另当别论。虽然制作很粗糙,却也是学校最大规模的官僚机构——学生会牵头,正儿八经地借来了摄像机,花了很大时间组织起班底根据B大学生写的一本书翻拍的。原著作者比安笛还要年长十几岁,可是老学长的青春故事,隔了十几年,从文字变成影像,把借卡带的男孩换成打撸啊撸的男孩,仍旧打动了很多人。

安笛一开始并没听出这首歌来。是太紧张了吗?可能。她与程翊的对话全部都局限于大脑皮层的应激反应。

"这首歌熟吗?"程翊半分笃定半分疑问道。

"不熟。"安笛正忙于用叉子和带骨鸭肉奋战,回答地斩钉截铁,干干脆脆的没有给暧昧任何可乘之机。可是又忽然福如心全,脱口而出:"是《转身之间》!"

"是啊,还帮你改过一个音频作业呢,"程翊温厚地笑了下,"直接用手抓吧,我又不笑话你。"

话题不知道什么时候转了向,安笛有些后悔,她失去了一次掌舵的机会。

这首歌,连同那部电影都是当年安笛介绍给程翊看的,那时候他们都想去B大读研,所以看这部电影显得理所应当。他们还讨论过剧中的杨康到底爱不爱穆念慈,没错,安笛是想借电影里的一段暗恋暗示程翊的,可是两个人的话都说得模棱两可,讨论没有得出任何明确的结论,直到半年后,他们才互剖心迹。

饭后他们一起走回安笛租住在学校外的房子。程翊是拎着两个大柚子来B大的,送安笛回家也是理所当然,容不得人多想。路上程翊又哼起那首歌,安笛小声和了一下,程翊没听到。他说:"有时会不由自主地哼起这首歌。"

"这首歌很好听。"

多么糟糕的回答。

这顿饭已然结束,他们只能再一起走十多分钟的路,以后如何,不敢设想。可是这不是安笛想象过勾画过好多遍的夜晚。不应该是这样,他们应该在憧憬过的B大湖边冻得哆哆嗦嗦地看一晚月亮,而不是在窗明几净的西餐厅里谈论什么口味的披萨好吃。这是和谁都可以说起的话题,纵然语气或有不同。安笛心里有个声音在喊:"可是不该仅仅这样啊!"

哪有什么不该如此,如果等到安笛再长大些,再大些她就会明白,词不达意、力不从心在很多情况都是理所当然。的确是就该如此的。他们应该在灯光明亮的餐厅里,听程翊说:"她还说改时间一起吃个饭。"她,是程翊的女朋友。

程翊说:"我一直没有提我女朋友。她叫杨蓉。"

"她知道你。"

"也在C大读研,高中和咱们一个学校,高考复读了一年,不过上学年纪小,和我同岁,本科在G大。"

这是安笛所熟悉的说话风格。她知道很多程翊舍友同学、表哥表妹、七大姑八大姨的信息,一部分原因是自己良好的记忆力,而另一部分就是程翊科普文一样的说话风格了。相处的短短两年内程翊把这些都普及给了她,现在,终于轮到科普女朋友了。

17. 失语

可是安笛仍然不知道该如何应对这个话题,她低头机械地拿叉子扒拉蔬菜沙拉,大脑又开始自动反应,笑容有点僵。

抬手,把菜叶子塞进嘴里,牙齿碰撞,抬头看程翊一眼,然后低头。安笛在反复重复这些动作的时候看到了程翊今晚以来最与众不同的一次眼神。

究竟是在说哪句话的时候呢?是"她就跟个小孩一样",还是"她喜欢吴秀波那样的大叔,整天波叔波叔的"?

记不清了。可是那发亮的眼神却越发变得清晰起来,安笛熟悉这种眼神,人们俗称爱的眼神。她还听同学讲过这件事的原理,据说是人们在看到自己喜欢的人的时候瞳孔会放大,所以呈现出一种发光的状态。当然,也未必非得亲眼看到,像程翊,他只是说起、想到罢了。

4

十几分钟的路终于走完,那扇绿色油漆已经斑驳不堪的楼道门出现在眼前。门口站着一位头发花白、穿着臃肿的老奶奶,在按那个早就坏掉的门铃。自然是无人应的。

她转身面对程翊和安笛,不请自邀地开了口:"我问杨老师借书,他还没下来,打过电话了。"

她望着安笛和程翊,目光没有移开的意思。

"要不,要不……"安笛犹疑着,不知道该怎么办。

"他可能住在四楼,我不太确定,是杨老师,你知道他住几楼吗?"

安笛错愕。这是她无比喜欢的一个小区,甚至远胜于自己家。六层高的古旧红色砖楼周围是长了许多年才长成如今模样的花、草、树、木,它们见缝插针地塞满了每一个角落,终于溢出人为划定的圈子,长成自己的模样。可是他在这里却只是个刚搬进、在不久的将来又要搬出的人。她不知道谁是杨老师,程翊更不知道,他只是个许久未曾谋面的故人,提着两个大柚子从C大来到B大,再把柚子和安笛一起送回临时的家的人。或许比起安笛来,柚子的重量更

是送一程的理由。

"847810，这是电话。"老太太不动声色地求助着。

程翊语气温和，掏出手机道："再打个电话吧。"

他是一贯讲绅士风度的人，礼貌、亲切都恰到好处。安笛在旁边看着，明白那种分寸是自己永远拿捏不准、模仿不来的东西，在人际交往中，她不是一脸冷漠，就是容易用力过猛。

老太太的欢喜是含蓄的，却因为抓住了一根稻草而如释重负。在接近零度的夜里，在叫门不应的楼道口，在两个素不相识的年轻人面前，老太太的臃肿都显得那么脆弱。

安笛上楼去放柚子，回到楼门口时，给老太太送书的人也下来了。书交到老太太手上，年轻人一言不发地转身上楼，老太太说："这是杨老师的儿子。"

安笛好像突然看到了遥远的以后，笨拙而不善言辞的老太太，在对讲门铃坏掉的楼门口，等来对方沉默无言的儿孙。那个老太太就是自己。她会是一个令人讨厌的女人，在儿孙看来是父母或祖父母偶尔争吵的原因，是妈妈或奶奶生闷气而把菜做咸的原因，是墙皮上一个讨厌的油漆点，在房子的角落里无害却碍眼。老不死的狗皮膏药，不过是多等了一会儿，居然还要借陌生人的电话一遍遍地催。

"贱人"，微博或天涯上的女人会这样说。也许还应该加上个老字，"老贱人"。

老太太走了，程翊也和安笛挥手告别。

安笛转身上楼，脚步放轻，迟钝的声控灯没有亮。黑暗中她摸索着栏杆一步步捱上去，回味今晚的每一个细节。

然而并没有什么头绪。她心里知道自己的暗潮涌动，也可以自作多情地把那首歌当作一个天赐的预兆。可是老天爷并没有把一切都安排得天衣无缝，他为别人而发光的眼睛，还有门口那个突兀的老太太，似乎又在警告他，如果不悬崖勒马，孤独终老、惹人嫌弃是多么可能发生的一件事。

他们后来又见过，四人约会，每个人都举止得体，那些没说出的话、反复揣测的心思就渐渐地像风沙一样被吹散了。

现在安笛终于也到了那个老太太的年纪，她没有成为程翙家人眼中的狗皮膏药，但每次回头想起那个神谕一样的老太太时，仍会暗自心惊，同时又暗自庆幸。她觉得自己扭转了命运。命运这件事无关真实的想法，真正的意图，只是一条由时间拉长的曲折轨迹而已。

评论：以细节组织回忆

作者在小说中贯穿了一个回望"过去"的视角，在作者看来所谓怀念，不是去关注发生了什么事情，而是事情是如何发生的。在简单的故事之外，细节支撑起回忆的质量，也考验作者的功力。

无论是在《长大》还是《失语》中，文中的主角都是"怀念者"，他们站在人生的某个节点上回望过去，《长大》中严欢看到的是在被动失去后的领悟与成长，《失语》中的安笛看到的则是在不断主动放弃后的迷茫。

《长大》讲述了一个小城姑娘从初中到大学的生活轨迹。自从国家施行"开放二胎"政策以来，关于大娃不同意父母生二孩的新闻屡见不鲜，事情发生的原因大多是孩子们怕弟弟妹妹会抢走父母对自己的宠爱，自己成为21世纪的新版"小白菜"。这些现实背景都成为作者灵感来源，也许是因为自身所见，小说对于这一现象始终保持了乐观积极的立场态度。

主角严欢在一个重男轻女的家庭中长大，她关于家庭生活唯一的温暖记忆就是小时候和爷爷奶奶住在一起的时光。可是因为爸爸工作的调动，严欢只得跟爸妈搬去了另一个地方。在新学校中，严欢认识了余康，她以为他会是她苦闷生活中的一棵稻草、一丝希望，却忘记了一个普通的青春期男孩可能表面看起来光鲜亮丽，却还远不足以承担保护他人、拯救他人的责任。当这个来自外界的希望破灭后，严欢在不断努力学习的过程中也不再把目光局限于自己身上，她看到了别人受过的苦，也逐渐理解了母亲对自己不易察觉的爱。

在《失语》中，小说的主角是一个退休的大学中文系女老师，对于作者而言，这显然也是源于最接近的生活环境，提取素材后，在此基础上进行了想象。所以在刻画人物形象时作者参考中文系女学生的样子，想象她们在以后的生活中性格可能发生哪些改变，会遇到些什么人发生什么故事。有逻辑依据的想象可能比现实更天马行空、自由浪漫，当然也可能是虚假和脆弱的。

安笛是个迟暮的老人，在她的人生已不太会有新鲜故事发生的时刻，她因为一位年轻人的来访回忆起了自己的青年时代。可是即便这么多年过去了，她也未能厘清自己当年的想法，不能十分确定自己是否做出了正确的选择。安笛一直试图自己把握命运，体现在对待爱情的态度上就是一点都不肯将就，可是暮年的孤独却让她开始怀疑自己的一个个当初十分坚定的决定。如果人生是一条条路的话，在岔路口做选择时其实是看不清以后的路走起来会是什么样子的。一条路从远处看起来的样子和走在上面看到的风景是不同的，而不同之处，也只有当你走上去时才会察觉。这篇小说就停在了这种迷茫之中，结局是开放的。

以怀念之名，书写他们个人回忆的过程，读者通过作者对于其中细节的刻画和取舍去了解组成人生结果的每一个时刻，在日后意义追溯时，发挥怎样的作用。在成长型小说中，个人历史的书写未必会有多声部参与，以还原真实，依靠的往往是主观性强烈但细致入微的细节书写来支撑个人成长史——这也是小说作者试图呈献给读者的。正如斯蒂芬·金所说的：谈到过去，每个人都像在写小说。

（张清莹）

18. 二十一站

张丹丹-14级专硕

1

偌大的北京城变成了个粗瓷碗。她歪歪斜斜站在边沿,看着中心的平地。

一场梦。

她要早起赶地铁去上班,转两次,坐三列。

六点的闹钟。磨蹭到六点十分。起床。顺手关掉了六点十二、六点十四、六点十六、六点十八的那四个闹钟。

将头天晚上吃剩下的一块蛋糕塞进包里,那样软软的金黄色,只是一夜下来,已经不复它在橱窗里那般诱人的色泽,变得黏糊黯淡。让你都分辨不出哪个才是蛋糕本来的样子,此时的它是虚假的还是橱窗里的它是虚假的。

装蛋糕的塑料壳盖也盖不合缝,半张着嘴,像是没睡醒的老人。

尖儿上的已经看不见了的樱桃还是草莓,在昨晚买下它的那一刻,就被迫不及待地吃掉了。她总是这个样子,将好的东西在最先就享受掉,剩下这事

物苍白的那一面,让她对着发愁,或者干脆让它自己腐烂。

就像生活。她这回想。平凡凋敝才是占据着大部分的底色。有人愿意留着精彩的部分,慢慢地欣赏、消费。只是她显然不是那样的人。就好比,谈了五六年的男朋友,说分就分了。她将他最灿烂的部分早早消费完了,留下的只有不堪。那时候她穿着蓝白碎花的裙子,背着黄土、绿色植物,或者花朵染色的手工布包。她挽着他,犹如,柔弱的藤蔓攀着粗壮的树枝。他在几年前是周身散发着强光的。

一切美好得不可方物。恍惚。然而现在瞬间像是被一只不可知的大手拔断了电源,周遭在她眼里暗沉下来。

袜子破了一个洞,早该扔了。说是去买,一直各种原因拖拉着。所以一直将就着穿。晚上洗了洗,第二天继续穿。北京冬天的暖气还是强劲的。衣服都能一夜晾干,遑论一双袜子。它们湿哒哒地,垂头丧气地搭在暖气片上,互相嫌弃甚至厌恶。其实现在,他也不过是这只破了的袜子。

要赶地铁,和这个男人结束的事情似乎对她没有任何影响。她精气神十足,将上班背的小包往安检的传送带上使劲一甩,都差点甩到安检人员的身上。怎么竟是这样异常地充满力量。

向左。向左。再向左。

飞快地移动。她要赶到最左边的倒数第二节车厢,因为据她观察,或者是感觉,这个车厢的人相对会少点。其实这也不是最重要的原因,最重要的是下一个换乘处,车厢门一打开,她可以以最近的距离配合上最快的速度赶到升降电梯前,作为第一个排队的人进电梯。这样省去了周转上楼梯的时间,也就容易赶上下一个线路的地铁。不要以为这小小的比赛很容易,很多人在这场比赛中败下阵来。地铁在换乘站停下,车厢门刚打开的那一秒,人们迅速地聚集过来。其他的备战人员,稍一错过时机,电梯口已经黑压压的,如同高树上黑漆漆的鸟窝一样,他们只能无奈又知趣地走开。

上了楼,战役没有结束,她不能跟着人群走其中一个通道,而要往专为反方向人流准备的通道跑,很快,她就能赶上那一班换乘的地铁。错过又要等五

18. 二十一站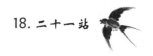

分钟。如果，她当时跟着人群走，是不能赶得上这班的。

当然，也会有运气不好的时候，当前方的那一列地铁也是刚刚停下时，就会涌出来很多人，她像是一只活跃的鱼儿，逆流而上。可是别看她瘦瘦小小，力气可足了。她不怕这个。

打开的车厢像是一条巨大的鱼翻着的白色肚皮被剖开，里面喷涌出红的绿的黑的灰的流动的五脏六腑。你以为，她是在这弱肉强食的世界被大鱼吞没的那一只，以为她甚至都来不及拥有被咀嚼滋味的资格。其实她即使被吞没，也能在鱼肚子里使出通天神力扒出一条逃离的裂缝。

运气这个东西，她是越来越相信的了。好的坏的，都是可以理解并且接受，当好的和坏的等分并存变成了一种常态的话。她相信，她努力一点，机灵一点，就能增加好的那一面的几率。

今天，迎接她的是坏的几率。

鞋子被前面来的人踩到，一不小心，脚就抽了出来。露出那只破了个洞的袜子，而且这个洞似乎怎么看都比之前看到的要大。她急匆匆地瞥了瞥四周。"该死，今天回家一定去买袜子，再不买就去死。"那个"死"字在她的嘴里出来的时候，咬牙切齿。

腹部在绞痛，其实从早晨刚起床就已经有点征兆了，她算算日子，猜想是老朋友过来了。但是慌乱中，连那个必需品也没有带。她不敢去看周围的人，将黑色的双肩包挂在胸前，低头往前冲。

2

车厢里不少人都戴着口罩，她翻到微信里朋友们抱怨雾霾的状态和照片，她想起家里那个小城市。从2008年赶着房地产热潮一下子建起无数的空宅，城中心满了就去周边荒野拆迁建楼，而低下的购买力，让这些空房子像是死去人的皮囊，在黄昏的暮霭里沉睡，即使降价也无人问津，可是却每每堵得她连路都不认识了。这些新开出的四通八达的道路在她看来，是空空的坏死的神经，

只适合在地图上延续着。

这个地方也有花开成海洋的时候。只消闻一闻,就像抬头望见看不到边际的蓝天,因为她的眼里,花朵和蓝天总是搭配在一起出现的。暖人的迎春花,大片地种植在马路的两边。被清扫过的天空,还滴着纯纯的露。

故乡就是自己年轻的时光。她曾经生活过的,所见的一草一木都彰示记录着年轻。可是回去的时间越来越少。她不知道春草年年绿。它们的骨骼似乎并不和她一样,它们以异常放肆的姿态一直成长,丝毫不会有衰老的痕迹。

当时她在小县城的第一中学读书,自以为就是天之骄子之一了。那个黑黑瘦瘦的年轻语文老师,圆圆的小脑袋、颧骨突出的面部,一颗大核桃。他微微弯着腰,用不太标准的普通话念课文。白色的衣领并不服帖,翘得都快抵得上下巴了。不知道穿了多久的西装口袋处,已经脏得发亮。他念起《离骚》时一脸的陶醉和神秘。

> 汨余若将不及兮,恐年岁之不吾与。
> 朝搴阰之木兰兮,夕揽洲之宿莽。
> 日月忽其不淹兮,春与秋其代序。
> 惟草木之零落兮,恐美人之迟暮。

这段他会闭上眼睛读两遍,最后一句又会在两遍这段话后,再读三遍。"惟草木之零落兮,恐美人之迟暮。"她憋了半天,想到讨论的问题的另类见解,没有勇气站起来说。她看着他,感觉时光停滞、阻塞,流不动了。

不知道是有意还是无意,他下课将一本旧旧的《离骚》顺手放在了她码得高高的那堆教辅书上,给了她一个微笑。

她也曾经猜想是什么原因。

只是在一个雨天,她买完"薛金星""任志鸿""王后雄"时,赶着坐公交回学校,遇见一个女同学,意外得知他已经结婚的事,而且老婆已经怀孕快要生了。

"哎呀,下雨了。"说完这句话,她就冲进了雨中。

18. 二十一站

留下疑惑不解的女同学叫她:"明知下雨为什么不避雨呢?"

天空的水想进身体,身体里贮满的水想出来。

从小学到高中,也有不少老师夸她作文写得好的。那时候说不定可以去中文系。地方本科毕业的时候,也想着跨专业考研去学中文。可是这个一闪而过的梦并没有勇气去实现。

到目前她还看一些无用的书。这话是她学金融的前男朋友说的。比如白落梅、安意如什么的,也有木心。有一天她刷微信,看到一首叫作《从前慢》的诗。觉得写得真好,就去买了一本木心的书。多读书对个人气质的锤炼还是有好处的,潜移默化的。她懂这些道理。

只是为什么,这个城市感觉来像是在用皮鞭追赶她。一只羊也要以狮子的姿态奔跑吗?镜子里,眼角起的一点点细纹,想起"恐美人之迟暮"。好笑的是,她哪里算什么美人。她曾经发誓为了避免细纹的产生,要少笑,为了保持身材每次只能坐椅子的三分之一,而且必须是硬木椅子。当办公室所有人在自己的座位上,铺上花花绿绿软软的垫子的时候,她可不这样,太舒适的姿势会使臀部变大的。还有减肥,她希望自己的脸能够再小一点,两边胖乎乎的肉捻起来都可气。

可她也渐渐发现那些书里教育的太多。不是什么都能做到的。比如那个只坐椅子的三分之一处她就多数时间做不到。

3

她弓着背站在车厢里,扶着吊环,找一个最舒适的姿势,随着人潮摇晃。忽然广播说地铁故障,要停一会才能开。这已不是第一次遇见,她舒了一口气。这样就可以和女上司打个电话,说也许会晚一些,地铁故障。反而不用这么急了。女上司骂自己或者不骂自己那又怎样。她将手机握在手里,也不清楚电话打没打出去,她感觉自己很累了,有点想休息。耳畔又传来两个估计是实习的中文系女孩子窃窃的笑,说张爱玲的《封锁》,声音很小,如蝇虫的薄

翼，如牛奶的腥味。

朦胧中手机好像震动了一下，连续又震动一下。她早就知道，陈美瑶会再要一个。从新闻上看到二胎政策放开的那一刻起，她就已经料到。陈美瑶是不是对她有许多不满想也无意义。只是她感觉到的这件事，斩钉截铁。

和很多人一样，陈美瑶会赶在猴年生个猴宝宝，她说过去一年大家都不太愿意生娃娃的，因为属羊的命都不好。陈美瑶18岁生的她，陈美瑶年轻，甚至比她年轻，陈美瑶穿红艳的半裙，青绿色带荷叶边的上衣，戴夸张的珍珠项链。

小时候她头发长得很茂密，有如缠绕的丛林。白色的还沾染了蚊子血的帐子，拉开了捂人的一宿，散发点点凉气，美瑶坐在床边，打着张口，拿着缺了两个齿的木梳子给她梳头发，梳不通的时候，会有些怨气。"早知道就不把你捡回来。来害我的磨人精！"美瑶握着她的头发，发怒地拽了几下，从抽屉里找来剪刀，将打结的半截给"咔嚓"掉了。堆在地上黑色的一坨，美瑶用扫帚将它扫到簸箕里，倒掉，给院子里的桃树施肥。

她模糊中瞥见手机。

"乖儿，最近过得好不好？老板有没有拖欠工资？告诉你，你即将有个弟弟或者是妹妹，高兴吗？不过多个人，开销也大了。"

"乖儿，医院现在从暑假的预产的床位都排满了。还有两个人挤一张床的。床排不上还有排椅子待产的。你说这多可怕。"

"乖儿，你爸爸我是指望不上了，一辈子没有出息，挣不到钱。我现在一个人在医院做产检，他连排队挂号也不过来。"

陈美瑶在她读高三快高考的时候，也每天中午记得熬一碗绿豆汤冰镇，等她睡醒了再喝。陈美瑶在她午睡的时候，悄悄溜出去和外面拆迁施工的人在某个角落嘶着嗓门吵。

陈美瑶毕竟是老了，脸上的皮肤开始有点松垮。干巴巴得像苏式月饼，仿佛一碰，就会往外面掉皮渣。

她脑海里开始自动搜索这附近绿色的ABC图标。万达CBD的高楼们亮亮

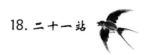

堂堂，干净得犹如璀璨夺目的星辰。它们像是娇生惯养的孩子，无数人侍奉着它。只是耸立的尖角，多少有点硌得人眼睛疼。

她反复衡量着转出去后，卡里还要留一个月的房租。不，还要有自己老早就看上的一款Tiffany手链的钱。想买来送给自己，一直在等下个月等下个月，昨天晚上分手后就更加坚定了立马拿下，下班就去。现在，已经等了就再等下个月吧。

4

她佝偻着腰，一点点往换乘的地铁站挪，下意识地去找公交卡，在包里翻来挑去，结果将一堆杂物洒到了地上。正准备捡，被旁边一个瘦柴小伙子蹭了一下胳膊，骨头和骨头的对撞，她差点跌倒。好想站起来，像陈美瑶对待所有的不公一样，大吼一声。可是眼前的她是连身子都直不起来的。

蹲下的瞬间，眼睛里有东西随着重力作用落了下去，与此同时鼻涕都下来了，落到了她的手指上。两周前涂的红色指甲油已经残了，斑斑驳驳。真想找个地方躲起来。她将头发捋到耳后，整理了一下衣服。随即用兜里的一片纸巾擦了擦鼻子和眼睛。她跑起来，去追赶列车。耳畔呼呼生风。眼睛却像被什么给扎了，只得半闭，疏忽刹那，来得更加凶猛。

这次好的运气迎接了她。因为奔跑，她赶上了。

她低着头，让厚厚的头发盖住自己的脸。那一定是最最乱糟糟的自己。手上那点纸巾已经湿完。翻遍身上也找不到多余的纸巾。她将手中攥得热乎乎、湿漉漉的纸再次攥紧，又擦了一下脸上喷涌的液体。纸已经没法再用。她努力克制自己，将这些液体一点点还回流进身体里。心里想笑自己竟然哭也哭不起。她的小腹冰凉，也酝酿着某种通红的液体，蓄势而发。

谁狠狠推了她一把，她愤恨，脸上泪痕还未干，犹豫了几秒钟，还是没敢回过头。她的身体前倾，将身前女人的双肩包挤压瘪了一点，小小的一股气流从包拉链的缝隙中涌出。她意外闻到了浮荡的腊梅的幽香，是那种明晃晃的像

浸透了外婆抹头油的品种。女人的包开了一点口子，她看到里面藏着一束花。它们躲在黑暗里，炸裂的晶亮碎片，烛照了黑暗。也许是从路边或者哪个公园偷偷摘的，想带到家里或者是办公室里，用灌满清水的瓶子插起来，可以在心里滋润很久。懊恼于自己可能压坏人家的花，又欣喜于混沌中内心开出了一朵淡雅的水莲，这朵水莲可以舒展到无限大，还带着圈圈的波纹。

自然的力量真神奇。其实办公室的窗台上也养了一盆土培的铜钱草，疏于打理，都蔫了，浇了两杯水，好长时间才缓过来一半，有些小家伙的小脖子又竖了起来，还有的就永远沉睡了下去。它们像经历了一场巨大战役的残兵败将，圆里咕噜的叶片从边缘向中心一点点枯黄，饱满的水分一点点被抽干。对面座位的同事，同龄的小玉，是北京人，毕业于京城的一所名校，是老板和上司的宠儿，工科专业，平时也爱读点诗词，看着叶片上滚动的水珠，张望了两下："你们看，像不像'留得残荷听雨声'？"众人回头，善意哄笑："可真有你的，你全面发展啊。"她凑过去看了看，顺手将已经全枯萎的叶片一一捏碎，因为陈美瑶说叶子烂在土里可以成为养分。她也想出一句，颇为得意，像在上《离骚》课时想到新的看法一样，犹豫着说还是不说，最后还是决意让大家一乐："这不就是'荷尽已无擎雨盖'了？"没有人回话。只有安静地敲击键盘的声音。

5

被人群推搡着从"鱼肚子"里出来。她思索了好久是A出口还是C出口，平时似乎都是自动化完成的动作，今天认真想却想不出来了。

站在长长的扶手电梯上，她像是一件标准化批量生产的物品，在长长的传送带上被运输，被投放，被安置。

出地铁口。

春日里的一点点阳光，在雾霾里躲闪逃逸。她拿起手机翻了翻两个在另外城市的最好的朋友的电话打过去，没有人接。她又想起很多年前一个喜欢过自

18. 二十一站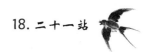

己的男生,他个子不高,有点婴儿肥,说话很无辜的样子。几年前,她拒绝他的时候,他说:"你只要有事,我随时都在。"他的眼神多像林中小鹿。

小鹿小声说:"什么事?我在开会。"她慌忙将电话摁掉。

似乎本来也没什么好说。

道旁的杨树落了一地的花絮,青黄色,毛茸茸,一个三四岁的小女孩蹑手蹑脚不敢走动,旁边老人急了:"走呀走呀,不是毛毛虫。"小女孩惶恐地跺着脚,刚踩了一脚又迅速收回来,仰起小面孔。雾霾还是散去一些,空气变得轻薄了点。她想象自己是三四岁,面对未知和恐惧,勇敢地踏上去,北京春天的小风立马变成了温顺的见了主人的狗似的,蹭上她的面。熟悉的感觉。9岁某个不午睡的夏天,她趿拉着小凉拖,踩着生硬的树枝,站在小池塘边吹风,天蓝得出奇,云朵白得发光,硕大的蓝色瓷碗上盛着巨大的饭团,太阳反而是黄茸茸的小鸡,张喙来食。

白驹过隙,她已经27岁。一无所有的27岁。

以前可能觉得前路漫漫,路上赶慌赶忙之后,一坐上地铁大脑开始锈钝,放松,该做的她已经尽力,这个封闭移动空间的快慢是她不能把控的了,反正要坐好久呢。

这次,她从来没有如此清晰地数过,原来从租住的小屋,到上班的公司,在地铁上,要过二十一站。

19. 只有流水知道的事
——江枫镇纪谜

张丹丹-14级专硕

1

20年前，我22岁，刚从师范大学毕业，违背母亲的意愿，拒绝了在小城机关单位的工作，毅然决然地来到江枫镇做一名镇上中学的老师。

江枫镇是在长江下游的一个古镇，典型的水乡，听说已经有了数千年的历史。20年前摇橹荡舟还不太多见。现在已经开发出了景区，反而多了起来。自然就有一二村妇打扮，从桥头桥尾咿咿呀呀地唱着，吴侬软语，那种是按时计费的，自然不能和曾经的相比较。三步一小桥的景致还是很多的，桥底蓦然出现一丛深红色的花，和青石的色泽相映成趣。两岸的人家还是保持了生活的缓慢节奏，今天也并无二致，一到晚上七八点钟就闭灯歇火了，各色店铺也开始打烊，只留下流水发出魅惑的响声。

这样的夜晚，哪家老太太快断气了；没做完作业的孩子思忖着几点起床拿

19. 只有流水知道的事

课代表的作业观摩一下；丧失了激情的中年夫妻背对背睡着，一侧呼噜声一侧叹息声。所有的一切都被埋没在这样的夜里，只有流水的声音耳朵听见了。

而20年前，我喜欢的是这么一幅场景，青石板小路上奔跑着放学的儿童，扯着鲜红颜色的风筝，嘴里念叨着：

> 月亮月亮粑粑，照见照见他家。
> 他家有个奶奶，奶奶出来梳头，里面待个黄牛，
> 黄牛出来饮水，里面蹲个小鬼，
> 小鬼出来打仗，里面蹲个和尚……

随后这种稚嫩的声音被一阵嬉笑声覆盖，映入眼帘的是一群骑自行车的中学生，多半是短裤，脏兮兮的凉鞋，稍显黝黑的脸上露出洁白的牙齿。洗得发黄的白色T恤被风刮得一会儿向左一会儿向右，他们放开双手拥抱前方的风，争先恐后地朝前面的女学生吹着口哨。

江枫中学位于镇的尽头，西南方对着一条长河，河边有时站着两只独脚的鹭鸶，有时是一对约会的小恋人。芦苇荡大片大片地铺开，苇眉子像极了秦桢桢那修长的手指。当然，我不认识秦桢桢，自从来江枫镇那会，到我现在成了两个孩子的母亲，我也没有见过秦桢桢。

来江枫镇做高中语文老师，是接替她的位子，任职之前，只是听说她回老家云南了，除此以外我对这个人再没有别的认知。

高三老师办公室位于教学楼二楼的拐角处，右面是楼梯，我的办公桌，不，应该是秦桢桢的办公桌，正好摆在了教学楼正对北面靠窗的位置，窗外是一个水泥砌成的小水池，脏的泛绿的死水，上面漂浮着各种白色塑料袋，那是早晨学生们吃完包子随手扔进去的。旁边那两棵柳树倒是有动人的风姿，长势很好。有时候能见到孩子们站在小池子东面那儿开玩笑：

"猜个人名呗。"

"柳河东（柳宗元），无聊。"显然这是个被滥用的笑话。

窗户正对的，一楼，那排独立的小白房子中间那间，就是校长刘永良的办公室。

　　桌面上已经布满了灰尘，很久没有擦洗过，一个白色的宽口瓷杯，里面插的两束蓝色和黄色的小雏菊已经枯萎，辨不出当时的颜色，杯子里还插了根小木棍，上面缠着绿萝。看得出这是个对生活很有感情的人，她必是哪天兴起，拿着小剪刀，去郊区的田野里一朵朵选择修剪，又迅速飞奔到办公室，把它们插入盛满清水的水杯中，因为那种小花离开母体是很容易枯萎的。我之所以想象得出，是因为在我小的时候也这么干过。

　　桌子上横七竖八的，是一些教案，教案的侧脊写着几班几班，棕色封面右下角都写了三个小字"秦桢桢"，是那种我没有见过的歪歪的很飘逸的字体，倒不了，也扶不正。

　　"秦老师的教案以及一些材料我是要交送到哪儿吗？"办公室数十双眼睛升起来，瞄了我一眼，又纷纷地落下去。

　　我愣在那里，疑惑不已，用自己带来的一小块绵绸抹布细细地擦拭着桌椅，而桌上的东西，我像对待祭物一样地排放整齐，一点不敢怠慢。

　　抽屉里，几盘过时的CD，红蓝墨水瓶，最上层是一块银质的波斯菊发卡，也可以作为胸针使用，很多细小的水钻镶嵌而成，主调是黄色，拿在手里亮亮的，折射着这冷漠地方的光芒。底层的银质被磨得很光滑，秦桢桢应该很喜欢这个发卡，经常佩戴。

　　"这些呢？"我指着抽屉里的东西再度怯怯地发问。

　　"你不要动她的东西就是了。"对面的女老师停止了批改作业，嘴角一丝笑容，说不上来的善意还是恶意。

　　身后的男老师是个胖胖的黝黑的中年人，嘴唇厚厚的往上翘起，不时回头，一脸狐疑地看着我，却并不曾停下写教案的手。

　　我视线所及处还有一个人，靠门的办公桌的位子，坐着一个清秀的年轻人，能看出来很斯文，因为太瘦了颧骨有些突出，也因为这个原因，他面部给人的感觉有些愁苦，黑白条纹衬衫，戴个眼镜，比我大个两岁的样子。他在那个角落注视着我，待我觉察便迅速低下头去，又缓缓把目光移向我。我心底里早已感受得到，但是我明白我不能回应他的目光，不能让我们的视线相遇。这

19. 只有流水知道的事

是一件私密的事情。后来我知道,他就是陈埃。

我的确没有动她的所有物件,我继续着她的教案本子写教案,正如封皮上的三个字一样。我没有自己的身份定位,我只是在继续着她的生活。教案是从1993年4月4日到1994年4月4日,从她来到她走,整整一年的时间,为什么只待了一年?这一年中又发生了什么?

秦桢桢一度让我忘记了我自己,忘记了自己来这儿毅然决然这件事。我只是想弄清楚这一切事情的缘由。

透过玻璃窗户看看小白房,门开着,暗色的台灯透过墨绿色的灯罩发出幽幽的光,刘永良在工作了。那光芒让我觉得温馨,有家的味道。

傍晚,指甲花红红粉粉开起来的时候,我回到学校安排的女教师宿舍,条件很简陋,墙角已经开始脱皮,劣质的白色漆刷过,还是难掩破旧的痕迹,我用了老半天时间给墙面糊上各种报纸,以免那种粉质落到了地上。一阵精疲力竭后,我像死尸一样躺在床上,一点也动不了,白天的一幕幕像电影胶片一样在脑海里回放,朦胧中又回到了我还在读书的时候,远远地走来一个人,他朝我笑,继而又被迷雾所掩盖,不知所终,只剩下我手里空落落的诗集。

半夜醒来,手脚冰凉,有一种麻木的快感,我一动不动地盯着窗外,小镇的夜晚静得出奇,只有流水发出的绵延声响。

2

其实我比那些孩子也大不了多少,再加上刚毕业,经验欠缺,别说在领导面前,就算在孩子面前,也是说不了两句话就会低头不知所措,连正眼也不敢看。

第一节课,我站在讲台上讲毛泽东诗词,声音低低的,朗读完毕起身,让学生多读几遍熟悉课文。趁我转身板书的时刻,前排就小声地聊开了:

"她太瘦了,不好看。"

"吕西说她叫周小荞,校长自己招过来的。"

"桢桢姐倒是好看,可惜人已经走了!"

"走了?这可不一定,你没听到外面的风声吗?"

"我妈说不要多嘴。"

塑料圆珠笔落地的声音。

"不好意思,老师我能进来吗?"一个清亮的声音划破这种窸窸窣窣的安静。

他看上去十七八岁的样子,高高个儿,白净,浓浓的眉毛微微皱起,眉间很阔,有颗不大不小的黑痣,浑身湿漉漉的,我下意识看了看窗外,又看了看他。是个好天气,暖暖的阳光。

"怎么了?为什么迟到。"

"游泳去了。"他看着我憨憨地笑,仿佛这次迟到是理所应当的又是绝对能被原谅的。

他没有想错,我看着他清澈的眸子,一句责怪的话也说不出,轻轻点了个头,他冲我扮了个鬼脸,快步走到倒数最后一排,和前面两个男生嬉笑两句一屁股坐下,拿起同桌的眼镜布擦着脸上的水。

那一刹那,我仿佛得到了一种神启示,已经回头在黑板上写字的我忽然转身,大声问了一句:"你叫什么名字?"声音在教室里回荡,连我自己都觉得惊诧。

"方同君!"所有学生几乎异口同声地高叫着回答。

3

传达室的老汪是江枫镇人,世代生活在这个地方,那个时候不知道刮起了一股什么邪风,青年人都离家下海了,原本不算热闹但也不算冷清的小镇立马疏落下来,只剩老人和小孩。老汪的儿子也不例外加入了这个队伍,后来据说卷入一场什么官司,判了无期徒刑,现在还在牢里。老汪说世道变坏了,对于儿子入狱这件事,他面子上倒并没有表现出什么愤怒,或者悲苦,只是说儿子

19. 只有流水知道的事

当年没有听自己的话也是活该。倒是老汪的妻子,爱拉着有家室的女教师翻那些陈芝麻烂谷子。

老汪是个喜怒不形于色的人,极少见他开口,他在传达室门口帮学生修车,修鞋。他还有个特异功能,仅凭步伐就能认出谁是谁来,经常出现这么一副情景,他低着头操着手里的活计,一个人影飘过,他高声叫起来:"老顾,你的信!"

传达室里,老汪的妻子一直低着头做一个活,就是用锡箔纸折叠纸元宝,折就的一些放在旁边的竹篮子里,这份活儿是祖辈传下来的。虽然收入细微,但是能安心地做下去,不怕失业,落个踏实。

世界变得太快,但总有些永恒不变的事来支撑着庞大的求生需要,比如死亡。没人能逃得了。某种意义上,死支撑了生。

夫妻俩收养了一只流浪猫,那家伙长得也是很奇特,一大片黑色覆盖了大半张脸,包括鼻子和右眼。只有左边脸露出一点点白色。圆圆的,跟个球似的蹲坐在门前,偶尔动弹,动作非常迟缓,看起来,它是个知道许多事又懒得吐露的长者。学生们叫它"轱辘",也许是体型圆滚滚的原因,也许是切合老汪的修车职业,总之就是这么叫了,也不知道叫了多少年。

我在老汪摊子前的小板凳上坐下,"轱辘"慢慢向我走来,用它的头蹭我的膝盖,懒洋洋的姿态,暖暖的。老汪一直低着头,目光在我的棕黄色小皮鞋上停滞了几秒钟,难得直起了身子,眼里闪着不一样的光。他的手已经有了不少裂纹,裂纹里还有更细小的纹路,呈黑色,大约是和他的工作打交道久了的缘故吧。

"汪师傅,我的鞋子有些磨脚,虽然已经穿了有两年了。"

"哪儿买的?"他说话不多,但神色凝重,字字掷地有声。

……

我忽然不知道怎么说,只是望着他笑。

"谁送的?"见我不答话,又抛出三个字。

我心里一惊,那种感觉,像我的窗户在夜晚被别人捅开。

他叹息道:"东西是好东西,只是你穿不来,还不如扔了,没修的必要。"

我有点畏惧,又有点恼火,他字字就像谶语,寻常又不寻常,我无力反驳。

"这鞋子我见过的。"老汪道。

我痴痴的,像根折弯的木棍,架在了小椅子上。

"秦桢桢!"老汪的妻子一边说,一边从一堆金色银色的锡箔纸中抽出一张,继续活计,"她穿那鞋子可叫一个好看,当然了,她个子也比你高不少,身段那是无可挑剔。水蛇腰,鹅蛋脸粉红粉红的。才来这儿没三个月,十里八里的人都会过来看,男同志也会来学校接孩子了,说得冠冕堂皇,我还能不知道?呵!那是来看秦桢桢的!"

"你一大把年纪,少嚼舌根子了!"老汪转身就往里屋走去。

"别理他,他就这臭脾气,在他眼里,每天多说十句话那是要少活十年似的。说哪儿了?对,想起来了,秦老师那时候每天下班啊,总爱来我这儿帮我折几张锡箔纸,她爱穿裙子,一身火红火红的颜色,跟那前山的杜鹃花一样,她每次过来,我还打趣说,哎呦喂,飘来一只杜鹃花呦!有一阵子,我家里出了点事,哎,我老头子也不让我说什么事了。秦老师天天陪我唠嗑唠到很晚。有时不知道从哪儿采来两束花,一进校门的时候就悄悄插在我的花瓶里,花瓶是小孩们喝汽水留下来的空瓶子。我一大把年纪哪还有心思搞那些东西,不过,你还别说,就那么一小束花,我看着呀,不知道为什么,心里总是喜滋滋的。有时候还掐来一朵戴在头上,或别在衣襟上呢?来来,周瑜小乔,你看我头上。"

我扑哧一声笑了出来:"阿姨,我叫周小荞!"倏尔,又觉得奇怪她怎么知道我的名字呢。

"不好意思啊,我老啦。说实在的,外面虽然风言风语,要我说啊,秦桢桢真是个好姑娘,还帮我捏肩膀呢,她管这叫按摩。哈哈。"她的眼睛望向远方,嘴角洋溢着喜悦,那种喜悦,有年轻的味道。

19. 只有流水知道的事

于我而言，这是场有意思的谈话，我不愿意过早结束，又害怕自己对秦桢桢有任何针芒的言辞，让眼前这个老太太不快。其实我心里早已埋藏了一个问题。斟酌再三说出口的却是："然后呢？"

"然后呀，回老家了啊。要你来教书时没跟你说？"我知道老汪妻子有没说完的话，在我面前，了解秦桢桢就像探索一颗孤星，还有一大片未知领域是我没有触及的。"不过我问过她对象的事情，你猜她怎么说？"

我屏住了呼吸。

"哐！"所谓的"花瓶"摔碎在地下，碎片溅到了我的棕黄色皮鞋上。闪闪亮亮，我忽然想起这种亮光我好像在哪儿见过。"轱辘"显然被吓着了，"嗖"地踮着它的小脚飞远了。老汪气鼓鼓定在门口："不想干了就滚！"

女人神色慌张，立即闭口，手里的活计做得更快了。

"不好意思，我先走了。"我起身，有点跌跌撞撞。

老汪在我身后，喃喃低语："你那鞋子不合脚就别要了！"

我能感觉到浑身毛孔张大了口往外吐出汗水，紧张得满脸通红仿佛散着热气，然而我又分明体会到了丝丝凉意。

4

我渐渐地熟悉了这里的生活，在傍晚我会去周边的田野里走一走，这个季节有醉人的油菜花田，一眼忘不见头，黄黄绿绿，颜色像是调和好的涂了上去。我会在街角的一家名叫阿六生煎的小店里，吃上4个生煎，配一碗大麦茶，不知道为什么，小馆子里那种桌子椅子上腻腻的感觉让我觉得安心。卖生煎的对面，有家王阿婆扎肉，就是棕叶包成方形的五花肉块，浸入鲜香的汁液，软糯可口十分美味。

作为一名老师，我也渐渐走上轨道。我不再害怕学生，面对上司也能做到不卑不亢。生活似乎已经回到一种很平衡的状态，我不知道这种平衡能保持多久，是我多久没有享有的。

秦桢桢,像一个谜存在我的脑海里,为什么人人提到她是奇怪的神色,然后三缄其口。我构思了太多关于她的过去和未来,我也曾试图去拼凑一个关于她的完整图像,然而我失败了。如今,怔怔地望着如今在我手上的这枚波斯菊小发卡,她的音容笑貌长久的只是碎片,是被江枫中学乃至江枫镇人集体打破了的碎片。

我是周小荞,这样一个外来者疏忽闯入这片天地,我不会去问,也没有资格知道太多这个关于秦桢桢的神话。

周三因为学校临时开会,弄得有些晚,天已经暗了下来。下学,穿过小街,但是隐约觉得有什么不对劲。在一个拐弯处,我忽然回头,一个正要向前的脚步马上退了回去。我看着那双泛黄的白鞋子,上面还溅着些旧泥渍。这种特殊的泥土我见过,那条我常去的小河边。

我缓缓抬起头,是方同君,这个成绩一直保持年级第一,外貌又比较出众的男生。

"为什么跟着?"我疑惑不解。

他不好意思地挠头,尴尬地使劲拽自己的衣角。

"你跟着我多久了?"我说。

"老师,我没有恶意,你不要误解我。我觉得你很好,只是不敢和你说话。"

"那为什么不和我一起呢?你跟着我算什么呀?过来吧!"

能看出他很兴奋,似乎是将一件不合法的事情得到了合法化。我们并肩地走着,以后的每天傍晚,一高一矮两个身影出现在小街上。他只是陪我走完我回家的路再折返回去。

那段日子在我的记忆里,特别温情。我们像朋友一样地聊着种种事情,他也算是我在江枫镇里另一个熟识的人。

他告诉我,他爸爸下岗了,在家门口摆个小摊卖些万三猪蹄、青豆、芡雪糕什么的。到了端午节会经历一个格外忙碌的时期,家里卖的东西以粽子为主,要提前半个月就得开始行动,所以那段时间他们也就格外忙,有时他写完

19. 只有流水知道的事

作业，帮父亲包粽子到晚上12点。母亲不怎么管家里的事情，她在别人的衣服店帮忙做衣服，性格焦躁，易怒。他的家就在这条小街主干道的那头，让我一直走一直走，对面临水的一旁，二楼窗户上摆着几盆小花，左面是小院，爬满了绿意荡漾的爬山虎，仔细看还能发现一片绿叶中伸出几支橙黄色的枇杷。

我听他的描述非常欣慰，只是直到我离开江枫镇，我也没去过他家。

我也难能找个说话的对象，于是告诉他我家里的事情，我的家乡，我并不和睦的家庭，我读书期间逃课去一个小镇。

"哪个小镇？你说出来我也许知道呢？你去干嘛？"

"玩儿。"我说出这两个字，两人都禁不住笑了。仿佛是一个久久压在我身上的负担，此刻被抛殆尽。

他是唯一一个不跟我提秦桢桢，并且说我好的人，我仿佛在他这儿能找到自己的一些存在意义。然而，我又不能不放弃追逐这个谜。

"你们的上一个语文老师……"

"你说秦桢桢？我不喜欢她。"

我也没继续再问。他倒是又开口了："她对我们很好，没有作业，给女同学送小玩意儿，带我们出去玩儿，还有她很漂亮。但是在一些事情过后，我看她所有的举动都像是装出来的。"

这挑起了我极大的胃口，于是迅速追问："什么事？"

"有一天周日的下午，我见到她和一个人在小河边大吵，那人清清瘦瘦，没看清是谁，她还哭了，因为我当时去那边游泳，所以听到了，还觉得奇怪，那种吵架又分明是恋人之间的争执，可是我们并没有听说过她有恋人这回事。事情过去一年多了，我也不记得他们吵了些什么了。

"还有一件事，她每天在传达室，和江师傅的老婆唠嗑到很晚，你以为她真的是闲的？她只是为她的晚归蔽人耳目罢了。

"我因为在教室做习题弄得有些迟，想来也没事，春天的景色的确很迷人，风软绵绵的，于是就决定走小路回家。我看到了秦桢桢和另一个人，他们在一起。"

春天的黄昏，一位女老师和一个男学生聊这种事，本来就是有点不合情理了，何况他的脸已经红到了耳根，两人陷入一种尴尬的局面，我也不好再央求继续听下去。他忽然定睛看着我，那眼睛，像秋水般温润，好一会都没有回过神来。

我说："你回家吧！"

5

小镇的夜晚像一杯酽茶，能遮挡住一些平日里繁杂的事，又因散发着浓郁的气味，诱惑得你不能释然。这样的夜晚，总是让我经历一次心底的翻江倒海。

我在箱底把压的平直的裙子翻了出来，就是他们口中的火红的颜色，曾经一个夏日，得到这条红裙子，我还特意为配这条裙子买了个口红，像秋天北方大街上常见的茱萸树上红通通的果子，闪着亮光。我将口红藏在书包的里侧，平时不涂抹怕大家议论太多，然而我又渴盼着那天的到来，就能用得上了。那件红裙子我兴冲冲地穿了有一整个夏天，现在甚至都忘记有多久没有再穿过它了。

眼前这团"火"已经有了一层白色的霉渍，因为宿舍阴暗潮湿的缘故。想想觉得好笑，水终究是浇灭了火，不是吗？

如今再次穿上它，涂上了已经快干掉的口红，将秦桢桢那枚波斯菊小发卡夹住了前额的头发，穿上那件磨脚的棕黄色皮鞋。昏暗的灯光里，镜子反射着鬼魅的光。我忽然发现我很美，不是我自己的美，而是秦桢桢的美，我演绎着她的谜一样的人生。我忽然有一点点可怜她，我想我已经知道了一部分事实了。

窗户外那个黑影已停留了半天，我一句话也没说，也懒得搭理。凭那个身影，那微微的喘气声，我也能判断出是谁。我一辈子也不能忘记，直到入土。那呼吸的节奏都已经深深地印在了我的骨髓里。

19. 只有流水知道的事

呵,是他,他终究还是来了。

我向窗外张望,那张脸丧失了往日的神采,倒更像是印在一张潮湿的旧报纸上,扭曲变形。

"小荞,开门吧。"

"我的门一直掩着,我从来就没关过。"

两句谜一样的话。

他推门而入,我一身红色立在那里,能看出他有些惊慌。

"你今天这样子挺好看的。"他的声音压得很低。他皱着眉,有些畏惧的神色,怕我声音太大。"你知道,我本该早点来这儿的,事情多。"

他一点点靠近我,轻轻地,像对待一只野鸭子,怕它受了惊吓立马飞走。然后抱紧我。我只是觉察到了一种浓浓的恶心,用力推开他。

他当然不知道我怎么了。

我们僵持着,直到我把他推到门外,我的门重重地合上了,从此。我深深地知道,我的青春完了。

然而,我跟他的事情却没有完。这样一种想法,让我觉得这时我才是开始真正成为秦桢桢。

6

说说吕西吧。

脸庞小小的,身形发育得很匀称,小麦色接近黝黑的皮肤,让我每次走近她,都觉得有种铅笔屑的味道在回荡,那种木木的粗粗的质感。她学习很好,有着超乎寻常人的敏锐的大脑,待人接物端庄得体,可是却不易亲近。这样的小女生,的确是迷人的。

"进来吧,我知道放学后,你已经在办公室门外等了很久了。"

"如何知道的呢?"

"你上课看我的眼神。所以我在这儿等你。"

"你不喜欢拐弯抹角,我也不喜欢拐弯抹角。"

"关于方同君吗?"

"周老师,请你以后不要跟他一起。"她特意在老师两个字的前面加了一个"周"字。不是表示对我的尊重,而似乎是特意去区分什么。

"这有什么问题?"

"你自己不知道吗?你知道方同君他……现在是高三!"她咬着嘴唇,能看得出有些愤怒。

"你想得确实多了些。"

"不是,有许多事情是你不知道的,我了解他。"她欲言又止,可是为了让我确信她的判断,她又竭力去搜寻可能的证据去让她自己的立论站得住脚,这姑娘都是在凭理智做事,"你以为他起初每天晚上偷偷跟着你是为了什么?他是想保护你。他喜欢一个人才会去那么做。"

"然后呢?"我不知道该说些什么,因为也没什么话可以说,只有听她不断陈述下去。

所有的事情都是意料之中,我没有太多讶异的地方。并且我暗自认为,我所有的辩解和安慰,在这个女孩眼里都像是在示威。

"你来这儿想必已经觉得很多事情不对劲了,你也不要问我,我并不知道。方同君或许也不知道。"她的眉眼微微蹙着,像是在探讨一件惊天的大事。

"秦桢桢怎么回事?"两个这样的女人在一起,针尖对麦芒也许更加来得利索。

"我不知道她。我只是不想他又陷入一场不能自拔的泥潭。因为我不知道你是谁。"有些挑衅的语气。

现在人人开启了一种自保的模式,风声鹤唳,草木皆兵。似乎所有人因着一些事情,而都变得身份可疑。

"放心吧,我知道你喜欢他,不过也请你相信老师。"

我在街头巷尾不是没有听到过什么"对年轻穿红衣女子下手的杀人犯"云

云，只是一直没有在意。因为我总是以为，这一切一定是因果导致，或许秦桢桢藏了起来，被藏了起来，或者其他。

作为这个封闭小镇的外来入侵者，在人人自危的荒凉时刻，我才是一块透明无瑕的玻璃，大家往上面哈着气，让我变得模糊不可确认。然后随意用手指在我身上画出不可知的代码，像小孩在冬天室内的窗户上作画一样，以此来满足他们的各种荒唐想象，给平淡生活推波助澜。我就这样在各种谣言中变成了一个想象的共同体，他们描述关于我的一切没有一丝错误，然而正是这些真实的材料，编造了一个巨大的谎言。

戳穿这个谎言的只能是我自己，同时揭开谜底的本身也对我有着巨大的吸引力。

自那以后，我总是找各种的理由来搪塞方同君，我能看得出他的失落。我又想起我在上初中时对一个化学老师的朦胧情感。吕西是一个小勇士，我这样做，只是不想还有第二个吕西来找我。

山雨欲来风满楼。

7

又开始了一年一度的教学研讨大会。

那天我穿了白色衬衫，酒红色的长裙，抱着一沓作业本和教案。有人在我身后拍了拍我的肩膀，我回头，他笑得很迷人，在我眼里，那种容颜绽放的姿态太美，在我日后几十年的记忆里，不断被慢镜头播放。

"周老师，你来得好早。"陈埃说。

"你不也一样吗？"

我们之间的一层玻璃终于被打破，每个人的脸就渐渐明晰起来。

相视而笑，说不出什么话，那感觉像是很久以前就认识，一点不觉得尴尬。

我早打好主意，我愿意去接触他，可是这是为了什么呢？

或许他也打好主意,他愿意来接触我。

"我来帮你拿一些,昨晚作业也带回去批改了吧?"他向我伸出柔软的手指,像蜗牛的触角一样。我想着这双手碰触到皮肤上会是什么感觉。

那天的发言和说课都被我搅得一团糟,大脑完全处于神游的状态。教学组组长赵天明怒气冲冲,将我说课的材料重重扔到了面前的桌子上:

"你真是让我失望,连讲课的基本步骤都混乱不堪!本科四年的师范教育去了哪儿?你是怎么能过来的?你说你没经验,好吧,我们也能理解,可是再退一万步说,秦桢桢的讲稿分明就搁在你的桌子上,你不会去学习学习吗?"

秦桢桢,又是秦桢桢!这个我从未见过,现在都不知道在何方的人物,被无形地加在了我身上。有时候像我自己的化身,有时候又像个缠着我的可恶的幽灵。

校长刘永良站在我身旁,说了些帮我圆场的冠冕堂皇的话,我执拗地看着陈埃,我甚至都想过去拉陈埃的衣袖,牵他的手!以及所有我能做的。陈埃显得有些手足无措。我要让那双注视着我的目光彻底暗淡下去。

方同君已在我的办公室门口等我下学,手里拿着一本习题集。这孩子很懂事,他处处考虑着我。

"我来找周老师,我有不会的题。"

人群中不知道谁说了一声:"这学生真是用心,时间不早了,大家该下班啦。"

办公室里聚集的人瞬间四散了。

没想到,在我已决定不再私下和他有任何接触之时,最后还是这个学生帮我解的围。后来,待人群走后,他并没有来和我说一句话,转身跑走了。那个背影就这样地贴在了我的记忆里,也许,我也曾是别人记忆里那个微不足道的孱弱的背影。

8

  我和陈埃的关系进展得很奇妙，他常过来找我。和他的交际，我承认我自己也有一点点私心。

  我们在一起聊天的地点通常是屋顶，江枫镇有很多那种两层的小阁楼，楼梯是在屋子外面的。这是个废弃许久的屋子，老人作古了，晚辈外面买房结婚生子，也早已不在这儿居住，这成了一个切切实实的"老房子"。

  屋顶是青瓦，鳞次栉比，上面还布着薄薄一层青苔，稍不注意，就有打滑的危险。

  对着天上的星星，他忽然对我说："你知道吗？你很像一个人。"

  我轻轻一笑："我也觉得。"

  各自心知肚明吧，我们都是如此的从容。

  "所以打一开始你就注意我是吗？"他不开口我就又接下去。

  可是他并不回答我这个问题。"你不知道，我来这儿有两年了，我很喜欢这种生活。在我的老家清延，两岸群山，底下是水，有一根长长的索道，我就是从那根索道里走出来的。父母是当地的小学老师，我的童年时代特别幸福。在我18岁离家之前，其实我什么也不懂，我不需要操心纷繁的事，父母提供给我的虽然不多，可是也什么都不缺，我整天想的都是些花鸟虫鱼的事。当我真正走出去，我才发现我是多么的软弱无力，对于外面的世界，我保持着足够的警惕。就这样伤害了别人，反过来也伤害了我自己。你说，我软弱吗？"

  "也许你的心思不在这儿，你承受不了你未经历的事。"

  "我不会回去了，尽管我很想念他们。我兜兜转转最终选择在这儿，也是因为这儿的一草一木，这儿的小桥流水，让我有足够的安稳。"

  他顿了一下，继续说："我来这儿起初教他们国画，我教他们画丝瓜，水蜜桃，竹子。你知道我每次怎么教他们吗？"

  "拿前人的画作让他们临摹？"

  "不，我教了他们基本的技法之后呢，就会，哈哈。"

他此时特别像个孩子，能看出他那种天真是曾经已经丧失掉的，至少我没有在他身上见过。

"我带着他们去学校顾老师家的后园，看他妈妈种的丝瓜，还踩坏几棵，顾老太跟我念叨很久，她一方面觉得心疼，一方面也觉得拿我们没办法，她还是欢喜我们过去的。我有时又去她的后园摘一篮大大的水蜜桃往讲桌上一放让学生们画，当然了，竹篮子也是顾老太的。秋天到了，带他们去附近的山上，漫山遍野的小菊花，黄的，紫的，像天上掉下来的星星，美呀！你知道吗，那么小的生命，竟然能如此倔强又茁壮地席卷了大半个山头呢！"

"你喜欢那种小菊花？"

"是啊！"

刚开口我就后悔了，并且打心眼里觉得恶心，我用自己的私心在污染他，我们本可以这么纯净地糊涂下去，说是自欺欺人也罢，这是属于我们两个人的时光。

和他在一起，我异常得轻松，心灵能放开到无限的大，包容天空，山峦，以及黑漆漆的树影。我不清楚这种轻松是我真实的感觉，还是刻意强加给自己的虚假错觉。我跟他不明身份地坐在这儿，什么关系也不是，天南海北聚集这儿的异乡人吗？又或许，我们每个人都是戴着镣铐在生活。

他从黑色上衣外套的口袋里掏出一包烟，又摸出一盒火柴，双手聚拢地点起烟来。我不知道从什么时候开始，喜欢上了那种人身上的淡淡的迷人的烟草香。

火光忽明忽暗，次第的明灭让我入了神。

"我很爱这种生活，爱江枫镇，然而我不快乐。可是自从见到你，我就知道，日子的长短又有什么好在意的呢。"他对着天空喃喃地说。

"啊？你说什么？"我才回过神。

9

　　在我的印象里，秦桢桢是个好人，美人，可是这种美又不具备一种排他性。她的感情一定是不纯洁的，可是也是你情我愿，有什么好指摘的吗？我们在年轻的时候，当自由的心灵还可以自由释放的时候，为什么不呢？

　　秦桢桢，我羡慕她，嫉妒她，同时，悲悯她。

　　我并不是一个聪明人，然而我会整理拼合，当她的影像逐渐在我的脑海里成形，一种前所未有的恐惧偷偷袭来，这种恐惧来自我自身，而非外在。她这样一个活在人们口中的人，总有一天会忽然站出来，可怜我，夸赞我，嘲笑我，谩骂我，将我的生活搅得一团糟。她像个高高在上的神，控制着我们每个人的神经。我似乎能听得见她得胜的笑声。

　　我在心里说，就让所有事情到此为止吧。

　　转眼，时序已入秋，银杏叶外层已经是赤黄，那种黄绿交错，大片大片，纷纷扬扬，阵势颇大。我总是觉得好似点了灯，亮亮的，连衣服也染了那些光晕和颜色。学校的老楼上，秩序地生长着许多爬山虎，像一个个认真的小学生，抬头张望，叶子的外围已经枯槁。

　　老汪的妻子如此认真地扫着满地的落叶，一边扫一边落泪，"轱辘"还是那样蹲坐在门前，眨巴着眼睛，它预感着一些改变即将来临。然而无论活了多久，对于人世的变迁，它是无能为力的。老汪正在将里屋的东西往外搬，一个旧衣柜，嵌在两扇柜门上两面半人高的镜子已经有些破损，那是一条弯弯的裂纹，像个苦笑的人脸；老式的鸭蛋青的冰箱，塑料薄皮还赖在上面，边缘已经脱胶，一口小铁锅，还有些瓶瓶罐罐，辣椒酱，麦乳精之类。

　　有些学生站在旁边看着，他们三三两两，一动不动地看着，一会散了，就会又换来另一批。

　　老汪如今要离开这个学校，这里的一花一草将会想念他们。时间总是在淘汰一批一批旧的，迎来新的，旧的不可能让他们就这样永远旧下去。

　　校长刘永良满脸歉意，想要挽留，可是老汪就是那么倔强的一个人，这

次,是他真的决定要走。从校长在这儿任职开始,老汪一直在这儿,他帮学校整齐地摆放学生自行车的手是那么有力。他熟悉这里的每一个角落。老汪曾经无意间提起,正是刘校长的帮助,他儿子才避免了死刑,他也才得以在这个校园里待这么些年。可以看出刘永良对这个老人也是很有感情的。

我没有去问他们离开的原因,当然也无从可知了。老人是聪明人,他有他自己的理由,他只是为了让世道变得好一点。

写到这儿我忽然有些难过,当我以一个40多岁的身份在怀念往事,我在老汪身上看到了自己的风烛残年,也看到了一个默默在角落发着光辉的人的灵魂。相比较我自己的所作所为又是多么暗淡和渺小。

在老汪走之前,我记得,那个女人来过学校一回,那也是一生悲苦的女人,逆来顺受、永远无私和包容的人。我说的是刘永良的妻子。

刘永良在师范大学读研究生的时候,她就在学校外面摆个小摊支撑着两个人的生活,每天要到很晚,直到路上已经没有什么人,刘永良这时才会出现,帮她收拾摊子,也会给她带来一杯学校里接的热水,夏天夜晚的蚊子成群,冬天夜晚的北风阵阵,在她的回忆里却是最温暖的场景。

她们是高中毕业在家乡定的亲,当时两个人情投意合,后来她出来工作,他继续去读书,一直发展到无止境的争吵、哭闹。人随着时间的发展是会变的,他们在很多层面上已经不能同行,她明显是落后的那一个。但是刘永良没办法不娶她,他的悲哀又有谁来买单呢?

我是知道他的,他曾经跟我说过:"昔我往矣,杨柳依依,今我来思,雨雪霏霏。"无爱的婚姻中产生了他们的女儿,刘采薇。

她不能没有他,在这种婚姻关系里,她必须牢牢地拴住他,她的青春和付出,所有的憧憬与希望都赌在了这个男人身上。还有采薇。这一切怎么能就此算了呢。

那天,她又是对着刘永良哭了还是闹了,哭闹的主题里有没有臆想中的秦桢桢,我都已经不想再知道了。我又有什么资格去知道呢。来这个小镇,当直面这种种生活的真相和不快,我反而变得比从前要悲悯。

19. 只有流水知道的事

10

我试图获得一种能将不想考虑的事情排除在心门之外的能力，只想关注我自己。我不是在讲故事，也不是在回忆往事，现在讲的20年前只是我记得的，和我想象我记得的部分。

傍晚，一朵紫色的晚饭花凋落了一瓣，淡淡的紫色带来一点凉意，像冰凉的铜器。

母亲来信了，她似乎知道些什么。可是她又从哪儿知道呢。我们之间的谈话越来越少，然而这种割裂不掉的关系，让我对她想有所隐瞒是难上加难。母亲要强一辈子，偏执焦躁，她所有的意志成了强加在我身上沉沉的大山。小时候我排斥她甚至厌恶她，逐渐长大后，我才惶恐的发现，我甚而已经成为她的一个复制品，我的一举一动都那么合乎她的逻辑。

按照她的惯常处事，我自己做的事情，她知道了我并不在意，所有人知道我也不在意。

我晃悠到小河边的时候，隐约觉得前面有什么在晃动，原谅我的视力已经不太行了，虽然还年轻，又或许视力衰落，能将我其他层面的能力发展起来。我也可以不用关注不想关注的事情，见不想见到的人，落得清闲。

慢慢走近，白蓝相接的校服在绿色的草丛里愈加显眼，那是吕西，旁边坐着的……我看看，哦，对了，是方同君。

我没有再往前去，一是怕惊扰他们，第二也是自己不想。我的心里有些失落和怅然，那感觉仿佛是好好地走路，忽然不经意地跌倒了。我不想成为一个隐约存在的偷窥者或者窃听者，更或者可以说我害怕得到些什么。

陈埃曾经告诉过我："一个人活在世上，是一件很雄伟壮观的事情。"我当时觉得好笑，仿佛人成了一个什么建筑。那是我上次去他的住所时他告诉我的，是的，我的确去过他的住所，什么原因我已经记不起来，他的每句话我都放在心上的小匣子里，然而，后来证明了他的话相比较长长的一生，实在是太少了，尤其是当两个人擦肩而过之时。

那是独身男人干净的卧室，四面贴上了他的画作，清一色的黑白山水画，总有说不出的味道，阴沉，压抑，还是什么。唯一一个不同的是，他的墙上还贴了个证书，是学校男老师游泳比赛冠军什么的，我立马笑了："想不到你还会这个，还是冠军呢？"

"他们瞎颁发着玩儿的，我贴上去补那墙背后的一块水渍，你还以为我贴着招摇撞骗呢？好久不游了，有大半年了吧。以前读书时候，学校有这个运动项目，我在那可认识不少朋友呢，他们都比我厉害！"

"比如，谁呢？老汪？"我跟他打趣开玩笑。

他脸上孩子般开心的神色顿时消失了，看似漫不经心地说了一句："好累。"

他闭上眼睛："来这儿都有三年了，每次在车站，那么多的人摩肩接踵，我会感到一种无穷的悲哀，巨大的力量安排的一场聚散离合的表演，大家都只是棋子，是演员。"他深深地陷在一个破旧的沙发里，沙发是他才来江枫镇那会儿，楼上的老人去世了，家人清理房间，他给搬来的。

缓缓睁开眼睛后，他出神地看着我，伸出想要触碰我的手，又轻轻缩回去。我想过，那只手如果能准确抵达我，抚摸到的应该是我的头发。

我没有去躲开，当命运给你安排的事情到来了，你是无从躲避的。我不知道哪儿来的勇气问他："为什么不？"

他叹了口气，仰头看着天花板。手搁在了一个木制的盒子上，盒子是漆成了红色，上面有一个扣子似的小锁，黑色，旧旧的，应该很久都没有被打开过。

我盯着他的手，那双有着白雪色泽的手，那只拿着毛笔作画，又或者拥抱过谁的手，一句话也没有。他继而直起身子，告诉我，如果我想知道里面是什么可以直接说出来，他不会拒绝。

心里的乱麻开始纠缠起来，因为我知道，当一个人愿意把他最隐秘的事情告诉你的时候，意味着什么。我对我自己的行为有些作呕，我不配不是吗，我和他发展到今天是为了什么，过往不应该轻易地交付。

19. 只有流水知道的事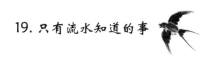

我摇了摇头,一种赎罪的意识越来越强烈。

"那里是我的过去。"他把钥匙交到了我的手上。

我退缩着:"我不喜欢这样子。每个人都有自己的故事和不愿意让人知道的往事,不必了吧。"

"小荞。"他第一次叫我的名字。我仿佛有了一种恍惚感,好像几年前,那个人走近我,叫我:"小荞,你过来。"眼前出现一个欢欣鼓舞,穿黑白背心裙的姑娘。

他把钥匙又一次放在我的掌心。告诉我,他也不会再来打开这个匣子,更不会放里面的东西出来,搅乱自己的人生。他告诉我:"钥匙你保管着,我要认真地过我的生活。"

我在哪一处听来了一模一样的话,只是,似乎,我们的生活已经处在了既定的轨道上,抽出身,意味着对过去所有自己的执着和努力的否定。后来,学经济学的丈夫告诉我,有个名词叫做"沉没成本",我想大抵就是这个意思,我就是太在意成本的一个人。你走过的每一步,在后来的道路上都是有意义的,你要付出代价,这就是佛教中的"因缘"。

那个盒子我没有打开,我很识趣,我的恐惧不允许我加速事情爆发的速度。我恐惧一种安稳生活的离去,恐惧面对疾风骤雨。

11

我至今想起来,好像我和陈埃的交往有种互相取暖的成分,然而我又确实在那个冬天里过了一段温暖的日子,以后再也没有过。我企图抛弃我沉重的负罪感和巨大的赎罪意识,然而我不能,我知道,只要那个人在这儿我就不能。我的沉没成本不允许我背叛自己。

陈埃在我面前变得像个孩童,他在认真地生活,他会把墙壁上小小的污点擦得雪白,每天晚上会写篇日记,用极其工整的字体,他的衣服在衣柜里码放得整整齐齐。我从他身上看到了一个女人,不,我不是说秦桢桢。那是学生年

代读的川端康成书里的驹子。

人生,是种徒劳。世间种种终必成空的虚幻。

可是,该来临的终究要来临。

今天晚上,那个人来了,我一点都不意外。门外模糊的树影稍微动了一下,我就已经知道。

他先是重重地警告我:"你这是在做给我看?跟他?"

我的心里有种前所未有的快慰。在没人的时候,我会想着他的可怜,而此刻,喷涌上心头来的,只是无穷的恨意。

他好像非常生气地说了一长串,内容我已经不记得了,只知道当时的我埋头整理房间,一言未发,根本都没搭理他。

后来到他可怜兮兮地求我:"我现在什么都可以不要,带你走。"我并不感动这样的话,几年前也许我会,现在我的心已经坚硬如铁。他终究是做不了。这种年纪的男人,只是在用说说、过嘴瘾的方式来纪念和缅怀自己的青春。他也没有骗我,从一开始,我什么都知道的,又能怪谁,只是怪我自己爱了一个软弱与无力的人。

"你自己做了什么事?"

"你说的什么?"

他忽然变得冷酷起来,将手里拎来的一袋水果重重扔到了地上,红的苹果,黄的橘子,像放出虫的虫子,爬得满地都是。"我没有做什么!我说什么!你是在怀疑我对你的不忠,还是在好奇她失踪的事?学校里能有什么事。关于她的事,我一点也不知道,她那信马由缰的性子,谁知道她去了哪儿?说不定现在已经死了!我是她的谁?你还想知道什么,我无可奉告!"

他说着说着,扭转了头,凭我对他的了解,我知道他是流泪了。我当时的反应不是一丝忧伤,而是迅速绷紧神经,有些怀疑我看到的听到的一切,他的虚情还是假意,我的警惕让我自己都觉得奇怪,仿佛这种时刻我还在想着我不能受骗。然而事实会证明我的敏锐的感觉往往是对的,我从小就有这种让我自己苦恼的能力,因此常常比别人更多承担着一份重负和压力。

19. 只有流水知道的事

我看着那张恍惚的侧脸，外面又刮起了风，一种像人一样的哀嚎声，伴着树叶凋落的窸窣声，隔壁阿婶的孩子又哭了。我不知道明天一会儿下一秒钟该怎么走下去。人生来是多么的不自由，很轻易地就被抛进了极速向前的预设的轨道，怎么挣扎也是无用。

有感情是一件很麻烦的事情，束缚与捆绑，千丝万缕的牵连。我常想，他当时跟我在一起图的是什么呢？放纵的灵魂？年轻的躯体？一种对自身不满足的安慰？但是我却知道我的心种在了一片土壤上，那土壤软软的却黏性十足，我已经没有那么容易拔得出来。此刻我对这个人的依恋是如此的厚重。那些隐约知道的事，和自己猜测的必将被证明是真的的那种事，这种超前的预感，让我焦灼。这是种糟糕透顶的感觉。我帮他把上衣的拉链拉好："归去吧，不要再过来找我，说不定不久我就会去找你的。"

"归去"这个词从我口中说出，已然具有了特殊的意义。天地茫茫，不如归去。

12

我开始学着自己用老式的煤气做饭了，那淡蓝色的火焰，像淘气的顽童，上蹿下跳，给冬日增添一点温暖，也给我的房间增添了一丝活泼的乐趣。往常上街买菜，有时遇见学生家长，他们会跟我打招呼，而我也会点头示意。在他们眼里，我是如此谦和节制，成熟笃定。而今天，路上稀少的匆匆的人群，少言寡语。几棵粗大的梧桐树上盘旋着乌鸦，发出凄厉的叫喊声。一遍遍在我耳畔回荡，拒绝不得。

这种空洞洞让我有些可怕，我感到心里一阵阵抽搐，几个打身旁匆忙走过的女生，这里面有吕西。她小跑着过来告诉我，小河边发现了一具尸体，问我要不要一起去看。一阵阵的恶心袭过来，我没有回应。

当我过去河边已经是黄昏，惊恐的看热闹的人群已经各自回家，只剩几个穿制服的警察，指东指西地保护着现场，一切在我的眼里全部都成了无声的演

出。我好像忽然丧失了听力。芦苇荡不再有长脚的白鸟儿，必定是惊慌得扑棱棱飞走了。冬日江南的傍晚显得格外寒冷，风呼呼地吹着我的衣领，像是在撕裂它一般。

一路走过去，我的脚都已经软得失去知觉。只是立在那儿喘着粗气。尸体已经被运走，证实了，那人是秦桢桢，尸体在河流的下游发现的，死亡原因还不明朗。

我在衰草连天的河边闻到了一股恶臭，仿佛看到我自己躺在那儿，指尖泡得惨白，打捞的人将我放在架子上抬起，我的头耷拉着，黑色的头发湿哒哒地拖在了地上，脸部已经破烂不堪，耳边一块波斯菊发卡，那光芒照到了腐烂的肉身里。我的脑海里不断生成这一张张画面，晚上回去，对着书桌失魂落魄坐了上半夜，眼泪一点点掉到了面前打开的抽屉里，发了很重的烧，我想我一定是病得不轻，可是却无从医治。

这似乎是个意料之中的结局，冰冷许久的小镇，再次在人们心中沸腾起来。"我当时不是早跟你说过，秦桢桢是被害死了，还失踪？谁信？我说的时候你在场的吧？"一个穿花衬衫的中年妇人打开自家的窗户，隔着一堵墙，对隔壁晒被子的妇人道。微微翘起的嘴角上带有一丝得意轻蔑的神色。

秦桢桢失踪是一个事实，然而死亡却是一个以盖棺论定的结论。他们小声议论着猜测着。有人说是淹死的，那条小河据说有水妖，很久以前也淹死过人；有人说秦桢桢那种漂亮的女人一定是跟人家勾搭被暗害了；有人说好像有天见到她和一个身穿黑色大衣，脖子上一圈灰色围巾的男人去过河边，没想到啊；有人说，是镇上的红衣杀人狂，在某地已经有不少女子遇害了，秦桢桢真是倒霉了。如此等等的话语，不一而足。

秦桢桢好像变成了某种精神图腾，是供人发泄与指摘的能指，是同情与幻想的飞地。多亏了她，让一盘散沙的江枫镇多了某种黏合力和向心力。

学校里开始对外封锁消息，可是措施采取的实在太晚，秦桢桢的魔力没有谁能阻挡得了。

天旋地转的我，飘乎乎地走在校园里，我要去那儿，有些事情的答案我

19. 只有流水知道的事

必须得知道。脚忽然被什么东西绊了一下，软绵绵的，低头才发现，是"轱辘"，它睁着滚滚的大眼睛看着我，似乎是渴望着我的抚摸，又想告诉我一些什么我不知道的事。一阵欣喜和疑惑，欣喜的是一段时间没有见到它，着实有些想它，而它从第一眼见到我也许对我也有了些感情。疑惑的是老汪夫妻已经搬离小镇，它又怎么还会在这儿？

我想我大概已经猜到了些什么，天下起了小雨，正是上课的时间，学校里没什么人影。走近那扇门，一个披着粗旧黑色雨衣的身影从门里出来，又从我身旁飘过，那稍显臃肿，走路蹒跚的身影我不可能认不出。

我径自叩响了那扇门，我已经忍了太久。

他双手抱在一起，笃定地看着我，和我认识的他有很大的差距，我实在分不清当年那个一脸清秀文艺范儿的他，和现在真真切切坐在我面前的官腔十足的他。

"小荞，我知道你会来，坐吧。"

"我说了我会来找你的。"

"你还真是那个周小荞，一点都没变。就不请你喝茶了，喝杯热的白开水吧，知道你只喝这个。"

我推开他递过来纸杯的手："不必这些客套！你对我隐瞒了些什么？"

"不要激动，小荞，你知道我的一切，包括我的生辰八字，我能对你隐藏什么呢？"他坐在椅子上，无奈地摊开手，仰头看着我，做出一种无辜的样子。

我将手中的书本重重地摔在了他的桌子上："自己做的事情你自己清楚！"

"我做了什么？周小荞，有话好好说。为什么不念旧情呢？"

我近乎绝望地看着他。

"我警告你，第一，我没做的事情不要胁迫我承认！第二，别忘记了，咱俩是一条船上的。我是什么样的人你自己清楚，不要在这无理取闹，你想通了再来找我。"

我狠狠地瞪了他一眼，跑了出去，用力关上了门！

13

　　高三教师办公室今天出奇的静,大家都埋首做自己的事情,连交流都没有。我站在办公桌前,凝视着我这儿所有的一切,这都是她生前的。她用过的,抚摸过的一切。

　　同事们黑色的头颅出现在我的视线里,前面说过,我的视力不大好,一会儿,好像眼花了,整个房间只剩下这些黑色的团状物。

　　打扫卫生的老阿姨不小心碰到了陈埃的玻璃杯,"啪"的一声,摔到地上全碎了,阿姨有些慌张,连忙蹲下来,一边收拾碎片,一边仰头对着陈埃说:"对不起,对不起。"陈埃好像也是恍恍惚惚,半天没有反应。几秒后,才出的声:"没事没事的,我来。"并且颤颤地躬下身子去搀扶老人。

　　"警察早上来了一次,传了老顾过去问话,就那事儿,现在还没回来。"

　　"为什么传老顾呢?"

　　"估计早晨很早的时候,只有老顾一个人在吧。"

　　"依我说,秦老师不会是不小心掉下去淹死的吧?"

　　"怎么可能,她曾经对我说过她是游泳能手呢?是学校游泳队的种子选手来着。能手能淹死?"我对面的女老师带着一丝不屑地说。我在脑海里极力回忆着跟游泳有关的事,我好像是在哪儿听过关于游泳什么的,但是就是想不起来了。

　　"秦老师挺好的一个人,多年轻啊。"平时嫉妒和艳羡她的女教师们,此刻都因为她的死,不约而同地怜悯起来,她的死无意间充当了女人们之间感情的润滑剂。

　　在我的努力回顾中,终于想起,我知道的很会游泳的人有两个,一个是方同君,另一个,就是陈埃。然而这中间真的有什么关联吗?方同君上次跟我说过他看到的关于秦桢桢的事,最起码,有一件是被证实了的。

　　"陈老师,你放学后等我一下,你上次说的那本书我给你买到了!"

　　陈埃看着我,疑惑地说了一句:"哦!"

410

19. 只有流水知道的事

人群散去。

"今天我带了自己做的糕点，吃点吧。"我仰头向他举起一个叫做海棠糕的小糕点，那是隔壁婶婶做好，送过来的几个。

"小荞。你是不是有什么话想要对我说？"

我不语，我觉得人会在某些情形下懂得生存的快乐，懂得平静的快乐。

然而，我对他，不也有着不可言说的过去吗？

我们并肩走着，他低头看着我，好几次欲言又止。

"你是想知道一些事。"这句话在我们谈话的表面上看，像一起突出的山峰，暗地里，其实只是汇合的潜流。

"无所谓啦。"我一脸的轻松和不在意。

"不，假如我想说呢？"他的眼睛里充满天真，又带有一丝忧郁。

"还是不要了吧，我指不定不值得你相信。"不知道为什么，每次在我最想触到的事情面前，总是会畏缩，我尝想，是不是某一天，别人也用同样的方式来揭穿我的隐私，使我瞠目结舌，无地自容。

"可是我相信你。"

我开始不再往下接话，不想变成我最不想变成的样子。

一阵响铃声，清脆又急促，一辆自行车已经行到了我们身后，我跟陈埃迅速朝两侧散开，骑车的少年的身影从我们中间穿过，是方同君，他回头看了我一眼，那眼神里，是愤恨。他眼睛里的剑戟深深地刺进我的每一寸皮肤。

陈埃看了一眼我，又看了一眼绝尘而去的方同君，我害怕他会盘问我什么，他却只是从包里掏出一块洗得干净的方巾递给我："擦擦脸吧，看你脸上那道脏，不知道的人还以为我用毛笔画上去的呢。"他笑得很阳光，我也忍不住附和着。而对于我的，对于他的紧绷的神经，都瞬间冰释了。

"你真是傻。"我侧着脸看他，他的脸在落日余晖的勾勒下，闪着金光，像一尊静立的塑像，需要我仰望。

"其实你是个很要强的人。"

"我怎么了？"我害怕将自己置于透明的境地。

他并没在意我的问题:"我这几天一直在想,一个女人假如做出歇斯底里的事情是为了什么?"

"在绝望处带着赢的希望吧。"我回答,带点悲壮。

他的嘴巴微微地张开又合上,随后忽然停下脚步,帮我捋一捋两鬓的头发:"谢谢你,我已经想清楚啦。我晚一些会去找你。"他伸出双手,学着浮士德里的句子,洋腔怪调地说:"你真美!请你留下!"

14

我最后并没有能如他所愿地留下。

小镇里谣言四起,当然也有关于我的。20年后的我,以现在的视角来看,好像也并不都是假的。

秦桢桢的案子越发扑朔迷离,因为所有的线索都是断的。警察没有发现有什么和她走的近的人,或者她身上有些什么异常的事,因为对别人来说所有异常的事,发生在她身上就变得再寻常不过。比如,一个女人半路被一个男人拦住深情告白,一生中不知道会不会有一次;然而在秦桢桢那里就不一样,这样的场景在她身上可以发生好多次也不为怪。你要是回忆这样的事情,都不知道能回忆出多少来。

猜忌,血腥,隐秘,情杀,弥漫在空气里,就像如今的北京雾霾,让人害怕,却又浓得散不开。

那天晚上陈埃的确来找我了。

随后我整整失眠了八日,反复权衡比较,回忆相识和过往。后面发生的事,以我现在混乱的脑子已经不能具体地给组织起来。我知道有个词,叫做"选择性遗忘",也知道一个词叫作"悼亡"。

1995年1月4日,母亲似乎是觉察到什么,千里迢迢赶到小镇。去车站接她的时候,我顿时发现我眼里的强悍的精明的利落的她不见了,视线里剩下的只有小,对,就是小。身材瘦小,性格卑小。我接过她极其简单的行李,她的眼

19. 只有流水知道的事

里泛着血丝，写着长期对我的忧虑。在幼小的时候，我的倔强和坚持总是被她声色俱厉地镇压，后来慢慢地，我学会了无声的反抗。直到今天，当我决定一个劲地硬到底的时候，她反而显得那么软弱和卑微。

门"吱呀"地开了，她站在门口，两眼环顾我的住处，生生地不敢往里迈，像一个陌生的客人。我轻轻地推了推她。

"明天是你父亲的祭日，你得回去祭拜你父亲。都去世这么多年了，你不要让他九泉之下一直挂念你，他会怪我。"

我只是"嗯"了一声。"我早已决意离去，就算她不来。"我在心里告诉自己，这样的想法让我觉得，我的决定还是不受她的意志碾压。

此时的母女似乎是达成了某种共谋和默契，我们收拾了一下午的行李，坐连夜的火车离开，火车票是我母亲早已买好的，她甚至觉得我在这儿多待一秒钟都会出事。

走的那天晚上，人家的灯次第地亮了起来，隔壁阿婶的孩子还是同样的哭闹，对面屋子里的夫妻还是照样在那个时间点斗嘴，一切都像稀松平常的样子。屋子的门前，高高的刺着黑色天穹的梧桐树下，落了一地的叶子。花落了也难过，叶子落了也难过。它们是在博得我的一点留恋吗？小桥下的流水还是前年如斯地流淌着，像夜精灵的眼泪。

今天不知道什么日子，桥的底部，放了一盏孤单的河灯，莹莹亮亮，像一只窥视的眼睛，又像在质问和审视，我瞄了一眼，不禁有些战栗，母亲挽着我的手："荞儿，是冷吗？"我摇摇头。那天我是穿着墨绿色的呢子大衣，将那枚波斯菊小发卡别在胸前，我是在祭奠你，也祭奠自己。门带上的一刹那，我把这一年以及更久远的过去都关在身后了。

我离开了江枫镇，带着我支离破碎的一整个青春，离开的。

我和母亲赶上火车已经是晚上11点，我去接热水，安排她靠窗坐下，两旁的风景不断地向后退去，桌子上的玻璃杯映到了窗户玻璃的影像里，如真似幻。感情起的时候，如波涛汹涌，非得做出点什么事才能发泄的了；而感情落潮的时候，如风卷残云，不留一点痕迹。我试了和那个人的这种可能性，可是

失败了,我热烈的燃烧的大火,终究是被小镇的缓缓的千年如斯的流水所浇灭。我要抛开过去过一种全新的生活。

15

后来也就是今天,我回家,相亲,结婚,现在有了一对可爱的儿女,在一个地方小报社,做文字工作。然而世界发展得太快,新媒体的力量在这个小城形成一股强大的冲击波,刚上大学的侄女告诉我:"你选择纸媒就是选择死亡,换个工作吧。"我不愿意,我对这项将死的事业有难以言说的深厚感情。

丈夫对于我除了顺从还是顺从,说不上爱和不爱。反正就是这个样子过吧。他愿意让我做任何我想要做的事,对于我的不想提及的过去也绝不发问一句。他有一份很体面的工作,我们过得不算富裕,然而也能自给自足并且充裕。这种固守的生活让我觉得安全。工作中社会交往中也是永远甘愿做一个幕后者,我好像变成了一只蜗牛,有着坚硬的外壳,懒得伸出头来探索外面未知的世界。生活平静无波地推进,午夜梦回时,还是会忽然惊醒,然后怅然若失,缘于我身上的始终未放下的包袱。

2013年9月的一个周日,同事们约好了去爬香山,我早早地起来,准备好早餐,就去叫孩子起床,他们习惯性地晚睡晚起,宁愿在床上倒腾手机也不愿意起床,我每次都得叫个三遍。如果不这样,他们早饭就糊弄糊弄过去了。

门铃响了,我擦了擦刚洗衣物的潮湿的手,慌慌张张赶到门口。透过那小小的玻璃洞眼,门前站着个瘦高的女人,30多岁的光景,齐肩的整齐的长发,颧骨有些突出,淡淡的雅致的妆容,她穿一袭灰黑格子裙拖到了脚底,很适合她的身形。我有些疑惑,好像并不曾接触过一位这样的人。我将门开了很小的缝隙,伸出个头:"请问你是?"

"请问,这是周老师家吗?"她也开始上下打量我。

我对于老师这个身份有些陌生,因为许久不曾有人这么叫我了,继而又迅速反应过来。"当老师是很多年前的事情了,抱歉,我可能还是不大记得你

19. 只有流水知道的事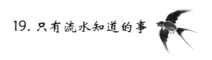

了,你是?"

"周老师,我是吕西。"

我在脑海里默默回放这两个字,隐约的有了些印象。

"吕西?方同君?哦哦,快请进!"方同君并没有过来,那只是我很自然地联想到的一个人。我没有想到还能再见到他们,心里很是愉悦,我知道这种愉悦是对那段岁月说不明的复杂情感。她像是来自20年前那个时空的人,会带给我另个世界的消息。

她也很自然地过来,我们寒暄几句,面对面坐下。

"老师,你们家很难找,我到这儿来问了好几个人,他们都说不知道有个叫周老师的,后来直到我说了你的名字。"

"哈,我从江枫镇回来就没有再重操旧业啦!教不好,也就懒得再误人子弟。"

"哪里,您的学识,窝在小镇里怕屈才啦。就是想您了,来看看您。刚刚听你还说了方同君。他怎么样了?"

"你们没有在一起?我不是见到你们一起的吗?"我的不太完美的记忆开始翻涌起来。

"从毕业后我们就没有了联系,其实那会儿,他对我有点恨意。我们有次去河边谈判,说了些什么我都忘记啦。总之就是让我不要再管他的事。我当时那么莽撞去找你,希望您也不要介意。年轻时候的事,真是不好意思呢。对了,您刚刚说见到我们在一起是怎么回事?"

"哈哈,都过去啦!我指不定是记错了。年纪一大,脑子就不好使啦!"

回忆里,原来能让原本如此动感情的事情,变得轻飘飘的。在你的印象里,好像有一个时候,你觉得天崩地裂的灾难,此生再也不能遇见的人,延续的感情,也被时间抹得如此之平整。让你都有点怀疑那个时候的自己究竟是因着什么原因,如此执念,如此热烈。

萧乾先生说过:"青春原是一枚酸杏,一阵疟疾,一匹来自天上的瀑布。"我想那缘故便叫作青春。因着青春,生命才能迸发出火花,灿烂而

415

耀眼。

她撩了撩黑色的长发,有一种很妩媚的感觉,已然不是当年的那个皮肤黝黑的小姑娘,严肃,偏执。

从她口中得知她在前几年结婚了,上大学谈的男朋友,人非常的优秀,踏实能干的理工科男生。现在呢,也有了个儿子,活泼多动的小胖墩。女人的幸福与不幸福,是能写在脸上的。

我们还聊到了老汪,当时他是搬离了那个小镇,去了哪儿没人知道,直到10年前,家里吹吹打打办丧事才知道老汪已经去了。我是了解老汪的,他有落叶归根的情结,无论怎样客死他乡,也是一定要回家安葬的,祖祖辈辈生存的地方。为什么我会知道得这么清楚,我前面忘记说了,我和老汪一直有一些交集。最初那是在秦桢桢的尸体发现后,在之前,那个留给读者的穿黑色雨衣,臃肿而蹒跚的背影我说过我认出了他是谁。老汪是个明白人,活了这么一大把岁数。在我愤怒地关上门的时候,他其实就在门外听着,并未远去,见我风风火火跑出来,有些惊吓举步就要走。

"老汪!我知道是你。"我小步去追赶他,怎奈我的鞋子还是那么的磨脚,跑得很艰难。

他并没有停下前迈的脚步,也没有要停下来的意思。

"老汪!"

他立了几秒,缓缓地回过头,他比从前更显得苍老了,眼角满是沧桑。

"小周老师,你能走就走吧。"

"你离开是为了保护他对吗?"

"没有什么保护不保护的,一报还一报吧。他对我一家都很好。"

"你现在住在哪儿?"

"我住哪儿都没有关系。离这儿越远越好。"他的语气是从容的,然而能发现背后有些东西总是有些怪异。

"那女人的死是他?"

老汪的脸上显现出难以描述的神色,并没有立刻答我的话,他看了看天,

19. 只有流水知道的事

半天说一句:"不是他,周老师你没必要打探这些事。天这么暗沉,怕是要下雪了吧。"

"你为什么包庇他?"我的血液已经冲上了脑子。

"你不相信我又为什么要问我!"老汪愤愤的。

……

"周老师你怎么了?"吕西看我的脸色越来越难看。我完全还沉浸在些回忆里,压抑得喘不上气。

"哦,没什么,有点想念老汪。"回忆被打断了的我才缓过来。

"是的,同学们对他都是很有感情,只是不知道后来为什么走了,说是找个地方养老啦。"

我们就这么笑着,忽然已经找不到继续说下去的话。

"其实我今天来这儿还是有事的,20年前未完成的事,还记得陈老师吗?"

"哦。是吗?你说的陈老师?……是陈埃?"我吸了一下鼻子,理了理自己的头发,将手毕恭毕敬地放在膝盖上。

"嗯,除了陈埃还能有谁呢?你跟他当年……"她对这件事情的兴致似乎很高。

"呵呵,"我下意识地看看四周,孩子们并没有起床,丈夫也已经离开了家,"你们从哪儿听来的?"

"其实呀,大家眼里都明白,这是公开的秘密,就像曾经我对方同君,谁不知道呢。"吕西笑着的身躯微微后仰。那感觉仿佛是看穿了一些事,你又在我眼前装什么呢。

我捂着嘴巴,嘴角上扬得很尴尬。心里微微一惊,原来自以为的一件秘密的事情,却早已被放在了光天化日之下。两个女人之间,仿佛多出了一点火药味。

"周老师,我说话有点直接,你可不要生气。"她这样的话一出,我搭在膝盖上的手开始颤抖,裤子上已经湿湿地浸了我的汗液。

她像是一只得胜的孔雀,继续道:"你真是幸运,这么多男人为你死去活来的。你真是个好女人,好到大家挑不出一点毛病。"她忽然变了种怪怪的语气,那种我从未遇见过的略带嘲讽的口吻,脸色也变得极其严肃。

我无言,体内自下而上升腾出一股凉气。

"其实我这次来这儿主要是这个事。"她从她的包里,小心地抽出一个用牛皮纸包过的方方正正的东西,上面还写了我熟悉的字迹:"周小荞收",可是没有地址。"这个是陈老师留下的东西,他的房东清理后拿过来的,他和我妈妈是同事,知道我是您的学生。当时你已经离开江枫镇了,我又没你的地址,后来耽搁了。那天偶尔收拾屋子,看到这个。现在社交网络这么发达,我就尝试着在网上搜一下你,结果还真找到了。然后就跟着一步一步地找你。"

我颤颤地接过来,那个黑色的已经有裂璺的带锁的小匣子,经过岁月的洗劫,落在手里的匣子有千斤重,是往事的分量。

"周老师,想必你也知道,他人已经去了。"

虽然是我久已知道的事实,却还是按捺不住内心的波澜。我尽力让我的腿停止颤抖,这是从小镇回来落下的毛病,心情一有些波动,必然要有那样的反应,一直改不了。

我不知道我有如此落魄的时候,静静地闭上眼睛,以最快的速度收拾起乱七八糟的心情,几秒钟后,我站了起来。"我很为他的离去而感到悲伤,老师也和你们一样,"我抬头看了看墙上的挂钟,"不早了呢。聊着聊着都这么长时间了,家里来贵客可不敢怠慢,我去做饭了,你留下吃个便饭。"

我走到窗前,将窗帘拉开,秋日的阳光照射到地板上,细细碎碎。

"不了,我还有点事情,先走了。谢谢老师的盛情!"她也算是个很识趣的人,提起包起身离开了。

"别走啊,小西。"在我的客套中,吕西将门不重不轻地带上了,然后是急匆匆的脚步声,渐远了,听不见了。

19. 只有流水知道的事

16

我长长地嘘了一口气。看着那个木制的小匣子，不知道为什么，它在我眼里会不断地放大放大，直到变成了一个……

棺材！里面躺着一个穿红裙子的女人，竟然如此得像我自己。

我着实被这个想法吓到了，轻手轻脚地钻到我的卧室，反锁上门，我的手脚完全颤抖地不听使唤，家里木制衣柜的最下层放着一个我用了很多年的箱子，我在箱底一阵倒腾，终于摸出了那把小钥匙。多少年过去了，我还是保持着一个压箱底的习惯。

匣子里面都已经钻进了灰尘，打开的瞬间，阳光的照射下，空中飞舞着尘埃。那是一堆寄出的和没寄出的信、日记之类，因为时间太久了，又是纸质的，难免有些已经被蛀虫咬过了，有些铅笔写的字已经变得模糊不清，细细看，也还可辨认。这些轻飘飘的字体像魔咒似的把我带到了1994年，我刚到江枫镇任教时看到的赫然三个字"秦桢桢"。

信堆的最上层有一张牡丹牌香烟的内衬纸，边缘有点破皱，背面是银色的，正面写着工工整整的字迹。根据日期，1995年12月28日，显然这最后一张是陈埃写好了，从木匣子的缝隙里塞进去的。

除了陈埃的那一封，别的所有这些信件是从1989年6月到1994年4月13日为止。为了便于读者了解，我会按照时间的顺序记录这些信：

1989年5月17日　晴　心情100分

今天在我们游泳队，遇到一个男生，很特别很干净很……

我都说不上来了。我因为手上拿的东西多，脱鞋子不便，他从旁边走来，主动提出帮我拿衣服。他其实长得也不算太好看。不过好看不好看我从来就没在意过。他身上有一种很特别的东西，就像什么呢？林间小鹿？小松鼠？和整天跟在我身后那些男生不一样，他走近我，那种香味特别迷人，好像是烟草香，不过为什么别的男生抽烟就不能如此吸引我呢？……哎，妈妈催我周末回趟家，说家里来亲戚了。可真讨厌这些，我是回还是不回呢？

1989年5月24日　晴　心情100分

今天，隔壁班"大黄蜂"过来跟我套近乎，给我送了一块手表，秀秀告诉我他爸爸是局长，让我提防着点，不要惹他。我倒无所谓这个，从小到大，我怕过谁？围着我的人多了去了。不过我还是接受了他的礼物。因为"林间小鹿"经常跟他一起，这样的话我就有多点的机会接触他。现在满脑子都是他，走路吃饭都会随时随地笑出声来（这一行字其实已经被虫蛀的疏疏落落，我根据自己的经验补充出来的），大脑总是处于神游的状态，今天明明看好了上课的教室结果还是跑错了。秀秀说我这是病了，怎么会这样，真是可怕。

1989年6月1日　小雨　心情100分

儿童节到了，天公却不作美，下起了小雨，我的裙子淋得湿透了。如果有人给我照张相，这是多么糟糕的自己啊。都快不能接受了。现在我接触到他的机会并不多，"大黄蜂"总是喜欢一个人过来纠缠我，今天终于把他给摆脱了。我早就知道，"小鹿"每天傍晚都会推着自行车从学校小门那边出来。于是，我就在门口等啊等，浑身潮湿了，风吹得冷飕飕的，我都没有想过去和他搭话，多不好意思，心想着看看也好啊。从小到大被围攻的我都失去了去搭讪的能力了。结果一直到晚上七点半，他才出现，那短暂的一瞬，我瞬间感觉一切都是值得的了。现在10点钟了，浑身不舒服，淋感冒了。

1989年6月23日　阴天　心情100分

现代汉语小考试得了个优秀，只错了一个填空题。跟秀秀去操场打羽毛球，身后听到有人叫我，那声音我怎么能不知道是谁呢？我回头很愕地应了一声，我想我当时的样子一定很傻，后悔怎么不提前洗个头发呢。"小鹿"说他也很会打球，下次可以和我一起。真是开心的一天，我跟秀秀说，你看他知道我的名字，一定是注意到我并且喜欢我了。谁知道秀秀拍了我的脑门说，这整个学校知道你校花名字的人多了去了，谁说是开始关注你。有点失落，还不如宁愿做个默默无闻的人被他关注了呢。我没敢跟秀秀这么说，她又会说我矫情。

我没有注意到我的嘴角竟然荡漾起了微笑，我走到梳妆桌前，镜子里的自

19. 只有流水知道的事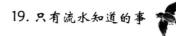

己似乎变得年轻。我想象着那个时候秦桢桢的脸。思绪被扯回到高中年代。

他来我们学校实习,当临时班主任。第一次见到他就被吸引了,并不帅气,但是浑身透着一种特别的东西,如果感觉可以看得见。那场面一定是,环绕在他周身,一些若有若无的烟雾,这些烟雾飘到了我的鼻子里,从此我中了他的毒。

早读课上在教室里走来走去的步子都那么迷人,踱到我身边时,我的脸滚滚地发烫,手心都沁出了汗水,那股烟草香一直在我的脑子里缠绕,缠绕。我恨自己怎么就不能长得快一点呢。他的眉皱起来,和我见到的身边的所有男生都很有差别,我喜欢那种岁月的感觉。小时候,父亲背着我去幼儿园的时候,每次在幼儿园门口挥手告别,他就是那种眉眼,近乎一点不差。

他必然是注意不到我,就算注意到我也只是把我当个孩子。那段日子,我开始在校门外等,等他的步伐迈过学校的铁门,便会心满意足地离去,任凭母亲叮嘱我一万遍要早点回家,我也当做耳旁风。学习似乎也有了动力,他每次的出现,都仿佛一场盛大的仪式,让我准备着去迎接,我坐得最端正,读书最卖力,记笔记最认真。我不敢去正面看他,只是偷偷地瞄,所以他早期在我的印象里,都是一个侧脸的高大的形象。我喜欢高大的壮烈的刚强的,父亲的高大就一直阴翳着我整整一个童年时代,我陷在这种高大的世界里不能自拔。

……

1992年5月30日　　雨天　　心情50分

时间过得真快,对你的迷恋就像一场盛大的烟火,星星点点,还停留在空中不愿熄灭。落到这种田地,我的失落和不甘心实在是……我说过,你去哪儿,我就去哪儿。不知道到现在还有谁记得。你那么在乎别人的看法,昨天,我妈妈的话明确地将你划在了门外,我知道"大黄蜂"也已经和你彻底决裂。或许,我该多为你考虑。可是谁为我考虑呢,我就是一个给人带来晦气的女人吗?我们站在老槐树下,槐树开了淡香的花,纷纷洒落,清甜的气味氤氲在空中,还有月光像喝醉了酒,朦胧得不真实。我们相约去私奔的誓言还在脑海激荡。你一定都是忘记了。明天,我还要再见你最后一面,无论你是怎样将我拒

之门外。

　　……

　　1992年8月27日　阴　心情（此处没有再标出，估计是漏下的吧）

　　我了解，母亲的拒绝，"大黄蜂"跟你的决裂对你的影响还是在其次，一直以来，我只是在自欺欺人罢了。你的愿望，回到你故乡的竹林里，生儿育女，我不能陪你去实现，又何必让你承担那么多。可是我又是怎样的不甘心。我知道我的病已时日无多。我是可怜的无奈的，不知道为什么这些天老是想起那部《安娜·卡列尼娜》，找出来读，又哭。当然，我不会让任何人看到我的眼泪，也不能让任何人可怜我。你会为我的离去感到痛楚吗？你已经离去了。一个退缩自私的人怎么能值得我留恋呢。……

　　……

陈埃：

　　我知道这是一封不会寄出的信件，因为我也不会给你寄了。上午收拾好了行李，瞒着父母赶往车站，车站里那么多人，我要为自己好好活一次。你忘记了我的能力，想做什么就一定不遗余力地做到。即便现在已经万念俱灰，可是我还是想让自己死灰复燃起来。

　　每次在车站，那么多的人摩肩接踵，我会感到一种无穷的悲哀，巨大的力量安排的一场聚散离合的表演，大家都只是棋子，是演员。

　　等着我吧，江枫镇。

（没有落款）
1993年4月2日

　　想起陈埃对我说的和信件中一模一样的话。我用手抹了一下眼睛，忽然意识到，这种粗糙的习惯源于他的动作。我找出自己一封封私藏浸润泪痕的永远没有寄出的信。那个他，像只蜘蛛落到我的生活，就像陈埃落到了秦桢桢的生活。

　　我们在镜花水月的朦胧之际，化身美丽的多情蝴蝶，甘愿和他们一起去编织透明诱惑的网，尽管这网会最后将我们猎杀。多少甜言蜜语，让女人去认真地，究其一生地去对待。毕业之际，我收拾好行李，看着屋子里的架子床，心里默默说了再见。我知道已经误入歧途，可是又有谁能改变我当初坚决的想法，我的爱情理想，我的江枫镇。

陈埃：

我是追随你来这儿的，不错。你永远在逃，逃，逃。

春天来了，花花草草渐次吐露生机。你看到了的一切都是我让你看到的。我知道我是美丽的，我一笑便能令所有人都融化在太阳里。平日里，我们从没有说过一句话，现在也不能对你说一句。尽管我多么地想。我会让你来找我的，哀求或者训骂都接受。想必你也知道了我和那个人的关系，我对他没有感情。但是这个世界上，爱和不爱又有什么关系呢？我爱你不还是落得悲哀，也终将悲剧收场吗？今天从你的眼神中，看出一些愤怒，又想哭又想笑。我最不会的就是摇尾乞怜，更加不会的是报复。可是我又在做些什么呢？我心想，如果我们还有些感情，你会不来找我？额头开始冒汗了，头疼欲裂，我的病又犯了吧。还记得吗？今天是我的生日呀。

1993年5月27

又回想起了那个糟糕的教学研讨会结束后的场景。我故意靠近陈埃，对身边的他执拗倔强，不也是为了这种报复吗？究竟是秦桢桢利用了刘永良，还是我利用了陈埃呢。

17

这几日的不宁静，此刻伴着夜雨有点痛快淋漓，树叶一定是冲洗得很亮，发出透明的光。旁边熟睡的丈夫，让我有一种很强烈的陌生感。假如此时的我不是真正的我，那他在我面前又何以是真正的他呢？

我竭力在脑海里把事情排列出一个顺序，还原出来给读者看，算是一种告慰吧。不过，也许你们已经不太相信我了，觉得我是个会说谎的人，会扭曲事实，会隐瞒，甚至会美化自己。然而这并不妨碍我说的热情，不知道怎么会有

种"人之将死,其言也善"的感觉。

从哪儿开始呢,还是从白天回忆起的老汪吧。

后来我和老汪渐渐地成了忘年交,从他口中,我还原出了一个场景。老汪是个很负责任的人,平时每天很晚,都会去逐个检查学校里各个教室以及办公室的门锁好了没,电断了没。有天,估计也就是那个人和秦桢桢闹矛盾的那段日子吧,老汪听见了他们的争吵,尽管他们竭力地压低声音。起初是他哀求她,可是换来的只有冷漠,她说根本从来就没有爱过他,而他已经深深地陷入了一个名叫秦桢桢的漩涡。直到他最后愤怒地撂下了一句话:"你会有报应的。我会让你死。"

秦桢桢完全不理会他这一套,掉头就走了,只剩下门外被惊吓到了的老汪。那人追来了出来,发现了这位愣立着的可怜的老人,老汪低着头,装作什么也没听见迅速走远了。后来没几天,就传出秦桢桢失踪的消息,虽然对外宣称是回老家了。

这件事情后,那人开始频繁地找老汪喝茶吃饭,有时也给老汪的妻子买点小东小西。那人的确不好说什么,辩解或者别的话只能让听者愈发怀疑。

老汪心里什么都明白,他只有离开这儿,越远越好,才能让那个人安心。谁让他听到那句话了呢?

不管秦桢桢的失踪和那人有没有关系,他都已经逃脱不了干系了。

以后老汪也会偶尔回来江枫镇,这块他世代生活魂牵梦萦的地方,多数也是打扮得让别人认不出来,在小镇转转就走,尸体发现的消息传出后,老汪刚好在江枫镇,他觉得必须去找一趟那个人。

说到那个人,我想起了和他的一场争吵,在离开江枫镇的前几天晚上。我努力还原过程的原貌,也许回忆会有少许修改吧。

"我对你的感情没有变!否则我会一遍遍去找你吗?我也有我的难处!"

"从一开始来到这个地方我就预感到了!一样的裙子,鞋子。你送的!你们傍晚厮混在油菜地里……"

"我只想问一句,你相信我吗?"

19. 只有流水知道的事

"呵，"我冷笑道，"相信什么？"

"好吧，我有许多次想要跟你说，然而我不能，在这样的风口浪尖上。我跟她的确好过一阵子，她先来找的我，起初是说工作，后来跟我说她的家事。"

"然后呢？"

他在我的步步紧逼中，声音像蚊虫嘤嘤的。

屋子里冷得吓人，鼻尖和指尖似乎凝固了一般，我看了看窗外，一刻钟之前的小雨居然变成雪花飘飘了。房间里微弱的光争先恐后地挤了出去，让我觉得外面纷纷扬扬像是沙土，那种橘色透亮的沙土，被大风席卷着。

"小荞，下面的事情我知道我告诉你，你也许会生气，可是要是生气就由你去吧。我不告诉你又觉得自己骗了你。现在这种罪恶感已经快将我压垮了。"

我倒吸了一口气并不正眼看他。

他继续说道："一年前，她来到我的办公室，歪坐在桌子上。"此时的我，都可以自动脑补出她晃动着修长的腿，挑起眉毛的样子。

"她问我你们要不要语文老师。她说了她喜欢这儿，就要待在这儿了。抬起的下巴，执拗桀骜的神情像极了你，我第一眼见你时的样子，你知道，那时我什么都没有，你还是那么喜欢我。对了，给你抄的小楷的纳兰词，你还留着吗？"

"忘了，不知道扔哪儿去了。"其实我比谁都知道，那个小册子，压在了随身携带的箱子的最底层。

"嗯，我记得那时候的她，一副天不怕地不怕的样子，也知道来这儿一定是因为什么事，她不是个小地方生长的人，可是为什么来这儿，也是这点神秘性比较吸引我。我不知道为什么就留她在这儿任教了。你会怪我吗？我真的当时也没什么别的想法。她那天的表现让我觉得她是个，哎，怎么说呢，稍显浅薄的尤物吧。后来渐渐地发现，并不是我想的那样，她大方有活力，能干，一些观点很有见地。她甚至让所有男教师为她疯狂，学生们上她的课兴致也

十分高昂。小镇上所有人都知道她,一朵火红的杜鹃花。她是如此的优秀,漂亮。"他说到这里,微微抬头看了我一眼。见我面无表情,又继续说下去。

"你一定要问我们是不是在一起了,对不起,小荞,我还是爱你的。当时很晚了,学校已经没什么人,她一个人站在我的办公室门前,浑身湿漉漉的,我知道她淋了雨,看起来情绪很差。我怕别人说闲话,又有些心疼她,就把她拉了进来,关上了门……"

自己的镇静让我惊奇,可怜与可恨的感情像是在争斗一番,总不能平衡。

"然后就开始了无休止的隐瞒,我害怕大家知道,又放弃不了她。"

"你爱她对吗?"我一字一字地定定地问他。

他沉默良久:"是爱的吧。我不想欺骗你。我同样也爱你,没骗你。"

我努力让自己微笑,为了必要的尊严,内心里早已五味杂陈,然而又清醒地知道,我没有输给他的妻子,却输给了一个已死的人。

"她现在去了,我没有办法面对,我每天活在压抑中。美好的身躯,顿时变成了腐尸。"能看出来他在竭力压制着自己的感情,"她后来不知道为什么很想摆脱我,也不愿意见我,我那时候脑子里嗡嗡的,每天起床走路吃饭都是她的一举一动,一眸一笑。她不愿意再跟我好,我实在受不了。"

"你害死了她?"

"我没有!小荞,我求你不要将这些事告诉别人。"

我甚至难以判断出他说的话有几分事实几分虚构。他浑身颤抖着,精神是错乱的,那种可怜的姿态,竟然让我有了种母性的情怀,我知道,对于这个人我又沦陷了。

18

上面所说的那个晚上,陈埃跟我说的是他的往事。他受过她父母的奚落,最好的朋友"大黄蜂",因为他和秦桢桢在一起的事而企图自杀,虽然获救可是最终决裂。他躲她到了这儿。

19. 只有流水知道的事

我当时问过他:"你为什么不要她?"

"我不知道,她太特别,跟她在一起,我反而会害怕,会患得患失。还有'大黄蜂',我们一起这么多年,现在也成了路人。你知道,人不可以那么自私。再说了,我走了,她会过得好一点。"陈埃说。

末了,又加一句:"我怕她。"

我至今没有弄清楚陈埃对她究竟是一种怎样的情感。对于秦桢桢和那个人在一起,陈埃的嫉妒和愤怒再度被激发。他没有说她患病的事,我想他必是不在意的。他能面对她的所有,可是他无法面对自己。只是他们之间的误会和心结没有人能解得开了。

小河边的争执,在陈埃的愤怒和错愕中,她掏出一把手枪结束了自己的生命,鲜亮的身体倒向水中,溅起一朵红艳艳的大水花,上面书写着她20多岁的年轻生命。据我所知,她之前还和一个警察暧昧不清过,估计是为了那把枪。她的感情迸发让人害怕,理智也同样让人战栗。这是一件早已策划好的事情,说不定在踏上来江枫镇的火车的那一刻,这个想法就已经生根。

"她早知道自己的病即将不久人世,在最后关头还留给我忏悔和痛恨。她什么都要赢,如今她赢了。"陈埃的最后一句话。

可是陈埃,你并不知道她的赢里有多少绝望。秦桢桢犹如一团龙卷风,将他卷至高空,带来刺激与满足,又重重地将他抛到地面。陈埃是个弱者,承受不起太炽烈的爱。

秦桢桢是我的影子,是我的第二人生。她是显在的我,我是隐形的她。有时我觉得,我们甚或是合一的。也许时间的每个角落都存在着许多个我和许多个秦桢桢,为了爱奔忙,决绝,背叛,像野兽般撕咬。

往事好像就到此说完了吧。越到这种时候心里越是闷得厉害。我也觉得没有什么再好说下去的了。

我知道必须还要去一趟江枫镇,遇到什么就记录下来分享给读者,就当给故事收个尾吧。谁知道我的鬼使神差呢。

江枫镇的变化不大,贯穿整个小镇的还是那条水道,石桥也是原来的

样子,有些地方磨得更为光亮,而有些地方却是暗淡古旧。我的记忆像尘埃浮散。

斗转星移,流水又流了20年,这儿必然也是再经历了许多生死,许多黄发垂髫的更换。缓和的,汹涌的,它的眼睛才算是见证了一切。

曾经没有去过的地方现在我决定去看看。比如小街对面临水的房子,二楼窗户上摆着几盆小花,有着爬山虎和枇杷树的小院。树叶枯卷着,在空中似乎能传来清脆的被揉碎的响声。我转过房子走到对面,一位中年男子低着头努力摆弄手里的模具,正在压制一种叫做芡实糕的糕点,手掌上的纹路写尽沧桑,眉心的痣若隐若现,他的影子随着动作长长短短变换着。摊子旁边,坐着位大着肚子的女人,拿着竹篾针上下交错,织着一件婴儿的毛衣,那种细细的米色开司米的线团滚到了地上,拖出一道光阴。

我惊讶于他现在的生活,人生风云变幻像水一般不留痕迹。我猜测不到我走后,在他身上又发生了什么。他并没有靠读书走出去,绕了一圈又回到原地。然而这又有什么不好呢,沿袭世世代代的生活方式,安稳自在。我们读书考试,大多数追求的不过还是一种中产阶级的无聊复制的生活。

"小老鼠,搬鸡蛋,鸡蛋太大怎么办?一只老鼠地上躺,紧紧抱住大鸡蛋。一只老鼠拉尾巴,拉呀拉呀拉回家。"

清脆的童音,一个七八岁的女童拿着风筝从我身旁呼啸跑过。男人抬头看了一眼,话语里满是爱意:"荞荞,你跑慢一点。"

泪水早已开始漫溢,在他认出我之前,仓皇逃离。

再见!方同君。

19

江枫中学的铁门换了,不再有看门的大爷,取而代之的是两个门卫,都是年轻的小伙子。门口卖搀着色素和香精的糖水的老奶奶,想必也已经作古。小花坛里的月季似乎长得更加老成,而那种发于秋末,落于夏初的开得张牙舞爪

19. 只有流水知道的事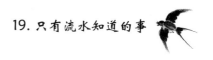

的石蒜花已经不见踪迹。

我摸索着，却找不到那排小白房，一打听，才知道十几年前就已经拆除了，校长室搬到了新盖的一栋办公楼的五层。我循着路线走过去，正是上课的时间没有多余人阻挡，所以找得也还算顺利。

刘永良没有换工作，几十年如一日。然而他明显老了，面部的纹路缠缠绕绕，像山谷里盘虬着的枯藤。他有些发福，腹部凸起像半个圆球，一定也会被好事的学生们拿来开玩笑吧。他早已不是20多年前记忆中秀气斯文的模样。我甚至都有点怀疑，曾经真的疯狂痴迷他到那种地步吗？

他手里握着个最新的苹果手机，食指滑动翻看着。我没有敲门，照直走了进去。

手机砸到了红樟木的桌子上，他显然是有些出乎意料，放大的瞳孔让我在里面看到了自己。他努力让自己镇静下来，舌舔了舔上嘴唇，用力地抿起嘴做出微笑的姿态。

我顺势坐下："好久不见。"

他伸出手来，礼貌性地回复我："是啊，好久不见呢。"

……

"你和你妻子还好吧？"我极力摆出优雅的姿态。

"很好，我们不再争吵。"他的话让我感觉，仿佛那件事，激发起了他们某种团结合一，抵抗挫折的，珍惜当下的力量，人在负罪的情况下反而会有更高的道德觉悟。之前看过一本小说叫《来自太阳的十秒钟》，里面的男主人公就是这样。

一切都是过眼云烟。第一次来到这儿是为了他，今日来到这儿还是为了他。 生竟然是这么短暂。

"你老了。"我冲他微笑。

"你不也是吗？你十七八岁时的样子我还历历在目。"他就是能说这种温婉的话的人，只是已经扣不开我如今的心扉，"不过，小荞，最重要的还是谢谢你！"他这句话一出，我反而觉得跟他似乎已经没有了任何旧情。

"你不必这么说,为你卖力的还有许多人,比如无辜的老汪。害怕你责难,这么些年东躲西藏。"我收敛了表情。

"老汪只是误解了,他以为我是个杀人犯,其实我根本不是。"他咧着嘴,那样的坦然,"你知道,当然了,我也不可能跟他说什么。说我跟她的失踪没有关系吗?我还真的没有。可是,我在老汪的眼里是逃脱不了关系了。"

不知怎么,我心底的良知和怒气就像火山般喷发了出来:"不是你不代表你不会受牵连,事情不终止他们还继续调查下去,一定会查出你和秦桢桢的不正当关系,先不说你会被万人戳着脊梁骨唾弃,你能不被免职?现在还能在这儿悠哉地做你的校长?"

"不正当?你以为,我们当年就正当?你读高中那会儿喜欢我,后来知道我有妻子,你说你不在乎,我们那样子就正当?"

我只听见自己牙齿摩擦的声音:"你不配我当年的感情!我都是为了你!"

"我安排你来这儿教书,我晚上在你的窗前像个乞丐,不叫感情?我是不是什么好人,你呢?我被审问了,我落马了,难道我们俩的关系就翻不出来?你就不怕?你做那事全是因为对我的感情?就没有一点为你自己考虑?你以为你能清高到哪儿去?"刘永良猛然站起来,一连串的问句将我逼到了墙边。

体内像有一把热气在蔓延,我的身体又不受控制地发抖。插入口袋的手使劲揉搓一张纸,那是先前陈埃给我的那封信,被我用小雏菊发卡夹着。

小荞:

其实,我都知道,也没有什么好责怪。爱情是盲目的。你和她实在是太像了,她如果遇到类似的事情,也一定会做出和你一样的选择。

就算不是你,我也已经打定主意去把这一切跟调查人员说出来,知道吗?我竟然想跟你好好地生活。可是我的确没有料到,想好好生活的勇气是因为你,绝望地想结束自己的人生也是因为你。

你跟她让我太难承受。如今他们对我的处置,我反而不想再做任何辩解。人生实在是没意思。这些日记信件是她一直带在身边留给我的,她早已决意要走那条路。现在全部留给你,算个见证。世间哪有那么多好聚好散。我会走好,你也珍重。

陈埃

你瞧我,连日期都忘记了,不过一个将死的人又何必知道今夕何夕啊。

由于用力,发卡的针尖已经将我的手指刺出了鲜血。

刘永良翘了翘眉,眉骨和上眼睑之间的眼泡肉清晰地突出。"周小荞,你不要忘记了,心甘情愿举报陈埃让我免受责难的,"他忽然用食指坚定地指向我,发出震耳欲聋两个字,"是你!"

评论:都市中的日常困境与悬疑中的女性们

短篇小说《二十一站》里,作者写到一个不具备姓名的小人物"她",她在这个大城市里的生活。场景都是我们熟悉的日常,在日复一日的地铁中,在工作单位,面对固定的人,有着相似的日常困扰。在重现日常的过程中,小说中出现了许多时代标志,无论是代表着时代症状的房价、雾霾,还是当代文化符号的木心,微信朋友圈分享,都可以看到作者对于真实世界再现的企图,小说无疑是对于都市年轻人境遇的最直接重现和又一次文学记录。

在小说中,主人公有融入集体的努力,和这种努力的失败。具体的细节体现在围绕办公室植物的讨论中,也体现在小说从头到尾,主人公文学化的内心独白和乏味日常的冲突之中。她始终想去和外界沟通,却还是不得已沉陷在自己的世界里,让人想起卡夫卡很早就预言了这些普遍性的困境。现代小说所揭示的困境之一,就是面对世界,人的选择变得稀少,变得单一,甚至变得封闭。纵然内心有诗歌千百句,一腔诗情仍旧被现实的坚硬匮乏,击碎于无形。

小说的空间很小,只是一趟地铁中的思绪,虽然狭小,但小说中涉及的东西却尽可能在放大,显然作者试图习得从某种来自张爱玲《封锁》的灵感和笔力。

《只有流水知道的事》是一篇带有悬疑色彩的小说,场景不再局限于都

市，而是回到了小城镇。故事围绕着一位神秘的女性语文老师秦桢桢展开，她的前世今生，她的口碑和传说，她的失踪与死亡，双生花一般的揭示谜团方法和自我叩问，便是小说的铺展过程。小说整体上风格细腻迂回，景物描写别致，叙述语调是冷静的，娓娓道来，是一篇文学修辞性很强的作品。题材选择上主要立足于平凡的小人物，背景中的南方小镇，人物设置协调，既有神秘可供想象的空间，也有为悬疑框架作为支撑的细节，特有的女性视角确实能够很好地驾驭这些材料。小说的实验色彩浓厚，叙述中细腻的部分则建立在作者对于现实独特的体察之上。从细微的颤动里，以窥人性那些光洁和幽暗面，渗透着作者深深的思考。

其中值得一提的是小说中有意识的对女性形象的塑造，以及作者所怀有的很深的慈悲。小说中，这些女性角色都比较鲜明地有自己的个性，无论是单面的天真不谙世事的，还是自恋自我优越又被戳破的，都能发现其中女性同盟的结成。而来自上一辈母亲的暗暗的压力，也贯穿始终，反映了作者对于女性群体内部的某种分裂的自省。母亲形象多数是强者、胁迫者，同时也是施与爱的人，以作者写出的结局来看，她更希望这种矛盾最终总会达到和解，互相原谅。

相反，男性形象在小说中未必有这么鲜明，存在感通常较弱，欠缺行动的能力。这也许是一种缺陷，抑或是一种特点。

（谌幸）

20. 迷宫

夏琛斌-16级专硕

当地铁门打开时，我反复告诫自己：千万不要着急，还有两站才到目的地。

可等地铁门关上时，我却发现自己已在地铁之外。我是什么时候出的地铁？又是怎么走出地铁的？我完全没有印象。看着迅速远去的地铁，我突然忘了自己一开始想要去哪儿。这样子可不行，我得找个既卫生又僻静的地方，坐下来好好想一想：我到底想去哪儿。我找啊找，找啊找，无论是身形，还是体态，都跟拾荒者一模一样。终于，我在熙熙攘攘的人流中，在一个臭气熏天的垃圾桶旁，不假思索地一屁股坐了下去。随即，"哎呦"一声，几块榴莲壳被我压得跟纸张一样平整，我也在这亮如白昼的地下道看到了无数颗若隐若现的小星星。

我睁开双眼，看见乘客都紧紧地捂着嘴和鼻子，斜视了我一眼，然后跟犯罪分子发现了便衣警察一样，绝尘而去，从此了无踪影。但是，苍蝇们就不一样，虽然之前被我吓跑了，可没过一会儿，就全都回来了，仿佛什么也没有发

燕归集

生。它们在我身上时而飞翔,时而跳跃,时而逗留。这跟它们在垃圾上的表现完全一样,可爱极了。对了,这是在哪儿,我为什么会坐在这儿,我到底要干什么。我想抓一个路人好好问问,虽然我也可以抓一只或者一群苍蝇,但是要知道,苍蝇就是再可爱,也终究只是苍蝇。我一扑一个空,一扑一个空,跟小时候在池塘里抓泥鳅的遭遇一样。正无限懊恼时,我突然清晰地看见眼前的弹幕上出现了密密麻麻的字迹。这些字迹颜色不一,大小各异,表述多样,但是内容无一例外,都是同一个意思:神经病。对于这些评价,我作为一个再正常不过的正常人,感到非常生气,简直可以说是火冒三丈。我想把他们一个个都揪出来,逐一痛骂一顿,挨个痛打一番。可是,他们是些什么人,他们又在哪儿,我却对此一无所知。哎,算了吧——不算了,我又能怎么样呢。

两束灯光远远地打在我的脸上,越来越亮,越来越强,让我无法睁眼。我知道,这是新的一班地铁正在进站。这时脑子里闪过一个念头,仿佛叫我赶紧去坐这一班地铁,去我最初想去的地方。我不确定这是不是幻觉,便一本正经地思虑起来。终于,我想明白了,无论如何,我都要立即起身去坐这一班地铁。于是,我发了疯似的朝地铁跑去,速度之快,完全超乎所有人的想象。但终究还是晚了一步,地铁门刚好缓缓地合上。我不甘心,拼了命似的追着地铁狂奔,一心就想赶到车头叫驾驶员立即停下,让我上车,将我带到我一直想去的地方。对方越来越快,我则越来越慢。不一会儿,地铁消失了,我杵在地铁口,怅然若失,悔不当初。我本能地咽了一下口水,喉咙随之出现一阵难以承受的撕裂之痛,就好像动手去强撕一块未完全坏死的皮肤。赶紧喝水润喉。我下意识地用右手去拧左手里矿泉水瓶的盖子,却发现左手中的根本不是一直拿着的矿泉水瓶,而是一根别人扔掉的玉米棒。

买水要紧。我清楚地记得地铁站内有自动售货机,里面不仅有矿泉水,而且有我喜欢喝的各种饮料,但是我却义无反顾地朝截然相反的方向走去。拐过一个弯,再拐一个弯,就到了一个三岔路口。我立即极目远眺,模糊地看见遥远的正前方有一个便利亭。根据我现有的常识,那里肯定有水卖。我高兴得手舞足蹈。我仔细看了看,在我跟前,有两条路可以通往那个便利亭,一条是

20. 迷宫

左边的笔直大道,一条是右侧的弯曲小径。我毫不犹豫地选择了前者,你要知道,我可不是傻子,也不是人们说的那种神经病——我是一个跟其他人一样的正常人。

我死盯着目标,急如星火,大步流星。不知过了多久,也不知走了多远,我突然发现自己与目标依旧那么遥远,据我当时的目测,我与那个便利亭的距离一点都没有缩减,仿佛自己在过去的那段时间里,一直在原地踏步。就算这样,我依旧埋头向前。殊不知,弯曲小径的第一个拐角就是一个小型公园的侧门,门口有一个专门方便游客的便利亭。在前行的过程中,我完全无视路边两侧的一个又一个百分百有水卖的商店,并且错过了一个又一个就在我身旁的便利亭,甚至在路过便利亭时,对便利亭老板问我要不要买水这一举动先是视而不见,充耳不闻,后来则将其通通视为强盗土匪,唯恐逃之不及而遭其毒手。终于,我意识到我绝无可能到达那个遥远的便利亭,喝上我一直心心念念的矿泉水。天啊,我就要这样被渴死。

我自暴自弃,义愤填膺,狠狠地将背包摔在广场的水泥地上。"砰"的一声,背包左侧网袋里的矿泉水瓶弹出网袋。几乎同时,"噗"的一声,我之前未拧严实的瓶盖脱离瓶口,水瞬间从瓶内冒出,并且没有停止。我既喜出望外,又心疼不已,立即冲向矿泉水瓶,对原本只剩三分之二的水的矿泉水瓶进行抢救,就像抢救一个正在垂死挣扎的病人。生命之源啊!我如获至宝,拿起矿泉水瓶,跟牛喝水似的,一口气将剩下的水喝了个精光。我呼呼地喘着粗气,然后打了两个响嗝,差点把我的膈肌和声带冲出体外,但是,随之便是浑身轻松。

我席地而坐,完全沉浸在解渴给我带来的心满意足之中。好长一段时间,我都那样静静地坐着,尽情地享受着当下,完全不用去回忆过去、思虑未来。突然,我不由自主地涌现出一种强烈的渴望,渴望这种自由自在、无忧无虑的状态能够一直保持下去,直到生命的尽头。可与此同时,恐惧感也油然而生。我的脑海顿时狂风暴雨,波涛汹涌。这雷霆万钧之势瞬间把我细小脆弱的颈椎摧折糜灭了。我低垂着脑袋,紧闭着双眼,用手牢牢地防护着正在迅速膨胀的

脑袋,唯恐各种像魔鬼一样张牙舞爪的思绪把我胀得跟皮球一般的脑袋撕向各种我无法掌控的方向,就跟古时候的五马分尸似的。

我看见自己恍恍惚惚、跌跌撞撞地来到一个巨大的环形广场。广场的四周有无数块首尾相接的大型屏幕,正在这大白天里播放同一部无声的黑白电影。广场上人山人海,或蹲着,或坐着,或站着,正在忘我地观看这一部不仅过时已久而且无比怪诞的电影,并发出震耳欲聋的怪笑。在我达到之后,这种笑声就从未停过。我很是好奇,便抬头朝任一屏幕看去,发现电影的风格跟我之前看过的卓别林的所有电影一模一样。于是,我也禁不住跟着大声怪笑起来。突然,我感到左右眼角一阵阵刺痛,便用手去揉了揉,但是疼痛依旧。我立即拿出镜子,仔细看了看贴近鼻梁的两个眼角,根本不存在所谓的睫毛倒刺,倒是各有一粒绣花针粗细的耳屎。不对啊,我清楚记得早上刚刚掏过耳朵,耳孔一尘不染。我赶紧用手去拭擦,可无论我使出多大的力气,这两粒坚硬无比的耳屎就像在各自的地盘生了根发了芽似的,始终纹丝不动。我立即败下阵来,任它们继续它们的摧残,就像耳边的欢笑一直扰乱我的心绪一样。我反复宽慰我自己:还好这两粒耳屎不显眼,不影响我的美观,爱刺痛就刺痛吧。尽管如此,我还是不放心。我一而再再而三地照镜子,端详着这两粒占据我心扉的耳屎。终于,我要安心地收起镜子了。可就在这时,我猛然发现镜子里的我非常面熟,好像在哪儿见过。我搜肠刮肚,绞尽脑汁,可终究也理不出任何头绪。算了,管它呢,还是抓紧时间看电影吧。

我抬起头,朝任一屏幕看去,发现屏幕上的男主人公似曾相识,但就是想不起来到底在什么地方见过。跟之前一样,我心想:爱谁谁,与我何干。可是,强迫症一直在作祟,我总感到堵得慌,完全没法投入电影中去。我一定要弄个清楚,便开始向身边的观众寻求答案。可是,这些成年人,不管是男的女的,老的少的,一个个不但不看我一眼,无视我的问题,而且怒斥我打扰了他们观影,影响了他们取乐。看来,我是无法得到我想要的答案了。我只好乖乖地看电影,可是怎么也没法投入。既然如此,倒不如走了得好。我垂头丧气,准备离开这个不属于我的场合。我走啊走,找啊找,可怎么也找不到我来时的

20. 迷宫

路。我努力地仰起头,来来回回地找寻出口的标志,最终除了看见四周完全一样外,什么也没有发现。我晕头转向,在人群中挤来挤去,一次次被人当做过街老鼠。突然,一个偶然的机会,让我看见了来时的路。我排除万难,穿过一条条缝隙,终于到达了侧身才能通过的小门。门口有两个小孩正在玩泥巴。他们仰头看了我一眼,不约而同地说我跟电影里的男主角长得一模一样。

刹那间,我心中的希望之火被这两个小孩点燃。我立即抬头,仔细看了看电影中的男主角,然后以最快的速度拿出镜子,对着镜子中的人像细致地瞧了瞧。如此三番五次,五次三番,我终于有了一个明确的答案。看着这两个依旧沉迷泥巴的孩子,我满怀感激。我虽刚刚释怀,但却又满腹疑惑:我什么时候拍过电影,我从来就不是演员,这到底怎么回事?这一刻,我不想走了。我想留下来,好好看看这部由我主演的电影到底讲了些什么。

我将视线投向正对着我的那块屏幕。我应该感到庆幸——电影正好再一次开始循环播放——我无须担心错过电影里的任何剧情。电影正式开始了:地铁里,人一个黏着一个,仿佛全是连体儿。我蜷缩在一个角落,透过人们中间的缝隙努力地喘着气。尽管空气污浊,但是透过人群,从我的局部表情可以看出,我一直处于若有所思的亢奋之中,尤其当车厢里响起报站声时。地铁到站停了下来。我立即冲破重重人群,就像游泳健将在最后冲刺时拨开前方的水一样。我大步迈过车门,却又立即停了下来,然后好半天都处于一种茫然无措的状态。终于,我开始有动作了。只见我在站内来回地走动,似乎在寻找什么,乍一看去,跟一个拾荒者差不多。最后,我莫名其妙地在一个垃圾桶旁坐了下来,把一个榴莲的外壳压得平平整整。这个垃圾桶不仅桶内塞满了各种垃圾,而且垃圾桶的周边也堆满了一层层的废物。无数的苍蝇在我的身上,犹如在这些废弃物中,不停地来回跳跃。……整个故事完全按照我的节奏,一点一点地向前推进。结尾尤其简单:我坐在热浪翻滚的水泥地上,垂头丧气,一声不吭,只是用手紧紧地护着头部,唯恐被人夺去——全然一副高度戒备的状态!

电影结束了,并且不再循环播放。观众一个个都意犹未尽,一脸悻悻地四散开去。我则依旧沉浸在电影的情节中,回忆着,思索着。突然,不知道谁尖

叫了一声,高喊着电影中的男主角——也就是我——在现场。顿时,正在离去的人们像涨潮时的海水一样,一波接一波地朝我涌来。瞬间,我淹没在了人潮之中,以及随之而来的各种嘈杂声中。

"你是刚从片场回来吧?"(估计是看到我浑身脏兮兮,跟电影中的装扮完全一样)

"你真是太搞笑了,乐死我了!"

"你演得真好,绝对是世界级的影帝!"

"什么时候出电影的第二部?"

"你生活中也跟电影里一样吗?"

"帮我签个名!"

……

人声鼎沸,水泄不通。我不堪其扰,却又无处可逃。除了无言的挣扎,我对"影迷"们没有任何的回应。我渐渐地往人群里蜷缩,跟一只惧怕寒冷的小猫一样。"影迷"——不,这时起,称呼他们"观众"或者"看客"更为确切,也跟着蹲了下来,都一副"如果得不到满足,就绝不罢休"的模样。我依旧迟迟没有回应,因为我根本不知道怎么回应,要知道,我不是一个演员。终于,不知道谁最先怒了,斥责我自以为是,对自己的"衣食父母"太过傲慢。随即,谩骂声跟开闸后的洪水一般,以不可阻挡之势朝我袭来。甚至到了后来,有人开始肆意拉扯我,想要对我拳打脚踢、大打出手,直到我满足他们的要求为止。我危在旦夕,无比惊恐,本能地像狮子一样大吼,誓要冲破这天罗地网。

我看见自己双手左右横扫,嘴里高喊着"让开",在广场上一圈一圈地狂奔。我的背包则在我原来坐的地方趴着,像一只干瘪的烤猪。没过多久,两个壮汉过来了。左一个,右一个,强行将我制住。我发了疯似的拼命挣扎,吵着嚷着要他们放开我。他们叫我别动,还说他们是警察。可我明明看见他们穿的不是警服,是雪白雪白的大褂,医生们常穿的那种。我不听,我不停。两人无奈,只好使用了最原始的方法——在我后背狠狠地来了一拳,来让我镇静。

20. 迷宫

我立即晕了过去。等我醒来时,我发现自己躺在一张狭小的病床上,也许是担架上。我环顾四周,发现房间跟地牢一样,没有窗子,到处阴暗昏沉,只有门口有一点点暗黄的灯光。此外,房间里还有许多人。不,我不确定他们到底是不是人,因为他们的头一个个都是动物的头,如猴头、牛头、虎头、马头、狗头、鸡头,羊头,等等,并且脸部的表情完全不是人类甚至大自然里所具有的,但在动物园里却触目即是。他们只有颈脖子以下是人身,并且都穿着跟我一样的病号服。我想我大概是在医院了,并且很有可能是在动物医院,抑或是在人和动物的综合医院。他们用我看待他们的眼光来死死地盯着我,我顿觉不寒而栗。

这地方太阴森太恐怖,绝不是正常人待的地方。我想逃跑,可是有那么多双眼睛盯着我,并且整个身子又被绑得严严实实,丝毫动弹不得。我只好耐心地等待医生的到来。这也不错,我刚好可以趁此机会好好想一想我最初到底想要去哪儿,在这之前的大半天里,我都经历了一些什么,我为什么会来到这样一个地狱一样的地方。但是,八小时过去了,一个医生也没有出现。再过半小时,就要满二十四小时了,可医生依旧没有出现。我不仅沮丧,而且愤怒。我跟自己,也跟"病友"说,再过五分钟,如果还不来医生,我就要大声控诉,并希望他们跟我一起抗议这种非人道。意外的是,他们装聋作哑,满脸鄙夷。我只好当自己什么也没说。

这一个个都怎么了?我实在想不明白。哎呀,想那些干嘛,他们爱怎样怎样,反正我是待不下去了。我全身紧绷,使劲一拱,差点把自己弹出床位。不知什么时候,所有绑住我的东西全都消失了,我完全可以不费吹灰之力就能顺利起身,就跟翻手动掌那样轻而易举。这来得很是突然,我毫无心理准备。但是,我不愿对此多想,只想第一时间离开。对于此前的一切东西,包括悬在床头,我睁眼闭眼都能见到的背包,我一概都不想要,因为在我看来,它们通通都是我的负担,对我第一时间逃离毫无益处。

我拔腿狂奔。"病友"们一脸的不可思议。我冲出房门,脚步声在过道里发出急促的回响。过道就像藕池口以下的荆江,九曲回肠,望不到尽头。过

道里，壁灯忽明忽暗，阴风或急或缓。我飞速跑过一个又一个弯道，甩掉一个又一个背影。突然，在拐角处，我不巧撞见了之前在广场上制住我的那两个自称警察的"白大褂"，只是这时他们换成了连三岁小孩都能识别的警服。他们立即合力将我拦下。我乖乖地叫了他们一声"警察同志"。他们立马正颜厉色地纠正我，说他们是医生。我随即改口。他们问我为什么要跑。我说我特别害怕，想赶紧离开那儿。他们说，我既然那么害怕，那为何之前要到那儿去。这我就不懂了：明明是你们把我打晕了，把我送到这儿来，现在却说我自己跑来这儿的。我心里忿忿不平，但是为了不给自己离开带来麻烦，但又不想错过了解具体情况的机会，便表达得比较委婉。他们没有对我的表达感到不快。只见他们相互看了一眼，满脸冤枉的样子，一唱一和地说我根本就没病，是一个完全正常的人，他们有什么理由要带我到这儿来。我暗暗松了一口气，赶紧道歉说，是我自己弄错了，走错地方了，打扰他们了，请他们原谅，我这就立即离开。他们对我的表现似乎比较满意，于是立即松开了我，但是叮嘱我说，那儿病人形形色色，其中不少病人虽然时时刻刻都在吵吵嚷嚷，想要跟我一样从那儿出去，但是终究因为他们自己优柔寡断而功败垂成；尽管如此，他们俩希望我一定要低调行事，绝不能张扬，以免引起骚乱，给他们增加麻烦。我连连答应。我蹑手蹑脚，跟个小偷似的，但是心里恨不能立即飞奔起来。我越走越感觉过道不是过道，而是蜿蜒曲折的山洞，壁灯也不是壁灯，而是原始人在山洞里点燃的篝火。不过，有一点我隐约可以确定，那就是我正在篝火的照明下，朝着山洞洞口的方向走去。突然，一股劲风朝我背后袭来，随之，我眼前一片漆黑，身子不禁趔趄向前，感觉自己瞬间跌倒在地。等我睁开眼睛时，我发现自己坐在记忆的广场上，浑身乏力。

我举头望去，四处搜寻。广场空空荡荡，道路车水马龙，高楼巍然矗立。我已无法找到那个可能是"医院"的地方，但却依稀记得我在"病房"近二十四小时里回忆的一切，以及逃离"医院"的情形。我告诉自己：我没病！用那两个似警察非警察、似医生非医生（或者说，那两个既是警察又是医生）的人的话来说，我是一个完全正常的人。所以，我要去我最初想去的地方。刹

20. 迷宫

那间，我却不自觉地想起（应该说是怀念起）了我在"病房"时睁眼闭眼都能见到的背包。我告诉自己千万不要去想它，它对我已经没有多大意义，尤其在目前这样热浪肆虐、滚气纵横的恶劣环境下，更要抛弃过去的一切包袱，轻装上阵。然而，出发前，我在一种完全不自觉的状态下，上前拾起那个被我之前狠狠地摔在水泥地上的背包，然后又在完全无意识的情形下，将它背在我大汗淋漓的后背上，与我一起前行。

我依旧有些恍惚，继续沿着那条笔直的大道向前。但与之前不同，我不再埋头走路，而是沿途问路：我怎么才能到达我最初想去的地方。答案五花八门。有人叫我往回走，坐两站地铁就到了。这不用他说，我自己也知道，可我就是不愿意，因为我的人生信条就是"绝不走回头路"。有人告诉我坐公交。我赶紧跑到公交站台，结果要么车子在这大白天就已经停发多时，要么被蜂拥而至的人群一次次残酷地挡在了车门之外。有人对我满心怀疑，冷嘲热讽，说我想去的地方遥不可及，就凭我的资质与条件，要想到达那儿，简直是天方夜谭。我不信邪，事在人为，路在脚下，这世上哪有人到不了的地方。更有老者语重心长地说，我已经错过了去我想去的地方的最佳时机，那儿刚刚正式宣布从此不接纳任何人，并且那儿已经从这个世界消失，世间再无那个地方了，人们是不可能找到那儿的，我就不要再白费力气，还是赶紧做点别的，要知道适时放弃也是一种智慧。我不信，这才过了多久啊，怎么能说没有就没有了呢，我绝不相信。于是，我继续往前走，凭着内心的感觉和路牌的指引。不知走了多久，也不知走了多远，我发现自己一直在这一带的大街小巷里打转。我必须尽快走出这个迷宫。我立即停下脚步，抬头环顾四周，朝不同的远方看去。偶然间，我真真切切地看到了我的目的地。只见它光芒万丈，美不胜收。我热血澎湃，激动不已，目测了一下我们间的距离，觉得我很快就能实现我的夙愿。我立即调整方向，大踏步地朝目的地走去。

为保险起见，我打开导航，锁定了目的地。导航显示，我距目的地不过千把米的距离。我迫不及待，随着导航箭步往前走。起初一切正常。突然，导航提醒我偏离了路线。我赶紧拿出导航，发现只剩两三百米，于是立即作出调

整。可是没过一会儿，我又被提醒偏离了路线。这时，我发现我与目的地竟然相差八九百米。不可思议。我只好赶紧作出调整。终于又将距离缩小到了四五百米。我信心满满，正兴致勃勃时，却又被提醒出现了路线偏离。我内心抓狂，却也只能马上调整。这远没有结束。此后，时对时错，时近时远，循环往复地出现。我简直要疯了。这都什么破导航。我不禁自言自语地飙脏话，恨不能把手机给摔了。我转身问行色匆匆的路人，为确保信息的准确，一口气问了十来个人。他们的回答都惊人的一致，并且跟导航上的距离提示相差无几：只剩十多米了。我给自己上了双保险——既按照路人的指引，又依靠手机导航，继续朝目的地前行。

一次，一次，又一次，我忘记自己到底绕了多少圈，也忘记自己多少次被提醒到了目的地，但是等我驻足细看时，却无一例外地回到了原地。我抬头环顾四周，发现我要去的地方依旧富丽堂皇，魅力四射。咫尺天涯，我不禁五味杂陈，脑海里涌现出我之前买矿泉水的经历。不管怎样，事实已经证明，矿泉水瓶最终出现在了我背包的网袋里，但是现在，有谁能够告诉我我想要去的地方到底在哪儿，我又该如何到达，并且我要去的地方是否也能像之前矿泉水瓶那样在不经意间出现在我的面前。我不断翻转手机里的地图，不断抬头朝目的地望去，不断回忆路人的话语，尤其是当初劝我赶紧放弃的声音。似非而是，似是而非。

我脑子一片乱哄哄：如果当初多一点耐心，再等两站下地铁，也许早就到了；如果当初一发现自己提早出地铁，就立即回去搭乘地铁，也许已经到了；如果当初自己没有在买水上浪费大量时间，也许已经到了；如果当初没有在广场上观看自己主演的"电影"，也许已经到了；如果当初没有在"病房"耽搁那么长时间，也许已经到了；如果当初听取别人的建议而回去乘坐地铁，也许已经到了；如果当初赶在众多公交班次结束之前到达公交站台，也许已经到了；如果当初挤公交时多花些精力和技巧，也许已经到了；如果……

天旋地转，迷雾重重。我头痛欲裂，像一头发了疯似的公牛，开始在丛林里东奔西跑，横冲直撞。不一会儿，我头破血流，遍体鳞伤，轰然晕倒在布

20. 迷宫

满荆棘的灌木丛中。恍惚中,我清晰地看见一拨又一拨的飞禽走兽,一遍又一遍地在我的残躯上来回践踏。心满意足之后,它们又紧紧地围绕着我,载歌载舞,昼夜狂欢。我无地自容,极度恐惧,挣扎着想要立即逃离,但是,我现在是一个完全的植物人,除了两只眼睛像泉眼一样,不断地冒着血红的泪水以外,什么也做不了。整个丛林弥漫着漫天的扎心红色,荆棘在疯狂生长,飞禽走兽更加肆无忌惮。我犹如狠狠地摔在地上的惊弓之鸟,气若游丝,奄奄一息,在血色的洪流中或高或低,或左或右,被席卷至不知尽头在何处的远方。

我紧握双拳,仰天长啸。很快,我就急性缺氧了。我忘了我所在之处是什么地方,我忘了我怎么来到这个地方,我也忘了我为什么来到这个地方。我身心俱疲,呕吐不止,想把压在身上的包袱卸下喘口气,但是背包早已在我身上生了根,发了芽。我佝偻着身子,步履蹒跚。我分不清东南西北,辨不清车流人群,也不知道自己要去哪儿。我屡屡发生事故,虽然身体无碍,但是越来越不敢回头看路,也不敢抬头走路。我埋着头,走到哪儿算哪儿。

我来到了一个胡同。这样的胡同,我既熟悉又陌生。我漫无目的地一直往里走。突然,"砰"的一声,我撞墙了。我头都没抬一下,就立即转身往回走,然后莫名其妙地拐入另一个胡同,继续埋头往里走。"砰"的一声,我又撞墙了。我已记不清这样的撞墙我到底经历了多少次,但是隐约记得在一个寒风凛冽、大雪纷飞的午夜,我在最后一次撞墙后,晕倒在了胡同的墙角。我像一直受了惊吓的猫一样蜷缩着,瑟瑟发抖。暴风雪正下得起劲。不一会儿,我就被掩埋在了雪地里。身上的雪越积越厚,我清晰地听见嘎吱嘎吱的雪压声。

我喘不过气,迷迷糊糊中看见太阳出来了,照在我的身上,暖融融的。在阳光的沐浴下,胡同里的人们穿着厚实的棉袄,笨拙地扫着胡同里的积雪。胡同的孩子们发现了我,我却把孩子们吓了一跳。要知道,我当时脸色苍白,双目无光,四肢僵硬,简直跟死人没有什么区别。孩子们赶紧跑向他们的家长,说有人冻死在墙脚下了。大人们无不惊恐,立即把自己的孩子往各自的屋里赶,然后跟自己的孩子讲述我的种种往事。我知道,他们的最终目的不过是要他们的孩子牢记我的惨痛教训,以我为戒。我好说什么呢,自作孽,不可活。

　　天地漆黑一片，我听见寒风肆虐，暴雪正紧。我想呼喊，我想求救，可是，在他乡的胡同，在这样的午夜，又有谁能听得见呢，又有谁会施于援手呢，又有谁能雪中送炭呢？我想自己这次注定是要冻死在这冰天雪地里了。一想到这儿，我就栗栗危惧。在无比的惶恐中，我不由自主地想到了我的家人、老师、同学和朋友，想起了过去与他们的诸多美好。我无法自拔，看见他们一个个都在向我招手，朝我微笑，嘴里还似乎在说些什么。我知道他们依旧待我如初，但是我无颜面对他们。我很想回到过去，重建与他们在一起的美好。但是，没有机会了，我就要死在这儿了——孤零零地死去，好不冤枉地死去。胡同里的人们明天一早就会知道，但是绝对不会告诉他们。他们也不用人告知，也将会知道我死去的消息，并且知道我是因何而死。我无限渴望能再见见他们，哪怕一面也好。早知如此，何必当初。

　　我脉沉目滞。朦胧中，我听到了一个人从胡同口箭步走来。脚步声越来越清晰。这种脚步声我异常熟悉。小时候，我生病躺在床上，母亲每次过来给我喂药，每次过来看望我，也都是这种脚步。脚步声在我跟前停止了。我看到一个巨大的光圈环绕着我，就像孙悟空为防妖精谋害唐僧，用金箍棒给唐僧画了一个防护圈一样。这时，无论是寒风还是暴雪，都被挡在了光圈之外。光圈之内燃起了一团篝火，火势越来越旺。寒气开始被暖流取代，在哗哗的脆响声中，身上的积雪像海水退潮一样迅速逝去。我开始慢慢恢复元气，仿佛一只正在破茧的蝴蝶。我正要探头去看一看是谁将我从鬼门关拉回来时，却听见一种脚步声从我这儿逐渐远去。这种声音我再熟悉不过，踏实、轻盈，是母亲看到我大病初愈时，走出病房的脚步声。

　　我缓缓起身，朝脚步声离去的方向极目望去，看到一个熟悉的背影。饱经风霜的母亲不是一直在千里之外的乡下吗，怎么来这儿看我了？我百思不得其解。我朝那个背影大声呼喊，却发现那个背影早已经消失在了我的视线里。我立即抖擞精神，扔掉身上的包袱，带上心田的温暖，沿着背影指引的方向前进。沿途，冰消雪融，日暖风和。我走走跳跳，跳跳走走，像一个被母亲呼唤回家吃晚饭的孩子，异常快乐，无比幸福。

20. 迷宫

"先生,请将您的背包过一下安检,并喝一口您用过的矿泉水。"

我被穿着黑色制服的女安检员迅速拦住。"一分安检,十分安全"的声音在循环地提醒来来往往的乘客。这时,我才发现自己竟然来到了地铁站。真是鬼使神差!既然如此,那就乘坐地铁吧。我虽然被扫了兴致,但是没有一丝生气,相反,赶紧跟安检员表示歉意,并认真配合对方的安检工作。整个过程,我就像一个乖乖听话的孩子。

我顺利进站了。站在候车线外,对着地铁进站的方向,我翘首以盼。周围乘客越聚越多,甚至人满为患。常态。终于,地铁进站了。几乎与车厢门打开同一时刻,我被蜂拥的人群推进了车厢。这也是常态。不用等下一班就总是好的。我心满意足,蜷缩在车厢内的一个角落。车厢里,人一个黏着一个,仿佛全是连体儿。我透过人与人之间的缝隙努力地喘着气,脸上流露出迫不及待的神情。我时刻关注地铁到站的动态。预料中,车厢内响起了地铁到站声。

地铁门开了,我反复告诫自己:千万不要着急,还有两站才到目的地。

评论:寓言里的大城市与小人物

《迷宫》是一篇具有强烈寓言意味的小说。故事的世界分为两个,其一是地铁里,其二是地铁站外的大都市,二者共同构成了现代性的两面。

叙事者不断地突现二者之间的差异。在地铁站外的大都市里,叙事主人公呈现出相当迷茫的状态,他不断地自我反驳刚说过的话,以此来解构叙事者的权威地位,营造一种荒诞的感觉。与此同时,叙事者不断地突出自己的渺小感,叙事者在地铁之外的大都市里,不断来到"大广场""人群中"等充满了可能性也充满了混乱的地方,在这里人流涌向四面八方,很容易给人造成一种无所适从感。空间的巨大没有产生自由,反而造成了一种巨大的压抑。例如,广场之大往往是一种崇高感的象征,但是在小说中,这种崇高却和叙事者的无名感形成了对应,崇高的广场上,这个叙事者显得愈发渺小。在人群中,叙事者又不能被以本来的面目认出,不断有人将叙事者认错,这都象征着在现代大

都市中，人的身份、感情等都处于一种无法定型、无法自我确认的状态。事实上，这种感觉在叙事者走下地铁的时候就已经出现了，叙事者想要在自动售货机中买水，但是最终却走向了相反的方向，叙事者的行为总是和自己的意愿相违背。

然而，这种违背又没有造成什么严重的后果，到了小说结尾，故事看起来跟开始一样没什么区别。在现代社会中，人也正是这样，在高度的计划性中，计划成了一种没有实际意义的东西，每个人的同质化，每种生活方式之间的同质化，使得各种人生选择变得也同质化了，对于地铁中的小人物来说，这种同质化意味着，去往哪里实际上并没有差别。

叙事者不断强调，在地铁中还有两站才能下车。地铁成了和地铁之外的大都市生活的强烈对照。地铁是线性的，是有明确目的的，它象征着现代性的另一副面孔：有序的高效。叙事者强调不能提前下车，实际上就是在说，如果我们走出了这种有序的高效，那么我们实际上没有办法面对现代性的社会。这种有序的高效使我们避免了那种混乱与荒诞的感觉。现代性的人生正如高速的地铁一样，如果在指定的地点下车，那么我们几乎完全不会遭遇到混乱，但是一旦这种秩序被打破，我们将无所适从。然而，哪一种生活才是更真实的呢？恐怕哪种都不是，在绝对自由的空间里，在绝对多元的人群里，我们反倒没有自由；然而在地铁中，我们也没有自由。提前下车本是我们的自由，但是为了避免另一种压抑，我们却往往会选择放弃自由。现代性都市中，小人物的选择往往是这种两害相衡取其轻的抉择。因此，本篇小说虽然可能有些失于象征意味过于浓重，但却是一篇上佳的现代性寓言。

（谌幸）

21. 二娘

张建铭-14级专硕

一

带弟其实早就认识二娘。二娘家也住在后街，挨着大伯家，大伯家在大榆树的东边，二娘家就在大榆树的西边。二娘家的大儿子娶了媳妇住在院里的一间大房子里，二娘和二大伯老两口就住在靠近大门口的两间屋子里，说是两间，其实只有西边一间是用来住的，东边那间屋子是给一大家子人存放杂货用的。这两件屋子中间有个过道，过道的外端连着大门，因此这个过道被人们称作"大门洞儿"。大门洞儿的用处主要体现在夏天，当人们被大太阳追得无处躲藏的时候，最好的去处就是像二娘家那样的大门洞儿。拿个小板凳，往大门洞儿里一坐，唠唠家常，缝缝补补，偶尔刮来一阵儿过堂风。呵！顿时觉得小日子美滋滋儿的！

所以一到夏天，二娘家的大门洞儿便总有几个女人聚在一起，有没出门的姑娘，有带着孩子的媳妇，也有扎着发髻的老奶奶。她们一边唠着东家长西家

短,一边干着手里的活儿,有拆棉袄的,有补衣裳的,住得近的还有端着盆儿去刷鞋的。门洞里偶尔会出现一两个爷们儿,但他们只是搭几句话很快就会离开,不像那些女人一坐就是一下午。二娘也习惯了这些女人来门洞儿里闲坐,所以每天过了晌午,二娘就会专门预备些小板凳儿放在门洞儿里面。这些女人也像约好了似的,一过晌午就纷纷过来聚齐,有的人来得晚了,没有板凳儿坐了,二娘就去里屋拿个蒲团给她。有时候甚至二娘不在,但只要大门开着,就会有人去门洞儿里坐着。

带弟第一次见到二娘就是在这个门洞儿里。那是去年夏天的时候,大伯母要去二娘家的门洞儿摘棉花,带弟无聊,便也跟着去了。那时带弟并不认识二娘,是大伯母指着一个挺好看的女人说:"这是你二娘。"带弟才认识了二娘。二娘的眼睛大大的,眼珠儿也特别黑,身后还垂着一条大辫子,快到腰上了,就是脸上长了些皱纹,但带弟还是觉得她长得好看,至少比大伯母好看。不过好看归好看,带弟终究是不熟悉二娘,那天下午她并没有跟二娘说几句话,而是把全部的精力都放在二娘家的小板凳儿上了,因为二娘家的小板凳儿有四条腿,板凳儿上面儿还有花纹,比大伯母家两条腿的小板凳儿不知漂亮了多少倍。

带弟真正跟二娘熟络起来,是在带弟刚回到自己家的那段日子。刚回到自己家的时候,带弟时常会觉得没意思,因为母亲除了做饭、收拾屋子就是给即将出生的小弟弟做衣服、鞋子。有的时候带弟看见母亲做出来的那些小衣服也觉得十分可爱,但可爱也没有用,小衣服终究无法陪自己玩。自己的两个亲姐姐呢,母亲怕照顾不过来,就趁她们还没开学给送去姥姥家了。

这倒不算什么,没人陪带弟还可以自己玩,最让带弟觉得难过的是母亲和父亲总是吵架,一吵架父亲就躲出去,直到深夜才回来。母亲在家,则边哭边把她嫁过来以后遭受的所有苦难从头到尾地念叨一遍。每次带弟都会陪着母亲,听母亲讲那些过去的事儿,看到母亲讲着讲着就哭了,自己便也跟着一起哭。其实好多事情带弟都是听不大懂的,但看见母亲痛苦的样子,心里就不是滋味儿,可她又不知道该怎么办。所以带弟非常不习惯家里这样的气氛,总

21. 二娘

是想着往后街跑,去大伯家。母亲倒也不阻拦,只是会跟她说:"没啥事儿还是少去吧,都麻烦人家那么久了,还不起这人情呀。"带弟听到后,就跟母亲说:"我就去这一次!"话虽这样说,带弟回来的这几天几乎每天都要去大伯家打个照面。

那天,带弟又去大伯家了,可跑到大伯家门口的时候,发现那扇黑漆漆的大铁门是关着的,她踢了踢大铁门,除了从院儿里传来了几声小豆子的叫声,剩下的就只有大铁门叮叮咣咣的声音了。带弟有点失落,正准备离开,二娘从大门洞儿出来了。

"你大妈他们一家去小军她姥姥家了,明天才回来呢!""哦。"带弟应了一声。带弟耷拉着脑袋,实在不想回家,可又不知道该去哪。正在犹豫的时候,她发现二娘家的大门洞儿今天竟然只有二娘一个人坐在里面。于是她便不自觉地走了进去。"二娘,今天怎么就只有你一个人?""是呢,说来也怪,这两天来得人越来越少了,可能她们都忙吧。"二娘一边绕着草叶一边回答。

"二娘,你在做什么呀?"

"我在编蝈蝈笼子。你见过蝈蝈吗?"

"没见过,我见过蛐蛐。""蛐蛐跟蝈蝈可不一样,蝈蝈长得好看,通身都是绿色的,叫起来声音可亮呢!"带弟看着二娘将手里的稻草绕来绕去,越看越好奇。"蝈蝈笼子好编吗?""说难也不难,我教你?"

带弟正巴不得呢,"好!"带弟从二娘脚边拿了几根结实的草叶过来,跟着二娘左一搭右一穿,实在弄不明白的地方,就交给二娘帮她编。不一会儿,一个小巧可爱的蝈蝈笼子就成形了。带弟把弄着这个精致的小草笼,觉得简直像变戏法一样,所有的烦恼都没了。可是蝈蝈笼子光有笼子没有蝈蝈怎么行呢?

"二娘,蝈蝈去哪里弄?"

"蝈蝈呀,得去田里捉,你二大伯去田里干活啦,说不定会弄两只回来,到时候分你一只。"

"二娘,你手可真巧,你编的比我这个好看!"

"呵呵,都是小时候学的,你现在学会了,一辈子都忘不了,"二娘笑着说,"剩下这些草不够再编一个的了,我给你个编个草戒指吧!"

带弟把蝈蝈笼子放在一边,专心致志地看二娘编草戒指。草戒指要简单得多,二娘几下就弄好了。带弟把它套在自己的食指上,不大不小,刚刚好。带弟抬起手:"你看!"

"带弟的小手,长得可真肉乎!还有奶坑呢!"二娘又笑了。

带弟看着地上还有一些草,问二娘:"你还会编什么?"

"我还会编蚂蚱、蜻蜓,还有帽子。"

"这么多,我可学不过来!"

"哈哈,慢慢学就能学会。不过今天时候不早了,我得赶紧做饭去了!你先回家,等有机会我教你!"

"好!我明天就来!"带弟高兴地拿着蝈蝈笼子回家了。

回到家,母亲正在做饭,带弟举着笼子:"妈,你看!我编的蝈蝈笼子!"

母亲看了一眼:"哦,挺好看的。"

带弟正要跟母亲讲她今天编笼子的事情。母亲却先一步充满怨气地说:"不知道你爸死哪儿去了!你去前街看看他在谁家门口蹲着呢?叫他回来吃饭!"

带弟不喜欢前街,因为前街比较宽,不仅来往的人多,而且街的两旁总有几伙儿人待在一起扯闲篇儿,一到前街就免不了要跟那些她根本不认识的叔叔伯伯、爷爷奶奶打招呼,可是那些人好像并不愿意搭理自己,还会在自己走过去之后议论。"这是谁家丫头?""这不是那谁家老三吗?""啊?她们家老三也是丫头?""那可不……"这让带弟觉着非常不舒服。但母亲叫自己去,只能硬着头皮去了,她可不想再给母亲添堵。带弟把蝈蝈笼子放在院子的台阶上,去了前街。可是找了一大圈,陌生人是见了不少,就是没见到父亲,带弟只好回家了。回来后带弟告诉母亲她没找到父亲。母亲更加气愤了:"没找着拉倒,饿死得了!不管他,咱们吃!"可这话还没说完,母亲就单独盛出来一

21. 二娘

小碗儿菜,放在了锅台上。带弟知道那碗菜是给父亲留的,她不明白为什么母亲明明很关心父亲,两个人却总是吵个不停呢?带弟不想问母亲,她知道只要一问就会招来母亲一肚子的冤屈。

带弟和母亲刚坐到桌上,父亲就回来了。

"咋不死在外面!吃饭了倒是回来了!"母亲没好气地说。

父亲没有说话,坐在桌前开始吃饭。

母亲去锅台上把那碗单独盛出来的菜跟桌上的菜合到一起,也不再说什么了。

带弟本来想给父亲看看自己做的笼子,但不知为什么,看到父亲和母亲这样,自己竟不想去拿了。

两天过去了,带弟已经忘了跟二娘的约定,要不是看到被刮到墙角的蝈蝈笼子,带弟都忘了自己和二娘编草叶的事。带弟把蝈蝈笼子捡起来,草叶儿已经有点干了,但还没有散开。她记起那天二娘好像说要给自己留一只蝈蝈来着,于是赶紧提着笼子跑出去了。母亲以为她又要去大伯家,嘱咐了一句:"别在人家吃晚饭!"带弟没有解释,只回了一句:"知道啦!"人就没影了。

二娘家的大门洞儿又是只有二娘一个人。

"二娘,蝈蝈儿捉回来了吗?"

"这都几天了,还惦记着呢?"二娘忍不住笑了,"有一只都死了,还有一只也不太活泛了,你要愿意要就拿去吧。"二娘打开东边那间屋,带弟也跟着进去了,蝈蝈被装在笼子里挂在了一根细绳上。二娘从绳子上把蝈蝈笼子解下来:"给!"带弟拿过笼子往里面瞧了瞧,蝈蝈也没有二娘说的那么好看么,跟蚂蚱差不了太多,就是肚子大了点。不过带弟还是很兴奋。

正要出去的时候,带弟发现角落里挂着一件宽大的衣服,上面还绣着花,有点像之前她在戏台子上看到的衣服。

"二娘,这是唱戏用的吗?"

"对,现在倒成了接土的。你看看这上面的灰!"二娘一边笑一边往

外走。

"二娘,你家怎么会有戏服?"

"哎呦,都是年轻时候的事了。二娘以前唱过戏。"

"去年村东头那些在戏台子上的人里也有你?"带弟看着这么普通的二娘觉得有点不可思议。

"那没有,我都多少年不唱了!"二娘有点害羞,又有点骄傲,"我跟她们不一样,我唱的是评戏,他们唱的是二人转。他们那种二人转简单!"

二人转是啥,评剧又是啥,带弟并不能区分清楚,但她还没来得及问就听二娘接着说:"我小时候家里穷,12岁的时候,我娘就让我跟着来我们村唱戏的一个戏班子走了。我跟这戏班子的师傅学了有5年吧,开始只能演小丫鬟,后来就能演小姐了。我记着当时我唱《刘巧儿》的时候,台下可多人叫好了。唱完一段儿还让再唱一段儿。呵呵!"二娘又笑了。

"那你现在还唱吗?"

"现在不咋唱了。我19岁那年,跟着戏班子走到咱这个村儿时,你二大伯看上了我,我看你二大伯是工人,当时对我也挺好,还不嫌弃我的身份,我就嫁给了你二大伯。谁知道现在……唉!其实当时在戏班子的时候——"说到这儿,二娘的神情黯然了下来,没有继续往下说,"带弟,你想不想听戏?"

"好呀,好呀!"带弟瞪着大眼睛充满期待地看着二娘。

"今天就趁着你二大伯不在,给小带弟唱一段!"二大娘站起身来,一边比画一边唱道,"巧儿我自幼许配赵家,我和柱儿不认识我怎能嫁他呀。我的爹在区上已经把亲退呀,这一回我可要自己找婆家呀……"

二娘一开嗓,带弟就兴奋了,她听大伯母唱过这段,原来这就是评戏!二娘唱得很投入,连眉毛都动起来了。唱到后面,带弟就基本听不太懂了,但二娘一会儿拉长声调,一会儿加重力气,让她觉着着实有趣。而且二娘的声音也好听,像清凌凌的河水,一点儿杂质都没有。

二娘唱了一会儿,就停下了:"不行了,岁数大了,调门来不了那么高喽!"

21. 二娘

带弟拍着小手:"二娘!你唱的真好听!比大妈唱得好。"

"哈哈,你大妈要是听到你这么说,没准儿会不高兴的!"二娘一笑,脸上的褶子就被挤了出来。但带弟并不觉得难看,反倒觉着这些褶子把二娘的脸装扮得像朵花似的,于是竟冒出一句:"二娘,你真好看!"

二娘听带弟这么一说,笑得更大声了,红着脸说:"我这么大岁数了,还有啥好看的!哈哈!"

带弟成了二娘家的常客。有时是去大娘家的时候顺便去坐一会儿,有时就是专门去听二娘唱戏、讲故事的。二娘会唱好多段评剧,遇上带弟没听过的,就先给她讲讲故事情节,然后再唱。时间一长,带弟虽然还是不能完全理解那些唱词儿,但事是记住了不少,什么丫鬟小姐、公子员外、神仙鬼怪的,没事的时候就自己叨念。

有时候,唱着唱着,二大伯回来了,二大伯会很生气地瞪二娘一眼:"唱啥唱,还真想着那个戏子呢!"然后二娘就不敢唱了,不过她会偷偷告诉带弟:"下次咱再接着唱!"一遇到这种情况,带弟就不敢再待在那里了。等到二大伯上班的时候带弟再去找二娘。

二

已经快入秋了,母亲的肚子越来越大,但依旧是跟父亲三天一大吵,两天一小吵。

那天带弟又在父母吵完架后,跑去二娘家了。天冷了,二娘不坐在大门洞了,带弟就直接进到屋里去了。她发现二娘躺在炕上,脸上青了一块儿。带弟还没来得及问是怎么回事,二娘坐起来,看到闷闷不乐的带弟先开口了:"带弟咋了?看着不开心呢。"带弟就把母亲跟父亲吵架的事情说了,还说到母亲又哭了。二娘听着,眼圈竟然也有点红:"你妈也是命苦呀。怀孕时哭可不行,对身体不好,再把肚子里的孩子哭坏了!我当初怀我家你二哥的时候,就没少哭,结果你二哥从小就身子弱。幸好他考大学考出去了,不然就那身子

骨,在家扛一会儿镐头都觉着累。现在好了,念完大学坐办公室啦!"带弟第一次听说二娘家还有个二哥:"我二哥?""嗯。你太小了可能不知道。你二哥是咱们村子里的第一个大学生,当初别人都可羡慕了!村大队还给颁了个奖状呢!"二娘从抽屉里翻出来一张干干净净的奖状,不过带弟不识字,不知道上面写了什么。

随后二娘又翻出一张照片:"看,右边那个就是你二哥。"带弟看着照片里那个人,确实跟住在院子里间的大哥有点像:"那旁边这个是谁?""那是你二哥的同学,也是大学生。"二娘又情不自禁地笑了。但这笑容跟唱戏时的笑容不太一样,带弟觉得二娘此刻有点像母亲,像跟人提起肚子里的男孩子时的母亲。二娘又告诉带弟二哥的照片是在湖北照的,湖北是二哥的大学所在地。带弟第一次听说这个地方,想要跟二娘多打听打听,可二娘也没去过,并不能解答带弟那些奇奇怪怪的问题。

二娘看着照片,用手轻轻地摸着二哥的脸。"两年多没回来了,也不知道咋样了。唉!"二娘好像没有刚才那么兴奋了,但依旧很骄傲,"带弟!你到时候也好好学习,跟你二哥一样,考大学,别待在这个破村子。到时候把你妈也接出去,让你妈享清福!"

"大伯也叫我好好学习。学习好了,就能让我妈享福?"

"那可不。学习好了进城里,住大房子,到时候把你妈带走,就不用在这吃苦受累了。"

带弟若有所思地点点头:"那二哥什么时候把你接走呢?"二娘一下愣住了,不知道该怎么回答,就没再说什么。带弟又问:"二娘,你的脸咋啦?"二娘叹了口气,又不说话了。带弟又在二娘家待了一会儿,但不管带弟说什么,二娘的兴致都提不起来了。带弟也就无精打采地回家了。

回到家,母亲躺在炕上,眼睛还红着。带弟想起二娘的话,跟母亲说:"妈,你别哭了,二娘说怀孕的时候哭,肚子里的孩子生下来身子弱。"

母亲坐起来,抚摸着带弟的头:"妈也知道对你弟弟不好,但不哭一哭,心理憋得实在难受啊。唉!"

21. 二娘

带弟以为母亲又要讲她那些心酸的故事了，没想到母亲突然问："哪个二娘？"

"就是后街二娘。""这几天别去你二娘家了，你二娘和你二大伯正闹意见呢！""为什么闹意见？""你二娘以前不是唱戏的吗，她们那个戏班子——"母亲欲言又止，"说了你也不懂。记着别去给人家添麻烦就对了！"带弟觉得二娘跟那个戏班子一定有什么故事，但二娘不跟自己说，母亲也不愿意跟自己说。越没人说，带弟越好奇。再加上二大伯跟二娘说话时总没有好态度，二娘的脸上还多了一块伤。这所有的一切加在一起，让带弟觉得二娘和那个戏班子一定还有什么她不知道的故事。但故事是什么带弟并不着急知道，眼下最让带弟着急的是另一件事——她早就跟二娘约好了要跟二娘学做纸花，扎秸秆灯笼。本来今天就是去学做纸花的，但带弟看见二娘那个样子，也没好意思提。这下母亲不让自己去二娘家玩儿了，纸花和灯笼该怎么办呢？

第二天，快到傍晚的时候，带弟还是没忍住偷偷跑去了二娘家。走在路上的时候，带弟思前想后，觉得自己并没有给二娘添什么麻烦，反而觉得二娘跟自己在一起的时候非常开心。她越想越觉得自己是对的，于是就心安理得地踏入了二娘家的大门。

来到屋里，二娘正准备把剪刀和浆糊收起来。

"我以为你今天不来了呢！唉！现在没有人愿意来我这儿了，他们都看不起我啦。"二娘硬生生地挤出了一个难看的笑脸。

"他们为什么看不起你？"

"不知道。谁知道是哪个挨千刀的瞎造谣！爱咋说咋说吧！大不了不过了！"二娘前言不搭后语地自说自话。

带弟想问问那个戏班子到底是怎么回事，但真看到二娘的时候却没问出口。

二娘默默地把纸裁成好多个小正方形，带弟也学着二娘的样子把另一张纸裁成好多小正方形。

"带弟，我再给你唱段戏吧！""好呀！二娘唱戏好听！""不让我

唱,我就唱!看谁管得着!"说着,二娘便一腔一势地唱了起来。二娘这回唱的是带弟以前听过的一段叫《冯奎卖妻》,带弟记得故事大概是说有一家人,丈夫叫冯奎,妻子叫李金莲,生了一儿一女,后来遇到天灾,庄稼都旱死了,没有收成,日子过不下去了,冯奎就把妻子李金莲卖了出去,不过后来他们一家人还是得了团圆。那次二娘唱得很高兴,遇到苦悲的情节二娘只是在假装做出痛苦的样子。

但这一次,当二娘唱到"金莲女坐房中,珠泪涟涟"的时候,竟真的哭了起来,而且这一哭就没收住,都把她在腿上捻出来的"花瓣儿"打湿了。

带弟问二娘:"你怎么了?"二娘不说话,就是一个劲儿地吧嗒吧嗒掉眼泪。带弟站在一旁,也不敢再说什么,就把二娘捻出来的"花瓣儿"一张张捋好,放在了一起。二娘哭得正伤心,二大伯下班回来了,进屋恶狠狠地说了句"破鞋"就走了。二娘听到二大伯的话,反倒不哭了,她擦擦眼泪:"带弟,你先回家吧!改天我再教你!"带弟看看没做完的纸花,还有点不舍,但二娘都哭了,她就只好离开了。带弟不知道,那么爱笑的二娘怎么说哭就哭了。难不成是被戏文感动了?但看起来也不像呀!难不成真的是自己给二娘添什么麻烦了?还有二娘唱戏明明很好听,二大伯为什么不爱听呢?他刚刚说的"破鞋"又是什么意思?带弟猜想这一切可能还是跟戏班子关系。但究竟是什么关系,带弟也不清楚。

此后,带弟很少再见到二娘了。一是母亲总阻止她去,二是那天过后,带弟也有点怀疑自己可能真的给二娘添麻烦了。天渐渐冷了,二娘很少出屋了。时间一久,两人都有点生分了。就算带弟去大伯家的时候撞见了二娘,二娘也不像以前那么热情了。俩人打个招呼就完事,二娘不会叫带弟进屋,带弟也不好意思主动进去了。

三

村子里每年正月都有"办会"的习俗。所谓办会,就是每年的正月初五

21. 二娘

到正月十五期间，村子里的男男女女、老老少少会组成一支表演队伍到各处演出，为来年的日子谋个好兆头。每年除夕刚过，会首就会组织筹备新一年的"会"。只要想参加的人都得提前去会首那里报名，会首根据服装和道具的数量从报名的人当中挑选一些相貌不错的人参加表演。然后这些人在初五当天的一大早就要去指定的人家去化妆。

因为二娘以前唱过戏，化戏装这个任务每年都会落在二娘身上。以前带弟虽然看过会，但自己没有亲自参加过。今年父亲给自己报了"抬歌儿"这个项目。"抬歌儿"就是两三个5岁以下的小孩儿被固定在一个做好的花木架子上，他们被分配为不同的角色，鼓点一响就开始跟着扭起来，左手一下，右手一下，小孩子多半是扭不太好的，但没关系，是那个意思就可以啦。花木架子底下有四到五个人高马大的壮汉，负责抬着架子跟着队伍一起走。

今年带弟扮演的是白娘子。才刚刚四点多，带弟就被母亲叫醒了。她穿好衣服，随便洗了把脸，就跟着父亲去二娘家化妆了。过了这么久带弟再一次走进二娘的小屋，一切都没有变，只是屋子里挤满了来化妆的人。带弟跟着父亲一起排到先来的人后面，她四下打量着，发现二哥的照片被镶在镜框里挂在了墙上，旁边好像还多了几张，有一张是二哥搂着一个女孩子的照片。看完照片带弟一抬头，看到镜框的上面插着一朵粉白色的秋秸花，带弟纳闷："都冬天了怎么会有秋秸花？"仔细一瞧，原来是二娘做的纸花，那花瓣就是之前二娘教她的那种！这朵花静静地开在墙上，简直跟真的一模一样，真是美极了。不过因为当时没有学完，带弟并不知道这朵花是怎么做出来的。看着眼前的"秋秸花"，带弟觉得有点遗憾，要是那天二娘没有哭就好了，就能教自己做这么美丽的花了！

轮到带弟上妆了。

带弟走到二娘跟前，主动跟二娘打了招呼，随后就问："二娘，墙上那花是你做的么？"二娘轻轻地"嗯"了一声，就没再说什么了。带弟又问："二哥又给你寄照片啦？"二娘又是"嗯"了一声就不说话了。看来二娘果然嫌弃自己了，都不愿意跟自己多说话了，带弟只好闭上了嘴。与此同时，带弟也闭

上了眼睛，她感到二娘的手在自己的脸上动来动去，很温柔。该上眼妆了，二娘终于主动跟自己说了一句话："把眼睛睁开，不要眨眼。"带弟得了二娘的命令，赶快乖乖地睁开眼睛，一动不动。带弟是第一次化妆，油彩涂在下眼睑的时候那种又痒又沙的感觉实在是难忍。但二娘发话了，带弟就一直用力地睁着眼睛，等到完全涂好了，眼泪儿已经在眼眶里打转儿了，幸好带弟的眼睛大，泪水转了几转儿又回去了。

"带弟真乖，呵呵！"二娘竟然笑了！

带弟胆子大了起来，她凑到二娘耳边，悄悄跟二娘说："你来看我的抬歌儿吧，我演白蛇。"二娘点了点头。

带弟是一路连蹦带跳地从二娘家回到自己家的。父亲以为带弟是为第一次上抬歌儿而兴奋，不住地喊："慢点！别摔着！"其实父亲不知道，带弟这么开心是因为二娘给她化完妆之后对她笑了，而且答应了自己要去看自己的抬歌儿！带弟觉得二娘又重新喜欢自己了。

回到家，母亲帮带弟穿好特定的服装，戴好头饰，都打扮好以后带弟照照镜子，都快认不出自己了。一身白色的衣服从头拖到脚，一串串闪着光的珠子垂下在粉扑扑的额头上，这让带弟想起了二娘讲的故事，她觉得自己好像变成了那些故事里的神仙，一边照镜子一边挥舞着小手，好像真的具有了法力一样。"别照啦！来不及啦！"父亲喊了好多遍，带弟才从想象中回过神儿来，赶紧跟着父亲朝街口的场院走过去了。

来到场院后，好多人已经聚集在那里了，一个满脸胡子的叔叔过来把带弟抱起来举到抬歌的顶端，另一个光头的叔叔把带弟的双腿放进一个铁箍里，然后用绳子把带弟的腿和身体都固定住，最后又给带弟套了一层更宽大的白衣，遮住绳子和铁箍，露出一节翘起来的假腿在外面。带弟刚上来的时候就注意到了这条假腿，她记得去年大伯母带她来看会的时候她问过大伯母："抬歌儿上的小孩儿一直伸着腿不累么？"大伯母当时跟她说过那是假腿，她还有点不信。因为那腿看起来特别像真的，还穿着衣服和小鞋子，而且她实在是想不明白如果那是假腿的话，小孩子的真腿去哪里了呢？现在算是明白了，原来自己

21. 二娘

的腿被放在了铁箍里，外面那条确实是假的！带弟想去摸一摸那条假腿，但是铁箍卡在腰上，根本就够不到。底下还有人喊："不要乱动！"

不一会儿，又有一个小姑娘被送了上来。光头叔叔按着同样的动作把这个小姑娘固定在架子另一端的铁箍里。这个新来的小姑娘身上穿的是青绿色的衣服，带弟听二娘讲过《白蛇传》的故事，问道："你是小青吧？"小青怯生生地没有说话，带弟又问了小青几个问题她都没有回答。

鞭响了！终于开演了！最先上场的是两只"狮子"和一位手里拿着花球的舞狮人。"哈哈！大哥！"尽管舞狮人的鼻梁上涂了一抹油彩，脑袋上又戴着一顶滑稽的小黄帽，带弟还是认了出来那是二娘家的大哥。只见大哥一个侧空翻把花球扔到了天上，两匹"狮子"也随着花球一跃冲天。"狮子里面原来是两个人！"带弟惊呼，把一边的小青吓了一跳。随后大哥又滚到地上，两匹狮子也塌下背贴地去找花球。围观的人们又是鼓掌又是叫好。带弟也觉得大哥很厉害。

狮子舞完了，接下来是跑旱船，跑旱船的都是刚结婚没多久的新媳妇，她们把"船"绑在身上，跟着锣鼓点迈开步子，晃动着身子，"船"便真像走在水里一样，顶上的花蓬左一下右一下，煞是好看。每条船的前面还有一个牵着绳子的老太太，这些老太太的扮相十分滑稽。头发乱糟糟的，脸上都是皱纹，下巴上还有一颗大黑痣，她们手里拿着烟袋锅子，脑袋跟着锣鼓点一晃一晃的，引得看会的人哈哈大笑。别看这些老太太扮相丑，旱船可得"听"她们的话，只要她们一挥烟袋锅子，她们身后的旱船就得齐刷刷地低下去，再一挥，这些船才能起来。还有只要这些老太太跑得快些，旱船就也得跟着加速。

带弟看得津津有味儿，可是腿被绑得有点累了。她想问父亲还有多久才轮到自己上场，可人太多了，看了一大圈也不见父亲的踪影，不仅没见到父亲，甚至连一个熟悉的人都没有，带弟有点慌了。正在这时二娘朝这边走过来了，二娘随便问了带弟几句闲话，看到旁边有人推着车卖糖葫芦，二娘就给带弟买了一串。吃上二娘给的糖葫芦，带弟甭提多高兴了，她觉着二娘对自己可真好，不仅教自己做小物件，还很关心自己。但她有点想不明白，二娘之前都不

怎么搭理自己了，怎么又突然对自己好起来了呢？难道真的是因为自己刚刚化妆时表现得好？或者是自己想多了，二娘根本就没有变过？带弟琢磨半天也没琢磨透。

第三个节目已经演到一半了。场院中央一群十七八的姑娘正踩着寸跷，挑着花篮走十字步呢。这些姑娘穿着统一的绿袄绿裤，外面清一色的披着大红袍子，只有花篮里的花颜色各不相同，有的红的多一些，有的黄的多一些。挑花篮的队伍后面还跟着一群十岁出头的小女孩，她们头上都扎着差不多长的马尾辫，马尾辫上都系着鲜艳的大红花。这些小女孩表演的是打花棍儿。花棍儿是用木头做的，上面画了许多红色的细线，靠近花棍儿两端的地方放了几片可以活动的小铁片，铁片上绑着一块儿红绸子，晃动起来，铁片"唰唰"地响，红绸子"呼呼"地飞。这些打花棍儿的小姑娘年前就拿着类似的木棍开始练习，现在已经非常熟练了，动作、脚步没有一点差错。带弟觉得在抬歌儿上看挑花篮和打花棍儿比去年跟在秧歌儿队伍后面看要好看很多。

终于轮到带弟上场了，今年除了她和"小青"的抬歌儿，还有一个抬歌儿，那个抬歌儿上面站了三个小娃娃，带弟听底下的人说，那三个小娃娃扮演的是什么"三小姐"。两个抬歌儿被打扮得十分好看，再加上站在上面的小娃娃长得也带劲，她们刚一上场就吸引了不少眼球。带弟张开胳膊跟着锣鼓点一前一后地摆动着，袖子上缝着的黄手帕也随着一前一后地飘，越扭越觉得美。带弟正洋洋得意，转头看了一眼小青，却发现她根本不动。这下带弟着急了，不断地提醒小青："快扭呀！你怎么不扭？"但是小青就是纹丝不动。底下的人开始指指点点："那是青蛇么，谁扮的？""青蛇怎么不动呀？""估计青蛇还没纳过闷儿来呢！哈哈！"……

一直到演完，小青一下都没有扭过，这让带弟有点不开心，不过带弟在表演的时候找到了父亲，父亲在乐队里，负责吹笛子。带弟早就知道父亲会吹笛子，但从来没见过，这回是第一次见，带弟心里隐隐地有一丝骄傲。

抬歌儿之后的节目是高跷，带弟是不大喜欢看高跷的，她觉得高跷队伍既不齐整，动作又很单一，偶尔出现一两个舞扇子的，相貌又不过关。于是带弟

21. 二娘

不打算看下去了，她想跟小青聊聊天。

"小青，你刚才怎么不扭呀？"小青看了带弟一眼，没有说话。带弟又问："你是不是不舒服？"小青还是不说话。带弟实在是拿她没办法，朝底下大喊了一声："小青尿裤子啦！""我没有！"

带弟"咯咯"地笑了起来："你终于说话了！"抬歌儿底下，小青的妈妈可着急了，反复跟小青确认了好几遍才放心。自此，小青的话匣子算是被打开了，带弟再也不觉得站在抬歌儿上那么无聊了。

而且她还知道了小青有一个特别好听的名字——明月。

四

会已经办了五天了，带弟也跟着"大部队"去附近的好几个村子表演过了。最开始的那股新鲜劲儿已经消耗尽了，每天天不亮就从暖乎乎的被窝里爬出来，对带弟来说，变成了一件非常困难的事。今天又是这样，母亲喊了几遍带弟也不起来，就在炕上赖了吧唧地哼唧。

"我不想去了。"

"那可不行，你不去今天的白蛇谁演呀，"母亲把衣服放在带弟的被子上，"之前谁保证说每天都能早起的？"

带弟揉了揉眼睛还是不想起。"快起来吧！待会儿去晚了，你二娘那儿人一多，她忙不过来就给你化丑了。"带弟听到"二娘"就从被窝里爬起来了："二娘才不会给我化丑，二娘对我好着呢！""好好，快穿衣服！你爸都等你好久了，"母亲叹了口气，"唉！就这事儿积极。赚钱的时候就没见他这么积极。我嫁给你爸可真是……""我穿好了！我走啦！""怪快的，嫌我唠叨呀？"母亲嗔怪道。带弟赔了个笑脸就跑出去了。其实带弟这么着急并不是嫌母亲唠叨，而是前一天化妆的时候二娘跟她说二哥今天就回来啦，还会把他的女朋友带回来。带弟是盼着去见二哥和女朋友呢！

来到二娘屋里，依旧是满屋子的人，带弟四下找了找，感觉哪一个都不像

照片里的二哥。轮到带弟上妆的时候,带弟迫不及待地问二娘:"二哥和女朋友呢?"

"屋里人太多,他俩去你大哥屋里待着啦!待会儿我带他们去看你的抬歌儿去!"这话被旁边一个婶婶听到了。"呦!你家大学生回来了?"带弟感觉这个婶婶的语气怪怪的,说这话时眼神也不太自然。但二娘还是很高兴地说:"对,昨晚到的家。""出去可有年头了!咋?还带了女朋友?""嗯。带回来看看,商量个合适的日子准备把事儿给办了!""那可得恭喜呀!哈哈!"屋子里的人开始议论了起来,总有人来问二娘关于二哥的事情。二娘就始终笑呵呵地回答,非常高兴。二娘一高兴,带弟也跟着高兴,像个小大人似地给二娘帮腔,似乎自己也是二娘家的一员一样。

今天上午是给村里唯一的小卖部表演,据说表演完还会给点饭钱。钱不钱的倒是不重要,对于小孩子来说,来到小卖部就很开心,尤其是对跟着队伍看秧歌儿的孩子,关注点早就不在秧歌儿上了,他们的全部心思都在于怎么才能让父母给自己买点零食。

带弟站在抬歌儿上看着底下的小孩子有嗑着瓜子的,有吹着泡泡糖的,还有一些孩子吃的东西,带弟叫不上名字。但自己没有,站在对面的明月也没有,两人看看其他小朋友,又看看彼此,都不自觉地笑了起来。这时,小军给带弟送来一袋瓜子,带弟如获至宝,一颗颗数着嗑了起来。这袋瓜子是五香味的,瓜子的甜香配合着一点咸味,带弟觉着这简直是她吃过的最好吃的瓜子。带弟看看明月,觉得应该分给她一些,可是又有点舍不得,但想想还是给了明月一把。由于两人离得比较远,在传送的过程中,掉在了地上几颗,带弟甭提多心疼了。

还没吃完,就该她们上场了,带弟把剩下的小半袋瓜子塞到里面的棉袄兜里。锣鼓点儿一响,带弟就跟着扭起来了。明月这几天也不像第一天那样一动不动了,反而比带弟扭得还起劲儿。这一白一青站在抬歌儿上扭得着实好看,给整支秧歌队伍增色了不少。

带弟在人群中看到了二娘,她就站在最前排。二娘的旁边站着一个瘦弱的

21. 二娘

年轻男子，是二哥！二哥比照片里多了一副眼镜，看起来文质彬彬的，跟壮硕的大哥完全不一样。二哥的旁边站着一个白净的女子，这女子一头卷卷的长发垂在肩上，身上穿了一件皮夹克，也带了一副眼镜。带弟猜测这位应该就是女朋友吧，确实跟村子里的姑娘不太一样，但是并没有自己想象中那般特殊，也是一个鼻子俩眼睛。二娘在底下跟带弟挥了挥手，带弟朝二娘笑笑。心满意足的带弟扭起秧歌儿来更加带劲儿了！

演完之后，带弟从抬歌儿上下来，跑到二娘跟前。"二娘！你来了！"带弟偷偷看了一眼二哥和女朋友，有点害羞。"这孩儿，蛮灵醒滴！你叫什么名字？"女朋友低下头抚摸着带弟的小脸蛋儿。前两句带弟根本没听懂，就听懂最后一句了："我叫带弟！""这名字蛮怪滴！"女朋友跟二哥说。

二哥微笑着："在我们这儿挺正常的！"

带弟发现二哥笑起来跟二娘有那么几分相似。二娘正给他们介绍自己的时候，父亲就过来喊自己："快点回家吃饭了，下午还得去个更远的地方呢。"

带弟又多看了两眼二哥和女朋友，就跟着父亲颠颠儿地跑回家了。吃午饭的时候，带弟脑中还在回想二哥和女朋友。女朋友也挺特别的，最特别的地方是说话，口音怪怪的，自己都听不懂。还有女朋友的手，又白又软，像豆腐似的，跟母亲和大伯母的手完全不一样。

本来带弟想在下午演出完之后去二娘家再看看的，但是跟着队伍回到村子的时候，星星都出来不少了，而且自己又累得不行，就没有去。后来几天带弟也一直没来得及单独去二娘家玩一会儿。但带弟心里一直惦记着二哥和女朋友呢！

正月十四那天下午结束得早，终于有机会去二娘家了。可是带弟气喘吁吁地跑到二娘家，却得知二哥和女朋友早都回湖北了。不过二娘告诉她今年五月份，他们还会回来，他们要回来结婚。二娘还说，等到他们结婚的时候，让她做小花童，给她包大红包。带弟听后就高高兴兴地回家了。

正月十五，今天是最后一天演出了。带弟又兴奋又难过，兴奋的是以后终于不用每天一大早就冒着严寒准备上妆了，难过的是这些漂亮的衣服和头饰就

要还给会里,自己无法再扮演美美的神仙了。

最后一天作为收尾又是在场院演。带弟依旧早早地来到场院,被放在抬歌儿上之后,带弟看看底下这些嬉笑的观众,有几个挺着大肚子的妇女,她突然想起了在家的母亲,这么多天母亲一次都没来看过,她也想让母亲来看,但母亲一直跟她说自己的身子不方便。看到底下这几个怀孕的妇女后,带弟有些失落。

整个上午带弟都不在状态。她一会儿想起父母吵架的情景,一会儿想起二娘之前哭得泪眼婆娑的样子。也不知怎么,今天她尽是想起些不愉快的事。

锣鼓点儿结束了,会首又讲了几句结束语,话音刚落,不知道是谁起哄让二娘上场给大家唱一段。二娘开始一直在拒绝,说自己都多年没唱,上不了台面了,但起哄的人越来越多,二娘招架不住,再加上前两天二哥回来比较高兴,就上去唱了一段《花为媒》。带弟也好久没听二娘唱戏了,没想到再次听到二娘唱戏竟是这样的大场面,而让带弟更想不到的是这竟是最后一次见到二娘。

五

会已经办完了,村子里的一切又都安静了下来。

正月十六的一大早,带弟还没从热闹的兴奋中缓过神来,母亲就让她去给大伯母送点羊肉过去。那羊肉是带弟的小姨前两天送过来的,母亲自己留了一小部分,把剩下的一大部分包好放在塑料袋里,让带弟去送。说是一大块儿,其实没多少,带弟一只手就能拎得动。多少带弟并不在意,她想的是又有正当理由去找小军哥玩儿啦。

带弟走到后街街口,发现二娘家门口搭了一个蓝色的棚子,里面有好多人,都带着白色的帽子,还有哭声。带弟觉得那个场面有点吓人,就赶紧跑到大伯家去了。大伯家只有大伯母一个人在,大伯母正收拾碗筷呢。

"大妈,二娘家咋啦?咋有人在哭?""唉!你二娘昨晚走了。""走

21. 二娘

啦？去哪儿了？""走啦就是没啦，去另一个世界啦！""啊？！"带弟才明白过来，她有点不太相信，"昨天二娘不还在场院唱戏呢吗？""说的是呢！唉！人啊，真是没处看去，说没就没了！你先回家吧，我一会儿得去给你二娘家帮帮忙！"带弟赶紧往家跑，路过二娘家门口的时候，她看都没敢看一眼就迅速跑过去了。

其实带弟也不知道自己为什么想跑，不是难过，也不是害怕，是什么滋味儿带弟也说不清楚。她只想离开，越快越好！

带弟一口气跑到家，父亲和母亲正在吵架。她缓了缓神儿，才听清楚俩人在吵什么。

"我二嫂走了，我不应该去写个礼？"这是父亲的声音。

"谁说不让你去写礼的？谁说的？写礼就非得耽误班儿？"母亲的声音已经有点颤了。

"万一他们有啥需要帮忙的，我不在合适吗？"

"有啥不合适的！人家有自己的亲兄弟呢，缺你一个堂的？初十就该上班，你就请假说等会办完。会办完了，你今天还不去！工资都扣没了你拿啥养活家？"

"我哪知道今天二嫂会走？别磨叽了，明天就上班！""今天推明天，明天推后天，我看你是不想过了！"父亲已经走出大门口了，母亲还在屋里哭着喊："有本事你就从今天往后都别上班！"两个姐姐一边安慰着母亲，一边把母亲扶到炕上坐下。带弟看到母亲哭了，一下子也跟着哭了起来。带弟这一哭就停不下来了，而且越哭越伤心，也不知是为母亲，还是为那个曾经教她做蝈蝈笼子、给她讲故事唱评戏的二娘。带弟哭了好久，母亲都停下了，她还在哭，哭着哭着竟然睡着了。

中午的时候，父亲回来叫母亲和带弟几个人去二娘家吃饭。母亲看见父亲就生气，而且肚子又有点疼，根本就没搭理父亲。两个姐姐也都不愿意去那乱哄哄的地方，最后只有带弟跟着去了。带弟倒不是为了那一口好吃的，她就是觉得自己得去。

　　来到二娘家，人来人往，的确是乱哄哄的。院里停了一口棺材，带弟走过去，发现跪在棺材跟前的是二哥，但二哥身边没有女朋友。二哥脑袋上带着一块白布，父亲告诉带弟那是孝帽。二哥抬起头看了一眼带弟没有说话，带弟隔着眼镜看到二哥的眼睛红红的，也没有说话，她不知道该说什么，就走开了。之后带弟又去了二娘生前住的屋里，墙上的照片还安静地躺在镜框里，上面的"秫秸花"落了点土，但依旧很美。带弟把秫秸花拿下来，吹吹上面的土，轻轻地放进了自己的衣兜里。

　　吃饭期间，带弟陆陆续续地听人说了些二娘生前故事，才知道原来二娘以前在戏班子的时候有个男的喜欢二娘，不仅对二娘百依百顺的，还总找机会送礼物给二娘，二娘知道他的意思，但一想到跟着他就得一辈子东奔西跑，风餐露宿的，就始终没答应这个男的。那年他们戏班子来村子里唱戏，二大伯一眼就相中二娘了，等到两周的戏唱完后非要娶她。二娘虽然隐隐地感觉二大伯不如戏班子那男人好，但嫁给二大伯这样一个工人以后就可以踏踏实实过日子了，于是就嫁给了二大伯。其实二大伯他爹当时是不大同意的，毕竟戏子名声都不好，但眼见着二大伯已经快三十了还没讨到媳妇，也就认下了这个媳妇。

　　二娘跟二大伯一起过了两三年，日子虽说不怎么富裕，也算是相安无事。可有一次二大伯听人说闲话的时候，谈起了二娘曾经的戏班子，说她在戏班子有个相好的。打那以后二大伯就种下了心结，总是对二娘疑神疑鬼的，虽然二娘解释过很多次，她没有跟戏班子那男的相好过，但二大伯今天信了，明天又不信了，有事没事就找茬跟二娘吵架，对二娘也没有以前好了。以前二大伯可喜欢听二娘唱戏了，渐渐地戏也不让二娘唱了，只要二娘一唱，二大伯就觉得她是在想戏班子那个男的。

　　去年春节没多久，有一个从河北来的戏班子到村子里唱戏。二娘也去看了，没成想戏班子里搭戏的男演员正是当年那个追求过她的人。那人唱戏的时候认出了二娘，二娘也认出了他。本来二娘想要多听几段再回家的，但为了避嫌，第一段都没听完就回家去了，可是那个男演员竟然跟着二娘到了她们家门口，二娘很惊讶，但人已经过来了，总不好直接赶走，幸好当时二大伯没在

21. 二娘

家，两人在大榆树底下随意聊了几句就分开了。恰巧两人聊天的时候被路过的人看到了，由于那男的还没来得及卸妆，村子里很快就传起了关于两人的风言风语。闲话传到二大伯耳朵里，二大伯就越来越相信二娘跟那男的有点什么了。也有人劝过二大伯说二娘都四十好几的人了，俩儿子也都给养这么大了，就算以前有什么，这么多年也早淡了。二大伯想想也有点道理，毕竟日子还得过。这件事情也就没引起太大的风浪。

但没想到今年夏天，又有人说看见二娘和一个陌生的男人在大榆树底下有说有笑的，还有人传说俩人都抱在一起了。事情是真是假大家并不确定，而那个陌生男人是否就是戏班子那个男人也不确定。但当人们把这件事情传开后，所有的一切就都变成了千真万确的事实。结果这回不光是二大伯，连村子里也越来越多的人相信二娘跟别的男人有一腿。人们在背后议论着二娘的同时，也小心地躲着二娘，因为在他们看来名声不好的人就像是患了什么恶毒的传染病，沾不得碰不得。而二大伯早就开始看不起二娘，而且觉得二娘之前都是在骗他，所以两人几乎每天要大吵一次，二大伯还经常动手。两人打多了，住在院里的大哥也就懒得管了，而且他似乎也相信了外面的风言风语。

二娘觉得这样的日子没意思，也想过要自杀，但想想自己的二儿子，觉得生活好像又有了希望。想通之后二娘就变了，以前二娘是绝不敢在二大伯跟前唱戏的，后来也就不怕了，反正唱不唱都是要打架的。正月十五那天二娘被哄上场之后，当着全村的人唱了一段，二大伯彻底受不了了，回家就跟二娘大吵了一架，要把二娘赶出去，还说了些特别难听的话。二娘一气之下就拎着包袱走了，到了夜里，二娘又回来了。据二大伯说，二娘是顺着大榆树爬进院的，他当时好像听见有人跳进院里，本想起来去看看，但一开灯发现消失了一下午的二娘坐在炕沿儿，他先是一惊，回过神来就又开始骂二娘。让他意外的是二娘没有跟他对着吵，只是听着，他骂着骂着又要动手，没想到二娘突然从身后拿出一把菜刀来，一下就砍到了自己的脑袋上。之后，二大伯就什么都不知道了。第二天早上起来人们发现二娘吊死在了大榆树上。

有人说那天下午二娘是去找她的相好了，是她的相好鼓动她杀二大伯的。

也有人说二娘是去了山上,可能撞了邪。

六

二哥的婚礼还是在五月份举行了。带弟没有去当花童,连喜宴也没有去吃。

婚礼前二大伯砍掉了吊死二娘的那根榆树杈,不是怕晦气,也不是为了祭奠二娘,而是那根榆树杈会挡住接亲的车。

评论:如水的慢板

《二娘》的叙述是平静如水的,小说的叙述如一篇书写乡情风貌的散文一般徐徐讲述发生在乡间的生活点滴。作者并不急于告诉读者故事接下来究竟怎么样了,情节对于作者来说似乎并不重要。确实,就像一位久居乡间的人,时间和空间似乎都是永恒的,重要的是横向上展开生活图景,而不是描绘生活发生了怎样的变化。而且,这种生活实际上是没有深度的,对于生活于其中的人来说,生活的背后没有什么更深层的力量在发挥作用。对于带弟来说,生活就是这样,生活如果真的有什么深意,那么也只限于这种生活是千百年来保持一致的,自己的生活正是祖先的生活,这其中似乎包含着什么深意,但是带弟是无心思考这些的。

小说讲述了二娘的悲剧性故事,在带弟眼里不寻常的二娘最终自缢身亡,但是这出悲剧却以一种波澜不惊的方式发生了。二娘将手里的刀砍下去的时候,并没有什么心理上的疾风暴雨,也没有情节上的大开大阖。二娘的悲剧以一种"贫贱夫妻百事哀"的方式展现了乡村生活的日常状态。这出悲剧并不具有典型性,因为它似乎已经寻常到了如生老病死一样的程度,连作者也并没有关注二娘的悲剧性,而只是把它作为生活的一个部分放在了那里,似乎暗示着我们,这样的悲剧在乡村算不得悲剧,正如《边城》里翠翠的故事一样,虽然

21. 二娘

它不是一个喜剧,但它也算不得一个悲剧。它只是生活而已。从这个意义上讲,《二娘》是一部非常沈从文式的作品,它记述自己熟悉的乡间生活,展示其中的愚昧和其中的美丽,但是它没有鲜明的政治性或哲学性。因为它并不关心这个生活是如何形成的,这个生活又将走向何方,它只关心这个生活是怎样的。乡间的生活虽然落后,虽然在现代性的眼光下并不那么文明,但是作者对它的审视却是留恋的、欣赏的。作者和带弟一样,并不觉得这生活背后还能有什么深意,生活就是生活本身,生活背后没有政治,生活之中没有经济关系,生活之中没有什么女权男权的性别思考。不过这种政治上的阙如,又正是一种政治性,当沈从文想要回到湘西的时候,他想用人性的庙宇代替现代社会的现实图景;《二娘》也是这样,当它关注生活的本身,关注一种没有深意的生活的时候,它想要做的也是用一种前现代的生活代替现代性或后现代性的生活现实。去政治的写作依然是在政治下的写作。

去政治性是本作的最大亮点。小说中最感人的部分,恰恰是作者对风土人情的深情凝视。无论是《二娘》中对"办会"的细节,还是对带弟吃包子流汤流了一手臂的样子,作者都毫不吝惜笔墨,大段的细节描写中断了情节也中断了意义,似乎那一幅画面才是作者最关注的东西,至于故事只不过是外在于小说的推动力罢了。所有的凝视都是对事物的抽离和悬置,被抽离出的事物有了一种无言胜有言的意义。这就正像当我们看到一个人凝视着某个事物,我们便不需要他多说这件事物有什么价值,我们从他的凝视就能感受到这件事物是不同寻常的。本作中的凝视是非政治性的,作者凝视的是乡村的风俗,是其中的传统,还是其中每个人的样态。对于读者来说,最动人的是凝视者那饱含深情的凝视,而不是被凝视的事物。大段的细节描绘并不会让读者感到故事沉重,不忍卒读,反而会让读者与作者之间形成一种交流,这个时候交流的内容已经无关紧要,重要的是作者对乡土的凝视作为一个写作的行为,这种写作的姿态正是本作中最感人的地方。

《二娘》的讲述走出了政治,走回了前现代的乡村生活。带弟经历的故事是没有时间性的,它发生在过去的中国,也发生在现在的中国,还将发生在

未来的中国，乡土中国在现代性浪潮下有一种岿然不动的力量。张建铭的作品正是要提醒我们这一点，中国的故事不只有现代性的一面，中国的故事也不都是后现代的碎片化，后现代的无意义。中国的故事里，前现代的乡土生活依然横亘在中国人的生活之中。乡土中国中本身就蕴含着巨大的审美潜力，即便仅仅是简单地凝视它，即便仅仅是以一种平淡的话语模式讲述一个波澜不惊的故事，对于一个中国读者来说，体验到的审美感受的强度可能并不逊于一部情节精彩、政治性极强的小说。有的时候，政治性或美学体验往往就来自于生活本身，它可能是巨大的保守力量，但是同时它也可能是让我们在现代性浪潮下找到身份认同的唯一途径。

（王佳明）

跋

金永兵

呈现在读者面前的这两本北京大学中文系创意写作优秀作品选,其实只编辑了前三届创意写作专业同学的一部分作品,编好已经很久了,本来想一次编辑四本,争取涵盖六届同学的优秀作品,算是一个阶段培养成果的总结,但是因为各种原因,后面三届的作品未能来得及编辑,只能留待以后弥补遗憾了,这两本集子的出版也因此被延迟了。这两本集子先作为代表吧,算是对于为创意写作付出的老师们和现在已经工作在大江南北的创意写作的毕业生们共同记忆的一个记载。创意是一种思维习惯,写作是一种生活方式,希望我们的二百多名创意写作毕业生无论从事什么职业,都能够在自己的人生中享受创意写作所带来的幸福与快乐!下面把这个专业创办初期,2015年8月我发表在《人民日报》的一篇题为《为文化产业培养创意"写家"》的思考放在这里(发表时略有删改),作为对创设这个专业过程的一个记录与纪念。

国内一些重要高校陆续开设创意写作(Creative Writing)专业,引发人们越来越多的关注和讨论。这是一件好事,通过质疑、辨析、讨论,可以促进大

家对这一新的人才培养专业的思考。据有关报道,自1936年美国艾奥瓦大学创立第一个创意写作工作坊以来,至今在美国已经有超过700个创意写作相关专业点和工作坊,由还处在创作中的作家们担任教职,学员也多是作家,这种相对成熟的作家教作家的模式被视为"世界上从未有过的对当代作家最大的文学支持体系"。

目前在国内,围绕创意写作专业最大的争论仍是写作是否可以教,作家是否能被培养。传统的中文系基本上都不以培养作家作为自己的学科培养目标,目前国内各大学创意写作专业的设定绝大多数也都不以培养专业作家为主要方向和目的。所谓"伊挚不能言鼎,轮扁不能语斤,其微矣乎",任何富有创造力、想象力的工作都不可能依靠标准化的课程训练来实现,文学艺术这种格外依靠才情和天分的创造性活动更是难以言传,这已然是共识。

如此一来,文学创作或创意写作专业存在的意义究竟是什么?我以为,其一,它可以成为传统作家成长的平台。虽然作家成长是非常复杂的个人化的事情,无通用模式可循,但写作能力却有一个养成的过程,写作技巧是可以而且必须经过不断练习才能获得的,专业训练非常有必要。马克思在谈到拉斐尔时指出,拉斐尔和其他任何一个艺术家都一样,其艺术创作所达到的水平是"受到他以前的艺术所达到的技术成就……等条件的制约"的。同时,人才成长需要环境和平台,专业是人才集聚、培养和交流的重要平台之一。丹纳说过,无论何时我们都不能忘记,"艺术家的工作还有同时代的人协助",艺术家们"观念的成熟与成形也需要周围的人在精神上予以补充,帮助发展"。一个有志于文学的青年可以在创意写作的平台上遇到很多真正懂得和理解文学的同道和良师益友,他/她在这里除了获得优秀作家的指点,技巧的习得,文化和思想的修养,精神气象、品味格调的陶冶,更能于同行的相互切磋中不断提高。

其二,也是最有现实针对性的一点是,创意写作专业为文化创意产业培养优秀的"写家"。当下我国文化创意产业迅猛发展,但专业化高端创意人才面临巨大缺口,培养高素质的实用性人才是创意写作相关专业的当务之急。众所周知,国内几档颇受欢迎的电视娱乐节目,其创意版权竟然是从国外购买来的。由于历史原因，中国的科学技术目前还达不到世界一流，这是可以理解的，但是，一个人口众多的国度，竟然连娱乐创意也需要引进版权，似乎有些说不过去。至于说我国电影、电视、动漫等缺少好的剧本，这更是经常被业界谈起的大问题。最近国内比较叫座的几部电影，其剧本故事大多是来自流行的网络文学或动漫，而这些恰恰是传统作家所不屑的。当代大众媒体的发展，"互联网+"的文化工业生产方式，根本上改变了传统文艺生产方式和消费方式，为创意产业发展提供了前所未有的机遇。我国文化创意产业门槛低，从业者甚众，但是，这里往往是技术精英多于文化创意精英，兴趣爱好多于专业训练，因此，整个文化创意产业大而不强，既赶不上欧美，也赶不上日韩。我国消费市场大，文化创意产业门槛低，低端的文艺产品也能存活，却没有什么竞争力，不但无法走出国门，一旦文化产品的国内保护被取消，也将难敌国外同类产品的竞争。无论人们接受或者不接受，文化创意产业发展的强大需求客观存在，发展的趋势不可改变，国人不做努力，外国产品自然会占领市场。如果没有高素质的专业人才，这竞争从何谈起？

如果说，所有的艺术本质上都带有诗性，那么，创意写作亦然，也必须植根于传统文学写作，传统文学对人情人性的理解与把握，传统文学写作在想象、虚构、情感、结构等方面的能力都是其创造力的源泉，二者并不相违。但是，创意写作更侧重的则是类型化写作。一件创意文化产品往往不是由一个人独立完成，创意写作作为创意文化生产的一个重要环节，其个人的创造性很大程度上要纳入一个生产的流程之中，需要在这样的整体框架中来考量。这确实是一个与市场、技术、资本结合得更为紧密的"机械复制时代的艺术生产"，很可能不再拥有传统艺术那迷人的"灵韵"。但是，面对消费者，这里同样也可以实现"普及与提高"的写作辩证法，也同样可以实现传统文学的"文以载道"之功，它更加生活化，与人们的日常生活更紧密地结合在一起，它带给这个社会的是可持续的发展，是高品质的文化生活，能够影响和塑造社会中更多数人的公民人格。如果说，传统文学标志着一个时代文化的高度，那么，创意写作则决定着时代文化的基本格局、状貌和品味。一个小小的创意写作专业能

够具有如此大的作用,既不会妨害现有教育体制中学术人才的培养和传统文学的发展,又能够满足人们不断增长的社会文化需求,满足人们对于美好生活的需要,服务于国家文化战略,实在是值得去做一些努力和探索的。

以北京大学创意写作专业为例,我们的人才培养目标就是具有深厚专业基础、高水平写作能力和出色创意才华的高层次的应用型写作人才。写作能力的培养是核心,这点毋庸置疑。而强调"深厚专业基础",是因为在我们看来,深厚的文学文化专业基础无论对于作家而言,还是对于创意产业的从业者而言,都是厚积薄发、可持续发展的竞争力之根本,这是任何人无法拿走或取代的。否则,只有娴熟的技巧而没有与之匹配的才华、涵养和人文情怀,有知识没文化,最终只会沦落为替外国创意产业做外包服务,只能去搭架子、做包装,却不能进入核心的研发、创造环节,长此以往,将导致中国文化创意产业"空心化"。至于创意才华的培养,我们目前探索的重点是学生动手实践能力的培养,既通过案例教学让学生了解创意写作的奥秘,打开眼界,也积极地将行业内实际在做的具体工作项目引进课堂教学,让学生参与其中,在实战中提高动手本领。

创意写作的特殊性决定了这一专业必须充分尊重学生兴趣,走个性化培养之路。每个学生都有自己不同的兴趣爱好和职业规划,有的希望实现作家梦,有的渴望成为网络写手,有的希望做电影电视或动漫的编剧,还有的希望从事媒体、广告或文化策划。因材施教,尊重每个人的特点,培养出适合各种不同文体要求的优秀的"写家",使得学生们毕业后不管从事什么职业,都具有实践力、厚基础,有个性、有品味、有格调,这才是我们所期待的文化创意人才。当然,这里的难点和挑战都在于我们所提供课程的选择性是否足够丰富,我们对学生的特点是否足够了解。我觉得有点儿像专业运动队,每个队员各有各的发展特点和专长,同时又有一些基本的规范和要求;也如艺术体操,是一种既标准化而又非常个人化的舞蹈。

无论如何,创意写作刚刚起步,筚路蓝缕,殊为不易,需要社会多一些关怀、支持和耐心,这是一项为了更有质量的当代中国文化发展而刚刚展开的事业。